MIRA®

Der Preis dieses Bandes versteht sich einschließlich der
gesetzlichen Mehrwertsteuer.

Umwelthinweis:
Dieses Buch wurde auf chlor- und säurefreiem Papier gedruckt.

Claire Garber

Die Liebe ist ein Dieb und der Pirat der Träume

Roman

Aus dem Englischen von
Gabriele Ramm

MIRA®

MIRA® TASCHENBUCH
Band 25658
1. Auflage: April 2013

MIRA® TASCHENBÜCHER
erscheinen in der Harlequin Enterprises GmbH,
Valentinskamp 24, 20354 Hamburg
Geschäftsführer: Thomas Beckmann

Titel der nordamerikanischen Originalausgabe:
Love Is A Thief

Published by arrangement with
HARLEQUIN ENTERPRISES II B.V./S.àr.l

Konzeption/Reihengestaltung: fredebold&partner gmbh, Köln
Umschlaggestaltung: pecher und soiron, Köln
Redaktion: Daniela Peter
Titelabbildung: pecher und soiron, Köln; Getty Images, München
Autorenfoto: © Harlequin Enterprises S.A., Schweiz
Satz: GGP Media GmbH, Pößneck
Druck und Bindearbeiten: CPI – Ebner & Spiegel, Ulm
Printed in Germany
Dieses Buch wurde auf FSC®-zertifiziertem Papier gedruckt.
ISBN 978-3-86278-707-4

www.mira-taschenbuch.de

VORWORT

Üblicherweise verkündet man öffentlich, dass man über seine letzte Beziehung hinweg ist, indem man sich auf eine neue einlässt. Es ist ungefähr so, als würde man ein großes Banner in die Luft halten, auf dem steht:

Schaut alle her! Ich habe jemand anderes gefunden. Mir geht es gut. Ich bin nicht mehr allein. Jemand anderes braucht mich. Jemand hat sich entschieden, mit mir zusammen zu sein. Meine letzte Beziehung war völlig irrelevant, genau genommen kaum wahrnehmbar, ungefähr so unbedeutend wie die Flusen in meinem Bauchnabel. Meine Exfreundin ist lediglich eine Fluse auf meinem Bauch gewesen.

Meiner Meinung nach ist das alles Quatsch. Ich glaube, du setzt erst dann ein öffentliches Zeichen, dass du über deine letzte Beziehung hinweg bist, wenn dich die Meldungen zum Beziehungsstatus nicht mehr interessieren, wenn du gar nicht auf die Idee kommst, dir deine Zeit mit dem Verfassen von Statusmeldungen und unwichtigen Nachrichten zu vertreiben, weil du dein Leben und das, was du tust, liebst.

Das vorausgeschickt, muss ich zugeben, dass ich noch immer Gefühle für Gabriel hege. Und die Tatsache, dass er, nur wenige Wochen nachdem wir uns getrennt hatten, eine neue Beziehung eingegangen ist, na ja, das hat mir emotionale Schmerzen bereitet, wie ich sie vorher noch nie erlebt hatte. Dabei spielt es auch keine Rolle, ob ich daran glaube, dass seine lächerliche Beziehung mit einer abgemagerten Französin mit großen (unechten) Titten und begrenztem Verstand von Dauer sein wird oder nicht. Er hatte jemand anderes gefunden, sie waren zusammen im Urlaub und machten Fotos, viele Fotos, die sie dann auf Facebook in ein Album mit dem Namen „True Love“ packten, während ich nichts weiter als eine Fluse war.

Aber es war ja nicht nur, dass ich Gabriel verloren hatte, sondern vor allem die Tatsache, dass ich so verdammt traurig über unsere Trennung war, dass mir schon bei dem Gedanken, mit jemand anderem zusammen zu sein, schlecht wurde. Ich wollte niemand anderen küssen. Ich wollte mit niemand anderem Sex haben und mein Zuhause mit ihm teilen. Ich wollte ihn, Gabriel.

Und da ich nun mal nicht in der Lage war, ihn durch irgendjemanden zu ersetzen, und es auch nicht schaffte, den Heilungsprozess zu beschleunigen, musste ich irgendwie die Zeit überbrücken.

Denn genau genommen könnte es gut sein, dass ich tatsächlich *die* Frau bin. Sie wissen schon, welche ich meine. Die Frau, die aus unerfindlichen Gründen keinen Mann abbekommt, keine Kinder kriegt und der auch kein romantisches Happy End vergönnt ist. Also brauchte ich einen Plan. Ich musste zum Wesentlichen zurückkehren und mir ein paar sehr wichtige Fragen stellen:

Was tat ich gern?

Was habe ich *nicht* tun können, weil ich mit Gabriel zusammen war?

Was habe ich *nicht* tun können, *weil* ich mich verliebt hatte?

Und noch wichtiger: Was würde ich gern den Rest meines Lebens tun, wenn ich mich nie wieder verlieben würde?

DAS WAR DER AUSGANGSPUNKT, DER MICH WIRKLICH INTERESSIERTE.

ANFANG

„Hi, hier ist Gabriel, ich kann im Moment nicht ans Telefon kommen, aber wenn Sie eine Nachricht hinterlassen, rufe ich zurück."

1990 hat ein Mann namens Tim Berners-Lee das World Wide Web erfunden. Er ist auf der Suche nach einem Weg gewesen, wie Teilchenphysiker überall auf der Welt zeitgleich Zugang zu denselben Informationen bekommen konnten.

„Hi, hier ist Gabriel, ich kann im Moment nicht ans Telefon kommen, aber wenn Sie eine Nachricht hinterlassen, rufe ich zurück."

Wie bei so vielen Dingen im Leben kam letztlich etwas ganz anderes dabei heraus, als anfangs vorgesehen. Die Saat, die er gesät hatte, wuchs und gedieh, bis seine Erfindung so weitreichend war, dass es jeden Einzelnen von uns auf unbeschreibliche Art und Weise betraf.

„Hi, hier ist Gabriel, ich kann im Moment nicht ans Telefon kommen, aber wenn Sie eine Nachricht hinterlassen, rufe ich zurück."

Das Internet versorgt uns jetzt mit kostenlosen und frei zugänglichen Informationen. Es kann einem dabei helfen, eine Fremdsprache zu erlernen, einen Schuh zu besohlen, eine neue Küche einzubauen oder einen Satelliten zu konstruieren, der den Mond umkreist.

„Hi, hier ist Gabriel, ich kann im Moment nicht ans Telefon kommen, aber wenn Sie eine Nachricht hinterlassen, rufe ich zurück."

Man kann seine Firma darüber betreiben, die Liebe seines Lebens treffen, ein Rezept für ein Pilzrisotto finden, bevor man seinen eigenen Kessel flickt und sich anschließend über die Ursprünge des Wortes „kaputt" informiert.

„Hi, hier ist Gabriel, ich kann im Moment nicht ans Telefon kommen, aber wenn Sie eine Nachricht hinterlassen, rufe ich zurück."

Ich kann im Internet auch so gut wie alle Bilder sehen, die man sich nur vorstellen kann. Ich habe mir das Innere eines Atoms angeschaut, die Farbe der Marsoberfläche, was meine Cousine zweiten Grades kürzlich in Sydney auf ihrer Geburtstagsparty getragen hat, und ich habe den Gesichtsausdruck von Nelson Mandela gesehen, an dem Tag, als er aus dem Gefängnis entlassen wurde. Aber das Neueste, was das Internet mir offenbart hat, das größte Geschenk von allen, sind die Fotos meines Verlobten im Urlaub – ein Urlaub, den er, wie ich vermute, mit seiner neuen Freundin verbracht hat. Und auf diesen Fotos kann man, auch wenn man nicht Tim Berners-Lee ist, erkennen, dass er sein absolut funktionstüchtiges, internetfähiges Mobiltelefon dabeihat. Das gleiche Telefon, an das er zurzeit offenbar nicht rangehen kann.

„Hi, hier ist Gabriel, ich kann im Moment nicht ans Telefon kommen, aber wenn Sie eine Nachricht hinterlassen, rufe ich zurück.“

„Wie es aussieht, kommt sie nicht wieder hoch“, sagte Federico zu meiner Grandma. Alle hatten vor ungefähr fünfundvierzig Minuten aufgehört, direkt mit mir zu sprechen. Sie hatten über mich geredet, über meinen Kopf hinweg, um mich herum, aber nie direkt mit mir. Grandma bückte sich und versuchte, mir das Handy aus der Hand zu nehmen, doch meine Finger umklammerten es wie eine menschliche Klaue oder wie ein seltsames Gerät, das unkonventionelle Männer vielleicht in Soho erwarben.

„Schätzchen, du musst mir das Telefon geben“, erklärte sie und versuchte erneut, es mir zu entwenden. Ich klammerte mich daran fest, als wäre es mein einziges Portal zurück nach Hause. Ein kleiner Kreis von Leuten hatte sich um uns geschart. Anscheinend kommt es nicht so häufig vor, dass eine dreißigjährige Frau mitten auf dem Flughafen Heathrow auf dem Boden sitzt, umgeben von ihrem Gepäck, und in Tränen ausbricht.

„Ein Versuch noch?“, flehte ich Grandma an, während Federico von einem Neugierigen zum anderen wanderte, um die Leute mit Geschichten über den Grund für meine Tränen aufzuklären.

„Na ja, ich hab’s ihr ja gesagt, jawohl, das habe ich“, versicherte er seinem Publikum. „Ich habe ihr gesagt, als sie dorthin zog: ‚Du kannst diesen Franzosen nicht trauen.‘ Wegen ihrer politischen Geschichte, von der ich übrigens ein großer Fan bin, vor allem von dieser bewundernswerten Marie Antoinette ... Haben Sie den Film gesehen? Tolle Kostüme, einfach toll, obwohl es die weiblichen Formen ja enorm eingeengt hat. Nein, ich meine, wegen der Sprachbarrieren. Denn man kann doch echt nicht wissen, ob man den anderen *wirklich richtig* versteht, oder? Wer hat zum Beispiel festgelegt, dass ein *pomme* ein Apfel ist? Und was ist, wenn die eigentlich auf einen Baum gezeigt haben, als sie *pomme* gesagt haben, während wir zur gleichen Zeit auf einen Apfel geguckt haben, weil wir gerade hungrig waren, also nennen wir einen Baum einen Apfel, und jetzt sind die Franzosen total verwirrt, weil's bei uns im Supermarkt so viele verschiedene essbare Bäume gibt? Na, das ist doch ein totales Chaos, jawohl!“

„Wie kann es angehen, dass er mit einer anderen zusammen ist?“, wollte ich von meinem Publikum wissen, das aus neunzehn Frauen unterschiedlichen Alters sowie einem Sicherheitsmenschen namens Albert bestand. Der andere Sicherheitsbeamte, Jim, war losgegangen, um mit den Leuten vom britischen Zoll zu sprechen, die Angst hatten, dass ich eine Selbstmordattentäterin war. „Wie kann das sein?“, fragte ich erneut. „Wenn ein Mensch für einen anderen bestimmt ist, dann muss er sich doch total unvollkommen und eingeengt fühlen, so wie ein Puzzleteil, das man an den falschen Platz legt. Er ist im falschen Puzzle!“, verkündete ich, wobei sich meine Stimme schon fast überschlug. Ich glaube nicht, dass irgendjemand in Terminal fünf auf dem Londoner Flughafen Heathrow glaubte, dass Gabriel am falschen Platz in einem Puzzle lag, es sei denn, ein Puzzle war eine schmutzige Metapher. „Also, was soll ich tun?“

„Vielleicht könnte sie versuchen, ihn noch ein letztes Mal anzurufen, ein allerletztes Mal?“, meinte eine Dame nervös zu meiner Grandma.

Ich schaute in die Gesichter des menschlichen Zaunes, der um mich herum errichtet worden war, und sah, dass alle zustimmend nickten. Grandma seufzte. Also schaltete ich mein Handy laut und drückte zum letzten Mal die Wahlwiederholung. Ich hielt das Telefon in die Luft, damit alle mithören konnten, und sah die anderen an. Die anderen sahen mich an. Dann sahen wir alle auf das Telefon.

„Hi, hier ist Gabriel, ich kann im Moment nicht ans Telefon kommen, aber wenn Sie eine Nachricht hinterlassen, rufe ich zurück.“

Daraufhin schwiegen alle ein bisschen. Genau genommen glaube ich nicht, dass man *ein bisschen schweigen kann*. Es ist eine Sache von entweder oder. Wir schwiegen. Und niemand mochte mir in die Augen sehen.

Also schaltete ich mein französisches Handy endgültig aus und reichte es Grandma Josephine, die es umgehend in den nächstgelegenen Mülleimer warf.

Dann saß ich einfach nur da, auf dem gut polierten Fußboden im Terminal fünf des Flughafens Heathrow, saß einfach da, umgeben von sämtlichen meiner irdischen Besitztümer, und weinte und weinte und weinte noch ein bisschen mehr. Wenn jede Träne ein Stück meiner Seele war, dann würden sie mich nie wieder zusammenflicken können.

SECHS MONATE SPÄTER …

Es ist das, was ich wirklich am meisten hasse – okay, abgesehen von den Geräuschen, die jemand beim Essen macht. Der erste Platz geht auf jeden Fall an die Geräusche, die die Leute machen, wenn sie essen, vor allem die Kau- und Schluckgeräusche hasse ich, aber auch alles, was vorher passiert – das Klirren von Messer und Gabel auf dem Teller, wenn es in einem Zimmer ganz ruhig ist, das Geräusch, wenn jemand seinen Mund voller Spucke öffnet, und am allerschlimmsten ist es, wenn jemand mit der Gabel gegen die Zähne stößt, während er sein Essen in sich hineinschaufelt. Zugegeben, man kann wohl sagen, dass ich ein *klitzekleines* Problem mit Essgeräuschen habe. Aber gleich danach, gleich hinter dieser Sache mit den Essgeräuschen, hasse ich am allermeisten Liebeskummer, und dabei muss ich mich täglich bei der Arbeit damit abplagen, denn nach dem „Vorfall" auf dem Flughafen Heathrow, Terminal fünf, hat mein Freund Federico mich dazu überredet, mit ihm in der Redaktion der Zeitschrift „True Love" zu arbeiten.

Ursprünglich war es Grandma Josephines Idee gewesen. Sie hatte gemeint, es sei wichtig, dass man sich beschäftige, wenn man sich innerlich leer und zerbrochen fühle. Dann hatte sie noch was davon gesagt, dass man seine eigene Miete zahlen müsse, bevor sie etwas über Inflation und steigende Milchpreise gemurmelt hatte. Also gehe ich jetzt jeden Tag zusammen mit Federico zur Arbeit, und dort werde ich mit einer Vielzahl von grässlichen Essgeräuschen und massenhaft Liebeskummer konfrontiert, obwohl unsere Leserinnen nie etwas von dem Liebeskummer erfuhren. Nein, bei „True Love" sah alles nach eitel Sonnenschein und Liebesglück aus, und ich hasste das, ich hasste diesen eitel Sonnenschein und das angebliche Liebesglück.

„Na, das ist ein pussymäßiges Rätsel, genau das ist es", sagte Chad, während er um den riesigen herzförmigen Tisch herumging, der in der Mitte des riesigen herzförmigen Konferenzzimmers stand. „Wann, zur Pussy, haben wir das letzte Mal so viel

Post bekommen?“, wollte er bei seiner zweiten Runde durchs Zimmer wissen.

Loosie, seine aufdringliche vierundzwanzigjährige amerikanische Assistentin, schritt hinter ihm her und blätterte wie ein unangenehmer Linienrichter in ihrem Notizblock.

„2001, Chad“, sagte sie und blätterte zur richtigen Seite. „Gleich nach dem Anschlag am 11. September.“

„Was, zum Teufel, hab ich denn dann verpasst?“, wollte Chad wissen und schaute jeden im Raum an. „Warum stehen hier siebenundzwanzig Säcke voll mit Post? Worüber, zur Hölle, haben wir im letzten Monat geschrieben?“ Es war allgemein bekannt, dass Chad noch nie seine eigene Zeitschrift gelesen hatte. Er überprüfte nicht einmal den Inhalt, bevor er in den Druck ging. „Was hatten wir für Anzeigen drin?“, fragte er in die Runde. „Hat die verdammte Post mal wieder alles versaut und vergessen, uns die Briefe für die letzten pussymäßigen elf Jahre zuzustellen? Was, zur Pussy, war in den letzten Ausgaben so aufregend?“

Sämtliche Kollegen drehten sich langsam zu mir herum, um mich anzustarren. Sie sahen in etwa so aus wie die Pantomimen mit den weißen Gesichtern, nur sehr viel Angst einflößender. Ich sagte, sämtliche Kollegen drehten sich zu mir herum, doch das stimmte nicht ganz. Chad bildete die Ausnahme. Der hatte gerade seine dritte Runde durchs Zimmer angetreten, marschierte um seinen ganz besonderen Tisch, während er ziemlich geräuschvoll einen roten Apfel in sich hineinstopfte.

Besagter Konferenztisch war riesig, eine Maßanfertigung und das Geistesprodukt von oben erwähntem Chad. Er hatte einen herzförmigen Tisch mit einer rosa gefärbten Tischplatte haben wollen, auf dem die Worte „True Love“ per Sandstrahl verewigt worden waren; und er hatte einen Platz haben wollen, um die Füße draufzulegen. Er hatte einem italienischen Tischler viel Geld dafür gezahlt, um dieses Teil herzustellen, den Tisch und einen dazu passenden herzförmigen Stuhl, der mit knallrotem Samtstoff bezogen war und auf beängstigende Weise aussah wie eine Muppet-Figur von der Schattenseite der Sesamstraße. Seit ich bei

„True Love“ arbeitete, hatten sich schon achtzehn Mitarbeiter an dem riesigen Tisch verletzt. Allein sieben hatten sich an der scharfen Kante der Glasplatte gestoßen; die Herzspitze hatte bei zwei Kollegen zu Blutverlust geführt; und Mark aus der Marketingabteilung hatte sich vor fünf Monaten sein Knie angeschlagen und humpelte immer noch. Der Tisch war extrem gefährlich, und das wusste Chad auch.

„Es ist ja nicht nur die Post, Chad“, sagte Loosie und warf mir einen bösen Blick zu, während sie eine weitere Seite in ihrem Notizblock aufschlug. Federico gab einen merkwürdigen Laut von sich. Wenn er gekonnt hätte, wäre er vermutlich in die Nespresso-Maschine geklettert und hätte sich dort ertränkt. Ich hatte mir ganz bewusst einen Platz in der Nähe der Tür gesucht, weil ich in dem Moment, als der Postbote aufgetaucht war, gewusst hatte, dass wir bis zu 27 Säcke tief in der Bredouille steckten, und ich gehöre nicht zu den Frauen, die sich schämen, davonzulaufen. Nachdem man mich nur mithilfe von Psychotherapeuten vom Flughafen Heathrow wegbekommen hat, ist mir *gar nichts* mehr peinlich.

Loosie öffnete den Mund, um etwas zu sagen, und Federico kauerte sich zusammen, als würde er im nächsten Moment eine Explosion erwarten. Ich beugte mich vor und legte meine Stirn auf die kühle Glasplatte des Konferenztisches. Nie im Leben würden wir damit durchkommen.

Die Sache war nämlich die, mein Job bei „True Love“ sollte eigentlich total einfach sein, und damit meine ich, dass eigentlich keine Möglichkeit bestand, irgendetwas zu vermasseln. Das Einzige, was ich tun musste, war, die Briefe zu lesen, die unsere Leserinnen uns schickten, und sie dann umzuschreiben, damit sie interessanter klangen. Mehr nicht. Unsere Leserinnen schrieben uns (meistens zu Hunderten) und teilten ihre Liebesgeschichten mit uns. Sie schrieben uns, wie sie ihre wahre Liebe getroffen hatten oder was sie alles aufgegeben hatten, um ihre wahre Liebe zu retten, oder wie sie vielleicht ihre wahre Liebe wieder entfacht hatten. Daraus suchte ich mir die besten aus, rief die Frauen an, führte ein Interview mit ihnen und fasste ihren ganz besonderen

Moment dann zu einem tausend Wörter umfassenden, herzzerreißenden genialen Text zusammen – für ein winziges Gehalt und ohne dafür jemals auch nur ansatzweise Anerkennung als Autorin zu bekommen. In der Welt der Autoren gehöre ich zum Bodensatz. Ich werde Ghostwriter genannt und bin tatsächlich ein Geist, im wahrsten Sinne des Wortes.

Ach übrigens, bevor ich fortfahre, möchte ich noch kurz festhalten, dass ich eine hoffnungslose Romantikerin bin. Ich liebe die Liebe und warte wie Aschenputtel geduldig auf meinen Märchenprinzen, der auf einem Pferd, einem Esel oder meinetwegen auch in einer der typischen schwarzen Londoner Taxen daherkommt. Oder zumindest war es so. Mein Märchenprinz sollte mich entführen, mich an einen tollen Ort bringen und mir sagen, dass ich mir weder Sorgen um die unglaublich hohen Immobilienpreise zu machen bräuchte noch um die Finanzierung meiner Rente. Natürlich sollte mein Prinz gut aussehen, humorvoll sein, meine innersten Gedanken lesen können und einen mittelgroßen bis gigantischen Penis haben. Aber die Leserinnen von „True Love" berichteten mir immer wieder, dass keine große Chance bestand, dass überhaupt ein Märchenprinz aufkreuze, und wenn, dann sei das erst der Anfang aller Sorgen, die man in Sachen Prinz haben könne. Denn es war durchaus möglich, dass der Prinz nicht die oben genannten, *genau umrissenen* Charaktereigenschaften aufwies; genau genommen hatten einige Leserinnen verlauten lassen, dass ihr Märchenprinz nicht eine einzige davon besaß. Und trotzdem verliebten sie sich alle, nur um dann festzustellen, dass Liebe Aufmerksamkeit erfordert; Liebe erfordert Kompromisse; Liebe erfordert Zugeständnisse. Liebe ist schwierig am Leben zu erhalten, es ist schwierig, weil man sich ständig kümmern muss, und sie ist nicht kontrollierbar. Im Laufe der Zeit ist fast allen unseren Leserinnen die verdammte Liebe wieder abhandengekommen, und sie wurden wieder zu wartenden Prinzessinnen. Natürlich erfuhr unsere treue Leserschaft nichts darüber. Wir zeigten ihnen immer nur das Endergebnis, wenn alle Teile wieder perfekt zusammengefügt waren. Aber ich sah die Leere dazwischen, erfuhr etwas über „die schreckliche Zeit, als ich ihn verloren habe" oder „Warum war ich nicht gut genug für ihn?" oder „Ich habe fünfzehn Jahre meines Lebens für ihn aufgegeben". „Er wollte keine Kinder"; „Ich habe meinen Studienplatz für ihn aufgegeben". „Ich habe seinetwegen etwas aufgeschoben; bin seinetwegen irgendwo nicht hingefahren; er isst kein scharfes Essen, also habe ich seit zwölf Jahren keine indischen Gerichte mehr gegessen; er mag mich lieber blond, dünn, dick, gebräunt, gewachst, haarig ..."

Frauen schienen sich durchgängig den Wünschen der Männer unterzuordnen, selbst wenn die Männer das gar nicht ausdrücklich forderten. Das habe ich nie gehört, sondern immer nur, dass die Frauen es von sich aus zu tun schienen. Meine Grandma sagt immer: „Unterwirf dich niemals den Männern, Kate, unterwirf sie dir!", und ich denke, damit meint sie, dass man sich darüber klar werden soll, was man mit seinem Leben anfangen will, und dass man dafür sorgen soll, dass der Mann in diese Pläne hineinpasst, statt sich darauf zu konzentrieren, was der Mann für Bedürfnisse hat, um sich dann daran anzupassen, um sich zu verbiegen, zu ändern oder auf faule Kompromisse einzugehen, um es ihm recht zu machen. Ich fand das immer ein wenig verwirrend, denn ich dachte, die Zeiten der Unterdrückung wären längst vorbei. Aber anscheinend war das Unterordnen eine universelle Macht, so wie eine riesige Art von Peitsche oder ein unsichtbares Kraftfeld, das Menschen bei anderen anwenden können. Meine Grandma kennt sich mit solchen Sachen aus, denn sie ist eine bekannte Feministin und obendrein noch eine sehr produktive. Sie hat Bücher und Artikel über alles geschrieben, was mit Frauen und Männern zu tun hat und mit Kraftfeldern der Unterdrückung. Während meiner Kindheit, die ich bei ihr verbracht habe, war ich ständig von Bergen von Manuskripten und Artikeln umgeben. Zusammen mit meinem besten Freund Peter bin ich um die Stapel herumgelaufen, und dabei haben wir so getan, als wären es Papierbäume in Papierwäldern; was eigentlich lustig ist, denn es *waren* ja Bäume gewesen, bevor sie von irgendwelchen Burgerketten abgeholzt wurden, damit sie dort auf dem frisch abgeholzten Land Kühe weiden lassen konnten, und dann zu Papier verarbeitet wurden, damit wir Papierbäume daraus bauen konnten.

Und das war es, worüber ich in „True Love" schreiben wollte, nicht über die Kühe und die Bäume und die globale Abholzung der Wälder, das gehört wohl eher ins „Time Magazine" als in „True Love", nein, ich wollte, dass in „True Love" über die Dinge geschrieben wurde, die die Liebe stahl. Ich wollte Frauen helfen, loszuziehen und sich diese Dinge zurückzuholen. Ich wollte ihnen helfen, sich all die Dinge zurückzuerobern, die ihnen die Liebe gestohlen hatte. Und ich wollte von ihnen hören, was ich tun sollte, eine dreißigjährige Frau, die sich beziehungstechnisch gesehen auf dem Ground Zero befand und ihr Loveboat, also ihr Traumschiff, verpasst hatte. Besser gesagt war ich von meinem Co-Kapitän in einer herzlosen Meuterei von meinem Traumschiff über Bord geworfen worden, aber das ist reine Semantik, und ich will hier ja niemanden langweilen (aber es ist wahr). Also habe ich das Chad vorgeschlagen. Ich sagte: „Chad, ich möchte losziehen und all das zurückerobern, was die Liebe gestohlen hat. Das soll ungefähr so werden wie bei „Challenge Anneka"[1], aber mit Liebe und einem gelegentlichen Abklatschen, bitte, lass mich das machen, Chad, bitte. Gib mir etwas, woran ich glauben kann, nachdem aus meinem Doppelbett ein Einzelbett geworden ist."

Und ich hatte vor, das weiterzuführen, jeden Tag wollte ich den Frauen helfen, ihre von der Liebe gestohlenen Träume zurückzuerobern, bis der Schmerz in meinem Herzen verschwunden wäre und das Wort „Gabriel" oder „Gabe" – hin und wieder reichte sogar schon ein „Ga" – mir nichts mehr ausmachte oder mich in

1 **Challenge Anneka.** Britische Fernsehshow. Ausgestrahlt Anfang der 90er-Jahre, Anneka (groß, langes Haar, trug Overalls und nutzte Handys, lange bevor der Rest der Welt Zugang zu ihnen hatte) wurde stets vor eine Herausforderung gestellt. Anneka und ihr Team, das nicht nur Handys besaß, sondern auch in Hubschraubern durch die Gegend flog, hatten nur eine begrenzte Zeit, um diese Aufgabe zu erfüllen. Anneka schaffte es unter anderem, ein rumänisches Waisenhaus neu zu streichen, einen Pool für Seehunde zu bauen und zehn Doppeldeckerbusse für eine innerstädtische Vorschule zu „finden". Sie war ziemlich cool, super großzügig und gemeinnützig und außerdem eine wirklich sehr, sehr schnelle Läuferin.

Tränen ausbrechen ließe. Denn was Märchenprinzen anging, hatte sich meiner als erbärmlicher Schrott entpuppt, und ich vermutete, dass ich nicht die erste Frau war, die feststellen musste, dass der ihr zugedachte Märchenprinz ein bisschen scheiße war. Doch Chad hatte nur gesagt: „Nein."

Woraufhin ich prompt in Tränen ausgebrochen war, denn seit der Trennung war ich zu einer echten Heulsuse geworden. Vorher hatte ich immer geglaubt, wir Briten wären stoisch und wasserfest, doch jetzt schossen mir die Tränen schnell, reichlich und ohne groß provoziert worden zu sein aus den Augen.

Und bisher war das Kontroverseste, was die Zeitschrift je veröffentlicht hatte, ein vierhundert Wörter umfassender Artikel über die körperlichen Beschwerden bei Liebeskummer gewesen, die tatsächlich vergleichbar waren mit den körperlichen Beschwerden bei Drogenentzug (was zum Trost für all diejenigen, denen es gerade nach einer Trennung richtig schlecht geht, übrigens wirklich wahr ist). Nein, „True Love" hatte stets munter die Vorzüge der Liebe gelobt und den Leserinnen beigebracht, wie sie möglichst viel davon bekommen konnten, was häufig genug durch den Kauf der vielen Produkte, für die Chad in der Zeitschrift werben ließ, ermöglicht werden sollte, damit sie, wenn sie die Liebe schließlich gefunden hatten, an uns schreiben und die Freude mit uns teilen konnten. Das zumindest war der Standpunkt, den die Redaktion bis zum vergangenen Freitag vertreten hat …

Ach ja, übrigens, bevor Loosie wieder anfängt loszureden, sollte ich vielleicht erwähnen, dass sie es auf mich abgesehen hat, seit ich mich über ihren amerikanischen Akzent lustig gemacht habe – darüber und über die Tatsache, dass sie so schnell und so laut wie eine Schlagbohrmaschine redet, sowie über die alberne Schreibweise ihres Namens …

„Wie ich schon sagte, Chad, es ist nicht nur die Post." Wütend funkelte sie mich an. „Wir haben eine ungewöhnlich hohe Anzahl von Nachrichten auf dem Anrufbeantworter, dreihundert auf der Hauptleitung, einhundertzwanzig auf dem Nebenanschluss, und dann ist da noch dieses Ding, das sich Fax nennt, das ständig irgendwelche Papierseiten ausspuckt, auf denen offenbar handgeschriebene Mitteilungen stehen. Ich habe in der IT-Abteilung angerufen und denen gesagt, sie sollen das Ding abholen. Außerdem haben wir eine Reihe von Präsentkörben von irgendwelchen Motivationsrednern bekommen, sind von den Verlegern fast sämtlicher Autoren von Selbsthilfebüchern aus Westeuropa kontaktiert worden, und die BBC hat inzwischen schon dreimal angerufen, und Kate, na ja, Kate hat heute anscheinend auch massenhaft Nachrichten bekommen.“ Sehen Sie, ich hab’s doch gesagt, oder nicht? Sie hasst mich. „Ja, massenhaft Leute haben angerufen und gesagt, sie wollen mit Seeräuber Kate sprechen.“ Oh nein. „Und die meisten Briefe sind anscheinend auch an Seeräuber Kate adressiert.“ Ich sah quer durchs Zimmer zu Federico, aber der summte leise vor sich hin und blickte in eine andere Richtung. „Und alle, die Kontakt mit uns aufgenommen haben, wollen mit uns über ihre von der Liebe gestohlenen Träume reden.“

„Ihre *was*?“

„Ihre von der Liebe gestohlenen Träume, Chad“, wiederholte Loosie, obwohl wir alle wussten, dass Chad sie auch beim ersten Mal genau verstanden hatte.

In dem Moment kam glücklicherweise Mark aus der Marketingabteilung ins Zimmer gestürmt. Besser gesagt, er humpelte herein, weil sein Knie ja wegen des riesigen Konferenztisches verletzt war, aber das klingt weniger dramatisch, also stellen Sie sich vor, er kam hereingestürmt.

„Die Server sind zusammengebrochen!“, brüllte er nach dem Hereinstürmen.

„Was heißt hier, der Server ist zusammengebrochen?“, hakte Chad nach und wirkte dabei extrem genervt … und das alles meinetwegen.

„Es ist alles zusammengebrochen, Chad, alles, die Homepage, die Mikroseiten, die Kundenseite, alles, zu viele Leute haben zur gleichen Zeit versucht, auf die Seite zu gelangen.“ Marks Stimme klang so, als hätte er ein Stück Apfel in seinen Nasenlöchern stecken, wenn Sie verstehen, was ich meine.

Chad blickte erst zu mir, dann zu Federico und Mark.

„Punkt neun Uhr seid ihr alle morgen früh wieder hier“, schrie er, bevor er aus dem Konferenzzimmer marschierte, gefolgt von Mark, der – der Dramaturgie dieser Szene zuliebe – hinter ihm herstürmte.

Die Pianistin
Beatrice Van de Broeck – 90 Jahre alt

Was ich wegen der Liebe versäumt habe? Na ja, ich habe kein Klavierstudium begonnen. Mir war 1939 ein Platz an der Juilliard School *in New York angeboten worden. Wahrscheinlich hast du noch nie davon gehört, aber die* Juilliard School *war schon damals eine der besten Musikschulen der Welt. Einige der erfolgreichsten Pianisten unserer Zeit haben an dieser Schule studiert.*

Mein Vater, ein sehr konservativer Belgier, hatte tatsächlich in Erwägung gezogen, mich gehen zu lassen, aber die Schule konnte mir nicht garantieren, dass ich nach meinem Abschluss auch Arbeit finden würde. Na ja, dass seine Tochter nach Amerika ziehen wollte, war eine Sache, aber dass sie womöglich im Anschluss an ihr Studium eine arbeitslose Musikerin sein würde, war etwas ganz anderes. Schließlich hat er mir selbst die Wahl überlassen. Entweder das zu tun, was man von mir erwartete, nämlich einen wunderbaren Mann zu heiraten, den ich wirklich sehr gernhatte, oder nach Amerika zu gehen. Natürlich habe ich zugestimmt, zu heiraten. Das war auch das Richtige, es gehörte sich so. Und mein Ehemann hat mir als Hochzeitsgeschenk einen wunderbaren Steinway-Flügel geschenkt. Darauf habe ich bis zum Tod meines Mannes jeden Tag gespielt. Möge seine Seele in Frieden ruhen.

Aber nachdem ich meinen Platz an der Juilliard School *aufgegeben hatte, habe ich nie wieder Klavierunterricht genommen. Ich blieb auf dem Stand, auf dem ich war: gut, aber nicht großartig; eine Klavierspielerin, aber keine Musikerin, keine Künstlerin. Wenn es also keinen Ehemann gegeben hätte, wenn die Verpflichtung, zu heiraten und sich häuslich niederzulassen, nicht so groß gewesen wäre, wenn ich frei wie ein Vogel gewesen wäre, so wie du jetzt frei bist, du junges hübsches Ding, dann wäre das das Erste gewesen, was ich gemacht hätte. Das ist also der Traum, der mir von der Liebe gestohlen worden ist. Und wenn ich dort in New York wäre, würde ich die Daumen und alles Mögliche andere drü-*

cken und hoffen, dass ich niemals die Liebe finden würde, damit ich für immer dortbleiben könnte.

Grandmas Villa | Pepperpots Lebenstraum

„Nur weil ein Mensch weibliche Geschlechtsorgane besitzt, ist dieser Mensch nicht weniger wert als einer mit männlichen Geschlechtsorganen." Das war so ziemlich das Erste, was Grandma zu mir sagte, als Federico und ich sie im Pepperpots Lebenstraum, dem exklusivsten Altersheim in ganz Westeuropa, besuchten. Eigentlich ist es eher ein Luxus-Senioren-Themenpark auf einem mehr als zwanzigtausend Quadratmeter großen Grundstück, der über ein eigenes Spa, ein schwimmendes Restaurant und ein Tanzstudio verfügt. Wir waren dorthin gefahren, um Grandma und ihre beste Freundin, Beatrice Van de Broeck, um ihren altersweisen Rat bezüglich eines möglichen Problems bei der Arbeit zu bitten, aber bisher hatten wir nichts als eine weitschweifige Lektion über das aufrührerischste Thema überhaupt geboten bekommen.

„Ich habe nämlich lange darüber nachgedacht, Kate", fuhr Grandma fort, während sie in ihrer großen Küche auf und ab ging. „Und ich nehme an, dass du geglaubt hast, deine Ambitionen und deine persönlichen Ziele aufgeben zu müssen, damit deine Beziehung zu Gabriel funktioniert." Federico nickte hektisch mit dem Kopf, um seine Zustimmung zu signalisieren. „Also hast du deine Vagina verleugnet."

„Autsch", murmelte Federico und legte schützend die Hände über seinen Schoß.

„Du bist zu einer verkümmerten Version deiner selbst geworden, zu einer halben Person, einer *Sieson*" – Grandma Josephine ist eine produktive Neologistin[2] – „und was ist eine halbe Frau, Kate? Dabei musst du natürlich an die englischen Wörter für Mann

2 **Neologist:** Jemand, der neue Wörter erfindet. Ich erfinde auch neue Wörter, aber ich tue das, weil ich nur über einen sehr begrenzten Wortschatz verfüge, nicht weil ich so unglaublich clever bin.

und Frau denken.“

„Eine halbe *wo-man* ist nichts weiter als ein *man*, also ein Mann“, erkannte ich und stöhnte.

„In Zukunft solltest du dir immer treu bleiben, Kate, zur Hölle mit Gabriels zerbrechlichem Ego und seiner frauenfeindlichen Gesinnung. Ich wette, seine neue Freundin hat weder ihre Ambitionen noch ihre persönlichen Ziele aufgegeben.“

Dies scheint mir ein guter Moment zu sein, um anzumerken, dass sich Grandma Josephine während der ganzen Zeit, in der ich mit Gabriel zusammen war, nie wirklich für ihn erwärmen konnte. Das ist wahrscheinlich auch der Grund dafür, dass sie es nicht schafft, mir irgendetwas Verständnisvolles oder Tröstendes zu sagen oder zum Beispiel darauf zu verzichten, die Existenz von Gabriels neuer Freundin zu erwähnen, die offenbar eine ganze *wo-man*, also Frau, ist.

„Und jetzt verlierst du auch noch deinen Job!“, rief Grandma an Federico gewandt aus. „Das erste bisschen Stabilität, an das sie sich seit dieser verheerenden Beziehung mit diesem Gabriel klammern konnte. Und jetzt entwurzelt sie sich schon wieder, entzieht sich den Boden unter den Füßen, bringt ihr ganzes Inneres ins Ungleichgewicht, etwas, das sie sich wohl in Frankreich angewöhnt hat.“

Ich sag doch – aufrührerisch …

„Na ja, ich habe ihr noch gesagt, sie soll klein anfangen“, begann Federico, sich einzuschleimen. „Stimmt’s, Kat-kins? Jawohl, das habe ich. Ich sagte: ‚Bring Chad dazu, zu glauben, dass es seine Idee war‘, aber sie hat es natürlich trotzdem gemacht, jawohl, das hat sie, so wie ein ungestümer junger Ochse, bei dem zum ersten Mal die Hormone in Wallung geraten.“ Er setzte sich auf eines der großen, weich gepolsterten Sofas, während der vietnamesische Poolboy (dessen Rolle in Grandmas Haushalt ein wenig ungeklärt war) ihm einen Margarita servierte. Grandma und Beatrice waren schon bei ihrer dritten und trugen noch immer ihre schwarzen Lycra-Parkour[3]-Outfits. Darin sahen sie aus wie Bond-Girls für die über Achtzigjährigen. Und, nur um das mal festzuhalten, Federico hatte nichts dergleichen getan. Er hatte zu mir gesagt: „Du musst gleich in die Vollen gehen, Kat-kins!“, hatte mich abgeklatscht, mich mit einem Appletini abgefüllt und dann meine sorgfältig formulierte Ghostwriter-Geschichte durch eine zweiseitige Anzeige ersetzt, in der die Leserinnen von „True Love“ aufgefordert wurden, uns zu erzählen, welche Träume ihnen die Liebe gestohlen hatte. Aber wie immer glaubte Grandma Federico und verwöhnte ihn jetzt mit köstlich aussehenden Sushi-Wraps. Mir dagegen hatte man nichts angeboten.

„Was ich wissen möchte“, fuhr Grandma fort, „ist, warum Chad überhaupt annimmt, dass Kate dafür verantwortlich ist.“ Sehen Sie? Sie redete so, als wäre es bereits Fakt, dass ich die Schuldige war. „Kannst du Chad nicht einfach erzählen, dass jemand anderes dafür verantwortlich ist, Federico? Auf dich wird er doch hören, oder?“

„Ich verstehe, was du meinst, Josephine, jawohl, das tue ich, jawohl. Aber Chad weiß, dass es Kat-kins war, denn sie hat ihm diese Idee schon vor ein paar Monaten präsentiert, jawohl, das hat sie. Und da wir gerade dabei sind, die Wahrheit auszuplaudern – und ich glaube, das tun wir –, dann muss ich wohl zugeben, dass Chad nicht immer auf mich hört, wenn wir uns bei der Arbeit befinden, nein, das tut er leider nicht. Manchmal hört dieser gut aussehende Berg von einem Mann überhaupt nicht auf mich.“ Federico wurde still und begann, die Sesamsamen von seiner Sushirolle zu picken. „Aber das ist ein ganz anderes, mich persönlich betreffendes Drama“, murmelte er. „Und ich weiß, dass es heute

3 **Parkour**, auch Freeclimbing genannt, ist eine Sportart, in der die Teilnehmer eine bestimmte Route entlanglaufen und dabei versuchen, Hindernisse auf die effizienteste Art und Weise zu überwinden, indem sie nur ihren Körper benutzen. Dazu muss man gut springen, klettern, sich überschlagen, schwingen und Wände hochklettern können. Parkour kann man überall ausüben, aber Gebiete, in denen es viele Hindernisse gibt, werden bevorzugt, das heißt, man praktiziert den Sport vor allem in Städten. Es ist in der Regel keine Sportart, die von Senioren ausgeübt wird.

nicht um mich geht, heute geht es um Kat-kins. Halten wir einfach nur mal fest, wenn wir gerade beim Thema sind, und mir scheint, dass wir das sind, dass ich definitiv klarere Grenzen setzen muss, sei es auf emotionaler, beruflicher oder ... *körperlicher* Ebene." Das letzte Wort flüsterte er nur noch. „Ich weiß das. Mein Therapeut weiß das. Und Chad weiß das ebenso." Er hielt einen Moment lang inne, um an seinem Margarita zu nippen. Ich saß immer noch auf dem Trockenen. „Denn, meine Damen, ich sag euch was, und zwar ganz umsonst, jawohl, das tue ich, wenn jemand dich bei der Arbeit für selbstverständlich nimmt, dann ist es unwahrscheinlich, dass er dich oder deine Grenzen außerhalb der Firma respektiert, jawohl, genauso ist es, aber darüber kann ich gerade nicht reden, ich kann es wirklich nicht." Doch er konnte es. Und wollte es dringend.

„Also hat Kate Chad bereits gefragt", merkte Beatrice rügend an. „Und er hat Nein gesagt", bestätigte sie. „Also weiß er genau, dass sie es gewesen ist." Das war ein eindeutiger Tadel.

„Wenn es euch hilft, ich habe meine Präsentation extra mitgebracht", warf ich schnell ein und wühlte in meiner Tasche. „Ich dachte, die wär vielleicht ganz hilfreich, wenn wir überlegen, wie wir meinen Job retten können." Vorsichtig, so, als wäre es eine Schatzkarte, rollte ich das große Papier auf und legte es auf den Couchtisch, damit alle es sehen konnten. Dann trat ich einen Schritt zurück, um es mir noch einmal genau anzuschauen. Die anderen schnappten nach Luft. Allerdings nicht so, wie ich erwartet hatte. Grandma hielt die Hand vor Augen. Beatrice fiel fast hintenüber, und Federico biss sich in die Faust.

„Was ist das?", kreischte Federico und drehte das Papier auf dem Tisch hin und her, um herauszufinden, wo oben und unten war. „Das ist nicht dein Ernst, Kat-kins, oder? Was ist das denn für ein Scheiß! Das sieht aus, als wärst du in der örtlichen Vorschule gewesen! Hast du das verzapft, Kat-kins? Hast du?" Ungläubig schüttelte er den Kopf. „Hast du ein paar geistig minderbemittelte Kleinkinder gebeten, diese wichtige Geschäftsidee für dich aufzusetzen?" Jetzt fing er schon an, laut zu werden. „Hast du gesagt: ‚Ihr Kinderlein, ihr kleinen Kinderlein, die ihr Schwierigkeiten mit dem Lernen habt, kommt alle her, ihr englischen Kinderlein. Hier habt ihr eine Packung Buntstifte und einen DIN-A3-Block. Nehmt vorher noch einen ordentlichen Schluck von diesem süßen Energydrink, ihr englischen Kinderlein, und dann malt ihr mir was total Bescheuertes und VERSAUT MIR MEINE KARRIERE!!'" Inzwischen war er krebsrot angelaufen.

„Na ja, Federico", flüsterte ich, „ich bin mir nicht sicher, ob du englische Kinder oder nicht doch lieber *britische Kinder* sagen solltest. Das ist irgendwie eine Grauzone." Ist es wirklich. „Und ich glaube, dass meine Präsentation … fesselnd ist."

„Kat-kins Winters, du hast mir erzählt, du hättest eine PowerPoint-Präsentation ausgearbeitet! Und fang jetzt nicht wieder an zu heulen, Kat-kins", sagte er und hob drohend den Finger. „Ich sehe schon, wie sich in deinen Augen wieder kleine Seen bilden. Da sag ich ihr einmal", meinte er an Grandma gewandt, „ein einziges Mal, dass ich finde, sie sieht nett aus, wenn sie weint, aber jetzt kann ich mich schon gar nicht mehr erinnern, wann ich sie das letzte Mal nicht hab weinen sehen." Er seufzte schwer. „Und was sollen die Leute von dir halten, wenn sie dich jeden Tag heulen sehen, hm? Ich sag dir, was sie machen werden, Kat-kins. Sie rufen WaterAid an, jawohl, das werden sie tun. Sie rufen bei dieser fantastischen Organisation an, die sich auf H_2O spezialisiert hat, und werden sagen: ‚Hey, Leute, ihr Problemlöser, ich habe eine Lösung für den Wassermangel auf dieser Welt gefunden. Da ist diese britische Heulsuse, die nicht aufhören kann, Tränen zu vergießen.'" *Sehen Sie, es hieß doch „britisch".* „Und ehe du dich versiehst, hat man dir ein komplexes Wasserversorgungswerk an deine Tränendrüsen installiert, das deine Tränen in ein großes Reservoir leitet. Wir alle werden aus dir trinken, Kat-kins. Deinen Job zu retten wird noch die geringste deiner Sorgen sein, denn die Leute werden dich nur noch den menschlichen Springbrunnen nennen. Sie werden versuchen, dich zu bewässern. Kleine afrikanische Kinder werden dir überallhin folgen, dich verehren und dich wie einen Miniaturbuddha streicheln, und das Spritzverbot wird endlich aufgehoben werden."

„Ich dachte, ich hätte dich besser erzogen, Kate", tadelte mich Grandma, während sie versuchte, meine mit Bunt- und Filzstiften hingekritzelten Worte zu entziffern. Ich persönlich fand es schwierig, zu sagen, ob sie mich tatsächlich *besser* erzogen hatte als eine bunte A3-Präsentation. Auf jeden Fall hat sie mich besser erzogen als meine Eltern, aber die sind auch wirklich merkwürdig und fast immer weg. Sie nennen sich „Friedliche Extrem Gewaltfreie Gefährliche Umweltaktivisten" (FEGGUs), aber ich weiß genau, dass sie nicht gewaltfrei sind, und letzte Woche habe ich Bilder von ihnen in den Channel-4-Nachrichten gesehen. Sie befanden sich an Deck eines erst kürzlich beschlagnahmten Rettungsschiffes, das in einen Hafen im Gazastreifen eingelaufen war. Mein Dad hatte eine rambomäßige Kriegsbemalung aufgelegt, und über das, was meine Mutter getan hat, sollten wir besser den Mantel des Schweigens hüllen. Sagen wir einfach nur, dass sie hin und wieder das Gefühl hat, dass es dem Frieden am meisten dient, wenn sie ihre Brüste entblößt. Meine Kinderstube, die ich bei Grandma genossen hatte, war also besser, als mit meinen Eltern herumzuhängen, aber besser als eine DIN-A3-Präsentation? Da war ich mir nicht hundertprozentig sicher.

„Also, Kate, Schätzchen, wenn du deinen Job behalten willst, dann solltest du mit etwas aufwarten können, wozu Chad nicht Nein sagen kann, ein Star-Interview oder ein Exposé. Das würde ich an deiner Stelle tun."

„Du könntest etwas über mich schreiben", schlug Beatrice vor. „Wenn ich die Chance hätte, mir das zurückzuholen, was die Liebe mir gestohlen hat, dann würde ich an die *Juilliard School of Music* gehen. Meinst du, das wäre möglich?", fragte sie und sah Federico an. „Wir könnten dorthin fliegen, und Kate könnte einen Artikel darüber schreiben."

„Alles ist möglich für solch eine fantastische Dame, wie du es bist, vor allem für eine, die mit solch geschickten Fingern der Klaviatur des Lebens so wunderbare Töne entlocken kann."

„Denn zu meiner Zeit hat man sich nicht so auf sich selbst konzentriert, wie ihr es heute tun könnt. Selbst wenn wir Hobbys hatten oder es Sachen gab, die wir richtig gut konnten – Bereiche, in denen wir Einzigartiges geleistet haben, so wie ich am Klavier –, dann hatten die zurückzustehen, wenn wir geheiratet haben. Niemand hat das je laut gesagt. Niemand hat verkündet: *bis dass der Tod euch scheidet, und jetzt gibst du dich und all deine Hobbys auf*. Von Frauen wurde einfach erwartet, dass sie sich zuerst um andere Menschen zu kümmern hatten. Ich glaube, ihr Mädels von heute wisst gar nicht, wie glücklich ihr euch schätzen könnt."

„Stimmt genau", bekräftigte Grandma. „Nur sehr wenige Frauen verfolgten ihre eigenen, unabhängigen Ziele, als Beatrice und ich noch jung waren. Und, Beatrice, das ist zwar sehr nett von dir, meine Liebe, aber du bist nun nicht gerade Brad und Angelina. Nein, Kate muss über eine Frau schreiben, die bereits mit den Konventionen gebrochen hat, die die Grenzen ausgereizt hat, die sozialen Gedankengebäude infrage gestellt hat, all die Dinge, von denen ihr jungen Frauen heutzutage profitiert. Da fallen einem spontan natürlich sofort ein paar Namen ein: Coco Chanel oder sogar Edith Piaf oder ... Delaware!" Grandma reckte die Faust in die Luft. „Kate muss mit Delaware O'Hunt reden."

„Oh ja!" Beatrice nickte enthusiastisch. „Kate muss mit Delaware sprechen."

„Delaware?" Federico hatte Beatrices Schultern gepackt. „Delaware O'Hunt? Die Filmschauspielerin? Wie, um alles in der Welt, soll Kate es denn schaffen, an eine Filmlegende wie Delaware O'Hunt ranzukommen?" Er versuchte, ruhig zu bleiben, zitterte jedoch vor lauter Aufregung. „Wie, will ich wissen? *Wie?*"

„Na, sie wohnt doch nebenan", erwiderte Grandma Josephine und ging hinaus auf ihre Terrasse, um ins Fenster ihrer Nachbarin zu lugen. „Und normalerweise kommt sie um diese Zeit auf einen Wein vorbei, nachdem sie ihren Jazzrock-Tanzkurs beendet hat."

Beatrice nickte zustimmend, als ob wir alle Tür an Tür mit einem Hollywoodstar leben würden. Federico gab auf einmal merkwürdige Laute von sich und wedelte sich Luft zu, während sein Gesicht die Farbe einer Tomate annahm.

„Wieso wissen wir nichts davon, Kat-kins?“, flüsterte er theatralisch laut. „Das ist schlampige Arbeit, Kat-kins! Schlampige Arbeit!“, wiederholte er und wippte vor und zurück. „Ich liebe sie“, stöhnte er. „Ich liebe, liebe, liebe sie.“

Es ist nämlich so, dass die eben erwähnte Delaware O’Hunt nicht nur eine berühmte Schauspielerin gewesen ist. Sie war *das* Filmidol der 1950er-Jahre. Delaware hatte mehr Filme als jede andere Schauspielerin gemacht, hatte Filme mit allen erdenklichen Filmgrößen zusammen gedreht, hatte in Theaterstücken, Musicals, Filmen mitgespielt, einen Oscar gewonnen, hatte geheiratet und sich scheiden lassen. Sie hatte ein stürmisches Liebesleben geführt und trug noch immer die unglaublichsten Klamotten. Tatsache ist, dass es nichts an Delaware O’Hunts Garderobe gab, wofür ich nicht über glühende Kohlen laufen würde, um es selbst tragen zu können, und dabei war sie schon Rentnerin. Aber ich konnte mir beim besten Willen nicht vorstellen, inwiefern die Liebe Delaware negativ beeinflusst haben könnte. Liebe war bei ihr allgegenwärtig; Liebe verfolgte sie die Straße hinunter; Liebe produzierte Poster von ihr, Dokumentarfilme und Lieder über sie. Sie war eine weltberühmte Schauspielerin, eine der Größten unter den Großen. Es sah nicht so aus, als wäre ihr auch nur irgendetwas entgangen. Wie konnte ich meinen Job retten, wenn ich Delaware interviewte? Sie war die Antithese all derjenigen, denen die Liebe die Träume gestohlen hatte.

„Schätzchen, sie scheint noch nicht zurück zu sein, und ich möchte nicht unhöflich erscheinen, aber ich bin zum Dinner verabredet. Warum kommt ihr beide nicht am Wochenende wieder vorbei, und ich arrangiere ein Treffen, damit ihr mit ihr plaudern könnt? Federico, wenn du rechtzeitig kommst, können wir den *60plus-Parkour* zusammen machen.“

„Danke, Josephine, danke.“ Jetzt redete er wie ein Schauspieler der 1940er-Jahre. „Ich bin am Wochenende auf jeden Fall wieder da, auf jeden Fall.“ Auch er reckte die Faust in die Luft, inspiriert von Delaware, doch Grandma hörte gar nicht mehr zu. Sie starrte in ihre Chanel-Puderdose und zog ihre superdünnen

Lippen nach – das war ihre kosmetische Art, Leuten klarzumachen, dass das Thema für sie bis auf Weiteres beendet war.

„Danke, Grandma, das Wochenende passt mir gut, und entschuldige, dass ich dich von deinem Essen mit Beatrice abgehalten habe." Ich erhob mich schwerfällig aus dem superbequemen Sofa, wobei ich vermutlich eher nach einer Rentnerin aussah als sonst irgendjemand im Zimmer.

„Oh, ich bin nicht mit Josephine zum Essen verabredet", wandte Beatrice ein und stand derart geschmeidig von ihrem Sessel auf, als hätte sie mechanische Schenkel. „Nein, ich hatte schon einen köstlichen Fischauflauf zum Abendessen. Fischauflauf und Erbsen und anschließend einen leckeren Nachtisch." Rentner erzählen einem nur zu gern, was sie gegessen und wie oft sie gepinkelt haben.

„Nein, es ist dieser gut aussehende Peter, der sie wieder besucht, oder?", mutmaßte Beatrice.

„Welcher Peter?", fragte ich die beiden. Rentner haben selten das Bedürfnis, Dinge in einen Zusammenhang zu bringen.

„Peter Parker heißt er, glaube ich jedenfalls. Stimmt das, Josephine? Ich bin mir sicher, dass es Peter Parker war, denn diese Alliteration hat mir so gut gefallen."

„Peter Parker?" Ich drehte mich zu Grandma herum. „Grandma? Du bist mit Peter Parker verabredet? Mit *meinem* Peter Parker? Wieso? Seit wann? Weshalb?"

Normalerweise stellte ich nicht so viele Fragen auf einmal, aber ich stand völlig unter Schock.

„Es ist eine Verabredung zum Abendessen, Schätzchen. Darf ich nichts essen? Jeder muss etwas essen, Schatz."

„Grandma!"

„Wer ist Peter Parker?", wollte Federico wissen und sah zwischen mir und Grandma hin und her.

„Er ist seit Kurzem zurück, Schätzchen, was ich sehr nett finde, wenn ich ehrlich bin. Ist es denn nicht erlaubt, dass mich die Leute besuchen? Und er hat mich übrigens, seit ich hier nach Pepperpots gezogen bin, sehr unterstützt. Es war eine schwierige Entscheidung für mich, das Heim unserer Familie aufzugeben, und obendrein so ein Stress. Und ich hoffe, dass auch ich Peter ein wenig bei seiner Scheidung unterstützen konnte. Es ist so schwierig, in diesem gegenwärtigen sozioökonomischen Klima eine langfristige Beziehung aufrechtzuerhalten. Ich habe zu ihm gesagt: ‚Peter, wenn du in dieser post-postmodernen modernistischen Zeit auf der Suche nach Stabilität bist, wirst du es schwer haben.' „

„Peter Parker hat geheiratet? *Mein* Peter Parker hat geheiratet? Ich meine, hat sich scheiden lassen, ich meine, Peter Parker ist Single?" Eigentlich wusste ich überhaupt nicht mehr, was ich meinte.

„Ich würde mal sagen, genau betrachtet treffen alle drei Dinge zu", sagte da plötzlich Peter Parker hinter mir. Es war das erste Mal seit mehr als fünfzehn langen Jahren, dass ich seine Stimme hörte.

EINE ANZEIGE AUS DER ZEITSCHRIFT „TRUE LOVE“

Was haben Sie alles versäumt,
weil Sie sich verliebt haben?

Liebe „True Love“-Leserinnen,

in diesem Jahr, als meine biologische Uhr dreißig schlug, war ich auf einmal ohne Job, ohne Heim und saß stattdessen, verlassen von meinem französischen Verlobten, in Frankreich fest. Ich war beziehungs- und lebenstechnisch gesehen am Ground Zero angekommen. Ich hatte in meinem Kampf um die Liebe alles aufgegeben und schließlich alles verloren, war sozusagen in der siebten Runde k. o. geschlagen worden und zu Boden gegangen.

Mir war absolut nichts geblieben, ich hatte kein Heim mehr, kein Geld, keinen Job. Ich hatte im wahrsten Sinne des Wortes mein Traumschiff verpasst. Wäre ich jünger gewesen, hätte ich versucht, mein gebrochenes Herz mit den bewährten Methoden zu kitten, sprich: mit einem neuen Freund und/oder übermäßigem Alkoholkonsum. Aber dieses Mal funktionierte das nicht – der Schmerz war zu groß, der Verlust der Liebe zu gewaltig. Viele dunkle Monate lang konnte ich, während ich mir die Augen ausheulte, an nichts anderes denken als an diese Frage:

Was, um alles in der Welt, soll ich nur tun?

Denn meine einzig wahre Liebe war bereits Geschichte; unsere Pläne für eine gemeinsame Zukunft existierten nicht mehr, unsere Träume, unsere noch nicht verwirklichte Hochzeit, unsere noch nicht geborenen Kinder – alles aus und vorbei. Dieser Teil meines Lebens war vorüber, noch ehe er begonnen hatte. Da ich also keine Hoffnung und keine Ga-

rantie dafür hatte, dass die Liebe sich je wieder bei mir blicken lassen würde, musste ich herausfinden, was mich auch ohne Liebe glücklich machen könnte. Was sollte ich mit meiner Zeit anfangen, bis die Liebe noch einmal auftauchte, wenn sie es dann überhaupt tat? Und genau an diesem Punkt kommen Sie, liebe Leserinnen, ins Spiel.

Sehen Sie, ich habe angefangen, eine Liste zu erstellen, eine Liste, auf der all die Dinge stehen, die ich nicht gemacht habe, weil ich mich verliebt hatte; eine Liste mit all den Hobbys, all den Ambitionen und geheimen Träumen, die auf Eis gelegt wurden, weil ich mich verliebt hatte. Und ich habe vor, all diese Sachen jetzt nachzuholen und in Angriff zu nehmen. Ich werde aufbrechen wie eine Piratin ins unendliche Meer, das Leben heißt, und ich werde mir zurückerobern, was die Liebe mir gestohlen hat. Und hier in der Redaktion von „True Love" möchten wir gern wissen, was Sie für die Liebe alles aufgegeben haben. Gibt es etwas, das Sie schon immer einmal tun wollten, es aber nicht getan haben, weil Sie sich verliebt haben? Ein Hobby oder einen lang gehegten Traum? Welche negativen Folgen hatte es für Sie, als Sie sich verliebt haben? Welchen Liebesrat können Sie mir geben? Vielleicht sind einige von Ihnen ja auch daran interessiert, auf die eigene Suche zu gehen, um sich das zurückzuerobern, was die Liebe Ihnen gestohlen hat.

Es ist unerheblich, ob Sie gerade verliebt sind oder nicht, ob Sie auf der Suche nach der Liebe sind oder sie meiden, ob Sie verheiratet, geschieden, homo- oder heterosexuell sind. Wir hier in der Redaktion von „True Love" möchten von Ihnen hören.

Ihnen fällt nichts ein? Dann lassen Sie uns die Sache doch einfach von der anderen Seite aus betrachten. Stellen Sie sich einmal die folgenden Fragen: „Wenn Sie wüssten, dass Sie den Rest Ihres Lebens allein verbringen müssten, wenn Sie sich nie wieder verlieben würden, sich niemals häuslich niederlassen und Kinder haben könnten, was würden Sie dann gern tun? Was würde Sie glücklich machen? Womit würden Sie bis zum Ende Ihrer Tage gern Ihre Zeit füllen, Ihr Herz, Ihre Seele?" Die Antworten auf diese Fragen sind die Träume, die wir uns zurückholen müssen.

Ich habe mein eigenes Traumschiff verpasst. Mir sind die Liebe und die Träume, die mein Leben ausfüllen könnten, abhandengekommen. Ich werde mich also auf eine Mission begeben, eine Suche nach den Träumen, die die Liebe mir gestohlen hat, um mir das zurückzuholen, was die Liebe mir genommen hat. Begleiten Sie mich? Wollen Sie zusammen mit mir auf meinem Schiff reisen? Dann kommen Sie an Bord.

Herzlichst Ihre

Seeräuberin Kate

Bitte senden Sie Ihre Schreiben an:
Seeräuberin Kate, Postfach „Was die Liebe mir gestohlen hat", c/o „True Love", Redaktion London

Lesen Sie nächste Woche in „True Love":

MR SCHNURRR-FEKT – wie ein Kater den Schmerz des Alleinseins lindern kann.
BOTOX oder NOTOX – sollten Sie sich für Ihren ganz besonderen Tag aufpolstern lassen?
UND
WIE SIE IHREN PERFEKTEN HOCHZEITSTAG FÜR WENIGER ALS £ 99,98 GESTALTEN!

Papiertürme von Papierseelen

Die Große Rote | „True Love"-Redaktion | East London

Jenny Sullivan muss nicht in einer nachttopfähnlichen Räumlichkeit arbeiten. Allein daran konnte ich schon erkennen, als ich bei „True Love" anfing, dass sie wichtig war; das und die Tatsache, dass ich sie bereits auf Millionen von unterschiedlichen Werbeplakaten, in Tausenden von unterschiedlichen Fernsehwerbungen und Hunderten von unterschiedlichen Talkshows gesehen hatte. Aber was meinen Arbeitsalltag anging, da merkte ich, dass sie wichtig war, weil sie ein komfortables Büro ihr Eigen nennen durfte.

Es ist nämlich so, dass die Räumlichkeiten von „True Love", die das gesamte oberste Stockwerk eines umgebauten Lagerhauses in East London einnehmen, völlig offen gehalten sind. Es gibt einen großen gläsernen Raum in der Mitte der Etage, das Konferenzzimmer, das den tödlichen herzförmigen Tisch beherbergt, außerdem ein Eckbüro für Chad und eines für Jenny. Die restliche Fläche des Großraumbüros ist mit großen bunten „Arbeitsschüsseln" übersät. Jede Schüssel ist ungefähr zwei Meter fünfzig hoch, bietet Platz für einen Schreibtisch, und hinein gelangt man durch einen kleinen Bogen. Die Schüsseln sehen aus wie riesige Dinosauriereier und lassen das gläserne Büro wie eine Inkubationskammer in einem ethisch fragwürdigen wissenschaftlichen Labor wirken; eines, das menschliche Klone produziert, die nur auf die Liebe fixiert sind, über mittelmäßige Schreibfertigkeiten verfügen und in der Lage sind, ganzseitige Werbeflächen zu verkaufen. Es gibt keinen wissenschaftlichen Beweis dafür, dass das Arbeiten in Rieseneiern die Produktivität erhöht, aber Chad hat sich irgendwann einmal die Mühe gemacht, ein historisches Dokument zu präsentieren, worin stand, dass die Inkas angeblich in solchen Eiern gewirkt hätten. Sein historisches Dokument sah verdächtig nach einem normalen, mit Tee bekleckerten DIN-A4-Blatt aus. Und besagte „Tatsachen" waren im Internet nirgends zu finden. Trotzdem wird das Personal bei „True Love" dazu verdonnert, in diesen die

Produktivität steigernden, eiförmigen Schüsseln zu arbeiten. Alle, mit Ausnahme von Jenny. Und ich hatte mich in meiner winzigen Schüssel, die ich liebevoll die „Große Rote" nannte, seit Viertel nach acht versteckt, während ich zuhörte, wie die anderen sich alle in dem gläsernen herzförmigen Konferenzraum stritten.

„Ich meine ja nur, Chad", sagte Jenny und drehte wie wild an ihrem riesigen Ehering, „dass diese Idee sich nicht wirklich nach ‚uns' anhört, oder, Chad?" Chad lief auf und ab und verzog das Gesicht. Federico stand wie eine Statue in der Ecke. „Denn die Leute hier beschäftigen sich mit der Liebe, Chad!" Mit dem Zeigefinger zeichnete sie ein Herz in die Luft. „Diese Zeitschrift beschäftigt sich mit Liebe, Chad!" Sie wiederholte diese Geste. Dabei hätte sie einfach nur auf den Tisch zu zeigen brauchen. „Deshalb heißen wir ‚True Love', Chad."

Ich weiß nicht, ob Sie es schon bemerkt haben, aber Jenny Sullivan hatte die Marotte, die Vornamen von anderen Leuten überzustrapazieren. Es ist eine Technik, über die sie in einem Buch namens „*Own it – take life by the bollocks*" gelesen hat, was ungefähr wohl so viel bedeuten sollte wie „Steh dazu! Pack das Leben bei den Hörnern!" Nachdem sie meinen Namen einmal bis zum Exzess benutzt hatte, war er mir völlig fremd geworden. Ich bin überzeugt davon, dass sie diese Strategie absichtlich einsetzt.

„Chad, ich denke nur an dich, Chad." Sehen Sie. „Denn wir können doch nicht anfangen, darüber zu schreiben, wie scheiße die Liebe ist, um dann zu Liebespiraten zu werden, Traumschiffe zu kapern und auf verdammte Liebesmissionen zu gehen. Was, zum Teufel, sollen denn unsere armen dummen Leser denken?" Sie sah zwischen Chad und Federico hin und her. „Denn, Chad, ich kann auch noch andere Sachen machen, wenn diese Zeitschrift wegen des idiotischen Richtungswechsels, den du hier gerade vorschlägst, eingeht. Ich arbeite einfach weiter an meiner Modelkarriere", erklärte sie und strich nicht vorhandene Falten in ihrer Kleidung glatt. „Es vergeht kein Tag, an dem ich nicht gebeten werde, irgendein Beautyprodukt oder irgendeine Modemarke zu unterstützen, das wird wirklich langsam langweilig", sagte sie an Federico gewandt, so als würde er verstehen, was für eine Bürde das war, obwohl das Einzige, das Federico jemals hatte unterstützen sollen, ein Mundwasser in der Paddington Station gewesen war. Und dabei hatte es sich auch eher um eine Kundenbefragung als um traditionelle Werbung durch einen Prominenten gehandelt. „Und meine Karriere als Autorin habe ich dabei noch gar nicht in Betracht gezogen. Mein Verleger hängt ständig am Telefon und bedrängt mich, einen neuen Bestseller zu schreiben. Oder ich könnte mir einfach mal eine Auszeit nehmen, mehr Zeit damit verbringen, eine gute Hausfrau zu sein, und mich um meinen wunderbaren Ehemann kümmern und …"

„Oh, zur Pussy noch mal, Jenny", brauste Chad auf und blieb abrupt stehen. „Bitte, kannst du verdammt noch mal den Mund halten? Es wär weit weniger pussymäßig nervend, wenn du einfach all deine Auszeichnungen, deine Referenzen und deine kostbaren Fotos von dir und deinem vollkommenen Barbie-Ken-Mann nimmst und sie dir direkt auf deine pussymäßigen Klamotten drucken lässt. Lass den Stoff für dich sprechen, dann hätten meine Ohren nicht immer das Gefühl, sie hätten Dünnpfiff, wann immer du anfängst zu reden." Federico schlug sich die Hand vor den Mund, während er mit großen Augen von einem zum anderen blickte. „Ich hab's begriffen, Jenny. Du bist pussymäßig großartig." Jenny sah einen Moment lang aus, als würde sie anfangen zu heulen. Ich sah, wie Federico sich die Augen zuhielt – wahrscheinlich weil er der Meinung ist, dass, wenn er einen unglaublich gut aussehenden Menschen weinen sieht, es so ist, als würde man einen riesigen Dreckfleck auf einem frisch gewaschenen weißen Laken entdecken. Es sollte einfach nicht erlaubt werden.

„Guck dir die pussymäßigen Briefe an!"

Jemand klopfte an meine Schüssel. Es war Chads Assistentin Loosie, die alberne Amerikanerin mit dem so albern geschriebenen Namen. Sie kam hereinstolziert, Notizblock in der Hand, und nahm mir die Sicht zum Konferenzzimmer. Ehe sie zu sprechen begann, stieß sie einen missbilligenden Laut aus, nur um mich wissen zu lassen, wie nervig sie mich und alles, was mit mir zu tun hatte, fand.

„Kate Winters", begann sie, „vorausgesetzt, du bist verantwortlich für die Anzeige, die ohne Genehmigung in der letzten Ausgabe von ‚True Love' erschienen ist – und angesichts der Art und Weise, wie du deinem Exfreund hinterhergeheult hast, können wir wohl davon ausgehen, dass sie von dir ist, das und die Tatsache, dass niemand sonst so bescheuert sein würde, um a) bei ‚True Love' zu arbeiten und gleichzeitig in Betracht zu ziehen, dass die Liebe etwas anderes als super sein könnte, b) Chad den Vorschlag zu machen, der abgelehnt wird, und ihn dann trotzdem weiterzuverfolgen und c) einen Text zu veröffentlichen, der im Grunde eine Anzeige ist, die unsere Leserinnen tatsächlich ermutigt, Gott behüte, sich mit uns in Verbindung zu setzen –, sind weitere neunundzwanzig Postsäcke voll mit Briefen, adressiert an Seeräuberin Kate, für dich eingetroffen. Sie standen an deinem Schreibtisch, doch Chad, und damit meine ich mich, hat sie ins Konferenzzimmer geschleppt. Du hast außerdem einen Präsentkorb von einem Motivationstrainer namens Bob bekommen, der sich mit dir treffen will, besser gesagt mit ‚Seeräuberin Kate'", sie holte tatsächlich einmal Luft und malte Anführungszeichen in die Luft. „Und da waren ein paar Anrufe für dich. Einer von deiner Großmutter, die es heute Morgen schon dreimal versucht hat, um mit dir über jemanden namens Mary und über jemanden namens Delaware zu reden. Es hörte sich so an, als wüsstest du, wer diese beiden Leute sind. Außerdem wollte sie wissen, warum du nicht um neun Uhr mit der Arbeit begonnen hast. Das würde mich übrigens auch brennend interessieren." Sie blätterte durch ihre Notizen. „Deine Freundin hat zweimal angerufen, um mit dir über ihre von der Liebe gestohlenen Träume zu reden, eine Frau namens Beatrice hat sich wegen einer Reise nach New York gemeldet, und dann hat noch ein Mann namens Peter Parker angerufen." Beim Klang seines Namens stieß ich meinen Kaffee um, der sich über den gesamten Schreibtisch ergoss. Loosie starrte mich derart entsetzt an, als wäre ich ein Dreckfleck auf einem Laken, während ich versuchte, alles wieder aufzuwischen. „Peter Parker", sie machte eine Pause, um zu sehen, ob sie mich noch einmal dazu bringen konnte, etwas zu verschütten, „hat mir seinen Namen zweimal buchstabiert, sehr langsam. Bitte sag Peter Parker, dass ich nicht behindert bin. Und wenn du jetzt regelmäßig so viele Anrufe erhältst, musst du mit Chad darüber reden, dass du einen Anrufbeantworter bekommst. Ich habe nicht an der Universität von Kalifornien studiert, um ständig Anrufe für dich entgegenzunehmen, auch wenn das eines der Module in meinem Sekretärinnenkurs war, den zu belegen meine Mutter, möge sie in Frieden ruhen, mich gezwungen hat, als ich fünfzehn war, damit ich immer – und hier zitiere ich wörtlich – ‚die Möglichkeit habe, für mich selbst zu sorgen, unabhängig davon, ob ich neben unserem Herrn einen Mann habe oder nicht'. Offenbar ist blind tippen zu können eine heilige Angelegenheit."

Sie blätterte weiter, seufzte und fuhr fort: „Federico will dich sehen, sobald du da bist; Jenny Sullivan befindet sich auf dem Kriegspfad gegen dich, und Chad hat zu mir gesagt, und ich zitiere noch einmal: ‚Sie soll nicht einmal daran denken, ihren Tag damit zu beginnen, sich auf ihren kleinen mageren Arsch zu setzen, geschweige denn, an ihrem Morgenkaffee zu riechen, ehe sie bei mir gewesen ist', und mit ‚bei mir' meine ich Chad, denn das war ja ein Zitat. Ach, und übrigens, du hast einen Fleck auf deinem Top, der nach Tomatensaft aussieht, könnte aber auch Ketchup sein, wie auch immer, wir beide wissen ja, er stammt bestimmt nicht von einem Vitamindrink. Kate? Kate, wo willst du hin?"

„Mir frischen Kaffee holen", antwortete ich und quetschte mich aus der Großen Roten.

„Hast du mir nicht zugehört, Kate? Du sollst ins Konferenzzimmer kommen. Sofort. Chad hat ein frühmorgendliches Fokusmeeting anberaumt."

Konferenzzimmer | „True Love"-Redaktion

Im Jahr 2009 hatte das „Time Magazine" einen Artikel veröffentlicht, in dem ein Zusammenhang zwischen Fettleibigkeit und der

Liebe dargestellt wurde. Es wurde behauptet, dass Frauen, wenige Jahre nachdem sie geheiratet hatten, zweimal so häufig fettleibig wurden wie Frauen, die nicht in einer festen Beziehung lebten, sondern sich nur verabredeten (ich vermute, all die Singles blieben so dünn wie neugeborene Fohlen). An der Untersuchung waren siebentausend Frauen beteiligt, und man fand auch heraus, dass unverheiratete Frauen, die mit ihren Partnern bis zu fünf Jahre zusammenlebten, ebenfalls ein um dreiundsechzig Prozent erhöhtes Risiko hatten, an Fettleibigkeit zu erkranken. Einer der Mitarbeiter der Studie kommentierte das so: „*Je länger eine Frau mit einem Partner in einer romantischen Beziehung zusammenlebte, desto größer war die Gefahr, dass sie an Gewicht zunahm.*“ Dies war längst nicht die erste Studie, die diesen Zusammenhang offengelegt hat oder die im Allgemeinen eher negativen Auswirkungen, die Beziehungen auf Frauen haben konnten, aber ich vermutete, dass es die einzige Studie war, die Chad in die Finger bekommen konnte, ehe er unsere ironischerweise ‚frühmorgendliches Fokusmeeting‘ genannte Besprechung anberaumt hatte – eine Besprechung, die nie einen Fokus hatte, die bis zum heutigen Tag auch noch nie am frühen Morgen stattgefunden hatte und bei der es durchaus vorkommen konnte, dass Mitarbeiter zu heulen anfingen. „Nachmittägliches Plauderstündchen mit Mutti“ wäre eine treffendere Bezeichnung gewesen oder „Lasst uns alle einem von Chads nie enden wollenden Monologen lauschen und versuchen, zu raten, wie viele Flüche er dabei verwendet“.

Als ich nervös ins Konferenzzimmer schlich, funkelte mich die makellos gekleidete Jenny Sullivan böse an. Sie saß kerzengerade und mit finsterer Miene an der lebensgefährlichen Spitze des Konferenztisches. Es sah so aus, als würde das Glasherz buchstäblich aus ihren perfekten Brüsten wachsen, was irgendwie ironisch schien, allerdings auf eine Art und Weise, die ich nicht so ganz verstand. Chad dagegen war nur eine unscharfe Silhouette, da er sich auf seinem herzförmigen Spezialstuhl wie wild im Kreis drehte. Aggressiv und ziemlich geräuschvoll biss er in einen extra großen roten Apfel[4]. Federico stand direkt hinter ihm an der Nespresso-Maschine und winkte wild, als ich zur Tür hereinkam. Der Rest der Belegschaft überflog hastig den „Time Magazine"-Artikel, den Loosie austeilte.

„Ich habe beschlossen, ‚True Love' eine etwas andere Richtung zu geben", sagte Chad im Drehen, wobei ihm die Worte aus dem Mund flogen wie aus einem Kettenkarussell; die Anfänge und Enden seiner Sätze schwirrten in unterschiedliche Richtungen davon. „Ich weiß ja, dass ich das mit euch allen nicht richtig abgesprochen habe, aber warum, zum Teufel, sollte ich das auch. Also, aufgepasst. Ich werde eine neue Rubrik in die Zeitschrift einbauen und sie ‚Was die Liebe mir gestohlen hat' nennen." Bei jeder Runde auf seinem Stuhl nahm er für den Bruchteil einer Sekunde Augenkontakt zu mir auf. „Interne Abkürzung ‚Traumräuber'." Er griff nach der Kante des Glasherzens und hielt abrupt an. „Ich will, dass ‚True Love' einen ausgewogeneren Blick auf die Liebe wirft, und habe beschlossen, dass wir mit den pussymäßig fetten Leuten anfangen." Er stand auf, um im Konferenzzimmer auf und ab zu gehen, doch seine Beine gaben unter ihm nach wie bei einer Marionette ohne Puppenspieler – wahrscheinlich hatte er zu viele Umdrehungen auf seinem Stuhl genossen. Chad setzte seine Fokusmeetingrede also vom Fußboden aus fort. „Bevor hier jetzt irgendjemand aufschreit und protestiert – ich will mir über die Dicken kein Urteil erlauben, okay, daher lasst uns das als Erstes klären, damit das für all die Liberalen von euch, die ihr pro Fettleibigkeit und so seid, klar ist. Meine Mum hat ihr Leben lang mit den Pfunden gekämpft, ich weiß also aus erster Hand, wie sich eine dickere Frau fühlt. Aber unsere Leserinnen haben Farbe bekannt. Sie haben sich offenbart. Sie haben uns geschrieben, und zwar pussymäßig viele Säcke voll mit Briefen, in denen sie den Männern die Schuld daran geben, dass sie fett geworden sind. Was

4 **Rote Äpfel:** Alles, was es in der „True Love"-Redaktion zu essen gab, musste rot sein. Grüne Äpfel sind für mich inzwischen so ungewohnt, dass ich letzten Donnerstag nach der Arbeit völlig fasziniert vor einem Stapel mit Granny-Smith-Äpfeln im Supermarkt stand. Eine der Verkäuferinnen fragte mich, ob ich auf Drogen sei.

natürlich Schwachsinn ist. Ich habe ungefähr so viel Einfluss auf das Gewicht einer Frau wie eine Plastikapfelsine, aber wir werden trotzdem darüber schreiben, denn offenbar ist es ihnen egal, also werden sie gutes Geld dafür zahlen, um das Problem zu lösen. Hey, ihr vom Marketing, ihr könnt die Anzeigenpreise um fünfzehn Prozent erhöhen, und sucht all die Firmen raus, die Diätpillen vertreiben. Besser, sucht alle raus, die irgendwas mit Gewichtsverlust zu tun haben; Crosstrainer, Personal-Trainer, diese Pussy Paul McKenna und sein verdammtes ‚Ich mach dich schlank'-Buch. Wir wollen alles. Mehr Anzeigen bedeuten weniger Arbeit für uns. Rosa Schüssel, ich will, dass du was über Stars schreibst, deren Gewicht von ihren Beziehungen beeinflusst wurde. Gelbe Schüssel, ich will eine Reihe von kurzen Artikeln über Leute, die dünn wurden, weil sie sich verliebt haben, vielleicht etwas darüber, wie viele Kalorien beim Sex verbraucht werden, wie sie dann aber fett wurden, sonst verlieren wir unsere dicken Leserinnen. Blaue, schwarze und silberne Schüsseln, ich hätte gern ein paar kurze Artikel über Leserinnen, die wegen der Liebe materielle Besitztümer verloren haben; Häuser, iPads, Autos und so weiter. Und ich will irgendetwas darüber, wie die Liebe jemanden umgebracht hat, am besten durch Verhungern oder meinetwegen auch wegen eines gebrochenen Herzens. Wir wollen, dass die Leserinnen das Gefühl haben, sich auf einer verdammten Achterbahnfahrt der Gefühle zu befinden. Jenny, durchwühl die Geschichtsbücher und such eine Königin oder Prinzessin, die etwas wegen der Liebe aufgegeben hat, ihren Anspruch auf den Thron oder so." Jenny verdrehte die Augen und stieß so heftig die Luft aus, dass sie sich selbst mitsamt Stuhl durchs Zimmer hätte pusten können. „Und, Kate ..." Mir wurde ganz schlecht, als er meinen Namen sagte. „Lasst uns die kleine Kate Winters nicht vergessen." Ich spürte, wie alle im Zimmer sich hämisch bei der Aussicht freuten, dass ich gleich öffentlich gefeuert werden würde. „Kate, du hast illegalerweise etwas in meiner Zeitschrift veröffentlicht." Ich spürte, dass sämtliche Augen auf mich gerichtet waren, während ich einen Punkt auf dem Boden fixierte. „Du bist verantwortlich für diese pussymäßig vielen Briefe." Er deutete in eine Ecke des Raumes, und ich drehte mich in die Richtung. „Das war der ultimative Vertrauensbruch, Kate Winters, dass du nicht nur einen Weg gefunden hast, dir Zugang zu meiner Zeitung zu verschaffen und damit auch zu Millionen unserer Leserinnen, sondern dass du diesen Weg dann auch noch dazu benutzt hast, um deine eigenen Ziele zu verfolgen. Nenn mir einen guten Grund, warum, zur Pussy, ich dich nicht einfach feuern sollte, um dann die Polizei anzurufen und dich verhaften zu lassen."

Ich wusste nicht, was ich sagen sollte. Das Einzige, was ich sah, waren die Briefe, Abertausende, die am Ende des Zimmers auf Tischen lagen. Die Berge dieser Briefe waren höher als all die Papierwälder, um die Peter und ich als Kinder herumgelaufen waren. Und hinter jedem dieser Briefe steckte eine Frau, eine lebende, atmende Frau, die uns etwas mitteilen wollte, die sich aussprechen wollte, die die Hand ausstreckte; jeder Brief eine andere Stimme, ein anderer Mensch. Die Frauen wollten sich wirklich ihre von der Liebe gestohlenen Träume zurückerobern. Es waren Papierberge der Hoffnung. Mir traten Tränen in die Augen, als ich an all die Möglichkeiten dachte. Damit wäre ich mein Leben lang beschäftigt.

„Hey! Seeräuberin Kate! Ich sagte, nenn mir einen pussymäßig guten Grund, warum ich dich nicht feuern sollte!"

Alle Kollegen erwarteten, dass ich klein beigeben würde, dass ich vielleicht betteln oder einfach meine Sachen packen und verschwinden würde. Aber nicht jetzt, nicht nachdem all diese von der Liebe gestohlenen Träume vor mir auf dem Tisch lagen. Chad würde mich schon an den Knöcheln aus dem Gebäude schleifen müssen, wenn er glaubte, dass ich so schnell aufgeben würde.

„Ich kann dir zwei nennen", sagte ich und fuhr theatralisch herum, was die anderen veranlasste, nach Luft zu schnappen. „Das heißt, eigentlich kann ich dir nur einen nennen, aber der besteht aus zwei Worten."

„Wir wollen hier nicht Scharade spielen, zur Pussy noch mal, Kate."

„Wie wäre es mit einem Interview mit der medienscheuen Delaware O'Hunt?" Erneut schnappten alle nach Luft.

„Das waren eigentlich weit mehr als zwei Worte …", murmelte Federico. „Allein Delaware O'Hunt sind genau genommen ja schon drei Worte, und dann war da ja auch noch der Rest des Satzes, was uns näher an zehn heranbringt, obwohl ich nicht ganz sicher bin, ob das O mit dem Apostroph mit dem Hunt zusammengerechnet wird. Weiß das einer von euch?" Fragend schaute er sich im Zimmer um.

„Irgendjemand?"

„Zur Pussy noch mal, ich liebe Delaware O'Hunt, und das weißt du verdammt noch mal auch", stieß Chad wütend hervor und ließ sich wieder in seinen Stuhl fallen, während er darüber nachdachte. „Kate Winters, ich schwöre, wenn du dieses Interview nicht zustande bringst oder es versaust, dann hast du es dir mit mir versaut und wirst rausgeschmissen." Dabei deutete er auf das Fenster. „Du kriegst jetzt noch mal offiziell Bewährung. Aber wenn du noch einmal irgendetwas Unerlaubtes veröffentlichst, fliegst du. Wenn du zu spät in die Redaktion kommst, fliegst du. Wenn du ein Paar Schuhe anhast, das mir missfällt, fliegst du." Ich blickte auf meine Schuhe und stellte fest, dass sie mir auch nicht sonderlich gut gefielen. „Du weißt, dass du nur noch hier bist, weil du mir Delaware versprochen hast und weil ein gewisser Jemand glaubt, dass du Talent hast." Federico deutete auf sich. „Ich bin mir da nicht so sicher, also werden wir jetzt erst einmal abwarten, wie sich deine *Traumräuber*-Idee entwickelt. Aber du wirst nichts mehr unter deinem eigenen Namen schreiben" – tat ich sowieso nicht –, „du wirst dich von der nächsten Ausgabe fernhalten, und als besonderen Dank darfst du jeden einzelnen der Briefe lesen, die hier eingetrudelt sind und die wir nur dir zu verdanken haben. Ich werde dich so hart rannehmen, dass du überhaupt nicht mehr weißt, was, zur Pussy, dir geschehen ist. Jede einzelne Minute jedes einzelnen Tages wird dieser Job dich jetzt fordern. Also, tauch in die Briefe ein, such dir die besten aus und überarbeite sie für die Zeitschrift, in der ersten Person geschrieben, natürlich. Und wenn das Delaware-Interview fertig ist, schick es per Mail an Jenny. Es ist ja wohl klar, dass es unter ihrem Namen erscheinen wird, wir können ja unseren Leitartikel nicht von einem Niemand schreiben lassen, wofür bräuchte ich dann schließlich noch Jenny?"

Jenny wurde blass und blickte Chad in die Augen, nur eine Sekunde lang, ehe beide sich kriecherisch anlächelten. „Also!", posaunte Chad und klatschte in die Hände. „Ich werde die kommende Ausgabe genau überprüfen, und ich lese *langsam*, das heißt, die Deadline für euch alle ist zwei Tage früher als sonst." Kollektiv stöhnte die gesamte Redaktion auf. „Sammelt euch, Leute, und lasst uns einen Moment innehalten. Schließt die Augen, holt tief Luft und lasst uns gemeinsam sprechen: ‚Wir danken der Pussy für die pussymäßig Dicken.'" Er warf seinen angebissenen Apfel über die Schulter, bevor er aus dem Konferenzzimmer marschierte. *Alle* warfen mir böse Blicke zu, alle mit Ausnahme von Federico. Der saß in der Ecke und spendete mir still Beifall, ehe er von etwas Unsichtbarem auf seinem Ärmel abgelenkt wurde.

„Na, schau mal einer an", sagte er, nachdem alle anderen das Konferenzzimmer verlassen hatten. „‚True Love Magazine' jagt den von der Liebe gestohlenen Träumen nach; eine neue Richtung, eine neue Ära, was für den Rest der Belegschaft zusätzliche Arbeit bedeutet. Gut gemacht, Mädchen!" Triumphierend rief er „Ja!" und hob die Faust in die Luft.

Federico hatte recht. Die Sache war es wert, die Faust gen Himmel zu strecken und zu jubeln. Ich hatte endlich einen Weg gefunden, wie ich herausbekommen konnte, was Frauen alles verloren hatten, als sie sich verliebt hatten. Ich hatte ein virtuelles Förderband voller Möglichkeiten, mit denen ich mich beschäftigen konnte, um das zurückzuholen, was die Liebe gestohlen hatte; ich konnte Frauen helfen, wieder zu sich selbst zu finden, sich selbst zu verwirklichen; ich konnte – hoffentlich – ein wenig Glück und Freude verbreiten und darauf hoffen, dass es genauso ansteckend war wie die bösartigen Schweinegrippeviren. Okay, ich war zwar nicht weiter die Leiter hinaufgestiegen (die metaphorische Autorenleiter), und ich hatte vermutlich dafür gesorgt, dass Chad noch reicher wurde, hatte Federico den Job des

Korrekturlesens erspart und Jenny Sullivan ein Starinterview verschafft, ohne meine eigene Karriere in irgendeiner „messbaren“ Weise gefördert zu haben, aber ich hatte anscheinend immer noch einen Job, was unter den gegebenen Umständen doch schon mal ein guter Anfang war.

Und nachdem ich ein paar der Postsäcke durchgesehen, die Briefe überflogen und sortiert hatte, stellte ich fest, dass Chad recht gehabt hatte. Viele der Briefe waren von Frauen, die sich Sorgen wegen ihres Gewichts oder ihres äußeren Erscheinungsbildes machten; Frauen, die sich weniger attraktiv fanden, seit sie sich verliebt hatten und in einer festen Beziehung lebten; Frauen, die sich so weit von ihrem früheren Ich entfernt hatten, dass es ihnen wehtat, sich Fotos anzusehen, die aus der Zeit vor ihrer Liebe stammten. Es gab Tausende von Briefen mit herzzerreißenden Geschichten von Frauen, die von ihren Partnern nicht mehr geschätzt wurden, von Frauen, die einen Teil von sich aufgegeben hatten – den Teil von sich, der sexy, der spielerisch war –, weil sie das Gefühl gehabt hatten, dass es sich dabei um eine Rolle oder einen Teil ihres Lebens handelte, der vorbei war. Ich wollte wissen, wieso. Jeder möchte sich schön fühlen, und jeder hatte das Recht darauf, sich schön zu fühlen. Warum empfanden dann so viele von uns das genaue Gegenteil? Bestand eine Verbindung zwischen Gewichtszunahme und Liebe? Und wenn ja, war es möglich, das wieder rückgängig zu machen? Immer mehr Fragen schossen mir durch den Kopf.

Warum nahmen Frauen überhaupt ab einem bestimmten Zeitpunkt zu?

Was richtete die Liebe in ihnen an, dass sie so dick wurden?

Inwiefern hatte das einen Einfluss auf ihre langfristigen Beziehungen?

Und wie konnte ich es schaffen, einen Artikel zu schreiben, den Chad dann unter *meinem* Namen veröffentlichte?

Um den Fragen mit dem Dicksein auf den Grund zu gehen, beschlossen Federico und ich, ein *Moppel-Camp* einzurichten und zwanzig Frauen, die uns geschrieben hatten, zu uns in die „True

Love"-Redaktion einzuladen. Wir wollten ihnen den Körper zurückgeben, den sie vor der Liebe gehabt hatten, damit sie sich wieder so glücklich und leicht wie vor dem Verliebtsein fühlen konnten. Vielleicht konnten wir in Erfahrung bringen, wie sie in diese Situation hineingeschlittert waren.

Zunächst wollte ich aber mit Grandma über Mary sprechen und möglichst schnell ein Interview mit Delaware arrangieren; außerdem musste ich mit Leah über ihre Liste der von der Liebe gestohlenen Träume reden; und warum hatte Peter Parker mich heute im Büro angerufen, nachdem er fünfzehn Jahre lang nichts von sich hatte hören lassen? Ich beschloss, mit Grandma anzufangen, da sie über achtzig Jahre alt war und ich der festen Überzeugung bin, dass die Gesellschaft im Allgemeinen mehr Respekt für die ältere Generation aufbringen sollte, was auch bedeutet, dass man sie als Erste von drei möglichen Kandidaten anruft – okay, eigentlich nur zwei Kandidaten, weil ich nicht wirklich in Erwägung gezogen hatte, Peter Parker zurückzurufen.

Als ich nach der Besprechung meine Sachen zusammenpackte, am ersten offiziellen Tag meiner Mission, auf der ich all das zurückerobern wollte, was die Liebe gestohlen hatte, verspürte ich einen Anflug von Aufregung und Hoffnung, der jedoch von Angst und Zweifeln ersetzt wurde, als Jenny Sullivan an mir vorbeirauschte, wie immer perfekt gestylt und Hass und Verachtung ausstrahlend. Und obwohl ich nicht sehen konnte, dass sich ihre Lippen bewegten, hätte ich schwören können, dass ich sie sagen hörte: „Dafür wirst du noch zahlen, Winters", bevor sie in Chads Büro verschwand und die Glastür hinter sich zuknallte.

Die Geschichte von Peter Parker – dem Jungen, der niemals lächelt

Ich wuchs neben einem Jungen namens Peter Parker auf. Er ist mein ältester Freund, er war mein bester Freund, und – unter uns – er war wahrscheinlich auch meine erste große Liebe.

Die offizielle Zeitleiste

Ich lernte Peter Parker auf dem Spielplatz in unserer Nachbarschaft kennen, als ich etwas über zwei Jahre alt war. Genau genommen weiß ich gar nicht so genau, ob man in dem Alter wirklich jemanden kennenlernen kann, treffender gesagt muss es wohl heißen, wir wurden nebeneinandergesetzt und haben zusammen auf einem *Zauberzeichner* gemalt. Der *Zauberzeichner* führte zu einer tiefen und bedeutungsvollen, wenn auch einsilbigen Freundschaft.

Im Alter von dreieinhalb entdeckten Peter und ich den örtlichen Ententeich. Dort brachte ich ihn dazu, vierundzwanzig Kaulquappen zu essen, indem ich ihm weismachte, es wäre eine neue Art von Colaflasche. Während der nächsten elf Jahre aß er fast alles, was ich ihm aufgetischt habe, während ich ihm fast überallhin folgte. Das waren die Grundsätze unseres Universums, obwohl keiner von uns beiden wusste, wieso.

Ich war vier, als Grandma Josephine versucht hat, uns auf meiner Geburtstagspoolparty dazu zu bringen, uns zu küssen. Peter Parker brach in Tränen aus. Ich auch. Grandma hat das Beweisfoto noch immer in einem Silberrahmen in ihrer Villa in Pepperpots hängen.

Ich war fünf, als Peter ein anderes Mädchen auf einer anderen Poolparty geküsst hat, ganz freiwillig. Sie hieß Annabel, hatte ein Glücksbärchi dabei, und sie roch *immer* nach Erdbeeren. Diesmal war ich die Einzige, die in Tränen ausbrach.

Ich war etwas über sieben Jahre alt, als Peter Parkers Mutter ganz plötzlich verstarb. Man hat mir nie gesagt, woran sie gestorben ist.

Als ich schließlich feststellte, dass Peter nicht mehr lächelte, war ich acht. Ich sah seine Vorderzähne nur noch, wenn er mit seinem Hund Jake spielte. Dann lachte und kicherte er, und manchmal, wenn er dachte, niemand würde ihn beobachten, stieß er einen spitzen Schrei aus. Wir wohnten nebeneinander, also habe ich ihn *immer* beobachtet.

Kurz bevor ich neun wurde, machte ich es zu meiner Lebensaufgabe, Peter Parker wieder zum Lächeln zu bringen, denn wenn er es tat, selbst wenn es nur eine Sekunde lang war, konnte er einen ganzen Raum zum Leuchten bringen. Ich habe mein Versprechen in die Rinde eines Baumes geritzt und mir mit einer Nadel in den Finger gestochen, bis es geblutet hat. Für Achtjährige war das das offizielle Bekenntnis für ein lebenswichtiges Versprechen. Der Baum steht noch immer, und eine kleine Narbe ziert noch immer meinen Finger.

Bis zum Alter von ungefähr vierzehn Jahren war ich mehr oder weniger ständig mit Peter Parker beschäftigt. Er war der Mann in meinem Leben – oder zumindest der Junge darin. Dann, direkt vor meinem fünfzehnten Geburtstag, wurde er plötzlich von seinem Vater weggeschickt. Anscheinend war er auf irgendeiner internationalen Schule in der Schweiz gelandet, so einer Art von Schule, in der es keinen formellen Stundenplan gibt, sondern nur Wert darauf gelegt wird, die Individualität der Schüler zu fördern. Peter hat sich nicht von mir verabschiedet, hat mir keine Nachricht hinterlassen, und ich habe nie wieder etwas von ihm gehört. Ungefähr zur gleichen Zeit schickten mich meine stets abwesenden Eltern auf die örtliche Gesamtschule, wo ich mich schließlich in einen Jungen namens Jim verliebte, der als Mittelstürmer im Fußballteam der Schule spielte und in der großen Pause *Silk Cut Lights* rauchte. Dort entwickelte ich – typisch Teenager – eine Nikotinsucht, mit der ich bis zum heutigen Tag zu kämpfen habe.

Der erwachsene Peter Parker ist ein gut aussehender, ausdrucksloser Mann. Er hat dichtes dunkles Haar, tiefe blaue Augen und den Teint einer erstklassigen Hollywoodschauspielerin. Seine Kleidung ist immer gebügelt, er riecht so, wie du möchtest, dass dein Freund riecht, und er besitzt die Fähigkeit, ungeheuer viel Wissen zu speichern. Grandma hat mir erzählt, dass er in der Schweiz seinen Bachelor in Physik gemacht, in Paris seinen Master und in Amerika einen MBA-Titel erworben hat. Inzwischen hat er sich auf erneuerbare Energien spezialisiert und darauf, trotz ständig gerunzelter Stirn gut auszusehen.

Was hat Peter Parker am liebsten? Hunde und jegliche Art von körperlicher Herausforderung, einschließlich Sit-ups.

Was tut Peter Parker am liebsten? Mit einem Hund laufen gehen sowie jegliche Art von körperlicher Herausforderung, einschließlich Sit-ups.

Mary, die Putzfrau, war pummelig, aber nicht dick, rosig, aber nicht rot, fröhlich, aber nicht witzig. Wenn sie Tee trank, hielt sie den Becher immer mit beiden Händen fest und presste ihn sich zwischen den einzelnen Schlucken immer gegen den Oberkörper, so als müsste sie ihr Brustbein wärmen. Mary hatte mehr als dreißig Jahre lang zweimal die Woche das Haus meiner Familie geputzt. Sie hatte sich in der Zeit nie krankgemeldet, war nie zu spät gekommen und hatte während der gesamten Zeit, in der sie für uns gearbeitet hatte, nur zweimal Urlaub gemacht; einmal, um mit ihrem Mann Len nach Ägypten zu fliegen, und einmal, als ihre jüngste Tochter, Ivette, geheiratet hat. Marys andere Tochter, Laura, ist lesbisch und lehnt jede Form von partnerschaftlichem Getue ab. Genau genommen lehnt sie ziemlich viele Dinge ab, unter anderem High Heels, Marmite-Brotaufstrich und Penisse; all diese Abneigungen manifestierten sich bei ihr im Alter von ungefähr dreizehn Jahren.

„Offenbar", hatte Grandma erzählt, als ich sie, zurück in der Großen Roten, von meinem Festnetz aus angerufen hatte, „ist Mary, unsere gute alte Putzfrau, mit ihren achtundsechzig Jahren besessen von ... Benzinmotoren!"

„Sie ist *was*?"

„Für Mary ist ein Automotor das, was ein französischer Skilehrer für dich ist, meine liebe Kate. Sie ist hoffnungslos unwiderruflich besessen."

„Grandma, ich war mit einem Skilehrer zusammen, na gut, technisch gesehen waren es wohl fünf französische Skilehrer, und der letzte hat mir das Herz in eine Million winziger Stücke zerbrochen, womit sich die Besessenheit erledigt hat. Und ich dachte, Marys Mann Len ist so eine Art Mechaniker oder Autohändler? Jedes Mal wenn Len sie bei uns abgeholt hat, kam er in einem anderen Auto vorgefahren. Einmal hat er mich und Peter Parker in einem gelben Ford Cortina zum Schwimmbad gefahren. Die anderen Kinder haben sich unglaublich lustig über uns gemacht."

„Len arbeitet als Postbote, Kate, doch er kauft alte Autos und macht sie wieder flott."

„Okay, also haben Len und Mary die gleichen Interessen. Das ist doch toll für sie. Aber das ist nicht die Art von Geschichte, die ich suche. Ich will unterdrückte Träume, die negative Auswirkungen auf eine Beziehung haben, ich will wissen, warum Träume nicht in die Tat umgesetzt wurden. Und ich will den Frauen helfen, diese Dinge hier und jetzt zu verwirklichen." Damit begann ich, den ersten Stapel von Briefen durchzusehen.

„Mary hat unerfüllte Träume. Sie möchte sich zur Automechanikerin ausbilden lassen. Sie möchte lernen, wie ein Verbrennungsmotor funktioniert. Sie möchte einen blauen Overall und eine Werkzeugkiste haben."

„Mary, die Putzfrau, will Mechanikerin werden? Bist du dir sicher, Grandma? Mary kam mir eher immer so, na ja, mütterlich vor. Ich hab sie nie in was anderem als ihrem Flanellkleid und einer Strickjacke gesehen. Und warum bringt Len es ihr nicht bei? Es hört sich doch so an, als wären sie und Len wie füreinander geschaffen, als hätte der Topf seinen Deckel oder der Ölmessstab seinen Öltank gefunden." Ich lachte über meinen eigenen Witz.

„Mary findet, es sei lächerlich, wenn eine Frau die Ambition hat, Automechanikerin zu werden. Sie kann das äußere Bild, das sie von sich hat, nicht mit dem Bild eines Mechanikers in Einklang bringen. Und sie hat Angst, dass Len sich dadurch in seiner Ehre gekränkt fühlen könnte oder dass die Grenzen in einer im Wesentlichen ziemlich traditionellen Ehe mit spezifisch männlichen und weiblichen Rollen verwischen könnten."

„Hat Mary auch nur irgendetwas in der Art gesagt, Grandma? Das hört sich nämlich überhaupt nicht nach ihr an."

„Außerdem, wenn du deinem Ehemann nach jahrzehntelanger Ehe auf einmal mitteilst, dass du eine verborgene Leidenschaft hegst, fragt er sich vielleicht, was du ihm sonst noch alles verheimlichst. Für Len wäre das vermutlich eine Art Vertrauensbruch. Vielleicht würde diese Enthüllung an den Fundamenten ihrer Ehe rütteln; es würde eine Seite von Marys Persönlichkeit enthüllen, die sie bisher verborgen hat. Die Auswirkungen könnten sehr weitreichend sein, so wie bei einem großen Dominospiel, wo ein Stein nach dem anderen umkippt. Und wo wird das enden?"

Und schon ging es los. Grandma redete geschlagene zweiundzwanzig Minuten und siebenunddreißig Sekunden lang über metaphorische Dominosteine und hörte erst auf, als jemand im Hintergrund zu flüstern begann. Dieser Jemand klang verdächtig nach dem Vietnamesen. Kurz darauf gab mir Grandma hastig die Telefonnummer und die Adresse von Mary, bevor sie auflegte. Also entschied ich mich, Mary anzurufen, um einen Termin mit ihr zu vereinbaren. Ich musste dringend einmal mit ihr über ihre geheimen Wünsche und verborgenen Träume reden.

Marys Haus | Außenbezirk von London

„Die kleine Kate Winters! Sieh an“, sagte Mary, als sie mir die Haustür ihres Reihenhauses etwas außerhalb des Südrings öffnete. „Du meine Güte, was siehst du bezaubernd aus! Einfach bezaubernd“, meinte sie und zog mich herein. „Weißt du, ich habe erst kürzlich erfahren, dass du aus Frankreich zurück bist. Es tut mir so leid, Liebes, dass die Sache mit Gabriel in die Brüche gegangen ist.“ Sie hängte meinen Mantel über das Treppengeländer und drehte sich zu mir herum. „Ich erinnere mich noch an euch beide, als ihr zum Geburtstag deiner Großmutter gekommen seid“, fuhr sie fort und schaute mir tief in die Augen. „Ihr kamt mir vor wie zwei Turteltauben. Ich war fest davon überzeugt, dass ihr, wenn ich euch das nächste Mal sehen würde, mit einer Horde niedlicher Kinder auftauchen würdet. Also? Wie fühlst du dich jetzt?“

Eine Tatsache über erwachsene Frauen

Erwachsene Frauen, das heißt, Frauen, die im selben Alter und zumindest ungefähr so alt sind wie meine Mutter, besitzen die unheimliche Gabe, mich mit einem schlichten, harmlosen „Wie geht es dir?“ in Tränen ausbrechen zu lassen. Der Satz „Bist du okay?“ hat übrigens den gleichen Effekt. Mütter wissen das. Sie haben einen eingebauten Resonanzspektroskopiescanner, der das emotionale Befinden innerhalb von Sekunden, nachdem man den Raum betreten hat, erkennen kann. Denn obwohl ich eigentlich dachte, mir gehe es gut, und obwohl ich wie eine richtige Journalistin, bewaffnet mit Notizblock und nagelneuem Stift, aufgekreuzt war, verspürte ich sofort einen Kloß im Hals, mir blieb die Stimme weg, und völlig unerwartet begannen die Tränen zu kullern.

Mary hatte nicht nur Gabriel erwähnt, sondern auch noch unsere bisher ungeborenen, fiktiven, zukünftigen französischen Kinder, die jetzt niemals mehr auf die Welt kommen würden. Ungeborene, fiktive, zukünftige französische Kinder, die nie das Licht der Welt erblicken werden, bedeuten immer Tränen. Mary wirkte auf einmal peinlich berührt.

„Oje. Oje, oje. Weißt du, bei unserer Laura war es genau dasselbe. Sie hatte diese bezaubernde Freundin namens Carly, die wir alle ganz reizend fanden. Carly hat sich mit Aromatherapie beschäftigt. Hast du davon schon mal gehört? Na ja, wir waren alle überzeugt davon, dass irgendwann die Hochzeitsglocken läuten würden oder dass es zumindest eine Art von Zeremonie geben würde. Ich hatte mir sogar schon einen Hut gekauft. Aber natürlich hat Laura es vermasselt, so, wie nur Laura es vermasseln kann, indem sie mit einer Fitnesstrainerin namens Tessa abgehauen ist, die, entschuldige bitte, schrecklich maskulin und schrecklich unhöflich ist. Also ehrlich, warum wirst du zu einer verdammten Lesbe, wenn du dich dann mit einer Frau zusammentust, die einem verdammten Kerl gleicht wie ein Ei dem anderen?"

Jetzt war es Mary, die ein Taschentuch und eine Umarmung brauchte. Doch nach einer Weile gelang es uns, die Unterhaltung zurück zu dem Thema des Automechanikers zu lenken, der in Mary schlummerte und nur darauf wartete, herausgelassen zu werden. Wir saßen in Marys Wohnzimmer. Sie machte uns eine Kanne Tee, den wir aus zwei Bechern tranken, die zur Hochzeit von Prinz Charles und Prinzessin Diana herausgekommen waren. Auf meinem Becher war das ausgeblichene Gesicht von Prinz Charles zu erkennen. Mary hatte den Becher mit Lady Dis Konterfei. Sie nahm ihren dampfenden Teebecher und hielt ihn wie üblich gegen das Brustbein. Ich überlegte, ob sich wohl ein kleiner mechanischer Strohhalm aus ihrer Brust heraus aufklappen und sich direkt in den Becher bohren würde.

„Na ja, ich musste schon ein wenig lachen, als deine Großmutter Josephine mich neulich Morgen angerufen hat und von mir wissen wollte, welches meine geheimsten Wünsche seien. Ich kam mir vor, als würde jemand vom Fernsehen anrufen." Dieses Gefühl konnte Grandma einem wirklich vermitteln. Sie stellte nie harmlose Fragen, und schon mehr als einmal hatte ich gedacht, dass sie die Gespräche mit mir vielleicht aufzeichnete, um sie für irgendeine Recherche zu verwenden.

„Deine Großmutter hatte schon immer die merkwürdigsten Ideen, aber diese hier fand ich besonders amüsant." Mit dem Daumen der rechten Hand streichelte Mary gedankenverloren den Teebecher. „Es ist ja nicht so, dass ich unglücklich bin, Kate. Ich bin sehr zufrieden. Und ich möchte nicht, dass Len etwas anderes glaubt, der arme alte Kerl! Ich fühle mich nicht leer und bin auch nicht verbittert oder, wie Josephine es genannt hat, ‚unerfüllt wie eine Auster ohne Perle'. Es ist nur so, dass sie einen immer so überrumpelt. Ständig vermischt sie irgendwelche Dinge miteinander, sodass man ganz konfus ist, wenn sie einem erst ihre Flausen in den Kopf gesetzt hat. Sie wollte das Telefonat nicht beenden, ehe ich ihr nicht wenigstens einen unerfüllten Traum oder ein heimliches Interesse gestanden hatte." Gutmütig schüttelte Mary den Kopf. „Erinnerst du dich noch daran, wie sie vor deinem zehnten Geburtstag auf einmal ganz besessen von dem Film ‚Sophies Entscheidung'[5] war? Natürlich endete es damit, dass sie von mir verlangte, dass ich mich entscheiden sollte, welche meiner beiden Töchter ich vor einem imaginären Tod retten würde. Einfach entsetzlich", sie bekreuzigte sich und faltete die Hände wie zum Gebet, bevor sie gen Himmel blickte. „Dabei wollte ich lediglich deinen verflixten Geburtstagskuchen zu Ende backen und rechtzeitig zur ‚Coronation Street' wieder zu Hause sein. Sich zwischen seinen eigenen Kindern entscheiden, du gütiger Himmel." Sie bekreuzigte sich noch einmal, bevor sie mir eine Erdbeercremepraline aus ihrer Quality-Street-Dose anbot.

„Grandma hat mir gesagt, dass es da etwas gibt, das du vielleicht gern lernen würdest."

„Es ist albern, dass ich überhaupt daran denke. Na ja, eigentlich denke ich auch gar nicht darüber nach. Es ist wirklich nichts. Okay, jetzt klingt es natürlich auf einmal nach etwas! Verdammte

---

5 **Sophies Entscheidung:** ein Film, der im Zweiten Weltkrieg spielt. Meryl Streep wird im Konzentrationslager gezwungen, zwischen ihren beiden Kindern zu wählen. Ihre Tochter endet in der Todeszelle, während ihr Sohn überlebt. Grauenvoll!

Josephine! Noch einmal zum Mitschreiben, ich bin ganz zufrieden damit, mir hin und wieder die Autosendung ‚Top Gear' anzuschauen und dann zuzusehen, wie Len an seinen Autos herumbastelt. Ich brauche nichts weiter. Aber *wenn* ich mich entscheiden müsste, etwas Neues zu lernen oder etwas, das ich in meinem Leben noch nie getan habe, dann denke ich, wäre ich ganz glücklich damit, mehr über Autos zu erfahren." Sie bot mir noch eine Quality-Street-Praline an. Die nehmen im Bauch auch *absolut* keinen Platz ein, genauso wenig wie Popcorn, Käse und die meisten Arten von Schokolade.

„Und, was weißt du bisher schon?"

„Na ja, ich habe das Gefühl, als hätte ich durchs Zuschauen schon eine ganze Menge aufgeschnappt. Len hat mehr Autos auseinandergenommen und wieder zusammengesetzt, als er warme Mahlzeiten verzehrt hat. Er arbeitet nicht sonderlich fix. Er ist nicht der Schnellste, unser Len, und er ist in der Hinsicht auch nicht gerade der Hellste. Während der letzten fünfundzwanzig Jahre hat Len alles, was man bei einem Auto falsch machen kann, falsch gemacht. Vielleicht möchte ich es deshalb selbst machen, weil er es immer so vermasselt? Bei Männern ist es oft wirklich einfacher, wenn man es selbst macht. Na ja, vor ungefähr achtzehn Monaten gab's da so ein kleines Teil aus einem der Autos, an denen Len gearbeitet hat. Er wollte es wegwerfen. Und als er dann zur Arbeit weg war, habe ich es aus dem Müll geholt, es auseinandergenommen, sauber gemacht und wieder zusammengesetzt. Ich habe es ihm wiedergegeben und ihm erzählt, ich hätte es von Jim, dem Schrotthändler. Ehrlich, Kate, ich lüge sonst nie, aber ich wollte so gern wissen, ob es funktioniert. Und es hat funktioniert! Len hat es ins Auto eingebaut, und es lief!" Mary presste die molligen Hände in ihrem Schoß zusammen, als wollte sie sich selbst voller Lob die Hand schütteln.

„Und was hattest du dabei für ein Gefühl, Mary?"

„Ich kam mir vor, als hätte ich den höchsten Gipfel der Welt bestiegen. Geht mir noch immer so. Es funktionierte, weil ich es repariert hatte. Kannst du dir das vorstellen? Du siehst, dass etwas kaputt ist, und baust es wieder zusammen, du reparierst es mit deinen eigenen Händen."

Aus irgendeinem Grund kam mir auf einmal mein eigenes Herz in den Sinn, knallrot, wie es zerbrochen auf dem Boden lag. Ich sah, wie Hände anfingen, all die Teile aufzulesen, um sie wieder in eine Herzform zu bringen, so, wie man ein Lego-Spielzeug zusammensetzt. Doch nicht alle Teile wollten halten. Sie brachen immer wieder heraus und fielen zurück auf den Boden. Ich stopfte mir noch eine Quality-Street-Praline in den Mund, um die Leere zu füllen. Wenn es so weiterging, würde bald ein Artikel über mich im „Time Magazine" erscheinen, allerdings würde er nicht von meiner Traumräuber-Mission handeln.

„Mary, wie hast du dich gefühlt, während du an dem Teil gearbeitet hast?"

„Wie ich mich gefühlt habe? Na, das ist eine interessante Frage. Die hätte von Josephine kommen können! Wie ich mich gefühlt habe, als ich daran gearbeitet habe? Ich würde mal sagen, da war ich völlig versunken in die Arbeit. Man könnte wohl behaupten, dass ich richtig in mir geruht habe. Ich bin mir nicht sicher, ob es allen so geht, aber normalerweise habe ich noch tausend andere Dinge im Kopf; während ich die Laken bügele, schaue ich mich im Zimmer um, um zu überlegen, was ich als Nächstes tun muss, denke daran, was noch im Kühlschrank ist und was ich zum Abendbrot machen kann, grübele, ob Laura wohl daran gedacht hat, Tessa ein Geburtstagsgeschenk zu kaufen, frage mich, wann Len von der Arbeit zurück sein wird. Doch als ich am Küchentisch gesessen und dieses Teil repariert habe, da habe ich nur daran gedacht – nur an diese eine Sache –, und das fühlte sich toll an. Als ich fertig war, da hatte ich so ein warmes Gefühl, hier." Sie legte die Handfläche gegen ihr Brustbein und ließ sie ein paar Sekunden lang dort ruhen, bevor sie ihren Teebecher nahm und ihn an die gleiche Stelle presste.

Einen Moment lang schwiegen wir beide. Ich hatte immer noch mein zerbrochenes, am Boden liegendes Lego-Herz vor Augen.

„Wie weit würdest du gehen wollen, wenn du anfangen würdest, mehr über Autos zu lernen? Wann würden wir wissen, dass du genug gelernt hast, um deinen Traum wahr zu machen? Möchtest du irgendeine Art von Prüfung ablegen? Wäre dein Traum erfüllt, wenn dich das erste Mal jemand bezahlt, nachdem du sein Auto repariert hast?"

Mary wurde rot. „Also ehrlich, als ob jemand mich dafür bezahlen würde, dass ich seinen Wagen repariere!" Sie war noch immer knallrot. „Ich in Overalls! Du meine Güte, was für eine absurde Idee!" Sie begann, den Kopf zu schütteln. „Ihr Winters und eure verrückten Ideen!"

„Mary, unsere Unterhaltung hat keinerlei Konsequenzen. Nichts wird sich ändern, niemand wird über dich urteilen. Wie wäre es, schließ doch einfach mal die Augen und stell dir eine Super-Mary vor, eine Version deiner Selbst in einem Paralleluniversum, eine Super-Mary, die frei ist, die sich keine Gedanken darüber machen muss, was ihre Kinder oder Len denken oder sagen würden, sondern die nur an sich denken kann. Versuch es einmal." Mary gehorchte gutmütig und schloss die Augen. „Mary, was würdest du in Bezug auf dein Interesse an Autos tun? Wie würde dein perfekter Tag in Bezug auf Autos aussehen, wenn du Super-Mary wärst? Wie würde der Tag beginnen?

„Wenn ich eine Super-Mary wäre? Du meine Güte, na gut, bevor ich nicht eine Tasse Tee getrunken habe, geht gar nichts, also würde ich mit einem Tee in der Küche anfangen."

„Okay, und danach? Wenn du losgehen und machen könntest, was du wolltest, wohin würdest du gehen, was hättest du an?"

„Na ja, ich ..." Sie hielt inne. „Super-Mary, ich glaube, Super-Mary würde einen dunkelblauen Overall anhaben, frisch gewaschen und gebügelt, versteht sich, aber Overalls erlauben dir, dass du mit einem Motor herumspielen kannst, ohne deine guten Sachen zu ruinieren. Und ich glaube, an der Hintertür würde ein Werkzeugkasten stehen, mit meinen Initialen darauf. Alles andere sieht genauso aus wie immer."

„Gut, wohin gehst du also, nachdem du deinen Tee ausgetrunken hast, Super-Mary?"

Sie ließ die Augen geschlossen und runzelte konzentriert die Stirn.

„Ich glaube, Super-Mary würde durch den Park hinunter zu den Garagen in den Gewölbebögen gehen. Du weißt schon, welche ich meine, die Bögen unter der Bahnstrecke, in der Nähe von Tessas Fitnessstudio. Und sie hätte da ihre eigene Werkstatt."

„Ist Super-Mary allein, oder sind noch andere Leute bei ihr?"

„Ich glaube, es sind noch ein paar andere Frauen da. Und obwohl es eine Autowerkstatt ist, ist alles sauber und aufgeräumt, mit ein paar hübschen ‚Frauensachen', du weißt schon, nicht diese schlüpfrigen Kalender. Und ich glaube, Super-Mary würde den Vormittag über an dem Auto arbeiten, bevor sie zusammen mit Len zu Mittag isst, denn wir essen gern zusammen. Am Nachmittag würde sie dann weiter an dem Wagen arbeiten. So gegen vier Uhr würde sie dann vielleicht Feierabend machen, denn es ist nett, wenn das Abendessen fertig ist, wenn Len nach Hause kommt. Also würde Super-Mary nach Hause gehen, duschen, den Overall in die Waschmaschine stecken und Len einen leckeren Eintopf kochen."

„Deine Vorstellung von einem perfekten Tag in Bezug auf Autos ist also, aufzustehen, in der Autowerkstatt zu arbeiten, nett mit Len zu Mittag zu essen, noch eine Weile weiter zusammen mit anderen Frauen an den Autos zu arbeiten und dann für Len ein Abendessen zu kochen? Mary, das klingt so, na ja, so erreichbar, so durchaus möglich."

Mary öffnete die Augen.

„Ich soll in einer Werkstatt arbeiten? Zusammen mit anderen Automechanikerinnen?" Dieses Mal wurde Mary so rot wie eine überreife Tomate. Sie nahm die Becher und eilte in die Küche. Während sie hektisch die Becher abspülte, so als wollte sie unsere Unterredung wegwaschen, redete sie schnell weiter. „Warum sollte ich das in meinem Alter noch lernen? Solche Träume sind albern, Kate. Es sind sinnlose Hirngespinste. Ich tue dir ja gern mal einen Gefallen, weil du mir viel bedeutest, Kate. Aber ich bin, wer ich bin, ich habe, was ich habe, und ich bin glücklich. Was würde der arme Len denken, wenn ich plötzlich nach all den Jahren entscheiden würde, demselben Hobby nachzugehen wie er? Es ist seine Leidenschaft. Ich hätte das Gefühl, als würde ich ihm etwas wegnehmen. Und stell dir bloß mal vor, ich wäre besser als er, Kate, was, da bin ich ganz ehrlich, durchaus passieren könnte. Der Mann kann nicht einmal einen Becher mit Sekundenkleber wieder heil machen. Weiß der Himmel, wie unsere Autos während all der Jahre überhaupt funktioniert haben. Nein, uns geht es gut so, wie es ist. Ich brauche kein dummes Zertifikat, das mir bescheinigt, dass ich Öl wechseln kann. Man hat mir beigebracht, für das, was ich habe, dankbar zu sein." Einen kurzen Augenblick später kam sie mit zwei frischen Bechern Tee zurück.

„Mary, hast du jemals mit Len darüber gesprochen oder ihn mal gefragt, ob es ihm etwas ausmachen würde?"

„Oh nein, Schätzchen. Natürlich nicht." Sie öffnete die Dose mit den Quality-Street-Bonbons. „Nein, ich würde niemals auf die Idee kommen, mit Len darüber zu reden." Schon hatte die nächste Erdbeercremepraline den Weg in meinen Mund gefunden. „Na, es ist wirklich überaus nett, dich mal wiederzusehen, kleine Kate. Wirklich schön. Und der junge Peter Parker ist auch wieder da. Jetzt seid ihr alle wieder zu Hause."

„Hast du ihn gesehen?", fragte ich so beiläufig wie möglich.

„Oh, ja, er ist, gleich nachdem er wieder hier war, vorbeigekommen. Es war ein glücklicher Zufall, dass er gerade an dem Tag kam. Ich wollte nämlich einen neuen Badezimmerschrank aufbauen, einen von IKEA, bist du da schon mal gewesen? Na ja, ich konnte mir auf all diese Teile und Schrauben keinen Reim machen, und die Anleitung im Karton war auf Japanisch, was ja schon ein bisschen merkwürdig ist, denn ich dachte, IKEA wäre eine schwedische Firma, und …"

„Mary!", stöhnte ich wie die Jugendliche, die ich einmal gewesen war und an die Mary sich sicherlich noch gut erinnerte.

„Na ja, Peter hat das Zusammenbauen ganz toll hinbekommen. Er hat den Nachmittag hier verbracht. Eigentlich sollte er für seine Firma nach Stockholm fliegen, doch er hat seinen Flieger verpasst, weil er den Schrank für mich noch an die Wand dübeln wollte. Um ehrlich zu sein, das hätte ich nicht geschafft. Na ja, das ist auch eine Sache, die man nicht alleine machen kann. Er ist solch ein netter Junge. Er hat in Amerika seinen Doktor gemacht, wusstest du das?"

„Nein, ich habe noch keinerlei Beweise dafür gesehen. Und? Hat er gesagt, wie es ihm geht, was er so treibt, warum er nach Stockholm fliegen wollte, wann er zurückkommt?" Das klang wesentlich cooler, als mir zumute war.

„Er hat mir von einer Ausstellung berichtet, auf der er kürzlich gewesen ist, oh, und er hat mir von seinen Laufschuhen erzählt, wusstest du, dass sie aus recycelten Flaschen gemacht wurden? Er ist solch ein cleveres Bürschchen", befand sie und kaute auf einem Karamellbonbon herum. „Ich erinnere mich noch an all die Tränen, als er in die Schweiz gegangen ist." *Meine, nicht ihre.* „Es war noch schlimmer als damals, als dein Kater Rupert gestorben ist."

„Man kann Peter ja wohl kaum mit Rupert vergleichen, Mary. Rupert war loyal und kommunikativ und ist nicht einfach weggezogen, ohne eine Nachricht zu hinterlassen."

Rupert konnte natürlich nicht schreiben. Ich wollte nur meinen Standpunkt klarmachen.

„Na ja, ich mochte diesen Peter Parker schon immer. Wenn ich ehrlich sein soll, hätte ich es gern gesehen, wenn er sich in eins meiner Mädchen verliebt hätte, so ein netter junger Mann."

Der Gedanke, dass Peter Parker sich in Laura oder Ivette verlieben könnte, ließ mein eigenes Brustbein ganz warm werden, allerdings war das eher ein heißes, stechendes Gefühl, weniger ein herzerwärmendes. Um mich abzulenken, nippte ich an meinem Tee, doch der war leider noch so heiß, dass ich mir die Zunge verbrannte, was letztlich dann den gleichen Effekt hatte.

Aufgabe: Mary zur Automechanikerin ausbilden lassen

Über das Sportangebot in London weiß ich so gut wie gar nichts. Meine sportlichen Betätigungen während der letzten Jahre hatten sich darauf beschränkt, in waghalsigem Tempo auf dem Snowboard hinter Gabriel herzufahren, während er jedem, dem er begegnete, „Ich bin verliebt in Kate. Ich liebe Kate!“ entgegenrief, bevor wir die Piste verließen, uns einen geheimen Weg durch den Wald bahnten, um uns dann in einem abgeschiedenen Holzchalet vor dem offenen Kaminfeuer zu lieben. Hinterher lagen wir da und gaben all den Kindern, die wir haben wollten, schon einmal Namen, während ich die Daumen und manchmal auch meine Zehen drückte und darauf hoffte, dass ich gerade von meinem zukünftigen Ehemann geschwängert worden war … oder etwas in der Art. Was also „konventionellen“ Sport angeht, waren Turnhallen, Trainingseinheiten und -lager mir genauso wenig vertraut wie deutsche Männer – beides wirkte auf mich unnötig formell.

Aber jemand, der anscheinend ziemlich viel über Turnhallen sowie Trainingseinheiten wusste und obendrein noch schrecklich formell war, war Peter Parker, der Junge, der nicht nur nie lächelte, sondern sich auch nie meldete. Grandma Josephine hatte mich angerufen, um mir mitzuteilen, dass Peter Parker ein Experte in allen Fitnessbelangen war. Er war Triathlet, lief hin und wieder einen Marathon und war – das fand ich ziemlich bizarr – ein Könner auf dem Trampolin. Grandma wusste, dass ich Hilfe brauchte, um einen Fitnessplan für die „True Love“-Leserinnen auszuarbeiten, die für das Moppel-Camp ausgesucht worden waren, und sie meinte, dass Peter Parker der Einzige wäre, der wüsste, wie man das machte. Da das Moppel-Camp in weniger als einer Woche beginnen sollte, es jedoch kein Budget gab, um einen Profi anzuheuern, hatte ich auf Grandmas Aufforderung(en) hin widerstrebend Peter Parker angerufen, um ihn in Sachen Sport um Hilfe zu bitten.

Ich hatte versucht, mich nicht mit Gedanken an Peter Parker zu belasten, seit ich neulich unversehens in Pepperpots mit ihm zusammengestoßen war. Besser gesagt waren nicht wir beide zusammengestoßen, sondern ich war gegen einen Stuhl geprallt, als ich vor Schreck, weil ich unverhofft Peters Stimme gehört hatte, einen Schritt rückwärts gemacht hatte. Dabei war ich auf meinem Hintern gelandet und hatte mich wieder aufgerichtet, aber erst, nachdem ich eine langsame und wenig gekonnte Rückwärtsrolle vollführt hatte. Es war eine seltsame und spontane, amateurhafte Gymnastikdemonstration gewesen, die in einem unsinnigen Gestottere ihren Höhepunkt fand. Was in etwa so geklungen hatte: „Hallo, Peter, es ist lange ... du bist einfach ... wohin bist du ... warum ... du hast nie ...“ Dann hatte ich an meinem Haar herumgezupft, ehe ich genuschelt hatte: „Du hättest mal anrufen können.“

„Was hast du gesagt, Schätzchen?“, hatte meine Großmutter sich etwas ungehalten eingeschaltet, da sie es absolut nicht ausstehen konnte, wenn jemand nuschelte.

Ehrlich gesagt glaube ich, dass sie langsam ein wenig schwerhörig wird, aber davon will sie natürlich nichts hören – entschuldigen Sie das Wortspiel. Sie hat vor Kurzem sogar Michael Parkinson beschuldigt, er würde nuscheln, als er sein neues Buch vorgestellt hat, und jemanden, der sich eloquenter oder präziser ausdrückt als Parky, kenne ich nicht.

„Ich sagte, er hätte anrufen können, Grandma!“, antwortete ich laut. Dann, weil ich ihr zuliebe die Stimme gehoben hatte, fuhr ich in derselben Lautstärke an Peter gewandt fort: „Es ist fünfzehn Jahre her, Peter! Fünfzehn Jahre! Du hast nicht angerufen, du hast nicht geschrieben, du hast mir nicht einmal gesagt, wo ich dich finden kann!“

Er hatte mich ausdruckslos angesehen, so, als hätte ich auf seinen Fuß gedeutet und wieder und wieder „Das ist ein Schuh, das ist ein Schuh, das ist ein Schuh“ gesagt. Dabei hatte ich eine sehr gut verständliche Frage über das vorzeitige und ziemlich dramatische Ende unserer intensiven Kindheitsfreundschaft formuliert. Obwohl, zu seiner Verteidigung muss man wohl sagen, dass ich gerade eine Rückwärtsrolle vollführt hatte.

„Na ja, ich habe die Schweiz immer für ziemlich isoliert gehalten", war Grandma fortgefahren und hatte Peter beruhigend zugenickt. „Ich kann mir nicht vorstellen, dass ich mit irgendjemandem Kontakt halten würde, wenn ich dorthin ziehen würde." Sie lächelte und drückte liebevoll seinen Arm.

„Es ist sehr … abgeschieden", bestätigte Peter, den Blick starr auf den Boden gerichtet.

„Oh ja, sicher!", erwiderte ich und schlug mir mit der flachen Hand gegen die Stirn. „Ich Dummerchen! Deshalb ist es ja auch ein Steuerparadies! Weil es dort keine Telefone, keine Computer, kein Papier und keine Stifte gibt, mit denen man Briefe schreiben kann, und nicht einmal Postämter, in denen man Briefmarken kaufen kann. Reiche Leute verschwinden in der Schweiz ganz einfach, so wie in einem von Bergen umgebenen Bermudadreieck, und tauchen nie wieder auf. Und sie verschwinden *für immer*. Ich gestehe, dass ich dasselbe mit dem Finanzamt versucht habe, aber die Bastarde kommen einfach immer wieder in mein Büro. ‚Ich bin Schweizerin', hab ich ihnen schon mehrfach erzählt. ‚Ich habe mit niemandem Kontakt. Ich lebe auf einer Art Insel voller Geheimnisse', aber sie haben mich trotzdem gezwungen, Steuern zu zahlen, und sie haben das doch tatsächlich mit einem mit der Hand geschriebenen, verdammten Brief getan!" Wovon, zum Teufel, redete ich hier eigentlich?

„Gütiger Himmel, Kate, was schreist du denn so? Nicht alle von uns können eine verdammte Anne Frank sein."

„Ich habe ihn nicht gebeten, sich unter den Dielen zu verstecken und mir ein Tagebuch zu schreiben, Grandma! Peter, du bist einfach vom Erdboden verschwunden!"

„Er war in der Schweiz, Schätzchen. Du wusstest, dass er in der Schweiz war. Darf der Junge keine Ausbildung genießen? Und ich weiß auch nicht, warum heutzutage jeder so besessen von allen möglichen Kommunikationsformen ist", meinte Grandma leicht genervt und setzte sich an den Küchentisch. „‚Soziale Medien' nennen sie es. Dabei hat es überhaupt nichts Soziales an sich. Ich finde es gut, wenn es mal still ist, man seine Ruhe hat und sich auf seine Arbeit konzentrieren kann. Ich vermute, so ist es auch in der Schweiz.“ Während sie das sagte, klopfte sie auf den Stuhl neben sich.

„Ich bin nicht bei Facebook registriert“, ließ Peter verlauten und setzte sich hin. Seine Attraktivität hatte sich, seit ich ihn mit fünfzehn das letzte Mal gesehen hatte, praktisch verdreifacht. Ich dagegen war „fifty shades of grey“, also eher wie eine graue Maus im Vergleich zu ihm, und damit wollte ich nicht auf das literarische Softporno-Äquivalent anspielen. Ich meinte damit den düsteren, farblosen Nebelton, der nicht einmal in einem Regenbogen vorkommt. Peter Parker war ein verdammter Regenbogen, und ich war die düstere, unwillkommene Regenwolke in der Ferne. Die Schweiz war vermutlich das ästhetische Äquivalent von Lourdes.

„Natürlich bist du nicht bei Facebook, Peter, sonst hätte ich dich ja gefund…“ Ich verstummte, als mir klar wurde, dass ich mich gerade als so eine Art Stalkerin entpuppt hatte. Aber wozu war Google sonst da?

Peter starrte mich nur ausdruckslos an.

„Kate, wir sehen uns dann am Wochenende.“ Grandma lächelte mich an, bevor sie Peter ihre ganze Aufmerksamkeit schenkte. „Ich habe einen leckeren Schweinebauch gemacht. Ich hoffe, er schmeckt dir.“

„Schweinebauch hört sich gut an, Josephine“, hatte ich Peter noch sagen hören, als ich so vehement davonstapfte, dass es ausgesehen haben musste, als würde ich durch imaginären Sirup waten oder als würde ich eine theatralische Pantomime vollführen. „Ich kann mich gar nicht mehr erinnern, wann ich das letzte Mal Schwein gegessen habe“, hatte Peter mit seinem typisch tonlosen Enthusiasmus verkündet, als ich die Haustür geräuschvoll hinter mir geschlossen hatte. Ich konnte mich nicht erinnern, wann ich das letzte Mal solch einen kompletten Schwachsinn gehört hatte. Peter Parker, mein ältester, bester, langjähriger und vom Erdboden verschwundener Freund, und Grandma, meine wichtigste Bezugsperson, saßen da wie in einer Farce, so als wäre es völlig normal, dass Peter Parker nach all den Jahren jetzt auf einmal wieder auftauchte. Das Ganze wäre ja noch zu entschuldigen gewesen, wenn sie Drehbuchautoren für „Dallas“ gewesen wären. Aber ich glaube, wir können uns alle darauf einigen, dass heutzutage *niemand* mehr Drehbücher für „Dallas“ schreibt. Und ich sage das in vollem Bewusstsein, obwohl gerade eine „neue“ „Dallas“-Serie auf Sky läuft. Und wieso hatte Grandma zugelassen, dass ich ausgerechnet in billigen *Primark*-Klamotten das erste Mal seit fünfzehn Jahren auf Peter Parker traf? Warum? Immerhin trug sie *Chanel*!

Wie auch immer, mich ließ die ganze Sache total kalt. Wenn sie der Meinung waren, dass ich keine vernünftige Erklärung für sein Verschwinden und Wiederauftauchen verdiente, dann würde ich auch nie wieder danach fragen. Ich würde vielleicht heimlich nach Hinweisen suchen, wilde Schlüsse ziehen, Verallgemeinerungen anstellen und sie dann irgendwann, vermutlich wenn ich mich wieder einmal geärgert hatte, damit konfrontieren. Aber ich würde nicht nach den Fakten fragen. Fakten waren langweilig. Und das Positive an der Sache war – jedenfalls hatte ich beschlossen, es als den Silberstreif am Horizont oder hinter der Wolke zu betrachten (oder jedenfalls hinter meiner eigenen düsteren, unwillkommenen Regenwolke) –, dass ich Gelegenheit gehabt hatte, meine Rückwärtsrolle mal wieder zu üben, was ich schon seit Ewigkeiten hatte tun wollen. Das war schon immer mein Schwachpunkt im Sport gewesen, und Mrs Franklin, meine Lehrerin in der siebten Klasse, hatte einmal zu mir gesagt: „Kate Winters! Du gehst jetzt wieder runter auf die Matte und übst diese Rückwärtsrolle. Du weißt nie, wann du dich einmal rückwärts aus einer gefährlichen Situation rollen musst, Kate Winters!“

Ich denke, jener Tag in Pepperpots bewies uns allen, wie recht Mrs Franklin hatte. Vielen Dank auch, Mrs Franklin.

Das Treffen sollte um 9.15 Uhr beginnen. Peter Parker kam um 9.05 Uhr, Federico um 9.14 Uhr, ich war um 8.25 Uhr angekommen, versteckte mich fünfzig Minuten lang in der großen gelben Schüssel und linste durch ein kleines Guckloch, das ich mithilfe einer aufgebogenen Büroklammer und dem Absatz meines rechten Schuhs gemacht hatte.[6] Ich wollte Peter Parker nämlich erst einmal beobachten, ehe ich mit ihm sprach, was sehr an unsere Jugend erinnerte.

Um 9.05 Uhr kam Peter Parker an und wurde von Loosie ins Konferenzzimmer geführt. Dabei schaute sie so oft über ihre rechte Schulter, dass es mich gewundert hätte, wenn sie davon kein Schleudertrauma bekommen hätte. Peter schien es nicht zu merken, genauso wenig, wie er mitbekam, wie oft sie ihn während ihrer kurzen Unterhaltung berührte (fünfmal), aber ich bekam es mit (fünfmal), und ich werde es Chad erzählen (fünfmal). Ich meine, wieso muss eine Frau den Oberarm eines Mannes *fünf Mal* drücken, wenn sie ihn fragt, ob er Zucker in seinen Kaffee will? Das ist doch unprofessionell und geradezu pervers!

Um 9.08 Uhr begann Peter, die Fotos der potenziellen Moppel-Camp-Kandidatinnen zu studieren, die wir an die Wand des Konferenzzimmers gehängt hatten. Unter jedem Foto gab es einen kurzen Text mit der persönlichen Geschichte der Frau sowie eine Reihe von statistischen Werten. Ich fand, die Fotos ließen das Konferenzzimmer aussehen wie eine SOKO-Zentrale in einer amerikanischen Polizeiserie, einer, in der der Serienkiller auf pummelige Frauen steht. Federico hingegen meinte, es würde die Kreativität stimulieren, was auch immer das bedeuten sollte.

Um 9.11 Uhr begann Peter Parker, mit dem Handy Aufnahmen von den Fotos der potenziellen Kandidatinnen zu machen, wäh-

6 Wenn Sie jemals ein ähnliches Guckloch brauchen, biegen Sie eine Büroklammer halb auf, damit Sie ein gerades Stück Metall und ein gebogenes Stück haben, das als eine Art Griff fungieren kann. Benutzen Sie es, um ein kleines Loch dort hineinzubohren, wo Sie Ihr Guckloch brauchen. Den Absatz Ihres Schuhs können Sie dann benutzen, um es auseinanderzudrücken.

rend Loosie Fotos von Peter Parker schoss. Ich hätte mich ja gern auf das moralisch hohe Ross geschwungen, aber dummerweise steckte ich immer noch in der gelben Schüssel und spionierte den beiden hinterher.

Um 9.12 Uhr schaute Peter Parker auf die Uhr und begann sich umzuschauen. Sein Blick blieb an der gelben Gondel hängen und verharrte genau dreiundsechzig schmerzhaft lange Sekunden darauf.

Um 9.14 Uhr kam Federico endlich an und stürmte wie ein Kampfhund ins Konferenzzimmer. Er umkreiste Peter Parker, berührte seine Kleidung, roch an seinem Hals und machte dann einen Schritt zurück, um ihn „im Ganzen anzuschauen". Das war das Stichwort für mich, um mich aus der gelben Schüssel heraus in die Damentoilette zu schleichen, von wo ich zweiundzwanzig Sekunden später wieder auftauchte und *lässig* aussah.

Als ich schließlich ins Konferenzzimmer schlenderte, stand Peter Parker mit verschränkten Armen da und sah unglaublich ernst aus, während er jedem Wort lauschte, das der hyperaktive Federico von sich gab. Er trug einen wie angegossen sitzenden dunkelblauen Anzug, ein perfekt gebügeltes weißes Hemd mit offen stehendem Kragen, keine Krawatte. Um ein klares Bild vor Augen zu bekommen, müssten Sie sich nur ein dunkelhaariges *Gucci*-Model vorstellen, ein überaus cleveres Model, das gut in Mathe war und Windparks in Spanien baute.

Federico saß auf der gefährlichen Kante des herzförmigen Tisches, die Beine übereinandergeschlagen, ein Klemmbrett in der Hand. Seit Kurzem hatte er sich, obwohl seine Augen vollkommen in Ordnung waren, angewöhnt, eine Brille zu tragen, die er wie eine Theaterrequisite benutzte.

„Kat-kins! Ich habe Peter Parker gerade erzählt, dass du so gut wie immer zu spät kommst, stimmt's? Da machst du auch heute keine Ausnahme, du Zauberfee des nicht funktionierenden Zeitmanagements. Aber Peter Parker schien mir nicht im Geringsten überrascht zu sein, oder, Peter?"

„Nein."

„Nein, das ist er nicht. Wie auch immer, komm rein, Kat-kins, hast du all deine Notizen parat, denn Peter muss bald wieder los, und unsere Moppel-Bewerber müssten jeden Moment hier sein. Nicht dass sie sich darum bewerben, Moppel zu werden, ganz und gar nicht, denn dick sind sie ja schon. Wir haben es hier mit Mitgliedern der Öffentlichkeit zu tun, denen es richtig schlecht geht und die übergewichtig sind. Obwohl, sind wir das heutzutage nicht alle? Wenn man an all die versteckten Kalorien denkt … Man braucht schon einen Doktortitel im Etikettenlesen, wenn man mit einer kleinen Kleidergröße durchs Leben gehen will. Das ist ein bisschen so wie Versteckspielen. Jedes Mal wenn ein Krümel meine Lippen passiert, frage ich mich: Versteckt sich da eine Kalorie?, bevor ich ihn dann natürlich doch esse.“ Sein Handy begann zu klingeln. „Da muss ich ran. Redet, ihr Lieben, redet, und übrigens, Peter, ich liebe deinen Anzug. Er sieht so gut aus, Kate. Ich bin fast in Ohnmacht gefallen, als ich reingekommen bin, ehrlich. Peter, du siehst so unverschämt gut aus. Hallo? Hallo? Ja, hier ist Federico.“

Er schob mich aus dem Weg, nur um dann einen Meter weiter weg laut in sein winziges Handy zu schreien. Peter Parker starrte mich von der anderen Seite des Zimmers an. Zur Begrüßung gab er mir weder einen kleinen Kuss, noch schüttelte er mir die Hand. Er stand einfach hinter Chads herzförmigem Stuhl. Regungs- und ausdruckslos.

„Hier arbeitest du also“, sagte er schließlich und blickte von den Porträts der Moppel-Camp-Kandidatinnen zu mir, „bei ‚True Love‘ und rettest die Welt vor dem zerstörerischen Einfluss der Liebe.“ Seine Mundwinkel zuckten. „Welch eine Ironie!“ Ich fand es nicht sonderlich ironisch, aber vielleicht war die fehlende Ironie genau das, was die Sache ironisch machte?

„Na ja, ich weiß nicht, ob ich irgendetwas rette, außer vielleicht meinen Job, immer diese Angst vor Hartz IV!“ Ich lachte nervös, aber er lächelte nicht, sondern musterte mich nur. „Vielen Dank, dass du dich hierzu bereit erklärt hast, Peter. Federico und ich hatten wirklich keine Ahnung, wo wir anfangen sollten, die Gesundheit und Fitness anderer Leute zu verbessern und kontrollieren. Federico weiß zwar, wie man das Leben anderer Leute kontrolliert, aber die Sache mit der Fitness ist eine eher unbekannte Größe. Und Grandma war der Meinung, dass du genau der Richtige für uns bist. Sie meinte: ‚Peter Parker kennt sich mit Sport aus.'" Ich sagte das mit einer merkwürdigen hohen Stimme, mit der ich die von Grandma imitieren wollte. „Und sie hat auch erzählt, dass du verheiratet warst. ‚Peter Parker hat geheiratet', hat sie zu mir gesagt. Obwohl, du warst ja sogar dabei, als sie das gesagt hat, und eigentlich hat sie auch gesagt ‚seine Scheidung', und dann habe ich erwidert: ‚Peter Parker hat geheiratet?', und dann …"

„Ich war dabei, Kate."

„Richtig, ja, du warst natürlich dabei, in dem … in dem Augenblick." Ich seufzte, während er mich beobachtete. „Ich habe nicht geheiratet", erzählte ich freiwillig. „Ich dachte, ich würde bald heiraten, und es gab auch schon entsprechende Überlegungen, eigentlich waren es schon ziemlich ernsthafte Überlegungen, war ja auch eine ernsthafte Beziehung, aber jetzt bin ich trotzdem hier, unverheiratet, dafür schreibe ich jeden Tag über die Liebe, was ich, glaube ich, ganz gern tue. Na ja, wenn ich es mir recht überlege, weiß ich gar nicht, ob es mir gefällt. Aber man sagt ja, wenn du nicht schauspielern kannst, dann unterrichte. Vielleicht ist das meine abgewandelte Form des Sprichwortes, nur eben im Hinblick auf die Liebe." Er gab darauf keine Antwort, also plapperte ich blindlings weiter drauflos. „Aber du, Peter Parker, du musst ja ein Experte sein, was die Liebe angeht. Ich meine, das Lieben, das Gefühl, nicht den sexuellen Akt, ich weiß nicht, ob du ein guter Liebhaber bist. Ich habe allerdings immer vermutet, dass du das wahrscheinlich bist, wenn ich denn ganz selten mal daran gedacht habe, was ganz bestimmt nicht ständig war, vielleicht ein Mal als Teenager und dann letzte Woche, als ich diese ‚Twilight'-DVD geguckt hab." *Oh! Mein! Gott!* „Was ich sagen wollte, ist, dass du ein Experte in Sachen Beziehung sein musst, schließlich warst du verheiratet. Ich bin sicher, dass du wundervoll warst, als Ehemann und als Liebhaber. Aber ich bin auch sicher, dass du glücklich bist, dass es vorbei ist. Bist du glücklich darüber? Wenn nicht, dann tut es mir sehr leid für dich. Man sagt ja, wenn eine Beziehung endet, sei das vergleichbar mit der Trauer, die man beim Tod eines geliebten Menschen verspürt. Hoffe, es stirbt niemand mehr, metaphorisch gesprochen, denn dies war ohnehin schon ein ziemlich schmerzhaftes Jahr. Na ja, eigentlich ist es immer noch ziemlich schmerzhaft und wird es wohl auch bleiben ..."

Ich seufzte und blickte auf meine Schuhe. Peter kam durch das Zimmer auf mich zu, bis er neben mir stand. Plötzlich beugte er sich vor und gab mir einen zarten Kuss auf die rechte Wange. Daraufhin herrschte ein unbehagliches Schweigen, da wir sehr nahe beieinanderstanden, fast Nase an Nase, was definitiv dichter ist als der normale Abstand, den man höflichkeitshalber zueinander hält.

„Es ist schön, dich wiederzusehen, Kate", sagte er und musterte mein Gesicht einen Moment lang. Er wollte gerade noch etwas sagen, als Federico sein Handy zuklappte und sich auf dem Absatz umdrehte, einen Espresso in der Hand. „Na, sieh sich das einer an, zwei Sandkastenfreunde, die wieder zusammengefunden haben, hier in London, in der großen Stadt. Wer hätte das gedacht?" Er nippte an seiner winzigen Tasse.

„Ich jedenfalls nicht", sagte Peter zu Federico. „Das letzte Mal, als ich Kate gesehen habe, war sie besessen davon, irgendwo im Amazonas zu leben und Pygmäen den Moonwalk beizubringen."

Federico lachte entzückt.

„Na ja, das letzte Mal, als ich Peter gesehen habe, war er fünfzehn Jahre alt und litt im Geografieunterricht unter einer peinlichen und unkontrollierbaren Erektion." Ich lachte vor mich hin. „Die Menschen ändern sich."

Federico spie seinen Kaffee über den gläsernen Herztisch.

Peter sah entsetzt aus. „Das habe ich dir im Vertrauen erzählt, Kate, was du auch ganz genau weißt, aber du bist anscheinend mal wieder in Streitlaune und versuchst, irgendeine Art von emotionaler Reaktion aus mir herauszukitzeln, was nicht funktionieren wird."

„Okay, lasst uns noch einmal über das Moppel-Camp reden",

warf Federico ein und setzte sich die Brille auf die Nase, um die Fotos an der Wand zu betrachten.

„Und alle Jungs im Teenageralter leiden unter ständigen Erektionen“, fuhr Peter fort, als hätte Federico nichts gesagt. „Das ist ein normaler und gesunder Teil des Erwachsenwerdens.“

„So wie das Verlassen deiner besten Freundin?“

„Okay, wie es scheint, geht es hier doch nicht um das Moppel-Camp.“ Federico lachte nervös.

„Ich bin woanders zur Schule gegangen, Kate. Das ist alles. Willst du etwa allen Ernstes behaupten, dass du noch mit jedem Einzelnen, den wir als Kinder gekannt haben, in Verbindung stehst?“

Ich habe zu keiner einzigen Person aus Kindertagen mehr Kontakt. „Ich war nicht einfach nur irgendjemand aus der Schule, Peter!“, stellte ich klar. Oder vielleicht war ich es doch, denn Peter war auf einmal schrecklich still und funkelte mich böse an.

„Na, das ist jetzt ja alles ganz nett, wenn auch ein wenig unangenehm, jawohl, fast so wie das Entfernen eines Tattoos oder wie die peinlichen Sekunden auf unseren Fokusmeetings, wenn wir alle so tun, als hätten wir Chad nicht gerade während einer seiner Monologe furzen hören. Obwohl, ich muss ja sagen“, fuhr Federico flüsternd fort, „die Sache mit der Erektion, na ja, da muss ich Peter tatsächlich zustimmen. Meiner ging hoch und runter wie die Schranke in einem Parkhaus … und zwar mehr oder weniger drei Jahre lang. Ich bin sicher, dass es bei mir Körperteile gab, die deswegen unter Sauerstoffmangel litten. Noch immer spüre ich meine kleinen Zehen nicht“, bekannte er und blickte auf seine Füße.

„Kate, ich bin hier, weil deine Grandma mich gebeten hat, dir bei etwas zu helfen. Nicht um mich für die Entscheidungen, die ich bezüglich meiner Ausbildung als Teenager getroffen habe, zu rechtfertigen.“

„Als ich in Miami gelebt habe, ging es wieder los“, fuhr Federico fort. „Also ehrlich, da drüben haben die ja auch kaum einen Fetzen Stoff am Körper, und dann stellen sich all diese unglaublich attraktiven Mexikaner am Strand zur Schau."

„Ich hatte mich eigentlich darauf gefreut, dich heute zu treffen, Kate, aber ich hatte leider vergessen, wie nachtragend du bist. Und du willst immer das letzte Wort haben."

Federico presste seine Hand auf meinen Mund.

„Kat-kins, wir haben Peter hergebeten, weil wir seine Hilfe für das Moppel-Camp brauchen, was dir doch ziemlich wichtig ist, oder? Peter hat sich netterweise bereit erklärt, uns zu helfen. Was ein guter Ausgangspunkt ist und wichtiger als Peters Penisfunktion, die, auch wenn ich zugeben muss, dass ich brennend daran interessiert bin, hier eher nichts zu suchen hat. Also, Kat-kins, willst du nun, dass Peter uns hilft, oder nicht?"

Peter und ich starrten einander an. Aus dem Augenwinkel sah ich, dass die ersten Kandidatinnen für unser Moppel-Camp schon nervös im Empfangsbereich auf und ab liefen.

„Kate, möchtest du, dass ich euch helfe, oder nicht?"

„Ja, bitte."

„Dann helfe ich euch."

„Na, ist das nicht nett? Kat-kins hat Peter Parker nett gebeten, Peter Parker hat Ja gesagt. Das ist ja wie ein Kommando-Pimperle-Spiel für Erwachsene, aber mit Fettleibigkeitsproblemen und zwei Erwachsenen, die unter leichten bis starken Streitsuchtproblemen leiden."

Ich wandte mich von den beiden ab und tat so, als würde ich etwas in mein Handy tippen. Wenn wir eine Erwachsenenversion von Kommando Pimperle spielten, dann war ein kleiner Teil meines Gehirns, über den ich absolut keine Kontrolle besaß, wieder dabei, über Peters Penis nachzudenken. Oh, wie ich diesen Teil hasste!

„Ich muss los", erklärte Peter und marschierte zur Tür. „Aber ich denke, die Informationen an der Wand haben mir eine gute Vorstellung von dem geliefert, was ihr braucht. Bis morgen habt ihr alles." Er ging hinaus zur Rezeption. Federico seufzte mir theatralisch ins Ohr, und alle in der Redaktion versammelten Frauen starrten Peter sehnsuchtsvoll hinterher.

Am nächsten Morgen kamen zwei Männer von FedEx in die „True Love"-Redaktion und schleppten eine Wagenladung voll von Sachen an, die uns aus dem Büro von Peter Parker geschickt wurden. Peter hatte Fitnesspakete für unsere Moppel-Camp-Teilnehmerinnen zusammengestellt: Motivationsbücher, Motivations-CDs, eine handschriftliche Liste mit Namen von Personal-Trainern, Therapeuten, Fitnessstudios speziell für Frauen, Laufrouten in den Parks von London sowie einen ausgearbeiteten Fitnesszeitplan.

Er hatte uns sogar Schrittzähler geliefert, Termine in Laufzentren gebucht, damit die Frauen vernünftige Laufschuhe angepasst bekamen, und er hatte einen Termin bei *Rigby & Peller* gebucht, damit die Frauen gute Sport-BHs bekamen. Von diesem Moment an war Federico Cagassi unsterblich und für alle Zeiten in Peter Parker, den Jungen, der nie lächelt, verliebt.

Die Geschichte von den Vermutungen

Es waren einmal ein junger Mann und eine junge Frau. Sie trafen sich, schauten sich in die Augen und verliebten sich.

Aber die junge Frau kam aus einem anderen Land, jenseits des weiten Meeres, ein Land, wo die Menschen Teekannen, Schirme und Regen liebten. Das Herz des jungen Mannes und das Herz der jungen Frau schmerzten, wenn sie getrennt waren. Also packte die junge Frau ihre Koffer und fuhr über das große Meer, reiste hinauf in die Berge, wo der junge Mann mit vielen Fröschen und einer ganzen Reihe von freundlichen Schnecken lebte.

Sie klopfte an seine Tür. Er bat sie herein. Sie schauten sich in die Augen und wussten, dass sie sich liebten.

Mit der Zeit fühlte sich die junge Frau jedoch einsam. Alle ihre Freunde und ihre Familie, die Teekannen und Schirme waren weit weg. Der junge Mann wurde traurig. Er fühlte sich dafür verantwortlich, dass er die junge Frau aus ihrem geliebten Nachmittagsteebrimborium fortgerissen hatte. Aus dem schlechten Gewissen wurden Schuldgefühle, der junge Mann begann, sich immer mehr von der jungen Frau zurückzuziehen. Er schaute ihr nicht länger in die Augen, weil er vermutete, dass sie ihre Entscheidung bereute.

Die junge Frau verstand nicht, warum der junge Mann ihr nicht mehr in die Augen blickte, und glaubte, dass er sie nicht mehr liebte. Die Saat der Vermutungen war gesät und begann wie Unkraut zu wuchern. Das Unbehagen der beiden nahm von Tag zu Tag zu.

Eines Tages packte die Frau die Koffer, um ins Land des Regens und des Tees zurückzukehren. In ihren Augen war keine Liebe mehr, sondern Tränen, ihr Herz war in tausend Stücke zerbrochen, genau wie ihre Träume. Sie wusste nicht, was für Gefühle sie in den Augen des Mannes sehen würde, denn er kam nicht mehr nach Hause. Seine Angst vor dem, was er sehen würde, wenn er ihr in die Augen blicken würde, war zu groß.

Der junge Mann lebt in den Bergen. Die junge Frau lebt im Regen.

Er vermutet, dass sie jetzt glücklich ist. Sie nimmt dasselbe von ihm an.

„Also, ich bin wahrscheinlich nicht unbedingt die geeignetste Person, die man fragen sollte, weil ich meinen Exmann hasse. Er ist der personifizierte Teufel, er ist richtig böse. Aber wenn ihr wissen wollt, was ich für die Liebe geopfert habe, kann ich nur sagen: jeden einzelnen Teil meiner Persönlichkeit. Zum Beispiel war die übliche Antwort meines Ex, wenn ich ausnahmsweise mal meine eigenen Interessen, Ambitionen oder Träume verfolgen wollte, und hier zitiere ich: ‚Wie kannst du es wagen, das Geld für dich selbst auszugeben. Du bist so selbstsüchtig. Wir sind schließlich eine Familie!‘

Er hat nie verstanden, dass wir auch als Paar davon profitiert hätten, wenn ich glücklich und zufrieden gewesen wäre; dass eine zusätzliche Qualifikation oder zusätzliche Fähigkeiten meine Karriere vorangetrieben hätten und ich mehr Geld für unsere Familie verdient hätte; oder dass es auch einen positiven Effekt auf unsere Ehe gehabt hätte, wenn ich mich als vollwertige Person gefühlt hätte. Manchmal glaube ich sogar, dass meine potenzielle Weiterentwicklung ihm Angst gemacht hat. Jedes Mal wenn ich auch nur vorgeschlagen habe, dass ich für irgendetwas Geld ausgebe, hat er erwidert: ‚Na ja, wenn du genug Geld hast, um das zu machen, können wir es auch für was anderes ausgeben.‘

Und dann hat er immer ‚irgendetwas‘ fürs Haus, fürs Auto oder seine Hobbys vorgeschlagen. Einmal habe ich einen Platz in einem Reiki-Kurs aufgegeben, damit er sich eine Schlange und eine Spielkonsole kaufen konnte, beides angeblich für unseren Sohn, womit der jedoch nie gespielt hat. Mit dem Reiki-Kurs wäre ich qualifiziert gewesen, zu unterrichten, und hätte ein wertvolles zweites Einkommen zur Familienkasse beisteuern können.

Selbst wenn wir versucht haben, etwas Nettes zu arrangieren wie zum Beispiel einen Familienurlaub, interessierten ihn die meisten Dinge, die ich gern gemacht hätte, überhaupt nicht. Egal wie sehr ich mich auch für einen Ort oder ein Land begeistert habe, er hat immer nur Nein gesagt. Zu Sizilien verspüre ich beispielsweise eine unerklärliche Verbundenheit. Es ist albern, aber ich weiß noch, wie ich das erste Mal einen Film aus der Reihe Der Pate *gesehen habe. Ich war total begeistert von Italien, von der Landschaft, der Lebensart, dem zwischenmenschlichen Miteinander, von den Familienbanden (ohne natürlich diese Mafioso-Sache). Aber jedes Mal, wenn ich vorgeschlagen habe, dass wir mal dorthin fahren, hat mein Ex sofort Nein gesagt.*

Wenn man verheiratet ist, wird man es irgendwann leid, immer zu streiten, zu kämpfen und gewisse Grenzen aufrechtzuerhalten, also gibt man nach, stimmt zu, resigniert. Ich war von meinem zweiundzwanzigsten bis zu meinem dreißigsten Lebensjahr verheiratet. Jetzt kann ich zum ersten Mal als Erwachsene meine eigenen Wünsche und Bedürfnisse formulieren und kann mich mit viel harter Arbeit und guter Planung daranmachen, Dinge, die mir wichtig sind, in Angriff zu nehmen. Dinge, nach denen ich mich schon lange gesehnt habe, Dinge, die nur mit mir zu tun haben. Noch nie war ich so aufgeregt, was meine Zukunft betrifft.“

Spitalfields Market | London

Du lieber Himmel! Ich hatte die Bestie geweckt. Es war nicht nur, dass Leah eine Menge zu erzählen hatte, sondern dass sie alles auf einmal loswerden wollte. Und sie wollte sich mir anvertrauen. Vor allem weil ich eine ihrer besten Freundinnen bin, aber auch, weil ich offenbar der Schlüssel zu einem Türschloss war, das bisher nicht geöffnet worden war. Jetzt war die Tür mit einem lauten Knall aufgeflogen. Wenn wir uns in einem amerikanischen Actionfilm befinden würden, hätte Nicolas Cage an diese Tür zu den von der Liebe gestohlenen Träumen Plastiksprengstoff an Schloss, Rahmen und drum herum angebracht und sie in die Luft gejagt. Leah war endlich frei. Ich traf mich mit ihr und ihrem Sohn Henry in unserem Lieblingscoffeeshop in der Nähe vom Spitalfields Market.

„Also habe ich mich durch meine Liste mit den Träumen gearbeitet, die mir die Liebe gestohlen hat“, sagte sie und holte ein

Dokument von der Größe eines Telefonbuchs aus ihrer Handtasche. „Und ich mache schon gute Fortschritte. Ich habe gerade einen Reiki-Kurs belegt, aber das weißt du ja schon, und … Henry, Henry, leg das weg!“ Henry hatte sich Leahs iPhone in den Mund gesteckt. „Und ich liebe dieses Reiki, es ist wirklich großartig, das ist also abgehakt.“ Sie machte einen Haken in die Luft. Henry machte es ihr nach. „Und jetzt habe ich auch schon ein paar andere Sachen organisiert, die mir wegen der Liebe durch die Lappen gegangen sind. Es ist eine Menge abzuarbeiten“, meinte sie und klopfte auf das Riesendokument, die handschriftliche Liste aller ihrer von der Liebe gestohlenen Träume. „Aber ich dachte, es wäre gut, wenn ich verstehen würde, *warum* ich es so weit hab kommen lassen, dass ich wie eine Verrückte Lavendelbeutel genäht, in mein Porridge gesabbert und meinen Exmann über den Küchentisch hinweg angestarrt habe und ihm am liebsten Honigpops an den Kopf geworfen hätte. Ich meine, ich war nicht immer eine passiv aggressiv unterdrückte Frau.“

Eigentlich hätte ich ihr sagen müssen, dass sie eher aggressiv als passiv war, es schien mir aber nicht unbedingt der passende Augenblick dafür zu sein. „Ich werde also noch weitere Recherchen betreiben müssen, aber es ist ziemlich *alternativ*, was bedeutet … wenn du das machst, bekommst du keinen Brownie, ich habe dich gewarnt, Henry, benimm dich, oder es gibt keinen Brownie … also, du musst sehr offen für das sein, was ich dir jetzt erzähle.“

„Ich bin nicht hier, um zu urteilen, Leah. Ich bin hier, um das zurückzuholen, was die Liebe gestohlen hat.“ Das ist übrigens mein neues Mantra.

„Na ja, eigentlich hatte meine Reiki-Lehrerin die Idee. Sie meinte, um die Hindernisse und Fehler in meinem jetzigen Leben verstehen zu können, müsste ich die Hindernisse und Fehler in all meinen vorherigen Leben verstehen. Offenbar gibt es da so eine Sache, die nennt sich Rückführung in frühere Leben, und das hilft vielen Menschen, sich und das, was sie tun, besser zu begreifen, wie zum Beispiel, warum ich geheiratet habe und mit Henrys Dad verheiratet geblieben bin.“ Henry bekam den eben erwähnten

Brownie und krümelte prompt die Hälfte davon auf sein T-Shirt.

„Und es ist definitiv nichts, was ich getan hätte, solange ich verheiratet war, denn ich hätte seine Missbilligung oder seine Stimme oder die Geräusche, die er beim Essen gemacht hat, nicht ertragen können, also gilt das auch als ein Traum, den mir die Liebe gestohlen hat. Es war übrigens schon auf meiner Liste, hier, sieh …" Aufgeregt blätterte sie durch die Zettel bis zu Seite siebzehn, um mir zu zeigen, wo sorgfältig in blauer Schrift *Rückführung in frühere Leben* geschrieben stand.

„Na ja, das ist eigentlich nicht das, worüber ich heute mit dir reden wollte", sagte ich und rutschte nervös auf meinem Platz herum. Mir schwante nichts Gutes. „Ich habe einen Reitstall bei dir in der Nähe gefunden. Eigentlich wollte ich vorschlagen, dass wir zusammen reiten gehen. Du hast gesagt, du hättest aufgehört zu reiten, als du geheiratet hast. Ich glaube, das war Traumräuber Nummer 88."

„Nein, Nummer 87."

„Na gut, dann eben Nummer 87, aber es stand auf der Liste. Ich dachte, wir reiten zusammen. Auf Pferden, meine ich natürlich. Haha! Das macht man doch auf Pferden, oder? Man trabt so vor sich hin, schön langsam durch einen Wald oder so. Aber wenn du dir von der Liebe gestohlene Träume aus deiner Vergangenheit zurückholen willst, ich meine, von deiner vergangenen Vergangenheit, dann ist das ziemlich cool. Und sehr gründlich. Das gibt dem Ganzen ja eine ganz neue Dimension. Gefällt mir." Ich begriff überhaupt nichts.

„Gott sei Dank! Ich war nämlich sicher, dass du Nein sagen würdest. Federico meinte, du würdest dich nie im Leben darauf einlassen."

„Worauf?"

„Ich habe gesagt, dass ich gern möchte, dass du eine Rückführung in frühere Leben machst, und er war der Meinung, dass du das auf keinen Fall tun würdest. Er meinte: ‚Rückführung in frühere Leben, ha, eher Rückführung in die Niederungen der Modewelt', bevor er etwas über irgendeine Strickjacke gemurmelt hat, die du letzte Woche auf dem Markt in Deptford gekauft hast, und dass er eine metaphorische Allergie dagegen entwickelt hat, was ich, ehrlich gesagt, nicht ganz verstanden habe. Kurz gesagt, er war sicher, dass du Nein sagen würdest. Er ist überzeugt, dass er dich unglaublich gut kennt, dieser Federico Cagassi." Sie tippte eine Nachricht in ihr permanent piependes iPhone, während Henry, das Gesicht in seinem Brownie vergraben, einschlief.

„Federico kennt mich tatsächlich sehr gut", murmelte ich leise. „Denn, so leid es mir tut, Leah, aber ich möchte keine Rückführung in frühere Leben machen."

Von da an wurde es ein wenig unangenehm …

Die Sache war nämlich die: Ich hatte nicht viele Gedanken daran verschwendet, worum man mich im Rahmen der Traumräuber-Sache bitten würde. Ich hatte keine Regeln, keine Grundsätze aufgestellt. Ich betrachtete mich lediglich als Kämpferin für andere, eine Art Anneka-Rice-Figur, die von Ort zu Ort eilt, um Probleme zu lösen, Proteinshakes zu trinken und die Reise von anderen zu ermöglichen. Aber durch die Zeit zu reisen, um vergangenes Liebesleid geradezubiegen, na ja, das war wie in dieser verdammten Serie *Zurück in die Vergangenheit*, nur in echt, und ich vermutete, ohne dass ich dabei auf die Hilfe eines Mannes mittleren Alters zurückgreifen konnte, der Zigarren rauchte und Kommunikationsgeräte besaß, die ihn mit der Gegenwart verbanden.

„Oh. Oh sicher, natürlich." Einen Moment herrschte angespannte Stille. „Wir können tun, was du möchtest, Kate." Was folgte, war ein erneutes unangenehmes Schweigen. „Ich dachte nur, dass du Frauen helfen wolltest, sich selbst zu finden. Ich dachte, dies wäre eine selbstlose Mission, um das zurückzuerobern, was die Liebe gestohlen hat, und dass es nicht darum geht, dass du dir ein paar Dinge aussuchst, die du gern mal machen würdest, so wie zu lernen, auf einem verdammten Pferd zu reiten." Sie wurde ein wenig lauter. Henry wachte auf und krabbelte unter den Tisch. Kluges Kerlchen, er erkannte die Anzeichen. „Sag mir doch noch mal dein neues Mantra, Kate."

„Ich bin nicht hier, um zu urteilen", brachte ich zwischen zusammengebissenen Zähnen hervor. „Ich bin hier, um das zurückzuholen, was die Liebe gestohlen hat."

„Das ist ein wunderbares Mantra, Kate", meinte Leah, trank ihren Kaffee aus und begann, ihre Sachen zusammenzupacken. Ich wusste, was sie vorhatte. Sie würde jetzt gehen. Sie würde gehen, ohne wütend zu werden, und ich würde mich total schäbig fühlen, weil ich eine Freundin enttäuscht hatte. Und es würde ständig ein unangenehmes Gefühl bleiben, doch sie würde es *nie wieder* erwähnen, und ich würde es *nie wieder* vergessen. Egal, was wir taten, die Sache würde immer zwischen uns stehen und uns überallhin verfolgen. Du meine Güte, war das manipulativ!

„Es ist doch nichts weiter als eine kleine Rückführung in frühere Leben, Kate", murmelte sie, während sie Henrys Gesicht mit einem feuchten Tuch abwischte. „Wir hätten herausfinden können, was uns die Liebe in der Vergangenheit gestohlen hat, um zu erfahren, warum sie uns auch in der Gegenwart immer noch Dinge stiehlt. Die Antworten liegen in der Vergangenheit, ich weiß es."

„Ich dachte, die Antworten lägen in dieser Liste!", konterte ich und wedelte mit dem dicken Stapel Papier vor ihrer Nase herum. Sie blinzelte hektisch, und sofort war mir klar, dass ich zu weit gegangen war. Es gibt niemals einen triftigen Grund, um mit Papier zu wedeln.

„Kate, ich möchte doch nichts weiter, als ... wenn du das iPhone noch einmal in den Mund steckst, dann bringe ich dich dazu, es aufzuessen, hörst du mich, Henry? Ich mach dir Tomatenketchup drauf, pack es zwischen ein Brötchen, und bevor du es nicht aufgegessen hast, bekommst du nichts anderes. Du hast die Wahl, du trägst die Verantwortung für dein eigenes Schicksal. Also, Kate ...", sagte sie und wandte sich wieder an mich. „Eine kleine Rückführung? Die Zukunft verstehen, indem wir die Geheimnisse unserer von der Liebe gestohlenen Träume der Vergangenheit aufdecken? Ach übrigens, da wir gerade von der Vergangenheit sprechen, habe ich schon erwähnt, dass ich neulich Peter Parker getroffen habe?"

„Was soll das heißen, du hast Peter Parker getroffen? Wo war er? Was hat er gemacht? Hast du mit ihm geredet? Was hatte er an? Hat er mit dir geredet? Hat er gut gerochen? Ging es ihm gut?“

„Schien ihm gut zu gehen, ja. Um ehrlich zu sein, die meiste Zeit hat er damit verbracht, Henry zu erklären, dass sein Saftkarton irgendwann als biologisch abbaubarer Dachziegel enden würde, was keiner von uns beiden wirklich verstanden hat, vor allem Henry nicht, da er ja noch nicht mal weiter als bis fünf zählen kann. Denk noch mal über die Rückführung nach, Kate“, rief sie noch einmal, als sie schon auf dem Weg zur Tür war, Henry unter einem Arm, zwölf Tüten unter dem anderen und mit einem großen Stück von Henrys Schokoladenbrownie am Hintern kleben, was ich ihr – im Nachhinein betrachtet – vielleicht hätte sagen sollen, aber ich war immer noch verärgert wegen dieses Quatsches mit der Rückführung und weil sie Peter Parker getroffen und mit ihm gesprochen hatte.

Bitte: Rückführung in meine Vergangenheit

Weg mit dem Liebesspeck

„Was ich wegen der Liebe verloren habe? Meine Figur!" (Susan, 58)

„Wegen der Liebe ist ein großer Teil meines Kleiderschranks mit Sachen gefüllt, die mir nicht mehr passen. Ich behalte sie, falls wir uns jemals trennen sollten." (Jane, 33)

„Ich habe zugenommen." (Miriam, 23)

„Es ist so, als würde ich mich selbst nicht länger wertschätzen. Ich habe mich verliebt, wir haben uns verlobt, und als die Hochzeit näher rückte, hatte ich dieses Ziel, dass ich, egal, was kommt, an dem Tag besonders schlank sein würde. Aber danach habe ich irgendwie aufgegeben, mich nicht mehr bemüht, und langsam, aber sicher kam Kilo um Kilo hinzu. Es war so, als wäre die Liebe in mein Leben getreten, und in gewisser Weise – unbewusst vielleicht – habe ich wohl geglaubt, es gäbe nichts mehr, wofür es sich anzustrengen lohnte. Was für ein Irrtum! Damit habe ich aber nur mir selbst geschadet!" (Clarissa, 38)

„Ich wurde richtig fett. Ich bin richtig fett. Ich bleibe fett. Vielen Dank, Liebe." (Rosanne, 47)

„Für mich war es am schwierigsten, nachdem die Kinder geboren wurden. Ich bekam all die Pfunde, die ich zugenommen hatte, einfach nicht wieder runter. Es war wie ein unüberwindbares Hindernis. Und es kam mir so selbstsüchtig vor, darauf zu beharren, dass ich mal Zeit bräuchte, um ein paarmal die Woche ins Fitnessstudio oder zum Laufen zu gehen. Mein Mann hatte auch keine Zeit, um so etwas zu tun, warum sollte ich mir also diese Freiheit

nehmen dürfen? Und ich wusste auch nicht so recht, welche Motive dahintersteckten. Es kam mir irgendwie unpassend vor, zu verkünden, dass ich mich einfach wieder wohl in meiner Haut, mich sexy fühlen wollte, dass ich wieder Gefallen an meinem Körper finden wollte. Ich war Hausfrau und Mutter, kein Teenager mit verrücktspielenden Hormonen. Es kam mir so oberflächlich vor, dass ich immer noch darauf fixiert war, einen knackigen Po und einen straffen Bauch zu haben. Also habe ich durch die Liebe vielleicht meinen Sinn fürs Wesentliche verloren? Es war auf jeden Fall dieser mangelnde Fokus, der letztlich mit ausschlaggebend dafür war, dass meine Ehe in die Brüche ging. Ich fühlte mich nicht sexy. Ich fing an, mich und meinen Körper nicht mehr zu mögen, und irgendwann ging es meinem Mann genauso." (Hina, 42)

Die Geburtsstunde des Moppel-Camps

Konferenzzimmer | „True Love"-Redaktion

Nervös und ängstlich saßen sie da. Einige von ihnen hatten eine derart defensive Haltung eingenommen, als hätten sie es sich auf dem Weg hier herauf bereits anders überlegt. Als wollten sie jetzt, konfrontiert mit einem hyperaktiven Federico, der sich ein weißes T-Shirt mit der Aufschrift *Schlanke Menschen sind glücklich* angezogen hatte, alles nur denkbar Mögliche tun, um ihren Leibesumfang beizubehalten. Eine von ihnen hatte die Hand in der Schüssel mit den roten Haribos, eine zweite mampfte eine Tüte Chips, und in der hintersten Ecke knabberte eine Frau an einem dieser Diätschokoladenriegel, die angeblich fettfrei sind – was sie natürlich sind (!) – und zu hundert Prozent mit Zucker überzogen, was dazu führt, dass man schneller aufgeht als ein Hefeteig.

Der einzige Mensch im Konferenzzimmer, der weder ängstlich noch nervös wirkte, war Chad. Schweigend stand er in einer Ecke, die Arme verschränkt, während er Federico beobachtete, der von einer Frau zur nächsten ging, um ihnen zu sagen, dass sie alle „in der Realität so viel besser aussehen, jawohl", bevor er mit Blick auf die Porträtfotos an der Wand ein Gesicht zog. Jedes Foto war auf DIN A3 vergrößert worden, und die Tapetengesichter sahen aus wie eine vom Gesundheitsministerium initiierte Kampagne gegen Fettleibigkeit.

Als Jenny Sullivan sie sah, steuerte sie direkt auf den Ausgang zu und verkündete, dass sie gehen müsse, weil sie auf Fettmoleküle allergisch reagiere. Angeblich seien die so „gefährlich wie ein anaphylaktischer Schock", was nach einem Appletini schwer auszusprechen ist. Genau genommen ist es immer schwierig auszusprechen – *anaphylaktisch*.

Bob, der Mann, auf den wir alle gewartet hatten, traf schließlich um zehn Uhr ein. Er war ein berühmter Coach aus Kalifornien, der unsere Moppel in allen Lebenslagen beraten sollte; er hatte eine überzeugende Stimme, die helfen sollte, eine positive Veränderung herbeizuführen, die dazu führte, dass ihr Gewicht sich sozusagen negativ (eigentlich ja positiv) veränderte, sprich: sich reduzierte. Er hatte bei „True Love“ angerufen, kaum dass meine nicht genehmigte Anzeige erschienen war.

„Kate ...“, hatte er gesagt und dabei *exakt* so wie Woody Allen geklungen (und als ich ihn kennenlernte, stellte ich fest, dass er auch exakt die gleiche Statur hatte), „Kate, das ist solch eine großartige Idee. Die Menschen stecken einfach fest, Kate. Sie stecken fest. Ihnen die Chance zu geben, ihre Träume zu verwirklichen, seien sie klein oder groß, sich vom Leben überraschen zu lassen, auf gute Weise, nun, das ist wahrhaftig ein wunderbares Unterfangen. Ich möchte auf jeden Fall dabei sein.“

Im Anschluss an unser Telefonat hatte er mir einen Hyperlink zu einem TED-Talk[7] über die Möglichkeit von Veränderungen gemailt und mir einen zehnprozentigen Nachlass auf sein neues Buch gewährt, das über Amazon erhältlich war.

„Meine Damen, wir wissen alle, dass gewisse Nahrungsmittel nicht gut für uns sind“, begann er und schenkte allen ein positives Lächeln, „dass Sport euch dünner machen kann, dass ihr, wenn ihr zu viele Kalorien zu euch nehmt, Hüftgold ansetzt. Wir wissen wahrscheinlich ebenfalls alle, dass viele Leute dicker werden, wenn sie sich verlieben. Es gibt buchstäblich Tausende von Studien, die zu diesem Thema veröffentlicht wurden. Aber darüber will ich gar nicht reden. Ich will mit euch über die Frau von nebenan reden. Lasst sie uns Catharine nennen. Catharine trifft einen neuen Typen. Sie verliebt sich. Sie zieht mit ihm zusammen. Jemand fragt dich, wie es Catharine geht, und du sagst: *„Oh, sie sieht wirklich sehr gut aus“*, aber was du wirklich meinst, ist, dass sie wirklich glücklich und richtig, richtig fett aussieht, denn so er-

7 **TED-Talk:** TED-COM-Website mit Hunderten von inspirierenden Reden, gehalten von den unglaublichsten Leuten. TED glaubt an die Kraft der Ideen, um Einstellungen, Leben und letztendlich die Welt zu verändern. Die Website offeriert kostenloses Wissen und Inspiration von den weltweit größten und einflussreichsten Denkern unserer Zeit, einschließlich Bob.

geht es den meisten von uns. Außer den Brangelinas[8] dieser Welt, die im krassen Gegensatz zu uns, den realen Menschen, den normalen Menschen, stehen. Wir treffen jemanden. Wir möchten mit diesem Jemand zu Hause bleiben. Wir wollen ihn küssen. Wir möchten ihm leckeres Essen servieren. Wir bleiben noch häufiger zu Hause. Wir haben so lange auf diesen besonderen Menschen gewartet, dass wir es auskosten möchten. Und das sollten wir auch. Und ... das ... sollten wir auch!

Außerdem sagt unser Freund, dass ihm die neuen Kurven gefallen. Wir lieben ihn so sehr, dass wir seinen neuen Schwabbelbauch auch niedlich und sexy finden. Aber wenn die Flitterwochenzeit vorüber ist – und sie ist irgendwann vorüber –, fühlst du dich auf einmal nicht mehr sexy und kurvenreich. Du wunderst dich, warum dir deine Klamotten nicht mehr passen, warum sich alles so eng und ungemütlich anfühlt, warum deine Schenkel den ganzen Stuhl einnehmen, wenn du dich hinsetzt. Und es gefällt dir nicht, wie dein Busen aus dem BH hervorquillt, genauso wenig wie die Fledermausflügel unter deinen Oberarmen oder der Hintern, der immer dicker wird und irgendwie auch immer weiter gen Boden zu sinken scheint, so wie ein Pudding, der langsam von einem Teller rutscht.

Und sein Hüftgold ist jetzt auch nicht mehr so niedlich. Und alle fühlen sich ein bisschen weniger sexy und ein bisschen mehr genervt. Du hast deinen Körper verloren, und irgendwo auf diesem Weg hast du auch ein wenig dich selbst verloren, während du andererseits immer mehr wirst, wenn ihr versteht, was ich meine!" Er strahlte. Im Zimmer war es sehr, sehr still. Chad musterte die Gesichter der anwesenden Frauen. Federico machte sich wie wild Notizen. Bob tat nichts, um die Stille zu füllen. Er starrte einfach so vor sich hin, so als würde er sich an die Zeit erinnern, als ihm das passiert war, oder vielleicht dachte er auch an sein Landhaus

8 **Brangelinas:** Brad und Angelina, die zusammen irgendwie mehr sind als die Summe ihrer einzelnen Persönlichkeiten. Lächerlich dünn und gut aussehend trotz der Liebe, der Geburten und der unbarmherzigen Arbeitszeiten. Kurz gesagt – nicht der Norm entsprechend.

in Maine oder an seinen Hund Buster. Schließlich schien er mit seinen Gedanken wieder in den Konferenzraum zurückzukehren. Er faltete die Hände wie zu einem Gebet und legte die Zeigefinger an die Lippen, während er von einer Frau zur anderen blickte.

„Es tut mir leid, Leute, ich will euch nicht anlügen. Ihr seht mir wirklich wie nette Mädels aus. Entschuldigt, aber ich weiß *absolut nichts* darüber, wie man abnimmt …“ Es wurde kollektiv nach Luft geschnappt, und die Moppel-Camp-Teilnehmerinnen schauten sich an, schauten mich an, als wollten sie hören, dass er nur Spaß mache.

„Ich weiß nichts über Diäten. Jede von euch hier im Raum weiß wahrscheinlich mehr über Kalorien, Nahrungsmittel und Essenspläne als ich. Ihr alle …“, sagte er und deutete auf die Fotowand, „besitzt bereits die Informationen, die ihr braucht, um dünn zu werden. Ich wette, ihr seid wahre Expertinnen. Ihr könntet wahrscheinlich eure eigene Universität für gesunde Ernährung gründen und Vorlesungen halten. Dicke Menschen wissen immer ganz viel übers Essen.“ Er nickte und zuckte dann mit den Schultern. „Ihr kennt all die Fakten.“ Wissend lächelnd verschränkte er die Arme und ließ sich in Chads roten herzförmigen Sessel sinken. „Ihr wisst so viel, und trotzdem seid ihr alle so fett.“ Jetzt wurde der eine oder andere missbilligende Laut hörbar. „Und trotzdem seid ihr alle so fett!“, brüllte Bob und sprang ganz aufgeregt auf. „Und deshalb bin ich hier!“ Jetzt redete er ganz schnell. „Wir brauchen gar nicht groß darüber nachzudenken. Zwei plus zwei muss nicht unbedingt vier ergeben. Wir müssen die Fakten gar nicht kennen. Wissen führt nicht unbedingt zur Lösung. Meint ihr, die Raucher dieser Welt wissen nicht, dass Zigaretten Krebs verursachen? Natürlich wissen sie das!“, polterte er. „Aber sie können nicht aufhören! Denkt ihr, der Alkoholiker glaubt, dass Trinken sein Leben verbessert, ihn klüger, cleverer, reicher macht? Nein! Aber er trinkt trotzdem. Die Menschen können nicht aufhören. Wissen führt nicht unbedingt zu Macht. Die Tatsache, dass ihr kein Gewicht verloren habt, obwohl ihr all die Fakten kanntet, ist nicht euer Fehler. Wir sind *alle* gleich. Aber für euch, die ihr jetzt hier seid, markiert der heutige Tag einen Neubeginn. Wir werden in Abschnitten von dreißig Tagen arbeiten. Alle dreißig Tage, also jeden Monat, werden wir etwas Neues ausprobieren. Jeder kann sich dreißig Tage lang auf etwas einlassen. Ich weiß von einem Mann bei *Google*, der lebt sein ganzes Leben nach diesem Dreißig-Tage-Rhythmus. Jeden Monat nimmt er sich vor, etwas Neues zu tun. Im August hat er jeden Tag ein spanisches Wort gelernt. Im Juli hat er auf Zucker verzichtet. Im Dezember hat er an jedem Tag ein Foto geschossen und daraus ein Fotobuch gemacht. Sein Leben ist ein Kaleidoskop an neuen Erfahrungen, an Wachstum und Entwicklung. Und er konnte so viel hineinpacken. Einen Monat lang hat er sich dazu gezwungen, jeden Tag eintausendfünfhundert Wörter zu schreiben. An manchen Tagen hat er totalen Unsinn verzapft, aber er hat es trotzdem getan. Am Ende hatte er fünfundvierzigtausend Wörter geschrieben. So lang sind manche Romane! Also hat er das Buch selbst verlegt und hat jetzt sein eigenes Werk voller Unsinn!"

Im Raum wurde gekichert. „Hört sich nach viel Spaß an, oder? Und es macht tatsächlich Spaß! Also, wir fangen heute an, und unsere erste Dreißig-Tage-Herausforderung für die nächsten vier Wochen wird sein, dass wir alle gemeinsam ein Mal am Tag einer sportlichen Betätigung nachgehen. Eine sportliche Übung, selbst wenn sie nur fünfzehn Minuten lang dauert. Je mehr Spaß wir dabei haben, desto besser. Es werden keine Fragen gestellt. Das Einzige, was wir tun müssen, ist, jeden Tag zu erscheinen. Seid einfach jeden Tag da, und wir kümmern uns um alles andere. Alles, was ihr braucht, ist hier", er nickte zu Federico hinüber, der anfing, die von Peter Parker zusammengestellten Geschenkpakete zu verteilen.

„Und das *Erscheinen* hier wird während unseres gemeinsamen Experiments ein ständiges Thema sein. Wenn du dem Universum sagst, dass du etwas wirklich willst, und wenn du dann jeden Tag erscheinst, wenn du dich aus dem Bett quälst und laut verkündest: Universum, hier bin ich! Ich will dies hier! Ich brauche es! Aber ich kann es nicht allein schaffen, hilf mir! Ich bin erschienen! Jetzt gib mir, was ich haben will!, dann werdet ihr überrascht sein, wie häufig das Universum unsere Wünsche erfüllt. Nimm dir etwas vor. Erscheine jeden Tag, um es in Angriff zu nehmen, und lass das Universum den Rest erledigen."

Er trank einen Schluck Wasser. „Was euch Mädels nicht klar ist, was ihr nicht wisst, ist, dass jede Einzelne von euch genau das bereits getan hat. Der Tag, an dem ihr an ‚True Love' geschrieben habt, der Tag, an dem ihr zugestimmt habt, an diesem Programm teilzunehmen, seid ihr erschienen, habt ihr gesagt: Ich will etwas! Ich brauche etwas! Nimm mich zur Kenntnis! Hier bin ich! Und wisst ihr was? Na, wisst ihr's? Wir haben euch zur Kenntnis genommen. Willkommen. Dies ist der Beginn eures neuen Lebens."

Die Frauen im Konferenzsaal klatschten begeistert Beifall, während Federico in der Ecke saß und Tränen vergoss.

„Ich bin ein menschlicher Springbrunnen", sagte er, zwar nicht laut, aber ich konnte es ihm von den Lippen ablesen. Dann schnäuzte er sich in ein großes seidenes Taschentuch, bevor er zu all den aufgeregten Frauen lief und anfing, sie nacheinander richtig, richtig fest zu drücken.

Um ein Stern zu sein, musst du von allein leuchten können,
deinem eigenen Weg folgen
und dir keine Sorgen um die Dunkelheit machen,
denn erst in der Dunkelheit leuchtet ein Stern am hellsten.
(Anonym)

Pepperpots Lebenstraum

Das schwimmende Restaurant in Pepperpots ist eines der merkwürdigsten Restaurants, das ich je gesehen habe. Es handelt sich um ein kreisrundes Gebäude, das mitten in einem großen See gelegen und über eine hölzerne Fußgängerbrücke zu erreichen ist, die aussieht wie die Millennium-Bridge in London. Das Restaurant selbst ist ganz aus Glas. Es hat nur ein Stockwerk, aber auf beiden Seiten große Terrassen. Es wirkt wie eine Mischung aus dem Ponton für eine verdammt große Jacht und einem extrem geheimen NASA-Forschungszentrum. Auf der Terrasse dieses Restaurants sollte ich mich mit Delaware O'Hunt zum Interview treffen.

Es hatte einige Zeit gedauert, ehe wir das Interview mit Delaware in trockenen Tüchern hatten. Dreimal hatte sie abgesagt, war nicht erschienen, bis sie mich ganz plötzlich aus heiterem Himmel einlud, mich vor dem jährlich in Pepperpots stattfindenden Feuerwerk mit ihr zu treffen. Während ich auf sie wartete, beobachtete ich die Vorbereitungen für die abendliche Veranstaltung. Grandma hatte die Organisation für alles übernommen und sich eine Reihe von Freiwilligen gesucht, die ihr dabei halfen. Wie sich herausstellte, handelte es sich um *ziemlich viele* gut aussehende Männer, die mit freiem Oberkörper herumliefen und Äxte schwangen, mit denen sie Holz für das riesige Lagerfeuer schlugen. Außerdem schleppten sie große Holzteile heran, aus denen sie Gestelle bauten, an denen die Feuerwerkskörper befestigt werden sollten. Meine Grandma war nie mehr als einen Schritt von mindestens einem dieser gut aussehenden, kräftigen Männer entfernt, und ich hatte gesehen, wie sie mit mindestens drei von ihnen geflirtet hatte. Jetzt war sie gerade dabei, einem von ihnen den Rücken mit Sonnencreme einzucremen, obwohl die Sonne innerhalb der nächsten Stunde untergehen würde.

Schließlich erschien Delaware zu unserem Interview und kam forschen Schrittes auf mich zu, nein, besser müsste es wohl heißen, sie schwebte über die Terrasse. Den Gerüchten nach war sie fast neunzig Jahre alt, doch mit ihrer dunklen Brille und dem wunderschönen karamellfarbenen Wollmantel sah sie aus wie eine glamouröse Siebzigjährige. Sie war eine Filmschauspielerin aus der goldenen Ära des Kinos, die diese undefinierbare Aura besaß, die Simon Cowell den X-Faktor nennen würde, eine Energie, die sie mit jeder Faser ihres Körpers ausstrahlte. Eine Energie, die einen gefangen nahm und dazu brachte, sie anzuschauen. Sie hätte einen Brief schreiben oder ein Lied singen können, ich wäre fasziniert gewesen und hätte ihr zugeschaut, bis ich vermutlich im gleichen Rhythmus wie sie geatmet hätte. Als sie die Terrasse überquerte, auf die die letzten Strahlen der untergehenden Sonne fielen, schien es so, als wäre die Sonne nur dazu zu, sie zu beleuchten. Sämtliche Gäste des Restaurants drehten die Köpfe in ihre Richtung, und sogar Grandma winkte ihr von Weitem begeistert zu. Delaware winkte zurück, ehe sie sich graziös auf einen Stuhl neben mich setzte. Ich dagegen ließ mich schwer fallen, so als würde ich einem völlig anderen Schwerkraftgesetz unterliegen.

„Kate“, sagte sie und musterte mich durch ihre dunklen Brillengläser. „Als Josephine mir von Ihrer Idee erzählt hat, da war ich erst einmal ein wenig skeptisch, ob ich etwas zu Ihrer Untersuchung in Bezug auf die Liebe beitragen kann.“ Sie sprach langsam und bedächtig, betonte jede einzelne Silbe, was so typisch für einen breiten texanischen Dialekt ist. „Ich komme aus einer anderen Generation als Sie, Schätzchen, daher kann ich meine Geschichte erzählen, aber ich bin nicht sicher, ob das, was ich zu sagen habe, für die Frauen von heute noch relevant ist.“

„Ich bin sicher, dass alles, was Sie sagen, relevant ist.“ Voller Ehrfurcht flüsterte ich beinah. „Wir verlieben uns noch immer, viele von uns versuchen, das Arbeitsleben mit einer Beziehung in Einklang zu bringen, mit dem Kinderkriegen und mit Freundschaften und Hobbys." Ich traute mich kaum, sie anzuschauen. „Sie haben mit zur ersten Generation von Frauen gehört, die das versucht hat. Ich glaube, dass Sie genau die richtige Person für dieses Interview sind. Sie haben eine Revolution in Gang gesetzt!", erklärte ich und reckte dabei zaghaft und neutral eine Faust in die Höhe, während ich an Delawares rechter Schulter vorbeisah.

„Das ist nett gesagt", erwiderte sie, klopfte mir liebevoll auf meine geballte Faust, bevor sie sie wieder herunterzog. „Aber es kam mir zu der Zeit nicht wie eine Revolution vor. Damals, als ich so viel gearbeitet habe, fühlte ich mich eigentlich immer nur überfordert, ängstlich und ziemlich alleingelassen. Ich war ein Mädchen vom Dorf, das Karriere gemacht hat. Immerhin habe ich mit einigen der größten Schauspieler jener Zeit vor der Kamera gestanden, habe mit unglaublichen Regisseuren gearbeitet. Es gehörte zu meinem Job, einige der fantastischsten Männer zu küssen, allerdings, um die Wahrheit zu sagen, waren die meisten von ihnen bedauerlicherweise schwul. In den Augen der Öffentlichkeit hat es wohl so ausgesehen, als hätte ich alles gehabt. Aber gleichzeitig habe ich in mir eine gewisse Leere verspürt."

„Glauben Sie, dass diese Leere daher kam, weil Sie sich nicht verliebt hatten?" Beim Klang meiner Stimme zuckte ich unwillkürlich zusammen. „Haben Sie vielleicht auf die Liebe gewartet?"

„Na ja, natürlich dachte ich häufig an die Liebe und die Tatsache, dass sie in meinem Leben fehlte. Während meine Freundinnen alle nacheinander ihre Männer fanden, was sie alle sehr viel schneller taten als ich, habe ich mich sicherlich auch manches Mal gefragt, warum die Liebe nicht in mein Leben getreten war. Ob ich vielleicht der Typ von Frau war, der sich nicht verlieben konnte. Die Art von Frau, die Männer nicht heiraten wollen. Dass man vielleicht doch nicht alles haben konnte."

„Haben Sie denn aktiv nach der Liebe gesucht?"

„Sie meinen, ob ich mich verabredet habe?" Sie lächelte. „Schätzchen, ich war auf so vielen Verabredungen, dass ich eine

Gebrauchsanweisung dafür schreiben könnte. Und es ist lustig, dass Sie danach fragen, denn als ich in meinen alten Tagebüchern gelesen habe, bin ich auf einen Eintrag gestoßen, den ich nach solch einer Verabredung geschrieben habe. Das war letztlich der Grund, dass ich Sie angerufen habe.“ Sie griff in ihre Handtasche und holte ein altes, ledergebundenes Tagebuch heraus. „Wenn es Ihnen nichts ausmacht, würde ich Ihnen gern etwas vorlesen.“ Sie räusperte sich und begann zu lesen. Ich kam mir vor, als würde ich sie in einem ihrer Filme beobachten.

5. Juni

Liebes Tagebuch,
ich bin besorgt. Ich habe Angst. Ich glaube, ich habe eine ungesunde Einstellung zum Warten. Ich fürchte, ich tendiere dazu, Sachen in der Schwebe zu lassen, Dinge und Geschehnisse einfach abzuwarten. Liebes Tagebuch, ich bin immer so beschäftigt. Ich glaube, es ist für einen Menschen gar nicht möglich, noch beschäftigter zu sein als ich. Aber heute wurde mir klar, so beschäftigt oder so erfolgreich ich als Schauspielerin auch sein mag, bin ich doch eigentlich immerzu am Warten. Ich warte auf diese eine Sache, ich warte darauf, dass etwas passiert. Ich warte darauf, mich zu verlieben, und ich glaube, mir war vorher gar nicht bewusst, dass ich warte.

Gestern Abend war ich wieder mal verabredet. Er arbeitet an der Wall Street in irgendeiner Bank. Er hat mir seinen Job erklärt, aber als er anfing, über Zinssätze und Prozentpunkte zu reden, hatte er meine Aufmerksamkeit verloren. Er war ein netter Mann, gut aussehend, so, wie Banker eben aussehen, und er war auch sehr interessiert an dem Stück, in dem ich ab nächster Woche mitspiele. Aber ich konnte den Abend nicht genießen. Weil ich bereits nach dreißig Sekunden wusste, dass der Typ nicht der Richtige für mich ist. Wie kann man so etwas so schnell erkennen? Ich sollte es doch besser wissen, als ein Buch nur nach seinem Umschlag zu beurteilen.

Doch weil ich entschieden hatte, dass er nichts für mich ist, konnte ich mich den Rest des Abends nicht mehr entspannen. Ich konnte nicht einfach dasitzen, das Essen genießen, den Wein, die interessante Unterhaltung über Themen, mit denen ich nicht sonderlich vertraut bin. Ich müsste doch eigentlich ein neugieriger Mensch sein, eine Künstlerin, die jede einzelne Erfahrung mit offenen Armen annimmt und absorbiert. Aber ich verspürte nichts weiter als eine nagende Enttäuschung und Sehnsucht nach etwas, das ich noch nie gehabt hatte, nach etwas, das mir nie versprochen worden war, nach etwas, das ich noch nie erlebt hatte. Dieser Mann sagte nicht: ‚Delaware, geh mit mir essen! Ich bin der Mann deiner Träume.' Trotzdem bin ich mit ihm essen gegangen, und in gewisser Weise hatte ich diese Erwartungen an ihn, oder zumindest hegte ich gewisse Hoffnungen. Hoffnungen, die ich so tief in meinem Unterbewusstsein vergraben hatte, dass mir meistens gar nicht bewusst war, dass sie existieren. Wie ist es möglich, etwas zu vermissen, das man nie gehabt hat? Wie soll ich denn jemals jeden einzelnen Moment des Lebens genießen, Minute für Minute, Sekunde für Sekunde, wenn ich immer unbewusst nach dieser Sache, nach der Liebe, Ausschau halte? Möglicherweise war ich nie wirklich ganz bei mir selbst. Und wieso hat der Mensch dieses überwältigende Bedürfnis, sich darüber zu definieren, dass er Teil eines Paares ist?"

„Aber Sie haben sich doch verliebt. Sie haben geheiratet."

Delaware O'Hunt ließ den Blick in die Ferne schweifen und schwieg einen Moment, ehe sie antwortete.

„Ich wusste von der ersten Minute an, als Richard den Raum betrat, dass er der Richtige für mich war. Wir trafen uns auf einer After-Show-Party von einem Off-Broadway-Stück, in dem ich die Hauptrolle gespielt hatte. Er war ein junger Regisseur mit großen Flausen im Kopf. Er scherte sich nicht um die Konventionen, die alle anderen von uns einengten. Es war berauschend, in seiner Nähe zu sein. An jenem Abend lud er mich auf einen Kaffee ein und zeigte mir das Skript für ein Stück, in dem ich mitspielen sollte. Er hätte mir das Drehbuch für eine Waschmittelreklame zeigen können, und ich hätte eingewilligt, daran mitzuwirken. Er war *der Richtige*. Zum ersten Mal in meinem Leben habe ich Gefühle verspürt, denen ich völlig ausgeliefert war. Gefühle, von denen ich wusste, dass sie nie wieder verschwinden würden. Gott sei Dank empfand er genauso! Ich hatte mal eine Freundin, die sich in einen Schweizer verliebt hatte, der ihre Gefühle leider überhaupt nicht erwidert hat. Was für eine prekäre Lage für eine Frau! Deine einzig wahre Liebe will nichts, aber auch gar nichts von dir wissen!"

Ich liebte die Art und Weise, wie Delaware die Worte mit ihrem texanischen Dialekt betonte.

„Als Richard also auf der Bildfläche erschien, als die Liebe endlich da war, wie hat das Ihr Leben verändert?"

„Richard und ich begannen fast sofort, miteinander zu arbeiten. Die Sachen, die man leidenschaftlich gern tut, mit dem Mann zu teilen, den man leidenschaftlich liebt, das war wie ein wahr gewordener Traum. Er war in kreativer Hinsicht einfach brillant, und ich glaube, dass er für einige der besten Vorstellungen meines Lebens verantwortlich ist. Er veränderte mein Leben in jeder Hinsicht. Ich war wie besessen von ihm und meinen Gefühlen für ihn. Innerhalb eines Jahres waren wir verheiratet und unzertrennlich."

„Also war es für Sie eine positive Erfahrung, sich zu verlieben?"

„Ich glaube an eine gewisse Balance im Leben. Jedes Hoch bringt auch ein Tief mit sich. Und so war es auch mit Richard. Mit meiner Karriere ging es steil nach oben, was ich sicherlich größtenteils ihm zu verdanken hatte, aber wenn ich Traumangebote bekam, wollte ich nichts annehmen, was uns für längere Zeit getrennt hätte. Natürlich konnte ich auch keine Rollen in Stücken oder Filmen annehmen, wo er als Regisseur abgelehnt worden war oder wo ich mit einem Regisseur arbeiten würde, den er für einen Konkurrenten hielt. Also wurde aus meiner Karriere und aus meinem Liebesleben eine Art Schachspiel. Bei jeder Gelegenheit, die sich mir bot, musste ich die nächsten fünf Schritte im Voraus genau abwägen. Wohin würde diese Rolle mich bringen? Wo würde ich leben? Wie würde Richard mich besuchen können? Würde es sein Selbstvertrauen als Regisseur erschüttern, wenn ich diese Rolle annahm? Je häufiger ich jedoch meine Entscheidungen diesen Fragen unterwarf, um meine Beziehung zu Richard im Gleichgewicht zu halten, desto instabiler wurde sie. Im Nachhinein kann ich sagen, wenn ich einfach nur konsequent geblieben wäre, mir konsequent die richtigen Rollen aus den richtigen Gründen ausgesucht hätte, dann hätte Richard immer gewusst, was er von mir zu erwarten hatte. Ich glaube, man sollte eine gewisse Konsequenz in Beziehungen nicht unterschätzen. Dein Partner sollte in der Lage sein, sich auf dich und auf deine Entscheidungen verlassen zu können sowie auf das, was du bist, denn das hat eine stabilisierende Wirkung auf jede Beziehung.

Ich bin davon überzeugt, dass Richard mich mehr respektiert hätte, wenn ich mehr ich selbst geblieben wäre. Wenn du anfängst, dich kleiner zu machen, um deine Beziehung im Lot zu halten, dann erreichst du damit nur, dass dein Partner dich nicht wiedererkennt. Du bist nicht länger die Frau, in die er sich verliebt hat, er verliert den Respekt dir gegenüber, und auch du verlierst den Respekt vor dir selbst, vor dieser Person, die sich kleiner macht und ständig Kompromisse eingeht und nicht mehr so ist, wie sie einmal war. Und irgendwann ärgert man sich über den anderen. Bei uns war es Richard, der sich über mich ärgerte. Die Liebe war die größte Freude in meinem Leben, aber sie fügte mir auch den größten Schmerz zu. Das Zerbrechen unserer Ehe hat mich fast umgebracht. Der Schmerz, die Beziehung zu beenden, die Trennung von ihm, die zerstörten Hoffnungen und Träume, all das war zu viel für mich.

Sie wissen sicherlich, dass ich nach dem Ende meiner Ehe vier Jahre lang keinen Film gedreht habe. Meine Welt war zusammengebrochen. Ich weiß nicht, warum wir als Paar nicht zusammenleben konnten. Es ist eines der größten Rätsel und größten Unglücke in meinem Leben. Aber ich weiß, dass wir uns bis zu dem Tag, an dem wir sterben, lieben werden. Er ist ich. Ich bin er. Aber zusammen sind wir irgendwie zu viel und gleichzeitig zu wenig."

Sie trank einen Schluck Kaffee.

„Delaware, was würden Sie tun, wenn Sie an meiner Stelle wären, wenn Sie mit dreißig auf einmal unerwartet allein wären? Ich meine, wenn jemand Ihnen an Ihrem dreißigsten Geburtstag gesagt hätte, dass Sie Ihr Leben lang allein bleiben würden, was hätten Sie dann getan? Welchen Ratschlag haben Sie für mich?“

„Wenn ich Sie wäre und ohne Liebe?“ Sie schaute hinaus auf den See. Ich folgte ihrem Blick und bemerkte einen irgendwie vertraut aussehenden Mann am Ufer, der Holz hackte. Plötzlich drehte der halb nackte Typ sich um, und es sah so aus, als würde er zurückstarren.

„Na ja, ich hätte einiges im kreativen Bereich anders gemacht, Schätzchen. Das auf jeden Fall. Es gibt diverse Rollen in Filmen, von denen Sie sicherlich gehört haben, die ich dann übernommen hätte. Und keiner meiner Partner wollte je Kinder haben, nicht einer von ihnen, was an sich schon merkwürdig ist. Also nehme ich an, dass ich ein Kind adoptiert hätte, wenn es nur nach mir gegangen wäre und ich nicht auf die Gefühle und Bedürfnisse irgendeines Mannes hätte Rücksicht nehmen müssen. Ich hätte gerne eine Familie gehabt.“ Sie zog ihren Mantel enger um sich. Der vertraut wirkende, halb nackte Mann joggte jetzt am Ufer des Sees entlang in Richtung Fußgängerbrücke, die zum Restaurant führte. „Wissen Sie, Schätzchen, ich zähle nicht gern negative Dinge auf oder grüble darüber nach, was gewesen wäre, wenn. Ich glaube, ob ich mich verliebt hätte oder nicht, wenn ich mir angewöhnt hätte, die für mich richtigen Entscheidungen zu treffen, dann hätte ich nichts versäumt. Das wäre also mein Ratschlag. Wenn ich in der Lage gewesen wäre, genau zu erkennen, was mich glücklich macht; wenn ich ein klares Bild meiner Zukunft vor Augen gehabt hätte, und, wie man so schön sagt, von den Dingen, die einem Freude bereiten, ohne dass man dabei abhängig von einem anderen Menschen ist, dann hätte ich einfach nur mir selbst treu bleiben müssen, wenn die Liebe noch einmal aufgetaucht wäre. Denn wenn man anfängt, Entscheidungen zu treffen, und dabei jemand anderes im Kopf hat, wenn man dessen Wünsche und Bedürfnisse versucht zu erahnen, dann ist es wie beim Spiel Stille Post. Über die Jahre entwickeln sich Dinge zu einer Geschichte, die man selbst nicht mehr erkennt. Und vermutlich verliert man dann genau das, was man so ängstlich hat festhalten wollen, so, wie es Richard und mir ergangen ist. Also, bleiben Sie sich selbst treu. Dann kann sich jeder darauf verlassen."

Sie hielt einen Moment lang inne und lächelte still vor sich hin. „Und ich würde nicht eine Sekunde meines Lebens damit verschwenden, mich zu fragen, wie ich aussehe, das sollte verboten werden, bis man mindestens Mitte siebzig ist, und selbst dann finde ich, dass Frauen noch verdammt gut aussehen. Es tut mir leid, Schätzchen, wenn ich Sie enttäuscht habe. Ich vermute, die Frauen von heute wollen, dass ich ihnen erzähle, ich hätte reichlich Sex gehabt, wäre auf der Chinesischen Mauer herumspaziert, wäre aus einem Flugzeug gesprungen oder hätte sonst was Extremes getan. Aber das Einzige, das ich wirklich bereue, ist, dass ich mich selbst enttäuscht habe, dass ich mir selbst nicht treu geblieben bin. Jene Entscheidungen haben niemandem etwas Gutes gebracht. Also, lernen Sie, gut zu sich selbst zu sein. Das ist es, was die Liebe mir gestohlen hat. Und das ist auch genau das, was ich mir zurückgeholt habe, als die Liebe verschwunden war. Dasselbe würde ich jetzt von Ihnen erwarten."

Ratschlag: Lerne, gut zu dir selbst zu sein.

Delaware war perfekt. Das Interview war perfekt. Ich schaltete mein Aufnahmegerät aus und trank noch einen Schluck von meinem inzwischen kalten Kaffee, als der halb nackte Mann auf der Terrasse erschien. Er marschierte auf unseren Tisch zu und setzte sich auf den Stuhl neben mir. Sein Oberkörper war schrecklich schlank und auf eine unglaublich klischeehafte „Ich bin so fantastisch und durchtrainiert"-Art und Weise muskulös, und dann klebten an seiner nackten, verschwitzten Haut auch noch Holzspäne und Schmutz.

„Also?" Er zog seinen Stuhl näher an meinen heran. „Haben die

Moppel die Trainingsausrüstung bekommen? Haben sie die Bücher gelesen? Haben sie ihre Termine in der Laufschule und zum Anpassen der Lauf-BHs wahrgenommen? Es ist nämlich wichtig, dass sie gut unterstützt werden, ehe sie anfangen zu laufen – emotional ebenso wie im Brustbereich. Das ist wirklich wichtig." Peter Parker war hier, nackt, und redete vor Delaware O'Hunt über Titten. Na toll.

„Peter, was machst du hier?"

„Deine Grandma hat gesagt, dass sie Hilfe beim Aufbau des Feuerwerks braucht." Hätte ich mir denken können, dass sie das getan hatte. „Also habe ich mich angeboten. Hilfst du auch?" Ich war mir wirklich nicht sicher, welches Teil meines supercoolen Outfits so aussah, als wäre es zum Bäumefällen geeignet. „Oh verflixt, es tut mir leid", rief er, beugte sich über mich, wobei die Holzspäne auf mein Kleid rieselten, und küsste Delaware auf beide Wangen. „Wie unhöflich von mir, Delaware, wie geht es Ihnen? Wie läuft es mit dem Tanzkurs? Ich bekomme die Schritte, die Sie mir gezeigt haben, immer noch nicht richtig hin."

„Du lächelst nicht, aber du machst einen Tanzkursus?" *Das* war in meinen Augen die reinste Ironie.

„Ich habe Ihnen doch gesagt, Darling, dass es aus den Hüften kommen muss. Sie müssen üben. Er ist ein wunderbarer Tanzpartner, Kate. Sie sollten ihn dazu bringen, einmal mit Ihnen tanzen zu gehen."

„Oh, Kate tanzt nicht", erklärte er und wischte die Holzspäne von meinem Kleid, als er sich wieder hinsetzte. „Tut mir leid", sagte er, nachdem er den letzten Span weggeschnipst hatte, der sich sehr dicht an meinem gut unterstützten, wenn auch enttäuschend kleinen rechten Busen befunden hatte. „Nein, Kate ist geradezu allergisch gegen das Tanzen. Das ist fast wie eine Krankheit."

„Was soll das heißen, dass ich nicht tanze? Ich kann tanzen! Ich tanze! Ich bin eine Tänzerin!" So laut war ich den ganzen Nachmittag nicht geworden. Delaware wirkte ein wenig erstaunt, und Peter sah mich stirnrunzelnd an.

„Okay ... Du kannst tanzen. Ich meine, du kannst nicht tanzen, aber wenn du dich dann besser fühlst, behaupte ich einfach, dass du es kannst."

„Es geht nicht darum, ob ich mich besser fühle, Peter, es geht darum, im Rahmen der Wahrheit zu bleiben."

„Ich glaube, du meinst, im Rahmen deiner Möglichkeiten. Es ist möglich, dass du lernen könntest zu tanzen – mit ein wenig Anleitung und viel Übung. Aber die Wahrheit ist, dass du zurzeit nicht tanzen kannst."

„Du bist fünfzehn Jahre lang weg gewesen. Woher, zum Teufel, willst du wissen, was ich kann oder nicht kann? Ich hätte in der Zeit eine verdammte Olympiamedaille gewinnen können."

„Na und, hast du? In welchem Jahr? In welcher Tanzkategorie? Was hast du angehabt? Gegen wen bist du angetreten?" Wieso war er so *besessen* von Details?

„Hm, wir haben wirklich schönes Wetter heute", unterbrach Delaware uns, „und Kate und ich haben in der Vergangenheit geschwelgt, nicht wahr, Schätzchen?", meinte sie und tätschelte mir das Knie. „Sie hat mir geholfen, mich an mein jüngeres Ich zu erinnern, obwohl ich die ganze Zeit nonstop geredet habe, und daher weiß ich gar nichts über die liebe Kate, außer natürlich, dass sie eine Tänzerin ist", erklärte sie ermunternd.

„Sie ist keine Tänzerin", murmelte Peter, „da kann sie noch so viel von einer angeblichen Olympiateilnahme erzählen."

„Also, Kate", fuhr Delaware fort. „Erzählen Sie mir ein wenig von sich? Zum ersten Mal an diesem Nachmittag nahm sie ihre dunkle Sonnenbrille ab und legte sie auf den Tisch vor sich. Dann sah sie mir direkt in die Augen. „Was genau versuchen Sie, hier zu machen? Worum geht es hierbei?" Peter runzelte noch immer die Stirn angesichts meiner Notlüge.

„Ich will herausfinden, was die Leute aufgegeben haben, als sie sich verliebt haben", erklärte ich und blickte von Peter zu Delaware, „damit ich ihnen helfen kann, diese Dinge zurückzubekommen. Es ist eine Art Mission."

„Das weiß ich bereits, Schätzchen. Ich verstehe nur nicht, wieso."

„Oh, na ja, ich, na ja ...“ Nervös rutschte ich auf meinem Stuhl herum. „Ich ... äh ... ich möchte ...“ Peter hatte sich abgewandt und tat so, als würde er irgendetwas am Ufer ganz faszinierend finden. Ich drehte mich zu Delaware um, sprach aber eher zu meinen Knien als zu ihr. „Ich möchte, dass die Menschen die Besessenheit, die Sie in Ihrem Tagebuch erwähnten, endlich zur Kenntnis nehmen.“ Sie nickte mir zustimmend und ermutigend zu. „Ich möchte, dass die Menschen mehr für den Augenblick leben, dass sie im Hier und Jetzt ankommen, dass sie erkennen, was sie wirklich vom Leben erwarten. Manchmal vergessen die Menschen die Dinge, die sie glücklich machen, wenn sie sich verlieben. Die Beziehung wird dann zur Quelle dieser Gefühle. Es wird die Quelle für alles. Also würde ich sagen, mein Ziel ist es, dass die Menschen diesen verloren gegangenen Teil von sich selbst wiederfinden und ihn dann erhalten. Doch meistens wissen die Leute gar nicht, was das ist, was sie glücklich macht. Ich habe jedoch herausgefunden, dass, wenn ich sie frage, was sie glücklich machen würde, wenn es keine Liebe in ihrem Leben gäbe, wenn keine Hoffnung mehr bestünde, das Leben mit jemand anderem zu teilen, ihre Antworten darauf immer die nackte Wahrheit waren.“

Unweigerlich blickte ich auf Peters Körper, als ich das Wort „nackt“ aussprach. Er starrte noch immer auf den See. „Und mit diesem Wissen werden sie sich stets treu bleiben, was auch immer in ihrem Leben passiert. Sie werden ihre eigene Energiequelle sein, aus sich selbst schöpfen, ihre eigene Sonne sein, wenn Sie so wollen.“ Die letzten Worte waren nur noch geflüstert.

„Aber Kate, Schätzchen, es gibt doch eine Million Dinge, die Sie in diesem Augenblick in Ihrem Leben tun könnten. Warum wollen Sie all Ihre Zeit damit vergeuden?“

„Vermutlich weil ich die Zeit habe und weil ich vorhabe, den Rest meines Lebens allein zu verbringen. Und wenn ich verhindern kann, dass auch nur ein Mensch das durchmachen muss, was ich durchgemacht habe, dann wäre es das schon wert. Deshalb widme ich meine gesamte Zeit dieser Mission, bei der ich anderen helfe, sich selbst zu helfen.“

„Na, das ist ja ziemlich ehrenhaft, nicht wahr, Peter?“, meinte sie an Peter Parker gewandt. „Peter?“

Ich drehte mich um und sah, dass Peter mich ausdruckslos musterte. Ich verspürte ein merkwürdiges und ungewohntes Gefühl in meiner Brust, als unsere Blicke sich trafen, und Peter sah aus, als wäre er ganz außer Atem.

„Ich sollte lieber wieder deiner Grandma helfen“, meinte er leise, bevor er aufstand und langsam davonging. Den Rest des Nachmittags stand er neben dem aufgestapelten Lagerfeuer und unterhielt sich angeregt mit Grandma Josephine. Er ging, kurz bevor es angezündet wurde.

„Kate Winters! Oder sollte ich sagen, *bonjour*?“ Jane Brockley, geborene Robinson, öffnete uns die Tür in einer *Cath-Kidston*-Schürze und Topfhandschuhen in Erdbeerform. „Ihr müsst mich entschuldigen“, sagte sie und beugte sich ein wenig vor, um uns alle mit einem Küsschen auf die Wange zu begrüßen. „Ich bin gerade dabei, etwas aus dem Ofen zu nehmen. Ich habe neue Lebkuchenteigrezepte ausprobiert, aber irgendetwas fehlt immer, es macht mich noch ganz verrückt. Kommt rein, kommt rein“, rief sie und marschierte in Richtung Küche voran. Wir folgten ihr durch den Flur und kamen an dem Garderobenständer vorbei, an dem Hunderte von Regenmänteln hingen. Er sah aus wie eine bunte Trauerweide. Federico unterdrückte ein Grinsen.

Es ist nämlich so, dass Jane Brockley, geborene Robinson, eine Freundin von mir aus Collegezeiten, absolut besessen von Farben ist. Sie hat *immer* irgendein wasserdichtes Teil an, und es ist *immer* knallbunt und wild gemustert. Ich mag auch gerne Farben, trage selten schwarze Sachen, und wenn ich so darüber nachdenke, auch selten weiße. Und als es modern war, Primärfarben miteinander zu kombinieren, war ich im Farbenhimmel. Aber Jane ist die Art von Farbenträgerin, bei der man das Gefühl hat, dass sie als Kind überhaupt keine bunten Sachen tragen durfte. Sämtliche Farben des Regenbogens und diverse Farben, von denen nicht mal ein Regenbogen eine Ahnung hat, kann man in Jane Brockleys Regenmänteln wiederfinden.

Und dann sind da noch die Plastikmäntel; Hunderte von Regenumhängen, bedruckt mit lächelnden Katzen, Weihnachtsbäumen oder Blumen. Farbkollektionen, die einem ein geradezu körperliches Unbehagen bereiten konnten, waren Janes Markenzeichen. Genau wie ihre Marotte, sich als „Jane Brockley – geborene Robinson“ vorzustellen, so, als würde jemand, der Jane vor ihrer Hochzeit gekannt hatte, sie ohne diese zusätzliche Information vergessen haben können. Allein Janes rosafarbener Regenmantel, auf dem sich graue Mäuse tummelten und kleine Mäuseautos fuhren, wäre an sich schon Grund genug, warum niemand die unverheiratete Jane vergessen würde; das und die Tatsache, dass sie einen leichten Silberblick hatte.

„James ist im Wohnzimmer, warum geht ihr nicht einfach durch und begrüßt ihn? Ich komme in einer Minute nach.“ Sie bedeutete uns, durch den Rundbogen zu gehen, der von der Küche ins Wohnzimmer führte. Dort fanden wir Janes Ehemann, einen rundlichen Gentleman namens James. Er hatte es sich mit seinem gut genährten Körper und dem Kater Nibbles auf dem Blümchensofa gemütlich gemacht und schaute Rugby. Nibbles beäugte mich, als ich ins Zimmer kam. James trug eine – nicht ironisch gemeinte – burgunderfarbene Strickjacke.

„Katie, gerade erst letzte Woche habe ich zu Jane gesagt, dass wir dich kaum zu Gesicht bekommen haben, seit du aus Frankreich zurück bist. Wie schön, dich jetzt zu sehen, und Leah, tut mir leid, das mit deiner Scheidung. Du bist bestimmt am Boden zerstört. Meine Cousine zweiten Grades, Susan, ist auch gerade geschieden worden. Es hat sie total deprimiert. Und natürlich ist er sofort mit einer Neuen davongezogen, so wie es immer ist, stimmt's, Kate? Jane hat gesagt, bei dir wäre es auch so gewesen. Gabriel sei auch sofort mit einer viel Jüngeren auf und davon. Ja, jünger und dünner, so ist es wohl immer. Weißt du, eigentlich mochte ich Gabriel. Er war unglaublich attraktiv, hast du ihn mal getroffen?“, fragte er Federico, der den Kopf genauso schnell schüttelte, wie er immer redete. „Wahrscheinlich ist es für jemanden wie ihn fast eine Herausforderung, Single zu bleiben. Ein unglaublicher Skiläufer war er auch, wirklich unglaublich, na ja, diese Jungs stehen schon auf Skiern, ehe sie laufen können.“ Und damit begann die peinliche Heldenverehrung, die zwischen Männern mit normaler sportlicher Begabung und denen, die Profis sind, bisweilen auftritt. „Ich meine, er konnte Dinge auf dem Berg machen, die ich einfach ...“ Abrupt brach er ab und schien mit den Tränen zu kämpfen. „Na ja, sagen wir einfach, dass er einmal auf Skiern einen Berg *hinauf*gefahren ist, um mich aus einer etwas heiklen Situation zu retten. Und ich erinnere mich, dass ich mehrmals mitbekommen habe, wie er mit Kate auf dem Arm die Berge heruntergewedelt ist. Du meine Güte, wenn ich das auf Skiern tun könnte, was dieser Mann konnte …“ Beschämt tupfte er sich die Augenwinkel trocken. „Großbritannien braucht ein starkes Skiteam, ehrlich. Ja, die Frauen standen wahrscheinlich Schlange, kaum dass du weg warst, um ihm eine Schulter zu bieten, an der er sich ausweinen konnte. Nimm es nicht persönlich, Katie, Schätzchen. Wir Männer können halt nicht allein sein.“

Ein emotionaler Einschub

Wenn die Existenz eines Mannes namens Gabriel in meinem neuen Leben erwähnt wird, zum Beispiel vom sensiblen Ehemann einer meiner bunt gemusterten Freundinnen, dann fühlt sich das an, als würde eine Tür zu einem Haus weit aufgerissen. Dabei habe ich Wochen und Monate damit zugebracht, dieses Haus zu verbarrikadieren. Plötzlich schwingt die Tür jedoch weit auf, und das macht mir höllisch Angst, denn ich hatte angefangen zu vergessen, dass dieses Haus überhaupt existierte. Also muss ich wieder von vorn anfangen, alles zu verrammeln und zu verriegeln, mich dreimal zu vergewissern, dass die Schlösser wirklich geschlossen sind, damit ich der Vergangenheit beruhigt den Rücken kehren kann. Und das auch nur, wenn ich wach bin. Unterschiedliche verzerrte Versionen von Gabriel leben fast jede Nacht in meinen Träumen wieder auf. Gabriel lebt in meinem Kopf, meinem Herzen, meinem Unterbewusstsein, und an Tagen wie diesen scheinen meine Abwehrmaßnahmen aussichtslos, sinnlos, ineffektiv, denn allein durch den Klang seines Namens, sieben Buchstaben, die man zusammengefügt hat, damit sie ein Geräusch ergeben, können alle Türen und alle Fenster meines verfallenen Hauses in meinem Herzen wieder aufgerissen werden, genauso kraftvoll wie vorher, und ich frage mich, ob es je jemanden gegeben hat, der sich innerlich so zerbrochen gefühlt hat wie ich.

„Gut, gut, nehmt doch Platz“, meinte James und deutete aufs

Sofa. „Fühlt euch wie zu Hause. Möchte jemand Wein?" Er trottete in die Küche, während wir drei versuchten, uns auf ein Sofa zu quetschen, das eigentlich für zwei gedacht war. Nibbles rollte sich derweil auf dem großen Sofa auf den Rücken und streckte sich zu voller Länge, ehe er kaum hörbar zu fauchen begann. Es ist nämlich so, Nibbles ist Janes und James' ganzer Stolz, sozusagen ihr Baby. Gäbe es eine überteuerte örtliche Katzengrundschule, dann hätten sie Nibbles schon bei der Geburt dort angemeldet. Der Kater ist jedoch ein höchst hinterlistiges Geschöpf, das bei Herrchen und Frauchen so tut, als könnte es kein Wässerchen trüben, doch, sobald sie ihm den Rücken kehren, zuschlägt wie ein Säbelzahntiger. Für mindestens fünf der sieben dauerhaften Narben auf meinem Körper ist dieses Katzenvieh verantwortlich. Außerdem hat er einmal den deutschen Schäferhund der Nachbarn angegriffen und ihm einen dauerhaften Schaden am rechten Auge zugefügt. Manchmal komme ich mir vor wie in einer Katzenversion von George Orwells *1984*. Nibbles ist Big Brother, und alle fallen auf seinen Schwachsinn herein. Alle außer mir und dem armen deutschen Schäferhund.

James kam mit einer Flasche Wein zurück, Jane mit einem Teller voll heißer Lebkuchenfiguren. Sie setzten sich beide auf die Kante des Couchtisches, um Nibbles nicht zu stören, der so tat, als würde er schlafen. Danach starrten sie mich einfach nur erwartungsvoll an, so, wie es die Leute tun, wenn ich zu ihnen nach Hause komme. Als wäre ich eine Art West End Show oder ein Fernseher, der nur einen Sender und meistens auch nur eine Lautstärkeneinstellung hat.

„Ich, äh, wir wollten mal vorbeischauen, um Hallo zu sagen – und auch, weil ich Jane eine Frage stellen wollte. Es hat mit der Arbeit zu tun, es ist eine kleine Untersuchung. Ich wollte einfach nur wissen, ob es irgendetwas gibt, das du nicht tun konntest, weil du James getroffen hast und dich, na ja, in ihn verliebt hast."

„Was meinst du damit?", fragte Jane und sah auf einmal ein wenig erhitzt aus, während sie sich den Pony mit einer Hand, die noch immer im Topfhandschuh steckte, aus dem Gesicht strich.

„Ich glaube, wir haben immer alles getan, was wir tun wollten, oder?“, sagte sie und sah James um Bestätigung heischend an.

„Gibt es nicht irgendetwas, irgendeine kleine Sache, die du allein nicht mehr machen konntest; einen Kursus, den du gern mal belegt hättest, oder eine Erfahrung, die du nicht gemacht hast? Irgendeine kleine Sache, die dir von der Liebe gestohlen wurde?“

„Ich habe Kate gebeten, eine Rückführung in frühere Leben mit mir zu machen“, erklärte Leah, den Mund voll mit Lebkuchen. „Aber offenbar ist das nicht die richtige Art von Bitte, also weiß ich nicht so recht, was ich jetzt machen soll.“ Sag ich doch, manipulativ …

„Ich weiß auch nicht, was ich machen soll“, erklärte Federico und biss vorsichtig in das linke Bein eines Lebkuchenmännchens, „aber ich würde vorschlagen, es mit einer Spur mehr Ingwer zu versuchen, jawohl, das würde ich, und vielleicht, nur mal so dahergesagt, vielleicht mit einem kleinen Spritzer Zitronensaft.“

„Es ist einfach lächerlich, zu glauben, dass es etwas gibt, das Jane nicht getan hat, weil sie sich in mich verliebt hat“, behauptete James und plusterte sich auf. „Kate, ich wusste ja gar nicht, dass du so gegen die Liebe eingestellt bist. Es gibt absolut nichts, das Jane gern tun würde, was ich nicht unterstützen würde. Für uns begann das Leben erst richtig, als wir ein Paar wurden. Stimmt's, Mäuschen?“ Liebevoll tätschelte er ihr den Schenkel. „Wir hatten immer das Gefühl, dass wir erst richtig vollständige Menschen geworden sind, als wir uns getroffen haben, und dementsprechend haben wir der Welt jetzt viel mehr zu bieten. Jane engagiert sich sehr bei der Heilsarmee, nicht wahr, Mäuschen? Wir versuchen, der Welt mehr Liebe zurückzugeben, weil unsere Liebe zueinander so groß ist.“

Federico war auf einmal ganz grün im Gesicht geworden. Leah sah ziemlich misstrauisch aus, und Jane wirkte so, als hätte sich vor ihr eine Falltür geöffnet, die direkt in die Hölle führte. Ich beobachtete sie, wie sie anfing, sich in ihrem Wohnzimmer umzuschauen und alles in sich aufzunehmen, als wäre es das erste Mal, dass sie ihre eigenen Sachen sah. Dabei musterte sie die Stuckleiste, als wäre es das Interessanteste, das sie je zu Gesicht bekommen hatte.

„Oh, na ja, ich dachte mir, ich frage einfach mal“, sagte ich. Jane starrte immer noch an die Decke. „Ich frage ganz viele Frauen, was sie nicht getan haben, weil sie sich verliebt haben, und dann wollen wir losziehen und ihnen diese Dinge zurückholen, sie zurückerobern, wie Piraten.“ Ich hob die Faust in die Luft und stimmte eine Art Kampfgeschrei an, das überhaupt nicht nach Pirat klang, sondern eher peinlich war. „Und einige Frauen machen Sachen alleine. Es soll ihnen helfen, wieder zu sich selbst zu finden. Unsere alte Putzfrau will eine Ausbildung zur Automechanikerin machen.“

„Weil das offenbar eine angemessene Bitte ist“, murmelte Leah.

„Und was machen wir nächste Woche?“ Jetzt legte Federico los. „Nächste Woche fällt der offizielle Startschuss für unser Moppel-Camp. Zwanzig unserer dicken Leserinnen, und es sind wirklich richtig, richtig dicke und unglückliche Leserinnen, so wie Weihnachtsmänner, aber ohne das tolle rote Outfit, ohne die magische Fähigkeit, fliegen zu können, und ohne dass man ihnen Kuchen hinstellt, okay, vielleicht waren es zu viele Kuchen, aber sie haben keinen Schlitten und besitzen definitiv nicht die Fähigkeit, fliegen zu können … also, die werden unser intensives Abspeckprogramm starten, jawohl. Das Team ‚Traumräuber‘ wird ihnen ihren vorehelichen Körper zurückgeben.“ Er spendete sich selbst eine Runde Beifall. „Meine Idee“, verkündete er und deutete auf sich. Er endete damit, dass er sich an Jane wandte und mit den Lippen das Wort „Zimt“ formte, bevor er seinen angebissenen Lebkuchen zurück auf den Teller legte.

„Nun, Kate, dein Job hört sich wunderbar frivol an“, meldete sich James erneut zu Wort. „Wir sind gespannt auf deine kleinen Heldentaten, nicht wahr, Mäuschen? Auch wenn ich nicht hundertprozentig hinter dieser Idee stehe. Aber ich fürchte, ich muss euch Mädchen jetzt allein lassen, da ich noch zum Tennis muss.“ Auf seinen kleinen dicken Beinchen trottete er davon, um in seinen Tennisclub für piekfeine Jungs zu verschwinden. Kaum war die

Haustür hinter ihm ins Schloss gefallen, sprudelte es nur so aus Jane heraus.

„Gregoire Pechenikov. Das ist etwas, das ich nicht getan habe, weil ich James getroffen habe. Der verdammte Gregoire Pechenikov. Er war atemberaubend, Kate, absolut atemberaubend, und verzweifelt darauf aus, mit mir zu schlafen. Mir sind fast die Augen aus dem Kopf gefallen, als ich ihn das erste Mal sah. Er kam zum Asta, ihr wisst schon, dem Studentenausschuss, weil er an einem Sprachaustauschprogramm teilgenommen hatte. Er war aus Moskau, hatte Arme wie ein Ruderer, und er war so unglaublich scharf auf mich. Er lungerte immer vor meinem Studentenwohnheim herum und bat mich dann, ihm irgendwelche Konjunktive zu erklären oder irgendwelche Verben zu konjugieren. Und dabei rückte er immer ganz nah an mich heran und beobachtete meine Lippen, während ich geredet habe."

„Ich wusste es!", rief Federico und hüpfte auf seinem Platz auf und ab. „Hier ist sie wieder, die wahre Jane Robinson. Willkommen zurück. Wir haben dich vermisst!"

„Und Spanier", sagte Jane und zog ihre Topfhandschuhe aus, um sich ein großes Glas Weißwein einzuschenken. „Ich hatte definitiv nicht oft genug Sex mit heißblütigen spanischen Männern oder mit Zwillingen. Das war auch immer so ein Traum von mir: einmal Sex mit eineiigen Zwillingen zu haben." Federico schmolz vor Begeisterung fast dahin.

Diverse Stunden später …

„James würde mich bei allem, was ich tun wollte, unterstützen …", hicks, „wenn ich mit irgendetwas aufgehört habe, dann ist das ganz allein meine Schuld. Es liegt in meiner Verantwortung. Und mir gefällt die Person, die ich geworden bin, wirklich. Das, was wir zusammen geschaffen haben."

„Hol dir die Macht zurück, Janey Jane", flüsterte Federico, während er sich wie in Zeitlupe etwas aus der Luft schnappte,

„kontrolliere die Macht. Werde zur Energiequelle statt des Steckers, der die Energie anzapft. Werde zum Kernkraftwerk oder meinetwegen auch zu einer erneuerbaren Energiequelle, wenn dir das lieber ist. Ich persönlich finde Kernkraftwerke ja ziemlich sicher …" Jetzt redeten beide auf einmal.

„Es ist nur so, dass er alles so ernst nimmt, Kate. Sogar unser Liebesleben ist tierisch ernst. James sagt, ich soll nicht ‚Sex' sagen, sondern ‚Liebe machen'. Offenbar ist *Sex* etwas, das wir mit anderen Leuten getrieben haben, ehe wir uns getroffen haben. Er mag es nicht einmal, wenn ich ihm einen blase, weil er es für entwürdigend hält, für mich, versteht sich. Dabei mag ich es, einem Mann einen zu blasen. Das hab ich im College ständig gemacht." Es war so, als würde sie gesponsert. „Du weißt, dass ich definitiv nicht genug mit Männern herumgemacht habe, ehe ich mich häuslich niedergelassen habe." Leah verschluckte sich an einer Lebkuchenfigur. „Ehrlich nicht! Das Herumfummeln als Teenager zählt nicht mit. Je älter man wird, desto besser wird der Sex. Himmel, wenn ich den Sex, den ich jetzt habe, mit all den Männern hätte haben können, die ich damals toll fand – wow! Wenn ich du wäre, Kate, dann wäre das genau das, was ich jetzt tun würde. Ich hätte heißen Sex mit all den Männern, die ich zwischen die Finger bekommen könnte, heißblütige Spanier mit braun gebrannter, weicher Haut, muskulösen Körpern und dichtem dunklen Haar. Sie hätten auch nichts dagegen, wenn ich ihnen einen blasen würde."

„Das hätten sie bestimmt nicht, Janey Jane. Ganz bestimmt nicht!"

„Und Gregoire Pechenikov. Ich würde mit ihm Sex haben – wilden, leidenschaftlichen Sex. Ich verstehe, warum du das hier machst, Kate. Ich kann nachvollziehen, wie du leidest. Und auch wenn du es jetzt noch nicht glauben kannst, aber du wirst jemand anderes treffen, jeder trifft irgendwann jemanden. Du wirst dich an jemanden binden und dich häuslich niederlassen. Es passiert, ohne dass du es überhaupt versuchst, und in null Komma nichts bist du schrecklich glücklich." Lächelnd schenkte sie sich den Rest des Weins in ihr Glas ein. „James ist wirklich meine große Liebe." Sie schwankte. „Ich weiß, dass keiner von euch je verstanden hat, warum." Sie schaute vor allem mich an, als sie sagte: „Aber er ist mein Mann, mein James. Und ich weiß, dass ihr alle eines Tages euren James findet, ganz bestimmt. Aber solange ihr Singles seid, würde ich an eurer Stelle küssen, küssen, küssen."

„Und Männern einen blasen, Janey Jane, vergiss das nicht." Alle prusteten los, und Federico fing an, etwas Kindisches und ziemlich Unanständiges mit der Weinflasche anzustellen.

Warum konnten meine Freunde nicht auf einem höheren geistigen Niveau agieren? Warum wollten sie sich nicht selbst verwirklichen, in der Gegenwart, im Hier und Jetzt, mit mir? Stattdessen forderten sie von mir, dass ich in meine früheren Leben eintauchte, was sowohl spirituell als auch psychologisch äußerst verstörend sein könnte, und dass ich, verzeihen Sie meine Ausdrucksweise, an vielen verschiedenen Männern lutschte.

„Jane, gibt es nicht noch irgendetwas anderes?", flehte ich, „nichts Sexuelles", betonte ich, „was du gern tun würdest, aber nicht mehr getan hast, seit du James getroffen hast?"

„Na ja, James hasst Tanzen. Wir tanzen nie zusammen."

„Aber Jane, auf dem College warst du eine hervorragende Tänzerin! Bist du nicht einmal im Sommer sogar nach Argentinien zu einem Sprach- und Tanzkurs geflogen? Ich erinnere mich noch vage, dass du drei Wochen länger als geplant geblieben bist. Deine Eltern sind ausgeflippt und haben mich aus unerfindlichen Gründen dafür verantwortlich gemacht."

„Ja, ich liebe es zu tanzen, aber wir tun es nie. James hat kaputte Knie. Aber Gregoire Pechenikov konnte tanzen", erklärte sie wehmütig. „Oh mein Gott, der Mann konnte tanzen. Eines Abends hat er mich in diesen spanischen Club mitgenommen, und da haben wir bis zum Morgengrauen Salsa getanzt. Es fühlte sich an, als würde er mich direkt auf der Tanzfläche lieben. Es war eine der wunderbarsten Nächte meines Lebens."

„Janey Jane, ich dachte, du hättest gesagt, du hättest Gregoire Pechenikov getroffen, *nachdem* du James kennengelernt hattest?", fragte Federico und knabberte am Unterleib eines Lebkuchenmännchens.

Die Falltür zur Hölle öffnete sich erneut. Janes Gesicht nahm einen noch nie da gewesenen Rotton an.

„Jane, vielleicht könnte Tanzen unser Ding sein? Du tanzt nicht mehr, seit du dich verliebt hast, also könnten wir vielleicht einen Tanzkurs zusammen belegen? Erobern wir uns den Tanz zurück?"

„Ist das nicht eine Michael-Flatley-Show?", erkundigte sich Federico stirnrunzelnd.

„Und ich könnte mitkommen. Ich hätte nichts dagegen, ein paar Tanzstunden zu nehmen."

„Ach ja, das würdest du?" Jetzt legte Leah los. „Für Jane würdest du tanzen, aber für mich durchs Zeitportal gehen, das willst du nicht?"

Federico hustete und brachte die Worte „Deckung", gefolgt von „sie ist verrückt", heraus und tat es dann Jane gleich, die eingehend die Zimmerdecke musterte.

Aufgabe: Zusammen mit Jane das Tanzen zurückerobern
Ratschlag: Lauter verschiedene Männer küssen, vor allem solche mit spanischen Wurzeln
Ratschlag: Großzügig Blowjobs verteilen

Peter Parker sieht morgens immer gut aus. Das weiß ich, weil wir als Kinder häufiger mal beim anderen übernachtet haben und weil ich ihm an einem Dienstagmorgen um halb sieben in einem Coffeeshop in der Nähe von Covent Garden begegnet bin. Ich versuchte gerade, mithilfe eines besonders starken Espressos und eines Riegels KitKat wach zu werden. Während ich auf einem Hocker hing und aus dem Fenster starrte – metaphorische Streichhölzer hielten meine müden Augenlider auf –, kam Peter Parker in ernst zu nehmender Laufbekleidung und knallorangen Laufschuhen vorbeigejoggt. Im Vorbeilaufen warf er einen Blick ins Fenster, stutzte und blieb dann stehen. Ich starrte hinaus. Er starrte herein. Keiner von uns zeigte irgendwelche Anzeichen von Überraschung, Schock oder Erstaunen – oder irgendeiner anderen Gefühlsregung. Es wirkte fast so, als wären wir neue Ausstellungsstücke bei Madame Tussauds oder die Mannequins in der romantischen Komödie „Mannequin" von 1985, bevor sie zum Leben erwachten und aufgeregt in komplizierten Schrittfolgen lostanzten, durchs ganze Kaufhaus liefen, ehe sie sich in den Schaufenstern liebten.

Schließlich entschied Peter sich, sich doch zu bewegen, und kam zu mir in den Coffeeshop, zog sich einen Hocker heran und setzte sich neben mich. Dann starrten wir beide zusammen aus dem Fenster und schwiegen. Er trank einen Schluck aus seiner Wasserflasche. Ich nippte an meinem Kaffee. Gedankenverloren wischte er sich mit dem Unterarm über die Stirn. Sein Laufshirt hatte keine Ärmel, daher war ich wieder einmal dem Anblick seiner muskulösen Arme ausgesetzt. Er sah so ernst aus, dass ich mich fast in die Kate meiner Kindheit zurückverwandelt hätte, da ich am liebsten seine Achsel gekitzelt oder einen kleinen Witz gerissen hätte, um wenigstens die Andeutung eines Lächelns aus ihm herauszulocken. Wer war dieser ausgewachsene Mann, der nie lächelte? War er glücklich? War er zufrieden? Hatten sich seine Lachmuskeln genauso zurückgebildet, wie es offenbar mein

Trizeps in den letzten Jahren getan hatte? Ich entschied, dass ich mehr wissen wollte.

„Peter Parker ..."

„Ja, Kate ..."

„Ich habe ein paar Fragen ..."

„Das dachte ich mir schon."

„Genau genommen sind es sogar viele."

„Ich würde es begrüßen, wenn du eine zur Zeit stellen würdest." Er drehte sich zu mir herum und trank noch einen Schluck Wasser.

„Wann bist du nach London zurückgekehrt?"

„Wenn ich es dir sage, wirst du dann dasitzen und versuchen auszurechnen, wie sauer du auf mich sein musst, weil ich mich nicht mit dir in Verbindung gesetzt habe?"

„Ich kann Grandma fragen."

„Ich bin seit vier Monaten hier."

„Und du wusstest, dass ich in London bin?"

„Ich wusste während dieser vier Monate, dass du in London lebst, ja." Wenn ich in die Schweiz gezogen wäre, hätte ich einen Privatdetektiv angeheuert und einen Trupp Spürhunde losgeschickt, um ihn zu finden.

„Und du bist seit vier Monaten geschieden?" Der schmale blasse Streifen an seinem Ringfinger war Beweis für die kürzlich zu Ende gegangene Ehe.

„Ehen enden nicht mit der Unterzeichnung der Scheidungspapiere", erwiderte er und berührte stirnrunzelnd den ringlosen Ringfinger. „Sie enden meist früher oder auch später, einige enden nie, und ich vermute, einige beginnen nie wirklich." Ziemlich vage und nicht gerade hilfreich.

„Warum hast du dich scheiden lassen?"

„Warum hast du nie geheiratet?" Ein Ablenkungsmanöver – typisch Peter Parker.

„Wie sich herausstellte, war Gabriel doch nicht derjenige, für den ich ihn gehalten hatte."

„Nun, ich glaube nicht, dass ich mich als der entpuppte, den sie erwartet hatte." Sich mitteilen, indem man etwas kopiert –

sehr clever. „Und statistisch gesehen endet die Hälfte aller Ehen mit einer Scheidung, von daher sollten wir eher überrascht sein, wenn eine Ehe hält, und nicht, wenn sie scheitert.“ Sich mit unwichtigen Details abgeben, statt sich, wie gebeten, zu einer emotionalen Sache zu äußern – Rauchbomben zünden. „Genau genommen ist es doch so, wenn Ehen scheitern, ist es eher eine mathematische Gleichung, die korrekt gelöst wurde, eine statistische Annahme, die sich als richtig herausgestellt hat, nicht etwa etwas, das schockierend oder falsch ist.“ Ich hatte den Faden verloren und merkte, dass ich auf seine muskulösen Oberschenkel starrte. „Und mit dem Vormarsch des Fernsehens und der Massenmedien wurde die Verbreitung von falschen Vorstellungen über die Liebe regelrecht zu einer Seuche. Wusstest du, dass die BBC der erste reguläre Fernsehsender überhaupt war? Großbritannien war einmal solch eine fleißige, innovative Nation. Wir haben die Dampfmaschine erfunden, die Nähmaschine, Penicillin, den Korkenzieher und die Katzenaugen, die auf der Straße, natürlich nicht die echten, tierischen Katzenaugen. Heutzutage bekommen wir irgendwie gar nichts mehr hin.“

Schon wieder – unwichtige Fakten, Tatsachen statt Emotionen. Er glaubte, dass er mich mit einem Vortrag über den Niedergang der verarbeitenden Industrie in England ablenken konnte, ein Thema, das für sich genommen schon wert war, in einem Buch abgehandelt zu werden. Was war nur mit unserem glorreichen Land passiert? Und worüber redeten wir hier eigentlich?

Ich starrte wieder aus dem Fenster, und wir nippten erneut an unseren Getränken.

„Peter Parker …“

„Ja, Kate …“

„Warst du traurig, als deine Ehe in die Brüche ging?“

„Wenn ich an die Gründe denke, warum wir nicht mehr zusammen sind, dann weiß ich, dass wir die richtige Entscheidung getroffen haben. Sie ist jetzt sehr glücklich und hat einen richtig tollen Mann gefunden. Es war für uns beide die beste Entscheidung.“ Eine intelligente, wenn auch ausweichende Antwort – informativ und trotzdem nichtssagend.

Wir starrten weiterhin aus dem Fenster und nippten an unseren Getränken.

„Aber bist *du* traurig gewesen?"

„Kate ..."

„Ja, Peter."

„Warum sitzt du um halb sieben an einem Dienstagmorgen in diesem Coffeeshop?"

„Ich gehe um Viertel nach sieben zu einem Tanzkursus. Das ist einer der Träume, den die Liebe einer meiner Freundinnen gestohlen hat, Jane und ..."

„Ehrlich? Du gehst zu einem Tanzkurs?"

„Ja, Peter. Ich mache einen Tanzkurs, und die Tanzlehrerin Sally meinte, wenn du den Tag mit einem Cha-Cha-Cha beginnst, kann er nur positiv verlaufen. So überzeugend, wie sie es gesagt hat, hatte ich das Gefühl, dass da wohl was Wahres dran sein muss." Peter runzelte die Stirn und blickte auf meine Füße. Einen Moment lang überlegte ich tatsächlich, ob ich aus Versehen zwei unterschiedliche Schuhe angezogen hatte. Langsam hob er den Kopf und schaute wieder aus dem Fenster. Wir fuhren fort, an unseren Getränken zu nippen.

„Du hast zu Delaware gesagt, dass du den Rest deines Lebens allein verbringen willst. Stimmt das?"

„Ja."

„Na, das kann ich gut verstehen. Ich bin am glücklichsten, wenn ich allein bin."

„Peter Parker, du konntest es nicht ertragen, allein zu sein, als du noch klein warst. Du hast praktisch bei mir und Grandma gelebt. Genau genommen haben wir nur aufgehört, im selben Bett zu schlafen, weil die Nachbarin zu Grandma gesagt hat, dass es sich nicht gehören würde."

„Kate, es *gehörte* sich auch nicht. Jugendliche unterschiedlichen Geschlechts sollten nicht im gleichen Bett schlafen. Ein paar Monate länger, und du wärst wahrscheinlich aufgewacht, weil ich versucht hätte, Sex mit dir zu haben."

Ich verschluckte mich und spuckte meinen Kaffee gegen die Fensterscheibe.

„Himmel, tut mir leid“, sagte er und klopfte mir auf den Rücken. „Ich meinte das natürlich nicht wörtlich. Ich meinte ... während der Pubertät gibt es solche Hormonschübe. Einige der eher umstrittenen Biologen und Anthropologen argumentieren, dass man für seine Handlungen während dieser Monate und Jahre nicht verantwortlich gemacht werden kann, da man unter dem Einfluss einer gewaltigen Mischung von Chemikalien und Hormonen steht, die außerhalb unserer mentalen Kontrolle liegen. Aber es hätte sicherlich andere Wege gegeben, um meinen Standpunkt zu verdeutlichen. Es tut mir leid.“

„Kein Problem“, entgegnete ich und wischte mir den Kaffee aus dem Gesicht. „Es war nur ein so absurder Gedanke“ – der jetzt für *immer* in meinem Gedächtnis eingebrannt sein würde.

„Kate, ich bin nicht mehr der Junge, den du damals kanntest. Ich bin ein erwachsener Mann, und ich bin sehr zufrieden damit, allein zu sein. Es ist genau das, worüber meine *Ex*frau sich beklagt hat. Angeblich hatte sie ständig das Gefühl, ich würde sie gar nicht brauchen, würde mich nie richtig öffnen, weder ihr noch der Beziehung gegenüber. Sie beschrieb es so, dass sie das Gefühl hätte, meine völlig unbedeutende bessere Hälfte zu sein.“ Das hörte sich nicht sonderlich nett an. „Aber die Sache ist die, Kate, ich brauchte sie wirklich nicht. Mein Leben ist viel weniger kompliziert, wenn ich allein bin. Es ist viel konstanter und ergibt Sinn.“

„Wie eine mathematische Gleichung.“ Ich musste lachen, als ich an das Symbol für Pi dachte. Ich meine, warum veranschaulicht π eine lange mathematische Gleichung? Es ist so albern. Oder doch brillant?

„Kate, erinnerst du dich an meinen Hund Jake?“ Peters Augen funkelten, als er seinen geliebten Hund erwähnte. „Na ja, einen Hund zu haben ist wahrscheinlich das Einzige, das mich glücklicher machen würde, als allein zu sein. Meine Exfrau wollte nie einen haben. Sie meinte, Hunde wären zu anstrengend und zu anhänglich, aber das sind sie gar nicht. Hunde sind loyal und beständig. Wenn man einmal am Tag mit ihnen Gassi geht, eventuell auch zweimal, je nach Größe und Rasse, und ihnen hin und wieder einen Hundekuchen gibt, zwei einfache Dinge, dann lieben sie dich von ganzem Herzen."

„Dies ist mein Hundekuchen", sagte ich und versuchte, die Tatsache herunterzuspielen, dass Peter Parker gerade mein Frühstück entdeckt hatte, einen riesigen KitKat-Riegel, der vermutlich nicht nur für eine Person gedacht war. „Ich finde KitKat beruhigend", ergänzte ich und packte den Schokoladenriegel hastig wieder ein. Peter hielt mich auf, wickelte die Folie ab und gab mir ein extragroßes Stück.

„Erzähl mir, warum du KitKat magst", forderte er mich auf und zog mich mitsamt dem Hocker ein kleines Stück näher zu sich heran. Er griff an mir vorbei nach einem Stück Schokoriegel und berührte dabei mit seinem Unterarm meinen.

„Na ja", begann ich und versuchte, nicht an seinen warmen halb nackten Körper neben mir zu denken oder an den Teenagersex, den wir nie gehabt hatten, „als ich klein war, habe ich Grandma Josephine immer bei der Arbeit zugesehen. Erinnerst du dich, wie sie stundenlang über einem neuen Artikel oder über einer Untersuchung gebrütet hat?" Peter nickte, bevor er nach *noch* einem Stück von meinem KitKat griff. „Also, ich wusste immer, wann sie schließlich mit ihrer Arbeit zufrieden war, denn dann hat sie sich eine Tasse Tee gemacht und ein KitKat herausgeholt ..."

„Aus der großen Dose, in der ihr immer eure Süßigkeiten aufbewahrt habt?"

„Genau! Sie hat sich an den Küchentisch gesetzt und langsam das Papier von dem KitKat-Riegel gewickelt. Sie hat jeden einzelnen Bissen Schokolade genossen, während sie ihre Arbeit noch ein letztes Mal zufrieden durchgelesen hat."

„Also sind KitKats für dich so eine Art sicherer Hafen?"

„Ja, so kann man das wohl beschreiben, obwohl mein Verzehr von KitKats nicht an irgendwelche herausfordernden intellektuellen Tätigkeiten gekoppelt ist, die ich gerade gemeistert habe, sondern meist einem allgemeinen Anflug von Gier geschuldet ist. Erst gestern zum Beispiel, da habe ich auch das dringende Bedürfnis nach Schokolade verspürt, weil ich einen besonders traurig aussehenden Obdachlosen in der Nähe des Trafalgar Squares gesehen habe, und ich dachte so bei mir: Ich Glückliche. Ich muss mir nur Gedanken über das Rätsel der Liebe machen, über das Fehlen von Liebe und die Auswirkungen der Liebe – über alle Altersgrenzen und Kulturen hinweg. Dieser Obdachlose weiß nicht einmal, wo er heute Nacht schlafen wird, der arme Kerl. Also, als emotionale Krücke, wenn du es so nennen willst, bin ich direkt in den nächsten Kiosk gegangen und habe mir einen KitKat-Riegel gekauft, und zwar nicht einen normalen, sondern einen von den großen."

„So einen, wie du ihn gerade vor dir liegen hast ..."

„Es war ein emotionaler Moment, Peter! Deshalb hab ich auch ein Notizheft gekauft, denn dieser Obdachlose hat mir bewusst gemacht, dass ich viel dankbarer sein muss. Also habe ich mir ein Notizbuch gekauft, damit ich jeden Tag eine Liste all der Dinge hineinschreiben kann, für die ich dankbar bin. Es soll so etwas wie ein tägliches emotionales Erntedankfest sein, bis sich meine neuralen Leitungsbahnen wieder in dankbare verwandelt haben." Oh, jetzt ging es wieder los, der von Peter Parker ausgelöste verbale Dünnschiss, ich redete und redete und redete, ohne etwas Neues über Peter Parker herauszufinden, sondern gab stattdessen nur weitere Facetten meines verwirrten Verstandes preis.

„Also habe ich ein Notizbuch gekauft und ein KitKat, und heute habe ich angefangen, eine Liste von Dingen zu erstellen, für die ich dankbar bin, obwohl – wenn ich ehrlich bin ... eins davon ist der KitKat-Riegel und dann natürlich noch das Notizbuch und auch die Dankbarkeit, die ich darüber empfinde, dass ich weiß, wo ich heute Nacht schlafen werde. Was definitiv nicht neben einer Teenagerversion von dir ist, du alter Sexprotz." Ich kicherte, verschluckte mich und wurde dann ganz still, bevor ich murmelte: „Im Nachhinein betrachtet, hätte ich dem Obdachlosen einfach ein wenig Geld geben sollen oder ein Sandwich, all das wäre für den armen obdachlosen Mann sehr viel nützlicher gewesen, als dass ich noch einen Schokoriegel in mich hineinstopfe und ein

‚Ich bin dankbar‘-Notizbuch kaufe.“

Peter Parker legte mir sanft eine Hand über den Mund und hielt ihn zu, bis er sicher war, dass ich aufgehört hatte zu reden. Ich nickte langsam, als ich überzeugt davon war, dass der Wortschwall vorüber war.

„Das war eine nette kleine Rede, Kate.“

„Fand ich auch. Ich hab sie geübt.“

„Vor allem die Sexprotz-Sache.“

„Das war eigentlich eher ein spontaner Einschub.“ Ich schüttete noch mehr Kaffee in mich hinein, während Peter erneut aus dem Fenster starrte.

„Kate.“

„Ja, Peter Parker?“

„Ich will dich ja nicht mit technischer Terminologie langweilen oder mit selbst erfüllenden Labeln, und ich will mir auch kein Urteil über dich erlauben, aber ich finde, du solltest wissen, dass es für deine Leidenschaft für KitKats einen Namen gibt. Man nennt es *Frustessen*.“ Er reichte mir das letzte Stück des Nahrungsmittels, das meine Leere ausfüllte. „Auf in die Sporthalle, Winters.“ Er tätschelte mir den Kopf. „Genieß die natürliche Hochstimmung, die man durch Sport erreichen kann. Lauf zum Glück, KitKat, ich meine, Kate.“

„Du bist ziemlich nervig.“

„Aber immer noch weniger umständlich als du. So, und jetzt muss ich leider los. Bei mir im Büro zieht man es vor, wenn ich geduscht und umgezogen zur Arbeit erscheine.“ Er deutete auf seine verschwitzte Sportkleidung. Ich versuchte, nicht auf seinen Körper zu starren, und verfluchte *Nike* dafür, dass sie so geizig in ihrem Stoffverbrauch waren. „Mein Chef steht irgendwie noch nicht auf diesen ‚Ich-war-laufen-und-bin-verschwitzt-Look‘, sind halt alles verrückte Klamottenfaschisten, also viel Spaß bei deinem Tanzkurs … und danke für den KitKat.“ Er war schon fast an der Tür, als er noch einmal stehen blieb und sich zu mir umdrehte. „Weißt du, es ist wirklich schön, dich wiederzusehen, Kate.“ Er starrte mich ein paar Sekunden lang an, so, als wollte er noch etwas hinzufügen, öffnete den Mund, überlegte es sich dann offenbar doch anders und schoss die Straße entlang. Wie ein KitKat-Papier im Wind oder wie ein Obdachloser, der einen trockenen und noch nicht besetzten Platz entdeckt hatte, rannte ein halb nackter Peter Parker los, um seinen „lächelfreien“ Tag zu beginnen.

Magdalena – 43 Jahre alt
Besitzerin und Lehrerin in der Tanzschule „Das Studio"

„Was ich für die Liebe aufgegeben habe? Na ja, die Freiheit, die ich nicht habe, wenn ich in einer Beziehung lebe. Dieses Für-den-Augenblick-Leben passt nicht immer so gut zu einer Paarbeziehung. Sich zu verändern wird immer schwieriger, wenn die Gefühle eines anderen involviert sind. Und seit ich mit jemandem zusammen bin, teilen wir unser Einkommen und all das, was wir besitzen. Das kannte ich vorher nicht.

Aber die größte Sache, die ich wegen der Liebe aufgegeben habe, ist mein Land. Ursprünglich habe ich Spanien verlassen, weil ich Englisch lernen wollte. In London boten sich die besten Möglichkeiten für Tänzer, also bin ich dorthin gegangen. Ich hatte vor, für einige Jahre hier zu arbeiten, um dann nach Hause zurückzukehren. Aber nach achtzehn Monaten traf ich Paul, und wir verliebten uns. Ich wollte in seiner Nähe sein, also verzögerte sich meine Rückkehr nach Spanien immer mehr. Und Paul spricht kein Spanisch, er reagiert geradezu allergisch auf Sonnenschein, und er hätte große Mühe, einen Job in Spanien zu finden, also ist es ziemlich unwahrscheinlich, dass wir England verlassen werden.

Liebe ist Glück. Paul ist meine glückliche, ungeplante Möglichkeit. Aber wenn es keinen Paul geben würde und keine Liebe, dann wäre ich bestimmt zurück nach Spanien gegangen und hätte mein Leben dort verbracht."

Janes von der Liebe gestohlener Traum | Das Studio | Covent Garden

Es wurde immer schwieriger, etwas ohne Gefolge zu tun. Federico hatte darauf bestanden, mitzukommen, weil er scharf auf die vielen Tänzer war. Leah hatte darauf bestanden, mitzukommen, weil sie behauptete, die Liebe könne sie auch vom Tanzen abgehalten haben (und wegen all der Tänzer). Henry war dabei, weil er und

Leah nur zusammen zu haben waren. Jenny Sullivan war mit ihrem Barbie-Ken-Ehemann gekommen (der genauso begabt und perfekt war wie sie), weil sie nicht nur damit angeben wollte, *dass* sie tanzen konnten, sondern auch damit, *wie toll* sie es konnten, während sie gleichzeitig auch noch verliebt waren. Jane war die Einzige, die dabei war, weil das Tanzen für sie ein von der Liebe gestohlener Traum war.

Der Tanzkurs war von „True Love" organisiert worden, und von den ungefähr dreihundertzwanzig Leserinnen, die uns geschrieben hatten, dass sie nicht länger tanzten, waren dreißig ausgewählt worden, um die Traumräuber-Tanzcrew zu bilden (Chads Worte). Es schien kein allgemeingültiges Muster zu geben, warum jede Einzelne dieser Frauen mit dem Tanzen aufgehört hatte. Genauso wenig wie es ein bestimmtes Alter gab, in dem sie aufgehört hatten, diesem Vergnügen nachzugehen. Es gab nicht einmal eine demografische Übereinstimmung. Das Einzige, was all die Frauen miteinander verband, war die Tatsache, dass sie *vergessen* hatten, wie viel Freude ihnen das Tanzen bereitete. Diese Amnesie ging mit dem Auftauchen der Liebe einher; die Liebe zu einem anderen Menschen hatte die Liebe zum Tanzen verdrängt. Eigentlich gab es keinen Grund, warum sich beides gegenseitig ausschließen sollte, doch es schien so, dass das in der Regel der Fall war.

„Guten Morgen, Leute." Magdalena, die Tanzlehrerin – die genauso groß war wie Penelope Cruz –, schlenderte ins Studio. „*Hola, buenos dias* und danke, dass ihr heute hergekommen seid." Sie machte eine kleine Verbeugung und klatschte in die Hände. „Alle, die hier im Studio arbeiten und trainieren, sind leidenschaftliche Tänzer. Es ist unser Leben. Und ich habe gehört, dass ihr ebenfalls leidenschaftliche Tänzerinnen seid. Wir haben also schon viel gemeinsam." Aufmunternd lächelte sie in die Runde. Sie trug einen einteiligen Lycra-Trikotanzug und sah genauso heiß aus wie Madonna. Ich wollte wie sie sein. „Unser Ziel heute ist es, uns gegenseitig, unsere Partner und uns selbst ein wenig kennenzulernen. Also, Leute, bitte stellt euch neben den Tänzer, der die gleiche Nummer in der Hand hält wie ihr. Begrüßt euch, gebt euch vielleicht einen kleinen Kuss. Ich bin in fünf Minuten wieder da, und dann geht's los, *bien venidos*."

Jane hatte die Nummer sieben bekommen. Ich hatte Nummer fünf. Als die uns zugewiesenen Profitänzer auf uns zukamen, versuchte Federico, mir die Nummer fünf aus der Hand zu reißen, denn Edmundo (Nummer fünf) war unglaublich heiß. Er war ein mürrisch dreinschauender Italiener, der kaum redete und sich stattdessen lieber mit den Händen durch sein dichtes dunkles Haar fuhr, während er ständig zum Ausgang schaute. Die Nummer sieben war Julio, ein schüchterner schlanker Tänzer, der fast durchgängig errötete, während er nervös auf den Boden blickte und sich auf die Unterlippe biss. Unsere beiden Tänzer waren von Kopf bis Fuß in knallbunte Sachen von *American Apparel* gekleidet und schafften es trotz des Zwiebellooks irgendwie, ziemlich viel nackte Haut zu zeigen. Es ist ein Look, den ich schon seit Jahren versuchte zu perfektionieren, doch leider sah ich immer aus wie eine Prostituierte oder wie Julia Roberts in „Pretty Woman", was im Grunde das Gleiche ist. Während wir darauf warteten, dass Magdalena zurückkam, übernahm Federico die Aufgabe, die Tänzer zu „interviewen", um herauszufinden, ob die Liebe ihnen etwas gestohlen hatte.

„Ach du liebe Güte, schaut euch beide nur an", sagte er und klatschte in die Hände, während er eine Miniverbeugung vollführte. „Ihr bahnt euch mit einem Pas de bourrée den Weg durchs Leben, wirbelt mit Pirouetten an Problemen vorbei, hüpft mit einem Grand Jeté über Hindernisse wie eine moderne Darcey Bussell, nur dass ihr Penisse habt." Nervös sah Julio zu Edmundo, dessen Blick noch immer unverändert zum Ausgang gerichtet war. „Ich wette, ihr liebt, was ihr tut. Das tut ihr doch, oder? Oder? Ihr liebt das Tanzen, oder?" Wie ein verrückter Hund schaute er von einem zum anderen.

„Ich bin am glücklichsten, wenn ich tanze", flüsterte Julio in Richtung Fußboden.

„Ich höre dich, zwar nur leise, aber ich höre dich", meinte Federico und schwang ein Bein in die Luft, wobei er sich natürlich sofort einen Muskel zerrte. „Aber worüber ich gern etwas wissen möchte …“, Federico kreischte auf und lehnte sich unbeholfen gegen die Wand, während er seinen rechten Schenkel rieb, „ist eure Reise. Ist euch die Liebe jemals beim Streben nach Glück im Weg gewesen? Und jetzt meine ich nicht den Film mit Will Smith, sondern das Tanzen, obwohl der Film ja einige Parallelen hat, was die emotionale Reise durchs Leben angeht, und Will Smith ist natürlich ein Berg von einem Mann mit sehr viel Rhythmus im Blut, jawohl, das ist er. Also, Edmundo, hast du je etwas wegen der Liebe aufgegeben?“

„Noch nie“, knurrte Edmundo, blickte auf seine knallgelbe Swatch-Uhr und atmete genervt aus.

„Wie ist es mit dir, Julio?“

„Er gibt alles für die Liebe auf.“ Edmundo lachte hämisch.

„Darf ich euch etwas fragen?“, ertönte da plötzlich Janes leise Stimme aus einer Ecke des Raumes. „Wie schafft ihr es, dabeizubleiben? Ich habe zwar immer gewusst, dass ich gern tanze, aber irgendwie scheint es langsam aus meinem Leben verschwunden zu sein, ohne dass es mir überhaupt bewusst gewesen ist. Ich weiß nicht, wie das passieren konnte“, klagte sie und schaute mich an, was albern war, denn ich wusste genau, wie es passiert war, und zwar lag es an dem verdammten James.

„Ich habe darum gekämpft“, erwiderte Edmundo harsch. „Ich wusste, dass Tanzen mein Traum ist, also habe ich gekämpft und jeden einzelnen Tag trainiert, um dorthin zu gelangen, wo ich heute bin. Und auch jetzt sollte ich lieber trainieren, statt diesen dämlichen Unterricht zu geben, um meine Miete bezahlen zu können“, stieß er hervor.

„Ich hatte Glück“, flüsterte Julio und blinzelte nervös. „Ich hatte in der Schule diesen Lehrer, der mich unterstützt hat. Er hat etwas in mir gesehen und sich unglaublich angestrengt, um mir die Möglichkeiten zu bieten, die er nie gehabt hat.“ Er zog wie wild an seinem Haar. „Ohne seine Anleitung und Unterstützung wäre ich heute bestimmt nicht hier.“

„Und wo genau ist das?“, fuhr Edmundo Julio an.

„Du meine Güte, was für laute Untertöne“, kommentierte Federico und wirbelte auf dem Absatz herum, bevor er schnell das Weite suchte und sich an den Rand des Studios stellte.

„Okay, sind wir bereit?“, wollte die zurückgekehrte Magdalena wissen. „Dann stellt euch bitte zu euren Partnern.“

Das Tanztraining

Jenny und ihr Mann standen nur wenige Schritte entfernt von mir. Sie nahmen ihre Position ein und warteten begierig darauf, beginnen zu können. Ich konnte gar nicht anders, ich musste sie anstarren, als er sie in den Armen hielt und ihr die Stirn küsste, während sie sich zärtlich in seine Halsbeuge schmiegte. Sie waren ein so perfektes Paar und so glücklich, dass es mir tatsächlich körperliche Schmerzen bereitete. Magdalena ertappte mich dabei, wie ich die beiden anstarrte, und drehte mich sacht zu Edmundo herum, der aus mir unerfindlichen Gründen beinah vor Wut zu platzen schien und mir nicht einmal in die Augen schauen wollte. Und der flüsternde Julio sah nicht vom Boden auf und traute sich nicht, Jane in die Augen zu sehen. Und eine nervöse Jane musterte angestrengt die Decke.

Im Grunde sah es so aus, als hätte man uns allen die Aufgabe gestellt, dem anderen *unter keinen Umständen* in die Augen zu schauen, so, als befänden wir uns in der vorletzten Szene eines Action-Blockbusters und jeglicher Augenkontakt mit anderen menschlichen Wesen würde dazu führen, dass die Siebenhundert-Kilo-Bombe, die unter uns vergraben war, explodierte. Dramatisch …

„Könnten alle die, die nicht tanzen, bitte das Studio verlassen?“, sagte Magdalena und fummelte an einem alten Kassettenrekorder herum. „Oben gibt es einen Raum, von dem aus ihr zuschauen könnt.“ Federico und Leah – zusammen mit Henry – verschwanden nach oben in den Zuschauerraum. Julio trat zögernd auf Jane zu und hielt ihr die Hand hin. „Es ist wirklich verrückt“, sagte sie und ergriff sie, „aber die einzige Hand, die ich seit Jahren gehalten habe, ist die von James. James ist mein Mann, obwohl er es nicht so mit dem Händchenhalten hat, sondern eher ein Schenkelklopfer ist. Ach herrje, jetzt hört sich das so an, als wäre er in einer Country- und Western-Band. Ist er nicht. Er ist Banker. Er klopft mir nur gern mal auf den Schenkel, wenn ich neben ihm sitze. Deine Hände fühlen sich so ganz anders an.“ Sie schwieg betreten, und jetzt blickten beide auf den Boden. „Du hast herrlich weiche Hände“, versicherte sie ihrem schüchternen Tanzpartner lächelnd.

Ganz so sanft und höflich ging es auf meiner Seite nicht zu. Edmundo sah aus, als würde er sich lieber seinen Intimbereich wachsen lassen, als einen Tanzkurs mit mir zu machen. Er schnappte sich meine Hand, sodass mein kleiner Finger knackte, und starrte dann wieder hartnäckig zum Ausgang hinüber.

Die Musik begann, und Julio wirbelte Jane wie einen Kreisel herum, bis sie in seinen Armen landete. Jetzt standen sie Auge in Auge voreinander, den Blick noch immer gen Boden gerichtet.

„Ach herrje.“ Jane seufzte. Julio grinste, bevor er Jane in die andere Richtung wirbelte. Jenny und Barbie-Ken glitten über die Tanzfläche, als wären sie eins, was alle anderen innehalten und fasziniert starren ließ. Genau genommen schienen alle im Raum zu wissen, was sie taten – abgesehen von mir. Der fingermalträtierende Edmundo wirbelte mich von sich fort, öffnete die Arme und erwartete, dass ich zurück zu ihm kam. Aber meine Hände waren wegen des Stresses total verschwitzt. Als Edmundo mich von sich fortwirbelte, entglitt mir seine Hand, ich drehte mich Richtung Spiegelwand, stolperte über meine eigenen Füße und knallte hart gegen die Spiegel. Bei unserem zweiten Versuch schaffte ich es, zurückzuwirbeln, traf jedoch Edmundo mit meinem Ellenbogen in die Brust, sodass ihm für einen kurzen Moment die Luft wegblieb. Beim dritten Mal war es so ein Fall von „Was war zuerst da, Huhn oder Ei?“. Ich glaube, ich stolperte, als ich Peter Parker in den Zuschauerraum kommen sah. Peter behauptet, ich hätte schon auf dem Boden gelegen, als er ankam. Wie auch immer, Edmundo wirbelte mich herum, ich stolperte rückwärts über meine in Turnschuhen steckenden Füße und landete unangenehm auf meinem Rücken, direkt vor Jenny Sullivans Füßen, bevor mein Kopf unsanft auf den Boden knallte.

Als ich wieder zu mir kam, hielt Peter Parker mit seinen warmen Händen mein Gesicht umschlossen und beugte sich über mich.

„Ehrlich, keine Sorge“, versicherte er den anderen im Saal, „das ist ihr früher, als wir noch jünger waren, ständig passiert.“ *Das stimmt gar nicht.* „Ihre Grandma hat uns immer zu Tanzkursen geschickt, und sie hat es nicht einmal geschafft, eine Stunde zu überstehen, ohne auf dem Boden zu landen.“ *Na gut, vielleicht ist ein Körnchen Wahrheit dran.* „Sie war wie einer dieser theatralischen italienischen Fußballspieler, die ständig darauf aus sind, einen nicht gerechtfertigten Freistoß zu bekommen.“ Da die meisten im Saal homosexuell waren, wirkten sie etwas verwirrt. „Das war natürlich noch vor ihrer olympischen Tanzkarriere.“ *Mieser Schuft.*

„Kate, du wirst den Rest der Stunde zuschauen müssen“, sagte Magdalena und versuchte, mir aufzuhelfen. „Schaffst du es zum Stuhl?“

„Ich bring sie hin“, meinte Peter, hob mich auf die Arme und trug mich an den Rand des Saals, wo er mich auf einen Plastikstuhl plumpsen ließ. „Du warst ja richtig graziös da auf der Tanzfläche, Kate Winters“, kommentierte er, als er sich aufrichtete und gehen wollte.

„Was machst du überhaupt hier? Und wo willst du jetzt hin?“

„Ich gehe wieder zur Arbeit. Ich bin nur vorbeigekommen, um dir die hier zu bringen.“ Er warf mir eine Schachtel mit entzündungshemmenden Schmerztabletten zu. Ich starrte die Schachtel auf meinem Schoß an. Ich konnte es nicht fassen, dass er davon ausgegangen war, dass ich mich beim Versuch zu tanzen verletzen würde.

„Ich kriege aber keine Tabletten runter“, beklagte ich mich wie ein bockiges Kind.

„Das weiß ich, Kate“, erklärte er, während er durch die Doppeltüren des Studios ging und sich nicht einmal mehr umsah.

„Edmundo“, rief Magdalena von der anderen Seite des Saals. „Ich fürchte, wir brauchen dich heute für diese Stunde nicht mehr.“ Sie brachte die anderen wieder in Position. Edmundo rührte sich nicht vom Fleck, sondern funkelte Julio nur böse an.

„Äh, ich kann gehen, Magdalena“, meinte Julio und machte einen Schritt in Richtung Tür. „Edmundo kann mit Jane tanzen. Ich kann gehen.“ In dem Moment konnte ich sehen, wie sich Federico im wahrsten Sinne des Wortes mit seinem ganzen Gewicht gegen die Glasscheibe des Zuschauerraums warf und mit den Fäusten gegen die Scheibe hämmerte – ohne dass wir etwas hören konnten. Ich konnte zwar keine Lippen lesen, aber ich war mir ziemlich sicher, dass er irgendetwas in der Art brüllte wie: „Ich kann mit ihm tanzen! Ich kann mit Edmundo tanzen! Ich! Lasst mich! Bitte, lasst mich!“ Dann rannte er zur Tür des Zuschauerraums und zog wie wild am Türgriff. Er zog und rüttelte daran, bevor er der Tür einen Tritt verpasste und wieder zum Fenster lief. „Die Tür geht nicht auf!“, schrie er stumm. „Warum geht die Tür nicht auf? Wir sind eingesperrt! Hilf mir! Verdammt, Kate, hilf mir!“

Leah schüttete sich aus vor Lachen. Henry marschierte zur Tür, öffnete sie und verschwand im Flur.

„Edmundo.“ Magdalena wurde langsam ungeduldig. „Ich sagte, wir brauchen dich heute nicht.“ Julio fuhr fort, auf den Boden zu starren, Edmundo starrte zu Julio. Schließlich machte Edmundo theatralisch auf dem Absatz kehrt und stürmte zum Ausgang.

„Oh, ich bin solch ein Idiot!“, flüsterte Julio dem Holzfußboden zu. Dann schlug er sich mit der flachen Hand gegen die Stirn. „Idiot!“, sagte er noch einmal, bevor er aufsah und errötete. „Er sollte hier sein“, murmelte er, „er ist ein viel besserer Tänzer als ich, und er sieht so umwerfend aus.“ Er wirkte, als würde er gleich anfangen zu weinen. „Gott, er hasst mich so sehr.“

Dann, in einer plötzlichen Verwandlung, die noch drastischer war als die des netten Wissenschaftlers in „Der unglaubliche Hulk“, riss Julio Jane an sich und legte mit ihr den außergewöhnlichsten Tango hin, den ich je gesehen hatte. Er verwandelte sich in einen fantastischen, fest auftretenden Macho, der Jane über die Tanzfläche wirbelte. Jeden seiner Schritte führte er mit äußerster Präzision aus. Jane reagierte ganz instinktiv auf ihn. Ihre Bewegungen waren so schnell, dass jegliche Gedanken an ihren Mann und ans nervöse Händchenhalten von absoluter Konzentration ersetzt wurden. Jane traf jeden Takt auf den Punkt. Jede Bewegung saß. Jane gab sich Julio ganz hin. Und Julio gab sich ganz seinen eigenen Gedanken und dem Tanz hin und fand darin Erlösung und Freiheit. Die Musik erreichte ihren Höhepunkt, und Jane wirbelte ein letztes Mal in Julios Arme. Einen Augenblick lang verharrten die beiden so, um nach Atem zu ringen. Es dauerte jedoch nicht lange, bis ihre Alter Ego wieder verschwanden, und sofort sprangen sie so schnell auseinander wie Popcorn in einem Topf.

„Du bist ein sehr guter Tänzer“, sagte Jane und tätschelte Julio den Arm, bevor sie noch ein bisschen mehr auf Distanz ging. „Gut gemacht.“

Julio zuckte mit den Schultern und kaute auf seinen Fingernägeln.

Magdalena beobachtete die beiden mit einem Lächeln auf den Lippen. Sie ging hinüber zum Schwarzen Brett, das neben der Tür hing, nahm zwei Flyer und reichte jedem von ihnen einen.

„Der nationale Pro-Am-Tanzwettbewerb findet bald wieder statt. Da tut sich ein professioneller Tänzer mit einem Amateur zusammen. Das Preisgeld, das man dabei gewinnen kann, ist nicht ganz unerheblich, und das Finale wird bei ‚Sky Dance‘ übertragen. Ihr zwei solltet mal darüber nachdenken, ob ihr da nicht mitmachen wollt. Ich glaube, ihr hättet richtig gute Chancen.“ Jane und Julio sahen erst Magdalena, dann einander an und versuchten, die Reaktion des anderen zu erraten. „Okay, das war’s für diese Woche. Danke, dass ihr gekommen seid. Wir sehen uns alle dann nächste Woche zur selben Zeit wieder. Kate …“ Sie führte mich vom Rest der Gruppe weg. „Kate, wir müssen mal kurz reden …“

Das war der Moment, als sie mir riet, nächste Woche nicht wiederzukommen. Sie erzählte mir jedoch von einem Tanzspezialisten namens Mustafa, der sich offenbar mit *Leuten wie mir* abgab.

Jane, Leah, Federico, Henry und ich verließen das Tanzstudio gemeinsam und machten uns auf den Weg nach Hause.

„Warum habe ich das nicht mein Leben lang getan, Kate?“, fragte Jane. „Warum backe ich Lebkuchenkekse, wenn ich genauso gut mehrmals in der Woche hier tanzen gehen könnte? Wie ist das passiert? Wie konnte es dazu kommen, dass ich mich so weit von meinen Wünschen und Bedürfnissen entfernt habe? Es ist ja nicht einmal so, dass ich James damit Zeit wegnehmen würde. Er ist doch sowieso in seinem verdammten Tennisclub!“

„Weiß irgendjemand von euch, was, zum Tiramisu, zwischen diesen beiden Tänzern abgegangen ist?“, warf Federico ein. „Die Spannung zwischen ihnen war ja wie ein Tsunami. Ehrlich, ich habe ganze Dörfer und Inseln darin untergehen sehen. Ich selbst wäre fast darin ertrunken. Und ich bin ein guter Schwimmer, jawohl, das bin ich.“

„Sie waren mal zusammen“, erzählte Leah, während sie etwas Klebriges von Henrys Händen wischte. „Aber Julio bekommt immer die Rollen, wenn sie beide irgendwo vortanzen. Also ist er nicht mehr zu den Auditions gegangen, damit er nicht gegen Edmundo konkurrieren musste, aber daraufhin hat Edmundo aufgehört, mit Julio zu reden, weil er keinen Respekt für jemanden aufbringt, der seine Gefühle wichtiger nimmt als seine Karriere. Er hält Julio für einen Schwächling.“

Federico war fasziniert. „Woher weißt du das alles?“, erkundigte er sich und schüttelte Leah durch. „Du mysteriöse Tatsachenaufspürerin aus der Welt des Tanzes.“

„Henry hat sich während der Stunde in die Hose gemacht. Ich bin im Wickelraum mit einem der Tänzer ins Gespräch gekommen.“

„Deshalb brauche ich ein verdammtes Baby! Kat-kins, ich hab’s dir doch gesagt. Wir müssen uns ein verdammtes Baby kaufen!“

„Ich werde an diesem Wettbewerb teilnehmen, Kate“, unterbrach Jane ihn. „Ich werde daran teilnehmen, und ich werde gewinnen!“ Sie funkelte uns alle an, als wollte sie uns warnen, ja nicht zu widersprechen.

„Also, nur um das noch mal festzuhalten“, fuhr Federico fort. „Julio sind seine Gefühle wichtiger als seine tänzerischen Ambitionen? Seine Karriere liegt auf Eis, und er hat keinen Freund mehr?“ Federico schien mit irgendetwas zu kämpfen. „Das ist ja beängstigend, jawohl, das ist es.“

„Ich finde auch, dass du bei dem Wettbewerb mitmachen solltest, Jane“, meinte Leah. „Ich glaube, das ist genau das, was du tun solltest. Weißt du, vielleicht sollte ich ebenfalls mit dem Tanzen anfangen. Mein Ex hatte auch nichts fürs Tanzen übrig. Nach ein paar Bierchen ist er zur Musik von Nirvana durchs Zimmer gehopst, aber einen Frank-Sinatra-Ginger-Rogers-Augenblick hatten wir nie zusammen. Das habe ich nie erlebt, also ist es auch ein Traum, den die Liebe mir gestohlen hat, oder?“

„Schaum, den die Liebe mir gestohlen hat, Schaum, den die Liebe mir gestohlen hat“, trompetete Henry.

„Nein, das hat Mummy nicht gesagt, oder? Sie hat von einem Traum gesprochen, nicht von Schaum, Henry. Wenn du schläfst, dann träumst du manchmal.“

Henry nickte und verkündete: „Daddy schnarcht, wenn er schläft.“

„Ja, das tut er, Henry. Noch eine wunderbare Facette unserer Ehe, schlaflose Nächte voller Schnarchgeräusche.“

„Schnarchi, Schnarchi!“, quietschte Henry vergnügt.

„Ist ja gut, Henry. Komm, wir gehen noch ein Brötchen essen, ehe Mummys Reflexologiekurs anfängt.“ Leah steuerte mit Henry im Schlepptau auf ein nahe gelegenes Café zu.

„Ich fasse es nicht, dass du noch immer keine Tabletten schlucken kannst, Kate“, machte Jane sich über mich lustig und deutete auf die Schachtel mit den Schmerztabletten, die Peter mir gegeben hatte. Verwundert sah ich auf die Schachtel in meiner Hand. Peter Parker hatte doch tatsächlich daran gedacht, mir lösliche Tabletten zu kaufen.

Humpty Dumpty war viel zu munter,
Humpty Dumpty fiel von der Mauer runter,
nicht zehn Pferde, nicht hundert Mann
kriegten den Armen wieder zusamm'n.

Menschen, die im Glashaus sitzen, sollten nicht mit Träumen werfen

Auch wenn wir noch immer nicht wussten, *warum* die „True Love"-Leserinnen manche Dinge aufgaben, wenn sie sich verliebten, fand Bob (der Coach, der mit unseren Moppel-Camp-Teilnehmerinnen arbeitete), es wäre eine gute Idee, wenn wir den Frauen beibringen würden, wie sie in ihrem Wochenplan Zeit fanden, damit sie anfangen konnten, einige ihrer Ziele zu erreichen. Also hatten wir beschlossen, einen Zeitmanagementkurs zu organisieren und diesen im Zentrum von London abzuhalten. Als die Tickets für diese Veranstaltung zum Verkauf angeboten wurden, hatten wir nicht daran gedacht, eine Teilnehmerobergrenze festzulegen. Wir hatten sogar überlegt, ob wir die Veranstaltung in der Redaktion abhalten könnten. Aber innerhalb von zwei Stunden waren dreitausend Tickets verkauft, also blieb uns nichts anderes übrig, als die O_2-Arena zu mieten und Bob zu bitten, fünf verschiedene Seminare im Laufe einer Woche anzubieten. Ich hatte mir gerade seine Eröffnungsrede auf dem ersten dieser Seminare angehört – „Bringen Sie Ihr Leben und Ihre Produktivität auf Trab, um große Veränderungen zu erreichen und ultimatives Glück zu finden. Holen Sie sich die von der Liebe gestohlenen Träume zurück. Tun Sie es hier und jetzt!" –, als ich einen Anruf von Federico bekam. „Hier in der Redaktion ist die Hölle los, Kat-kins. Jenny Sullivan weigert sich, für die Zeitschrift zu schreiben. Sie erzählt jedem, dass das Projekt „Traumräuber" hirnrissig ist. Sie ist der Meinung, dass es unseren Verstand durcheinanderbringt und unsere Sichtweise verzerrt. Sie glaubt, und ich mag es gar nicht laut sagen, Kat-kins, sie findet tatsächlich, dass wir alle das Projekt stoppen sollten! Chad hat ein unfokussiertes Fokusmeeting anberaumt. Du musst unbedingt herkommen, sofort!“

Konferenzzimmer | „True Love“-Redaktion

„Die Sache hat sich totgelaufen, Chad. Wir haben jetzt bis zum Exzess darüber geschrieben, Chad. Ich werde meinen Namen nicht unter einen weiteren Artikel setzen, der besagt, dass die Liebe scheiße ist, Chad.“

Seit Stunden saß die gesamte Belegschaft im Konferenzzimmer fest, weil Chad und Jenny sich in den Haaren lagen.

„Jenny, du bist brillant. Ich weiß das. Du weißt es. Alle in diesem pussymäßigen Raum wissen es. Aber du hast keinen blassen Schimmer, was auf dem Markt los ist. Okay. Es hat sich, zur Pussy noch mal, *nicht* totgelaufen. Es hat, verdammt noch mal, noch gar nicht richtig angefangen. Noch nie haben so viele Leserinnen an uns geschrieben. Im Postamt haben sie sich einen zusätzlichen Lieferwagen leihen müssen, um uns die pussymäßigen Massen an Post zu bringen. Die Marketingabteilung musste schon auf unseren Wechselarbeitsplatz im Flur ausweichen, weil ich ihr Büro brauchte, um all die Post zu lagern. Die BB-pussy-C ruft uns alle fünf Minuten an, um zu erfahren, worum es in unserer nächsten Ausgabe geht. Ich dachte, die hätten ihre eigenen pussymäßigen Kreativen, die sie mit Ideen versorgen?“

„Chad, die BBC ruft jeden an, Chad. Die haben mich seit 1994 in ihrer Kurzwahlliste gespeichert, Chad.“ Ein allgemeines Gemurmel im Zimmer schwoll an, und Jenny erbleichte, als ihr bewusst wurde, dass sie einen Hinweis auf ihr wahres Alter gegeben haben könnte. Mark aus der Marketingabteilung versuchte krampfhaft nachzurechnen. Das Gemurmel und die allgemeine Unzufriedenheit hielten an. Da die Traumräuber-Serie ja ursprünglich meine Idee gewesen war, hielt ich es für angemessen, den Mund aufzumachen und mich dafür einzusetzen, dass wir das Thema weiterverfolgen.

„Jenny“, begann ich leise. „Findest du es nicht wichtig, dass …“

„Kate, ich kann dich nicht verstehen, Kate. Chad, ich kann sie nicht verstehen, Chad.“

„Rede lauter, zur Pussy noch mal.“

Ich räusperte mich und begann noch einmal. „Findest du es nicht wichtig, dass die Frauen sich an all die Dinge erinnern, die sie aufgehört haben zu tun, als sie sich verliebt haben? Und dass sie losgehen und sich zurückholen, was die Liebe ihnen gestohlen hat? Dass sie die Gelegenheit beim Schopfe packen, ihren Träumen folgen und ihren Ambitionen nachgehen? Dass sie ein wenig mehr Vertrauen in sich haben und sich nicht länger mit Kompromissen zufriedengeben oder ihre Träume auf die lange Bank schieben, bis die Liebe auftaucht oder *weil* die Liebe auftaucht? Wir sollten die Frauen sein, die wir sein wollen, ob wir nun verliebt sind ... oder ob wir nicht verliebt sind ... oder ...“

„Kate, ich befürworte und unterstütze die Emanzipation von Frauen. Das tue ich. Ich glaube, dass ‚True Love‘ an der Spitze dieser Bewegung stehen sollte, weil ich möchte, dass jede Frau ihr ganzes Potenzial ausschöpft, Kate. Das ist mein Lebensziel, Kate. Es ist nichts, was du erfunden hast, als du dreißig wurdest. Aber wogegen ich etwas habe, Kate, das bist du. Es ist ganz offensichtlich, dass du diese Sache hier machst, weil es in deinem Leben keine Liebe gibt. Du bist wie ein Insektenspray gegen die Liebe, ein Kraftfeld, ein magnetischer Destabilisator in Bezug auf Beziehungen und Emotionen. Du befindest dich auf einer lächerlichen Mission, um auch den Rest von uns unglücklich zu machen. Aber was dir nicht klar ist, Kate, weil du von deiner eigenen Einsamkeit so vereinnahmt worden bist, ist, dass einige von uns glücklich sind, Kate. Einige von uns sind verliebt. Einige von uns sind nicht abgelehnt worden. Einige von uns haben ganz normale Beziehungen, Beziehungen, die dich positiv beeinflussen, dich stark machen und dein Leben verändern können.“

Wie aufs Stichwort kam Jennys Barbie-Ken-Ehemann durch die Doppeltüren in den Empfang spaziert. Er hatte einen großen Strauß Rosen in der Hand und sah aus, als wäre er gerade auf einem fliegenden Teppich aus Narnia eingeflogen oder den Seiten der „Twilight"-Romane entsprungen, allerdings ohne die Vampirzähne und die übertrieben rosa Lippen. Genau besehen waren die beiden auf zeitlose, mühelose, alterslose Art und Weise gut aussehend ... Er winkte ihr durch die Glaswand zu.

„Ich kann für mich und meinen Mann sprechen", sie strahlte ihn an und winkte zurück, „wenn ich sage, dass ich absolut nichts für die Liebe aufgegeben habe. Mein Leben ist vollkommen. Ich bin glücklich. Du versuchst, die Liebe zu untergraben, damit du dich besser fühlst. Das ist total billig und jämmerlich. Es stinkt geradezu nach Verzweiflung, und manchmal glaube ich, du solltest lieber bei einer Realityshow im Fernsehen arbeiten oder in irgendeiner dieser Nachmittagssendungen, wo die Leute sich gegenseitig anschreien oder mit Gegenständen bewerfen. Ich kann dir gern eine Referenz schreiben, wenn du möchtest." Wie eine Statue stand sie da, funkelte mich böse an, die Augenbrauen erhoben, und wartete auf meine Reaktion.

Chad blickte nervös in die andere Richtung, knabberte an einem roten Apfel und schaute immer wieder auf die Uhr. Sämtliche Redakteure im Raum mieden meinen Blick. Ich kam mir vor wie die leprakranke Frau aus „Ben Hur". Alle wünschten sich nichts sehnlicher, als dass ich verdammt noch mal verschwinden möge, zurück in meine Leprahöhle, um mir, verborgen vom Rest der Welt, die Haut und die Gliedmaßen abzupellen.

Federico sah mich an und formte lautlos die Worte: Mutiere bloß nicht wieder zum menschlichen Springbrunnen.

„Weißt du, was, Jenny ...", sagte ich und sah zur Rezeption, wo Jennys toller Ehemann saß und geduldig darauf wartete, mit seiner Frau essen gehen zu können. „Ich glaube, du hast vermutlich recht."

Alle Anwesenden im Zimmer schnappten kollektiv nach Luft. Chad drehte sich abrupt mit seinem Stuhl zu mir herum und schnipste gleichzeitig aufgeregt seiner Assistentin Loosie zu.

„Ich glaube, dies ist ein Versuch, meinem Schmerz Linderung zu verschaffen. Vielleicht suche ich nach einem Sinn, wo es keinen gibt. Denn ich habe meine große Liebe getroffen, doch es hat nicht funktioniert. Ich konnte keine Lösung finden, um die Beziehung am Leben zu erhalten. Ich bin gescheitert. Und am Ende stand ich vor dem Nichts. Ich war völlig entblößt. Ich hatte alles verloren. Also, ja, ich bin tatsächlich so etwas wie ein trauriger Loser. Ich bin verzweifelt und suche nach Mitteln und Wegen, damit es mir besser geht. Weil ich nur einmal die große Liebe erlebt habe. Ich habe nur einmal in die Augen eines Mannes geschaut und mir gewünscht, mit ihm Kinder zu bekommen. Ich habe nur einmal mein Zuhause mit einem Mann geteilt. Er war der Richtige für mich. Ich leide an einem gebrochenen Herzen, Jenny, es ist in tausend Stücke geborsten. Und irgendwie will es nicht heilen. Es ist für niemand anderen als ihn Platz in diesem Herzen. Eigentlich ist überhaupt kein Platz darin. Also ist das hier alles, was ich habe, da hast du schon recht. Alles, was ich habe, ist diese Idee, diese Liste mit den Träumen anderer Frauen, diese Liste mit Dingen, die anderen Frauen Glück und Freude bringen könnten, um diesen unerträglichen, endlosen, alles betäubenden Schmerz, der mich nicht wieder loslässt, zu durchbrechen. Denn wenn ich daran denke, dass ich mein Leben nicht mit ihm zusammen verbringen kann, bekomme ich keine Luft mehr. Diese Sache hier hilft mir zu atmen, Jenny. Dieser Job, diese Idee, sie sind mein Rettungsring. Nur durch sie halte ich mich noch über Wasser. Denn ich glaube wirklich, wenn ich ausgefüllter gewesen wäre, wenn ich mir selbst treu geblieben wäre und meine eigenen Ziele und Träume nicht aus den Augen verloren hätte, dann würde sich der Verlust meiner großen Liebe nicht so anfühlen, als müsste ich sterben.

Also, ja, Jenny, hier geht es zu hundert Prozent um mich und um das Ende meiner Beziehung. Du hast mich ertappt, du bist mir auf die Schliche gekommen und hast mich geoutet. Gut gemacht."

Im Zimmer herrschte absolute Stille.

Dann fing Federico an, langsam zu klatschen.

Klatsch … klatsch … klat…

„Verdammt, hör auf, Federico. Es besteht kein Grund, zu klatschen, zur Pussy noch mal." Chad biss vehement von seinem roten Apfel ab und spuckte dann die Hälfte davon beim Sprechen über den herzförmigen Tisch. „Loosie, meine hervorragende kleine Assistentin, hast du alles mitgeschrieben?"

„Ja, Chad", antwortete Loosie und machte sich noch immer wie wild Notizen.

„Ich liebe dieses Mädchen." Chad deutete auf Loosie. Sie strahlte ihn an, und ich sah, wie Federico sich an der Nespresso-Maschine festhielt. „Schnellste Stenotypistin in ganz London. Ihr glaubt gar nicht, was dieses Mädchen mit seinem Gekritzel schon alles für Unterhaltungen dokumentiert hat. Loosie hat sogar irgendeinen pussymäßigen Steno-Wettbewerb gewonnen. Der Preis waren ausgerechnet Gutscheine für „Harvey" *Pussy* „Nics". Als ob jemand bei „Harvey Nics" einkaufen gehen würde. Selbst die Rentner, die gleich um Ecke von einer „Harvey Nics"-Filiale wohnen, steigen in den Bus und fahren zu „Selfridges". Okay, Leute, ihr alle habt genügend Arbeit, die auf euch wartet. Loosie, tipp Kates kleines Geständnis ab, in der ersten Person, natürlich. Erzählen wir unseren Leserinnen doch mal, warum Kate wirklich mit dieser Traumräuber-Sache angekommen ist. Lasst uns enthüllen, wer *Seeräuberin Kate* wirklich ist. Und wir brauchen ein Foto von ihr, auf dem sie total verzweifelt aussieht."

„Na ja, da gibt es doch das von der Redaktionsparty …", platzte Federico heraus, bevor er sich die Hand vor den Mund schlug. „Entschuldige", murmelte er in meine Richtung.

„Perfekt! Das wird eine pussymäßig scheißgroße Sache. So, liebe Schreiberlinge, ich will, dass einer von euch eine Leserin findet, die ein echtes Loch im Herzen hat, nicht nur ein sinnbildliches. Wenn sie schon auf einer Transplantationswarteliste steht, umso besser. Ihr Marketingleute, ich denke, wir sollten mal die Verlage ins Visier nehmen … Wer hat Paul McKenna unter Vertrag? Ich will eine Anzeige für seinen ‚Ich verändere dein Leben in sieben Tagen'-Schwachsinn auf der Seite nach Kates Geständnis haben. Seht auch zu, ob ihr eine Anzeige von einer dieser piekfeinen Partnervermittlungen an Land ziehen könnt, wo man schon fünfzehn Riesen zahlen muss, um überhaupt aufgenommen zu werden. Kate, hast du irgendwelche Fotos von Gabriel, die wir nehmen könnten? Ach, vergiss es, ich will, dass die Leserinnen ihre eigene Fantasie spielen lassen. Wir müssen ein Foto von irgendeinem sich küssenden Paar in Paris finden, möglichst unscharf, damit man weder Gesicht noch Hautfarbe erkennen kann. Jenny, Darling, wenn du für diese Ausgabe nichts schreiben willst, dann eben nicht. Ich glaube, wir haben bereits genug Material. Also, geh mit deinem Schatz essen, ihr seht beide so aus, als könntet ihr eine anständige Mahlzeit gut gebrauchen, und dann nimm dir den Rest des Tages frei."

Jenny stürmte aus dem Konferenzzimmer.

„Okay, das war's fürs Erste. Macht, dass ihr aus diesem Zimmer kommt und an die Arbeit geht, zur Pussy noch mal. Manchmal habe ich das Gefühl, ihr kommt nur zur Arbeit, um hier faul herumzusitzen und den ganzen verdammten Tag lang nichts zu tun, außer mein rotes Obst zu essen." Mit Loosie im Schlepptau marschierte er aus dem Raum, und wie immer drehten sich alle anderen zu mir um und funkelten mich böse an, so als wäre das hier ein dramatischer auf mich fokussierter Flashmob. Doch sie verkniffen sich weitere Kommentare und verließen ebenfalls den Konferenzraum, um an die Arbeit zu gehen.

„Also, Kat-kins", Federico legte einen Arm um mich, „Seeräuberin Kate. Wow. Da ist es dir doch tatsächlich gelungen, Jenny Sullivan mit deinem eigenen Leitartikel aus dem Rennen zu schmeißen. Du schreibst jetzt unter deinem eigenen Namen für ‚True Love'. Jawohl!", sagte er und reckte eine Faust in die Luft. „Auch wenn, genau genommen, jemand anderes den Artikel für dich schreibt. Und wir werden natürlich große Teile deiner persönlichen Geschichte erfinden. Dein Foto müssen wir auch ein bisschen retuschieren, denn du bist im Moment definitiv zu dünn, als dass sich unsere Leserinnen mit dir identifizieren können, jawohl, das bist du. Von dünnen Leuten nimmt man an, dass sie glücklich sind, nur du bist die Ausnahme von der Regel. Du machst dein Unglück zu einer Vollzeitbeschäftigung. Und wenn wir schon dabei sind, Wahrheiten auf den Tisch zu legen, und das tun wir gerade, dann lass mich dir sagen, dass deine Besessenheit weder deiner Arbeit noch deinem Sinn für Mode guttut. Ach", er umarmte mich, „gute Rede, Kat-kins, gute Rede." Er tätschelte mir den Kopf und brüllte, während er das Zimmer verließ: „Kann mir bitte mal jemand schleunigst dieses schreckliche Scheißfoto von Kate auf der Redaktionsparty raussuchen, wo sie aussieht, als käme sie aus der Kriegsgefangenschaft, ja, Darling, ja, in *dem* Kleid. Eigentlich müsste man über *dieses* Kleid einen eigenen Artikel schreiben, es könnte uns wahrscheinlich aus erster Hand etwas über den Ersten Weltkrieg erzählen. Es ist ein historisches Orakel aus Baumwolle und Polyester. Die Geschichte unserer gesamten Gesellschaft ist verwoben mit diesem künstlich produzierten Stoff. Es ist ein Relikt. Ein echtes Relikt. Könnte vielleicht mal jemand im National History Museum anrufen, damit sie sich das mal angucken?"

Natur kontra Erziehung und das menschliche Bedürfnis, sich zu paaren

Liberty | London

Um der boulevardmäßigen Aufbereitung meines chaotischen Liebeslebens bei „True Love“ zu entgehen, hatte ich mich entschieden, bei *Liberty* zu arbeiten, einem Luxuskaufhaus in London und dem Ort, wohin ich mich am liebsten zurückzog. Das Kaufhaus wurde 1875 gebaut und so eingerichtet, dass man das Gefühl hat, durch sein eigenes Haus zu laufen. Und es funktioniert. Es gibt große Holztreppen, viele kleine Räume, einige mit Kamin und Sesseln, überall stehen exquisite, luxuriöse und unglaublich teure Sachen herum. Es strahlt den Glamour der 1920er-Jahre aus und wirkt daher auf mich eher wie ein zweites Zuhause und nicht wie ein Kaufhaus; eines, in dem das strikte Motto gilt: Öffnen verpflichtet zum Kauf, was dazu führt, dass ich mich nicht traue, irgendetwas Teures anzufassen.

Im Tiefparterre befinden sich die Champagnerbar und ein göttlicher Ort, den man *Menswear* nennt. Und *Menswear* ist voll von tollen Klamotten für Männer, tollen Schuhen für Männer, tollen Accessoires für Männer und vielen, vielen tollen Männern. Ich gehe regelmäßig in die Champagnerbar, den Laptop in der Hand, um dort zu arbeiten, während ich der Spezies Mann in ihrem natürlichen Lebensraum zuschaue und die gut aussehenden Models betrachte, während sie sich Pullis an die muskulösen Oberkörper halten, in eine neue Jacke schlüpfen oder sich vorbeugen, um einen neuen Schuh anzuprobieren.

Heute wollte ich jedoch Näheres zum Thema Natur kontra Erziehung in Bezug auf die von der Liebe gestohlenen Träume herausfinden. Denn ich traf ständig Frauen, die sich selbst und ihre Ziele immer mehr aus den Augen verloren, je weiter ihr Leben fortschritt, und dieses Aus-den-Augen-Verlieren der eigenen Ziele schien in der Regel einherzugehen mit der Tatsache, dass die Frauen eine Beziehung eingegangen waren. Ich selbst hatte ja auch eine Menge aufgegeben, vor allem mich selbst und all meine Grenzen; es war geradezu so, als hätte ich einen spontanen privaten Flohmarkt veranstaltet und wahllos alle wichtigen Teile meines Ichs im Austausch für eine Umarmung, einen Kuss und ein klein wenig französische Liebe weggegeben. Und Mary hatte freiwillig darauf verzichtet, etwas Neues zu lernen, genau wie Beatrice und Delaware und Leah und Jane und Tausende unserer Leserinnen.

Wenn also die Liebe in all ihren unterschiedlichsten Formen nicht unbedingt die Hühnersuppe für unsere Seele war, bestand dann vielleicht ein biologisches Bedürfnis, uns zu paaren? Vielleicht war es dieser Instinkt, der sich über die anderen Instinkte – wie zum Beispiel den Selbsterhaltungstrieb – hinwegsetzte? War es die Natur oder die Erziehung, die so viele der Leserinnen beeinflusste, die an „True Love“ geschrieben hatten? Und wenn es die Natur war, gegen die wir ankämpfen mussten, gab es dann einen todsicheren Weg, wie wir uns alle zu mehr Glück erziehen konnten?

Ich beschloss, meine Recherchen bei Google zu beginnen. Die Google-Ergebnisse waren insofern überwältigend, als eine überwältigende Anzahl darauf hindeutete, dass man sich wesentlich besser fühlt, wenn man nicht nur eine befriedigende Beziehung eingeht, sondern sich auch befriedigenden Aktivitäten hingibt.

Ergebnis 1 von 4.235.672 – das tief greifende menschliche Bedürfnis nach Verbundenheit

Intime Beziehungen spielen eine zentrale Rolle im Gesamtkontext menschlicher Erfahrungen. Menschen verspüren ein universelles Bedürfnis, zu jemandem zu gehören und jemanden zu lieben, was innerhalb einer intimen Beziehung gewährleistet wird.

Ergebnis 2 von 4.235.672 – Wikipedia – Maslowsche Bedürfnishierarchie

Ansehen, Freundschaft und Liebe, Sicherheit und körperliche Bedürfnisse. Wenn diese Bedürfnisse nicht befriedigt werden, löst das keine körperlichen Beschwerden aus, doch das Individuum fühlt sich ängstlich und angespannt ...

Ergebnis 3 von 4.235.672 – menschliche Bedürfnisse

Alle menschlichen Wesen haben das Bedürfnis, respektiert zu werden und über ein gewisses Selbstwertgefühl und über Selbstachtung zu verfügen. Sie müssen Tätigkeiten nachgehen, bei denen sie das Gefühl haben, dass sie einen Beitrag zu etwas leisten, dass sie dazugehören und anerkannt werden. Sie müssen lieben und geliebt werden. Fehlen diese Elemente, leiden viele Menschen unter Einsamkeit, sozialen Ängsten und Depressionen ...

Ergebnis 4 von 4.235.672 – „Was der Mensch sein kann, das muss er auch sein."

Was der Mensch sein kann, das muss er auch sein, wenn er wirklich zufrieden sein will. Dies ist eine grobe Definition für das Bedürfnis nach Selbstverwirklichung und bezieht sich auf das gesamte Potenzial eines Menschen. Man muss sich dieses Potenzials bewusst sein und all das werden, wozu man fähig ist, denn sonst ist man nie wirklich zufrieden.

„Hast du dich von deiner Tanzstunde erholt?" Eine wohlvertraute Stimme hinter mir riss mich aus meinen Gedanken. „Twitter wurde überrollt von Tweets deiner besorgten Fans. Ich habe ihnen versichert, dass du schon bald wieder zu Höchstform auflaufen wirst, um die Besten schlagen zu können. Die Leute von ‚Let's Dance' möchten mit dir reden, sobald du Zeit hast." Peter Parker machte es sich auf dem Hocker neben mir gemütlich.

„Okay, ich kann nicht tanzen. Ich gebe es zu. In Zukunft werde ich mich im Rahmen der Wahrheit bewegen."

„Im Rahmen deiner Möglichkeiten, und es ist noch immer möglich, dass du eine wunderbare Tänzerin wirst, wenn du es nur willst und aufhören würdest zu flunkern. Müsstest du nicht bei der Arbeit sein?", fragte er und beugte sich hinüber, um auf den Bildschirm meines Laptops zu schauen.

„Ich arbeite doch. Ich stelle Nachforschungen an."

„Man kann nicht sagen, dass du – im *traditionellen* Sinne – einen wirklich harten Job hast, oder?", meinte er und las sich die Liste mit den Google-Ergebnissen durch. Sein Gesicht war nur wenige Zentimeter von meinem entfernt. Er roch fast zum Anbeißen gut. Ich merkte, dass ich mich zu ihm geneigt hatte, um an seinem Hals zu schnuppern, was er ebenfalls bemerkte und daraufhin sofort zurückzuckte. Ich wurde knallrot und stieß aus Versehen mein Glas um. Dass es sich dabei um ein Champagnerglas handelte, ließ die Tatsache, dass ich wirklich arbeitete, noch zweifelhafter erscheinen.

„Ich bin tatsächlich dabei, zu arbeiten", widersprach ich und wischte den vergossenen Champagner auf. „Ich recherchiere über Natur kontra Erziehung und das menschliche Bedürfnis nach Liebe." Hastig klappte ich meinen Laptop zu und hoffte, dass Peter den anderen offenen Internet-Tab nicht gesehen hatte, den Tab, in dem ich Peters Horoskop gelesen hatte, was schon ein bisschen merkwürdig war, da ich normalerweise nichts mit Sternzeichen und Vorhersagen am Hut habe.

„Okay, Professor Winters, erzähl mir etwas über das menschliche Bedürfnis nach Liebe, dem ich übrigens ziemlich misstrauisch gegenüberstehe."

„Stehst du den Menschen misstrauisch gegenüber oder der Liebe?"

„Ich stehe allen menschlichen Bedürfnissen misstrauisch gegenüber, abgesehen von dem Bedürfnis nach Wasser und grundlegenden Nährstoffen."

„Du misstraust allen menschlichen Bedürfnissen? Durch die Bank weg?"

„Bedürfnisse sind ein soziales Konstrukt. Sie stellen eine Schwäche dar, und von daher stehe ich ihnen natürlich misstrauisch gegenüber."

„Was ist mit dem Bedürfnis zu urinieren? Macht dich das auch misstrauisch? Und meinst du, wir hätten das Wort ‚misstrauisch' in den letzten Minuten noch öfter benutzen können?"

„Du machst mich misstrauisch, KitKat. Und ja, wahrscheinlich wäre es möglich gewesen. Misstrauisch, misstrauisch, misstrauisch, misstrauisch, misstrauisch. Erzähl mir was von deiner Arbeit, die mich so misstrauisch macht."

„Na ja, ich habe mich gefragt, warum so viele von uns sich von den Dingen abhalten lassen, die wir eigentlich lieben. Warum uns die Liebe anderer wichtiger ist als die Liebe zu uns selbst. Ich wollte wissen, ob es einen biologischen Grund dafür gibt, dass wir uns von unseren Träumen trennen." Peter runzelte die Stirn. „Ich habe eine Analogie, wenn dir das hilft?"

„Jetzt bin ich misstrauisch, was deine Analogie angeht."

„Stell dir einfach mal vor, dass wir bei unserer Geburt alle eine Art Kompass mit auf den Weg bekommen. Wir suchen uns einen Weg zu unserem gewählten Ziel. Aber früher oder später treffen wir jemanden, der zu uns an Bord kommen will, und dadurch, dass wir ihn aufnehmen, kommen wir ein kleines bisschen vom Kurs ab."

„Ist das Schiff, von dem zu sprichst, das große Schiff der Liebe?"

„Das Traumschiff, richtig, du kannst es letztlich aber nennen, wie du willst, Peter. Das Prinzip ist immer das gleiche. Du triffst jemanden, der an Bord kommen will, einen Passagier, und der Passagier gefällt dir, und du gefällst dem Passagier. Der Passagier ist vermutlich gut aussehend und riecht wie die männliche Version eines Schokoriegels. Also nimmst du eine winzige Kurskorrektur vor, weniger als null Komma null, null, fünf eines Grades, damit der Passagier mit dir auf deine Reise kommen kann. Wer würde nicht eine Null-Komma-null-null-fünf-Grad-Kursänderung vornehmen für einen gut aussehenden Mann, der wie ein Schokoriegel duftet? Aber nach Wochen, Monaten, Jahren hat diese Null-Komma-null-null-fünf-Grad-Kursänderung dazu geführt, dass du meilenweit von deinem eigentlichen Kurs entfernt bist, wenn du dich überhaupt noch daran erinnern kannst, wohin du einmal wolltest. Und wenn du dich daran erinnerst, ist die Kehrtwendung, die du machen müsstest, um dich wieder auf Kurs zu bringen, so groß, dass die Beziehung zu deinem Passagier, der inzwischen Teil deiner Schiffsbesatzung ist, erheblichen Schaden nehmen könnte."

Wie immer ließ Peter Parker mich munter weiterquasseln.

„Also habe ich mir überlegt, dass es vielleicht hilfreich sein könnte, eine Art von Drop-in-Zentrum oder eine Traumräuber-Akademie einzurichten, einen Ort, wo junge Frauen sich sozusagen ihren Kompass überprüfen lassen können, und zwar zu unterschiedlichen Zeitpunkten in ihrem Leben. Ich dachte so an das Alter sechzehn, achtzehn und fünfundzwanzig, um sicherzustellen, dass sie wirklich genau wissen, wer sie sind und was sie gerne tun möchten, um zu gewährleisten, dass das auch Eingang findet, wenn sie sich für Kurse am College, für einen Studiengang an der Universität oder für einen bestimmten Beruf entscheiden müssen. So etwas wie ein nationales Mentorenprogramm, denn wenn das Bedürfnis, sich zu paaren, also jemanden an Bord seines Schiffes zu nehmen, biologische Gründe hat, die stärker sind als der Wunsch nach Selbstverwirklichung, beides aber wichtig für unser Glück ist, dann könnte ein Mentorenprogramm helfen, die Verbindung zu uns selbst wieder herzustellen, was uns dann wiederum zu Glück verhilft …" Ich sprach immer leiser. „Es ist albern, ich weiß, ich dachte nur, na ja, es muss doch einen besseren Weg geben …"

Ich nahm meinen Laptop und verstaute ihn samt seinen Horoskopgeheimnissen sicher in meiner Tasche.

„Kate, das ist eine erstaunliche Idee, ehrlich. Es ist wirklich total erstaunlich, alles an dir. Ich meine, alles an dieser Idee. Und du weißt ja, dass normalerweise die Mädchen den Jungs überlegen sind, jedenfalls bis ins späte Teenageralter. Wenn du also anfängst, sie ab dem Alter von sechzehn zu beraten, und das durchführst, bis sie Mitte zwanzig sind, dann stündest du genau dann parat, wenn die kritische Zeit beginnt, in der sie sozusagen vom Weg abkommen."

Davon hatte ich keine Ahnung, doch ich nickte, als wäre ich zum gleichen Schluss gelangt.

„Weißt du, ich finde, du solltest mal mit jemandem aus der Bildungsbehörde darüber reden. Die sind immer total offen für neue Initiativen für Kinder und Jugendliche."

„Die Bildungsbehörde?" Ich lachte schallend. „Peter, ich schreibe für die Regenbogenpresse und treibe mich unter dem Vorwand, Recherche zu betreiben, in Champagnerbars herum. Ich tauge nun wirklich nicht zum Berater in Regierungsfragen. Ich wüsste gar nicht, wo und wie ich anfangen sollte. Mit wem sollte ich denn reden, und was sollte ich sagen? Woher weißt du, dass sie neuen Ideen gegenüber aufgeschlossen sind? Und ist es überhaupt möglich, noch mehr Fragen in einem Atemzug zu stellen?"

Peter Parker holte tief Luft. „Ich bin mit dem gegenwärtigen Bildungsminister zur Schule gegangen. Er ist ein netter Mann, und er sitzt nicht auf so hohem Ross, dass er sich die Meinungen von anderen Leuten nicht mehr anhört. Wenn du glaubst, dass die Leser deiner Zeitschrift eine Schwäche im jetzigen Bildungssystem feststellen, dann solltest du es bekannt machen. Das ist deine Pflicht als britische Bürgerin" – sehen Sie, es heißt immer *britisch*. „Ich kann dir bei der Sache helfen, wenn du möchtest, und, falls erforderlich, eine ausführliche Präsentation mit dir erarbeiten. Und ja, ich glaube, du könntest wohl noch mehr Fragen in einem Atemzug stellen, obwohl, wenn es noch mehr werden, könnte es sein, dass ich Schwierigkeiten bekomme, sie mir alle zu merken und sie nacheinander zu beantworten. Aber ich würde es versuchen. Also, es steht dir frei, mich zu bombardieren. Ich bin Zwilling, es gibt also genügend von uns, um damit fertigzuwerden."

Mist, er hatte den anderen Internet-Tab doch gesehen. Ich trank den frischen Champagner, den ein telepathisch veranlagter Barkeeper vor mich hingestellt hatte, und hoffte, dass die Sektperlen das tiefe Loch, in das ich vor Scham zu versinken drohte, ausfüllen würden.

Peter Parker beobachtete mich und nippte langsam an seinem

eigenen Glas telepathischen Champagners. „Kate …“, sagte er, bevor er sich zu mir vorbeugte. „Ich will ehrlich sein. Ich wusste wirklich nicht, was mich erwarten würde, als ich dich nach all den Jahren wiedersah.“ Er schaute mir tief in die Augen. „Aber du bist immer noch du, so wie immer, nur erwachsen, eine erwachsene Version von dir, total dieselbe, aber mit kleinen Lachfalten.“

„Ich habe keine Falten!“

„Doch, hier sind ein paar kleine Falten, Kate“, sagte er und strich sanft mit den Fingerspitzen von meiner Stirn zu den Fältchen um meine Augen herum. „Sie gefallen mir.“

Ich merkte, dass ich die Luft angehalten hatte und mich ganz langsam immer weiter auf ihn zubewegte.

„Kate, ich muss jetzt los“, sagte er unvermittelt und sprang vom Hocker, um den gleichen Abstand zwischen uns wiederherzustellen, den ich versehentlich verringert hatte. Peter Parker und ich waren wie zwei Magnete. Jedes Mal wenn ich auch nur einen Zentimeter näher an ihn herankam, wich er genauso weit vor mir zurück. Wieso war mir das nicht aufgefallen, als wir noch Kinder gewesen waren?

„Aber wenn du nachher Zeit hast, könnten wir uns zum Abendessen verabreden und noch einmal über deine Idee mit dem Programm für die Jugendlichen sprechen.“ Oder über meine Idee, wie man einen elektronischen Impuls erfinden kann, der die gegensätzlichen Kräfte von Magneten negiert. „Wir könnten natürlich auch über unsere Sternzeichen reden.“ *Wie peinlich.* „Wie du möchtest, es sei denn, du hast noch ein weiteres wichtiges Schreibvorhaben in einer anderen Champagnerbar geplant …“

„Leider kann ich heute Abend nicht. Leah will, dass ich mit ihr losziehe und etwas über das Kind in mir erfahre. Offenbar jammert es, fühlt sich unerfüllt und versucht, mit mir zu reden, aber ich will einfach nicht darauf hören.“ Erneut wurde ich rot. Ich meine, wer sagt schon Nein zu einer Verabredung mit Peter Parker, um mit dem Kind in sich zu kommunizieren? Dummerweise ich. Ich würde Leah umbringen. Ich hatte ihr schon bei so vielen von der Liebe gestohlenen Träumen beigestanden, und trotzdem redete sie ständig von der Rückführung in frühere Leben. Auf diese Weise schaffte sie es, mir ein schlechtes Gewissen einzureden, damit ich weitere alberne Kurse mit ihr besuchte.

„Wie wäre es mit morgen?"

„Morgen findet die jährliche Redaktions-Cocktailparty bei ‚True Love' statt. Chad besteht darauf, dass die gesamte Mannschaft daran teilnimmt. Wir laden alle unsere Kunden ein, unsere besten Anzeigenkunden und massenweise C-Promis, über deren Privatleben wir sensationslüstern berichtet haben. Normalerweise würde ich dich ja auch einladen, aber ich kann dir versichern, dass es absolut keinen Spaß bringt. Die Leute betrinken sich, bis sie nicht mehr wissen, was sie tun, und dann treiben sie es miteinander. Die Frauen und wahrscheinlich auch eine Reihe von Männern würden dich begrapschen wollen." Ich hatte große Sorge, dass ich eine dieser betrunkenen, handgreiflich werdenden Frauen sein könnte. Peter Parker war offiziell der attraktivste Mann, den ich kannte, auch wenn ich in ihm immer noch einen vierzehnjährigen Jungen sah. Okay, das klang jetzt ein wenig pervers …

„Na schön, also kein Dinner, kein Sex, kein Betrinken und kein Begrapschen, aber wie wär's, wenn wir uns Freitagmorgen treffen? Da nehme ich eure Moppel-Camp-Frauen mit zu einer Laufrunde durch den Hyde Park. Komm einfach mit. Danach fühlst du dich so gut wie nach einem KitKat, KitKat."

„Peter, bitte, hör auf, mich so zu nennen."

„Also, sehen wir uns Freitag?", sagte er, küsste mich auf die Wange und verschwand, ehe ich Nein sagen konnte, im getäfelten Fahrstuhl (Art déco!) – wie ein Filmstar aus einem Klassiker. In dem Moment erspähte ich einen anderen Mann mit Modelfigur, der ebenfalls auf der Leinwand erscheinen könnte, denn Jenny Sullivans Barbie-Ken-Ehemann war gerade in der Abteilung für Herrenbekleidung eingetroffen.

Ich bin mir nicht sicher, ob es an der peinlichen Vorstellung im Tanzstudio lag oder weil ich vermutlich im Büro hätte arbeiten sollen, aber ich duckte und versteckte mich. Und es ist ja leider nun mal so, dass, wenn man sich erst einmal dazu entschlossen hat, sich zu verstecken, man es auch bis zum bitteren Ende durchziehen muss. Also machte ich es mir gemütlich, während Barbie-Ken auf meine Lieblingsabteilung zusteuerte – *Schuhe*. Er beugte sich bereits vor, um das erste Paar anzuprobieren, als ich sie entdeckte. Sie kam von hinten an ihn heran und schlang ihm die schlanken, grazilen Arme um die perfekte Taille. Er drehte sich um und küsste sie. Es war einer dieser atemberaubenden Zeitlupenküsse, die einen dazu bringen können, mitten auf der Straße stehen zu bleiben und zu glotzen. Ein Kuss, bei dem der Mann zärtlich einen Arm um die Frau geschlungen und die andere Hand in ihrem Haar vergraben hat, ein Kuss, bei dem das Paar alles um sich herum zu vergessen scheint. Es war schon lange her, seit ich so geküsst worden war, und mein Herz machte einen kleinen Sprung, als ich mich an Gabriels Küsse erinnerte. Und es schien so, als wäre auch Jenny schon lange nicht mehr so geküsst worden, denn die Frau, die unser Barbie-Ken küsste, war definitiv *nicht* Jenny.

Vertrauen bedeutet, an etwas zu glauben,
von dem du weißt, dass es nicht wahr ist.
(Mark Twain)

Schwimmendes Restaurant | Pepperpots

„Ach, du heiliges Kanonenrohr."

Wir waren im Pepperpots zu einer der legendären und feuchtfröhlichen Happy Hours am Mittwochabend, und ich hatte Federico gerade erzählt, dass ich Jenny Sullivans Mann dabei ertappt hatte, wie er „neue Schuhe" anprobiert hatte. Ich sah nur noch das Weiße seiner weit aufgerissenen Augen, als er die Information zu verarbeiten versuchte. Er sah in etwa so aus, als würde er komplizierte Matheaufgaben lösen.

„Das ist riesig! Das ist kolossal! Das ist ein Walross am Ende der Dinosaurier-Ära, als die einzigen überlebenden Kreaturen klein und vogelähnlich waren und alles, was groß war, wie zum Beispiel ein Walross, einfach nur unglaublich massig wirkte. Das ist herausragend, Kate. Es ist unvereinbar. Es ist genau das, was das Wort ‚unvereinbar' bedeutet. Es bedeutet, dass es sich um einen verdammten Dinosaurier handelt. Und was macht man, wenn man jemanden sieht, der betrügt? Wie verhält man sich korrekterweise, wenn dieser Mensch kein offizieller Freund ist? Hältst du den Mund? Tust du das? Plauderst du es aus? Lässt du es auf sich beruhen?" Er stand auf und lief umher, bevor er sich wieder setzte. „Weißt du, ich hatte ja schon Gerüchte über ihn gehört. Jawohl, das hatte ich, ehrlich." Federico schüttelte den Kopf. „Es gab Gerede, aber ich dachte, da spräche nur der Neid."

„Aber Federico, Jenny ist so perfekt. Warum sollte ihr Mann überhaupt daran denken, sie zu betrügen? Ich meine, was gibt es Besseres als Jenny Sullivan? Es gibt kein grüneres Gras; es gibt nur Beton, Baustellen und städtisches Buschland."

„Perfekt bedeutet nicht unbedingt sexy, Kat-kins, nein, ganz gewiss nicht. Es ist eher ärgerlich. Niemand wird gern durch die Perfektion eines anderen an die eigenen Unzulänglichkeiten erinnert.

Niemand möchte morgens gern aufwachen und sofort denken müssen: *Ach ja, ich bin ja nur mittelmäßig*. Was glaubst du wohl, warum ich mit Chad schlafe? Ultimative Perfektion bringt uns alle dazu, uns schlecht zu benehmen. Es ist eine sich selbst erfüllende Prophezeiung. Wir werden an unsere Unzulänglichkeiten erinnert und benehmen uns entsprechend, nämlich wie die unvollkommenen Wesen, die wir nun mal sind. Sie ist vollkommen, also wird er unvollkommen. Er wird monogophobisch."

„Mono... *was*?"

„Allergisch gegen Monogamie ... phobisch ... monogophobisch halt."

„Aber Federico, was ist daraus geworden, dass wir Verantwortung für uns selbst und für unser Handeln übernehmen? Menschen so behandeln, wie wir selbst gern behandelt werden möchten? Die andere Backe hinhalten?" Eigentlich bin ich mir nicht sicher, ob dieses letzte Beispiel wirklich relevant ist, es sei denn, es handelt sich um die Pobacke, was, da wir gerade von Ehebruch sprechen, eher unangebracht scheint. „Und was ist mit der armen Jenny? Ob sie es wohl weiß?"

„Kat-kins, wenn er schon so lange mit anderen rummacht, wie ich Gerüchte gehört habe, dann weiß sie es. Sie muss es wissen! Ich habe sogar mal aufgeschnappt, dass er es mit einer auf dem London Eye getrieben haben soll, und das hat Glaswände, verflixte Glaswände und kein Badezimmer, um sich hinterher frisch zu machen. Kein Wunder, dass überall verdammte Superviren, gegen die keine Antibiotika mehr helfen, verbreitet werden. Unser verdammter Barbie-Ken treibt es überall – ohne ein Bad oder eine antibakterielle Seife in Sicht. Das macht ihn zu einem gigantischen Keimproduktionszentrum. Seine Keime sind die Coca-Cola der Bakterienwelt, weil sie nämlich überall sind, Sprache überwinden, Ethnien überwinden und so gut wie alle Grenzen überwinden. MRSA, Katkins. Das ist echt fatal, ein stiller, tödlicher Killer." Er bestellte noch einen um die Hälfte reduzierten *Dark & Stormy* aus der ohnehin schon heftig subventionierten Cocktailkarte, während er weiter vor sich hin murmelte und über Dinosaurier und die Kürzungen im nationalen Gesundheitswesen klagte.

Ich konnte mir nicht vorstellen, dass Jenny von der Untreue ihres Mannes wusste. Was sollte sie denn dazu veranlassen, den Kopf in den Sand zu stecken, statt der Wahrheit ins Gesicht zu sehen? Federico meinte, solange ich nicht zehn Jahre lang verheiratet gewesen sei, könne ich mir kein Urteil darüber erlauben, ob es nicht sinnvoller sei, sich wie ein Strauß zu verhalten, aber irgendwie kam es mir nicht plausibel vor. Jenny hatte es nicht verdient, dass man sie betrog, weder jetzt noch sonst jemals – und ganz sicherlich nicht, weil sie ein wenig zu vollkommen war.

„Ich bin kein Vogel Strauß", sagte ich und wandte mich an Federico. „Und ich glaube, Jenny ist auch keiner." Er verdrehte die Augen und wandte mir den Rücken zu, um die Kurzwahlnummer von Chad auf seinem lächerlich kleinen Handy einzugeben. „Viel Macht bedeutet viel Verantwortung", sagte ich mehr oder weniger zu mir selbst und einer Schüssel mit Erdnüssen, die in der Nähe stand. „Wir müssen ihr helfen", rief ich dem Barkeeper zu, der siebenundneunzig Jahre alt war und mir ein zahnloses Lächeln schenkte.

Die Stimmen der Vernunft kamen ein paar Minuten später in Form von Grandma Josephine und Delaware O'Hunt herein. Für eine Happy Hour am Mittwochabend sahen sie lächerlich glamourös aus mit ihren Pelzmänteln, den Etuikleidern von *Chanel* und den umgehängten Perlen. Delaware trug eine diamantene Clutch, während an sämtlichen Körperteilen von Grandma teuer aussehende Einkaufstüten baumelten.

„Sie hat sich selbst aufgegeben, Schätzchen", war Grandmas enttäuschende und irgendwie zweidimensionale Bemerkung über Jennys Beziehung.

„Hat sie nicht, Grandma", widersprach ich. „Sie ist eine perfekte Frau. Sie verkörpert alles, was jede von uns gern sein möchte."

„Erzähl mir ein wenig von ihr", bat meine Großmutter, den Kopf in einer großen Einkaufstüte von *Liberty* vergraben.

„Na ja, sie ist total engagiert, bei allem, was sie macht. Sie liebt ihren Job wirklich. Sie hat unglaublich hart dafür gearbeitet, um dorthin zu gelangen, wo sie jetzt ist. Sie liebt ihren Ehemann und ...“

„Und ich wette, dass sie unglaublich hart daran gearbeitet hat, um ihre Ehe dahin zu bringen, wo sie jetzt ist“, erklärte Grandma und tauchte endlich wieder aus der Einkaufstüte auf. „Kate, versuch, dir einmal folgendes Szenario vorzustellen. Kannst du das? Stell dir vor, du bist eine brillante Wissenschaftlerin ...“ Federico setzte sofort seine Pseudobrille auf und starrte, den Zeigefinger an die Lippen gelegt, zur Decke. „Du hast den Großteil deines Lebens mit der Suche nach einer ganz bestimmten Sache verbracht, sagen wir mal, du hast versucht, ein Mittel gegen Gebärmutterkrebs zu finden.“

„Oh, das solltest du wirklich tun, Kat-kins“, flehte Federico.

„Also, du hast seit Jahren an diesem Medikament geforscht und brillante Fortschritte gemacht. Es gab Zeiten, da hattest du das Gefühl, der Entdeckung des Mittels so nahe zu sein, dass du dich mit Haut und Haaren deiner Arbeit verschrieben hast. Eines Tages kommt jemand in dein Labor und sagt: ‚Dein Mittel wird nie wirken. Du bist auf dem Holzweg. Es wird niemals funktionieren.‘ Was würdest du tun?“

„Ich würde dem Typ natürlich nicht glauben. Nach jahrelanger Arbeit würde ich doch nicht auf eine Stimme des Zweifels hören. Ich würde weiterforschen.“

„Du würdest prüfen, was der Mensch für Beweise für seine Theorie hat.“

„Ja, natürlich, und dann, vorausgesetzt, dass ich beweisen konnte, dass er sich geirrt hat, würde ich weiter an meinem Mittel arbeiten.“

„Aber was ist, wenn die Beweise korrekt zu sein scheinen? Du willst natürlich nicht, dass sie korrekt sind, aber es sieht so aus, als *könnte* etwas dran sein. Die ersten Zweifel sind gesät. Würdest du einfach aufhören zu forschen?“

„Nein! Ich würde das Problem noch einmal von einer anderen Seite angehen. Meine sämtlichen Untersuchungen noch einmal durchgehen. Ich würde nicht sofort aufgeben. Ich könnte gar nicht aufgeben, nachdem ich so viel Zeit in diese Forschung gesteckt hätte, all die Arbeit, all meine Zeit. Das würde ja bedeuten, dass alles, was ich bisher getan hätte, totale Zeit- und Geldverschwendung gewesen wäre. Mein Lebenswerk – vergeudet."

„So, und nun übertrage das mal auf eine Ehe. Übertrage das auf eine Ehe, der wichtigsten und intimsten Beziehung, die ein Mensch in seinem Leben eingeht. Überleg dir einmal, wie viel Arbeit Jenny in diese Beziehung investiert hat, die Aufopferung, die Energie, die Treue. Sie glaubt an das Mittel. Und du wunderst dich, dass sie nicht einfach abhaut, weil es ein paar Gerüchte über ihren Ehemann gibt? Ich sage ja nicht, dass es die richtige Entscheidung ist. Ich sage nur, dass ich nachvollziehen kann, warum sie nicht geht. Sie arbeitet noch immer an dem Mittel. Sie glaubt noch immer zu hundert Prozent daran."

Die Luft in meinen Lungen reduzierte sich um sechzig Prozent. Ich spürte den fiesen kleinen Kloß in meinem Hals, der sich anfühlte wie ein großes Stück Kartoffel, das sich einfach nicht hinunterschlucken ließ. Meine Tränendrüsen waren in Alarmbereitschaft versetzt worden. Und zwar nicht aus Sorge um Jenny.

Es war unerheblich, wie lange ich mir den schleichenden Niedergang meiner Beziehung zu Gabriel angesehen hatte, ich hatte es einfach nicht wahrhaben wollen. Es hatte für mich einfach keinen Sinn ergeben, dass es nicht funktionieren sollte, dass er nicht der war, für den ich ihn gehalten hatte, dass wir nicht für immer und ewig zusammenbleiben würden. Es war so, als würde mir jemand sagen, zwei plus zwei würde fünf ergeben oder dass Schwarz Weiß sei. Ich wollte das Ende nicht akzeptieren, den nächsten Schritt nicht vollziehen. Ich wollte nicht aufgeben, weil ich immer noch an unsere Beziehung glaubte.

Konnte es sein, dass einige der schmerzhaftesten und langwierigsten Trennungen des Lebens das Resultat unseres Kampfes waren – nicht um die eigentliche Beziehung, sondern weil wir nicht aufhören konnten, an das Allheilmittel zu glauben? Wir alle hatten genaue Vorstellungen davon, wie unsere Zukunft aussehen sollte. Wir träumten, mit wem wir diese Zukunft gemeinsam verbringen wollten. Wir knüpften unsere Träume an diese Person. Also ging es bei den Beziehungen, über die wir nicht hinwegkamen, vielleicht mehr darum, dass wir bedauerten, diese ganz besonderen Träume aufgeben zu müssen, Träume, die wir um diesen Menschen herum gesponnen hatten, die wir an diesen Menschen geknüpft hatten, die wir mit diesem Menschen hatten teilen wollen? Vielleicht war die Trennung von Gabriel gar nicht deshalb so schmerzhaft, weil ich traurig war, Gabriel, den Mann, zu verlieren? Vielleicht war ich so unendlich traurig, weil ich all die *Träume*, die ich an Gabriel geknüpft hatte, aufgeben musste? Vielleicht waren es diese Träume gewesen, um die ich so hart gekämpft hatte? Vielleicht waren es diese Träume, die ich versucht hatte wiederzubeleben, lange nachdem unsere Beziehung so ganz offensichtlich gescheitert war? Ich hatte mir die Augen aus dem Kopf geheult und gedacht: Das kann doch nicht das Ende gewesen sein. Es kann doch nicht so ausgehen. Ich will es so sehr. Was ich aber eigentlich gewollt hatte, waren das Leben und die Träume, die ich mit Gabriel verbunden hatte.

„Die Sache ist die, Darling“ – Grandma steckte schon wieder kopfüber in einer von den Einkaufstüten von *Liberty* – „dadurch, dass sie nicht zugibt, dass die Dinge so sind, wie sie sind, dadurch, dass sie die Realität der gegenwärtigen Situation nicht sehen will, verliert Jenny Zeit. Das ist das, was die Liebe ihr stiehlt, Zeit, ihre Lebenszeit. Dein Großvater hätte es absolut lächerlich gefunden, dass ich so viele Jahre damit verbracht habe, ihn zu vermissen, was ich übrigens noch immer tue.“

„Und ich, Schätzchen, habe genau dasselbe getan“, flötete Delaware. „Ihr wisst, dass ich nach meiner Scheidung jahrelang nicht gearbeitet habe. Aber ich habe absolut nichts gewonnen, weder als ich den Niedergang meiner Ehe ignoriert habe, als ich noch mittendrin steckte, noch als ich hinterher jahrelang wegen der Trennung getrauert habe. Und diese Zeit gibt einem keiner zurück.“

„Hier ist es!“, rief Grandma und stellte bis auf eine sämtliche Einkaufstüten beiseite. „Eine Sekunde lang fürchtete ich schon, ich hätte vergessen, es mitzubringen. Hier, für dich, Schatz“, sagte sie und reichte mir die Tüte. „Peter Parker hat mich gebeten, dir das zu geben."

„Peter Parker hat es dir gegeben? Was ist das?"

Federico hatte bereits wie ein hungriger Wolf die Witterung aufgenommen. Ich verscheuchte ihn mit einer Handbewegung.

„Als wenn ich wüsste, was darin ist, Darling! Ich schnüffele doch nicht in den Sachen von anderen Leuten herum." Josephine lächelte Delaware an, die das Lächeln strahlend erwiderte. Ganz offensichtlich schnüffelten sie doch in anderer Leute Sachen herum.

„Mach erst die Karte auf", sagte sie und zog sie zielsicher aus der Tüte.

„Okay ...", meinte ich und schenkte ihr einen misstrauischen Blick, bevor ich langsam die Karte öffnete. Die anderen saßen ungeduldig auf der Kante ihrer Stühle und beobachteten mich neugierig. Federico war schon fast auf meinem Schoß geklettert. „Es ist ... eine Geburtstagskarte. Das ergibt doch keinen Sinn. Ich habe nicht Geburtstag."

„Nein, da steht noch mehr auf der anderen Seite", ließ Grandma verlauten und drehte die Karte herum. Sie könnte wenigstens so tun, als hätte sie sie nicht gelesen.

Liebe Seeräuberin Kate,
ich habe fünfzehn deiner Geburtstage versäumt.
Das kann ich nicht mehr rückgängig machen, aber ich kann
dir Geschenke kaufen.
Bis Freitag um halb sieben.
Jetzt hast du keine Ausreden mehr.
Liebe Grüße
Peter Parker

„Was, zum Teufel, steckt in dieser verflixten Tüte?", schrie Federico und wedelte wild mit den Händen herum wie Dustin Hoffman in „Rain Man".

Ich öffnete die große Tüte von *Liberty* und fand darin ein nagelneues Paar Laufschuhe in – so vermutete ich zumindest – meiner Größe sowie Laufklamotten von *Stella McCartney für adidas*.

„Ich fasse es nicht! Er ist einfach losgezogen und hat ihr was von der verdammten Stella gekauft“, sagte Federico und wedelte sich mit der Karte Luft zu, bevor er mir die Tüte aus der Hand riss.

Alle, die mit am Tisch saßen, strahlten mich an. Und ich strahlte irgendwie auch.

Gemma (28): „Was mir entgeht, seit die Liebe in mein Leben getreten ist? Mein Samstagmorgen! Morgens in meinem eigenen Bett aufzuwachen, mir einen Tee zu kochen und das Frühstücksfernsehen am Samstag anzuschauen. Seit ich meinen Freund getroffen habe, den ich wirklich liebe und der ganz toll ist, wache ich jeden Samstagmorgen mit ihm zusammen in seiner Wohnung auf. Das ist also das, was ich aufgegeben habe. Das samstägliche Alleinsein, den Wäschewaschmarathon, das samstägliche Frühstücksfernsehen und Brötchen essen im Bett."

Joanna (42): „Ich hätte eine Beförderung angenommen, um Spielfilme zu realisieren. Ich bin Art-Direktorin, mache aber nur Werbung und Fernsehshows, denn wenn ich Filme drehen wollte, müsste ich viel außerhalb arbeiten. Meine Beziehung würde das nicht lange überleben, deshalb nehme ich nie Filmangebote an. Ich bereue meine Entscheidung nicht, aber das ist auf jeden Fall das, was mir die Liebe gestohlen hat."

Penelope (56): „Do it yourself" – ein Widerspruch in sich, wenn man in einer Beziehung lebt, denn dann kannst du nicht alles allein machen. Die Männer lassen dich nicht. Sie mischen sich immer ein, wissen immer alles besser. Gott behüte, dass ich versuchen wollte, selbst ein Regal anzubringen oder die neue Waschmaschine anzuschließen. Die Liebe hat mir meine Selbstständigkeit gestohlen."

Ana (27): „Ich lasse mir die Nase richten. Mein Freund hat immer gesagt, nur oberflächliche Leute würden sich einer Schönheitsoperation unterziehen. Aber meine Nase macht mich so verdammt unglücklich. Wäre er nicht gewesen, hätte ich schon vor Jahren etwas unternommen. Also tue ich es jetzt. Meine alte Nase hat endlich ausgedient!"

Was als winzige Idee begonnen hatte, hatte solch gigantische Ausmaße angenommen wie die Frauen, die jetzt dabei waren abzunehmen. Wir hatten das Bergfest im Moppel-Camp bereits hinter uns, und die Teilnehmerinnen waren unglaublich gewesen. Sie waren jeden Tag erschienen und hatten alle Herausforderungen gemeistert. Sie verloren Gewicht und gewannen wieder Freude am Leben. Einige der Frauen waren durch die Veränderungen in ihrem eigenen Leben derart inspiriert worden, dass sie Mini-Moppel-Camps in ihrer Nachbarschaft organisierten. Sie traten für diese Idee ein und begeisterten andere Frauen, um sich das zurückzuerobern, was die Liebe ihnen gestohlen hatte … Sie waren sozusagen die Piraten in ihrem eigenen Leben. Die BBC hatte sogar schon zwei Reportagen über den Fortschritt der Frauen gedreht, und sie hatten eine Einladung bekommen, in einer Episode von „Britain's Got Talent" als Juroren mitzuwirken. Alles in allem sahen die Dinge also schon sehr viel leichter und rosiger für die Frauen im Moppel-Camp von „True Love" aus. Heute schloss ich mich ihnen und Peter Parker im Hyde Park an.

Als ich um 6:15 Uhr im Park ankam, traf ich auf eine zehn Mann starke Kameracrew, die herumstand und Kaffee trank, auf zwanzig Frauen aus dem Moppel-Camp in identischen Sport-Outfits und auf Federico, der wegen allem und jedem einen Aufstand machte; er massierte den Leuten die Schultern, verteilte Proteindrinks und hüpfte auf der Stelle herum wie ein nicht asiatischer Jackie Chan unter Red-Bull-Einfluss.

„Könnten bitte alle mit dem Aufwärmen beginnen, vielen Dank, ihr hübschen Moppel, ihr euch ständig reduzierenden Landmassen, die ihr unsere Heimatinsel von immer mehr Ballast befreit, während ihr gleichzeitig sozusagen zum physischen und emotionalen Hoffnungsschimmer und zur Kraftquelle für alle anderen richtig, richtig fetten Leute werdet."

Ich stand am Rand der Gruppe und versuchte, die Moppel, die ein kompliziertes Aufwärmtraining absolvierten, zu kopieren.

Sie setzten sich auf den Boden und begannen sich zu dehnen. Ich machte es ihnen nach, versuchte, meine Beine zu dehnen, lauschte ihrem launigen Geplapper und bemühte mich krampfhaft, möglichst keine Dreck- oder Grasflecken auf mein *Stella*-Outfit zu bekommen.

„Ehrlich, schaut uns doch an!", sagte eine von ihnen und fing an zu lachen. „Wir sehen doch tatsächlich aus wie gestrandete Wale. Ich glaube, da kommt der Ausdruck auch her. Sie haben ihn von uns abgeleitet!"

„Ich war richtig dünn, ehe ich meinen Mann kennengelernt habe, und jetzt seht mich an!", meinte eine andere und bemühte sich, wieder auf die Füße zu kommen.

„Du warst nie im Leben dünn!", scherzte eine der anderen Frauen.

„War ich wohl! Ich bringe morgen Fotos mit. Ich habe in Größe achtunddreißig gepasst und hab außerdem als Stürmerin in unserem Frauenfußballteam gespielt, bis ich fünfundzwanzig war."

„Darf ich fragen, was passiert ist?", erkundigte ich mich. „Warum, glauben Sie, haben Sie so viel an Gewicht zugenommen?"

„Wenn ich das wüsste! Ich habe einen tollen Typen kennengelernt und wurde immer dicker und dicker, so wie dieses Mädchen in Willy Wonkas Schokoladenfabrik."

„Meinen Sie Violet Beauregarde?", hakte ich nach. Violet wurde immer dicker, *und* sie wurde lila. Für mich als Achtjährige war es richtig beängstigend gewesen, das mit anzusehen.

„Ja, genau wie Violet Beauregarde, aber langsamer." Und hoffentlich nicht lila.

„Ich sag dir, was du warst …", unterbrach Federico und korrigierte ihr Stretching. „Du warst ein aufgepumpter Kugelfisch." Alle brachen in lautes Gelächter aus. „Na, hoffentlich sind wir alle bald wieder so platt wie Flundern."

„Aber irgendetwas muss doch passiert sein, dass sich Ihre Figur so verändert hat", beharrte ich. „Sie haben sich verliebt, und was geschah dann?"

„Na ja, bei mir …", begann die Älteste, „war es so, dass ich meinem Mann immer was Gutes tun wollte, das ist noch immer so. Ich liebe es, ihm leckere Sachen zuzubereiten und ihn zu verwöhnen, und ich habe wahrscheinlich Unmengen an Essen zu Hause, das ich sonst gar nicht kaufen würde."

„Ich auch", bestätigte eine andere. „Für mich allein würde ich keinen Nachtisch machen. Ich würde wahrscheinlich nicht mal Fleisch essen. Aber mein Mann glaubt, eine Mahlzeit ohne Fleisch ist nichts weiter als ein Beilagensalat. So habe ich mich früher nie ernährt."

„Und dann die Portionen selbst. Meine sind immer größer geworden", fuhr die Älteste fort. „Vor dem Moppel-Camp waren sie fast so groß wie seine. Und Frauen brauchen nun mal nicht die gleiche Menge an Kalorien wie Männer."

„Aber ...", flüsterte die jüngste der Moppel-Camp-Teilnehmerinnen, eine hübsche Brünette mit ziemlich spektakulärem Busen. „Es hat für uns im Moment auch seine Vorteile, so dick zu sein ..."

„Oh ja, sicher, es gibt definitiv Vorteile", stimmten die anderen begeistert zu.

„Wisst ihr, neulich beim Cool-down hat er meinen Arm berührt. Da hab ich richtig eine Gänsehaut bekommen." Wieder lachten alle.

„Ehrlich, ich fasse es nicht, dass er keine Freundin hat", flüsterte eine andere.

„Ich habe gehört, er hätte eine", sagte die nächste.

„Soweit ich gehört habe, war er verheiratet." Von wem, zum Teufel, redeten sie? Ihnen musste doch klar sein, dass Federico schwul war! Immerhin stand er hinter ihnen und tupfte sich Abdeckcreme auf einen Pickel.

„Mir ist es egal, ob er verheiratet ist, schwul oder hetero", meinte die Dickste von allen. „Ich hätte nicht das Geringste dagegen, mein Leben lang unter Peter Parker zu liegen." Sie bogen sich alle vor Lachen.

„Ich würde mich auf ihn legen!", brüllte eine andere.

„Wir sollten uns alle auf ihn legen!"

„Ja! Ja! Ja! Ja!", schrien alle im Chor.

„NEIIIN!!!!", stieß ich atemlos hervor, die Hände über den Ohren, während ich vor und zurück schaukelte. „Nein! Nein! Nein! Nein! Nein!"

Federico schnappte nach meiner Hand und zog mich von den bestürzt wirkenden Moppeln weg. „Was, zum Teufel, soll das?", zischte er mich an. „Hier so rumzuschreien? Vor und zurück zu schaukeln wie die einsame Überlebende eines Bombenangriffs, die in den Trümmern eines Einkaufszentrums sitzt, während all ihre Freunde in tausend Stücke zerrissen neben ihr liegen, getötet von einem jugendlichen Selbstmordattentäter. Hast du auch noch den letzten Rest deines bisschen Verstandes verloren?"

„Ich weiß nicht. Ich weiß nicht, was passiert ist. Es ist nur, na ja, hast du gehört, wie sie über Peter Parker geredet haben?" Tränen traten mir in die Augen.

„Reiß dich zusammen, Kate Winters! Seit wann stellst du dich so mädchenhaft an! Du meine Güte, die Moppel dürfen doch wohl auch sexuelle Gelüste haben! Wenn sie anzügliche Bemerkungen über deinen kostbaren Peter Parker machen wollen, dann lass sie. Die armen Frauen sind auf Diät, die können machen, was sie wollen. Wie kannst du es wagen, in mein Trainingslager zu kommen und mitten beim Aufwärmen so rumzuschreien?"

„Du hast ja recht. Es tut mir leid. Es war wohl eine Art übermäßig beschützende, *hört-auf-über-meinen-Sandkastenfreund-zu-reden*, reflexartige Reaktion, wie eine Allergie, eine allergische Reaktion auf anzügliche Bemerkungen über Peter Parker, wie eine ‚Peter-Nuss-Allergie'. Eine Pallergie."

„Hör auf, so einen Unsinn zu reden, Kat-kins. Hör auf. Und bitte vergiss nicht, das Aufwärmen dient der inneren Besinnung und der Vorbereitung der Muskeln. Jeder weiß das. Es ist nicht die Zeit des Schreiens und Jammerns. Schäm dich!" Wütend stapfte er zu den anderen zurück. Ich blieb allein am Rand der Gruppe stehen. Aber ich spürte, wie sich die Blicke der Moppel in meinen Rücken bohrten. Wahrscheinlich wünschten sie mir, dass ich mich in einen Hefeteig verwandelte.

Um halb sieben traf Peter Parker ein. Aber was heißt, er traf ein? Vielmehr kam er schnellen Schrittes durch den Hyde Park auf uns zugerannt. Ich sah ihn herankommen. Wie ein Rennpferd trabte er graziös und kraftvoll direkt hinüber zu den perversen Moppeln. Er kam nicht einmal zu mir rüber, um Hallo zu sagen. Ich wollte ihm zuwinken, überlegte es mir aber anders und senkte meinen bereits erhobenen Arm schnell wieder.

„Sind wir bereit, Ladys?", wollte er wissen, während er auf der Stelle joggte. „Okay, alle auf den Boden. Wir machen dieselbe Routine wie gestern: Stretchen, Liegestütze, Squats, Liegestütze im Wechsel mit Strecksprüngen und dann der Zehn-K-Lauf."

Ich hatte nicht die geringste Ahnung, wovon er redete, doch Federico bedeutete mir, zu den anderen zurückzukommen und mich auf den Boden zu legen. Ich sah mich um und stellte fest, dass alle die Beine in der Luft hatten und Sit-ups machten.

„Es ist matschig", beklagte ich mich mehr oder weniger lautlos bei Federico. Der verdrehte nur die Augen und tat so, als würde er mich nicht kennen, bevor er zum Kaffeewagen ging und sich zu einem gut aussehenden Tontechniker gesellte. Das Nächste, was ich mitbekam, war, dass ich hochgehoben und von dem muskulösen Peter Parker getragen wurde – wieder mal.

„Du sollst dich bewegen, Kate." Er brachte mich zu den anderen, kniete sich hin und legte mich langsam auf den Boden.

„Peter, du scheinst mich in letzter Zeit ständig hochzuheben und irgendwohin zu tragen."

„Tragen im metaphorischen oder wortwörtlichen Sinn? Und du bist ja leicht. Dadurch wirke ich vor all diesen Ladys maskulin und stark. Ich hatte die Wahl zwischen dir und Federico, und er duftet nicht so gut." Er hockte sich hin und musterte mein Jogging-Outfit. „Gefallen dir deine Geschenke? Passt alles? Es ist nämlich wichtig, die richtige Ausrüstung zu haben; gute Passform für deine Schuhe und deinen …" Er blickte auf meinen Busen und starrte dann in den Himmel.

„Alles passt hervorragend. Danke."

„Hast du verstanden, wie die Übungen ablaufen?"

„Nein."

„Dann komm, mach mit", sagte er und wollte gerade aufspringen, als er noch einmal innehielt. „Oh, dein Träger ist verdreht", murmelte er und beugte sich vor, um den Träger meines perfekt sitzenden Sport-BHs zu richten. Er war mir ganz nahe, als er daran herumspielte, sein Gesicht befand sich direkt über meinem, seine Lippen nur wenige Zentimeter von meinem Mund entfernt. Als er fertig war, stellte er fest, wie nahe wir uns waren, doch er sprang nicht zurück wie ein Magnet. Vielmehr schaute er mich einfach nur an, und ich starrte zurück in seine blauen Augen, in Peter Parker hinein. Dann beugte er sich noch weiter vor, ganz langsam und ganz bewusst, um mir einen Kuss auf die Wange zu geben. Er verharrte dort eine Weile, sein Gesicht an meins geschmiegt, Wange an Wange, und ich konnte das Waschpulver in seinen Sachen riechen, seine Haut, sein Shampoo, es war wie eine Peter-Parker-Geruchsexplosion in meiner Nase. Auf einmal hatte ich das Gefühl, als würde mein Herz etwas Verhängnisvolles in meiner Brust anstellen, und ich hoffte inständig, dass Peter Parker es nicht hören konnte. Dann ertönte ein „NOCH MAL ZWANZIG, LEUTE!" in meinem Ohr, und Peter sprang wieder auf die Füße. „Dann sprintet ihr zur Serpentine und zurück. Wer als Letzter wieder hier ist, muss alles noch mal machen, und ihr wisst, dass ich es ernst meine." Die Moppel begannen sich aufzurappeln. „Lauft! Lauft! Lauft! Lauft!", brüllte er, während die anderen losrannten. Aber ich blieb regungslos auf dem Boden liegen, starrte hinauf in den morgendlichen Himmel von London. Vorsichtig legte ich mir die Hand aufs Gesicht, wo ich noch immer seinen Kuss spüren konnte, den Kuss von Peter Parker, dem Jungen, der nie lächelte.

Während unsere Moppel-Camp-Teilnehmerinnen zusammen mit Federico loszogen, um ihr Videotagebuch für den „True Love"-*YouTube*-Beitrag zu drehen, gingen Peter Parker und ich einen Kaffee trinken. Wir fanden eine leere Parkbank und setzten uns. Er legte einen Arm auf die Rückenlehne der Bank und spielte geistesabwesend mit der Kapuze meiner Trainingsjacke. Meine Haut begann zu kribbeln, weil ich jeden Moment darauf wartete, dass Peter mich berühren würde. Ich hatte nur die Hälfte der Trainingseinheit mitgemacht, war aber trotzdem verschwitzt und zerzaust. Was hätte ich jetzt nicht alles für einen kleinen Spiegel, eine Bürste und ein paar Minuten Privatsphäre gegeben, um mich frisch machen zu können. Ich fragte mich, ob ich wohl jemals so glamourös wie die Sprint-Göttin Anneka Rice aussehen würde, die mühelos ein Problem nach dem anderen löste. Im Gegensatz zu mir war Peter Parker überhaupt nicht aus der Puste. Im Gegenteil, er wirkte, als käme er direkt aus der Dusche, ein großer und verdammt gut aussehender Mann; ein Triathlet in winzigen Stoffteilchen von *Nike*, dem es mühelos gelang, meine Haut zum Kribbeln zu bringen.

Der Grund, warum ich Peter Parker eingeladen hatte, noch einen Kaffee mit mir zu trinken, hatte in gewisser Weise mit der Arbeit zu tun. Ich brauchte seinen Rat und hoffte, dass er heute genauso einfallsreich und prophetisch war wie sonst auch. Aber als er mir liebevoll einige meiner wild abstehenden Haarsträhnen hinters Ohr strich, hatte ich Mühe, mich wieder auf das Wesentliche zu konzentrieren, statt dem überwältigenden Drang nachzugeben, mich auf den Boden zu werfen, in der irrigen Hoffnung, dass Peter mir noch einen Kuss geben würde. Es war nämlich so, dass ich jemandem helfen wollte, der meine Hilfe vermutlich gar nicht akzeptieren würde. Und dieser Jemand war Jenny Sullivan. Die Chancen, dass sie mir zuhören würde, waren gleich null. Also musste ich einen anderen Weg finden, besser gesagt, ich brauchte noch jemand anderes mit Köpfchen. Denn ich konnte nicht einfach tatenlos zusehen und so tun, als hätte ich diesen Kuss nicht gesehen. Es gab einen Verhaltenskodex in der Herrenabteilung von *Liberty*, und Jennys Ehemann hatte eine Grenze überschritten. Ich wünschte, jemand hätte mir geholfen, als Gabriel diese Grenze überschritten hatte. Ich wünschte, jemand hätte sich eingemischt, mir einen guten Ratschlag erteilt und mir erklärt, dass die Situation definitiv nicht okay war. Also war es meine Pflicht, Jenny Sullivan zu helfen. Es war meine Pflicht, ihr zu helfen, sich selbst zu helfen.

„Also, nur um das noch mal klarzustellen, Kate", sagte Peter ruhig und trank einen Schluck Kaffee. Er war konzentriert und auf eine Art und Weise gut aussehend, wie ich es irgendwie nie zustande brachte. Nicht dass ich unbedingt als eine gut aussehende Lady betrachtet werden wollte, nur zielgerichtet. „Es gibt da diese namenlose Person …" – ich hatte entschieden, dass Anonymität professioneller klang, Anneka hätte es genauso gemacht – „und du hast beschlossen, dass du einen Weg finden willst, um ihr zu helfen, ihr Leben zu verändern, aber es soll so aussehen, als hätte diese Person diese Veränderung selbst beschlossen." Präzise und brillant ausgedrückt, lobte ich Peter insgeheim.

„Genau", sagte ich und nickte selbstzufrieden lächelnd, „genau das möchte ich gern tun."

„Du willst das Leben einer anderen Person verändern, weil du glaubst, sie würde glücklicher sein, wenn sie ein anderes Leben führt?" Das klang ein klitzekleines bisschen manipulativer, als mir lieb war. „Obwohl diese Person vielleicht sogar glücklich mit dem Leben ist, das sie für sich selbst gewählt hat?"

„Die Sache ist die, Peter, manchmal haben die Menschen Angst, etwas zuzugeben, was bereits allzu offensichtlich ist. Sie haben Angst vor Veränderung, Angst vor dem Unbekannten. Also brauchen sie ein wenig Hilfe, um den ersten Schritt zu machen. Ich möchte dieser erste Schritt sein."

„Und wie willst du dieser namenlosen Person ihren Irrtum vor Augen führen? Und was genau willst du, das sie verändert? Was ist, wenn dieser Mensch nicht in der Lage ist, etwas zu verändern? Oder es gar nicht will?"

„Na ja, was zurzeit im Leben dieser Person vor sich geht, darum kann man sie wirklich nicht beneiden. Man kann nicht so tun, als wäre alles vollkommen und in Ordnung, wenn im Leben dieser Person offensichtlich alles total durcheinandergeht und leer ist. Nur weil man allen anderen tausendmal am Tag erzählt, wie toll das eigene Leben ist, muss es doch noch lange nicht so toll sein. Manchmal ist es besser, wenn man einfach die Hände hebt und sagt: Ich habe Angst, mir geht es nicht gut, die Dinge haben sich nicht so entwickelt, wie ich mir das vorgestellt habe, und ich weiß nicht, was ich machen soll. Meine Mum hat immer gesagt: ‚Tue für andere, was du selbst auch für dich getan haben möchtest', also versuche ich jetzt, genau das in die Tat umzusetzen."

„Das hat deine Mum gesagt?" Peter runzelte die Stirn und zog seinen Arm hinter mir fort. Nachdenklich starrte er in den Park. Auch ich ließ den Blick über den Park schweifen. Wir sahen wahrscheinlich aus wie griechische Philosophen, nachdenklich, innehaltend, sich einen Moment lang der Muße hingebend, während wir in die Ferne blickten. Mach Platz, Sokrates.

Plötzlich drehte sich Peter zu mir herum. „Geht es dabei um mich, Kate?"

„Was?"

„Weil du glaubst, ich sollte mein Leben anders leben?" Böse sah er mich an. „Denn das kann ich dir schwören, du weißt gar nichts über mein Leben, und du weißt überhaupt nichts über die Entscheidungen und die Umstände, die mich hierher geführt haben."

„Peter, das habe ich doch nie gesagt. Das meine ich doch gar nicht, ich ..."

„Und es waren richtige Entscheidungen, Kate", sagte er und nickte vehement. „Es waren gute und richtige Entscheidungen. Nur weil ich autark und unabhängig bin, bedeutet das noch lange nicht, dass mit mir etwas nicht in Ordnung ist. Und unter den Umständen gab es für mich keine andere Möglichkeit. Und offen gestanden, mir gefällt es. Mir gefällt, wer und *wie* ich bin. Ich habe keine Angst vor Veränderung", erklärte er und zeigte mit dem Finger auf sich. „Ich sorge für Veränderung. Ich *bin* Veränderung!"

Wovon, zum Teufel, redete er? Wo kam dieser Wortschwall auf

einmal her? Wohin sollte das führen? Konnte es noch schlimmer kommen? Das hier fühlte sich plötzlich nicht mehr nach den alten prophetischen Griechen an. Das kam schon eher einer verdammten Kreuzigung gleich, als Jesus zur Rechenschaft gezogen wurde, obwohl er für die Sünden der Menschen überhaupt nichts konnte.

„Und ich habe dich nie be- oder verurteilt, Kate, weder dich noch deine Entscheidungen und Fehler. Und doch meinst du, mich und mein Leben verurteilen zu dürfen, so als würdest du es besser wissen, als wäre deine Vision dieser Welt die einzig wahre. Ich weiß nicht einmal, warum mich das überrascht." Er begann, seine Sportsachen zusammenzupacken, um gehen zu können. „Ihr Winters glaubt doch immer zu wissen, was das Beste für andere ist, tut immer das, was ihr verdammt noch mal wollt."

„Was?"

„Du kannst dich nicht länger so auf mich fokussieren. Das geht nicht. Das machst du schon, seit wir Kinder waren. Du versuchst, mich zu retten oder mir zu helfen oder mich zu ändern. Du musst mal einen Schritt zurücktreten. Genau genommen müssen wir beide einen sehr *großen* Schritt zurücktreten. Das ist weder mir noch dir gegenüber fair. Du musst dich auf deine eigenen Sachen konzentrieren und nicht ständig versuchen, mein Leben wieder ins Lot zu bringen. Das versuchst du seit dem Tod meiner Mom. Sie ist gestorben, okay. Sie ist tot. Ich bin darüber hinweg. Du solltest auch darüber hinwegkommen." Er hatte seine Tasche fertig gepackt, saß jetzt da und starrte wieder in den Park, während er schweigend seinen entkoffeinierten und fettfreien Double-Vanilla-Soja-Latte umrührte. Er rührte einfach immer weiter. Rührte und starrte vor sich hin.

„Ich glaube, es war ein Fehler", meinte er schließlich, „wieder Kontakt zu dir aufzunehmen. Es war ein Fehler."

„Was soll das denn bedeuten?"

„Es tut mir nicht gut."

„*Ich* tue dir nicht gut?"

Er weigerte sich, mich dabei anzusehen, sondern biss die Zähne zusammen.

„Ich hoffe, dass es mit deiner *Was-die-Liebe-mir-gestohlen-hat*-Kolumne weiterhin gut läuft." Dann gab er mir einen Kuss auf die Wange, stand auf und ging langsam durch den Park davon. Er nahm nicht einmal seinen Kaffeebecher mit, sondern ließ ihn neben mir auf der Bank stehen.

„Na, dem hast du ja richtig den Wind aus den Segeln genommen!" Chad tauchte im wahrsten Sinne des Wortes aus dem Nichts auf und setzte sich neben mich auf die Bank. „Obwohl ich seine Verwirrung ja verstehen kann. Du hast ihm schließlich nicht gesagt, dass du nur versuchen wolltest, Jenny zu helfen." Überrascht sah ich ihn an. „Federico hat ein ziemliches Mitteilungsbedürfnis", erklärte er. „Obwohl ich manchmal wünschte, er hätte es nicht. Und sie wird deine Hilfe nicht einmal zu schätzen wissen, Kate, das kann ich dir jetzt schon sagen. Sie hat ihre Wahl getroffen. Sie hat eine Sache aufgegeben, um etwas anderes haben zu können. Ihr Ehemann, ihre Ehe, das ist Teil ihrer pussymäßigen Marke, der Marke Jenny. Und sie würde ihre Großmutter verkaufen, wenn sie damit ihre Karriere voranbringen könnte. Ich möchte nicht die Person sein, die an diesen Grundfesten rüttelt."

„Ich will ja gar nicht ihre Grundfesten erschüttern. Ich will ihr helfen."

„Das Erste, was dir klar sein sollte, Kate, ist, dass du nicht alles haben kannst. ‚Was die Liebe mir gestohlen hat' müsste dir das doch klargemacht haben. Die Zeitschrift war noch nie so erfolgreich, weil es unmöglich ist, alles zu haben. Wir leben nun mal nicht in einem pussymäßigen Märchen, Kate. Jenny hat ihre Wahl getroffen, sie lebt mit seiner Untreue, und sie hat dafür ihren Lebensstil und den Erfolg, den sie sich wünscht."

„Ich glaube dir nicht, ich glaube nicht, dass es das ist, was sie will, und ich glaube auch nicht, dass man nicht alles haben kann."

„Na ja, sie wird deine Bemühungen nicht gutheißen, Kate, so wie ein gewisser Jemand, der seit heute Morgen um sieben Uhr in unserer Redaktion sitzt." Er nahm sich Peters Kaffee und kippte ihn herunter. Dann wechselte er das Thema. „Unsere Moppel machen sich ganz gut, oder?", fragte er und beugte sich über mich, um sich ein Stück von meinem Frühstücksmuffin zu stibitzen.

„Hast du dir die Trainingseinheit angesehen?"

„Ich sehe mir alle Trainingseinheiten an, Kate. Und du brauchst jetzt gar nicht so pussymäßig überrascht auszusehen, Kate. Ich will, zur Pussy noch mal, wissen, was in meiner Zeitschrift los ist. Ich kann dir sagen, meine alte Mum wär begeistert hiervon gewesen", meinte er und deutete auf die Moppel, die weiter hinten mit der Kameracrew scherzten. „Sie hatte Angst, Sport zu treiben, weil sie sich vor meinem alten Herrn nicht lächerlich machen wollte. Aber wenn sie das hier gehabt hätte, all diese anderen Ladys, um es mit ihnen zusammen anzugehen, dann hätte das für sie sicherlich einen Unterschied gemacht. Wenn du Geld hast, Kate, dann kannst du dir immer das kaufen, was du brauchst: einen Personal-Trainer, eine Mitgliedschaft in einem Fitnessstudio, pussymäßige Therapeuten und Diätberater. Du kannst dir sogar Liebe kaufen oder zumindest Sex, aber das ist, zur Pussy noch mal, nicht dasselbe. Geld ist der Schlüssel zu allem. Aber ohne Geld, na ja, da brauchen die Leute so etwas wie das hier. Und ich finde, die Moppel haben echt hart gearbeitet. Wir sollten ihnen eine Belohnung angedeihen lassen, nichts Süßes natürlich, etwas, das ihnen ein Gefühl von Glam gibt."

„Hast du gerade das Wort ‚Glam' benutzt?"

„Halt's Maul, Kate."

„Und was hast du gemeint, als du gesagt hast, jemand wäre seit sieben Uhr in der Redaktion?"

„Der Mann von deiner Tanzfreundin ist im Büro, watschelt, wenn er geht, schleppt immer eine Tennistasche mit sich rum. Na ja, der ist jedenfalls in der Redaktion und ist ziemlich pussymäßig sauer auf dich."

Warum kann *ich* dir nicht all das geben, was du brauchst?

Konferenzzimmer | „True Love"-Redaktion

Als ich in die Redaktion kam, entdeckte ich James, Janes Ehemann, sofort. Er lief im Konferenzzimmer auf und ab, nahm sich gelegentlich eine Handvoll roter Haribos und stopfte sich bei jedem Schritt einen davon in den Mund. Leider hatte Chad recht: James sah ziemlich wütend aus.

„Ich habe ein kaputtes Knie, Katie! Okay? Ein verdammtes kaputtes Knie! Es ist mein Kreuzband. Das könnte jeden Moment reißen, einfach so", brachte er hervor und wedelte dabei wie wild mit den Armen. „Einfach so! Ich kann verdammt noch mal nicht tanzen, Katie, und jetzt hast du meine Frau dazu gebracht, dass sie sich zweimal die Woche aus dem Haus schleicht und sich von irgend so einem geilen Bock begrapschen lässt. Sie wollen an einem verdammten Wettbewerb teilnehmen! Und jedes Mal, wenn ich diesen Typen sehe, wird er knallrot und schaut zu Boden. Jedes Mal! Er könnte gar nicht schuldiger aussehen! Verdammter Perversling! Ehrlich, Katie, ich dachte, du wärst eine Freundin von uns beiden. Ich fasse es nicht, dass du das alles arrangiert hast."

„James, sie schleicht sich nicht aus dem Haus, sie hat dir gesagt, dass sie tanzen geht. Wir haben es dir beide gesagt. Und sie hat dich zu *allen* Trainingsstunden eingeladen. Ich bin mir eigentlich ziemlich sicher, nein, ich bin mir *sehr* sicher, dass Julio nicht hinter Jane her ist." Was für eine Drama-Queen!

„Jane ist eine tolle vollbusige Frau", brüllte er, die Faust erhoben. „Jeder Mann würde sich glücklich schätzen, mit Jane Brockley, geborene Robinson, zusammen sein zu können." Er stopfte sich noch mal gefühlte hundert Haribos in den Mund und stapfte mit seinem ernsthaft verletzten Knie im Konferenzzimmer auf und ab.

„James, erstens ist Julio schwul, das sollte dich also beruhigen, was sein angebliches sexuelles Interesse an deiner Frau angeht.

Zweitens *bin* ich deine Freundin und auch die von Jane. Wir alle waren schon zusammen im Urlaub. Ihr seid bei mir und Gabriel in Frankreich gewesen. Wir waren zusammen Ski laufen, wandern, wir haben uns sogar schon einige Male zusammen betrunken." Er nickte zustimmend. „Alles in allem haben wir im Laufe der letzten Jahre schon einiges an Zeit miteinander verbracht, deshalb weiß ich auch genau, dass dein Knie *nicht* kaputt ist." Meinen Hinweis, dass ich ihn bei einer Lüge ertappt hatte, quittierte James damit, dass er sich wie ein Gockel aufplusterte. „Und ich habe dich auch schon ein paarmal tanzen sehen: bei eurer Hochzeit oder wenn wir mal weggegangen sind. Du hast sogar mal in einem Käfig getanzt, damals in diesem Nachtclub in Brixton. Erinnerst du dich? Du hast dein T-Shirt ausgezogen, und der Türsteher hat dich rausgeworfen." Er lachte leise vor sich hin. „Warum erzählst du also Jane, dass dein voll funktionstüchtiges Knie, mit dem du Tennis spielen, Ski fahren und betrunken tanzen kannst, kaputt ist?"

„Solo tanzen, Kate. Ich kann allein tanzen und auch den Macarena, aber das ist ja mehr so eine Art Disco-Line-Dance und kein traditioneller Tanz für zwei Personen. Aber dieses Paartanzen, na ja, das ist so, als würde mein Gehirn völlig aussetzen. Ich kann es einfach nicht. Ich kann es nicht!" Schwerfällig ließ er sich in Chads Herzstuhl fallen. „Ich kann mich überhaupt nicht bewegen", erklärte er und nahm sich den nächsten Haribo, „aber ich habe sechseinhalb Monate lang einen Tanzkurs belegt, um mich auf meinen ersten Tanz mit Jane auf unserer Hochzeit vorzubereiten. Sechseinhalb Monate, um eine Schrittfolge von drei Minuten zu lernen!"

Ich hatte eigentlich gedacht, Jane und James hätten bei ihrer Hochzeit einen dieser langsamen „traditionellen" Tänze getanzt, bei dem man die Arme um die Taille des anderen schlingt und wie ein großes menschliches Metronom hin- und herschwingt.

„Es ist einfach ein unerträglicher Gedanke, dass sie etwas mit einem anderen Mann tut, was ich nicht mit ihr machen kann. Ich fühle mich dadurch so unzulänglich. Ich bin kein verdammter Tänzer und werde es auch nie sein. Ich heiße nun mal nicht Julio und kann keinen elenden Spagat, okay? Und wenn es das ist, was

Jane braucht, dann bin ich bald geschieden! Was hast du mir da nur angetan? Was hast du dir bloß dabei gedacht? Ich habe nichts dagegen, wenn Männer mit ihr flirten. Ich will ja, dass sie sich toll fühlt. Jeder flirtet gern. Aber dies hier, diese verdammte Idee von dir, die gibt mir echt das Gefühl, ihr nicht genug bieten zu können, so als wäre ich nicht gut genug für sie, als würde mir fundamental, biologisch, genetisch etwas fehlen, um sie glücklich zu machen."

Mist. Das war nie meine Absicht gewesen. Chad hatte recht. Ich brachte alle auf die Palme.

„James, ich weiß …", begann ich und umschloss seine Schultern. „Ich *weiß*, dass sie viel lieber mit dir tanzen würde. Also, ich habe da eine Idee: Warum gehen wir beide nicht zu einem Tanzkurs? Wir könnten heimlich trainieren und dann, eines Tages, wenn du dich bereit fühlst, können wir sie überraschen. Man hat mir einen Tanzguru empfohlen, der heißt Mustafa. Wenn wir bei ihm nicht tanzen lernen, dann …" Ich schluckte. „… dann kann uns keiner mehr helfen." Erstaunt sah James mich an.

„Kate … du bist also …"

„Ja." Ich nickte. „Ich habe dasselbe Problem, aber zusammen werden wir es schaffen." Wir klatschten uns ab, was uns jedoch im nächsten Moment schon wieder peinlich war. Wir Briten haben es einfach nicht drauf.

James' Miene verdüsterte sich wieder. „Jane würde es hassen, wenn sie das Gefühl hätte, ich würde plötzlich versuchen, genau wie sie tanzen zu wollen. Sie würde glauben, ich stelle ihr nach, will sie kopieren oder dass ich ihr nicht traue und versuchen will, besser zu werden, damit ich ihren Unterricht mit Julio unterbinden kann. Was ich ja gar nicht will! Ich will mich nur nicht so verdammt unzulänglich fühlen."

„James, wie würdest du dich fühlen, wenn Jane eines Tages in deinem Tennisclub auftauchen würde, sich ein Paar Tennisschuhe anziehen und anfangen würde, den Ball hin und her zu schlagen?"

„Das wäre verdammt noch mal das Größte!", rief er aus. „Ich verstehe sowieso nicht, wieso sie so derart gegen Tennis eingenommen ist. Ich wollte schon immer, dass wir zusammen spielen."

„Was wäre, wenn sie eine absolute Null wäre, was sie übrigens tatsächlich ist?"

„Das wäre mir so was von egal. Ich liebe es, meine Freizeit mit ihr zu verbringen."

„Sie kommt nicht mit, weil sie Angst hat, dass du, wenn du sie Tennis spielen siehst, total abgetörnt bist. Dass es dir peinlich wäre, vor allem da du immer mit dieser Cat Henderson spielst. Die ist doch ein Tennisprofi! Wie soll Jane da mithalten können?"

„Cat Henderson ist so was von langweilig, Kate, und, unter uns, eine verdammte Lesbe. Niemand spricht das laut aus, Gott bewahre, der Club ist da ziemlich konservativ, aber Cat hat noch nie einen echten Freund gehabt, nicht ein einziges Mal, und im letzten Jahr haben wir herausgefunden, dass sie mit einer slowenischen Künstlerin namens Magdalena in London Fields wohnt. Deborah aus dem Tennisclub sagt, dass sie vorhaben, zusammen ein kleines malaysisches Kind zu adoptieren. Sie wollen es Tom nennen, zu Ehren des einzigen Mannes, mit dem Cat jemals Geschlechtsverkehr hatte. Ich kenne keine malaysischen Babys, die Tom heißen. Nicht eines. Das Kind wird später völlig gestört und verwirrt sein und dann, wenn es erkennt, dass es seinen malaysischen Eltern weggenommen und wie eine *Cadbury*-Schokolade exportiert wurde und obendrein noch zwei Mütter hat, wird es einen verdammten Amoklauf durch Hackney veranstalten und mit einer MK47 Rentner, Kinder und andere Leute, die Tom heißen und zufällig gerade auf dem Weg sind, sich einen verdammten Kebab zu holen, einfach niedermetzeln!" Ihm blieb die Luft weg, genau wie mir, und während dieses langen Satzes war mir klar geworden, warum ich *niemals* Mitglied im örtlichen Tennisverein werden will. Obwohl er recht hatte. Cat hatte wirklich nur einmal Geschlechtsverkehr mit einem Mann gehabt.

„James, genug von Cat. Du weißt, wie wichtig ich es finde, dass Paare auch mal Sachen alleine unternehmen, aber in diesem Fall, finde ich, solltest du wenigstens einen Tanzkurs mitmachen. Komm schon, James, sei tapfer. Sei ein Mann!"

Allein die Andeutung, James könne kein ganzer Mann sein, genügte, um ihn dazu zu überreden, der Sache zuzustimmen. Und ich nahm mir vor, künftig immer die Männlichkeit infrage zu stellen, wenn ich einen Typen dazu bringen wollte, etwas Bestimmtes zu tun.

„Katie …" James drehte sich auf dem herzförmigen Stuhl herum wie ein kleiner Junge. „Ich weiß nicht, was die Liebe dir bedeutet oder wie sie sich für dich anfühlt, aber … ich frage mich …" Er machte eine kleine nachdenkliche Pause. „Hast du jemals jemanden so sehr geliebt, dass du wolltest, dass dieser Mensch alles hat, alles auf der Welt?"

„Ja, und ich erinnere mich noch gut daran, wie es sich angefühlt hat."

„Und wärst du nicht gern die Person, die diesem Menschen alles geben könnte?"

„Ja, das wäre ich wohl gern."

„Ich bin sicher, dass das an meinem Ego liegt. Immerhin habe ich Freud gelesen und auch Jung, und ich habe ein Semester lang ein Existenzialismus-Seminar in Cambridge belegt. Daher weiß ich, wenn man jemanden liebt, muss man mutig genug sein, den anderen gehen zu lassen, in der Hoffnung, dass er zurückkommt. Es ist solch ein albernes Klischee, und es klingt so einfach und leicht, bis du dich verliebst, bis du jeden Morgen neben diesem Menschen aufwachst, der dir mehr als alles andere auf der Welt bedeutet, sogar mehr als dein eigenes Leben. Dann ist der Gedanke, dass du diesem Menschen nicht alles geben kannst, einfach nur schrecklich beängstigend, Kate, absolut beängstigend. Und ich weiß, ich klinge wie ein lächerlicher alter Knacker, aber ich bin verliebt. Ich liebe Jane wirklich! Vom ersten Moment an, als ich sie gesehen habe, habe ich sie geliebt. Mein Leben wird erst durch sie bunt, ohne sie wäre es nichts weiter als schwarz und weiß. Also will ich ihr alles geben. Ich möchte ihr Julio sein. Und die Tatsache, dass ich das nicht kann, na ja, das ist … verdammt schmerzhaft." Erneut begann er, sich auf dem Stuhl zu drehen. „Ich will mein Mäuschen doch nur glücklich machen, weiter nichts. Ich wollte doch nur derjenige sein, der ihr die größte Freude bereitet."

Ich beobachtete ihn ein paar Minuten lang, wie er sich weiter- und weiterdrehte, und ließ mir die Idee durch den Kopf gehen, ehe ich sie laut aussprach.

„James, es gibt da vielleicht eine Sache, die du für Jane tun kannst, die Julio definitiv nicht kann. Und ich vermute, dass es sie sehr viel glücklicher machen würde, als lateinamerikanische Tänze es jemals vermögen würden …“

Abrupt stoppte James den Stuhl mit seinen pummeligen Beinen und starrte mich mit großen Augen an. Er war ganz Ohr …

Mary, die Putzfrau, hatte nach vielen Überredungsversuchen und einem gewissen Maß an emotionaler Erpressung zugestimmt, einen Kurs „Grundlagen der Mechanik“ zu belegen. Ich hatte sie in den ersten Stunden begleitet, und das Ganze war eine Offenbarung gewesen.

Der Kurs für die angehenden Mechaniker fand in einem Gewerbegebiet im Südosten von London statt, in einer Lagerhalle, die in knalligem Rosa gestrichen worden war. Als wir am ersten Abend ankamen, wurden wir in einen Umkleideraum mit Spinden und Duschen gescheucht und angewiesen, uns die Uniform anzuziehen. Noch ehe wir das Wort „Bremsflüssigkeit“ aussprechen konnten, steckten wir in knallrosa Overalls, auf deren Rücken in Goldbuchstaben *Mechanics is Me*, also „Ich bin ein Mechaniker“, stand. Es erinnerte mich an die Pink Ladies aus „Grease“.

Anschließend wurden wir gebeten, uns in einem Halbkreis in der Mitte der großen Garage aufzustellen. Außer uns waren noch fünf weitere Frauen anwesend (eine Witwe, drei Geschiedene und ein Single im vierten Stadium[9]) sowie drei alte Autos (keine Metapher). Es gab einen riesigen Werkzeugbereich, eine kleine Küche und sogar eine Waschmaschine samt Trockner, in der man seine schmutzigen Overalls waschen und trocknen konnte. Unser Lehrer an dem Abend war ein Mann namens Jefferson, der wie eine gute Fee in der Halle herumgelaufen war, eher er schließlich vor uns stehen blieb.

„Ich bin Schauspieler, Schrägstrich, Synchronsprecher, Schrägstrich, Mechaniker“, war sein Eröffnungssatz gewesen, während er eine Pirouette gedrehte hatte. „Willkommen in unserer Schule. Willkommen bei *Mechanics R U*, das heißt: Ihr seid ein Mechaniker.“ Er machte eine kleine Verbeugung. „Natürlich weiß ich,

9 **Single im vierten Stadium** – Diagnose: endgültig. Eine Behandlung ist möglich, mit der Aussicht auf leichte, vorübergehende Besserung, aber die langfristige Prognose bleibt unverändert. Aus dem Rudeltier ist ein einsamer Wolf geworden, und es ist unwahrscheinlich, dass mögliche Versuche, ihn wieder ins Rudel zu integrieren, von Erfolg gekrönt sind.

dass wir unseren Namen ein wenig bei *Toys ‚R' Us* abgeschaut haben, es ist ja ein Wortspiel, aber die Betonung liegt hier auf dem ‚ihr' – im Gegensatz zu dem ‚uns' –, denn wir sind bereits Mechaniker, und wir bauen euch auf, also ist *Mechanics R U* so etwas wie eine unterschwellige Botschaft, um das zu verstärken, was ihr werden wollt, nicht das, was ihr seid. Betrachtet mich als eure Verbindung zur Welt der Mechaniker."

Ja, ich hatte es geschafft, Mary zu einem Kurs zu überreden, der von einem spirituellen, in einem rosa Overall steckenden, arbeitslosen Schauspieler abgehalten wurde. Ich drehte mich zu Mary (die Len angelogen hatte, um an diesem Kurs teilnehmen zu können), um mich bei ihr zu entschuldigen, doch sie nickte gerade wie wild und stimmte jedem Wort, das aus Jeffersons Mund kam, vorbehaltlos zu. Es war so, als würden wir Moses dabei zusehen, wie er sich an sein Volk wandte, bevor er das Rote Meer geteilt hatte. Oder wie Anthony Robbins während einer seiner ‚Unleash the power'[10]-Seminare. Sämtliche Frauen in der Halle waren begeistert.

„Du", hatte Jefferson gesagt und auf Mary gedeutet, „du bist eine Mechanikerin."

Mary brach daraufhin tatsächlich in *echte* Tränen aus, und alle anderen klatschten.

„Du", sagte Jefferson und deutete auf die nächste Frau, „du bist eine Mechanikerin."

Die Frau brach ebenfalls in Tränen aus. Ich kam mir vor wie in einer Folge von „X Factor", wo alle sich etwas ganz sehnlich wünschen, und wo alles so schrecklich wichtig ist und so viel bedeutet.

„Also", hatte Jefferson verkündet, in die Hände geklatscht und war in die Mitte der Garage gehüpft. „Lasst uns Gas geben – auf zum Erfolg." Dann war er an uns allen vorbeigestürmt, um uns abzuklatschen.

Zu dem Zeitpunkt war Mary schon knallrot geworden. Sie strahlte die anderen Frauen der Gruppe an. Die erwiderten alle ihr

---

10 **Tony Robbins** (Anthony für seine Freunde): Millionär, zu Begeisterung inspirierender Coach und Guru. Er setzt die Kraft in dir frei – gegen ein kleines Entgelt und ein jährliches Abonnement, versteht sich.

Strahlen, ebenfalls mit hochroten Gesichtern. Alle im Raum waren errötet, auch Jefferson, nur ich nicht. Aber dann war es mir peinlich gewesen, dass ich nicht rot geworden war, und prompt nahm auch mein Gesicht die Farbe einer reifen Tomate an. Sehr verwirrend. Jefferson hatte uns als Nächstes gezeigt, wie man die Motorhaube eines Wagens öffnet, und uns ermutigt, den Motor so ausgiebig wie möglich zu berühren und zu erkunden.

„Der Motor ist das Herz des Autos. Stellt eine Verbindung zwischen euch und dem Motor her", hatte er gerufen und dabei wie wild den Ölmessstab aus dem Motor rausgezogen und wieder reingesteckt. Mary hatte ausgesehen, als würde sie gleich ohnmächtig werden.

Und seit dem Tag hatte Mary äußerst gewissenhaft jeden Termin wahrgenommen und heimlich in ihrer Garage in ihrem Garten geübt, ihre Fertigkeit verfeinert und war langsam zu der Mechanikerin geworden, die sie immer hatte sein wollen. Ich kam nicht weiter als bis zur dritten Woche, als man mich nach einem Vorfall mit einem Skoda und einer Lötlampe bat zu gehen.

Dann, eines Morgens, hatte Mary mich völlig unerwartet angerufen und ziemlich schuldbewusst und vage geklungen. In gedämpftem Flüsterton hatte sie darauf bestanden, dass ich sofort zu ihr nach Hause kommen solle. Ich solle alte Sachen anziehen, und ich solle den emotional unberechenbaren Peter Parker mitbringen, was ich dann auch versuchte zu tun.

Goldman Apartments | London

Als ich zu Peter Parkers Wohnung kam, eine luxuriöse Wohnanlage direkt am Ufer der Themse, ließ mich ein Portier mit steinerner Miene ins Gebäude. Ich nahm den Fahrstuhl in die oberste Etage und fand Apartment 41. Ich klopfte an die Haustür und wartete. Schließlich, nach einer kleinen Ewigkeit, öffnete Peter Parker die Tür. Aber er sah nicht aus wie der Peter Parker, den ich kannte …

Zu behaupten, er würde zerzaust aussehen, wäre eine shardmäßige[11] Untertreibung. Er sah aus, als wäre er nonstop von einer Bande außer Rand und Band geratener Kinder durchgekitzelt worden. Sein Gesicht war knallrot, er schwitzte, und sein Haar stand in alle Richtungen ab. Außerdem trug er noch immer seinen Pyjama.

„Kate?", fragte er erstaunt, während er in den Flur trat und die Tür hinter sich zuzog. „Was tust du hier, Kate?", wollte er wissen und versuchte, gleichzeitig, sein Haar glatt zu streichen.

„Du musst mit mir zu Marys Haus fahren. Ich glaube, es handelt sich um eine Art Notfall. Sie hat Autos repariert, und ich ...", ich versuchte an ihm vorbei in seine Wohnung zu gehen, doch er versperrte mir den Weg und hielt mich auf. Also versuchte ich, an ihm vorbeizuschauen. Doch er baute sich vor mir auf, damit ich auch ja nicht hineinsehen konnte.

„Peter, was ist los?"

„Nichts ist los, Kate. Wie kommst du darauf, dass etwas los sein könnte?" Er warf einen Blick über die Schulter zur Tür, um sich zu vergewissern, dass sie auch wirklich herangezogen war. Dann stemmte er die Hände in die Hüften und bemühte sich, supercool auszusehen. „Ich habe Sport gemacht, ein paar Übungen." Er zuckte mit den Schultern, bevor er auf der Stelle joggte und sich dann dehnte. Er war unglaublich rot und verschwitzt und außer Atem. Nicht ein einziges Mal hatte er beim Training so ausgesehen.

„Peter, geht es um die Sache im Park? Darüber wollte ich sowieso mit dir reden. Ich wollte mich für das Missverständnis entschuldigen, denn es war ein Missverständnis. Ich hatte eigentlich versucht, mit dir über Jenny Sullivan zu reden, sie arbeitet bei mir in der Redaktion. Es ging gar nicht um dich oder um eine Kritik an deinen Entscheidungen bezüglich deines Lebens, worüber ich ohnehin nichts weiß, denn du warst mehr als fünfzehn Jahre lang aus meinem Leben verschwunden."

„Jenny Sullivan? *Die* Jenny Sullivan?"

Unglaublich. Die Frau konnte einem die Schau stehlen, selbst

11 **Shard:** das höchste Gebäude Londons

wenn sie meilenweit entfernt war.

„Peter, ich habe dich während der letzten Wochen vermisst, was ehrlich gesagt eine Überraschung war, und ich glaube wirklich, dass es nicht in Ordnung wäre, wenn du wieder vom Erdboden verschwindest, und ich glaube außerdem wirklich, dass Mary unsere Hilfe braucht. Also wäre es toll, wenn wir zusammen hinfahren könnten und …" Ich hielt inne. Peter hörte mir überhaupt nicht zu. Er blickte ständig auf seine Armbanduhr und wischte sich über die verschwitzte Stirn. Noch einmal versuchte ich, vom Flur aus in seine Wohnung zu schauen, aber wieder versperrte er mir die Sicht und zog die Tür ganz zu.

„Peter, warum bist du so verschwitzt? Du siehst aus, als hättest du Hot Bikram Yoga in deiner Wohnung gemacht. Und warum darf ich nicht reinkommen?"

„Es ist bewiesen, Kate, dass schon dreißig Minuten moderate sportliche Betätigung am Tag einen Endorphinpegel im Gehirn aufbauen kann, der vergleichbar ist mit …"

„Hast du da jemanden bei dir in der Wohnung zu Besuch?"

„In meiner Wohnung ist niemand. Wie kommst du auf die Idee, dass jemand in meiner Wohnung sein könnte?"

„Na ja, schau dich doch an, du siehst aus … na ja, ganz offensichtlich bist du in deiner Wohnung irgendwelchen *körperlichen Ertüchtigungen* nachgegangen." *Körperliche Ertüchtigungen* bedeuteten in diesem Zusammenhang wohl, dass viel nackte Haut und Atemlosigkeit im Spiel gewesen waren, was zu weit mehr als dem Ausstoß von Endorphinen führen konnte. „Es ist doch völlig okay, wenn du jemanden in deiner Wohnung hast und nicht willst, dass ich sie treffe." Ich hatte ja keine Ahnung gehabt, dass Peter eine Freundin hatte. Genau genommen hatte ich überhaupt keine Ahnung, was Peter Parker trieb, wenn er nicht mit mir zusammen war. Vielleicht traf er sich ja mit dieser jungen vollbusigen Frau aus dem Moppel-Camp? Ach, ich wünschte, ich hätte einen größeren Busen …

„Ich habe keine Frau zu Besuch. Wie kommst du darauf, dass es eine Frau ist? Es gibt keine Frau."

„Peter, niemand sonst läuft um diese Uhrzeit noch im Pyjama rum, erhitzt, verschwitzt und mit knallrotem Gesicht, es sei denn, man hat … *Besuch*."

Ein Schweißtropfen rann von Peter Parkers Nase. Er ignorierte ihn. Ich betrachtete den kleinen feuchten Fleck, den er auf dem Flurteppich hinterlassen hatte. Die Frau in seiner Wohnung musste wohl eine unersättliche Sexgöttin sein, wenn sie es geschafft hatte, aus Peter solch eine erhitzte, durcheinandergebrachte, Notlügen erzählende Version seiner selbst zu machen. So sah Peter Parker wohl beim Sex aus. Dies war *sexy Pete*, ein völlig neuer Mensch, mit dem ich keinerlei Erfahrungen hatte. Genau genommen hatte ich nur ein einziges Mal aus nächster Nähe mitbekommen, wie Peter mit einem anderen Mädchen zusammen gewesen war, und damals waren wir fünf Jahre alt gewesen. Es war auf der Poolparty gewesen, als er die nach Erdbeeren duftende Annabel geküsst hatte. Dabei hatte sie Hasenzähne gehabt. Ich wurde von Erinnerungen übermannt. Warum, fragte ich mich, warum nur hatte er die nach Erdbeeren duftende Annabel geküsst??

„Kate, können wir das ein anderes Mal besprechen? Jetzt passt es mir leider gar nicht." Er beugte sich vor, um mir einen kleinen Kuss auf die Wange zu geben, bevor er mir die Tür vor der Nase zuschlug.

Ein paar Minuten lang stand ich da und starrte fassungslos auf die Tür, während ich überlegte, ob er wohl zurückkommen würde, ob ich mein Ohr an die Tür halten sollte, um zu versuchen, die Geräusche oder Stimmen von drinnen zu identifizieren, ob er mich wohl durch den Spion beobachtete. Schließlich ging ich zurück zum Fahrstuhl, schaute mich immer mal wieder um, in der Hoffnung, dass Peter aus der Wohnung gelaufen kam, um mich zu bitten, hereinzukommen. Aber er tauchte nicht wieder auf. Also fuhr ich mit dem Aufzug nach unten in die mit teurem Marmor geflieste Empfangshalle, ging an dem Concierge mit der steinernen Miene vorbei zurück auf die geschäftige Straße, zurück in die schmutzige, stinkende U-Bahn und kam schließlich – allein – bei Mary an.

Okay, okay, ich gebe es zu!! Vielleicht habe ich auch den Portier mit der steinernen Miene gefragt: „Ist bei Peter Parker in der Wohnung eine Frau zu Besuch?“, woraufhin der Mann mit der steinernen Miene lediglich auf erkennbar missbilligende Weise seine rechte Augenbraue in die Höhe gezogen hat. Er war also offensichtlich zu Verschwiegenheit verdonnert worden. Ich nehme an, dass das zu seiner Arbeitsplatzbeschreibung gehört, oder vielleicht ist es auch eine unangebrachte männliche Loyalität mit dem sexbesessenen Peter Parker. Also war ich auch nicht schlauer, als ich ging, ganz sicher nicht glücklicher und hatte die Sache im Hyde Park immer noch nicht vollständig aufgeklärt.

Als ich bei Mary ankam, sah das Haus völlig verlassen aus. Nirgends war Licht an. Die Vorhänge waren alle zugezogen, und Lens Auto war nicht da. Die Haustür war nicht abgeschlossen, also ging ich einfach hinein und rief nach Mary.

Ich erhielt jedoch keine Antwort.

Daher ging ich durch den Garten hinunter zur Garage, wo Len seine alten Autos stehen hatte, und fand Mary mit dem Kopf unter der Motorhaube eines alten weißen Ford Capri.

„Ich konnte nicht anders, Kate", sagte sie und blickte über die Motorhaube. „Der Wagen steht seit Wochen hier in der Garage, während Len jeden Abend daran herumschraubt, ohne das verdammte Ding in Gang zu bringen. Und ich dachte: Ich kann es, ich weiß, was damit los ist. Als er dann gestern Morgen los ist zur Arbeit, bin ich hier runtergekommen und hab mich ans Werk gemacht. Dreißig Minuten später sprang das Auto an, zum ersten Mal seit sieben Monaten. Aber da hatte ich Blut geleckt und konnte nicht aufhören. Ich fing an, es zu tunen und noch weiter zu tunen, und dann hab ich das Öl gewechselt, den Luftfilter und mir den Vergaser vorgenommen. Ehe ich mich's versah, war das Auto so gut wie neu."

Mary hatte sich enorm verändert. Auch wenn sie noch immer den ganzen Tag lang Quality-Street-Schokolade naschte und sich auch hin und wieder ihr Brustbein mit einem Becher Tee wärmte, bewegte sie sich auch fachmännisch von einer Seite des Motors zur anderen. Sie war total konzentriert. Sie war kompetent. Sie war eine Mechanikerin.

„Mary, das ist doch toll. Herzlichen Glückwunsch. Ich wette, Jefferson wäre beeindruckt. Du solltest ihn anrufen und es ihm erzählen." Mary sah vom Motor auf.

„Du bist ein Genie, Kate. Jefferson kann den Wagen wieder in seinen ursprünglichen Zustand versetzen. Ich rufe ihn gleich an."

„Mary, warte. Was ist los? Warum willst du Jefferson anrufen, um das heile Auto wieder funktionsuntüchtig zu machen?"

„Kate, wenn mein Len zurückkommt, und der Wagen lässt sich auf einmal starten, wäre ihm das wahrscheinlich ein Rätsel, doch so, wie ich ihn kenne, würde er einfach akzeptieren, dass das Auto sich selbst repariert hat. Aber wenn er nach Hause kommt und sieht, dass da funkelnagelneue Zündkerzen drinstecken, das Öl gewechselt wurde, sämtliche Kolben ersetzt wurden – wie sollte ich das erklären? Also musst du den Wagen wieder in seinen ursprünglichen Zustand zurückversetzen. Wenn du das machen könntest, was du neulich mit dem Skoda angestellt hast, dann hätte Len die nächsten sechs Monate wieder was zu tun."

„Ich habe genau das getan, was ich laut Anweisung tun sollte!", verteidigte ich mich. „Es ist doch nicht mein Fehler, dass man dem Auto vor dem Unterricht eine Fehldiagnose verpasst hat." Mechaniker können einen ganz schön auflaufen lassen und halten dann auch noch ziemlich fest zusammen.

„Kate, meine Liebe, zieh dir einfach einen Overall an und sieh zu, dass du unters Auto kommst, bitte. Und wieso ist Peter Parker nicht hier?"

Ehe ich meine Hände auf das arme Auto legen konnte, um den Motor zu ruinieren, und ehe ich von den seltsamen Ereignissen im Hyde Park und vor Peter Parkers Wohnungstür berichten konnte, entdeckte ich einen lächelnden Len, der durch den Garten auf die Garage zugetrottet kam.

„Äh, Mary … es könnte sein, dass wir ein kleines Problem haben."

„Ach herrje, Len ist schon zu Hause." Mary stopfte sich einen Quality-Street-Karamellbonbon in den Mund und kaute hektisch darauf herum. Sie bekreuzigte sich und blickte gen Himmel. „Lieber Gott, dies ist jetzt wirklich mal der Moment, wo du dich von deiner besten Seite zeigen kannst, der Moment, wo du mir endlich beweisen kannst, dass es dich gibt, denn nach dem Fehlschlag mit dem Lotto-Jackpot und dem Brustkrebs meiner Cousine Janet habe ich da noch so meine Zweifel."

Len öffnete die Garagentür und kam herein.

„Hallo, mein Schatz! Hallo, Katilein! Was macht ihr zwei denn hier unten? Bei der Arbeit wurde ich heute zum Glück nicht mehr gebraucht, deshalb, dachte ich mir, komme ich mal hierher, um ein bisschen zu basteln. Hast du Kate den Wagen gezeigt? Kate, du kannst dir gar nicht vorstellen, wie schwierig dies Teil hier ist. Ich arbeite schon seit Monaten daran, und trotzdem schaffe ich es nicht, das alte Mädchen wieder zum Leben zu erwecken. Ich sage schon immer zu Mary, dass es wie der Blechmann aus dem ‚Zauberer von Oz' ist. Ich muss nur herausfinden, wo sein Herz ist." Er strahlte mich an und ging hinüber zu seiner Werkbank, hängte seine Jacke auf und begann, einige Werkzeuge zusammenzusuchen. „Nanu, wo ist denn mein Overall?", murmelte er vor sich hin, klopfte auf seine Taschen und schaute sich gedankenverloren in der Garage um. Dabei blieb sein Blick an Mary hängen. „Mary, Schatz, warum hast du den denn an? Du machst dir deine Sachen doch nicht schmutzig, nur weil du hier in der Garage bist." Er lachte leise, sah mich an und verdrehte die Augen. Dann bemerkte er Marys schmutzige, ölverschmierte Hände. „Mary? Was hast du denn gemacht, Schatz? Hast du aus Versehen etwas ins Auto fallen lassen?" Er ging zum Wagen und blickte in den Motorraum. „Was auch immer es ist, ich bin sicher, dass wir es find…" Die neuen Teile, die Mary eingebaut hatte, funkelten wie Tannenbaumkerzen und stachen im Gegensatz zum alten schmutzigen Motorblock leuchtend hervor.

„Mary, was ist das? Was geht hier vor?"

„Kate …", meinte Mary ganz leise. „Ich glaube, du solltest jetzt gehen."

Len sah mich und meine sauberen und normalen Sachen an, bevor sein Blick zur ölverschmierten Mary wanderte. Verwirrung zeichnete sich auf seinem Gesicht ab und vertrieb das Lächeln, so wie schnell aufziehende Sturmwolken, die sich über die Sonne schoben. „Mary?"

Ich trat den Rückzug aus der Garage an, schloss die Tür hinter mir und lief, so schnell mich meine Beine trugen, durch den Garten zum Haus. Gerade als ich die Hintertür erreichte, hörte ich, wie der Motor aufheulte.

„Mary!!“, war das Letzte, was ich hörte, als ich davonlief. Ich betete zu Gott (dem, der Mary den Lotto-Jackpot vorenthalten hatte), dass Mary im Geschichtenerzählen genauso auf Zack war wie als Mechanikerin.

Zurück in der Redaktion, fand ich Federico im Konferenzzimmer, wo er weitere Traumräuber-Kandidatinnen interviewte. Jenny hatte in einem erneuten Versuch, sich querzustellen, dieses spezielle Meeting mit einer Gruppe von Frauen anberaumt, die wir die „Protestlerinnen" nannten. Den Namen hatten sie bekommen, weil diese Frauen zwar zugaben, dass sie unerfüllte Ambitionen hegten, sich jedoch resolut weigerten, zuzugeben, dass das irgendetwas mit der Liebe zu tun hatte. Eine dieser Frauen war Annie.

„Wisst ihr, ich arbeite tagsüber ziemlich hart. Ich bin in einem Büro zusammen mit anderen Leuten tätig, aber im Grunde bin ich den ganzen Tag allein, fort von den Menschen, die ich liebe. Daher will ich nach der Arbeit nicht losziehen und allein etwas unternehmen. Ich möchte die Zeit mit meinen Freunden und mit meinem Lebenspartner verbringen. Mögliche Träume verwirkliche ich also im Moment nur deshalb nicht, weil ich schlichtweg zu wenig Zeit habe."

„Siehst du?", meinte Jenny Sullivan selbstgefällig. „Es gibt keine Geschichte. Die Liebe nimmt niemandem etwas weg, und ich weiß ja nicht, was, zum Teufel, Chad sagen wird, wenn ihr zwei versucht, dies zu einer interessanten und unterhaltsamen Story auszubauen. Er wird euch wohl entlassen, und das wird auch langsam Zeit."

Ich konnte es noch immer nicht fassen, dass mein Wunsch, Jenny Sullivan zu helfen, der schwache Windhauch gewesen war, der das Kartenhaus, das meine Freundschaft zu Peter Parker darstellte, in sich zusammenbrechen ließ.

„Denn Tatsache ist …", fuhr Annie fort, „ich kenne niemanden, der sich für Modedesign interessiert. Keine meiner Freundinnen will stricken lernen oder nähen, und mein Freund würde einen Anfall kriegen, wenn ich versuchen würde, ihn dazu zu überreden, mit mir den Lederdesignkurs zu besuchen, für den ich letzte Woche eine Anzeige gesehen habe. Das sind die Dinge, die ich allein machen müsste, es sind also die Sachen, die jetzt erst einmal zurückstehen müssen, aber nur weil ich es so will. Sie sind mir nicht geraubt worden."

„Du bist eine kluge Frau, Annie", erwiderte Federico nickend, „sehr klug. Ich hoffe, dein Freund weiß, was er an dir hat, dass du nämlich ein dicker Fisch an der Angel bist, der zweihundert Pfund Lachs, der nach Luft schnappt, wenn er aus dem Schwimmbecken des Lebens geangelt wird und sterben muss. Also, wann sollen diese Sachen auf deiner Prioritätenliste weiter nach oben rücken?" Er setzte seine Brille auf (schweres dunkles Gestell, bestückt mit Fensterglas) und blinzelte ein paarmal, als müsste er sich neu fokussieren. Auf was, wusste ich nicht. Zwischen ihm und Annie, dem sterbenden, zweihundert Pfund schweren Lachs, war nur reine Luft.

„Na ja ..." Annie sah nervös hinüber zu Jenny. „Ich habe mir darüber noch nicht so wirklich Gedanken gemacht, aber ich bin immer davon ausgegangen, dass ich, wenn ich erst einmal Kinder habe, mehr Zeit für so etwas habe. Ich wäre ja mindestens die ersten sechs bis zwölf Monate zu Hause, sodass ich dann Kurse belegen könnte. Oder vielleicht wenn ich in Rente gehe? Als Rentnerin mache ich bestimmt mehr." Annie war gerade erst dreißig geworden. „Wie ich schon sagte, das sind alles nur Annahmen. Ich habe das noch nicht so richtig zu Ende gedacht."

„Wenn du Kinder hast oder wenn du in Rente gehst ..." Federico runzelte die Stirn und tippte wie wild auf der Tastatur seines Notebooks herum. Auch ich runzelte die Stirn. Ihre Planung gefiel mir nicht. Sämtliche frischgebackenen Mütter, die ich bisher getroffen hatte, waren übereinstimmend der Meinung gewesen, dass man kaum Zeit hatte, aufs Klo zu gehen, geschweige denn, dass man Zeit fand, um Decken zu häkeln oder selber Vasen zu töpfern. Und darauf warten, dass man in Rente ging, warten, bis man fast siebzig Jahre alt war? Ich stellte mir die Rentner der Zukunft vor, wie sie dem Kunsthandwerkswahn verfallen, bevor sie auf Wasserskier springen, sich beim Bungee-Jumping über große Schluchten fallen lassen, halluzinogene Drogen ausprobieren und bei einem flotten Dreier mitmachen. Nicht dass sie das alles nicht gern machen sollten, es ist nur so, dass sie nicht unbedingt bis nach der Pensionierung warten sollten, bis sie damit anfangen, oder, so wie in Annies Fall, bis sie geheiratet hatten.

„Wie ist es mit deinem Freund, ist der begeistert von deinem Kinderwunsch?“, fragte Federico, schloss sein Notebook und nahm die Brille ab, die er vor sich auf den Tisch legte.

„Er hat noch nicht ... äh ... Ich habe noch nicht ... Wir haben eigentlich noch nicht darüber gesprochen. Aber ich glaube, dass es definitiv die Richtung ist, in die wir uns bewegen.“ Sie nickte heftig.

Federico machte es ihr nach. „Annie, ich verstehe, was du sagen willst, jawohl, das tue ich. Du willst sagen, dass du dich häuslich niederlassen und eine Familie gründen willst, damit du dann die Möglichkeit hast, dich all deinen anderen Träumen zu widmen.“

„Ja, wenn ich Kinder habe oder in Rente gehe, obwohl ich das so eigentlich noch nicht wirklich überlegt habe. Die Liebe hat mir definitiv nichts gestohlen, das ist jedenfalls sicher. Ich bin sehr zufrieden mit dem Hier und Jetzt.“ Jenny nickte zustimmend. „Ich mache diese Sachen einfach später, wenn ich verheiratet oder Rentnerin bin. Dann mache ich das zusammen mit meinem Mann ...“ Ihre Stimme verhallte zu einem Murmeln.

„Nicht allein?“, bohrte Federico nach. „Aber was ist, wenn dein Mann all diese Sachen gar nicht tun will, Annie-pants, darf ich dich Annie-pants nennen? Was ist, wenn du keine Zeit hast, sobald die Kinder da sind, was, tut mir leid, wenn ich da eine Illusion zerstöre, Annie-pants, mit ziemlicher Sicherheit der Fall sein wird. Was ist, wenn du ins Rentenalter kommst, und dein Mann sagt: ‚Nein, Annie. Nein! Ich will nicht lernen, wie man einen Pullover strickt, und ich will auch keine Gardinensäume umnähen. Ich will einfach nur rumsitzen, furzen, an mir rumfummeln und Golf spielen.‘ Was ist, wenn du das Rentenalter überhaupt nicht erreichst? Was ist damit? Man weiß nie, Annie-pants. Man weiß nie. Und dann besteht natürlich noch die Gefahr, dass du geschieden wirst. Wie lauten da die Statistiken? Ist es eine von drei Ehen, die geschieden wird?“

„Eine von zwei Ehen“, korrigierte ich ihn.

„Eine von zwei Ehen, Annie-pants. Eine von zwei! Das ist so, als würde man eine Münze werfen, Annie-pants. Die Chancen stehen fifty-fifty! Obwohl das alles ja rein hypothetischer Natur ist, denn hier auf deinem Anmeldebogen steht, dass du noch gar nicht verheiratet bist, was bedeutet, dass wir theoretisch über einen Mann sprechen, mit dem du unverheiratet zusammenlebst. Was uns zurückbringt zu der Sache mit dem Alleinsein, nicht wahr? Jawohl, so ist es, und zurück zu der Tatsache, dass du anfangen musst, ein paar von diesen Sachen zu machen, auch wenn es bedeutet, dass du hin und wieder allein bist. Sonst kann es nämlich passieren, dass du nie dazu kommst, einem dieser Hobbys nachzugehen."

„Ich denke … ich …" Annies Unterlippe begann zu zittern.

Trotzdem fuhr Federico schonungslos fort: „Und du sagst, dass du nicht allein sein willst, nachdem du den ganzen Tag gearbeitet hast, richtig, Annie-pants? Du willst nach der Arbeit nicht allein sein. Aber was genau treibst du eigentlich nach sechs Uhr abends? Geht ihr, du und dein Freund, zu Hause einem gemeinsamen Hobby nach? Töpfert ihr tolle Dinge oder perfektioniert die Kunst des Kamasutras? Unterhaltet ihr euch angeregt? Was passiert in deinem Freudenhaus von sechs Uhr abends an, denn, was auch immer es ist, Annie-pants, ich möchte gern daran teilhaben, jawohl, das würde ich verflixt gern!"

„Äh … na ja, ich bin zu Hause. Wir sind zu Hause. Meistens schauen wir Fernsehen – das entspannt mich."

„Du schaust fern?" Er kreischte das Wort „fern" förmlich, und zwar so durchdringend, dass mir die Ohren wehtaten.

„Ja." Ihre Antwort war nur noch ein Flüstern.

„Fünf Tage die Woche?"

„Ja. Obwohl, dienstags gehe ich manchmal mit einer Freundin zum Pilates."

„Also, um das mal zusammenzufassen, du unternimmst weniger, weil du einen Freund hast und weil du ihm deine Zeit widmen willst. Aber du willst mehr allein unternehmen, wenn und falls eure Beziehung enger wird?"

„Ja, das ist meine Entscheidung, die Sachen noch rauszuzögern, ganz allein meine Entscheidung."

„Würdest du mehr unternehmen, wenn du allein wärst?"

„Dann hätte ich mehr Zeit." Sie sah mich an, als wäre ich die Göttin der Zeit, so als hätte ich eine verdammt große Uhr um den Hals hängen und einen Zeiger auf meinem Kopf, der besagte: „Single und viel Zeit".

„Und du glaubst, dass es deine Beziehung bereichert, wenn du ihm all diese Zeit widmest, Annie-pants?"

„Ich bin glücklich."

„Annie-pants, darf ich mal ein kleines Spiel mit dir spielen? Ich möchte, dass du dir etwas vorstellst, Annie. Ich möchte, dass du dir vorstellst, dass du den Rest deines Lebens ganz allein verbringst. Stellst du dir dieses einsame Leben vor?"

„Ja", hauchte sie und tupfte sich die Augen.

„Gibt es irgendetwas, das dich von dieser schrecklichen, endlosen Einsamkeit ablenken könnte? Vielleicht irgendetwas, das mit Mode zu tun hat?"

Annie blickte zu mir, als wollte sie sich rückversichern. Ich nickte ermutigend.

„Was könntest du mit deinem Tag anfangen? Was fesselt dich, was begeistert dich so sehr, dass du für ein paar Minuten dein einsames Leben vergessen könntest? Gibt es irgendetwas?"

„Klamotten kaufen, na ja, ich meine … ich mag Mode und Einkaufen echt gern. Und wenn ich an Mode denke oder mir neue Sachen kaufe, dann vergesse ich meinen Freund völlig. Das finde ich wirklich fesselnd. Mein Freund sagt schon immer, ich hätte ein Problem. Er hat sogar mal eine telefonische Beratungs-Hotline angerufen. Von daher denke ich, wenn ich jeden Tag damit zubringen würde, über Kleidung nachzudenken, welche zu entwerfen, sie zu nähen oder welche einzukaufen, dann würde ich vermutlich nicht mehr an meinen Freund denken. Wahrscheinlich würde ich an gar nichts mehr denken."

„Du meine Güte", fauchte Jenny und stürmte aus dem Konferenzzimmer.

„Vielleicht könnte ich eine Boutique eröffnen?", überlegte

Annie-pants aufgeregt. „Dann müsste ich Mode für den Laden kaufen, Klamotten für den Laden schneidern, und Leute würden in den Laden kommen, und wir könnten über Mode reden. Das fände ich total befriedigend. Da würde ich mich auch nie allein fühlen. Wenn ich einkaufen gehe, fühle ich mich nie allein. Die Klamotten sind meine Freunde. Also, das wäre echt klasse, richtig, richtig klasse, wenn ich den Rest meines Lebens allein verbringen müsste."

„Annie-pants, ich bin so glücklich, dass ich mir fast in die Hose mache. Das ist der Traum, den dir die Liebe gestohlen hat. Du wirst der nächste Alexander McQueen. Damit bist du vor einem Selbstmord, begangen vor lauter Einsamkeit, sicher, Annie-pants. Lang leben Annie und ihr selbstmordfreies Leben! Also, was hältst du davon, einmal in der Woche einen Kurs zu belegen, sei es Modedesign, Nähen oder Einkaufsstrategien? Du wärst noch immer vor zehn Uhr zu Hause, um mit deinem langweiligen Freund fernsehen zu können, mit dem du übrigens noch nicht hättest zusammenziehen sollen, solange er dir keinen Antrag gemacht hat. Du kannst dir die Sendungen, die du nicht verpassen willst, über Skyplus nachträglich ansehen. Und ich verspreche dir, wenn man sich ein wenig rarmacht, ist das für die Beziehung nur gut. Dein Freund wird dich viel interessanter finden, Annie-pants, wenn du auch Augen für etwas anderes als ihn hast, selbst wenn es nur Knöpfe und Kurzwaren sind. Männer sind wankelmütig, jawohl, das sind wir. Wenn du einmal die Woche mit etwas anderem beschäftigt bist, wird er auf der Hut sein müssen. Wäre das nicht nett, meine kleine wunderbare Modedesignerin?"

„Das wäre toll, denn manchmal habe ich echt das Gefühl, dass er mich gar nicht richtig sieht, weißt du, er bemerkt dann gar nicht, dass ich da bin. Obwohl ich eigentlich immer da bin ..."

„Annie-pants, fang bloß nicht an, dich unsichtbar zu machen. Es gibt da eine bestimmte Person, die hier vielleicht arbeitet oder auch nicht, die ebenfalls die Fähigkeit besitzt, direkt durch mich hindurchzusehen. Und nicht in spiritueller Wir-sind-miteinander-verbunden-Weise, oh nein, sondern in einer Weise, die besagt: Ich bin mir deiner Existenz überhaupt nicht bewusst. Ich könnte direkt mit dir zu dem Kurs gehen, aber das tue ich natürlich nicht, denn du musst langsam mal anfangen, etwas ganz allein zu machen. Und ich bin sehr beschäftigt. Also Donnerstagabend passt dir? Loosie!", brüllte er in den Flur, nachdem er die Tür zum Konferenzzimmer aufgerissen hatte. „Loosie, finde uns einen Kurs am Donnerstagabend, in der Nähe von Annie-pants' Wohnung oder Arbeit. Annie, wenn du bitte diese Vertraulichkeitsklausel unterschreiben würdest, diese Verschwiegenheitsverpflichtung und dieses Formular, in dem du uns sämtliche Rechte einräumst, und zwar über die Berichte, die wir über dich verfassen, über sämtliche Einkünfte, die wir mit diesem Interview erzielen sollten und die sich auf ‚Was die Liebe mir gestohlen hat' beziehen und nicht auf irgendwelche Bemühungen deinerseits, die du als Folge von ‚Was die Liebe mir gestohlen' hat unternimmst oder auch nicht.

Bitte schick uns in fünf Wochen einen kurzen Bericht, nicht mehr als zweitausend Wörter, aber auch nicht weniger als fünfhundert. Dieser Bericht wird noch einmal von einem unserer Redakteure überarbeitet, bleibt allerdings in der ersten Person geschrieben, sodass alle denken, er wäre von dir. Die Nächste!!!", brüllte er, während eine verwirrt dreinblickende Annie von Loosie hinausgeführt wurde.

„Dein System ist wahrlich nicht schlecht", sagte ich und setzte mich neben ihn.

„Kat-kins, Chad hat mir gesagt, ich soll von der Liebe gestohlene Träume finden, um darüber schreiben zu können, und genau das tue ich hier. Ich decke verborgene Ambitionen auf und ebne den Frauen den Weg zum Glück, und das ist doch auch das, was du willst, oder nicht?"

„Aber fragst du dich nie, warum sie nicht von selbst den Weg zum Glück finden? Bist du es nicht schon leid, eine Frau nach der anderen aufzuspüren, die alle immer wieder die gleichen Fehler machen? Und einige von ihnen sind nicht einmal dankbar." Ich dachte dabei vor allem an Jenny. „Einige von ihnen wollen ihr Leben nicht einmal zum Guten verändern. Und wenn ich mal so recht darüber nachdenke, wenn einige von den Frauen schon wissen, dass sie zu etwas Lust haben, warum, zum Teufel, sitzen sie dann zu Hause vor der Glotze?"

Federico legte mir eine Hand auf den Mund. Ich habe keine Ahnung, warum alle glauben, dass es sich gehört, das zu tun.

„Kat-kins, ich weiß ja nicht, was heute mit dir los ist – du und deine ängstliche, wütende Energie. Bin mir auch nicht sicher, ob es mich interessiert. Und ich weiß auch nicht, was mit Frauen im Allgemeinen los ist. Auch da bin ich mir nicht sicher, ob es mich interessiert. Die Antwort auf die letzte deiner tausend Fragen könnte sein, dass sie denken, sie hätten zu wenig Zeit so wie Annie oder zu wenig Geld so wie Leah, oder vielleicht ist es ein Mangel an Inspiration so wie bei mir? Oder vielleicht, ganz vielleicht, ist der Weg zum Glück für einige tatsächlich der Fernseher? Ernsthaft, Kate, was soll das mit der endlosen Fragerei? Aus dir sprudeln die Fragen wie bei einem Erstsemestler der Medizin, dem gerade aufgetragen wurde, seine erste Blinddarmoperation durchzuführen. Seh ich aus wie jemand bei „Grey's Anatomy"? Seh ich aus wie ein gut aussehender, gut ausgebildeter Mediziner mit einem komplizierten und faszinierenden Privatleben?" Er wartete nur darauf, dass ich jetzt Ja sagte, und setzte ganz bewusst seine Brille wieder auf. „Ich befinde mich auf einer Mission, Kate, auf deiner verdammten Liebesmission, um das zurückzuholen, was die Liebe gestohlen hat, nicht um herauszufinden, warum die Liebe es von Anfang an hat mitgehen lassen oder, noch treffender, warum wir alle es verflixt noch mal aufgegeben haben."

Loosie kam mit einem Handy in der Hand ins Konferenzzimmer marschiert.

„Tut mir leid, wenn ich euch zwei störe, euch und eine, wie ich vermute, weitere dieser langweiligen Unterhaltungen über die Liebe, aber Kate, dein Handy klingelt die ganze Zeit wie verrückt. Da ist jemand namens Mary dran. Und nur zu deiner Information, sie klingt äußerst seltsam." Loosie warf mir das Handy zu und marschierte wieder hinaus. Am anderen Ende der Leitung konnte ich jemanden schwer atmen hören.

„Mary. Bist du das?“

„Oh gütiger Himmel, gütiger Gott, oh, oh, oh.“ Sie atmete noch immer schwer.

„Mary, was ist los? Wo bist du? Ist Len bei dir?“

„Kate, du musst zu mir nach Hause kommen. Und zwar sofort. Komm in die Garage.“ Sie legte auf.

Okay, aber dieses Mal würde ich definitiv nicht allein hinfahren.

„Es stand in der ‚Daily Mail', Kate, letztes Wochenende, erst am verflixten letzten Wochenende. ‚Mörderische Ehefrau' lautete die Überschrift. Ich schwöre dir, Kat-kins, wenn du mich an den Schauplatz eines Verbrechens schleppst, bringe ich dich um. Ehrlich, ich bringe dich um. Ich habe einen sehr gefährlichen, aber lebensrettenden Griff von meinem Darmspülungstherapeuten gelernt, und ich hatte eigentlich nicht vor, den jemals zu benutzen, aber du kannst sicher sein, wenn nötig, wende ich ihn, verflixt noch mal, an." Die Haustür schlug hinter uns zu. „Oh mein Gott!", schrie Federico, bevor er Schutz suchend die Arme um mich schlang. Voller Panik drehte er den Kopf hin und her.

„Das war doch nur der Wind, Federico. Bitte beruhige dich und lass mich los."

„Über siebzig Prozent der Morde werden von Bekannten begangen, Kat-kins", flüsterte er mir ins Ohr, während wir den Flur entlanggingen. „Über siebzig Prozent! Und fast *alle* von wütenden Ehepartnern. Das stand in der ‚Daily Mail', Kat-kins. Letztes Wochenende!"

„Ich hab's verstanden, Federico", erwiderte ich und stieß vorsichtig die Tür zum Wohnzimmer auf. Dort lagen überall Kissen auf dem Boden verstreut herum, aber weit und breit keine Spur von Mary. „Federico, das sieht hier ja nach einem echten Tohuwabohu aus." „Tohuwabohu" ist ein Wort, das ich selten benutze, doch heute traf es schon zum zweiten Mal zu. Alle schienen heute tohuwabohumäßige Zustände in ihren Häusern zu haben. Na ja, mit „alle" meinte ich Mary und den sexbesessenen Peter Parker.

„Wir könnten ganz schnell zu diesen siebzig Prozent gehören", raunte Federico mir zu, ehe er von einer Reihe von Familienfotos an der Wand des Wohnzimmers abgelenkt wurde. „Schon allein unsere Anwesenheit hier bringt uns in Gefahr", ließ er verlauten, während er in Marys Nippes herumwühlte. „Ooh, sieh dir das an! Sie hat ein Charles-&-Diana-Geschirr! Ich würde mir meine beiden großen Zehen für solch ein Geschirr abhacken. Und die großen Zehen sind die wichtigsten, jawohl. Auf die anderen kann man leicht verzichten, so wie auf unseren Blinddarm und die Schambehaarung. In ein paar Jahren haben wir die anderen vier Zehen bestimmt schon gar nicht mehr und auch keinen Blinddarm oder Schambehaarung. Das nennt man Evolution. Oooh, Quality Street. Meinst du, Mary hätte was dagegen, wenn ich mir einen mit Erdbeercreme stibitze?"

Ich ließ ihn weiter vor sich hin brabbeln und ging zur Küche und von dort durch den Garten zur Garage. Dort fand ich Mary. Sie saß auf einem alten Holzstuhl und nippte an einem Teebecher. Sie hatte eine alte ölverschmierte Decke um sich geschlungen, ansonsten aber kaum etwas an. Von Len war nichts zu sehen.

„Mary?", sagte ich vorsichtig, als ich in die Garage trat. „Mary, was ist los?"

Sämtliche Türen des Ford Capris standen offen, und der Motor lief. Ich ging zum Auto und stellte den Motor aus.

„Das Geräusch dieses Autos werde ich mein Lebtag nicht mehr vergessen", erklärte Mary und sah mich zum ersten Mal, seit ich hereingekommen war, an.

„Mary. Wo ist Len? Was ist denn los?"

„Na ja, er weiß Bescheid. Len weiß Bescheid. Er weiß, dass ich ihn angelogen habe, er weiß, dass ich mich heimlich zur Mechanikerin habe ausbilden lassen, und er weiß, dass ich diesen Wagen repariert habe." Sie kam zu mir und gab mir den Becher, in dem doch tatsächlich irgendeine Art von Alkohol war. Dann setzte sie sich auf den Fahrersitz des nun stillen Autos. Ich setzte mich neben sie. Es kam mir so vor, als wäre sie in einer Art Trance.

„Kate, ich habe mir nie träumen lassen, dass es so sein könnte, weißt du?" Ich war mir nicht ganz sicher, aber der Beifahrersitz fühlte sich irgendwie feucht und klebrig an. „Ich wusste nicht, dass ... Es war mir nicht klar, dass ... Kate, Menschen können so anders sein, als man denkt."

„Da hast du recht", entgegnete ich und dachte an Gabriel und Peter Parker.

„Oh du meine Güte, das stimmt wirklich", sagte Federico, den

Mund voll mit Quality-Street-Schokolade. Irgendwie war es ihm gelungen, sich auf die Rückbank des Wagens zu schieben.

„Und dann fragst du dich", fuhr Mary fort und drehte sich zu uns herum, „wie es sein konnte, dass du so lange durchs Leben gegangen bist, ohne es zu sehen."

„Da stimme ich dir zu, Mary, jawohl, das tue ich, ehrlich, und dann kommt wie aus dem Nichts die *Enthüllung*", erklärte Federico und drückte sanft Marys Schulter. „Chad macht das ständig, ja, ehrlich, und meistens bringt es mich zum Weinen. Hat Len dir auch etwas enthüllt, Mary?"

„Er hat sein gesamtes Ich enthüllt!", stieß sie hervor und drehte sich noch weiter herum, damit sie Federico besser sehen konnte. Ich war mir ziemlich sicher, dass ich dabei einen riesigen Knutschfleck auf ihrem Hals entdeckte. „Er konnte einfach nicht mehr an sich halten!", verkündete sie Federico mit weit aufgerissenen Augen, der mit ebenso großen Augen zuhörte. „Er wurde, na ja, zum wilden Hengst." Sie berührte vorsichtig den Knutschfleck auf ihrem Hals. „Erst war er wütend und meinte, er könnte es nicht fassen, dass ich Geheimnisse vor ihm hätte. Er sagte, ich hätte ihn betrogen, weil ich diese Sache hinter seinem Rücken eingefädelt hätte."

„Was in gewisser Weise ja auch stimmt", murmelte Federico, ehe ich ihm einen Klaps verpassen konnte.

„Len meinte, er würde mich gar nicht kennen. Ich wäre nicht die Frau, die er geheiratet hätte. Aber dann wurde er doch neugierig und wollte wissen, *wie* ich den Wagen repariert hätte. Also habe ich angefangen, es ihm zu erklären. Und je länger ich redete, über Öl und Muttern und Schrauben und Schraubendreher, desto, na ja, *erregter* wurde er."

Ach herrje. Mary war dabei, uns an ihrem Sexleben teilhaben zu lassen. Ich begann zu summen und starr geradeaus zu starren.

„Und ehe ich mich's versah, lehnte ich über der Motorhaube, und Len, oh mein Len, der war … fantastisch." Federico klatschte begeistert in die Hände und hüpfte auf und ab. „Wir hatten noch nie solch fantastischen Sex!"

Ich summte noch lauter, doch trotzdem wurde mir ganz schlecht. Ich konnte Geschichten, in denen Len auf einem Ford Capri über Mary herfällt – ein Paar im Rentenalter! –, nicht ertragen.

„Wir haben es überall getrieben", fuhr sie fort. „Überall", bekräftigte sie noch einmal. „Ich komme mir vor wie Kim Basinger in ‚9½ Wochen'." Und jetzt hatte ich auch noch Bilder von Len und Mary im Kopf, die zusammen „9½ Wochen" schauten.

„Er war so unglaublich gebieterisch."

„Er sieht auch so aus, als könnte er gebieterisch sein", ermutigte Federico sie.

„Und jedes Mal, wenn ich einen Teil des Motors erwähnte ..."

„Ich kann es mir vorstellen, Mary, jawohl, das kann ich, ich kann es mir gut vorstellen, du zauberhafte Königin der Automechanik."

„Oh Himmel, Kate", meinte Mary und legte mir die Hand auf die Stirn." Du siehst aber gar nicht gut aus. Du bist ja richtig blass und fühlst dich ganz feuchtkalt an. Dir wird doch wohl nicht schlecht?"

„Wehe! Nicht in meiner Nähe. Nicht in meiner Nähe!!", schrie Federico, bedeckte die Augen und hielt sich die Nase zu.

„Ich brauche frische Luft", sagte ich und rannte aus der Garage, ehe ich mich in die Hecke des Nachbarn übergab. Es war vorbei, ehe es richtig angefangen hatte, genau wie meine Tanzkarriere, aber ich blieb in der kühlen Abendluft sitzen, atmete tief durch und versuchte, all das zu verarbeiten. Denn irgendwie hatte es gerade eine Störung in meinem Kopf gegeben. Marys Ford-Capri-Sex-Geschichte ließ mich an etwas anderes denken, eigentlich nur an eine einzige Sache, und die verursachte bei mir Atemlosigkeit, gefolgt von einem panikartigen Bedürfnis, nach draußen zu laufen und mich in eine Hecke zu übergeben. Es war der Gedanke, dass Peter Parker am selben Tag eine ähnlich wollüstige sexuelle Erfahrung mit irgendeiner Frau in seiner Wohnung gehabt hatte – leidenschaftlichen, schweißtreibenden, Haare zerzausenden Sex. Irgendwo hier in London gab es eine Frau, die so intim mit meinem Peter Parker geworden war. Und dieser Gedanken verursachte mir solche Magenschmerzen, dass ich mich übergeben musste. Was ich allerdings nicht verstand, war, warum es mir überhaupt etwas ausmachte.

Hatte ich versehentlich eine emotionale Bindung zu Peter Parker aufgebaut, seit er in mein Leben zurückgekehrt war? Füllte er eine Leere in mir aus, die ich eigentlich selber ausfüllen sollte? War er für mich zu einer Art Schmusedecke geworden, einer fantastisch duftenden, lebensgroßen, gut aussehenden, gut gekleideten Schmusedecke? Wenn ja, dann musste ich daran arbeiten, wie ich diese unsichtbaren Bindungen wieder durchtrennen konnte. Ich musste endlich lernen, wieder auf eigenen Füßen zu stehen, und sollte dringend mal „unsichtbare Bindungen" googeln und herausfinden, wie ich sie kappen konnte, damit ich mich wieder auf meine Piratenmission konzentrieren konnte und aufhörte, mich auf die Begonien von fremden Leuten zu übergeben. Genau genommen war es gar keine Begonie. Es war nur eine Hecke. Ich habe dieses Wort bloß noch nie in einem Satz benutzt. „Begonie".

Einschub

Eine kurze Botschaft von meiner geschätzten Expertin für Haarentfernung

„Ich bin Hindu, okay? Ich komme aus Indien. Ja, London ist mein Zuhause. Ja, ich liebe es hier. Ja, ich werde nie von hier weggehen. Aber Indien ist meine Heimat. Mein Mann ist Inder. Ich bin Inderin. Meine Kinder sind Inder. Und wenn wir heiraten, heiraten wir! Ich bleibe bei meinem Mann, bis ich sterbe. Er wird immer da sein, ob es mir nun gefällt oder nicht. Und er ist mein bester Freund. Aber Kate, glaubst du wirklich, dass ich nach achtzehn Jahren noch Sex mit ihm haben will? Will ich nicht. Er schon. Ich will nicht.

Und das kann ich dir sagen, Kate. Ich rede mit vielen Frauen. Meine Kundinnen hier, das sind meine Freundinnen. So, wie du jetzt meine Freundin bist, sind auch die anderen zu meinen Freundinnen geworden. Wir haben eine ganz spezielle Beziehung zueinander. Das stimmt doch, oder? Es ist doch ganz klar, dass wir eine spezielle Beziehung haben. Und ich frage meine Kundinnen, ich sag zu denen: ‚Bin ich normal? Geht es euch auch so?', und sie sagen alle dasselbe. Sie wollen Sex mit ihrem Tennistrainer oder ihrem Yogalehrer oder mit dem Mann, der ihnen das Gemüse liefert, aber sie liegen nicht zu Hause rum und denken an Sex mit ihren Ehemännern.

Kate, wir sind seit mehr als einem Jahrzehnt zusammen. Ich sag dir eins, als Frau, als deine Freundin – du solltest losziehen und dein Leben jetzt genießen. Tu es für dich und für alle anderen Frauen.

Liebe ist etwas so Wunderbares. Mein Mann ist wunderbar. Aber wenn ich in eine dunkle Gasse gehen und dort einen Quickie mit dem Mann haben könnte, der meinen Pilateskurs leitet, Kate, dann würde ich nicht Nein sagen. Zieh los und hab Spaß, Kate! Schnapp dir die Männer! Kein Mann ist es wert, dass du ihm so lange nachweinst. Raus mit dir ins Leben!"

Gut eine Woche war die Sache mit Mary und Len her; eine Woche die Sache vor Peters Wohnung; eine Woche seit der Entdeckung der unsichtbaren Bindungen; aber nichts war gekappt worden, und Google hatte nicht einen einzigen Treffer geliefert. Also beschloss ich, zu Grandma zu fahren, um ihren Rat einzuholen. Sie hatte mich schon die ganze Woche lang genervt, dass ich sie besuchen kommen solle, weil sie eine neue Idee für unsere Rubrik „Was die Liebe mir gestohlen hat" hatte. Jeden Tag hatte sie im Büro angerufen und mir erzählt, dass diese Idee, wenn sie richtig umgesetzt wurde, meine Lebensqualität dramatisch verbessern würde. Was auch immer es war, ich hatte vor, mich darauf einzulassen und an ihrer neuen Besessenheit teilzuhaben, in der Hoffnung, dass sie mich damit von meiner eigenen Besessenheit erlösen konnte.

Grandmas Villa | Pepperpots

Als ich in Grandmas Villa ankam, traf ich auf Grandma, Delaware und Beatrice, die alle ziemlich angeheitert zu sein schienen.

„Darling, wir langweilen uns", begann Grandma, die am Kopf des großen Esstisches saß. Anscheinend hatten sie den ganzen Tag lang schon Margaritas getrunken und wirkten deshalb ungewöhnlich zerzaust und aufgelöst.

„Deshalb hast du mich in dieser Woche jeden Tag angerufen? Weil du mir mitteilen wolltest, dass du dich langweilst?"

„Ja, in gewisser Weise schon." Sie schenkte mir einen Drink ein und zog mich zu dem Stuhl neben sich. Delaware saß mit glasigen Augen auf der anderen Seite neben mir. „Kate, Schätzchen, wenn du ... *älter*" – Grandma hasste das Wort! – „wirst, dann passieren gewisse Dinge im Leben nicht mehr so oft. Das andere Geschlecht schenkt dir kaum noch Beachtung. Die Stunden, die du mit deinen Freundinnen verbracht hast, um kichernd mit ihnen über deinen neuesten Schwarm zu reden, über den ersten Kuss, darüber, was er gemeint hat, als er gesagt hat, dass er dich für etwas Besonderes hält, diese Stunden sind vorbei. Diese Erfahrungen kannst du nicht noch einmal machen." Ich konnte mir beim besten Willen nicht vorstellen, dass Grandma jemals kichernd über einen Mann geredet hatte, dass sie sich Gedanken über einen Satz gemacht hatte, den ein Mann geäußert hatte, abgesehen vielleicht von einer Kritik an dessen grammatikalischem Inhalt. „Die Aufregung einer ersten Liebe oder der ersten Lust ist für uns definitiv vorbei." Übereifriges Kopfnicken vonseiten der anderen war die Reaktion auf diese Feststellung. „Natürlich gibt es auf ganz praktische Art noch immer Mittel und Wege, sich sexuell zu befriedigen …" Aus der Küche erklang das Klirren von Glas, und der vietnamesische Poolboy streckte den Kopf um die Ecke.

„Bitte entschuldigen, die Damen", sagte er beflissentlich. „Bitte entschuldigen."

„Ich glaube, Schätzchen, was deine Großmutter sagen will", meinte Delaware und nahm meine Hand, „ist, dass du noch nicht zu alt bist." Sie schauten mich alle mit großen Augen an. Beatrice schwankte dabei von einer Seite zur anderen. „Ich weiß ja, Schätzchen, dass dein Herz im Moment gebrochen ist. Ich kenne das." Delawares Stimme klang genauso belegt, wie die von Sue Ellen immer in „Dallas" geklungen hatte. „Ich kenne das zur Genüge. Aber manchmal musst du den ersten Schritt tun, ehe du bereit bist, den nächsten Schritt zu tun. Du musst wieder in den Ring steigen und den ersten Schlag austeilen, selbst wenn du glaubst, dass du weder die Kraft dazu besitzt noch den Wunsch danach verspürst."

„Ich habe neulich ein Buch gelesen …" Grandma meldete sich wieder zu Wort. „Über Abwertung. Genau genommen ging es um globale Wirtschaftsfragen, kein Buch, das man von Anfang bis Ende lesen muss, aber eines, das in dieser Frage durchaus anwendbar ist. Du musst deine Erfahrungen mit Gabriel *abwerten*. Du musst das, was er ist und was er für dich war, *abwerten*. Er muss zu einem unter vielen werden, einer von vielen Männern und Erfahrungen in deinem Leben. Und es gibt zwei Möglichkeiten, wie wir das erreichen können. Eine Möglichkeit wäre, dass wir eine Liste all der Dinge machen, die du an Gabriel geliebt hast, *und* eine Liste all der Dinge, die du an anderen Menschen magst. Vielleicht magst du Federicos Modebewusstsein und seine Kreativität, oder dir gefällt, wie George Clooney ohnmächtig wird – oder Peter Parker, es gibt doch bestimmt etwas, das dir an Peter Parker gefällt?“

Sofort hatte ich wieder das Bild vor Augen, wie er mir beim letzten Mal die Tür vor der Nase zugeschlagen hatte. „Vielleicht gefällt dir ja sogar Leahs Fähigkeit, tausend Sachen gleichzeitig zu erledigen, oder Chads unerschütterlicher Glaube an sich selbst. Stell all diese Qualitäten in einer Liste zusammen und fertige eine Beschreibung deines perfekten Mannes mit all seinen perfekten Eigenschaften an. Dann wird dir sofort klar werden, dass Gabriel nur einen kleinen Teil dieser Liste abdeckt, einen winzigen Teil. Auf diese Weise können wir ihn abwerten und sehen, was er wirklich zu bieten hat. Eigentlich hatte er dir nie etwas zu bieten.“

„Wenn ich an deiner Stelle wäre, Schätzchen, würde ich auch Fotos von verschiedenen Männern ausschneiden, vielleicht gibt es ja irgendwelche Schauspieler oder Sänger, die du attraktiv findest, und wir könnten Fotos von ihnen aus Zeitschriften zusammensammeln, und die könnten wir auch auf die Liste kleben.“

„Tolle Idee!“ Grandma reckte vor Begeisterung die Faust in die Höhe. „Tolle Idee! Eine Liste mit Fotos, eine Liste, die zeigt, dass Gabriel nur einer von vielen schönen Männern war, noch dazu mit begrenzten Qualitäten und Fähigkeiten.“

„Als Nächstes, Darling, musst du auch im wahrsten Sinne des Wortes weiterziehen.“

„Soll ich in ein anderes Land ziehen?“ Ich war verwirrt. „Ich bin doch schon umgezogen, zweimal sogar, einmal nach Frankreich und dann von Frankreich hierher zurück. Eigentlich will ich nicht wieder umziehen, jedenfalls im Moment nicht.“

„Nein, wir meinen, dass du dich wieder verabreden sollst.“

„Oh, na ja, ich will mich aber gar nicht verabreden. Ich habe keine Zeit. Ich habe keine Lust. Ich kann nicht. Ich will nicht. Ich werde nicht. Nein.“ Irgendwie war das eher eine reflexartige als eine bewusste Erwiderung.

„Wir dachten uns schon, dass du das sagen würdest, nicht wahr?“, sagte Grandma zu Delaware. „Also haben wir entschieden, dass du mit kleinen Schritten anfangen sollst. Was wir möchten, und ja, das ist eine offizielle ‚Was die Liebe mir gestohlen hat‘-Bitte, und du brauchst gar nicht erst zu versuchen, dich da rauszuwinden, ist, dass du von jetzt an, jedes Mal, wenn du losgehst und etwas tust, was mit deiner Traumräuber-Kolumne zu tun hat, jemanden küssen musst.“

„Was?“

„Kein Zungenkuss, Schätzchen, es sei denn, du möchtest es. Du musst einfach nur jemanden küssen, auf die Lippen oder auf die Wange, wenn du zu schüchtern bist. Ein kleines Küsschen – mehr nicht. Ich wette, den letzten Kuss, der dir etwas bedeutet hat, hast du von Gabriel bekommen, habe ich recht, Darling?“

„Kann schon sein“, antwortete ich und errötete, während ich die Wange berührte, auf die Peter Parker mich im Hyde Park geküsst hatte. Delaware musterte mich misstrauisch, während Grandma erneut das Wort ergriff.

„Wenn du jeden Tag oder jede Woche oder alle zwei Wochen jemanden auf die Lippen küsst, dann wird das Küssen im Allgemeinen abgewertet, dann wird es wieder normal, und du erhöhst deine Chancen, denn je mehr Frösche du küsst, desto größer ist die Chance, dass du einen Prinzen triffst. Und in der Zwischenzeit unterhältst du uns indirekt mit der Art von Erlebnissen und Unterhaltungen, an denen wir leider nicht mehr direkt teilhaben können.“

„Ich habe kein Interesse an einem Prinzen, und ich glaube auch nicht, dass es meiner gegenwärtigen Mission zuträglich wäre, wenn ich mich auf die Suche nach einem begeben würde. Genau genommen kommt es mir wie das totale Gegenteil zu dem vor, was ich allen anderen rate.“

„Deine Mission war, anderen Frauen zu helfen, ihr Potenzial innerhalb oder auch außerhalb einer Beziehung voll auszuschöpfen. Du hast nie etwas gegen Beziehungen an sich gehabt. Und vielleicht triffst du eines Tages jemanden, und wenn es so weit ist, dann helfen dir all diese Erfahrungen, dir selbst treu zu bleiben. Also, von daher finden wir es sinnvoll, wenn du so viele Männer wie möglich küsst. Außerdem fänden wir es gut, wenn du jedes Mal ein Foto machst von den Männern, die du küsst. Die Fotos kleben wir dann hier an." Sie drückte auf einen Knopf, und eine Leinwand mit der Weltkarte darauf kam von der Decke gerollt. Mittendrin prangte ein Porträtfoto von mir in DIN-A4-Größe (elf Jahre alt, mit Brackets).

„Das ist nicht dein Ernst, Grandma, oder? War das das einzige Foto, das du finden konntest?"

„Dies wird unser Protokoll deiner ‚Was die Liebe mir gestohlen hat'-Kuss-Reise", verkündete sie begeistert.

„Das ist einfach klassisch, jawohl, das ist es." Federico kam hereinspaziert, gefolgt von Leah, die in ihr iPhone brüllte. „Hallo, meine Damen!", sagte er mit weit ausgebreiteten Armen. „Und dieses Foto erinnert mich an Milchschokolade von *Cadbury*, die nie alt wird und nie aufhört, mir ein gutes Gefühl zu vermitteln, jawohl, so ist es." Er schnappte sich den Krug mit Margarita und schenkte uns allen nach. „Also, meine Damen, Leah hat mich gebeten, sie mit herzunehmen, weil sie uns allen die Steinheilkunde nahebringen will, und ich finde das ja so was von aufregend."

Leah telefonierte noch immer. „Nein, nein, er darf nicht länger als bis acht aufbleiben. Nein, darf er nicht. Seit wann ist ein nicht einmal fünfjähriger Junge der sachkundigere Part in der Eltern-Kind-Beziehung?" Sie sah uns an und verdrehte die Augen. „Natürlich behauptet er, dass ich ihn vor dem Zubettgehen mit Eis füttere. Er behauptet eine Menge Dinge. Letzte Woche hat er mir erzählt, dass er ein Raumschiff gebaut hätte, mit dem er in das Ohr von Grandpa Jim geflogen sei, aber ich habe trotzdem nicht bei ‚Sciene Weekly' angerufen und ein Interview mit denen und meinem Raumschiff bauenden Sohn vereinbart. Ich habe Henry erklärt, er sei ein cleverer Junge, und dann habe ich ihn genötigt, seinen Kartoffelbrei aufzuessen." Sie hielt die Hand über das Telefon und flüsterte: „Mein Ex ist an der Reihe, auf Henry aufzupassen“, bevor sie nach nebenan ins Zimmer ging. „Nein, nein, er darf diesen Film nicht anschauen, nein, ich habe ihn den noch nie gucken lassen.“

„Wer will noch eine Margarita, meine Damen?“, fragte Federico und schenkte den Rest aus dem Krug in Beatrices Glas. Erst da merkten wir, dass sie tief und fest schlief – mit dem Kopf in einem Teller kalter Nudeln.

„Mehr Margaritas!“, brüllte nun auch Grandma, bevor sie im Zickzackkurs in Richtung Küche schlingerte. Federico folgte ihr. Delaware blieb neben mir sitzen.

„Schätzchen, tu uns den Gefallen. Meinst du, du kannst das schaffen? Bring uns zum Lächeln. Lass uns noch einmal einen kleinen Blick in die Vergangenheit werfen. Man weiß ja nie, vielleicht hast du ja sogar Spaß daran. Und ich glaube wirklich, dass es dir helfen wird, weiter voranzukommen, und das auf eine Art und Weise, die du dir im Moment noch gar nicht vorstellen kannst. Auch wenn du es zurzeit gar nicht zu schätzen weißt. Also bitte, vertrau mir, denn wir versuchen nur, dich zu befreien, denn ich bin überzeugt davon, dass dies der beste Weg ist, um die unsichtbaren Bindungen zu lösen, die uns an andere Menschen ketten.“

Aufgabe: Jedes Mal einen Frosch küssen, wenn ich an einem Teich vorbeikomme

Grandmas neuestes Projekt bescherte mir ein leichtes Schwindelgefühl, mehr noch als die Margaritas, die ich getrunken hatte. Der Gedanke, jedes Mal einen Haufen zwielichtiger Punks küssen zu müssen, wenn ich mich auf den Weg machte, einen von der Liebe gestohlenen Traum zurückzuerobern, gefiel mir nicht. Captain Hook musste auch nicht jeden schmutzigen Gauner küssen, dem er begegnete. Er war der Kapitän auf seinem Schiff, der Herr seines eigenen Schicksals. Bei ihm hätte die Liebe über die Planke gehen müssen, bevor er seine Pistole in die Luft gefeuert und laut „Hey-hooh“ geschrien hätte. Anschließend hätte er sich mit Rotwein und riesigen Hühnerbeinen gestärkt. Nein, diese Idee mit dem Küssen bereitete mir Kopfschmerzen, im wahrsten Sinne des Wortes. Da sich an meiner linken Schläfe also eine Migräne ankündigte, verschwand ich, um ein paar Schmerztabletten zu suchen, ehe ich mich der aufgezwungenen Steinheilkundesitzung unterzog.

Grandmas begehbarer Kleiderschrank

Grandma war, was ihre Kleiderschrankgröße anging, noch nie Kompromisse eingegangen. Ihr begehbarer Kleiderschrank bot mir Trost, wie es noch nicht einmal ein Riegel KitKat schaffte. Er war riesig und kam einem so endlos vor wie der Schrank, der einen nach Narnia entführte. Vertraute Kleidungsstücke hingen an der Garderobenstange an den Wänden, alte Pelzmäntel und Hüte, Hunderte von Schuhkartons, kostbare *Chanel*-Kostüme, wunderschöne Schmuckstücke in mit Seide ausgeschlagenen Schatullen. Auch aus meiner Vergangenheit fanden sich viele Dinge. Grandma bewahrte mein sorgfältig verpacktes Taufkleid hier auf, Bilder, die ich für sie gemalt hatte, unförmige Tonkrüge, die ich im Kindergarten getöpfert hatte. Grandma benutzte sie noch immer. Einen für Knöpfe, einen für ausländische Münzen, und einer war mit Schleifen und Bändern gefüllt. Ein altes Freundschaftsarmband, das ich ihr geschenkt hatte, als ich sieben war, das kleine Plastikband, das ich bei meiner Geburt im Krankenhaus umgebunden bekommen hatte, sogar ein kleines Stück Stoff, in das ich ihre Initialen gestickt hatte, all das hatte sie aufbewahrt. Und irgendwo hier in diesem herrlichen Raum war ein beeindruckend großer Karton mit Medikamenten, der vermutlich die Grenzen der britischen Arzneimittelgesetzgebung arg strapazierte.

Sechs Kartons hatte ich schon vergeblich geöffnet, als ich sie entdeckte. Nicht die asiatischen Schmerzmittel, die ich suchte, sondern eine Schachtel, gefüllt mit Briefen – Hunderte von ordentlich verpackten Briefen, alle fein säuberlich mit Band zusammengehalten. Einige waren unglaublich alt, einige etwas neuer, mit Briefmarken und Wasserzeichen aus der ganzen Welt, alle in derselben Schrift geschrieben, alle an Grandma adressiert, aber nicht an ihre normale Adresse, sondern an ein Postfach, das ich nicht kannte. Ich hatte diese Briefe noch nie gesehen. Neugierig zog ich ein Bündel heraus, und das Erste, was mir auffiel, war die Handschrift: leicht nach rechts geneigt, kantig und präzise. Ich wählte einen Brief mit einem Poststempel von vor zehn Jahren und öffnete ihn vorsichtig.

Liebe Josephine,
ich habe mich schon ganz gut in Paris eingelebt, danke. Es gibt ein erstaunliches Forschungszentrum hier, das an die Universität angegliedert ist, und die Wohnung ist wundervoll. Im Grunde ist bisher alles beeindruckend gewesen, mit Ausnahme meines Französischs. Ich hätte noch so viele Französischstunden nehmen können und wäre trotzdem nicht auf die Geschwindigkeit, in der die Leute hier reden, vorbereitet gewesen. Die meisten Pariser sind ziemlich unhöflich und wechseln sofort in perfektes Englisch. Manchmal sind sie jedoch auch geduldig. Im Café, in dem ich jeden Morgen frühstücke, geben die Kellner mir gutmütig Zeit und lassen mich auf Französisch bestellen. Hin und wieder habe ich sie schon lachen sehen, aber im Allgemeinen versuchen sie, mir zu helfen. Und am College ist eine tolle Lehrerin, die jeden Mittwoch ein paar Stunden mit mir Französisch spricht, es ist ein Teil des Sprachaustauschprogramms. Es ist seltsam, denn obwohl sie nicht gleich alt sind, erinnert mich die Lehrerin ein bisschen an Kate, weshalb ich ein wenig Heimweh verspüre. Wie geht es ihr?

Wer war dieser Mensch?

Warum fragte er nach mir?

Ich blätterte zur letzten Seite des Briefes.

Ich schreibe dir wegen eines Termins, wenn ich absehen kann, wann ich das nächste Mal Zeit für ein Treffen habe. Ich hoffe, bei euch ist alles in Ordnung.
Viele liebe Grüße
Peter Parker

„Ah! Das ist ja wie in deiner Kindheit!“ Grandma strahlte, als sie zusammen mit den anderen in den begehbaren Kleiderschrank kam, um mich zu suchen. „Sie hat auch früher schon immer stundenlang in meinem Schrank verbracht, stimmt's, Schätzchen?“

„Was ist das?“, fragte Leah und schnappte sich den Brief aus meiner Hand. „Und warum bist du so blass? Fängst du wieder an zu spucken? Federico hat erzählt, dass du das neulich bei Mary auch gemacht hast. Bist du schwanger?“

„Als ob“, meinte Federico nur und probierte einen der Pelzmäntel an. „Dann wäre es ein Kind Gottes.“

„Ich habe nach Schmerzmitteln gesucht“, erklärte ich und blickte zu Grandma. Sie schaute von mir zu der Schachtel mit den Briefen, die auf dem Boden stand.

„Na, das sieht mir aber nicht nach der Medikamentenschachtel aus, oder?“, sagte Grandma und griff nach der Schachtel und nach dem Brief in Leahs Hand. „Und, Schätzchen, du weißt doch, dass man die Briefe anderer Leute nicht liest. Ich dachte, ich hätte dich besser erzogen.“

„Grandma?“

„So, wo sind denn jetzt die Schmerztabletten?“ Sie begann, in den Regalen herumzuwühlen, zog einen Karton heraus und stellte ihn neben mich auf den Boden. Während sie ihn durchwühlte, murmelte sie: „Schmerztabletten, Schmerztabletten.“

„Grandma …“ Ich traute mich kaum, die Frage zu stellen. „Hattest du die ganze Zeit, während er weg war, Kontakt zu Peter Parker?“

Federico schnappte nach Luft. Leah sah aus, als würde sie die Luft anhalten. Delaware schwankte und stolperte rückwärts gegen die *Chanel*-Kostüme. Grandma hielt mitten in der Bewegung inne und starrte in den Karton mit den Medikamenten.

„Grandma, wieso hast du nie etwas gesagt? Wie konntest du nur? Du hast mich doch gesehen! Du wusstest, wie sehr es mir zugesetzt hat, als er weggegangen ist! Er war auf einmal einfach weg, ohne ein Wort, mein bester Freund war wie vom Erdboden verschwunden, und du hattest die ganze Zeit über Kontakt zu ihm?"

Die drohende Migräne ließ meine Schläfen pochen wie einen Presslufthammer. Grandma nahm zwei Tabletten aus einer Schachtel und legte sie mir in die Hand, bevor sie meine Hände sanft mit ihren umschloss. Die Tabletten waren nicht löslich.

„Kate", sagte sie leise, „ich glaube, dies ist nicht der richtige Moment für uns, darüber zu reden. Besser gesagt, ich glaube, ich kann diese Unterredung nicht mit dir führen, das steht mir nicht zu. Also, lass uns ein Glas Wasser holen, damit du diese Tabletten schlucken kannst. Niemand kann mit Kopfschmerzen klar denken, und dann, glaube ich, ist es das Beste, wenn jetzt alle gehen. Es tut mir sehr leid, Leah. Ich weiß, du wolltest uns alle heilen, aber ich bin plötzlich sehr müde. Wir machen es ein anderes Mal."

Sie ließ uns im begehbaren Kleiderschrank zurück, Delaware an die Kostüme gelehnt, während Federico, Leah und ich uns nur wortlos anstarrten.

„Kat-kins", flüsterte Federico nach einer geraumen Weile. „Was, zum Teufel, war das hier gerade? Das war ja richtig dramatisch, oder? Habt ihr das auch gespürt? Das war ja wie das Ende einer Seifenopernfolge, höchst dramatisch, und ich frage mich, frage mich ernsthaft, warum sich niemand einen Kehricht dafür interessiert, dass Beatrice noch immer den Kopf in einem Pasta-Fertiggericht für eine Person hat und schläft."

Der goldene Schwan – Federico Cagassi, 41 Jahre alt

„Okay, ich konnte diese Sache wohl nicht ewig aufschieben. Also, ich heiße Federico Cagassi. Ich bin 41 Jahre alt, und die Liebe hat mir meine Karrierechancen gestohlen.

Ihr wisst es, ich weiß es, wir alle wissen es, dass ich bei ‚True Love' eine weit höhere Position einnehmen müsste. Eigentlich müsste ich der Chefredakteur sein. Ich sollte an Chads Stelle stehen. Aber da ich mit Chad zusammenarbeiten möchte und nicht ohne ihn, habe ich mich entschieden, unter ihm zu arbeiten. Das ist es also, was ich für die Liebe aufgegeben habe, jawohl, das ist es.

Zunächst einmal möchte ich jedoch festhalten, dass nicht alles schlecht ist. ‚True Love' ist mein Baby. Ich verbringe fast meine gesamte Zeit damit, für die Zeitschrift zu arbeiten. Ich denke daran, auch wenn ich nicht in der Redaktion bin. Noch immer bekomme ich eine Gänsehaut, wenn ich an einem Schaufenster vorbeigehe und unsere neueste Ausgabe darin sehe oder wenn ich mitbekomme, wie jemand sie in der U-Bahn liest, oder wie an dem Tag, als unser Server zusammengebrochen ist, weil wir so viele Zugriffe auf unsere ‚Was die Liebe mir gestohlen hat'-Website hatten. Also, in vielerlei Hinsicht habe ich eigentlich gar nichts aufgegeben, außer vielleicht eine pompösere Stellenbezeichnung und ein bisschen mehr Gehalt, okay, erheblich mehr Gehalt, sowie Einladungen zu Partys, die Chad jetzt an meiner Stelle erhält. Und er bekommt all die Freebies. Ich kriege auch ein paar, aber nur die, die er nicht haben will. Erst letzten Monat kam ich in meine Wohnung und dachte eine Sekunde lang, ich wäre falsch abgebogen und in der Geschenkabteilung von Harrods gelandet, jawohl, das dachte ich, so viele Geschenke lagen da herum. Es war so, als hätte meine Wohnung Geschenkpackungen ausgespuckt und Clinique for Men *würde mich zurzeit gerade mehr oder weniger sponsern, jawohl. Meine Haut ist so ausgetrocknet, dass sie mich ‚das menschliche Kamel' nennen. Aber Chad hat immer als Erster Zugriff auf alles, auf die Einladungen und auf die Freebies. Als das iPad 2 ankam, hab ich nicht einmal einen Blick darauf werden dürfen, jawohl.*

Die Sache ist die, Kat-kins, wenn ich etwas dagegen unternehmen würde, wenn ich mich woanders bewerben würde, dann wäre ich mir nicht sicher, ob ich Chad weiterhin so oft sehen würde. Ich weiß nicht, ob unsere Beziehung das überleben würde. Und ich bin noch nicht bereit, das herauszufinden. Ich möchte dieser Realität aus dem Weg gehen, denn mein Herz ist so zerbrechlich wie ein Schmetterling aus Blattgold. Ich bin ein goldener, zerbrechlicher Schmetterling. Daher bleibe ich also nur ein unbedeutender Redakteur und schlage jeden Tag unbemerkt mit meinen goldenen Flügeln, ein hässliches Entlein, das eigentlich ein Schwan ist, doch hinter einer aggressiven und großen Gans stehen muss, die all die Haribos verschlingt, die wir für die Kinder einkaufen, die uns im Park besuchen kommen, wo wir im Teich des Lebens umherschwimmen. Ich bin ein goldener Schwan. Ein goldener Schwan, der noch immer ein unbedeutender Redakteur ist.

Die Liebe hat die Selbstverwirklichung des Federico Cagassi gestoppt. Und die Liebe ist so verflixt mächtig.“

Rosa Nachttopf | „True Love“-Redaktion

„Immer geht es nur um dich. Es ist so, als würden wir jeden Tag deine Geburtstagsparty feiern. Alle sagen sich: Okay, ich stelle meine superwichtigen Privatdinge hintenan, denn es ist ja Kates Geburtstagsparty. Wir können uns nicht auf unsere Aufgaben, auf unsere Fragen konzentrieren, denn sie hat so viele eigene, und sie ist so zerbrechlich und niedergeschlagen und traurig, und es ist doch ihre Party, also müssen wir verdammt noch mal warten. Und das tun wir auch. Wir warten. Aber die Geburtstagsparty dauert und dauert wie so eine endlose jüdische Shiva, wo man sozusagen innerlich stirbt, wo man sich danach sehnt, etwas anderes anziehen zu können, woandershin gehen zu können. Man würde überall herumhängen, nur nicht in einem Haus, in dem ein mit einem Leichnam bestückter Sarg im Wohnzimmer steht. Also, Kat-kins, ich kann nicht mehr warten! Ich kann, verflixt und zugenäht, nicht länger warten. Ich brauche das hier. Ich brauche deine Zeit, ich brauche deine Konzentration. Ein paar Tage mit Interviews, und dann kannst du losgehen und deinem Anrufverweigerer Peter Parker hinterherjagen und herausfinden, warum er die verflixte Anne Frank spielt, nur leider nicht für dich, sondern für deine glamouröse Gran. Also, sind wir bereit? Dann lass uns gehen, denn wir sind schon vierzig Minuten zu spät dran."

Ich hätte es kommen sehen müssen. Federico hatte angefangen, den Fokus zu verlieren, als wir begonnen hatten, uns mit der männlichen Perspektive in Bezug auf Beziehungen und den Träumen, die die Liebe gestohlen hatte, zu beschäftigen. Wir hatten massenweise Briefe von zutiefst erschütterten Freunden und Ehemännern erhalten, die um Hilfe baten. Ich hatte Federico dabei ertappt, wie er sie aus der Redaktion geschmuggelt hatte, um sie zu Hause zu lesen. Das passte auch zu den Nachforschungen, die ich bezüglich der Scheidungsraten angestellt hatte. Dabei hatte ich herausgefunden, dass die wenigsten Ehen eine Chance hatten, ein Leben lang zu halten. Im Jahr 2011 wurde von der BBC eine Statistik zitiert, wonach eine von zwei Ehen in England und Wales mit einer Scheidung[12] endet. Peter Parker hatte dasselbe zitiert. Und schon 2006 hatte die „Sunday Times" einen Artikel veröffentlicht, der besagte, dass vierzig Prozent der britischen Ehen mit einer Scheidung beendet würden, viermal so viel wie in den 1950er-Jahren. Aber die Statistik, die mich am meisten interessierte, war die, die Auskunft darüber gab, wer die Scheidung eingereicht hatte, denn dreiundneunzig Prozent aller Scheidungen wurden von Frauen beantragt – dreiundneunzig Prozent –, das sind fast alle. Und von diesen dreiundneunzig Prozent wurden fast keine von den Ehemännern angefochten. Wenn Männer so unglücklich waren, dass sie nicht einmal darum kämpfen wollten, ihre Ehen zu retten, schien es mir wichtig, zu verstehen, warum sie das nicht taten.

12 BBC Online vom 8. April 2011: http://www.bbc.co.uk/news/uk-england-berkshire-13012642

Konferenzzimmer

Die Männer im Konferenzzimmer waren jünger, als ich vermutet hatte. Ich würde fast so weit gehen, sie als Jungs zu bezeichnen. Fast alle waren in den Zwanzigern, ein paar in den Dreißigern, ein Vierzigjähriger, außerdem Mark aus der Marketingabteilung, der in der Snackecke stand und eine Blutorange aß.

Vor allem zwei Männer äußerten sich sehr freimütig. Sie trugen teuer aussehende Sportmarken mit strapazierfähigen Accessoires und sahen aus, als würde ihnen wahrscheinlich ein Plattenlabel gehören mit einem Crib auf MTV. JC sprach immer für seinen etwas verloren wirkenden Freund Bo, der seinen Kopf zu einer Musik auf und ab bewegte, die ich nicht hören konnte.

„Seine Freundin ist echt heiß, Mann", erzählte JC mir. „Sie ist so was von heiß!"

„Jo, sie ist heiß", bestätigte Bo.

„Weißt du noch, wie sie dich runtergemacht hat, als du ihr nachgejagt bist?", fragte JC und stieß Bo an.

„Jo, sie hat mich runtergemacht."

„Du hast sie angebaggert mit deinem ‚Hey, Schätzchen, du bist echt supersexy und cool. Ich steh auf dich', doch sie hat dich nur runtergemacht. Sie war echt so witzig, Mann! Sie war echt krass. Sie hatte es drauf. Und sie war witzig."

„Sie war witzig", stimmte Bo zu.

„Aber jetzt ist sie nicht mehr witzig, Mann."

„Sie ist so was von nicht mehr witzig."

„Jetzt klebt sie an dir wie eine Klette, wie irgend so ein Anhängsel, so, als wär sie ständig in Sorge um dich, um das, was du willst, was dir gefällt. Ich mach mir keine Sorgen um dich, dabei bin ich dein bester Freund, Mann."

„Ich mach mir auch keine Sorgen um dich." Sie vollführten ein typisch männliches Abklatschritual.

„Ich wette, wenn du zu ihr sagst, du findest Frauen geil, die Gold tragen, hängt sie sich sofort Gold um. Oder wenn du sagst, du willst 'nen Kuchen, dann geht sie los und backt dir 'nen Kuchen."

„Sie hat mir 'nen Kuchen gebacken! Zum Geburtstag!"

„Echt?" JC war überrascht. „War er lecker?"

„Jo, war okay. War halt 'n Kuchen. Aber sie meinte, ich würde aussehen, als würde er mir nicht schmecken. Also hatte sie mal wieder schlechte Laune, und wir haben uns gestritten."

„Siehst du, Mann! Siehst du!" JC redete jetzt mit mir. „So war sie früher nicht. Sie war witzig. Und heiß. Echt heiß."

„Hey, Alter, es reicht jetzt, du kannst aufhören, davon zu reden, wie heiß meine Braut ist."

„*War*, Alter. Ich sagte, sie *war* heiß. Jetzt ist das völlig scheißegal, wie sie aussieht, denn ich seh jetzt immer nur ihr mauliges Gesicht, wenn ich vorbeikomme, um dich abzuholen. Und dann dieser Dackelblick, mit dem sie dich angafft."

„Nach der Sache mit dem Kuchen hat sie mich nicht mit 'nem Dackelblick angegafft."

„Ich fass es nicht, dass du mir kein Stück aufgehoben hast, Alter." JC wandte sich von seinem Freund ab. „Ich finde Kuchen echt geil."

„Vergiss es einfach. Wenn du diesen verschissenen Kuchen gegessen und diesen verschissenen Blick gesehen hättest, würdest du Kuchen nicht mehr geil finden."

„Also, um das mal auf den Punkt zu bringen, wir brauchen eure Hilfe", wandte sich JC an mich, „denn es ist ja nicht nur seine Freundin, die so ist. Sie sind alle so. Ich hatte auch mal eine. Betonung auf ‚hatte'. Also müsst ihr sie irgendwie ablenken oder so oder ihnen irgendwas anderes bieten, worauf sie sich konzentrieren können, oder ihnen meinetwegen auch ein Handbuch geben, wo drinsteht, wie sie es schaffen, nicht mehr so mies drauf zu sein. Denn *ich* bin nicht die Antwort. Und *er*", sagte er und deutete auf Bo, „er ist auch nicht die Antwort. Wir sind nur einfache Typen, keine Helden in 'nem Film oder in einem von diesen Büchern, die sie liest."

„Ich bin nur ein einfacher Typ", bestätigte Bo.

„Also müssen sie endlich aufhören, uns ständig so zu vereinnahmen, Mann."

„Und aufhören, ewig sauer zu sein …“

„Jo! Die sind echt ewig sauer! Pass auf, ich weiß, das klingt echt brutal, aber sie braucht ’n eig’nes Leben“, verkündete JC.

„Ich sag dir was, Mann, wenn sie wüsste, dass wir diesen Kram hier der Lady erzählen, würd sie mich echt niedermachen.“ Bo sah leicht besorgt aus. Genau wie ich. Seit wann war ich eine Lady und kein Mädel mehr?

„Nee, das würd sie eben nicht, Mann. Das ist genau der Punkt. Sie würd dich nicht niedermachen. Sie würd einfach nur heulen. Also müsst ihr mit seiner Freundin reden“, sagte er und wandte sich wieder an mich.

„Und wenn ihr meiner Frau auch helfen könntet, würde ich das sehr zu schätzen wissen“, sagte Mark aus der Marketingabteilung. Dabei hatte ich gedacht, er wäre hier, weil er herausfinden wollte, welche Marketingstrategie er fahren müsste. „Denn die ist in letzter Zeit ständig sauer auf mich.“ Die Jungs deuteten alle auf Mark, während sie mich ansahen, als wollten sie sicherstellen, dass ich diesem weiteren Beweis ihres Problems auch volle Aufmerksamkeit schenkte. „Meistens ist sie sauer, weil ich auf die Sachen, die sie macht, nicht so reagiere, wie sie es gern hätte. Angeblich macht sie all die Sachen nur für mich, und dann zeige ich nicht den angemessenen Enthusiasmus oder die korrekte Mimik. Also verbringt sie den Großteil ihrer Zeit damit, sauer oder gefrustet zu sein, und heult rum.“

„Die heulen ständig!“, befand auch Bo.

„Und so wie es aussieht, bin ich für all diese Emotionen verantwortlich, für all dieses Unglück. Als wir uns kennengelernt haben, habe ich sie glücklich und zufrieden gemacht. Jetzt erreiche ich genau das Gegenteil. Ich weiß wirklich nicht, was mit ihr passiert ist. Aber anscheinend ist es mein Fehler, also würde ich gern versuchen, das Problem zu lösen. Obwohl es mir so vorkommt, dass sie viel glücklicher war, bevor sie mich getroffen hat, also sollten wir uns vielleicht trennen? Ich weiß ehrlich gesagt sowieso nicht, wieso sie mit mir zusammen ist. Ich bin ja offensichtlich eine große Enttäuschung und mache sie nur sauer.“

„Na, seine Freundin war auf jeden Fall glücklicher ohne ihn“, stellte JC fest.

„Jo, das war sie.“

„Sie war glücklich, *und* sie war witzig.“

„Und sie hat sich viel öfter mit ihren Freundinnen getroffen“, meinte Bo. „Ich wollte mit ihr losziehen, und sie hat nur gesagt: Nee, lass mal, ich bin mit den Mädels unterwegs.“

„Stimmt, das hat sie oft gemacht, Mann. Sie hat dich niedergemacht. Es war echt krass witzig.“

„Aber jetzt, jetzt wartet sie, bis sie weiß, was ich mach, und dann plant sie erst, was sie machen will. Und dann, wenn ich nicht weiß, was ich mach, und, seien wir mal ehrlich, ich bin ja nich so'n großer Planer, wird sie sauer, weil sie dann selbst keine Entscheidung treffen kann, was sie machen will. Und sie ist echt eine, die immer alles plant.“

„Es ist echt verzwickt, Mann. Total verzwickt“, bemerkte JC.

„Bei meiner Frau ist es genauso“, bestätigte Mark aus der Marketingabteilung. „Die hat auch ständig ihren Terminplan in der Hand und will ständig, dass ich mich auf was festlege. Manchmal habe ich das Gefühl, dass sie mir absichtlich ein Bein stellen will, damit sie noch wütender auf mich sein kann, um damit dann zu beweisen, was für eine Platzverschwendung ich in ihrem Leben bin. Erst gestern sollte ich doch tatsächlich einen Termin für ein Abendessen bestätigen, das in achtzehn Monaten stattfinden soll. Weil Freunde von ihr aus Australien zu Besuch kommen. Achtzehn Monate im Voraus! Wir wissen ja wohl alle, wie das enden wird.“

„Sie muss sich selbst verwirklichen“, sagte der Kumpel.

„Genau!“, bekräftigte Mark.

„Also müsst ihr uns helfen, Lady“, forderte Bo, „denn ich flieg echt auf meine Freundin. Sie ist echt so heiß. Sie ist *die* Frau. Ich will, dass sie *meine* Frau ist. Doch im Moment ist sie echt 'ne andere Frau. Und diese andere Frau gefällt mir nicht. Ich will meine Freundin zurück“, flehte er.

„Ich hätte auch gern meine Frau zurück.“ Mark nickte. „Denn zurzeit freut sich die Frau, die im Supermarkt an der Kasse sitzt, mehr, mich einmal die Woche zu sehen, als meine Frau. Und irgendwie kommt man sich ja schon ein wenig lächerlich vor, wenn man in den Supermarkt gehen muss, um mal wieder ein warmes Lächeln zu bekommen oder um eine nette Unterhaltung zu führen."

„Siehst du!", rief Federico und drehte sich zu mir herum. „Es ist ein verdammtes Chaos, jawohl! Also, was, zum Donnerlittchen, sollen wir dagegen unternehmen?" Er trommelte mit den Fingern auf den herzförmigen Tisch und wartete genau wie die anderen in der Runde auf meine Reaktion. Also tat ich so, als würde ich jemanden meinen Namen rufen hören, und machte mich aus dem Staub.

Denn ich wusste nicht, was ich all diesen Jungs sagen sollte. Wir hatten nie darüber nachgedacht, wie die Frauen sich in einer Beziehung verhielten. War Marks Frau wirklich so sauer auf ihn? Oder war sie im Grunde sauer auf sich selbst? Und wenn die Kassiererin im Supermarkt sich wirklich immer mehr darüber freute, Mark zu sehen, als seine Frau es tat, wie groß war dann die Gefahr, dass diese Kassiererin irgendwann mehr als eine Bekannte wurde? Es gab Hunderte von amerikanischen Untersuchungen, die bestätigten, dass in fast der Hälfte aller Ehen, die letztlich scheiterten, Untreue im Spiel war. Und fast alle diese Studien hatten eins gemein: die Erkenntnis, dass Untreue *nicht* der Hauptgrund für eine Scheidung war. Sie war lediglich eine Reaktion auf Probleme innerhalb der Ehe. Und das konnte alles sein, angefangen bei Unmut über Langeweile bis hin zu dem oben erwähnten Groll. Vielleicht entstanden diese Empfindungen, weil die Frauen das Gefühl hatten, sie hätten zu viel gegeben, hätten zu viel in die Beziehung gesteckt und ihr eigenes Leben ins Ungleichgewicht gebracht, um die Beziehung im Gleichgewicht zu halten. War Liebe das Problem, oder waren wir doch nicht multitaskingfähig?

Es schien jetzt noch wichtiger denn je, ein Traumräuber-Drop-in-Zentrum oder ein Mentorenprogramm für junge Frauen einzurichten, denn sonst musste ich darauf hoffen, dass die Frauen sich an „True Love" wandten, und dann konnte es bereits zu spät sein. Also musste ich in der Bildungsbehörde aufschlagen. Ich wollte, dass Frauen alles haben konnten. Ich wollte, dass die Frauen etwas veränderten. Also musste ich mich mit dem Lösungen bereitstellenden, Briefe schreibenden, Geheimnisse hütenden Peter Parker in Verbindung setzen.

Goldman Apartments

Unser Türschwellenritual begann wie immer mit einem Klopfen an Wohnung Nummer einundvierzig, dem üblichen langen Warten und dem Auftauchen von Peter Parker, der aussah, als hätte er in seiner Wohnung ein Zirkeltraining absolviert.

Kaum hatte er die Tür geöffnet, als er auch schon versuchte, sie mir wieder vor der Nase zuzuschlagen. Ich kam mir vor wie das Mädchen mit der Zahnspange, das auf dem College nicht zur Party eingeladen wurde. Also entschied ich, mich entsprechend zu verhalten, und strahlte ihn mit streberhaftem Enthusiasmus an, um so jegliche Ablehnung im Keim zu ersticken. Gleichzeitig versuchte ich, mir ein so dickes Fell zuzulegen, dass es durchaus möglich war, dass die X-Men versuchen würden, mich zu rekrutieren.

„Hallo, Peter!“ Ich strahlte. „Ich war gerade auf dem Weg und dachte mir, da kann ich doch mal vorbeikommen.“ *Dreimaliges Umsteigen in der U-Bahn, Fahrt mit dem Bus und siebzehn Minuten Fußweg.*

„Eigentlich bin ich gerade sehr beschäftigt, Kate“, sagte er leicht verärgert. „Also hättest du vorher lieber anrufen sollen.“

Wir beide wussten, dass ich bereits mehr als elftausend Nachrichten auf seinem Anrufbeantworter hinterlassen hatte.

„Es würde nicht viel Zeit in Anspruch nehmen, ich will nur auf ein kleines Schwätzchen hereinkommen.“

„Wie ich schon sagte, Kate, ich bin gerade sehr beschäftigt, also ...“ Er machte sich nicht die Mühe, den Satz zu beenden, daher standen wir schweigend im Hausflur. „Komm, ich begleite dich zum Fahrstuhl.“ Er griff nach meinem Arm und marschierte mit mir den Flur entlang. Dann drückte er den Fahrstuhlknopf und stand mit verschränkten Armen da, während wir darauf warteten, dass der Aufzug ankam. Die Türen öffneten sich mit einem kleinen Pling.

„War schön, dich zu sehen, Kate", behauptete er und schubste mich hinein. Die Türen begannen sich zu schließen. Ich drückte hastig auf den Knopf, um sie wieder zu öffnen. Also kam Peter Parker herein, nahm meinen Finger von dem Schalter und drückte auf „Erdgeschoss". Die Türen schlossen sich, und der Fahrstuhl nahm uns beide mit nach unten. Peter verschränkte die Arme, murrte, schwieg weiter. Es war ein brillanter und einwandfreier Start gewesen.

„Ich wollte dich nicht stören, Peter, ehrlich. Ich habe mir nur ein wenig Sorgen gemacht, weil ich so lange nichts von dir gehört habe." Er musterte die aufleuchtenden Ziffern, während meine Zeit verstrich. „Und ich hätte da noch mal ein paar Fragen zu dem Entwurf für die Bildungsbehörde, ach ja, und zu einem Stapel von Briefen, die ich bei Grandma gefunden habe …"

„Musst du nicht bald nach New York?", fragte er, ohne mich anzuschauen.

„Äh, ja, das ist richtig, mit Beatrice, wir fahren in die *Juilliard School*, was übrigens eine der Sachen war, die ich mit dir besprechen wollte, das und die Briefe und dieses Drop-in-Zentrum und diese dumme Idee, die ich wegen der Erhaltung der Fruchtbarkeit hatte, und …"

„Wessen Erhaltung der Fruchtbarkeit?", fragte er und funkelte mich wütend an. „Was ist mit deiner Fruchtbarkeit?"

„Bisher noch nichts, äh, glaube ich jedenfalls, das Ganze ist natürlich eine tickende Zeitbombe, na ja, ich habe kürzlich in der ‚True Love'-Redaktion ein paar Frauen interviewt, die an so einem Programm teilnehmen wollen, wo die Eizellen eingefroren werden …" Wieso erzählte ich ihm davon? Wie war es ihm gelungen, das Thema zu wechseln?

Pling. Die Anzeige verriet uns, dass wir im Erdgeschoss angekommen waren.

Die Türen glitten auf und gaben den Blick auf den Portier mit der steinernen Miene frei.

Peter Parker hielt den Knopf gedrückt, damit die Türen sich nicht sofort wieder schlossen, und wartete darauf, dass ich ging. Ich bewegte mich nicht. Wütend ließ er die Türen wieder zugleiten. Der Fahrstuhl setzte sich nach oben in Bewegung.

„Kate …“, sagte Peter äußerst irritiert. „Ich bin im Moment sehr beschäftigt. Okay. Es gibt da ein paar Sachen, die ich versuche, auf die Reihe zu bringen. Dafür brauche ich Zeit. Und ich brauche Raum. Und das bedeutet, dass ich dir jetzt und auch in Zukunft nicht mehr so häufig zur Verfügung stehen kann. Okay? Hatten wir eine Anzahl von Stunden festgelegt, die wir uns wöchentlich treffen wollten?“

„Nein, ich hatte nur ein paar Sachen, von denen ich geglaubt habe, dass du sie …“

„Ich kann dir nicht helfen.“

„Na, das muss ja schwierig sein für einen Mann, der sonst immer so stolz darauf ist, dass er anderen hilft.“

„Entschuldige?“

„Na ja, normalerweise verbringst du doch all deine Zeit damit, anderen zu helfen, baust Schränke für Mary auf, stapelst Lagerfeuer für Grandma, läufst mit den Moppeln durch den Hyde Park. Du mischst dich ständig in das Leben anderer ein. Und keiner von uns weiß irgendetwas über dich oder wo du gewesen bist oder was du gemacht hast oder warum du tausend Briefe an Grandma geschrieben hast. Ich meine, wer, zum Teufel, bist du eigentlich?“

„Und das fragt ausgerechnet die Frau, die den Rest ihres Lebens damit verbringen will, das zurückzuerobern, was die Liebe *anderen* Leuten gestohlen hat. Vielleicht solltest du mal darüber nachdenken, dass du dich von deinen eigenen Bedürfnissen völlig entfernt hast?“

Pling. Die Anzeige verriet, dass wir wieder im obersten Stockwerk angekommen waren. Peter Parker trat hinaus in den Flur. Dieses Mal hielt ich die Türen auf.

„Peter, ich bin nicht hergekommen, um mich mit dir zu streiten. Also, können wir bitte in deine Wohnung gehen, uns hinsetzen und wie Erwachsene über diese Sache reden? Ich habe ein paar Fragen, und ich glaube, dass ich Antworten darauf verdiene.“

„Ich habe dir doch schon gesagt, Kate, es passt mir gerade nicht.“ Ernst sah er mich an, und ich bemerkte, wie erschöpft er aussah.

„Peter, hat das hier, alles das, was hier vor sich geht, etwas damit zu tun, was in deiner Wohnung abgeht, ich meine die Frau in deiner Wohnung, denn du brauchst das nicht vor mir zu verheimlichen. Ich bin ein großes Mädchen. Ich kann das verkraften. Und ich hätte wirklich gern eine Erklärung für all diese Briefe.“

„In meiner Wohnung ist keine Frau, Kate. Wieso glaubst du immer, dass ich von Frauen rede!“ Jetzt klang er richtig bissig. „Als wäre das die einzige Möglichkeit!“ Böse funkelte er mich an. „Geh nach Hause, Kate. Lass es einfach auf sich beruhen. Lass *mich* einfach in Ruhe.“

Er marschierte den Flur entlang davon. „Es ist besser so, Kate. Vertrau mir. Geh einfach nach Hause.“

Die Fahrstuhltüren glitten zu. Mein Gehirn versuchte noch immer, diese ganzen Puzzlesteine zusammenzusetzen. Warum war es besser, wenn ich ging? Was hatte er gemeint, als er sagte, eine Frau in seiner Wohnung zu haben wäre nicht die einzige Möglichkeit? Was gab es noch für Möglichkeiten? Dass er einen verdammt attraktiven Mann da drinnen bei sich hatte und mit ihm für die nächsten Wrestling-Weltmeisterschaften trainierte?

Oh.

Oooh.

OOOH!

Heiliger Strohsack …

War Peter Parker etwa schwul? Schauen wir uns einmal die Beweislage an: ein smarter, autarker, hochintelligenter Mann, immer makellos gekleidet, tolle Haut, Sinn für Humor, gescheiterte Ehe. Ich hasse es, es zugeben zu müssen, aber er ist ein ausgezeichneter Tänzer, er besitzt eine Wohnung, für die ich über Leichen gehen würde, um darin wohnen zu können (du meine Güte, diese Liste wird wirklich lang), fantastischer Koch, unendlich geduldig, was mich und all meine Frauengeschichten, Probleme und Sorgen angeht, na ja, zumindest bis vor Kurzem. Duftet immer, aber auch wirklich immer, köstlich. Peter Parker war schwul. Mein Peter Parker war definitiv schwul. Und er war in seiner Wohnung, um das im wahrsten Sinne des Wortes auszutesten und auszuleben, um herauszufinden, was wohin gehörte, um sich den Schweiß auf die Stirn und die Röte ins Gesicht treiben zu lassen.

Schon im nächsten Moment waren sie nicht mehr zu halten: Dicke Krokodilstränen rannen mir über die geröteten Wangen. Ich wollte mich ja für ihn freuen, ehrlich. Ich wollte mich darüber freuen, dass er sich selbst verwirklichte, dass er auf dem Weg war, sein ultimatives Glück zu finden, standesamtliche Trauung und Adoption eines äthiopischen Babys, aber ich war aus unerfindlichen Gründen einfach nur unendlich traurig. Und ich wusste noch immer nichts über die Scheißbriefe oder warum ich die *Dinge auf sich beruhen lassen sollte* oder warum sein Schwulsein bedeutete, dass wir nicht länger etwas zusammen unternehmen konnten, oder was, zum Teufel, Jungs zusammen trieben, dass sie so rot im Gesicht wurden …

Plötzlich klingelte mein Handy. Es war Leah.

„Hallo, Kate, ich habe uns bei einem Karma-Selbsterkenntniskurs angemeldet. Das war Nummer siebzehn auf meiner Liste, erinnerst du dich? Es dauert noch ewig, bis wir den machen können, weil wir auf Henrys Kindergartenferien Rücksicht nehmen müssen, aber ich habe es schon im Kalender stehen. Und ich habe auch die Rückführung in frühere Leben nicht vergessen. Wie auch immer, darüber müssen wir jetzt ja nicht reden. Ich wollte dich nur wissen lassen, dass ich das nicht vergessen habe. Oh, und ich habe beschlossen, dass ich eine Praxis für alternative Therapien aufmachen will. Natürlich stehen mir noch viele Jahre Ausbildung bevor, aber eines Tages werde ich Dr. Leah sein. Vielleicht geben sie mir sogar eine eigene Fernsehshow?

Wie auch immer, ich wollte mich einfach nur mal bei dir bedanken, dass du mich auf diesen Weg gebracht hast. Ich weiß zwar nicht so genau, was ich tue, wie ich das alles bewerkstelligen soll oder wie ich wen therapieren soll, aber ich will das wirklich gern machen, weißt du, und das ist doch das Wichtigste. Also, vielen, vielen Dank! Danke, dass du mich auf diese Reise geschickt und diese Seite an mir offenbart hast. Ehrlich, ich fühle mich so frei! Natürlich habe ich auch Angst, tierische Angst … Henry, ich sehe dich. Leg das hin. Leg das sofort hin, sonst wird Mummy ganz böse. Kate? Kate, bist du noch dran? Weinst du, Kate? Hallo? Hallo?"

Die Leitung wurde unterbrochen. Ich hatte keinen Empfang mehr. Ich war auf dem Weg nach unten, ganz nach unten, zum Ground Zero.

Ich hab's nicht drauf – Sue, 60 Jahre alt

„Alles, was mein Freund macht, macht er gut. Und ich meine, wirklich alles! Wenn er mir daher manchmal etwas erzählt, was er gerne tut, sage ich auch, dass es mir gefällt, was wohl genau genommen eine Lüge ist, aber die Lüge basiert immer auf einem Körnchen Wahrheit, also kommt es mir nicht wie eine Lüge vor. Nehmen wir zum Beispiel einen Vorfall, der sich vor ein paar Monaten ereignet hat. Immer wieder hat mein Freund davon geschwärmt, wie toll er Skilaufen findet, dass er es regelrecht liebt. So sehr, dass, wenn er die drei Dinge aufzählen sollte, die ihn am glücklichsten machen würden, das Skilaufen Platz eins und zwei belegen würde. Ich war einmal mit meinen Kindern zum Skifahren, als sie noch klein waren, also meinte ich zu ihm: ‚Ich liebe *Skilaufen! Es macht so viel Spaß', was in gewisser Weise wohl zutrifft. Es hat den Kindern und meinem Exmann Spaß gemacht. Und mir hat es Spaß gemacht, ihnen allen dabei zuzusehen, wie sie den Berg heruntergedüst kamen. Aber meine ganz persönliche Erfahrung auf der Piste war entsetzlich und endete siebenunddreißig Minuten, nachdem sie angefangen hatte, und beinhaltete diverse Stürze und eine Situation im Sessellift, in der es um Leben und Tod ging. Seitdem habe ich keinen Fuß mehr in den Schnee gesetzt. Besser gesagt, ich habe alles Erdenkliche getan, um nicht noch einmal mit Schnee in Berührung zu kommen, bis jetzt …*

Also rief mein Freund begeistert aus: ‚Weißt du, was toll wäre? Wenn wir zusammen zum Skilaufen fahren würden. Ich würde wirklich gern mit dir zum Skifahren gehen. Das würde mich richtig glücklich machen', woraufhin ich begeistert erwiderte: ‚Mich auch!'

Houston, wir haben ein Problem.

Problem Nummer eins ist logischerweise der bevorstehende Skiurlaub, wo mein wunderbarer Freund feststellen wird, dass ich weder Skilaufen kann noch seinen Enthusiasmus für seinen geliebten Sport teile. Für ihn wird es dann so aussehen, als hätte ich versucht, ihn entweder zu beeindrucken oder ihn zu beglücken, was zur Folge haben wird, dass er weder beeindruckt noch son-

derlich beglückt sein und von mir denken wird, dass ich bedürftig und unsicher bin.

Problem Nummer zwei bin ich, denn was mir nicht klar war, ehe ich die Kolumne ‚Was die Liebe mir gestohlen hat' gelesen habe, ist, dass ich während meiner ersten Ehe angefangen habe, eine gewisse Rolle zu spielen. Mein Exmann war eine Sportskanone. Im Grunde konnte er alles *gut, und das habe ich an ihm ja auch so geliebt. Zeig ihm eine neue Sportart, stelle ihn vor eine körperliche Herausforderung oder sag ihm, er soll etwas Neues ausprobieren, und innerhalb von dreißig Minuten kann er es. Wenn wir dann also einen Sporturlaub gemacht haben, so wie zum Beispiel in den Bergen, dann war ich immer diejenige, die alle aufgehalten hat. Ich war nie so gut wie mein Exmann oder die Kinder, wollte jedoch nicht, dass alle immer auf mich warten mussten, während ich mich im Schneepflug und schreiend über den Idiotenhügel quälte. Also endete es damit, dass ich immer nur zugeschaut habe. Ich wurde richtig gut darin, mir alles von der Seitenlinie aus anzusehen. Ich wurde gut darin, zu sagen: ‚Ich würde lieber ein Buch lesen', ‚Ich sehe euch gerne zu', ‚Das ist nicht so wirklich mein Ding'. Schließlich wurde ich sogar so gut, dass ich tatsächlich anfing, meinen eigenen Schwachsinn zu glauben. Ich vergaß, dass ich einmal ganz anders gewesen war.*

Also habe ich meinem Freund gestanden, dass ich zu einer Notlüge gegriffen hatte, was er absolut köstlich fand. Aber ich habe keinen Skiurlaub für uns beide gebucht, sondern einen Skiurlaub für mich ganz allein. Ich möchte meine eigenen Ängste überwinden lernen und den Teil von mir, der während meiner Ehe verloren gegangen ist, wiederfinden. Ich will kein Buch lesen. Ich bin nicht glücklich damit, nur an der Seitenlinie zu sitzen. Vielleicht werde ich nie eine gute Skiläuferin, vielleicht lerne ich auch nicht schnell, aber ich werde losfahren und das Skilaufen von Grund auf lernen, in meinem eigenen Tempo, einfach nur für mich selbst. Und ich fände es toll, wenn Seeräuberin Kate mich begleiten würde. Also, Kate, Lust auf einen Skiurlaub in den französischen Alpen?"

Eintausendachthundertdreizehn Meter über dem Meeresspiegel | Französische Alpen

Der ausgesprochen fit aussehende Skilehrer winkte mir zu, während er in dem Bergrestaurant auf mich zugeschlendert kam. Er war von Kopf bis Fuß in Rot gekleidet, voller Schneeflocken und schwankte leicht, was an den Skistiefeln lag und von Skitrainern gern perfektioniert wurde. Noch hatte er seine Mütze und Skibrille nicht abgenommen, doch er ähnelte Gabriel so sehr, dass ich am Kragen meiner Skijacke zerrte, weil ich auf einmal das Gefühl hatte, meine Kehle wäre wie zugeschnürt. Ich bekam keine Luft mehr.

„Da ist er ja!“, rief Sue aufgeregt. Es war der vierte Tag ihres „Was die Liebe mir gestohlen hat“-Skiurlaubs. „Mein Held! Mein Lehrer! Der Mann, der mir *alle* Ängste genommen hat. Kate, ich möchte Ihnen Julien vorstellen.“ Der Skilehrer kam an unseren Tisch, so wie ich ein paar Minuten zuvor.

„Allo, Suuu“, sagte er und küsste sie höflich auf beide Wangen. „Und du musst Kate sein?“ Er zog einen Skihandschuh aus, um mir die Hand zu schütteln; sein melodischer französischer Akzent verursachte ein warmes Gefühl in meinem Körper, so, wie Muskeln sich unter den Händen einer Masseurin entspannen.

„Darf isch misch neben disch setzen, Kate?“, fragte er und zog sich einen Stuhl heran. „Und bitte entschuldigt, dass isch noch immer meine Arbeitskleidung anabe“, meinte er und zog auch den anderen Handschuh aus, bevor er die Brille und schließlich die Mütze abnahm. Dichtes dunkles Haar kam darunter zum Vorschein. Er fuhr mit den Fingern hindurch und versuchte, es zu bändigen. „Mützenaare!“, bemerkte er, während er mich mit Augen ansah, die an dunkle Schokolade erinnerten und von dichten Wimpern umgeben waren. Ich strich mein eigenes zerzaustes Haar glatt, um seine Bemerkung zu unterstreichen, doch Julien war bereits damit beschäftigt, sich weiter auszuziehen, seine Skistiefel zu öffnen und Sachen zum Trocknen auszubreiten. Ein wenig neidisch beobachtete ich ihn. An diesem Skilehrer-Outfit war irgendetwas dran, das mich magisch anzog. Und damit meine ich nicht nur im sexuellen Sinne. Schließlich setzte Julien sich neben mich und drehte sich zu mir herum, wobei sich unsere Knie ganz leicht berührten.

„Es ist so schön, disch kennenzulernen, Kate", sagte er und schaute mir direkt in die Augen. Ich dagegen versuchte, überallhin zu schauen, nur nicht in seine Augen. „Isch finde es *sehr* aufregend, dass du ier bist", fuhr er fort und berührte sanft mein rechtes Knie. Ich wäre fast fünf Meter in die Höhe gesprungen und umklammerte Halt suchend die Tischkante. Denn Skilehrer sind mein Kryptonit, ich habe keinerlei Abwehrkräfte gegen sie, ich ziehe sie an wie Fliegen, habe aber leider keine Schar von Kammerjägerfreunden, die mich retten könnten, wenn ich angegriffen würde.

„Julien, ich habe Kate gerade erklärt, was ich dir ja auch schon erzählt habe, nämlich dass mein Exmann in allem gut war, und ich meine wirklich in *allem*. Und das habe ich an ihm ja auch so geliebt, deshalb habe ich ihn geheiratet. Eigentlich waren alle meine Partner unglaublich fit, wenn ich es mir so recht überlege, aber mein Exmann ganz besonders. Er war total sportlich, ausgesprochen fit, was Extremsportarten angeht, und die Berge waren seine große Leidenschaft …" Während Sue redete, hatte Julien angefangen, mit irgendetwas am Kragen meiner Skijacke zu spielen. Er war mir so nahe, dass ich das Waschpulver in seinen Sachen riechen konnte, das sich mit dem Geruch seines Aftershaves und seinem eigenen maskulinen Duft vermischte. Sagen wir einfach mal, dass ich Schwierigkeiten hatte, mich auf meine Traumräuber-Leserin zu konzentrieren. „Als unsere Kinder dann alt genug waren", fuhr sie fort, „sind sie zusammen mit ihm losgezogen, haben sich die Skipisten hinuntergestürzt oder von Skischanzen und haben Skiwanderungen unternommen. Aber ich war immer viel langsamer als sie, und irgendwann hatte ich es satt, dass sie immer auf mich warten mussten. Denn das kann ich Ihnen sagen, Kate, es gibt nichts Schlimmeres als eine Horde Teenager – aufgetankt mit Energydrinks –, die stöhnen und grummeln, während du selbst nur im Schneckentempo vorankommst. Und mein Ehemann, von dem ich insgeheim gehofft hatte, er würde mich immer noch sexy finden, stand grinsend im Hintergrund und nannte mich ‚langsame, alte Mom'! Das war total erniedrigend." Julien hatte aufgehört, an meinem Kragen herumzufummeln, zufrieden, dass er das mysteriöse, nicht existierende Problem dort gelöst hatte, und begann jetzt, meinen Körper nach weiteren Betätigungsfeldern abzusuchen.

„Um dieses Gefühl zu vermeiden, habe ich eines Tages aufgegeben. Einfach so. Ich habe ihnen erklärt, dass ich lieber zusehen würde, was ich auch gern getan habe. Es ist schön, wenn man miterlebt, wie die Menschen, die man am meisten liebt, gemeinsam so viel Spaß haben ..." Julien hockte jetzt vor mir auf den Knien, um meine Skistiefel richtig einzustellen. So nahe war ich einem Heiratsantrag nicht mehr gekommen seit, na ja, seit Gabriel, und bei dem Gedanken wurde mir tatsächlich ein wenig schwindelig.

„Aber was ich damals nicht erkannt habe, Kate, war, dass dieser Tag den Anfang eines Verhaltensmusters markierte, das zwei Jahrzehnte andauerte. Zwei Jahrzehnte! Es hielt noch weit über unsere Trennung und Scheidung hinaus an. Mein Exmann war der abenteuerlustige Vater, ich dagegen die wachsame, zuschauende Mutter. Unsere Rollen waren festgelegt und in Stein gemeißelt."

„Aber wir aben uns verändert in diese Woche, rischtig?" Julien wandte seine Aufmerksamkeit jetzt doch einmal Sue zu.

„Oh, es war unglaublich!", schwärmte sie begeistert und schaute von Julien zu mir. „Oh Kate, ich liebe es!" Sie konnte gar nicht mehr aufhören zu strahlen. „ICH LIEBE ES!", rief sie und reckte die Faust in die Höhe. „Ich habe das Gefühl, als hätte ich einen Teil von mir zurückbekommen, der mir total abhandengekommen war. Es fühlt sich an, als wäre man wieder mit einem alten Freund zusammen, der einen zum Lachen bringt und einen daran erinnert, wer man einmal gewesen ist. Es ist so lange her, seit ich dieser Mensch war. So lange her, seit ich mich wie *dieser* Mensch gefühlt habe!“ Sie lachte, lehnte sich zurück und klopfte sich auf die Schenkel.

„Und du, Kate“, Julien konzentrierte sich wieder auf mich, „gefällt dir, wer du bist?“ Er starrte auf meine Lippen, während er sprach. „Bist du genauso glücklisch wie Suu?“

„Na ja, ich, äh, ich glaube, ich äh …“ Warum konnte ich nicht einfach Ja sagen, wie jeder normale Mensch es tun würde, dem es dreckig ging?

„Na, vielleicht wird die Überraschung, die isch für eusch arrangiert abe, elfen. Kommt, kommt, es geht gleisch los.“ Julien marschierte aus der Bar, schnappte sich seine Skier und trug auch meine, während Sue aufgeregt strahlte und mir zunickte, damit ich ihm folgte. Ich war nicht ganz sicher, was sie geplant hatten, und wenn ich das sage, dann meine ich das ganz wörtlich: Ich hatte keine Ahnung! Eigentlich hatte ich vorgehabt, an diesem Abend ein informelles Interview mit ihnen zu führen, um ihnen dann am folgenden Tag auf der Piste während des Skikurses wie ein Schatten zu folgen. Aber ich bin ein großer Fan von Überraschungen und ungeplanten Geschenken, es sei denn, es handelt sich um die Art von Überraschung, die mein Kater Rupert immer für mich parat hatte, denn ich bin kein Fan von mehr oder weniger toten kopflosen Mäusen – und werde es auch niemals sein.

Draußen fiel der Schnee in dicken Flocken vom Himmel, während die Dämmerung langsam anbrach. Julien legte unsere Skier zurecht und winkte mich zu sich heran.

„So“, meinte er, nachdem er mir auf die Skier geholfen und mir meine Skistöcke gereicht hatte. „Eute Abend gibt es einen Fackellauf. Alle Skilehrer machen das einmal in der Woche, es ist für die Touristen. Wir fahren diese Piste dort inauf“, er deutete in die Dämmerung, „und dann mit Fackeln den Berg erunter. Wenn wir in der Dunkelheit den Berg runterkommen, sieht das aus wie eine riesige Feuerschlange. Die Touristen lieben das.“

„Ich bin noch nicht gut genug, um das zu machen“, sagte Sue und reichte mir eine große, noch nicht angezündete Fackel. „Aber ich möchte, dass Sie es für mich machen, wenn das okay ist, dann können Sie mir erzählen, wie es war. Ich verspreche, sobald ich gut genug bin, mache ich es selbst."

„Ja, das tust du, Suu", bestätigte Julien und drückte sanft ihren Arm. „Du machst es mit mir in deine nächste Urlaub, da bin isch sischer." Julien sah wieder zu mir, wobei sein Blick alles andere als unschuldig war.

„Also, Kate, kommst du mit mir? Isch würde mich wirklisch freuen, ehrlisch."

Ich schaute in seine funkelnden Augen, dann zu Sue, die mich strahlend ansah.

Es gab einen Grund für mein Zögern, und der lag in der Vergangenheit, denn ich war mit dieser Art von nächtlicher Fackelfahrt sehr vertraut. Ich hatte es früher schon gemacht, mit Gabriel, und es hatte *immer* damit geendet, dass wir uns auf dem Weg nach unten irgendwo im Wald geliebt hatten. Was war, wenn es sich hierbei um irgendeine Art von Skilehrer-Sexfalle handelte? Oder um einen sexuellen Initiationsritus in einem neuen Skiort? Oder um die Idee von Grandma, mich zurück in den Sattel zu befördern, in einen Sattel, in den ich gar nicht reinwollte?

Plötzlich klatschte Julien in die Hände und rief: „Okay, abgemacht!", bevor er nach meiner Hand griff und mich zu sich zog, die verlassen daliegende Piste hinunter, hinunter zu einem einsamen Sessellift – bis hinunter zu den Grenzen meiner Selbstbeherrschung.

Ungefähr fünfzig weitere Skilehrer warteten bereits am Sessellift und wurden nacheinander den dunklen Berg hinaufbefördert. Julien und ich hatten den Lift für uns. Sofort rutschte er ganz nahe an mich heran und legte den Arm um mich. „Isch möschte nischt, dass dir kalt wird, Kate", meinte er, während er so tat, als würde er sicherstellen, ob mein Reißverschluss auch ordentlich zugezogen war, meine Mütze ordentlich saß und ich so nah wie möglich an seinen verdammten Lippen war, die so zum Küssen einluden. „Du schreibst also", meinte er und schob mir noch ein paar Haarsträhnen unter die Mütze. Sein Gesicht war so nahe an meinem, dass wir Nase an Nase miteinander redeten.

„Ja, über die Liebe."

„Oh, das ist ja mein Lieblingsthema." Er lächelte, atmete tief aus, während er mich voller Verlangen ansah. Er war das genaue Gegenteil von Peter Parker, dem schwulen Magneten.

„Also", sagte ich und blickte starr geradeaus. „Hast du schon einmal etwas verloren, weil du dich verliebt hast?"

„Wenn isch etwas wegen der Liebe verliere, dann ist es normalerweise die Liebe selbst." Wieder lächelte er mich an. „Isch abe nicht viel zu verlieren, Kate." Gutes Aussehen, athletischer Körper, die Fähigkeit, wie ein Olympionike Ski zu laufen – er gehörte wohl eindeutig zu den „Mein Glas ist halb leer"-Typen.

„Und was hast du verloren, Kate?", fragte er und zog mich näher an sich.

„Ich fange langsam an, zu vermuten, dass ich dies hier verloren habe", antwortete ich und deutete auf die Berge, doch Julien fuhr fort, mich mit Blicken zu verschlingen, sodass ich während der restlichen Fahrt nach oben schwieg. Als wir oben ankamen, nahm Julien mich an die Hand. „Lass uns ier inübergeen", meinte er, als wir aus dem Sessellift ausstiegen. Er zog mich an den anderen Skilehrern vorbei, die sich versammelten, um zusammen hinabzufahren. Ungefähr vierzig Meter entfernt von den anderen, an einem dunklen Abhang, blieb er stehen.

„Kate, dir wird eine große Ehre zuteil", sagte er und stieg von seinen Skiern. „Dies ist ein ganz besonderer Ort, komm, isch lade disch auf meinen Stein ein, bitte nimm Platz." Er deutete auf einen echten Stein.

„Sollten wir nicht dort drüben warten?", drängte ich und machte einen Schritt zurück.

„Nein, nein, wir aben noch Zeit. Isch abe ein Geschenk für disch. Komm …"

Seufzend folgte ich ihm. Ich kam immer nur eine begrenzte Zeit dagegen an. Ich war eine Flamme. Französische Skilehrer waren die Motten. Oder vielleicht war es auch andersherum. Wie auch immer, es endete stets damit, dass ich mit einem im Bett landete. Es war ein ungeschriebenes, universelles Gesetz, so wie die

Schwerkraft oder die mit fünfunddreißig Jahren einsetzende Cellulitis. Also setzte ich mich auf seinen Stein (das ist *kein* Sinnbild), und Julien setzte sich neben mich, so nahe, wie es überhaupt nur ging, legte einen Arm um mich und zog mich an sich. Wir saßen so eng beieinander, dass es mir völlig natürlich vorkam, mich in seine Arme zu schmiegen, meinen Kopf an seine Schulter zu legen und mich an seinen Hals zu kuscheln. Wie konnte es angehen, dass mir jemand, den ich gerade erst getroffen hatte, körperlich so vertraut war? Die Ähnlichkeit war einfach zu groß, die Ähnlichkeit zu …

„Kate, schau nur", flüsterte er mir ins Ohr. Er drehte meinen Kopf herum und deutete den Berg hinunter. Ich folgte seinem Blick. Der Skiort lag ungefähr tausend Meter unter uns und blinkte in der Dunkelheit wie ein winziges Ewok-Dorf. Und die Berge vor uns erstreckten sich meilenweit, Hunderte von Bergspitzen, hinter denen die allerletzten Sonnenstrahlen verschwanden. Ich legte mir die Hand auf die Brust und dachte an Mary. Zum ersten Mal, seit ich mich erinnern konnte, empfand ich bei diesem Anblick eine unglaubliche innere Ruhe.

„Ier", sagte Julien und reichte mir einen kleinen Plastikbecher. „Es könnte sein, dass er ist ein bisschen warm", entschuldigte er sich, als er seine Jacke öffnete und eine Flasche Champagner herauszog (es ist mir ein Rätsel, was diese Typen alles in ihren Jacken unterbringen können). Er schenkte mir ein Glas ein und rieb sacht meinen Rücken, um die Kälte zu vertreiben.

„Also, Kate, gefällt dir, wer du bist, wenn du ier bist?" Er deutete auf den grandiosen Ausblick vor uns.

Ich schaute in sein gut aussehendes Gesicht und dann zu den Bergen. „Ja, auf jeden Fall."

„Dann ist meine Aufgabe erledigt", flüsterte er, bevor er meine Wangen streichelte und sich so weit vorbeugte, dass seine Lippen nur Millimeter von meinen entfernt waren. Ich hatte das Gefühl, als würde ich in ihm versinken, in diesem Augenblick, in diesen Stein, auf dem wir saßen, und ich bin mir sicher, dass der schöne Julien das auch ganz genau wusste. Ich war bestimmt schon die zigtausendste Frau, die er eingefangen, hier auf seinen Stein gesetzt und mit warmem Fusel abgefüllt hatte, nicht dass ich mich beschwerte, gekühlter Champagner wird sowieso überbewertet.[13]

Julien und ich blieben ziemlich lange auf dem Stein sitzen, ich machte auch keinerlei Versuch, mich aus seinen Armen zu lösen. Wir blieben auch noch lange nachdem die anderen Skilehrer ihre Fackeln angezündet hatten, lange nachdem sie sich auf den Weg den Berg hinunter gemacht hatten, einer nach dem anderen, eine sich langsam bewegende Schlange aus Feuer, die den dunklen Berg hinunterwedelte, lange nachdem das Feuerwerk tausend Meter unter uns explodiert war. Ich musste mich immer wieder daran erinnern, dass ich ja beruflich hier war, dass ich von meinem ziemlich geizigen Chef bezahlt wurde. Chad erwartete einen erstklassigen Artikel von mir oder zumindest eine größtenteils fiktive Interpretation von dem, was eine ganz gewöhnliche Frau mittleren Alters in ihrem Skiurlaub erlebte, aber ich durfte auf keinen Fall mit leeren Händen oder mit leerem Kopf abreisen und lediglich einen weiteren Skilehrer als Trophäe vorweisen, mein Trophäenschrank war ohnehin gut gefüllt. Obwohl, mehr als elftausend „True Love"-Leserinnen hatten geschrieben und Seeräuberin Kate geraten, sich an so vielen Piraten wie möglich zu erfreuen, ehe sie sich auf einen festlegte, also arbeitete ich in gewisser Weise ja doch, auch wenn ich nicht arbeitete …

„Vielleicht sollten wir jetzt auch den Berg runterfahren, Julien?" *Braves Mädchen*! „Ich glaube, ich sollte noch ein wenig arbeiten, ehe wir morgen früh weitermachen." *Chad wäre stolz auf mich.*

„Kate, du kannst ein andermal arbeiten, du kannst immer arbeiten, aber jetzt musst du dies ier genießen, diesen Augenblick, diesen Ausblick, uns beide ier, allein. Sei ier, mit mir. Sei einfach. Es ist wichtig, dass man den Augenblick genießt, nicht wahr?" Zum Teufel mit ihm, ja, das war es. Und es war eines meiner neuen Mantras. „Kate, wir können auch später noch inunterfahren. Isch

13 Stimmt natürlich nicht. Champagner wird nicht überbewertet. Er ist verdammt köstlich, vor allem eisgekühlt.

kenne den Berg.“ Er beruhigte mich, indem er sich vorbeugte und mir einen Kuss gab. „Isch verspreche dir, Kate, isch verspreche es, isch kenne die Berge nachts wirklich gut.“

Auch ich kannte die Berge bei Nacht, und da kamen immer Küsse und Zärtlichkeiten ins Spiel und hin und wieder auch ein paar kleine Frostbeulen am Po.

Am folgenden Tag | Französische Alpen

Französische Männer machen doch Frühstück. Als ich aufwachte, fand ich frischen Espresso. Es gab Croissants, auf meinem Kopfkissen lag eine kleine Blume sowie eine Nachricht, die mir verriet, dass ich wundervoll sei und ihn am Berg treffen solle. Französische Männer sind doch für den Morgen danach zu haben. Sobald Julien mich auf der Piste entdeckte, kam er auf mich zugefahren. Er strahlte mich an, als wäre ich eine wunderbare Kreation, an der er die ganze Nacht über gearbeitet hatte ... was in gewisser Weise auch stimmte. Französische Männer machen doch Komplimente. Ich verbrachte den ganzen Vormittag damit, mir anzuhören, dass ich das Beste überhaupt und alles, was ich tat, einfach brillant sei. Französische Männer vollbringen doch Offenbarungen. Oder zumindest können sie welche heraufbeschwören, und wenn ich das sage, meine ich das nicht despektierlich.

Ich hatte den Morgen zusammen mit Julien und Sue auf der Piste verbracht, zugesehen, wie er sie unterrichtete, beobachtet, wie sie immer mehr Selbstvertrauen bekam und immer mehr an sich glaubte. Sue brach jedes Mal, wenn sie einen Schwung gemacht hatte, in einen regelrechten Freudentaumel aus. „Ich kann es!“, rief sie mir immer wieder zu. „Ich schaffe es, verdammt, ich kann's! Jippie!“, brüllte sie, bevor sie die Kontrolle verlor, in Richtung eines Baumes schlitterte und laut auflachte, als sie in den Schnee fiel.

Nach Sues Stunde fragte Julien mich, ob ich ihm helfen wolle, eine Anfängergruppe zu unterrichten. Während ich den unterschiedlichsten Schülern die Hand hielt, ihnen dabei half, die ersten Schwünge zu fahren, sie wieder aufsammelte, wenn sie aus dem Tellerlift gefallen waren, und ihnen versicherte, dass alle einmal klein und unbeholfen angefangen hatten, verspürte ich auf einmal *das Gefühl.*

Das Gefühl ist das, was Mary empfindet, wenn sie Autos repariert. *Das Gefühl* ist das, was Annie-pants empfindet, wenn sie sich mit Mode beschäftigt, *das Gefühl* ist das, was Leah verspürt, wenn sie ihre Therapien macht, oder Beatrice, wenn sie Klavier spielt. Während des Skikurses fühlte ich mich rundum zufrieden, auf eine Weise, die nichts mit jemand anderem zu tun hatte, die mir nicht von jemand anderem weggenommen werden konnte, die nicht von jemand anderem abhängig war. Die Berge, die Skikurse, die Skilehrer ... Ich begann langsam, eine Theorie zu entwickeln, und die beinhaltete ein „Spieglein, Spieglein an der Wand".

Denn was ist, wenn wir uns zu Menschen hingezogen fühlen, deren Lebensstil wir uns auch wünschen, deren Qualitäten oder Fähigkeiten wir bisher vielleicht nicht aufweisen konnten? Also gehen wir eine Beziehung mit jemandem ein oder heiraten jemanden, der diese Qualitäten, Fähigkeiten und Erfolge vorweisen kann, so als würde es ausreichen, wenn wir uns in seiner Nähe befinden. Sue hatte sich immer wieder mit Männern verabredet, die körperlich unglaublich aktiv und fit gewesen waren. Mary hatte geheiratet und dann zugesehen, wie Len an alten Autos herumschraubte. Ich hatte mich mit einem bilingualen Skilehrer eingelassen (genau genommen hatte ich mich schon mit diversen Skilehrern eingelassen), aber ich bin nie auf die Idee gekommen, richtig Französisch zu lernen oder eine Skilehrerausbildung zu machen. Ich hatte glücklich mit Gabriel zusammengelebt, hatte die Entscheidungen mitgetragen, die er für sein Leben getroffen hatte, ohne je selber welche zu treffen. Das erinnerte ein wenig an einen neugierigen Nachbarn – ich lebte neben meinem Traumhaus und sah zu, wie andere mein Traumleben lebten. Oder an ein allzu fürsorgliches Elternteil, das sich in den Erfolgen des Nachwuchses sonnt, oder an einen begeisterten Fan, der jede Nacht mit einem weggeworfenen Zigarettenstummel schläft, der vielleicht – oder vielleicht auch nicht – von seinem Idol geraucht worden war. Julien war mein Wegweiser, so wie Gabriel vor ihm. Sie waren der Spiegel, der mir zeigte, was ich mir wohl schon immer für mich selbst erträumt hatte.

Wichtige Gegendarstellung: Nur weil man erkennt, dass etwas ein Spiegel ist, heißt das noch lange nicht, dass man es umgehend aufgeben muss. Spiegel und Wegweiser können Spaß machen. Ich zum Beispiel habe vielleicht noch das eine oder andere Mal vor meinem Abflug nach London den Spiegel (Julien) angeschaut. Na ja, es war ja auch etwas Besonderes, nicht wahr? Der erste Kuss nach Gabriel, die erste intime Begegnung nach Gabriel, die ersten anderen Dinge, die nicht hier auf diese Seiten gehören …

An meinem letzten Abend in Frankreich schaute ich mir den Spiegel noch mehrmals an, zügellos, ich weiß, bevor ich schnell noch paar Fotos von ihm schoss, während er schlief (nur Grandma zuliebe, natürlich), um dann selbst in einen tiefen Schlaf zu sinken, den tiefsten Schlaf, der mir, seitdem ich Gabriel verlassen hatte, vergönnt gewesen war. In den Armen von Julien, einem Mann, der, wenn ich ehrlich bin, nicht gerade zu den gewandtesten Gesprächspartnern auf diesem Planeten gehörte, hatte ich das Gefühl, als hätte ich eine neue Seite aufgeschlagen. Oder zumindest hatte ich dieses Gefühl für ungefähr viereinhalb Stunden …

Der Anruf kam mitten in der Nacht. Mein Handy klingelte Sturm. Julien neben mir regte sich, in meinem Hotelzimmer war es stockfinster. Ich tastete nach dem Telefon und warf dabei ein Glas Wasser auf den Boden.

„Hallo?", antwortete ich benommen und kaum hörbar.

„Kate?"

„Wer ist da?"

Seine Stimme war nur ein Flüstern. „Du klingst noch ganz genau wie früher, Kate. Es ist so schön, deine Stimme zu hören, so schön."

Mein Herz begann wie verrückt zu schlagen.

„Ich vermisse deine Stimme, Kate. Ich vermisse dich." Es folgte ein tiefer Atemzug. „Bist du da, Kate? Ich bin es, Gabriel." Die Stimme des Mannes, den ich liebte. Er weinte und murmelte leise französische Worte. „Ich weiß nicht, was passiert ist, Kate. Ich weiß nicht, was passiert." Er holte tief Luft. „Warum bist du nicht hier? Warum hast du mich verlassen? Ich vermisse dich", flüsterte er. „Ich vermisse dich."

Stille. Ich hielt den Atem an, die Augen weit im dunklen Zimmer aufgerissen.

„Sie ist schwanger, Kate."

Die Worte versetzten mir einen Stich mitten ins Herz.

„Sie ist schwanger, und sie will es behalten."

Einen Moment lang herrschte absolute Stille.

„Ich weiß nicht, was ich tun soll, Kate. Ich vermisse dich. Ich vermisse dich, Kate. Ich weiß nicht, warum du nicht hier bist." Gabriel machte eine Pause. „Sie ist hier. Ich muss Schluss machen."

Die Leitung war tot. So wie ein Teil meines Herzens.

Hilflos fiel ich wieder in das tiefe schwarze Loch, in dem ich mich vor Juliens Kuss befunden hatte.

Willkommen in der Realität eines Lebens ohne Gabriel!

„Eine Familie zu haben war für mich und meinen Freund, mit dem ich sieben Jahre zusammen war, immer ganz wichtig. Aber unsere Beziehung ist vor Kurzem in die Brüche gegangen, und ich kann mir im Moment nicht vorstellen, jemand anderen kennenzulernen, geschweige denn, eine Familie mit einem anderen zu gründen. Ich will mich nicht in eine Ehe oder eine Beziehung stürzen, nur weil ich Kinder haben will. Das Einfrieren von Eizellen hat ein wenig von dem Druck in dieser ohnehin schwierigen Zeit von mir genommen." (Rina, 36)

„Ich will nicht auf die Liebe warten müssen oder mich in eine Beziehung stürzen, um Kinder zu bekommen. Ich will nicht abhängig davon sein, dass die Liebe in meinem Leben auftaucht, ehe ich daran denken kann, Mutter zu werden und dies als Teil meiner Zukunft anzusehen. Ich empfinde den Gedanken, eine Familie zu gründen, jetzt als sehr aufregend, weil es auf einmal wieder möglich erscheint und nicht wie eine Deadline, die immer näher rückt, es sei denn, ich muss aus einer Reihe von unattraktiven Möglichkeiten wählen, wie zum Beispiel, jetzt schwanger werden zu müssen oder mit dem falschen Partner schwanger zu werden zu müssen, nur weil mir die Zeit davonläuft, oder überhaupt nicht schwanger werden zu können." (Sarah, 30)

„Meine Eizellen einfrieren zu lassen bedeutete für mich, dass ich wirklich das bejahte, was ich mir vom Leben erhoffe. Es ist meine Investition in die Zukunft, denn ich weiß, dass ich Mutter werden möchte. Und das Einfrieren der Eizellen hat mir ein wenig von dem Druck und der negativen Einstellung genommen, die ich verspürt habe (Warum hatte ich mich noch nicht verliebt, geheiratet und Kinder bekommen? Werde ich jemals den richtigen Mann treffen und mich verlieben? Was ist, wenn ich nicht rechtzeitig jemanden treffe?) Wie auch immer das alles ausgeht, ob ich irgendwann in der Zukunft noch auf natürlichem Wege schwanger werde

oder ob ich meine Eizellen brauche, um alleine ein Kind zu bekommen, ich habe mir auf diese Weise alle Möglichkeiten offengehalten. Ich habe die Kontrolle über meine Zukunft selbst in die Hand genommen, denn ich lasse mir nicht von der Liebe, ob sie nun auftaucht oder nicht, meine Zukunft bestimmen.“ (Janice, 37)

Harley Street | London

Am Morgen nach dem nächtlichen Anruf von Gabriel war ich völlig durcheinander. Meine Benommenheit nahm immer mehr zu und wurde schließlich von einem seltsamen Überlebensinstinkt abgelöst. Ich musste mein Leben wieder unter Kontrolle bekommen. Also nahm ich den ersten Flug zurück nach London und folgte dem Rat diverser Frauen, die an „True Love“ geschrieben hatten.

Ich hatte keine Ahnung, was die Zukunft für mich bereithielt, aber ich wusste, es gab darin keinen Platz für mich und Gabriel. Der letzte Hoffnungsschimmer war erloschen, eine Hoffnung, von der ich gar nicht gewusst hatte, dass ich sie noch immer gehegt hatte. Aber ich wollte nicht, dass das Ende dieser Beziehung, das Ende unserer Liebe, mir die Möglichkeit raubte, irgendwann in der Zukunft eine eigene Familie zu gründen. Es konnte womöglich Jahre, vielleicht sogar Jahrzehnte dauern, doch ich wollte auf jeden Fall einen Platz in meiner Zukunft für mögliche Kinder reservieren. Also musste ich zur Tat schreiten und diesen Raum in einem Tiefkühlschrank schaffen, damit die Familie, die ich hoffentlich eines Tages haben würde, die Zeit dort erst einmal überbrücken konnte. Es erinnerte mich ein wenig an Han Solo im dritten Teil der „Star Wars“-Filme, als er eingefroren blieb, bis die Zeit reif zum Auftauen und für seine Befreiung war. Ich hoffte zum Wohle meiner Kinder, dass ihr Auftauprozess nicht mit einem intergalaktischen Krieg zusammenfiel.

Ich hatte einen Termin mit Dr. Patel vereinbart, einem weltweit bekannten Fertilitäts- und Embryospezialisten. Als ich ihm begegnete, stellte ich fest, dass Dr. Patel offenbar seinen Sinn für Humor und seinen Kleidergeschmack gegen Intelligenz eingetauscht hatte. Er war ein brillanter Wissenschaftler, so brillant, dass er schon fast wie ein Androide kommunizierte und sich in den unterschiedlichsten Brauntönen kleidete. Vermutlich hatte er Angst, dass Farben und Muster seine Patienten von seinem Verstand und seiner Intelligenz ablenken könnten (Sollte ich ihm sagen, dass es genau andersherum funktionierte? Dass ein maßgeschneiderter Anzug, eine gesunde Gesichtsfarbe und manikürte Fingernägel viel vertrauenerweckender auf eine Frau wirkten, die von Eizellen besessen war, als schlammfarbene Strickjacken über einem Hemd, das die Farbe einer Pfütze hatte – unabhängig davon, wie viele seiner Auszeichnungen er an die Wand hängte?).

„Es ist ein langer Prozess, Miss Winters", begann er, während er mir bedeutete, mich auf einen braunen Plastikstuhl zu setzen. „Und das Ganze ist sehr teuer." Er machte eine Pause, und ich hielt die Luft an. „Da ist zum einen die Vorbereitung. Dann kommt die Ernte. Und dann ist da noch die Lagerung. Schließlich das Auftauen." Er legte eine bedeutsame Pause ein. „Und es gibt keine Garantien." Langsam schob er mir eine Ansammlung von Broschüren über den Tisch, auf deren ersten Seiten überall glückliche Paare prangten. „Zuallererst müssen Sie einen Beratungskurs belegen, damit wir sicher sein können, dass Sie auch wirklich verstehen, was Sie da tun, warum Sie es tun und welche Auswirkungen Ihr Handeln haben wird. Anschließend machen wir einen Bluttest, um Ihren Inhibin-B-Wert festzustellen." Verwirrt sah ich ihn an. Ich hatte mich überhaupt nicht vorbereitet. „Das ist ein Fertilitätshormon, das in den Eierstöcken produziert wird. Je mehr Sie davon haben, desto mehr Eizellen haben Sie noch übrig."

Bei der Vorstellung, dass meine Eierstöcke vielleicht schon kurz davor waren, die Produktion einzustellen – *ticktack, ticktack* –, zuckte ich zusammen, zumal es nirgends auf der Welt einen Supermarkt gab, der mich mit neuen Eizellen versorgen konnte. Ich war wie ein afrikanischer Fluss, der ausgetrocknet war, aus dem die Tiere trinken wollten, in dem es jedoch nichts mehr zu holen gab. Dr. Patel goss mir ein Glas Wasser ein. Er hatte viel Wasser, war wie ein Brunnen der Hoffnung, aber in Braun.

„Miss Winters. Bitte trinken Sie einen Schluck Wasser und holen Sie tief Luft. Was Sie durchmachen, ist völlig normal. Geht es Ihnen gut genug, damit wir fortfahren können? Okay. Als Nächstes bekommen Sie ungefähr zehn Tage lang IVF-Medikamente. Die stimulieren Ihre Eierstöcke, sodass Sie eine Reihe von reifen Follikeln produzieren. Wir nehmen dann einen zwanzigminütigen Eingriff vor. Dabei werden Sie betäubt. Das Wachstum der Follikel wird per Ultraschall kontrolliert, und wenn ein Follikel die erforderliche Größe erreicht hat, wird eine Hormondosis verabreicht, um den Abgang der Eizellen zu initiieren. Ein Embryonenspezialist entnimmt dann ungefähr zehn bis zwölf Eizellen, indem er eine ganz feine Nadel durch die Vagina einführt." Mir wurde ganz schlecht. Ich hatte vergessen, wie zimperlich ich war. Er füllte mein Glas noch einmal nach. Ich presste mir das kühle Glas gegen die Stirn und atmete tief durch. Eine Nadel in meiner Vagina – ich würde mehr als eine Betäubung brauchen, sie würden mich festbinden und mich lobotomisieren müssen, wenn es das Wort überhaupt gibt.

„Der Großteil des Wassers aus den Eizellen wird dann entfernt, und wir schützen sie mit einer Art Frostschutzmittel. Ihre erfolgreich entnommenen Eizellen würden dann bis zu zehn Jahre eingelagert werden … in flüssigem Stickstoff."

„Wie Han Solo in ‚Star Wars'?"

„Ist sie Patientin in dieser Klinik?"

Ich schüttelte den Kopf. Natürlich hatte er ‚Star Wars' nicht gesehen.

„Wenn Sie sich entscheiden, dass Sie ein Baby haben möchten, Miss Winters, und angenommen, Sie bekommen es nicht auf natürlichem Wege, wird eine Eizelle aufgetaut, und in sie wird Sperma injiziert. Anschließend würde man die Eizelle dann in Ihren Uterus einsetzen, das ähnelt einem Abstrich, und wenn das Ganze erfolgreich war, wären Sie schwanger."

„Wow."

„Das Verfahren ist mit Gesundheitsrisiken verbunden, Miss Winters." Er reichte mir eine weitere Broschüre. „Einige Studien stellen einen Zusammenhang zwischen IVF-Behandlungen und Gebärmutterkrebs her, aber das ist noch nicht erwiesen. Die IVF-Methode kann außerdem Schwindelgefühle, Atemnot und Übelkeit verursachen." Diese Symptome zeigte ich bereits jetzt, ohne dass man irgendetwas mit mir angestellt hatte.

„Wie erfolgreich ist das Ganze? Wie viele Frauen haben auf diese Weise schon Babys bekommen?"

„Sämtliche Babys, die mithilfe dieser Methode geboren wurden, sind gesund, und die neuen Erkenntnisse im Einfrier- und Auftauprozess haben eine deutliche Steigerung der Überlebensrate der wieder aufgetauten Eizellen ermöglicht, bis hin zu neunzig Prozent. Bei der Fertilisation beträgt sie jetzt auch schon bis zu achtzig Prozent. Diese Verbesserungen der Eizellenkonservierung haben zu einer Schwangerschaftserfolgsrate von fünfunddreißig Prozent pro Embryo-Transfer geführt und dadurch zu einem dramatischen Anstieg beigetragen. Aus eingefrorenen Eizellen werden jetzt schon weltweit mehr als zweihundert Babys geboren."

„Zweihundert! Weltweit? Nur zweihundert Babys weltweit? Das erscheint mir keine sonderlich hohe Anzahl, Mr Patel, oder?

„Dr. Patel, Miss Winters, Dr. Patel, und zweihundert ist mehr als null, oder?"

„Heißt das also, je jünger ich bin, wenn ich meine Eizellen einfrieren lasse, desto …"

„Die Zeit ist nicht Ihr Freund, Miss Winters. Die Zeit ist nicht Ihr Freund." *Mistkerl.* „Wenn Sie sich entscheiden sollten, dieses Verfahren durchführen zu lassen, und vorausgesetzt, Sie überstehen die Beratungsphase, würden wir Ihnen empfehlen, dreimal Eizellen entnehmen zu lassen. Jede Entnahme kostet ungefähr dreitausend Pfund, hinzu kämen die jährlichen Gebühren für das Einfrieren, die circa fünfhundert Pfund ausmachen."

„Das heißt, wir reden hier von zehntausend Pfund.“ Ausnahmsweise klappte es mal mit dem Kopfrechnen.

„Ja, Miss Winters.“

„Ohne Garantie auf Erfolg?“

„Richtig.“

„Vielleicht wäre es besser, wenn ich die zehn Riesen dazu verwenden würde, Mitglied in einer von diesen lächerlich teuren und erfolgreichen Partnervermittlungen zu werden, um dort den Mann meiner Träume zu finden und zusammen mit ihm schwanger zu werden?“

Irritiert sah Mr Patel mich an.

„Gibt es noch einen anderen Weg, Mr Patel?“

„Nein.“ *Wunderbar.* „Aber Erfolg versprechender ist natürlich das Einfrieren einer befruchteten Eizelle. Wenn Sie sich für diese Methode entscheiden, können wir Ihnen Samenspender anbieten. Aber wir empfehlen Ihnen auch, sich zu überlegen, ob Sie nicht jemanden hinzuziehen möchten, den Sie kennen. Sie müssten sich dann beide beraten lassen.“

„Entschuldigung, Sie meinen, man entnimmt mir Eizellen und befruchtet sie dann mit dem Sperma eines Samenspenders? Man erzeugt einen Embryo im Reagenzglas und friert den dann ein?“

„Genau genommen produzieren wir eine Reihe von Embryos, um Ihnen die größtmögliche Chance auf Erfolg zu bieten. Ein Embryo kann den Auftauprozess verkraften, und es werden große Erfolge damit erzielt, diese Embryonen einzusetzen und neun Monate in der Gebärmutter großzuziehen. Gibt es jemanden, mit dem Sie gern ein Kind zeugen möchten? Gute Gesundheit, Haut, Zähne, intelligent, gesunder Stammbaum, jemand, der vermutlich nicht heiraten und selbst Kinder haben will? Wenn nicht, können wir Ihnen einen Spender empfehlen, doch die Gesetze ändern sich gerade, was die Anonymität angeht. Immer mehr Kinder versuchen, ihren Erzeuger zu finden. Das kann später zu Komplikationen führen. Überlegen Sie es sich gut, Miss Winters. Sie müssen zu diesem Mann ja keine romantische Beziehung unterhalten. Einfach nur jemand, zu dem Sie ein gutes Verhältnis haben, vielleicht jemand, der selbst kein Kind will, Ihren Kinderwunsch aber unterstützen würde."

Er schaute auf die braune Holzuhr an der braun getäfelten Wand im braunen Zimmer. Es kam einem vor, als wäre sein Büro im Herbst des Lebens angekommen – so wie meine Eierstöcke. „Ich denke, für heute haben wir alles geklärt. Also, lassen Sie sich Zeit, und wenn Sie Fragen haben, rufen Sie in der Klinik an." Er reichte mir noch eine Broschüre, eine pinkfarbene mit der Überschrift „IVF ist für uns!" und dem Bild eines wirklich freudestrahlenden Paares, das sich abklatschte. „Darf ich Sie zur Tür begleiten, Miss Winters?"

Er ging mit mir den Flur entlang zur Haustür, die direkt auf die verregnete und laute Harley Street führte, ein extremer Kontrast zu meinen Gedanken über Eizellen, Spermien, Befruchtung und alleinerziehende Eltern.

„Vielen Dank, Mr Patel", sagte ich, schüttelte ihm die Hand und trat hinaus in den Regen. Ich wollte gerade meinen Schirm aufspannen und zur U-Bahn marschieren, als mir etwas einfiel. Ich drehte mich um und hielt ihn davon ab, die Tür zu schließen.

„Kann ich sonst noch etwas für Sie tun, Miss Winters?"

„Es ist mir ein wenig peinlich, Mr Patel, aber würde es Ihnen etwas ausmachen, wenn ich Ihnen einen kleinen Kuss gebe? Vorher kann ich leider nicht gehen. Ich muss das meiner Großmutter zuliebe machen", erklärte ich.

„Das wird den Preis nicht verringern, Miss Winters."

„Das weiß ich, Mr Patel."

„Nun gut, Miss Winters, und bitte Dr. Patel, nicht Mr Patel."

Ich beugte mich vor und gab ihm einen flüchtigen Kuss, bei dem ich seine Lippen kaum streifte.

„Fertig, Miss Winters?"

„Ja, ich glaube, schon. Vielen Dank."

Mr Patel schloss die Tür, und ich stand auf den Treppenstufen und wühlte in meiner Handtasche nach meinem Schirm. Als ich ihn öffnete, fiel mir ein, warum ich mir beim letzten Mal, als ich ihn benutzt hatte, eine Notiz gemacht hatte, mir einen neuen zuzulegen. Nur zwei der Stäbe ließen sich ganz aufspannen, und weniger als fünfzig Prozent des Regen abhaltenden Materials war noch befestigt. Mit dem verbleibenden Teil des Schirms hätte man nicht einmal mehr einen einzigen gekochten Spaghetto vor Regen schützen können. Also ergab ich mich in mein Schicksal – völlig durchnässt zu Hause anzukommen –, drehte mich um und wollte zur U-Bahn gehen, als ich Peter Parker auf der anderen Seite der Straße stehen sah. Aus reiner Gewohnheit winkte ich ihm enthusiastisch zu, bis ich feststellte, dass er mich böse anfunkelte, und einen Moment lang sah es sogar so aus, als wollte er weitergehen, ohne mir Hallo zu sagen. Stattdessen seufzte er theatralisch, blickte brav nach rechts und links und kam dann über die Straße auf mich zu. Unter seinem riesigen, absolut heilen Schirm baute er sich vor mir auf. Wortlos nahm er mir meinen Schirm ab, gab mir seinen und hielt sich dann meinem Schirm, der einer Elendssiedlung glich, über den Kopf. Ein großer Regentropfen fiel ihm sofort auf die Nase. Er zuckte nicht einmal zusammen.

„So", sagte er mit einer Stimme, die an Tonlosigkeit und Verärgerung nicht mehr zu überbieten war. „Deine Großmutter hat mir erzählt, dass du nicht nur mit den bösen und verschwörerischen Kräften der Liebe kämpfst, sondern dass du jetzt auch noch jeden, der dir über den Weg läuft, küsst. Ich vermute, dass ich gerade Zeuge eines weiteren Beispiels deines Kusskreuzzuges geworden bin, oder habe ich eine Verabredung unterbrochen?" War er meinetwegen so sauer, oder war er schon mieser Laune gewesen, bevor er mich entdeckt hatte und über die Straße zu mir gekommen war?

„Nein, es war keine Verabredung, es war eine …" Ich wollte ihm nicht erzählen, was es gewesen war. „Weißt du, was, Peter, es ist unerheblich, was es war. Und Grandma wollte, dass ich Leute küsse, weil sie meint, es hilft mir, über Gabriel hinwegzukommen. Es hat was mit Fröschen zu tun und damit, es gegen alle Wahrscheinlichkeit doch zu schaffen und ihn zu einem von vielen zu machen. Und es macht sie und die Mädels in Pepperpots glücklich, also ist es doch das Mindeste, was ich tun kann, um ihnen ein bisschen Freude zu bereiten."

„Ach ja, ich habe die Fotos gesehen, von der Freude, die du in Frankreich bereitet hast." Wie konnte es angehen, dass er schon über Julien, den heterosexuellen Liebesgott, Bescheid wusste?

„Wo liegt dein Problem, Peter? Die meisten dieser Männer wollte ich überhaupt nicht küssen."

„Die meisten?" Er hob die Augenbrauen. „Und trotzdem tust du es. Du tust einfach das, was dir Spaß macht, ohne dich um die Konsequenzen zu kümmern."

„Das war doch Sinn und Zweck des Ganzen, dass ich Dinge mache, die ich normalerweise nicht tue, das heißt, dass ich mich aus meiner kleinen, nicht heilen Welt heraustraue, schließlich verlange ich das von allen anderen ja auch."

„Vielleicht lief alles besser, als man noch nicht daran gerührt hat. Hast du dir das mal überlegt? Vielleicht war alles in Ordnung, war zweckmäßig und ergab Sinn, ehe du mit dieser albernen Idee ankamst und die Leute als Reaktion darauf alle möglichen lächerlichen und irrationalen Entscheidungen treffen!"

„Was?"

„Ich habe deinen Artikel gelesen, in der ‚True Love', über dich und Gabriel" – *oh, an den hatte ich gar nicht mehr gedacht* –, „das, was du darüber geschrieben hast, wie du dich aufgegeben hast und …"

„Peter, das war eine extrem übertriebene Version der Wahrheit" – *eine ungefähr einprozentige Übertreibung* –, „und ich habe den Artikel nicht einmal selbst geschrieben, das hat Chads Assistentin Loosie gemacht. Ich weiß, es ist ein bisschen verwirrend, dass wir irgendwie alle unter dem Namen des anderen schreiben, aber Chad fällt immer irgendein zwingender Grund ein, warum das Sinn ergibt. Eigentlich ist Jenny Sullivan die Einzige, die Artikel unter ihrem eigenen Namen veröffentlicht, obwohl sie ihren Namen ziemlich oft unter meine Arbeiten setzt, wie zum Beispiel das Interview mit Delaware und …"

„Kate, ich fasse es nicht, dass du all diese Menschen in deinem

Leben hattest, die alle hart daran gearbeitet haben, dass du glücklich und zufrieden bleibst, und dass du das alles wegen Gabriel weggeworfen hast, dass du das alles an eine Beziehung verschwendet hast. Und du wechselst immer von einem Extrem ins andere. Erst wirfst du alles weg, dann holst du dir alles wieder. Zwischen zwei Extremen zu schwanken ist kein Fortschritt, Kate, verdammte Skilehrer zu küssen ist auch kein Fortschritt."

„Und wenn ich Julien geküsst habe, na und?"

„Es gefällt mir nicht, Kate!", rief er, sah im nächsten Moment jedoch etwas überrascht aus. Dann machte er auf dem Absatz kehrt, marschierte die Straße entlang und versenkte meinen Elendsschirm im ersten Mülleimer, an dem er vorbeikam.

„Wo liegt dein Problem, Peter!!", schrie ich hinter ihm her. Um ehrlich zu sein, es war ein wenig so wie eine Szene aus einer dieser grässlichen, kitschigen Soaps … und seltsam befreiend, bis ich Mr Patel entdeckte, der zornig aus seinem Bürofenster blickte und in sein Telefon blubberte, vermutlich um die Polizei anzurufen, damit sie mich wegen Störung der öffentlichen Ordnung festnehmen konnten.

„Was glotzen Sie so?", brüllte ich wie ein Gangster zu ihm hinauf, dabei vergaß ich mich eine Sekunde lang völlig, vergaß auch, wo ich mich befand, und überdies sämtliche Anstandsregeln. „Entschuldigung, Mr Patel", schickte ich im nächsten Moment flehend hinterher. „Es tut mir so leid!" Meine Stimme geriet ins Schwanken, meine Persönlichkeitsveränderungen wirkten vermutlich so, als würde man sich die Therapieaufzeichnungen eines Schizophrenen anhören. Peter hatte recht, ich katapultierte mich von einem Extrem ins nächste. „Ich weiß nicht, was über mich gekommen ist, Mr Patel."

„Es heißt Dr. Patel!", brüllte er zurück. „Dr. Patel!"

„Es sind meine Hormone, Mr Patel. Ich glaube, es sind meine Hormone." Die Leute auf der Straße blieben schon stehen, um sich das Spektakel anzusehen. Mr Patel schloss die Jalousie vor seinem Fenster. „Verdammt!", rief ich theatralisch, trat leicht gegen das Eisengeländer und stieß die Faust in die Luft, so wie es auch Tom Cruise[14] getan hätte. „VERDAMMT!“, brüllte ich noch einmal, schnappte meine Taschen und den absolut heilen Schirm und machte mich auf den Weg zur U-Bahn. „Die Show ist vorbei, Leute“, sagte ich zu den Schaulustigen, als ich an ihnen vorbeiging. „Es gibt nichts mehr zu sehen, nichts mehr zu gaffen.“

Und es gab wirklich nichts mehr zu sehen, abgesehen von einer leicht verwirrten Frau, die mit ihrem sogenannten Freund stritt, während sie versuchte, sich mit ihrer bevorstehenden Unfruchtbarkeit abzufinden. An dem Tag schwor ich mir, sollte Peter Parker damit meine einzige Chance ruiniert haben, Mr Patel dazu zu bringen, meine Eizellen zu ernten, dann würde Peter Parker verdammt noch mal selbst dafür sorgen müssen, dass ich schwanger wurde.

14 Es mag merkwürdig klingen, aber ich bin in gewisser Weise besessen von Tom Cruise. Meine Besessenheit von Tom betrifft seine Lebenseinstellung. Er ist bei allem, was er tut, voller Leidenschaft, Enthusiasmus, Engagement. Wenn du Tom Cruise bitten würdest, das schmutzige Geschirr abzuspülen, würde er diese Teller so lange polieren, bis sie glänzen. Wenn er wütend wird, ist er wie ein rasender Bulle. Tom Cruise gibt immer hundertzehn Prozent, und ich wäre gern ein bisschen so wie er. Wenn ich also meine eigene Lebenseinstellung infrage stelle oder wenn ich mit Problemen, mit Hindernissen, mit einem gebrochenen Herzen konfrontiert werde, dann frage ich mich: „Was würde Tom Cruise tun?“ Anschließend versuche ich, mir Toms Geisteshaltung anzueignen. Häufig genug fühlt sich das Leben dann auf einmal verdammt gut an. Versucht es einmal. Sagt: „Was würde Tom tun?“ Fühlt sich gut an, oder? Ich liebe dich, Tom! Ich liebe dich wirklich!

„Wir schmieden die Ketten, die wir im Leben tragen.“
(Charles Dickens)

Endlich war es Zeit für Beatrices Traum, den ihr die Liebe gestohlen hatte. Die Reise nach New York war von „True Love“ organisiert worden. Loosie war verantwortlich dafür gewesen, jedes einzelne Detail zu regeln, und hatte Verbindungen zum Leiter des Studentenwerks (Huck Snuffleupagus) und zum Schulleiter (Herbert Birdsfoot) hergestellt. Beide waren entzückt, Beatrice in der Schule begrüßen zu können. Keiner der beiden war der Nachkomme eines Charakters aus der Sesamstraße.

Beatrice war eingeladen worden, drei Tage an der Schule zu verbringen, und man hatte ihr freie Hand gelassen, sodass sie sich aussuchen konnte, welche Vorlesungen und Seminare sie belegen wollte. Wir starteten an einem späten Sonntagabend aus Heathrow, Terminal fünf, mit dem letzten Flug in Richtung New York. Beatrice schlief bereits kurz nach dem Start ein. Ich beobachtete sie, während sie schlief – natürlich nicht wie eine Stalkerin –, und überlegte, wie ihr Leben wohl verlaufen wäre, wenn sie diesen Flug vor all den Jahren gemacht hätte. Dann fragte ich mich, ob sie wohl mit dem Flugzeug oder mit dem Schiff gereist wäre. Das wiederum warf die Frage nach der Geschichte der kommerziellen Luftfahrt auf, sodass ich mir von einem anderen Passagier ein iPad auslieh und die nächsten fünfeinhalb Stunden damit zubrachte, bei Wikipedia zu recherchieren. Ehe ich mich’s versah, landeten wir am JFK, und ich hatte weder den neuen James Bond noch „Twilight Eclipse, Teil 2“, gesehen. Was für ein Albtraum! Ein Wagen wartete am Flughafen auf uns, und in null Komma nichts standen Beatrice und ich auch schon im Atrium der *Juilliard School of Music.*

„Super toll, Sie beide kennenzulernen“, sagte Huck, der Leiter des Studentenwerks. „Wir fühlen uns geehrt, wenn internationale Gäste unsere Schule besuchen, vor allem freuen wir uns natürlich über Musikerkollegen. Beatrice, wir haben ein großartiges Programm für Sie zusammengestellt. Es ist uns sogar gelungen, Ihre Originalbewerbung an dieser Schule ausfindig zu machen. Supertolle Musikauswahl. Und zum Teil ziemlich schwierig! Ich hoffe, dass wir diese begabten Hände in dieser Woche spielen hören! Kate, spielen Sie auch?“ Er schürzte die Lippen so fest, dass sie ganz weiß wurden.

„Ein Instrument? Nein, nicht wirklich. Früher, in der Schule, habe ich mal Blockflöte gespielt, aber eine richtige Prüfung habe ich dafür nie abgelegt, und Peter Parker meint noch heute, dass ich ihm einen Hörsturz beschert habe, wobei ich allerdings nicht glaube, dass man den bekommen kann, nur weil eine untalentierte Freundin ein wenig Blockflöte spielt. Er hat einen trockenen Humor“, ich musste kurz lachen, „na ja, das hatte er jedenfalls, in den letzten Wochen hat er irgendwie mit unterdrückter Wut und mit unterdrückter Homosexualität zu kämpfen gehabt, aber ich kann ganz gut Bongos spielen. Das hat man mir echt schon häufig gesagt; Bongos oder Tamburin, jegliche Art von Percussions. Aber meist nur, wenn ich *Red Bull* und, äh, na ja, noch was anderes getrunken habe, was zu *Red Bull* dazugehört und mit Spaß und Party einhergeht. Alkohol. Wenn ich vollgedröhnt bin, habe ich anscheinend Rhythmus ...“ Zu diesem Zeitpunkt merkte ich, dass ich meinen Mund wohl besser gar nicht aufgemacht hätte. Hucks rechte Augenbraue war so weit hochgezogen, dass ich schon Angst bekam, dass sie gleich abfallen und irgendwie in Beatrices Gesicht landen und einen kleinen Hitler-Bart kreieren könnte. „Das ist vermutlich nicht das, was Sie wissen wollten, als Sie gefragt haben, ob ich ein Instrument spiele. Nein, ich spiele kein Instrument. Ich bin nicht musikalisch. Ich bin keine Musikerin.“ Puh.

„Nun, dann wollen wir Sie nicht aufhalten“, spottete er höhnisch. „Wir Musiker wollen in den nächsten Tagen eine Menge erreichen. Sie können sich abends nach dem Unterricht mit Beatrice treffen, außer am Montag- und Dienstagabend, denn da legen wir Wert darauf, dass die Studenten gemeinsam essen. Und heute Abend haben wir ein Willkommensessen arrangiert. Das heißt, wir brauchen Sie eigentlich erst wieder am Mittwochabend zu sehen, nach neun Uhr, wenn möglich, obwohl, unser Mittwochabendkonzert endet um zehn, danach können Sie Beatrice auf dem Weg zum Flughafen hier abholen.“ Mit diesen Worten marschierte Huck davon und entführte Beatrice zum Musik-Camp und bescherte mir drei freie Tage, die ich dazu nutzen konnte, mich in meiner zweitliebsten Metropole der Welt zu vergnügen.

Madame Butterfly macht glücklich

Greenwich Village | New York

Eine der Zeitungen, die nicht zum Boulevard zählt, die jedoch häufig den Eindruck einer Boulevardzeitung oder einer Frauenzeitschrift vermittelt, obwohl sie zu den seriösen Zeitungen zählt, hat kürzlich einen Artikel veröffentlicht, der mit „Der Versuchung erliegen“ überschrieben war. Er besagte, dass es nicht gut für uns sei, wenn wir uns Genüsse oder Vergnügen versagen, und dass es uns unzufrieden machen würde, wenn wir uns zu sehr selbst kontrollieren. Der Versuchung zu widerstehen könnte bei uns Wut auslösen. Wenn die Menschen sich auf der anderen Seite jedoch hin und wieder das gönnen, wonach ihnen der Sinn steht, stärkt das ihr Selbstwertgefühl und hilft ihnen, ihr inneres Gleichgewicht zu finden, was ziemlich offensichtlich ist, wenn man mal einen Blick auf Nigella Lawson wirft, die ja nun wirklich eine Göttin ist. Als ich den Artikel weiter unter die Lupe nahm, stellte ich fest, dass die Glücks-Professorin, die in dem Artikel zitiert wurde, in New York lebte, daher arrangierte ich ein Treffen mit ihr.

Es war nicht so, dass ich in letzter Zeit wirklich unglücklich gewesen wäre – bei uns in England assoziieren wir den Zustand mit der Farbe Blau –, aber ich fühlte mich auch nicht wirklich rosa oder gelb – oder welche Farbe auch immer glückliche Menschen fühlen. Im Allgemeinen hatte ich das Gefühl, dass alles grau war, grau bis schwarz – oder welche Farbe auch immer ein allgemeines Gefühl von Benommenheit und Apathie charakterisiert. Aufgrund der vielen Arbeit war ich beschäftigt, sodass ich die Gedanken an Gabriel und seine bevorstehende Vaterschaft verdrängen konnte. Sie lenkten mich auch von den Merkwürdigkeiten ab, die Peter Parker umgaben, aber in meiner Freizeit, wenn ich jeden Tag ein paar Minuten Zeit hatte, um nachzudenken, fühlte ich mich nicht gerade berauschend, und wie ein pawlowscher Hund hatte ich erkannt, dass Freizeit sich nicht gut anfühlte, also hörte ich jetzt selten auf zu arbeiten.

Wahrscheinlich hätte ich einer Dame, die sich den Spitznamen „Madame Butterfly“ zugelegt hatte, skeptisch gegenüberstehen sollen, doch ihre Website wirkte seriös, genau wie all ihre Zertifikate sowie die diversen Publikationen, die aus ihrer Feder stammten, einschließlich des Artikels in der vermeintlich seriösen Zeitung. Ihr Büro lag in einer teilweise stillgelegten Schule in Greenwich Village. Ich ging einen langen Schulflur im siebten Stock (kein Fahrstuhl) entlang. An den Wänden hingen Kinderbilder mit bunten Schmetterlingen, knallgelben Sonnen, die hinter Bergen hervorlugten, Strichmännchen-Familien, Strichmännchen-Haustieren, Strichmännchen-Weihnachtsfesten mit bunten Geschenken und Gesichtern, auf denen das Lächeln größer war als die Strichmännchen-Köpfe. Die Strichmännchen waren glücklich und schienen alle in Strichmännchen-Bergen zu leben.

Madame Butterflys Wartezimmer befand sich am Ende des Korridors. Es war ein quadratisches Zimmer mit einem kleinen Tisch in der Mitte, Stühlen am Rand und Regalen an sämtlichen Wänden, die unter anderem vollgestellt waren mit kleinen ausgestopften Tieren, vor allem Vögeln, ein paar Mäusen, einem Eichhörnchen und einer Kröte. Hier landeten also alle präparierten Tiere, wenn sie in Rente gingen. Sämtliche Glasaugen schienen auf mich gerichtet zu sein, auf mich und meine Trostlosigkeit.

Als Madame Butterfly die Tür öffnete, begann das Windspiel, das daran befestigt war, zu bimmeln, und sie schwebte in einem bodenlangen formlosen Kleid sowie diversen wallenden Schals herein. Sie lächelte leicht geistesabwesend, so als würde sie das gesamte Wartezimmer anlächeln, einschließlich der Tiere, die, wie sich bei näherer Betrachtung herausstellte, genauso blauäugig aussahen.

„Es ist so schön, dass Sie hier sind“, sagte sie zu uns allen.

Nachdem wir uns flüchtig vorgestellt hatten und nach einem kurzen Gang zur Toilette meinerseits, weil ich auf einmal merkwürdig nervös war, stellte sie mir dann auch die einfachsten und doch schwierigsten Fragen, mit denen ich seit langer Zeit konfrontiert worden war.

„Also, sind Sie glücklich, Kate?"

„Ich, äh, na ja, so langsam geht es wieder in die richtige Richtung. Ich bin auf jeden Fall dabei, Sachen zu erledigen. Ich habe einen guten Job, und ich arbeite ziemlich viel, und ..."

„Fühlen Sie sich glücklich, Kate?"

„Wie ich schon sagte, ich habe in letzter Zeit ein paar gute Entscheidungen für mich selbst getroffen, schwierige, aber doch reife Entscheidungen, von denen ich später profitieren werde."

„Okay, aber können Sie mir sagen, wie Sie sich fühlen?"

Ich fühlte mich, als befände ich mich im freien Fall über einem Abgrund absoluten Nichts.

„Ich weiß nicht ..."

„Wann waren Sie zum letzten Mal zu hundert Prozent und rundum glücklich?" Ein Bild von Gabriels strahlendem Gesicht schoss mir durch den Kopf, gefolgt von einem Bild von ihm, wie er ein Baby hielt. Schnell versuchte ich, die Bilder zu verdrängen.

„Ich erinnere mich nicht."

„Na, dann lassen Sie uns die Sache mal andersherum angehen. Wann haben Sie das letzte Mal geweint?"

„Oh, ich habe jetzt schon seit Wochen nicht mehr geweint, was, wenn ich es recht bedenke, eigentlich seltsam ist, denn vorher war ich eine richtige Heulsuse. Das Weinen ist nicht das Problem. Meine Tränendrüsen springen an, wann immer sie wollen, niemals, wenn ich es für richtig halte, und sie sprudeln so lange, wie sie wollen. Sie sind egoistisch und selbstsüchtig, genau wie mein Ex", meinte ich mit einem nervösen Lachen, bevor ich seufzte wie ein Luftballon, aus dem die Luft entweicht.

„Erzählen Sie mir, was vor ein paar Wochen in Ihrem Leben passiert ist, zu der Zeit, als Sie aufgehört haben zu weinen."

„Ich, äh, na ja, ich hatte Sex mit einem heißen Franzosen, das war ganz nett. Ich war zum Skifahren, auch das war toll. Innerhalb von sechsunddreißig Stunden bin ich zweimal geflogen, obwohl ich nicht glaube, dass das die Tränendrüsen in irgendeiner Weise beeinflusst. Oh, und mein Ex hat mich mitten in der Nacht angerufen, um mir mitzuteilen, dass seine neue Freundin schwanger ist. Wie ich schon sagte, vor dieser Woche war ich eine echte Heulsuse. Ich heule bei fast allen Folgen von ‚Buffy, im Bann der Dämonen', und sogar ein paar von diesen gefühlvollen Werbungen für Handys haben mich zum Weinen gebracht."

„‚Buffy, im Bann der Dämonen' ist eine emotionale und dramatische Kinderfernsehserie", merkte sie verständnisvoll an und trank einen Schluck Wasser. „Also, wie fühlen Sie sich jetzt?"

„Heute? Heute fühle ich eigentlich gar nichts, ich fühle mich einfach nur taub. Nicht unglücklich, nicht traurig, einfach nur taub. Nicht hoffnungslos, nicht hoffnungsvoll, vielleicht eher hoffnungslos als hoffnungsvoll. Und taub. Ich fühle mich taub. Und ich glaube nicht, dass das so wirklich normal ist. Ich bin grau. Grau bis schwarz."

„Das ist normaler, als Sie vielleicht denken. Die Art, wie die moderne Gesellschaft strukturiert ist, kommt unserer emotionalen Struktur nicht entgegen. Den Großteil unserer Existenz hier auf dieser Erde haben wir in Großfamilien verbracht, drei Generationen, die zusammengelebt haben, jeder hatte seine zugewiesene Rolle, Jagen, Pflanzen, Fortpflanzung, Erziehung. Während der letzten Jahrhunderte hat die moderne Welt zu einer großen Entfremdung geführt. Die Menschen leben allein, getrennt von ihren Familien, von ihren Freunden, vielleicht in fremden Ländern, entfremdet, nur auf der Durchreise, abgespalten. Wir sperren die Gefühle in uns ein. Sie können sich nicht mehr voll entfalten. Sie werden nicht gehört. Schließlich sind sie des Wartens müde, und wir fühlen uns taub."

„Kann man das wieder umkehren?"

„Natürlich. Aber wir können die Struktur unserer Gesellschaft nicht verändern, deshalb ist es wichtig, dass wir andere Möglichkeiten finden, um uns auszudrücken und unsere Emotionen herauszulassen. Eine solche Möglichkeit ist das Schreiben eines Tagebuchs oder von Briefen, die man an sich selbst adressiert. Das Schreiben ermöglicht den Menschen, eine Verbindung zu ihren eigenen Gefühlen herzustellen und einen Sinn in dem zu finden, was sie erleben. Dadurch erklären sich auch die große Anzahl von

Blogs im Internet und das Twittern. Die sozialen Medien sind eine Art, um Verbindungen herzustellen, die Hand auszustrecken, wo früher die Großfamilie und die Gemeinde waren. Obwohl ich glaube, dass es kontraproduktiv ist, allein zu Haus zu sitzen und zu schreiben, deshalb empfehle ich buntere, spaßigere Dinge, Dinge, von denen Sie nicht einmal merken, dass sie Ihnen guttun. Ein passiver Weg, zum Glück."

„Na ja, ich bin nur ein paar Tage hier, deshalb kann ich keinen Kurs mitmachen, aber gibt es etwas, das ich versuchen könnte, eine kleine Sache, die vielleicht das Grau ein wenig vertreibt?"

„Natürlich, das ist ganz einfach, Kate. Wenn Sie das nächste Mal einen Wunsch verspüren, beachten Sie ihn. Fangen Sie an, auf das zu hören, was Ihnen Ihr Körper und Ihre Gefühle sagen. Wenn Sie etwas wollen, holen Sie es sich. Vielleicht gehen Sie an einer Bäckerei vorbei und sehen einen köstlichen Schokoladenkuchen, oder Sie entdecken ein Kleidungsstück, bei dem Ihr Puls schneller geht. Oder vielleicht verspüren Sie den Drang, etwas Leichtsinniges zu tun, wie zum Beispiel einen Fremden im Fahrstuhl zu küssen. Was auch immer es ist, statt es von vornherein abzutun und mit Ihrem Trott weiterzumachen – was genau das ist, was die meisten von uns in der Regel tun –, sollten Sie es sich zur Gewohnheit machen, darauf zu hören. Halten Sie inne. Registrieren Sie das Gefühl. Und handeln Sie danach. Kaufen Sie sich den Schokoladenkuchen oder die Handtasche oder die Schuhe. Küssen Sie den Fremden. Hören Sie auf Ihre spontanen, impulsiven und wahren Gefühle. Auf diese Weise schaffen Sie eine bessere Verbindung zu sich selbst und Ihren positiven Emotionen, und Ihr Leben wird sich sehr viel bunter anfühlen."

„Das ist es. Sie raten mir also, wie wild einkaufen zu gehen, mich schlecht zu ernähren, jeden x-beliebigen Typen zu küssen und mich dabei gut zu fühlen?"

„Nein, das wäre ein Exzess. Das ist ausufernder Konsum, Promiskuität. Ich rate Ihnen, darauf zu hören, *wie Sie sich fühlen*. Wenn Sie ein kleines Kribbeln in Ihrem Inneren verspüren, ein Flattern, dann registrieren Sie es und lassen Sie sich darauf ein.

Hier", sagte sie und reichte mir einen kleinen Kristallschmetterling, bevor sie mich ziemlich lange umarmte und mir dann die Tür öffnete. „Es müssen nicht unbedingt die großen Gesten, die großen Pläne oder die Gruppentherapien sein, hören Sie einfach nur ein bisschen mehr auf sich selbst. Am einfachsten können Sie damit beginnen, sich Blumen zu kaufen, sich etwas Schönes zu gönnen und dabei zu merken, wie sich das anfühlt. Viel Glück, Kate."

Ich ging den Korridor entlang, an all den Schmetterlingen vorbei, an den ausgestopften Vögeln, den getrockneten Blumen auf den Tapeten und nahm mir ein Taxi ins Hotel. Dort marschierte ich mit meinem Kristallschmetterling direkt in die Hotelbar. Es wurde schon spät, und New York machte allein doch nicht so viel Spaß, wie ich gedacht hatte. Vielleicht würde mir die Bar, oder besser gesagt, der Inhalt der Bar das Flattern meines Schmetterlings zurückgeben, das ich im Kokon meiner Raupe verloren hatte. Oder vielleicht sollte ich einfach einen von diesen Tequilas trinken, den mit dem Wurm in der Flasche, der hat doch Ähnlichkeit mit einer dieser Raupen, aus denen ein Schmetterling wird. Der Tequila ließ mich nicht flattern, aber immerhin kribbelte es, was Madame Butterfly ja für gut befunden hatte, also bestellte ich noch einen und noch einen und noch einen.

Mein Hotelzimmer | Waldorf-Astoria

Am nächsten Morgen wachte ich auf, hielt einen Kristallschmetterling in der Hand, wusste aber beim besten Willen nicht, wo ich war. Nachdem ich es herausgefunden hatte, bestellte ich mir etwas über den Zimmerservice, es wurde gebracht, ich aß, ich erbrach mich – dreimal –, bestellte noch einmal etwas über den Zimmerservice, es wurde gebracht, ich aß, es kam nicht wieder hoch. Den ganzen Tag über ließ ich mein Handy ausgeschaltet und schaute mir Wiederholungen von „American Idol" an. Gegen Abend hatte ich das Gefühl, als würde ich meinen Kokon finden.

Kurz vor zehn klopfte es an meiner Hotelzimmertür. Ich hatte keinen Zimmerservice bestellt. In einem fleckigen Bademantel öffnete ich die Tür, noch immer mit dem Make-up vom Vorabend im Gesicht. Er stand da, wie immer makellos gekleidet, sauber, adrett und frisch riechend. Das wusste ich daher, weil ich muffig roch, genau wie mein Zimmer; es verriet mich wie eine willensschwache Geisel.

„Du siehst schrecklich aus, Kate", sagte Peter Parker mit ernster Miene, ehe er in mein Zimmer marschierte. Kaum war er drin, konnte ich sehen, dass er sich wünschte, er wäre nicht hereingekommen. Er musterte das Chaos; die halb leer gegessenen Essensteller, die überall herumstanden, die Dunkelheit, die nur von dem Flackern des Fernsehers erhellt wurde, meine Sachen, die überall ausgebreitet waren, Unterwäsche, die herumlag, ich mit dem schmutzigen Bademantel. Peter zog die Mundwinkel nach unten, so als würde die ganze Szene einen schlechten Geschmack in seinem Mund hinterlassen, einen schlechten Geruch in seiner Nase, nervöse Zuckungen in seinem Gesicht.

„Kate, du hast zwei Möglichkeiten: Entweder gehst du duschen, ziehst dich an und triffst dich in dreißig Minuten mit mir an der Bar, oder wir laufen morgen früh zehn Kilometer durch den Central Park."

„Ich komme gleich in die Bar."

„Dachte ich mir." Damit marschierte er nach draußen.

Sir Bertie's Bar | Waldorf-Astoria

Peter Parker hatte den ruhigsten Tisch in der Bar ausgesucht, in der hintersten Ecke, an einem Fenster und hinter einer sehr, *sehr* großen Topfpflanze. Es gab zwei Sessel, die beide ziemlich niedrig waren, und einen niedrigen Tisch mit Schachbrettmuster, auf dem zwei Gläser mit Wasser standen. Peter sah einfach riesig aus in dem kleinen Sessel, unpassend und teuer im Gegensatz zu mir, die sozusagen *All-inclusive-Urlaubs-Exzess* quer über die Stirn geschrieben hatte. Er passte perfekt zu den anderen cocktailschlürfenden Gästen. Das Personal in der Bar musterte mich misstrauisch, als ich hereinkam.

„Ich habe dich mit deiner normalen Gesichtsfarbe gar nicht erkannt“, sagte ich, als ich mich hinsetzte und von den herunterhängenden Blättern der großen Topfpflanze fast verschlungen wurde. „In letzter Zeit hast du irgendwie immer so ein launisches, gerötetes Gesicht. Es steht dir“, sagte ich durch das Gebüsch hindurch, das mich umrankte. „Und heftiges, regelmäßiges Schwitzen ist eine wunderbare Art und Weise, um Gifte auszuschwemmen. Das ist ja auch der Grundgedanke beim Saunieren.“ Ich war schnippisch, unverblümt und auf Streit aus, so wie ein Hammerhai. Ich war sauer, dass er hier war. Warum flog er einmal quer über den Atlantik, nur um mir nach einem Kater die Leviten zu lesen? Das konnte er auch jeden Samstag in London tun. Es kam mir so vor, als hätte meine Mutter ihn engagiert, um die Rolle des kritischen Elternteils zu übernehmen, während sie mit ständiger Abwesenheit glänzte.

Peter schob ein Wasserglas zu mir rüber und zupfte ein paar Blätter aus meinem Haar. Ein Zweig schwang sofort zurück und schlug mir gegen die Wange. Also zog Peter mich aus dem Dickicht näher zu sich heran.

„Okay“, begann er, als würde er die Tagesordnungspunkte eines Meetings vortragen. „Als Erstes möchte ich mich bei dir entschuldigen.“ Er lehnte sich in seinem Sessel vor und strich über den Rand des Tisches. Offenbar versuchte er, den bestmöglichen Satz zu formulieren. „Ich war in letzter Zeit nicht ich selbst. Hin und wieder war ich sogar ein wenig unhöflich.“ Wenn das nicht die Untertreibung des Jahres war … „Das ist mir jetzt bewusst, und ich habe mich damit befasst. Hoffe ich. Einsicht ist der erste Schritt zur Besserung, heißt es doch in … egal, in welchem Buch das steht.“ Er holte tief Luft. „Kate, die Arbeit, die du gerade machst, bereitet mir ein wenig Sorgen. Manchmal hatte ich das Gefühl, dass du Dinge auseinanderreißt, Dinge, die vorher für andere Menschen durchaus Sinn ergaben, du sorgst für Aufruhr, bringst sozusagen das Schiff zum Schaukeln, küsst andauernd fremde Leute, und ich glaube, das hat mir nicht gefallen." Er klopfte mit dem Finger auf den Tisch, als wäre er endlich aufs Wesentliche gekommen. „Es gefällt mir überhaupt nicht." Es folgte ein noch heftigeres Klopfen.

„Das klingt nicht nach einer angemessenen Beschreibung meiner Arbeit. Ich habe weder etwas durcheinander- noch Schiffe zum Schaukeln gebracht. Es ging darum, dass Frauen ihr Traumschiff verpasst haben, dass ich von meinem Traumschiff gestoßen worden bin, dass wir unsere verloren gegangenen Träume zurückerobern wollten." Hatte er überhaupt jemals zugehört, wenn ich ihm etwas erzählt hatte?

„Ich finde es nicht gut, wenn du fremde Männer küsst." Damit platzte er ziemlich laut heraus, beugte sich vor und faltete die Hände wie zu einem Gebet, wobei er seinen Zeigefinger auf die Lippen legte, so als wollte er verhindern, dass ihm noch mehr laute Worte entschlüpften. Ich verstand nicht, warum er solch ein Brimborium darum machte, dass ich jemanden küsste. Es war der kleinste und unbedeutendste Teil von dem, was ich zu tun versuchte.

„Peter, dass ich Mr Patel in der Harley Street geküsst habe, war für mich nicht gerade ein Highlight, und um ehrlich zu sein, habe ich manchmal noch immer Flashbacks, wenn ich abends einschlafe. Aber es hat Grandma und Beatrice zum Lachen gebracht, und Delaware hat zum ersten Mal in ihrem Leben einen Computer benutzt, weil sie Mr Patel googeln wollte, um ein Bild von ihm zu sehen, was die drei noch mehr zum Lachen gebracht hat. Genau genommen war es ein ziemlich beschämender Nachmittag für mich in Pepperpots", erklärte ich und dachte an den Moment, als sie sein Foto auf die Karte gepinnt hatten.

„Ich habe das Foto gesehen, Kate." *Na toll.* „Und, Kate …"

„Ja, Peter."

„Er heißt Dr. Patel. Du solltest ihn wirklich mit Doktor anreden." Unglaublich und mal wieder typisch für einen pedantischen und besitzergreifenden schwulen Mann.

„Aber es hat dir gefallen, Julien zu küssen." Das war eine Feststellung, keine Frage.

„Peter, bist du hierher geflogen, um mit mir übers Küssen zu diskutieren? Wenn ja, dann hätte ich auch noch ein paar Dinge anzumerken, und zwar über die nach Erdbeeren duftende Annabel und die Poolparty ...“ Ach herrje, wollte ich das tatsächlich nach fünfundzwanzig Jahren wieder ausgraben? „Es war direkt nach meinem Geburtstag, verdammt, Peter, wie konntest du nur?“ Ja, ja, ich wollte es tatsächlich. Peter sah verwirrt aus. „Annabel ... Erdbeer-Labello ... hat immer ein Glücksbärchi mit sich herumgeschleppt ...“

„Oh, Annabel! Ich fasse es nicht, dass du dich an Annabel erinnerst!“ Ich konnte nicht fassen, dass er nicht mehr an sie gedacht hatte. „Oh verdammt, die war echt süß. Ich frage mich, was sie jetzt wohl macht. Wusstest du, dass ihr Vater 1987 den Friedensnobelpreis bekommen hat? Für seine Arbeit auf dem Gebiet der Teilchenphysik und deren spezielle Anwendung bei Materialien, die jetzt benutzt werden, um Land in den Dürregebieten Afrikas zu bewässern?“

„Als wenn ich so was wüsste, Peter!“ Ich konnte nicht fassen, dass ich sein Interesse an der verflixten Annabel mit ihren Erdbeerlippen und ihrem blöden Dad wieder entfacht hatte. „Peter, was interessiert es dich, wen ich küsse? Woher weißt du, dass Mr Patel einen Doktortitel hat, und warum bist du hier?“

Ich war schnippisch. Ich war müde. Mir war nicht wohl. Ich wurde langsam eine von den Trinkerinnen, die mehr Alkohol brauchten, um über die Nacht zuvor hinwegzukommen.

„Ich habe deine Grandma vor ein paar Tagen getroffen.“ Er rutschte ein Stück näher. „Wie immer hat sie äußerst freimütig Details aus dem Privatleben anderer Leute ausgeplaudert.“

Das widersprach der Erfahrung, die ich in letzter Zeit mit Grandma gemacht hatte. Wenn es um Peter Parker ging, war sie so verschlossen wie eine Auster.

„Sie hat mir von deinen Plänen bezüglich deiner, äh, Eizellen erzählt.“ *Na toll.* „Außerdem hat sie mich auf den neuesten Stand gebracht, was deine schwierige Aufgabe mit dem Küssen angeht.“ *Na toll.* „Und sie hat mir die Weltkarte gezeigt. Ich hatte ganz vergessen, dass du mal Brackets hattest.“ *Es wurde ja immer toller.* „Außerdem erwähnte sie, dass du einen Anruf von … Gabriel erhalten hast.“

Gabriels Namen so unerwartet aus Peter Parkers Mund zu hören ließ mich zusammenzucken. Einen Moment lang saßen wir beide schweigend da. Die meiste Zeit schaute ich auf meine Schuhe, die so schmutzig waren, dass mich das kurzfristig ablenkte.

„Ich war mir nicht sicher, wie du mit den Neuigkeiten bezüglich der Schwangerschaft umgehen würdest. Ich hatte gehofft, es würde dir nicht allzu sehr wehtun, was wohl ziemlich unrealistisch war, ich weiß. Mir gefällt es nur einfach nicht, dass jemand es schafft, dich unglücklich zu machen. Und ich kann nicht glauben, dass es da drüben einen Mann gibt, mit dem du zusammengelebt hast und der dich einfach so hat gehen lassen, der dich nicht so behandelt hat, wie du es verdienst. Das hat mich … wütend gemacht. Macht mich immer noch wütend, was ein nicht sonderlich willkommenes Gefühl ist, und …“ Er rieb sich die Augen, so als würde er die ganze Unterredung ziemlich anstrengend finden. „Dann, nach letzter Nacht …“ Er nickte, so als würde ich ihn verstehen. Ein kalter Schauer rann mir über den Rücken. Warum erwähnte er die letzte Nacht? Was war letzte Nacht passiert? Hatte ich Peter Parker letzte Nacht getroffen?

„Peter, wie lange bist du schon in New York?“

„Ungefähr neunzig Minuten. Ich hielt es für das Beste, herzukommen … nach letzter Nacht.“

Da war es schon wieder. Was war in der letzten Nacht geschehen?

„Du verlangst sehr wenig von mir, Kate, und ich bin bei all den Gelegenheiten, wo du mich vielleicht gebraucht hättest, nicht da gewesen“ – so viele Gelegenheiten hatte es gar nicht gegeben, vielleicht zwei oder zwölf oder tausend –, „und du rufst mich nie mitten in der Nacht an, um mich um Hilfe zu bitten. Okay, es war mitten in deiner Nacht, schon früh am Morgen bei mir, aber normalerweise bist du sehr höflich und rücksichtsvoll, was den Zeitpunkt deiner Anrufe angeht, nur manchmal ein wenig zu großzügig, was die Anzahl angeht. Aber du rufst nie zu spät oder zu früh an und vor allem niemals, wenn du betrunken bist, das war also auch ein erstes Mal."

Vage, verschwommene Erinnerungen tauchten wieder auf – ich in meinem Hotelzimmer, zusammengekauert vor der Minibar liegend, Taschentuchberge, schnodderige Nase, Pistazienschalen überall auf dem Boden verteilt, viele, *sehr viele* leere Miniflaschen Rum, und, ja, ja, ich habe telefoniert, und ich habe …

„Und du hast mich noch nie weinend angerufen."

Jetzt kam alles zurück, die Tür zu meiner Erinnerung schwang langsam auf. Ich war eine heulende Betrunkene gewesen, eine heulende hysterische, verschnupfte, betrunkene Frau. „Es tut mir leid, Kate, du hattest recht heute Nacht am Telefon. Du bist nicht verantwortlich für das, was mir gerade im Kopf herumgeht, für all die Dinge, die mich verwirren. Die Vergangenheit ist Vergangenheit, sie spielt keine Rolle mehr, was wichtig ist, bist du. Du bist meine älteste Freundin, Kate, und ich beziehe mich dabei auf die Länge der Zeit, wenn ich das sage, nicht auf dein Alter, nur damit du nicht gleich wieder einen Zusammenbruch erleidest, weil du schon über dreißig bist." Er griff nach meiner Hand. „Es tut mir so leid, dass es dir schlecht geht." Einen Moment lang schaute er mich an. „Ich weiß, dass du den Rest deines Lebens mit Gabriel verbringen wolltest, dass er der Mann ist, mit dem du Kinder bekommen wolltest. Ich kann mir nur schwer vorstellen, wie hart es für dich sein muss, jetzt mitzukriegen, wie er das mit einer anderen Frau erlebt."

Okay, nur um das mal festzuhalten: Ich gebe allein der blöden Schmetterlingsfrau und ihrem albernen Hören-Sie-immer-auf-das-was-Sie-fühlen-Quatsch die Schuld an der Sache mit dem Tequila. Madame Butterflys Ratschlag hätte gar nicht weniger vage sein können. Dadurch wurde doch Missverständnissen, Selbstsabotage und Exzessen Tür und Tor geöffnet.

Peter Parker hielt weiterhin meine Hand und sah mich freundlich an. Ich wusste, er würde kein weiteres Wort sagen, ehe ich ihm nicht erzählt hatte, wie ich mich fühlte. Das hieß also, entweder teilte ich mich ihm mit, oder es herrschte weiterhin Schweigen. Und ich denke, wir sind uns alle einig, dass ich nicht zu denen gehöre, die gern wortlose Stille genießen.

„Ich habe das Gefühl, dass ich jedes Mal, wenn ich einen kleinen Fortschritt gemacht habe“ – ich dachte dabei an die Nächte, die ich in Juliens Armen verbracht hatte – „oder wenn ich ausnahmsweise einen Glücksmoment verspüre oder einen Hoffnungsschimmer am Horizont sehe“ – ich dachte noch immer an dieselben Nächte –, „dann passiert etwas, das mir wieder den Boden unter den Füßen wegzieht. Dieses Mal ist es ein Anruf mitten in der Nacht, in dem er mir mitteilt, dass er ein Baby bekommt, und was ist es das nächste Mal? Dass er heiratet? Dass er Zwillinge bekommt? Ich weiß, dass das, was ich sage, kindisch und albern klingt. Ich weiß, es ist auch nicht nett, dass ich jemand anderem auch ein wenig Schmerz wünsche, aber so wie es aussieht, habe ich nicht das Gefühl, als wäre ich überhaupt wichtig gewesen. So, als hätte ich gar nicht existiert. Ich fühle mich total ersetzbar und unbedeutend, so, als wäre ich die unbedeutende bessere Hälfte gewesen.“ Ich hielt inne, als ich sah, dass Peter Parker bei meinen Worten zusammenzuckte, und erinnerte mich zu spät daran, dass seine Exfrau ihn auch so beschrieben hatte. „Es tut mir leid, ich wollte nicht …“

„Du brauchst dich nicht zu entschuldigen. Hier geht es nicht um mich, Kate. Hier geht es um dich und um deine Gefühle. Also, wie fühlst du dich?“

„Ich habe das Gefühl, dass das alles nicht fair ist. Nichts davon ist fair. Ich war diejenige, die unser Zuhause verlassen musste, als es vorbei war, die von einem Land ins andere ziehen musste, wieder einmal und mit nichts in der Hand. Ich war diejenige, die ganz von vorn beginnen musste. Er nicht. Er blieb, wo er war – derselbe Job, dasselbe Haus, dasselbe Land, die Familie in der Nähe, von Freunden umgeben. Er hat sich einfach eine neue Freundin gesucht, die im wahrsten Sinne des Wortes meinen Platz eingenommen hat, und hat einfach weitergemacht. Und ich habe versucht, meine Lektion zu lernen. Habe die ganze Bürde auf mich genommen. Und ich versuche wirklich, sicherzustellen, dass es anderen Frauen nicht so ergeht. Aber was hat er verloren? Wieso muss er nicht kämpfen? Was hat er für eine Lektion fürs Leben gelernt? Wo ist diese idiotische Suche nach dem Sinn des Lebens und die persönliche Entfaltung, nach der wir alle streben, nachdem man einen Haufen Scheiße über uns ausgeschüttet hat? Wieso musste und muss ich immer noch unter diesen fürchterlichen Schmerzen leiden, während er nichts dergleichen verspürt? Es kommt mir einfach nicht … fair vor …"

Ich verstummte, und ein paar Tränen kullerten aus meinem rechten Auge. Das ist traditionell das schwächere Auge und fängt immer vor dem linken an zu tränen. Aber das linke Auge eiferte dem rechten sofort nach, und die Tränen rannen mir unaufhörlich über die Wangen (nicht dass sie normalerweise von Musik begleitet werden, es ist nur so, dass normalerweise ein Mensch körperlich und emotional mehr in den Prozess des Weinens einbezogen ist, während meine Tränen einfach das machen, was ihnen gefällt). Ich stellte fest, dass es das erste Mal war, dass ich weinte – im nüchternen Zustand –, seit ich von Gabriels Baby erfahren hatte. Peter holte ein Taschentuch aus seiner Innentasche und trocknete mir die Wangen, während ich einfach weiterweinte.

„Was hat er verloren, Peter?", murmelte ich und schaute meinen ältesten Freund an, in der Hoffnung, dass er vielleicht alle Antworten parat hatte. Er nahm meine beiden Hände und hielt sie fest in seinen. Seine Hände waren warm, die Handflächen trocken, die Haut war weich. „Sag mir doch, was hat er verloren?"

„Er hat *dich* verloren. Das ist es, was Gabriel verloren hat. *Dich.*" Tränen rannen mir aus beiden Augen, wie bei einer kleinen Puppe, die Tränen vergießen kann, wenn man sie drückt. „Kate, so wie es scheint, ist Gabriel sofort in seine nächste Beziehung geschlittert, um sich abzulenken, vielleicht um eine Lücke zu füllen, die Lücke, die du hinterlassen hast, und jetzt ist die Frau schwanger, was vermutlich nicht geplant war. Das ist keine Situation, um die man ihn beneiden kann. Wahrscheinlich ist es sogar ziemlich Angst einflößend. Jedenfalls ist es keine Situation, die ich mir wünschen würde oder dir oder ihnen. Und das Ganze führt vermutlich dazu, dass er dich noch mehr vermisst, da er nur einen billigen Ersatz für dich gefunden hat, sozusagen eine Kate für Arme. Ich würde dich lieber Tag für Tag vermissen und allein bleiben, als mir einen Ersatz zu suchen und mit diesem Ersatz den Rest meines Lebens gestraft zu sein. Da würde ich jederzeit ein gebrochenes Herz und einen langen Heilungsprozess vorziehen."

Eine ganze Weile saßen wir schweigend da und hielten Händchen, was irgendwie ein bisschen seltsam war.

„Kate, meine Exfrau hat sich auch ziemlich schnell anderweitig orientiert, nachdem wir uns getrennt hatten. Sie hat jemanden getroffen, jemanden, der ganz anders ist als ich, und sie hat keinen Gedanken mehr an mich verschwendet. Und obwohl ich nie bezweifelt habe, dass es richtig war, unsere Beziehung zu beenden, war es eine bittere Pille, die ich schlucken musste, als sie so schnell jemand anderes hatte und mit ihm glücklich wurde. Ich fragte mich, wie wichtig ich ihr gewesen war, wenn ich so schnell ersetzt werden konnte. Und ich glaube, dass es mich davon abgehalten hat, mein eigenes Leben weiterzuführen, denn ich konzentrierte mich darauf, was sie mit ihrem Leben anstellte, wie sie vorankam, wie glücklich sie sein musste, und ich fragte mich, was das über mich als Mann und Ehemann aussagte, wenn ich so leicht zu ersetzen war. Aber das ist natürlich das Ego, das da spricht. Solche Gedanken sollten wir ganz rasch ausblenden, verdrängen, unter Kontrolle bringen. Du musst diese Gedanken abschalten. Und genau das habe ich schließlich auch getan. Dasselbe musst auch du tun. Wenn ich jetzt die Möglichkeit hätte, wieder mit ihr zusammen zu sein, dann würde ich es gar nicht mehr wollen. Das ist nicht das Leben, das ich mir vorstelle. Mehr brauche ich gar nicht zu wissen. Und ich glaube, wenn du die Wahl hättest, unter denselben Umständen wieder mit Gabriel zusammenzukommen, dann würdest du vermutlich auch Nein dazu sagen. Willst du noch einmal diese Art von Beziehung eingehen?"

Er zuckte ganz leicht zusammen, während er auf meine Antwort wartete. Es waren nur ein, zwei Wimpernschläge mehr, ein Zusammenpressen des Kiefers, so als würde er versuchen, ganz locker auszusehen, nur um mir zu versichern, was für eine beiläufige Frage das war, was mich jedoch ganz nervös machte. Plötzlich fing ich an, zu blinzeln und zusammenzuzucken, so als wäre ich an einen Lügendetektor angeschlossen und Peter würde mit seiner Hand meinen Puls messen. Hatte Grandma ihn gebeten, herzukommen, damit er diese Frage stellen und meine Antwort abschätzen konnte? Prüfte er, ob ich log? Wollte er herausfinden, ob ich jeden Moment einknicken und den ersten Flug nach Frankreich nehmen würde, um Gabriel anzuflehen, mich zu schwängern und zu heiraten? War er … Moment mal, war das jetzt eine vom Kater beflügelte Paranoia? Verdammter Alkohol! Dieses Teufelszeug ist doch nicht der gesellschaftliche Schmierstoff, für den es jeder hält – zum Teufel mit dir, Tequila!

„Kate? Wenn du die Wahl hättest, würdest du wieder mit Gabriel zusammen sein wollen?“ Wieder zuckten die Muskeln in Peters Gesicht.

„Nein. Nein!“ Ich wollte gerade noch ein drittes Nein hinterherschieben, erkannte jedoch, dass ich mich anhörte, als wollte ich mich selbst überzeugen. Aber hatte ich Peter Parker überzeugt?

„Sehr schön, das solltest du dir immer wieder sagen. Konzentriere dich auf dich. Konzentriere dich auf das, was gut für dich ist, und nicht auf das, was jemand anderes tut. Und sobald du das machst, wirst du anfangen, dich richtig gut zu fühlen. Genau so habe ich es auch gemacht. Und ich fühle mich großartig.“

„Peter, wie lange haben die Dämonen in deinem Kopf dich dazu gebracht, zu glauben, dass du leicht ersetzbar bist?“

„Ich glaube, zwei, nein, es waren wohl doch mindestens drei Tage, dann hatte ich die Situation unter Kontrolle und konnte normal weitermachen.“

Ach, was hatten Männer doch für ein schlichtes Gemüt!

„So, Kate, ich glaube, du musst dich mal wieder richtig ausschlafen, trink ordentlich viel, und wenn du morgen Zeit hast, dann könnten wir uns doch zusammen Beatrices Vorstellung ansehen und noch ein wenig über Gabriel reden, wenn dir das hilft.“ Er ließ meine Hände los und erhob sich aus dem winzigen Sessel.

„Oh, und bevor ich es vergesse, es gibt da noch ein paar andere Dinge, die ich gern aufgeklärt hätte, bevor ich wieder abfliege." Seine Mundwinkel zuckten leicht, was ein sicheres Zeichen dafür war, dass er das, was er mir zu sagen hatte, wohl ziemlich amüsant fand. „Kate, ich will ganz ehrlich zu dir sein, ich bin mir nicht sicher, ob ich als Samenspender für dich fungieren möchte." *Ach herrje.* „Ja, du hast mich gefragt, und ich habe, ehrlich gesagt, noch Schwierigkeiten damit, die Frucht meiner Lenden in diesem Zusammenhang feilzubieten, selbst wenn es dir zuliebe sein sollte."

„Ich verstehe schon."

„Und ich habe für dich ein Treffen mit dem Erziehungsminister in Westminster vereinbart. Es ist nur ein zehnminütiges Gespräch, aber das ist genug Zeit für dich, um ihm von deiner Idee mit dem Drop-in-Zentrum für junge Frauen zu erzählen, über das du im Rahmen deiner ‚Was mir die Liebe gestohlen hat'-Kolumne nachgedacht hast. Er kann dir sagen, ob er glaubt, dass es Sinn macht, die Idee weiterzuverfolgen. Es gibt nur eine winzige Bedingung. Sie haben darum gebeten, nein, darauf bestanden, dass Jenny Sullivan dabei ist. Sag jetzt nichts. Du wirst dieses Angebot annehmen und Danke sagen."

„Danke."

„Und dann ist da noch etwas, das ich an diesem Wendepunkt richtigstellen möchte." Seine Augen begannen zu funkeln. „Obwohl ich etwas verwirrt bin, wie irgendjemand überhaupt auf die Idee kommen konnte, aber auf jeden Fall bin ich nicht schwul und werde es auch nie sein."

„Oh …" Das Wort platzte einfach so aus mir heraus. Ich war verwirrt. Wie konnte es angehen, dass er *nicht* schwul war? In meiner Vorstellung lebte er mit einem verdammt großen Wrestler namens Stu zusammen.

„Du warst schrecklich traurig darüber letzte Nacht am Telefon, obwohl du meintest, dass eine Samenspende es wiedergutmachen würde." Ich hatte betrunken herumgefeilscht, na toll! „Ja, du warst sehr traurig angesichts meiner Homosexualität. Ich muss schon sagen, wenn ich dich nicht besser kennen würde, Kate, würde ich doch beinahe glauben, dass du ein wenig in mich verknallt bist." Ich wurde knallrot. „Das war nicht ernst gemeint!", sagte er und drückte sanft meine Schulter. „Es war nur ein Witz. Also, wir sehen uns morgen?" Er gab mir einen kleinen Kuss auf die Wange, bevor er davonging. Wie in Zeitlupe verließ er den Raum, so, als wären alle Scheinwerfer auf ihn gerichtet, als wäre er ein Filmstar aus den 1950er-Jahren.

Auf jeden Fall waren die Scheinwerfer auf mich gerichtet, nachdem Peter gegangen war, jedenfalls im übertragenen Sinne, denn das Personal in der Bar starrte mich missbilligend an, und der Maitre d'Hotel schüttelte jedes Mal, wenn er zu mir herüberblickte, den Kopf. Hier hatte ich wohl am Vorabend den einen oder anderen Drink (zu viel) bestellt. Na toll …

Ich flüchtete wieder nach oben in mein Zimmer und versuchte, die Ereignisse des Abends zu verarbeiten. Also war Peter Parker doch nicht schwul. Wie seltsam. Wie unerwartet. Wie verwirrend. Wieder einmal hatte ich das Gefühl, als wäre mein Universum leicht aus den Fugen geraten.

An diesem Abend fühlte ich mich anders als sonst, als ich ins Bett ging, es war so eine Art Sepiaton, der ja nicht richtig gelb und auch nicht richtig weiß ist, aber definitiv nicht schwarz und ganz sicher nicht grau.

Liebes „True Love"-Team,

hallo, ich bin's, Annie-pants. Ich wollte euch wissen lassen, dass ich an dem Designer-Grundkurs, den ihr für mich organisiert habt, teilgenommen habe. Und es war großartig. Federico, nur zur Info, fast alle, die den Kurs besucht haben, kamen „solo". Und selbst die, die mit einer Freundin kamen, waren total offen und redselig. Und wir alle hatten ja etwas gemeinsam. Wir wollten alle lernen, wie wir unsere eigenen Sachen nähen können. Obwohl wir also alle einen anderen Background hatten und unterschiedliche Jobs, hatten wir alle was gemeinsam.

Ich muss zugeben, dass ich in den ersten Wochen nervös war. Immer wieder hatte ich das dringende Bedürfnis, im letzten Moment abzusagen. Ich erfand Ausreden, um länger zu arbeiten, oder wollte ins Fitnessstudio gehen oder meine Wäsche machen – alles Mögliche, nur um nicht hingehen zu müssen, was irgendwie komisch war. Aber die anderen Frauen haben mir erzählt, das sei total normal und dass sie alle dasselbe durchgemacht hätten. Also bin ich dabeigeblieben, und ich finde es echt toll. Inzwischen habe ich auch schon ein paar Vorlesungen an der London School of Fashion *besucht. Es ist nämlich so, dass viele der Universitäten kostenlose oder ziemlich billige Einzelworkshops anbieten, die man einfach so besuchen kann. Letzten Sonntag bin ich zu einer Vorlesung über die Geschichte der Hutmacher gegangen. Das klingt, wenn ich es so schreibe, vielleicht ein bisschen langweilig, aber es war sehr interessant.*

Mein Freund (der, der mir noch keinen Antrag gemacht hat) kam sich ein wenig wie eine Niete vor, als er jetzt donnerstagsabends immer allein zu Hause saß, daher hat er endlich zugestimmt, der Fußballmannschaft seiner Firma beizutreten. Anfangs hat er noch gelästert und gemeint: „Ach, das ist doch nur ein verdammtes Fünf-zu-fünf-Spiel. Ich weiß gar nicht, warum die da so einen Aufstand drum machen. Im Büro reden sie ständig darüber. Ich hasse es. Ich kann nicht mal aufstehen, um mir einen Kaffee zu holen, ohne dass jemand hinter mir herhuscht, um mit mir über Angriffstaktiken zu reden und ob ich nicht auch finde, dass der Torhüter Glen ausgetauscht werden sollte, was ich übrigens tatsächlich finde. Man hat das Gefühl, der Mann hat sich die Hände eingeölt."

Im nächsten Spiel hat er dann das Siegtor geschossen. Jetzt redet er ununterbrochen über Fünf-zu-fünf-Fußball und kam in der letzten Woche mit dem Pokal für den besten Spieler nach Hause.

Das Beste an der Sache ist, dass all das Rumgerenne beim Fußball doch tatsächlich dazu geführt hat, dass er sein Hüftgold losgeworden ist (ein kleines Wunder!). Außerdem hat er viel mehr Energie als vorher, und er hat viel mehr Lust auf … Sex! Wer hätte gedacht, dass das Herumlaufen mit anderen Männern mittleren Alters ein paarmal die Woche solch eine Wirkung auf unser Sexleben hat? Eigentlich will ich darüber gar nicht weiter nachdenken …

Ach übrigens, Federico, das wollte ich dir auch noch erzählen: Mein Freund (immer noch der, der mir noch keinen Antrag gemacht hat) nahm auf einmal sehr viel mehr Notiz von mir. Anfangs war er noch mürrisch, weil ich auf einmal so viel Interesse an anderen Dingen hatte. Dann wurde er ein bisschen ruhiger. Schließlich hat er mich gefragt, ob ich mir mal ein Wochenende freihalten könne. Er ist mit mir nach Paris zur Fashion Week gefahren, und am letzten Abend hat er mir einen Heiratsantrag gemacht! Diese ganze Sache war eine tolle Erfahrung für uns beide. Unglaublich, dass solch eine kleine Veränderung so große, positive Auswirkungen gehabt hat!

Vielen Dank, „True Love"!

Viele Grüße
Annie-pants

Gib mir meinen Romeo,
Und stirbt er einst,
Nimm in kleine Sterne ihn:
Er wird des Himmels Antlitz so verschönern,
Dass alle Welt sich in die Nacht verliebt
Und niemand mehr der eitlen Sonne huldigt.
(WILLIAM SHAKESPEARE, *Romeo & Julia*)

Central Park | New York

„Doch still, was schimmert durch das Fenster dort? Es ist der Ost, und Julia die Sonne!"

Peter war mit mir in den Central Park gegangen, und wir sahen uns das Theaterstück „Romeo und Julia" an. Hunderte von Leuten saßen auf Picknickdecken unter dem Sternenhimmel, tranken Wein und genossen die Geschichte der unglücklich Verliebten.

„Ich fand früher immer, dass die Liebe so sein müsste", sagte ich, als die letzte Szene des Stücks ihren Lauf nahm: ein unzeitiges Erwachen, gefolgt von einem unzeitigen Tod.

„Du bist der Meinung, dass Liebe selbstmörderisch ist? Du bist sehr dramatisch, KitKat."

„Nein, ich fand nur, dass es bei der Liebe darum geht, dass zwei Menschen sich zueinander hingezogen fühlen, trotz ihrer Unterschiede, trotz aller Hindernisse, die ihnen das Leben in den Weg legt, dass sie gemeinsam stärker sind als die einzelnen Strahlen der Sonne."

„Liebe in dieser Form ist sehr gefährlich, Kate. Bei ‚Romeo und Julia' geht es um zwei Menschen, die nicht ohne den anderen leben wollen. Das ist Schwäche."

„Du vereinfachst die Sache zu sehr, Peter."

„Tue ich das? Und wie denkst du jetzt über die Liebe? Du hast gesagt, dass du früher so gedacht hast."

„Jetzt glaube ich, dass ich gar nicht mehr darüber nachdenke. Oder wenn ich es tue, dann eher im Kontext von Samson und

Delila: Liebe, die zum Verlust von Macht, Stärke und der eigenen Identität führt."

„Das klingt schon eher realistisch."

„Es klingt pessimistisch. Ich glaube, ich wollte die Liebe als etwas Außergewöhnlicher ansehen, oder zumindest hatte ich gehofft, sie wäre es."

Wir saßen auf einer Decke, und Peter hatte Wein und Popcorn mitgebracht. Überall im Park saßen Menschen, die dasselbe taten, während die Schauspieler auf der Bühne in der Mitte agierten.

„Also, wie ist es mit dir, Peter, was denkst du über die Liebe?"

„Wie ernst war dir die Sache, deine Eizellen einfrieren zu lassen?", wollte Peter wissen, während er versuchte, Popcorn mit dem Mund aufzufangen. Seine abrupten Themenwechsel wurden langsam lästig.

„Na ja, ich möchte mir die Möglichkeit offenhalten, später einmal Kinder zu bekommen. Aber dafür ist ein gewisses Maß an genetischen Tests erforderlich, um herauszufinden, ob ich irgendwelche Erbkrankheiten in mir trage oder irgendwelche sonstigen Abnormitäten. Ich bin mir nicht ganz sicher, was ich davon halte." Auf der Bühne erwachte Julia und würde gleich merken, dass Romeo an ihrer Seite tot war. „Hast du jemals irgendwelche Tests machen lassen, um herauszufinden, dass du nicht die gleiche Herzschwäche hast wie deine Mum? Entschuldige, ich weiß gar nicht genau, woran sie gestorben ist. Grandma hat damals lediglich gesagt, sie hätte ein schwaches Herz gehabt."

Peter antwortete nicht, sondern fuhr einfach fort, sich Popcorn in den Mund zu werfen.

„Peter, warum hast du mich nie kontaktiert, nachdem du England verlassen hattest? Du hast Grandma geschrieben. Und so wie ich das sehe, ist sie dir schon wichtig, und sie selbst hat sich immer als eine Art Ersatzmutter für dich verstanden. Ich verstehe nur einfach nicht, warum du nicht hin und wieder mal eine kurze Zeile an mich geschickt hast oder mir durch sie eine Nachricht hast zukommen lassen."

„Oh glücklicher Dolch! Hier ist deine Scheide." Julia nahm sich auf der Bühne das Leben – sie schien den Tod einem Leben ohne Liebe vorzuziehen. „Hier roste und lass mich sterben."

„Ich möchte dir ein paar Sachen über meine Vergangenheit erklären, Kate", sagte Peter und klang dabei so, als ob er alles andere als begeistert über dieses Vorhaben sei. „Ich weiß nur nicht so recht, wo ich anfangen oder enden soll, und um ehrlich zu sein, am liebsten würde ich vergessen, dass es je passiert ist, und stattdessen von heute an ganz neu anfangen."

„Und? Heißt das nun, dass du es mir erzählst, oder nicht? Wir könnten auch wieder über meine Fruchtbarkeit reden, wenn du willst." Männer hassten es, über Fruchtbarkeit und Menstruationszyklen zu sprechen.

„Okay, na gut." In der Dunkelheit konnte ich erkennen, dass Peter sich zu mir herumgedreht hatte, um mich anzuschauen. „Meine Mum ist nicht an einem schwachen Herzen gestorben. Sie hat herausgefunden, dass mein Vater eine Affäre hatte, und hat daraufhin Selbstmord begangen."

Oh! Mein! Gott!

Auf der Bühne wurde es dunkel, und die Zuschauer begannen zu applaudieren.

Das dauerte mehrere schmerzvolle Minuten lang.

„Peter, das ergibt doch keinen Sinn, deine Mum schien immer so glücklich zu sein."

„Sie war glücklich", erwiderte er und wischte ein Stück Popcorn von der Decke, „wenn sie mit meinem Dad zusammen war. Ihre Welt drehte sich nur um ihn. Er war ihre Sonne." Er schenkte uns noch mehr Wein ein, bevor er sich auf die Decke legte und mich zu sich zog. Ich drehte meinen Kopf, um ihn ansehen zu können. „Kate, erinnerst du dich, als ich für ungefähr drei Wochen bei dir und deiner Grandma geblieben bin? Wir waren ungefähr sechs. Du hast damals immer noch ziemlich häufig ins Bett gemacht." Wieso musste er jedes Mal, wenn ich ihn traf, mindestens ein demütigendes Detail aus meiner Kindheit erwähnen? „Na ja, ich sollte eigentlich nur übers Wochenende bleiben, mein Vater hatte einen dringenden Geschäftstermin in Rom und musste sofort los. Meine

Mum bot an, seine Sachen zu packen und sie ihm nachzuschicken. In letzter Minute hat sie sich dann aber entschieden, ihn zu überraschen und ihm die Sachen persönlich zu bringen."

„Ich habe nicht oft ins Bett gemacht."

„Kate, dein Bett glich einem Wasserpark", entgegnete er und tätschelte meine Hand. „Und bitte, jetzt geht es ausnahmsweise mal nicht um dich."

„Entschuldige."

„Als meine Mum im Hotel meines Dads in Rom ankam, stellte sie fest, dass er mit einer anderen Frau da war."

Er drehte sich auf die Seite und legte den Kopf auf seine Hand. In der Dunkelheit sah er mich an. Ich wusste nicht, was ich sagen sollte, und versuchte krampfhaft, *nicht* an mein Blasenproblem zu denken.

„Peter, es tut mir so leid, das ist ja schrecklich."

„Offenbar war das schon eine Weile so gegangen. Es war eine ernsthafte ... *Beziehung*." Es bereitete ihm ernsthafte Schwierigkeiten, das Wort auszusprechen. „Und mein Vater hatte bereits beschlossen, meine Mum zu verlassen. Na ja, es gibt kein Universum ohne Sonne, und Mum versank in tiefe Depressionen. Sie wollte nicht dagegen angehen. Sie versuchte gar nicht, dagegen anzugehen. Für meine Mum war ein Leben ohne meinen Vater nicht lebenswert. Also hat sie entsprechend gehandelt." Er streckte sich auf dem Rücken aus und starrte hinauf zu den Sternen. Ich griff nach seiner Hand.

„Sie sagten, sie hätte nicht gelitten, was, so vermute ich, etwas Gutes ist. Es muss so gewesen sein, als wäre sie einfach eingeschlafen. Natürlich wusste ich nichts davon. Dad hat mir damals erzählt, dass sie unter einem schwachen Herzen gelitten hätte und dass es schließlich zu schwach gewesen wäre und aufgehört hätte zu schlagen, was in gewisser Weise ja auch stimmte. Erst als wir Jahre später das Haus verkauften, fand ich ein paar Briefe von Mum an Dad, Unterlagen, die die Scheidung betrafen, und Briefe an meinen Dad, geschrieben nach Mums Tod ... von der anderen Frau." Er zog die Hand fort.

„Und wann war das?“

„Ich fand das am Tag vor deinem fünfzehnten Geburtstag heraus.“

„Warum hast du es mir nicht erzählt?“

„Ich wollte nicht darüber reden, Kate. Ich wollte all das, was ich empfand, nicht fühlen. Und ich wollte es dir nicht erklären. Also überlegte ich mir, einfach abzuhauen. Zu laufen, laufen, laufen, bis ich dem Ganzen vielleicht entkommen wäre. Aber deine Grandma ertappte mich dabei, als ich am Packen war.“

„Wie macht sie das nur, dass sie immer zum rechten Zeitpunkt auftaucht?“

„Oder zum falschen. Wie auch immer, sie wusste sofort, dass sie mich nicht von meinem Plan würde abbringen können. Und deine Grandma ist niemand, der sinnlos seine Zeit vergeudet. Also habe ich mit ihr verhandelt. Ich wusste, dass sie mir das Einzige bieten konnte, was ich wirklich wollte – die Flucht –, also stimmte sie zu, mir einen Platz in einer guten Schule in der Schweiz zu besorgen. Sie bestand darauf, dass ich die Schule zu Ende führte, damit ich eine gute Ausbildung bekam und somit gute Chancen hatte, mir ein ordentliches Leben aufzubauen. Sie wollte nicht, dass ich jemals wieder von irgendjemandem abhängig war. ‚Freiheit bedeutet die Möglichkeit einer Wahl‘, sagte sie an dem Tag, und ich wollte beides. Also nahm ich ihre Hilfe an, unter der Bedingung, dass sie versprach, mein Geheimnis zu hüten und niemandem zu erzählen, wohin ich gegangen war. Sie wusste, wenn sie ihr Versprechen brach, würde ich wieder weglaufen. Es war schrecklich, dass ich sie in diese Lage brachte, das weiß ich, aber ich habe damals nur an mich gedacht. Schon vierundzwanzig Stunden später war ich in meiner neuen Schule in der Schweiz.“ Er setzte sich auf und nippte an seinem Wein. „Ich wollte dich sehen, Kate. Ehrlich. Ich habe dich vermisst. Aber du warst zu sehr mit meiner Vergangenheit verknüpft. Und ich wusste, ich würde dich nicht ansehen können, ohne an *sie* zu denken.“

Zum ersten Mal, seit er angefangen hatte, über seine Mum zu reden, bemerkte ich eine Gefühlsregung bei Peter, und es war Zorn.

„Warum gibt jemand alles wegen einer Liebesaffäre auf?", fragte er und wandte sich wieder zu mir um. „Wie kann man so schwach sein? Meinen Dad ohrfeigen, ja. Sich von ihm scheiden lassen und ihn finanziell ausnehmen, vielleicht. Aber sich einfach hinlegen und den Tod wählen? Wegen der Liebe? Wer macht so etwas? Ernsthaft, Kate, was für ein Mensch tut so etwas?"

Einen Augenblick lang saßen wir schweigend da. Peter starrte in den inzwischen fast menschenleeren Park, während ich ihn anschaute.

„Die Sache mit deiner Mum tut mir echt leid, Peter."

„Mir auch. Aber es war ihre Wahl, nicht meine, und ich möchte das jetzt wirklich vergessen. Es ist anstrengend, das immer mit sich herumzuschleppen, und es ist anstrengend, dich anzulügen. Lügen jeglicher Art sind immer eine emotionale Belastung."

„Ich kann mir nicht vorstellen, damit zu leben."

„Hast du nie jemanden angelogen, der dir nahestand?"

„Nein, Peter, das habe ich nicht. Das einzige Mal, dass ich nicht ganz ehrlich war, war zu der Zeit, als die Beziehung mit Gabriel in die Brüche ging. Und ich glaube, ich habe damals den anderen nicht die Wahrheit gesagt, weil ich eher sie beschützen wollte, als dass ich mich schützen wollte."

„Ich möchte einfach nur, dass alles wieder so ist, wie es zwischen uns war, als wir noch Kinder waren, meinst du, dass das möglich ist? Unser Leben war so einfach damals."

Ich sah in seine blauen Augen. Wie sollten wir jemals wieder so sein wie damals, als wir noch Kinder waren?

„Das war's also, Peter? Keine weiteren Geheimnisse? Das war der Grund, warum du dich so widersprüchlich und manchmal total merkwürdig verhalten hast?"

Peter wandte den Blick ab. „Ich kann dir versprechen, Kate, dass dein Wohlergehen für mich das Wichtigste ist", sagte er, nahm meine Hand und beugte sich zu mir, um mich sanft auf die Wange zu küssen. Aus einem unerfindlichen Grund verspürte ich das Bedürfnis, diese Liebkosung zu erwidern, also küsste ich ihn hastig auf die Wange und fühlte mich danach ziemlich albern.

„Kate, es tut mir so leid, aber ich merke, dass ich Migräne bekomme. Ist es schlimm, wenn ich nicht mit dir zu Beatrices Vorstellung komme? Ich glaube, ich muss mich ein wenig hinlegen. Ich schicke dir den Wagen, damit du hinkommst, aber ich fürchte, ich muss gehen." Noch einmal küsste er mich auf die Wange, diesmal ein wenig näher an meinem Mund. „Es tut mir leid", fügte er noch hinzu, bevor er aufstand und langsam durch den dunklen Park davonging.

Die *Juilliard School* | New York

Der Konzertsaal in der *Juilliard School* war genauso beeindruckend wie irgendein anderer der West-End-Theater. Es gab nicht nur ein mit roten Plüschsesseln bestücktes Parkett, sondern auch noch einen ersten Rang. Der Saal wurde von einer kunstvoll dekorierten goldenen Kuppeldecke gekrönt, und die Bühne war riesig, umrahmt von einem dicken roten Samtvorhang. Die Vorstellung bestand aus einer Mischung aus Musik- und Gesangsbeiträgen, und Beatrice war die dritte Künstlerin, die auftrat. Huck sprach ein paar Einleitungssätze.

„Unsere Ambitionen müssen manchmal hinter unseren Verpflichtungen zurückstehen. Was wir gern tun würden, muss dem, was wir glauben, tun zu *müssen*, Platz machen. Träume müssen praktischen Dingen weichen. Unsere Erwartungen ans Leben sind anfangs riesengroß, doch eine Ablehnung, eine verpasste Gelegenheit, mangelndes Vertrauen, Zeit, Geld, Mittel oder Zuspruch führen alle zum selben Ergebnis: Wir schrauben unsere Erwartungen zurück, überdenken sie, bis sie nicht mehr ganz so stark glänzen, bis sie ein wenig ‚realistischer' sind. Immerhin sind wir jetzt ja erwachsen, wir wissen, wie die Welt funktioniert, mit Träumen kann man keine Rechnungen bezahlen, also nehmen wir uns noch weiter zurück, und einige Träume werden ganz von unserer Liste gestrichen, bis wir dort landen, wo wir heute sind.

Die meisten von uns, die wir heute hier sind, haben diesen Prozess bereits begonnen. Jemand, der hierherkam, um leitender Komponist bei Disney zu werden, denkt jetzt vielleicht, er könne sich glücklich schätzen, einen Teilzeitjob bei Paramount zu ergattern. Eine Geigerin, die gehofft hatte, bei den New Yorker Symphonikern angenommen zu werden, glaubt jetzt, dass es genauso gut Boston sein könne. Vielleicht gab es heute einen Anfängerkurs Italienisch, doch Sie sind nicht hingegangen, weil Sie dachten: Wie groß sind schon die Chancen, dass ich jemals in Venedig spielen werde? Wir alle geben unsere Träume auf. Heute haben wir einen Gast hier, der das aus eigener Erfahrung bestätigen kann. Sie träumte davon, Konzertpianistin zu werden. Sie hatte einen Platz hier an der Schule bekommen, damals, vor vielen Jahren. Aber die Verpflichtungen zeigten ihre hässliche Fratze: die Pflicht, zu heiraten, sich häuslich niederzulassen, das Richtige in den Augen ihrer Familie und der Gesellschaft zu tun. Hinzu kamen die Zweifel, ich meine, wie groß sind die Chancen, wirklich gut genug zu sein, um Konzertpianistin zu werden? Sie redete sich ein, dass es wohl nie so weit kommen würde. Und schon ließ sie ab von ihrem Traum, der sich langsam verflüchtigte, und das Gerüst ihrer Ambitionen brach in sich zusammen. Aber sie gab nicht ganz auf. Sie ist zurückgekommen und wird heute Abend noch einmal nach ihrem Traum greifen, hier zu spielen, so, wie sie es sich vor langer, langer Zeit erträumt hatte. Und dafür sind wir dankbar. Es inspiriert uns. Wir verneigen uns ehrfürchtig vor ihr. Unser Motto des heutigen Abends lautet also schlicht und ergreifend: Gebt zur Abwechslung einmal nicht auf, lasst nicht locker, bewahrt euch eure Hoffnungen auf die Zukunft. Wir müssen uns hin und wieder die Möglichkeit einräumen, auch noch träumen zu dürfen, und heute Abend tun wir es. Jetzt möchte ich Ihnen Beatrice Van de Broeck vorstellen, die Frau, die sich ihre Träume bewahrt hat. Beatrice Van de Broeck, meine Damen und Herren!“

Er ging an die Seite, half einer sich langsam bewegenden Beatrice unter donnerndem Applaus auf die Bühne und geleitete sie zu dem großen, in der Mitte aufgebauten Flügel. Sie setzte sich, und das Publikum wurde still. Während alle darauf warteten, dass sie anfing zu spielen, breitete sich langsam Unbehagen aus. Sie legte die Hände auf die Tasten. Ich hielt die Luft an. Sie spielte einen Akkord. Es klang tonlos. Beatrice hielt inne und zog die Hände zurück, so als hätte sie sich an den Tasten verbrannt.

Ich saß im ersten Rang, doch selbst von dort konnte ich sehen, dass ihre Hände zitterten. Niemand wusste, was er tun sollte. Ich merkte, dass die Leute unruhig wurden. Beatrice schaute ins Publikum und blinzelte ins grelle Licht. Es war schrecklich. Eine neunzigjährige Dame saß allein auf der Bühne und traute sich nicht, eine Note zu spielen. Ich wäre am liebsten zu ihr nach unten gelaufen und hätte sie von der Bühne gezerrt. Gerade als ich genau das tun wollte, kam Huck auf die Bühne marschiert und klatschte heftig, während er ins Publikum nickte und es damit aufforderte, es ihm gleichzutun. Alle stimmten ein und klatschten wie verrückt. Dann setzte er sich neben Beatrice. Er legte einen Arm um sie und drehte sie zum Publikum herum. Sie drehte sich schüchtern und blinzelte, so als wären die Zuhörer die Sonne. Er drückte ihr leicht die Schultern, flüsterte ihr etwas ins Ohr und spielte ein sehr lautes E. Sie machte dasselbe. Er spielte einen Akkord. Sie auch. Ehe ich „Beethoven" sagen konnte, führten sie ein unglaubliches Duett vor. Am Ende brachte er Beatrice dazu, sich dreimal zu verbeugen, und anschließend spielte sie ein Solostück. Sie mochte zwar neunzig sein, doch sie hatte eindeutig Rhythmus im Blut.

Am Ende des Abends wurde sie gebeten, mit einigen Percussion-Künstlern eine kleine Jamsession zu spielen, was das gesamte Publikum von den Stühlen riss und zum Tanzen brachte. Zum Schluss strahlte Beatrice vor Glück.

Es bleibt festzuhalten: Die schönste Farbe dieser Erde ist das zarte Rosa auf Beatrice Van de Broecks Wangen am Abend, als sie an der *Juilliard School* ihren Auftritt hatte.

Nach der Vorstellung warteten Beatrice und ich darauf, dass sich der Saal leerte, bevor wir uns noch einen Moment Zeit nahmen, um uns auf die wunderschöne Bühne zu setzen. Wir ließen den Raum auf uns wirken, die Bühne, den Geruch, damit Beatrice noch einmal all das in sich aufsaugen konnte, was sie vor all den Jahren aufgegeben hatte. Schweigend saßen wir da und schauten in den schwach erleuchteten Zuschauerraum mit seinen leeren Sitzen. Es war ein angenehmes Schweigen, bei dem niemand sich verpflichtet fühlte, etwas zu sagen, nur ich natürlich …

„Beatrice, was meinen Sie, wie wäre Ihr Leben verlaufen, wenn Sie hier zur Schule gegangen wären?"

Sie ließ sich für die Antwort einen Augenblick lang Zeit. Holte tief Luft. Überlegte.

„Es ist nicht möglich, sich das vorzustellen, Kate. Und so langsam vermute ich, dass es einfach nicht mein Schicksal war."

„Was meinen Sie damit, Sie waren doch großartig heute Abend."

„Wenn es mein Schicksal gewesen wäre, Künstlerin zu werden, dann wäre mein Leben doch noch immer von der Musik bestimmt gewesen, oder? Selbst nachdem ich mich dagegen entschieden hatte, hierherzukommen. Zumindest hätte die Musik einen größeren Raum einnehmen müssen. Aber so war es nicht. Ich kehrte der Musik, unmittelbar nachdem ich die Entscheidung getroffen hatte, den Rücken. Dabei hätte ich doch bestimmt auch eine Möglichkeit in England finden können, um Musik zu studieren. Aber das habe ich nicht getan. Und die Entscheidung, ohne die Musik weiterzuleben, sie aufzugeben, habe ich ganz allein getroffen. Ich habe mich sozusagen selbst sabotiert und das Ende meiner vermeintlichen Musikkarriere selbst herbeigeführt. Es ist lustig, aber in mehr als sechzig Jahren habe ich es nie von dieser Seite aus betrachtet. Aber jetzt wird es mir klar. Die Jugendlichen sind hier, weil sie es mehr als ich wollten. Sie sind tapferer als ich. Was bin ich nur dumm, dass ich mein ganzes Leben lang geglaubt habe, ich wäre etwas, das ich gar nicht bin." Ihre Stimme wurde brüchig. „Was für eine dumme Frau bin ich doch." Sie holte ein kleines, mit Blumen bestícktes Taschentuch aus ihrer Handtasche und tupfte sich die Augen. Wir saßen da, ohne Worte, ohne Musik. „Aber letztendlich habe ich doch noch hier gespielt, oder?"

„Ja, Beatrice, das haben Sie. Und wundervoll noch dazu."

„Ich glaube, es wird Zeit, nach Hause zu fahren, Kate", sagte sie und klopfte mir liebevoll aufs Knie, ehe sie aufstand und langsam von der Bühne ging.

Auf dem Flug nach Hause brachte ich es nicht über mich, viel mit Beatrice zu reden, was ganz gut passte, da sie die ganze Zeit schlief. Also beobachtete ich sie stundenlang beim Schlafen, was diesmal definitiv einem Stalker ähnelte. Was hatte ich dieser armen alten Dame nur angetan? Konnte man Beatrices Erkenntnis, sich selbst sabotiert zu haben, auf uns alle übertragen? Selbst wenn wir uns in Umständen wiederfinden, die wir eigentlich hassen –

hatten wir irgendwann die Wahl, entweder diese Umstände zu akzeptieren oder diese Veränderung *nicht* voranzutreiben? Hatten wir Angst davor, mehr Macht zu haben? Angst vor der Kontrolle, die wir über unser eigenes Leben haben? Angst davor, mehr Verantwortung zu übernehmen? Oder liegt es daran, dass wir, wenn wir mehr Verantwortung übernehmen würden, nur uns selbst die Schuld geben könnten, wenn etwas schiefläuft?

Kaum waren wir in London gelandet, rief ich Chad an. Ich war mir nicht sicher, wie ich über Beatrices Besuch in New York berichten sollte. Was war, wenn Selbstsabotage der eigentliche Grund für all diese Verluste war?

„Wir reden jetzt darüber, genau dreißig Sekunden lang, und dann verlieren wir kein Wort mehr darüber, ist das, zur Pussy noch mal, klar?" Ich stellte mir vor, wie Chad auf und ab lief, während er sprach. „Wenn ich mit jemandem schlafe, weiß ich von vornherein, dass es zu nichts führt, richtig? Also, obwohl ich bereits eine Entscheidung getroffen habe, obwohl ich weiß, was ich will, will ich trotzdem nicht derjenige sein, der die Beziehung beendet. Ich will, dass der andere es tut. Vermeidung von Verantwortung, verstehst du?"

„Nein."

„Pass auf, wenn jemand mich sitzen lässt, kann ich der passive Rezipient sein, was äußerst bequem ist. Ich kann einfach sagen: ‚Was sollte ich machen? Es war seine Entscheidung.' Aber wenn ich jemanden sitzen lasse und dann feststelle, dass er eigentlich doch toll gewesen ist, und ich folglich einen Fehler gemacht habe, oder noch schlimmer: Ich lasse jemanden sitzen und treffe ihn dann ein Jahr später wieder und er ist noch fitter als vorher, dann würde ich mir doch sagen: ‚Verdammt, Chad, du kannst ja nicht einmal deinem eigenen Urteil vertrauen, du hast es echt versaut', und ich müsste mit dieser unangenehmen Erkenntnis leben. Ich würde anfangen, an mir zu zweifeln. Ich will nicht an mir zweifeln, Kate. Das macht das Leben noch komplizierter, zur Pussy noch mal. Ich bräuchte einen Seelenklempner. Also vermeide ich gewisse Arten von Verantwortung."

„Aber was ist, wenn du jemanden erwischst, der ebenfalls keine Verantwortung übernehmen will und wenn der die Beziehung auch nicht beendet." Ich dachte da vor allem an Federico und seine Art, wie eine Klette an jemandem zu hängen. „Bleibt ihr dann für immer zusammen?"

„Irgendwann gehen sie alle, Kate, das ist die einzige Konstante in diesem Leben. Niemand bleibt für immer." Er räusperte sich. „Also, lass uns wieder über diese alte Klavierspielerin reden."

„Beatrice."

„Wie auch immer. Was wäre, wenn Beatrice nicht geheiratet hätte, es aber dann auch als Pianistin zu nichts gebracht hätte und schließlich arm wie eine Kirchenmaus auf der Straße gelandet wäre? Oder wenn sie ihn geheiratet und in irgendeiner Form in England weiter Klavier gespielt hätte, nur um nach ein paar Jahren festzustellen, dass sie doch gar nicht so gut war? Sie hätte sich und ihr Talent falsch eingeschätzt, sie hätte zugeben müssen, dass sie sich selbst etwas vorgemacht hatte, als sie geglaubt hatte, Konzertpianistin werden zu können, und demzufolge wäre ihr Leben ihr auf einmal pussymäßig bedeutungslos vorgekommen. Sie hätte angefangen, sich zu fragen: Wer, zum Teufel, bin ich eigentlich? Warum, zum Teufel, bin ich hier? Ich tauge doch zu gar nichts. Was, zum Teufel, soll das alles bedeuten? Verstehst du? Wir alle suchen nach dem Sinn, Kate. Wir alle müssen uns durch etwas anderes definieren. So wie du dich zurzeit dadurch definierst, dass du kreuzunglücklich bist und daran glaubst, dass die Liebe dir deine Träume gestohlen hat. Das ist deine Entscheidung. So als ob du keine Verantwortung übernimmst, und zwar in dem Sinn, dass du das begrenzte Leben, das du dir selbst zugestehst, selbst bestimmst, weil du so tust, als hättest du ohnehin keine pussymäßige Kontrolle darüber. Verstehst du?"

Ich war mir nicht sicher.

„Niemand will Verantwortung übernehmen, Kate. Wir tun es bis zu einem gewissen Grad, indem wir entscheiden, welchen Job wir machen wollen, mit wem wir ins Bett gehen, wie viele Schulden wir auf unserem Kreditkartenkonto anhäufen und indem wir einmal im Jahr unsere Nanny besuchen, um sicherzustellen, dass sie uns in ihrem Testament nicht vergisst. Aber alles andere, nein, vielen Dank. Nur die Martin Luther Kings dieser Welt wollen sich und die Kraft ihrer eigenen Macht testen. Niemand sonst würde mit revolutionären Ideen aufwarten, würde Veränderungen anstoßen, würde irgendetwas Besseres versprechen, aus Angst, die Versprechungen nicht erfüllen zu können, aus Angst, dass es sich als Fehlschlag herausstellen könnte. Millionen folgten Gandhi, richtig? Aber niemand, zur Pussy, will Gandhi sein. Hast du kapiert?"

„Äh …"

„Kate, Beatrice ist nicht die Einzige. Du bist ebenfalls verantwortlich für all den Scheiß, der in deinem Leben gerade außer Kontrolle geraten ist, einschließlich der Tatsache, dass ich bis zu einem gewissen Grad Kontrolle über deine Karrierechancen ausüben kann. Übrigens, da wir gerade beim Thema sind, ich erwarte eine Kopie dieses Artikels bis morgen Mittag auf meinem Schreibtisch, und wenn ich Schreibtisch sage, meine ich natürlich meinen E-Mail-Eingang, und mit einer Kopie meine ich ein digitales Format." Er legte auf.

War Beatrice wirklich selbst verantwortlich für ihr eigenes Verderben? Wenn ja, dann konnte man nicht die Liebe dafür verantwortlich machen. Dann hatte die Liebe ihr gar nichts gestohlen. Dann gab es kein versäumtes Traumschiff, keinen Traum, den die Liebe gestohlen hatte. Dann gab es lediglich einen Mangel an Entschlossenheit oder vielleicht einen Mangel an wahrhaftigem und andauerndem Interesse.

Ich habe mal ein Buch mit dem Titel „The Artist's Way", also „Der Weg des Künstlers", gelesen. Dabei handelte es sich um ein Zwölf-Wochen-Programm für Künstler, die Schwierigkeiten mit ihrer Kreativität haben. Im Grunde ist das Buch für diejenigen gemacht worden, deren Leben plötzlich nicht mehr ganz so glänzend daherkommt. Darin gab es viele einfache und schnelle Übungen, die dem Leser helfen sollten, sich besser zu fühlen. Mein persönlicher Favorit waren immer die „Morgenseiten". Die „Morgenseiten" sind drei Seiten, die man sofort, wenn man morgens aufwacht, schreiben soll; drei handgeschriebene Seiten, in denen man seinen Gedanken freien Lauf lässt. Es gibt keine falsche Art und Weise, die „Morgenseiten" zu schreiben. Man wacht auf, schnappt sich einen Stift, schreibt drei Seiten. Und es endet damit, dass man über Gott und die Welt philosophiert. Es ergibt selten Sinn. Diese Seiten sollen auch nicht wieder gelesen oder analysiert werden. In den meisten Fällen ist der Inhalt negativ, bruchstückhaft und wiederholt sich: Sorgen um den Job, die Art und Weise, wie dein Freund am Abend zuvor beim Essen über dich geredet hat, Sehnsüchte, Ängste. Manchmal habe ich eine ganze Seite lang nur „Was soll ich schreiben?" zu Papier gebracht, ehe der Rest herauskam. Und das passiert immer. Die Kleinigkeiten, die einem unbewusst und ungefiltert durch den Kopf gehen. Das Schreiben der „Morgenseiten" ist so wie die morgendliche Dusche, nur für den Kopf. Anschließend ist er sauber, frisch und bereit für den Tag, ein bisschen leichter, heller und offen für all das, was das Universum zu bieten hat. Aber ich schweife ab …

Die Eingangsseiten des Buches „Der Weg des Künstlers" behandeln das Thema, wie Menschen wie zum Beispiel Beatrice sich selbst sabotieren. Wie sie sich selbst blockieren und sich davon abhalten, die Dinge zu tun, die sie lieben. Offenbar ist eine der häufigsten Ausreden:

„Wenn ich wirklich eine [einfügen] wäre, hätte ich [einfügen]."

In meinem Fall würde das heißen: „Wenn ich wirklich dazu bestimmt wäre, *Menschen das Skifahren beizubringen*, hätte ich schon ganz früh angefangen, *Ski zu laufen*. Daher kann es nicht das Richtige für mich sein. Ich sollte es aufgeben."

Und somit habe ich mich schon selbst sabotiert, ehe ich überhaupt angefangen habe, ehe ich es überhaupt versucht habe. Das Buch hilft einem, diese inkorrekte Sichtweise, mit der man sich selbst behindert, zu erkennen, und sorgt dafür, dass man nicht zu einem Sklaven dieser Art von Gedanken wird. Damit man seine Träume nicht aufgibt. Hatte die Liebe beziehungsweise deren Nichtvorhandensein mich blockiert? Erzählte ich anderen Leuten fälschlicherweise, dass die Liebe sie daran gehindert hätte, bestimmte Dinge zu tun? Befreite ich die Frauen, oder nahm ich ihnen die Macht? Das Ganze wurde immer verwirrender …

Unabhängig von Chads Theorie und meinem eigenen inneren Aufruhr wollte ich nicht, dass Beatrice auch nur eine Sekunde lang daran zweifelte, dass sie eine Musikerin war. „Wenn ich Musikerin wäre, wäre ich an die *Juilliard School* gegangen oder hätte mich dazu entschlossen, in England Musik zu studieren." Das hatte sie gesagt. Genau so, wie es in dem Buch „Der Weg des Künstlers" beschrieben worden war. Sie hatte sich selbst die Schuld gegeben, hatte sich klein gemacht, ihr Talent abgewertet. Sie hatte sich selbst herabgesetzt. Sie hatte sich unnötigerweise und fälschlicherweise selbst gequält. Von Zweifeln geplagt und dem inneren Aufruhr in meinem Herzen folgend, bestellte ich für Beatrice Van de Broeck das Buch „Der Weg des Künstlers". Wenn sie es las, stellte sie vielleicht fest, dass ihre Entscheidung, nicht Musik zu studieren, nur eine Blockade gewesen war. Sie würde erkennen, dass es völlig normal war. Vielleicht konnte sie daraus sogar lernen, wie sie diese Blockade ganz auflösen konnte?

Ich war mit Grandma und Leah zum Tee bei Fortnum & Mason verabredet, doch die beiden kamen zu spät, sodass ich mit Jenny Sullivan vorliebnehmen musste, was nicht unbedingt nach meinem Geschmack war.

Jenny und ich hatten den Vormittag in der Downing Street verbracht, um meine Ideen mit dem Traumräuber-Drop-in-Center vorzustellen.

Jenny Sullivan war, wie nicht anders zu erwarten, so selbstgefällig wie die Katze in „Alice im Wunderland“ (die mit der großen Schnauze) gewesen, als sie herausbekommen hatte, dass ich sie brauchte.

„Ihr zwei geht so was von pussymäßig zusammen dahin“, war Chads Erwiderung gewesen, als ich gewagt hatte zu protestieren. „‚True Love‘ in Westminster“, hatte er geschwärmt, „‚True Love‘ mischt sich unter, nein, *berät* die Männer, die dieses Pussyland regieren.“ Er bekam tatsächlich feuchte Augen. „Meine Mum wär ja so was von pussymäßig stolz auf mich“, verkündete er mit einem Akzent, der wohl nach East End und ganz besonders bodenständig klingen sollte. Damit wollte er uns vermutlich davon ablenken, dass Tränen aus seinen Augen kullerten wie bei einer der Jungfrau-Maria-Statuen in Lourdes.

„Versaut es nicht“, gab er uns noch mit auf den Weg, als wir die Redaktion verließen.

Peter Parker hatte mir schon wochenlang Hinweise für meine Präsentation gemailt. Wir hatten einen fünfzig Seiten umfassenden Vorschlag erarbeitet, in dem wir die Gründe dargelegt hatten, warum eine landesweite Initiative, die jungen Frauen helfen sollte, ihr gesamtes Potenzial auszuschöpfen, zum Grundpfeiler des Erfolgs des britischen Königreiches werden konnte (Peter Parkers Worte). Als ich Jenny die Präsentation gereicht hatte, hatte sie sie wie ein Zeichentrick-Daumenkino durchgeblättert, ehe sie sich damit in der überhitzten U-Bahn Luft zugefächelt hatte, und das war das Sinnvollste, was sie den ganzen Vormittag zu leisten vermochte. Denn als wir in der Downing Street ankamen, erfuhren wir, dass der Mann, mit dem wir uns treffen wollten – Michael Bates, der *echte* Bildungsminister –, den Termin abgesagt hatte, da er zu einem Notfallmeeting bezüglich des Salzgehalts in Schulessen gerufen worden war. Jenny und ich trafen also einen Mann namens Richard Ballentyne, der *der Schatten* vom Schatten des Schattens war, der den Schatten-Erziehungsminister vertrat – was mir das Gefühl gab, in einem Batman-Film gelandet zu sein.

Und dieser Schattentyp Richard Ballentyne unterhielt sich *nur* mit Jenny, was unter den gegebenen Umständen ganz praktisch war, denn als ich tatsächlich versuchte aufzustehen, um über meine Idee zu reden, riss Jenny mir die Präsentation aus der Hand und stellte sie selbst vor – Ruhm stehlende, Ideen sabotierende blöde Kuh, die sie war. Noch schlimmer, sie präsentierte alles wortwörtlich. Ja, genau. Sie hatte den verdammten Text auswendig gelernt – jedes einzelne Wort –, was bedeutete, dass ich jetzt auch noch ein fotografisches Gedächtnis zu der nicht enden wollenden Liste ihrer Fähigkeiten und Eigenschaften hinzufügen musste.

Aber Richard Ballentyne hörte überhaupt nicht zu, sondern versuchte während der gesamten Besprechung, diskret an Jennys Haar zu riechen. Als sie geendet hatte, fragte er sie nach dem Millionenvertrag mit *L'Oréal*, den sie abgelehnt hatte, und nach ihrem Model-Vertrag mit M-&-S-Unterwäsche.

„Aber was halten Sie von meiner Idee?", fragte ich den von Jenny besessenen Politiker.

„Es ist eine niedliche Idee, Katherine", hatte er gesagt. „Niedlich und irgendwie utopisch, denn wenn wir all diese Drop-in-Zentren hätten und alle ständig hinrennen würden, um sich selbst zu verwirklichen und sicherzustellen, dass sie glücklich und vollkommen sind, wer, zum Teufel, soll dann die ganze Arbeit machen?" Dann hatte er herzhaft gelacht, sich einen Keks in den Rachen geschoben und versucht, Jennys Hand zu berühren.

„Aber es ist doch so", hatte ich argumentiert, „dass, wenn die Leute ein wenig mehr Zeit investieren würden, um die Dinge im Leben zu verstehen, die sie wirklich glücklich machen, und wenn sie sicherstellen würden, dass sie diesen Beschäftigungen außerhalb ihrer Arbeitszeiten nachgingen, alle sehr viel erfüllter wären; das wiederum könnte zu einer Reduzierung der stressbedingten Krankheiten führen, zu weniger Depressionen, die dadurch entstehen, dass die Leute sich total entfremdet und unerfüllt fühlen, und es könnte zu einer Reduzierung der Hoffnungslosigkeit führen, die so viele Menschen ergriffen hat. Was, wie ich finde, eine gute Sache fürs Land wäre – nicht nur in ökonomischer Hinsicht, sondern auch, was die Mittel für das nationale Gesundheitswesen angeht" – um die Federico noch immer besorgt war, seitdem ich versehentlich seine Besessenheit wegen MRSA wieder habe aufleben lassen, als ich herausfand, dass Jennys Mann eine miese kleine Nutte ist – „außerdem, wenn die Regierung den Teenies tatsächlich helfen würde, zu verstehen, welche Art von Arbeit sie gern ausüben würden, und sie dabei unterstützen würde, in der Branche einen Job zu bekommen, dann wäre die Zufriedenheit am Arbeitsplatz auch viel größer, weniger Leute würden den Job wechseln, man müsste weniger Arbeitslosengeld zahlen, man bräuchte nicht so viel Geld aufzuwenden, um neue Leute für einen Job zu finden, man bräuchte nicht so viel in Zeitarbeiter zu investieren, die den Job ausüben, wenn der eigentliche Arbeitnehmer ausfällt, man bräuchte nicht so viel Krankengeld an all die Leute zu zahlen, die wegen Stress ausfallen. Ökonomisch gesehen ergibt das sehr viel Sinn, Mr Ballentyne", hatte ich gesagt, aber er hatte nur auf Jennys Brüste gestarrt.

„Aber ich nehme an, es ist nicht so hip wie eine einen Meter achtzig große Blondine, die für M-&-S-Unterwäsche modelt", hatte ich hinzugefügt, „wie interessant kann es also schon sein?" Das war der Moment, in dem man mich bat, zu gehen.

Fortnum-&-Mason-Tea-Shop

„Du brauchst dich nicht verpflichtet zu fühlen, mit mir hier zu warten, Jenny", hatte ich zu ihr gesagt und zu Gott gebetet, sie würde einfach verschwinden. „Ich muss warten, weil ich meiner Grandma und meiner besten Freundin versprochen habe, mich mit ihnen zu treffen, weil ich ja sowieso hier an diesem Ende der Stadt zu tun hatte. Wir können dann ja in der Redaktion weiterreden." Doch sie hatte nur einen missbilligenden Laut ausgestoßen und weiter aus dem Fenster gestarrt. Und nur um das mal festzuhalten, sie hatte sich einfach selbst eingeladen. Ich hatte ihr erzählt, dass ich mich mit jemandem treffen wollte, und sie hatte mich nur böse angefunkelt, bis schließlich die Worte „Hast du Lust, mitzukommen?" aus meinem Mund gesprudelt waren. Mürrisch stimmte sie zu, so als hätte ich sie gerade gezwungen, mit mir Kaffee trinken zu gehen. Dabei war sie es doch gewesen, die mich mithilfe der Kraft des Schweigens dazu gebracht hatte, so wie der Mentalist.

„Übrigens, danke, Jenny, dass du die Sache präsentiert hast", sagte ich, während ich mir verzweifelt den Kopf über ein Gesprächsthema zerbrach. „Ich hätte gar nicht gedacht, dass du den Vorschlag überhaupt gelesen hast. Aber so wie es aussah, hast du dich an jedes einzelne Wort erinnert." Ich fragte mich wirklich, wie sie das gemacht hatte.

„Es war eine gute Idee, Kate", sagte sie und rührte eine Kaffeemischung um, die so kompliziert war, dass sie mich an Peter Parker erinnerte.

„Aber ich persönlich denke, dass die Medien heutzutage mehr Einfluss auf die Leute haben als die Regierung. Du hättest deine Idee vielleicht lieber der freien Wirtschaft anbieten sollen." Verdammt, sie hatte vermutlich recht. „Ich könnte dir dabei helfen, wenn du willst."

„Äh … das wäre großartig … danke." Warum wollte Jenny Sullivan mir bei meinem Traumräuber-Projekt helfen?

Sie schaute weiter aus dem Fenster, während ich zwanghaft immer wieder auf meine Uhr sah.

„Nathanial und ich haben uns getrennt." Es war so lange still gewesen, dass ihre Worte mich regelrecht aufschreckten. „Nathanial, mein Mann. Entschuldigung, mein in Sachen Monogamie leicht gehandicapter Barbie-Ken." Ich wurde so rot wie die untergehende Sonne. „Ist schon okay, Kate. Ich wusste, dass du es wusstest. Alle wussten es, alle außer mir. Obwohl, ich glaube, in gewisser Weise wusste ich es wohl auch." Sie holte einen kleinen Cremetopf aus ihrer teuren Handtasche und begann, sich die perfekten Hände einzucremen. „Kate, manchmal ist es schwierig, Dinge zu akzeptieren, die man nicht versteht. Ich vermute, ich habe viel Zeit damit verbracht, zu denken: Wie kann er nur? und Warum hat er das getan?, und an diesen Fragen habe ich mich festgebissen. Und solange ich mich damit beschäftigte, habe ich vermieden, mich mit der Tatsache zu befassen, dass er mich betrog, was mir zu dem Zeitpunkt die bessere Variante schien. Wie auch immer, es ist schwierig, Dinge zu ignorieren, die im wahrsten Sinne des Wortes direkt vor deiner Nase passieren ..." Ihre Stimme begann zu zittern. Sie holte tief Luft und nippte an ihrem Kaffee. „Ich kämpfe immer noch mit dem Wie kann er nur?, aber immerhin verschließe ich nicht mehr die Augen vor der Realität."

Jenny starrte wieder aus dem Fenster, und ich starrte wieder auf meine Uhr. Ich war mir immer noch nicht sicher, warum sie hier war oder warum sie mir gegenüber plötzlich solch ein Mitteilungsbedürfnis verspürte. Aber wenn sie in der Stimmung war, sich mit mir auszutauschen, dann hätte ich nichts dagegen gehabt, auch den Obstsalat, den sie sich bestellt hatte, ohne sich die Mühe zu machen, zu fragen, ob ich auch etwas wollte, mit ihr zu teilen. Und wie kam es, dass das Thema Vermeidung auf einmal solch eine wichtige Rolle bei den von der Liebe gestohlenen Träumen spielte?

Ich hatte Frauen getroffen, die es vermieden, eine Beziehung zu beenden (*bei uns ist alles gut/nichts ist vollkommen*), die es vermieden, sich auf eine neue Beziehung einzulassen (*ich treffe nie jemanden, den ich mag/ich glaube, Beziehungen sind einfach nichts für mich*), die jede Art von Intimität mieden (*alles ist viel einfacher, wenn ich nur für mich sorgen muss/aus dem Alter bin ich raus*), die die Wahrheit mieden (*Jenny*). Es schien fast so, als hätten wir unser Leben doch sehr viel besser unter Kontrolle, als wir dachten. Was bedeutete, dass Chad kürzlich mit seiner Theorie, dass viele die

Verantwortung mieden, vielleicht doch nicht ganz falschgelegen hatte. Denn sogar wenn wir wussten, dass Gefahr im Verzuge war, so wie Jenny, schienen wir in der Lage zu sein, die Sache zu ignorieren, bis wir uns bereit fühlten, uns dem Problem zu stellen. Wie war das möglich? Wie war es möglich, dass ich mich bewusst oder unbewusst dazu entschieden hatte, Gabriels Verhalten zu ignorieren? Ich hatte mir doch damit nur selbst wehgetan, bis es schließlich gar nicht mehr auszuhalten war. Warum hatte Jenny sich *entschieden*, die betrügerischen Umtriebe ihres Mannes zu ignorieren? Vermeidung und Entscheidung – das war eine seltsame Kombination, aber beides schien Hand in Hand zu gehen. Es war fast so, als würde beides zusammengehören. Ich fragte mich, wie viele andere Frauen in genau dieser Minute etwas vermieden, und wenn sie es taten – *warum*?

„Jenny, darf ich dir eine Frage stellen? Was willst du jetzt machen? Hast du einen Plan? Gibt es irgendetwas, das du nicht getan hast, weil du …" Ich verstummte, war einfach nicht tapfer genug.

„Gibt es irgendetwas, das ich nicht getan habe, weil ich mich verliebt habe?" Sie hob eine erschreckend perfekte rechte Augenbraue. „Ja. Ich habe es nie geschafft, *nicht* verliebt zu sein. Immer war da ein Ehemann, ein Freund, ein anderer Mensch. Was ich wegen all der Männer nicht hatte, war, keinen Mann zu haben. Ich bin ziemlich viel gereist. Ich habe zum Glück einen Job, der mir Spaß macht. Ich bin sicher, dass ich jetzt, wo ich wieder Single bin, alle möglichen Arten von Sex mit allen möglichen Männern haben werde und all die anderen ‚Dinge' machen kann, von denen die Leute sagen, dass sie sie vermisst haben. Worauf ich mich aber am meisten freue, ist das Alleinsein. Ich möchte mir und Nathanial beweisen, dass ich es allein schaffe. Außerdem meint mein Agent, dass die Öffentlichkeit sehr interessiert an Frauen ist, die sich nach einer gescheiterten Ehe daranmachen, ihr Leben wieder in den Griff zu bekommen. Offenbar ist es so, dass die Leute sich eher mit einer Person identifizieren können, wenn sie auch ein gestörtes Liebesleben hat", sie nahm einen kleinen Löffel voll Obstsalat und schob dann die Schüssel von sich, so als wäre sie satt.

„Aber mein Agent meinte auch, man müsse wie Phönix aus der Asche steigen, sonst würde man wie ein jämmerlicher Schwächling mit gebrochenem Herzen dastehen."

„So wie ich, meinst du?"

„Kate, es ist wichtig, dass man wieder aufsteht, wenn man niedergestreckt worden ist."

„Ich kann aufstehen. Ich bin aufgestanden. Ich bin bereit für die nächste Runde."

„Wirklich, Kate? Es wirkt eher so, als würdest du noch immer flach auf dem Boden liegen." Ich saß ihr gegenüber auf einem Stuhl.

Sie drehte sich wieder zum Fenster, schaute schweigend hinaus, was völlig in Ordnung war, denn ich hatte die Nase voll von ihren Boxer-Metaphern und weil lang anhaltendes Schweigen mir rein gar nichts ausmacht.

Endlich tauchten Leah und Grandma doch noch auf – fünfundvierzig Minuten zu spät – und kamen zu uns an den Tisch. Mit offenem Mund und großen Augen starrten sie Jenny an und schwiegen ebenfalls. Ich kam mir inzwischen schon vor, als hätten hier alle ein Schweigegelübde abgelegt.

Grandma machte schließlich einen Schritt nach vorn und schüttelte begeistert Jennys Hand.

„Es ist eine wahre Freude, Sie kennenzulernen, Jenny Sullivan", sagte sie mit geröteten Wangen. „Ich bin ein großer Fan Ihrer Arbeit. Sie sind eine große Inspiration für einen Großteil der Frauen hier."

„Ich auch …", sprudelte es aus Leah heraus, „ich bin auch ein großer Fan, ich liebe Ihre Arbeit. Sie sind so talentiert. Wirklich, wirklich talentiert."

Blöde Ziegen.

„Und woran haben Sie und Kate heute gearbeitet?", fragte Grandma und setzte sich. „An etwas, das mit der Traumräuber-Kolumne zu tun hat? Wissen Sie, Jenny, und ich hoffe, Sie nehmen es mir nicht übel, dass ich das frage, aber ich habe überlegte, welchen Ratschlag Sie wohl meiner wunderhübschen Enkelin gegeben hätten? Was hätten Sie getan, wenn Sie an Kates Stelle gewesen wären?“

„Mein Rat für Kate ist und bleibt derselbe. Nicht dass sie je nach meiner Meinung gefragt hätte.“

„Du meine Güte, Kate, du hast dieses wunderbare Orakel der Frauenbewegung jeden Arbeitstag an deiner Seite, und du nutzt ihre Weisheit und ihren Weitblick nicht?“ Meinte Grandma das ironisch? Bedeutete „ironisch“ für Grandma dasselbe wie für Peter Parker, nämlich dass ich es einfach nicht verstand? „Also, was würden Sie tun, wenn Sie Kate wären?“

Ich konnte nicht anders und zuckte in Erwartung ihrer bissigen Worte tatsächlich zusammen.

„An Kates Stelle würde ich sofort zurück nach Frankreich fahren. Ich würde zurückkehren und mich mit diesem albernen Gabriel treffen. Das wäre mein Ratschlag.“

„Was?“ Das war ich.

„Was?“ Das war Leah.

„Großartig“, rief Grandma aus. „Das ist genau das, was du tun musst. Fahr zurück und finde heraus, warum, zum Teufel, du dich in dieser Beziehung selbst aufgegeben hast. Das wäre doch jetzt mal ein Fortschritt, oder?“ Sie tätschelte mir das Knie. „Es ist eine tolle Idee, Jenny. Eine wahre Herausforderung. Und eine Herausforderung ist genau das, was du brauchst, meine liebe Kate. Hierauf lief es von Anfang an hinaus. Ich denke, es ist an der Zeit, dass du dich befreist. Jenny, na, das war ja wirklich ein Glück, dass Sie uns heute Gesellschaft geleistet haben. Ein ganz großes Glück.“ Jetzt tätschelte sie Jenny das Knie.

„Ja, wir hatten sehr, sehr viel Glück“, murmelte Leah und streichelte zärtlich Jennys Knie. „Sie sind wirklich sehr, sehr hübsch.“

Total blöde Ziegen.

Aufgabe: Zurück nach Frankreich fahren, um Gabriel zu treffen

Jane hatte mich gebeten, sie zu ihrer letzten Probe vor dem Pro-Am-Tanzwettbewerb zu begleiten. Wir hatten vor, den Aktionsplan für meine bevorstehende und bereits gebuchte Reise nach Frankreich durchzusprechen. Aber als ich im Studio ankam, marschierte sie allein auf und ab. Und sie war absolut nicht in der Stimmung, zu schwatzen – zumindest nicht über mich und meine Probleme.

„Wo ist er? Wo, zum Teufel, *ist* er? Wir haben heute genau zwei Stunden Zeit, um zu üben, und das war's. Mehr Zeit ist nicht. Also, wo, zum Teufel, steckt Julio?"

Ich wusste es beim besten Willen nicht, aber mein Handy hatte gerade gepiept, um mir eine SMS von Leah anzuzeigen.

18.00 Uhr – Karma-Kurs – King's Cross. Komm nicht zu spät. L.

„Jane, bringt Leah dich eigentlich auch dazu, all diese merkwürdigen Kurse mit ihr zu besuchen, all diese seltsamen Vorlesungen oder diese Wochenenden in abgelegenen Dörfern, wo sie sich mit Nudisten trifft?"

Jane versuchte, ein Kichern zu unterdrücken. „Nein, sie fragt nur dich", meinte sie und lächelte mich an. „Kate, wenn du einfach nur zustimmen würdest, diese Rückführung in frühere Leben zu machen, dann würde sie bestimmt mit dem Quatsch aufhören. Aber solange du das nicht tust, wirst du wohl all deine Wochenenden in schlecht beleuchteten Räumen verbringen, eingesperrt mit Duftkerzen und massenhaft Frauen mittleren Alters, die sich selbst berühren, in der Hoffnung, die Quelle ihres inneren karmischen Chakra-Kraft-Unsinns zu finden. Du steckst so lange in Schwierigkeiten, bis du in dein früheres Leben zurückkehrst."

„Das ist nicht fair. Rückführung in frühere Leben macht mir verdammt noch mal Angst, es ist merkwürdig und … Furcht einflößend."

„Ich sag dir, was Furcht einflößend ist, Kate, nämlich die Tatsache, dass Julio immer noch nicht aufgetaucht ist!"

Jane setzte ihr hypnotisches Auf-und-ab-Marschieren durch

den Raum fort, was mich dazu brachte, fasziniert ihren Hintern zu betrachten. Denn trotz ihres bunten Trainingsanzugs, der mit winzigen Vögeln bedruckt war, sah ihr Po einfach großartig aus. Sie ertappte mich dabei, wie ich ihn anstarrte, und lächelte.

„Sieht toll aus, oder?!" Mit beiden Händen rieb sie sich über den Allerwertesten.

„Darf ich mal anfassen?"

„Klar, mach nur. Der ist echt stramm. Genau wie mein ganzer Körper, hier, fühl mal. Ich hab noch nie so eine tolle Figur gehabt, und das kommt nur vom Tanzen. Ich habe sonst absolut nichts verändert. Tatsächlich esse ich jetzt sogar noch viel mehr als früher, und ich trinke Protein-Shakes."

„Ich will auch Protein-Shakes trinken und einen Knackarsch haben." Es war alles so unfair. „Das ist echt unglaublich", betonte ich, während ich in die Hocke ging und mit beiden Händen ihren Hintern befühlte.

„Sind wir jetzt schon dabei, Unzucht zu treiben, nachdem alles und jeder geküsst wurde?" Ich drehte mich um und sah, wie Peter Parker auf uns zugeschlendert kam. Er war frisch geduscht und schien gerade aus dem Fitnessstudio zu kommen, das Haar noch ein wenig feucht. Er trug eine tolle Jeans und ein hautenges T-Shirt, das seine muskulösen Arme sehr vorteilhaft zur Geltung brachte. Er beugte sich herab und küsste mich auf beide Wangen. Eine Sekunde lang verspürte ich den dringenden Wunsch, aufzuspringen und in seinen köstlich duftenden Hals zu beißen. Ich wurde knallrot bei dem Gedanken, was nicht nur die anderen sichtlich verwirrte, sondern auch mich selbst.

„Also, alles bereit für Frankreich?", fragte er unschuldig. „Bist du noch immer sicher, dass es das Richtige ist? Du musst nämlich nicht hinfahren. Du könntest auch was anderes machen. *Wir* könnten was anderes machen."

„Oh mein Gott. Stimmt es? Seid ihr …" Jane schaute von Peter zu mir und wieder zu Peter. „Ich habe Fotos von dir in Kates Wohnung gesehen", erzählte sie ihm strahlend.

„Ach ja?", fragte Peter und schaute von ihr zu mir.

„Nein, hast du nicht.“ Zum Teufel mit ihr.

„Doch, habe ich wohl. Ich meine, auf den Fotos bist du noch ein Teenager, aber, du meine Güte, du bist es wirklich. Du hast zwar gesagt, sein Name wäre Peter, aber, na ja, da du jetzt ja schon dreißig bist, Kate, da dachte ich einfach, es wäre ein Foto von einem Patensohn, der Peter heißt, oder von einem Neffen.“

„Kate hat keine Geschwister“, erklärte der stets auf Tatsachen fokussierte Peter Parker.

„Nein, hat sie nicht“, stimmte Jane zu und lächelte dabei noch immer so, als könnte sie es gar nicht mehr abstellen. „Du meine Güte, was für eine Enthüllung, wo soll ich denn diese äußerst interessante Information, die ich gerade erhalten habe, einsortieren?“

„Nirgends, Jane.“ Ich lachte. „Du kannst sie höchstens in den Schredder tun oder daraus Pappmaschee machen, meinetwegen auch einen Hut basteln. Ich weiß gar nicht, warum ich zu dem Schluss gelangt bin, dass du es auf metaphorisches Papier …“

„Also, Peter Parker“, strahlte Jane, „dieser fünfzehnjährige Junge von dem Foto, der in Wahrheit ein verdammt gut aussehender erwachsener Mann ist, was kann ich heute für dich tun?“

Er griff in seine Tasche und zog zwei glänzende Karten heraus. „Zufälligerweise habe ich zwei Karten für ein Take-That-Konzert an diesem Wochenende, inklusive Backstage-Zugang, um die Band zu treffen. Ich habe mich gefragt, ob Kate an diesem Wochenende in London bleiben möchte, damit wir zusammen hingehen können. Du könntest ein anderes Mal nach Frankreich fahren, später im Jahr, dann ist das Wetter bestimmt auch besser. Und ich könnte mit dir fahren, später, wenn du willst.“

Jane klatschte begeistert in die Hände und lachte über einen Scherz, den ich nicht verstand.

„Ich wusste gar nicht, dass du Take-That-Fan bist, Peter“, erwiderte ich verwundert und sah mir die Tickets genauer an.

„Das Konzert ist seit Monaten ausverkauft“, erklärte Jane und riss mir die Karten aus der Hand.

„Es ist ausverkauft, und die Antwort auf deine Frage, Kate, ist, dass ich Take That schon lange mag“, sagte er. „Seit ich jung war, jünger, bin ich ein Fan."

„Wie heißt dein Lieblingslied von ihnen, Peter?", wollte Jane wissen, während es ihr kaum gelang, einen merkwürdigen Lachanfall zu unterdrücken.

„Es gab da vor ein paar Jahren ein Lied, das mir echt gut gefiel. Der Name fällt mir gerade nicht ein. Solche Trivialitäten kann ich mir nicht so gut merken, Jane", erklärte er und musterte die Decke des Tanzstudios.

„Oh, ich glaube, der Song hat mir auch gut gefallen", gab Jane kichernd zurück.

„Peter, ich fahre an diesem Wochenende nach Frankreich. Grandma hat alles für mich gebucht, und Chad will, dass ich einen Artikel darüber schreibe. Der Arbeitstitel lautet: ‚Wie die Liebe dich total verarscht und zum Idioten werden lässt'. Ich hoffe, wir ändern zumindest den Titel, bevor es gedruckt wird."

„Na, das sind ja tolle Neuigkeiten, Kate. Großartig, ich bin sicher, es wird ganz toll." Peter schaute sich im Tanzstudio um, die Hände in die Hüften gestemmt. „Okay, ich muss los, also, viel Spaß, und bis bald."

Er marschierte in Richtung Studiotür.

„Peter, deine Tickets", rief Jane und hielt die Karten in die Luft.

„Behalt sie", erwiderte er knapp, stieß die Tür auf und marschierte an Julio vorbei, der einen Blick auf Peter warf und einen Satz rückwärts gegen die Wand machte, als wäre er in einen G-Force-Simulator geraten. Wie eine Pantomime glitt er an der Wand entlang, bevor er an Peter Parker vorbei ins Studio huschte.

„Oh Gott!", formte er tonlos mit den Lippen, als er zu Jane und mir kam. „Oh Gott, er ist so heiß!!" Vor lauter Aufregung wackelte er mit den Hüften und wurde knallrot.

„Komm mir nicht damit, wie heiß Peter Parker ist. Wo, zum Teufel, bist du gewesen?", schrie Jane ihn an.

„Ich war gerade beim Vortanzen", erklärte ein strahlender Julio. „Und ich habe die Rolle gekriegt! Das war das erste Vortanzen seit fast achtzehn Monaten!"

„War Edmundo auch da?"

„Ja, Jane, er war auch da. Wir haben um dieselbe Rolle konkurriert, und ich hab sie bekommen." Er grinste von einem Ohr zum anderen.

„War er garstig zu dir?"

„Offen gesagt, nachdem ich ihn sozusagen aus dem Rennen geschickt hatte, nachdem ich die *Hauptrolle* bekommen hatte, ist er direkt zu mir gekommen und hat mich gefragt, ob ich mit ihm ausgehen will!" Jane und Julio hüpften auf der Stelle auf und ab, kreischten und klatschten in die Hände. Also machte ich das auch. Doch die beiden hörten sofort auf und starrten mich entgeistert an.

Ich werde nie in der Welt des Tanzes akzeptiert werden.

Liebe macht blind

Es ist schon erstaunlich, dass der Anfang einer Beziehung so berauschend und rosarot sein kann, dass man tatsächlich blind vor Liebe ist. Es gibt Dinge, die siehst du einfach nicht, Dinge, die du nicht bemerkst, oder wenn du es tust, ist deine Sicht so sehr getrübt, dass du sie nicht beachtest. Ich habe einen Freund, den ich anrief, nachdem er seit ungefähr sechs Monaten mit seiner neuen Freundin zusammen war. Ich fragte ihn, wie es so lief, und er antwortete: „Na ja, am letzten Wochenende habe ich meine Freundin das erste Mal wirklich kennengelernt, nicht die Version, die sie mir während der letzten sechs Monate präsentiert hat. Und die echte Version von ihr ist ein bisschen chaotisch, wenn ich ehrlich sein muss, und auch ein bisschen zickig, und ich bin mir auch nicht sicher, ob sie so begeistert von dem neurotischen, egoistischen Narzissten war, mit dem sie am Sonntagmorgen aufgewacht ist. Es läuft also so gut, wie man das unter den gegebenen Umständen erwarten kann."

Am Anfang einer Beziehung sind wir immer blind vor Liebe. Aber es gibt Warnsignale, die einem den Anfang vom Ende zeigen. Und das Folgende ist die ungeschönte Wahrheit über das, was mir passiert ist.

Die ersten Jahre mit Gabriel waren einfach traumhaft. An dem Abend, als wir uns das erste Mal trafen, in einer Bar auf dem Berg, fühlten wir uns wie zwei Magnete zueinander hingezogen. Ich sah nur noch ihn. Wir redeten, und wir tranken, und wir tanzten, doch hauptsächlich starrten wir einander an, den ganzen Abend lang, wir schauten den anderen einfach nur an und nahmen sämtliche Details in uns auf. Und ich erinnere mich, dass seine Mum ihn an dem Abend anrief. Er saß mir gegenüber, als er den Anruf entgegennahm, schaute mich an und sagte zu ihr: „Maman, ich habe sie gefunden. Ich habe die Frau gefunden, die ich heiraten will. Sie ist hier."

Und das war der Anfang unseres gemeinsamen Lebens. Wir wichen einander nicht mehr von der Seite und lebten oben in den

Bergen in seinem Chalet. Jeden Abend kämpften wir gegen den Schlaf an, um einander ansehen zu können. Am Morgen war es dann wie bei einer Wiedervereinigung. Unsere Welt drehte sich nur um uns beide, um das gemeinsame Skilaufen, das Zusammensein, das Kochen füreinander, das gegenseitige Vorlesen. Und so blieb es auch eine unglaublich lange Weile.

Wir waren schon seit ein paar Jahren zusammen, als er anfing, mit einer anderen Gruppe von Leuten herumzuhängen. Sie feierten gern Partys und nahmen ständig und ganz öffentlich Drogen, und hin und wieder nahm auch Gabriel welche. Ich hab nie mitgemacht, aber ich habe auch nicht wirklich etwas dagegen, wenn Leute Drogen zur Entspannung nehmen, daher habe ich auch kein großes Problem damit. Aber dann fing er an, immer häufiger zu Drogen zu greifen … und zum Alkohol. Es hatte also Warnsignale gegeben, doch ich hatte sie übersehen, denn am Beginn unserer Beziehung war das Trinken für uns beide etwas, das wir im Geiste unserer neuen, aufregenden Beziehung taten; wir gingen ständig aus, tranken Champagner oder Glühwein auf der Piste. Es gehörte einfach dazu. Doch auf einmal trank Gabriel täglich vor dem Essen, genauso wie er täglich Gras rauchte, nämlich immer während der Arbeit zwischen den Skistunden. Plötzlich war ich mit einem Mann zusammen, dessen gesamtes Leben unter dem Einfluss von Drogen zu stehen schien. Aber er war fit, und er war gesund. Er machte einen guten Job. Ich war immer noch verliebt in ihn, aber auch verwirrt angesichts dieses widersprüchlichen Nebeneinanders von Gesundheit, Vitalität und Sportlichkeit sowie dem heimlichen Drogen- und Alkoholkonsum, der irgendwie Teil unseres Lebens geworden war.

Ich versuchte, ihm meine Verwirrung zu erklären. Ich fand Studien und Bücher, in denen die Folgen von regelmäßigem Marihuana-Konsum geschildert wurden. Aber seine Persönlichkeit hatte bereits angefangen, sich zu verändern. Wenn ich versuchte, mit ihm darüber zu reden, verhielt er sich noch schlimmer. Er nahm dann noch mehr Drogen und blieb die ganze Nacht lang weg. Er kam gar nicht mehr nach Hause, wenn er glaubte, er würde zu einer enttäuschten und wütenden Freundin zurückkehren. Wenn ich ihm nicht versprach, dass ich über die Tatsache, dass er so betrunken gewesen war, dass er auf dem Fußboden in der Skischule eingeschlafen war, lachen würde, oder mich darüber amüsierte, dass er sein Auto an einem Zaunpfahl verbeult hatte, oder lachte, weil er an manchen Tagen morgens zu betrunken war, um zur Arbeit zu gehen, dann war ich *nicht nett*, denn alle seine Freunde lachten. Sie lachten gemeinsam mit ihm, aber ich, ich verdarb allen den Spaß, eine Vorstellung von Spaß, die ich absolut nicht begriff.

Ungefähr zwölf Monate lang lebte ich in diesem Zustand ständiger Verwirrung. Es war so, als würde ich mit zwei völlig verschiedenen Männern zusammenleben – einem charmanten, liebevollen Partner, mit dem ich eine Familie gründen wollte, und einem unangenehmen Trinker, der immer häufiger ausfallend wurde. Wenn wir uns stritten, konnte er sich am nächsten Tag meist nicht einmal mehr daran erinnern. Er wachte auf und war verwirrt, weil ich so sauer auf ihn war. Dann entschuldigte er sich für Fehler, an die er sich nicht einmal mehr erinnerte. Nicht ein einziges Mal stellte er jedoch sein Verhalten infrage oder dachte auch nur eine Minute lang daran, mit dem Trinken aufzuhören. Das stand überhaupt nicht zur Debatte. Für ihn war das alles ganz normal geworden. Ich war diejenige, die nicht richtig tickte.

Das alles ist sehr klischeehaft, ich weiß. Und noch immer ist es mir außerordentlich peinlich, dass ich in solch einer Beziehung festhing – denn normalerweise passiert so etwas doch immer nur anderen. Aber ich habe es einfach nicht kommen sehen. Auf dem Auge war ich sozusagen blind gewesen. Vielleicht war es mein ureigenstes Bedürfnis nach einer Beziehung, das meinen Verstand vernebelt hatte? Oder mein Festhalten an den Zukunftsträumen, die ich gehegt hatte? Oder vielleicht hatte Gabriel meine innere Leere gefüllt? Was auch immer es war, diese ungesunde Beziehung hatte sich heimtückisch wie ein Krebstumor in mein Leben geschlichen. Ich begann, an meiner Urteilskraft zu zweifeln, an mir selbst, was mich noch mehr lähmte und mich davon abhielt, ihn zu verlassen. Immer wieder fragte ich mich: Wie kann es angehen, dass ich in solch eine Lage geraten bin? Ich muss doch irgendetwas falsch machen. Vielleicht sehe ich die Dinge nicht klar genug. So hätte mein Leben mit ihm nicht ausgehen sollen.

Es war eine mathematische Gleichung, die ich einfach nicht lösen konnte. Ich überprüfte das Ergebnis immer wieder, so, wie es auch Jenny Sullivan getan hatte. Zu lange suchte ich die Antworten nicht bei mir, sondern versuchte, die Entscheidungen eines anderen zu verstehen, statt mir darüber klar zu werden, was ich wollte und brauchte; statt meine Grenzen zu verstehen und zu respektieren. Ich schaute also Gabriel an, den Mann, in den ich mich verliebt hatte, und dachte, dass er noch immer gleich aussah, noch immer gleich klang, noch immer gleich roch. Aber er war schon lange nicht mehr der Gleiche.

Irgendwann gelang es mir dann, zu gehen. Aber als ich ging, stand ich vor dem Nichts. Ich kam ohne Geld, ohne ein Zuhause, ohne Job und ohne das geringste Selbstvertrauen in London an, und ich glaube, zu allem Überfluss gab ich mir auch noch die Schuld an allem. Man sollte doch in der Lage sein, den Menschen, den man am meisten liebt, zu retten, oder? Will man uns das nicht ständig weismachen? Aber diese neue Version von Gabriel, *Gabriel 2.0*, wollte nicht gerettet werden, und *Gabriel 1.0* war verschwunden, die Liebe meines Lebens gab es nicht mehr.

Selbst heute kann ich das alles noch immer nicht so recht begreifen. Ich kann die Gleichung noch immer nicht lösen. Ich habe ihn verlassen, bin nie mehr zurückgefahren, und den Großteil der Zeit fühlt es sich an, als würde ich in einem wirklich, wirklich üblen Albtraum feststecken, so, als hätte all das vielleicht gar nicht stattgefunden, so, als wäre er noch immer irgendwo da draußen, mein Gabriel, so, wie er früher gewesen war. Und wenn er noch immer irgendwo da draußen ist, so, wie er mal gewesen ist, dann ist er immer noch der Mann, mit dem ich zusammen sein will. Und das ist genau das, woran ich mich noch immer klammere, diese Hoffnung, diese Möglichkeit. Das ist der Grund, warum ich nach Frankreich zurückkehren muss, um mich mit eigenen Augen davon zu überzeugen, welcher der beiden Gabriels überlebt hat.

Und ich muss das schlechte Gewissen abschütteln, das Schuldgefühl, dass ich ihn nicht beschützt habe, dass ich ihn nicht gerettet habe, dass ich ihm nicht beigestanden und ihm geholfen habe, dem Mann, den ich geliebt habe. Ich habe ihn einfach verlassen. Noch immer wache ich manchmal nachts aus Albträumen auf. Dann habe ich geträumt, dass er irgendwo schmerzverzerrt liegt, dass er mit seinem Auto einen schweren Unfall gebaut hat, weil er zu betrunken war, oder dass er sich irgendwie verletzt hat, weil er nicht mehr in der Lage war, auf sich selbst aufzupassen.

Erst wenn ich also zugegeben habe, dass mir all das passiert ist, dass es nicht okay war, sondern beängstigend und herzzerreißend; erst wenn ich mir selbst verzeihe, weil es nicht mein Fehler war und es auch nicht mein Job war, ihn zu retten; erst wenn ich mir selbst genügend traue, um sicher sein zu können, dass ich es nicht noch einmal zulassen würde; erst wenn ich hinübergefahren und mich mit Gabriel getroffen habe, um zu sehen, welcher Gabriel überlebt hat, erst dann kann ich sicher sein, dass ich in der Lage bin, mein Leben wieder in den Griff zu bekommen.

Denn im Moment ist Gabriel noch immer derjenige, über den ich mich und alles, was ich tue, definiere. Jeden Tag geht es nur darum, über ihn hinwegzukommen, mein Leben wieder zusammenzufügen, all das zu verstehen und dabei zu versuchen, alle anderen nebenbei auch noch zu retten. Also hat Jenny recht. Es ist an der Zeit, dieses Kapitel meines Lebens endlich abzuschließen. Es ist an der Zeit, weiterzuziehen. Ich muss zurückgehen, um vorwärtszukommen. Einen anderen Weg, um über ihn hinwegzukommen, sehe ich nicht.

Französische Alpen

Die Ankunft in den Bergen war so, als hätte man mich in den Kulissen meines eigenen Lebens ausgesetzt. Der Flug nach Frankreich war derselbe. Die Fahrt in die Berge war dieselbe. Unser Chalet sah von außen noch genauso aus; die Läden, die Gebäude, die Berge und Flüsse, alles war gleich geblieben. Es roch sogar noch genauso: frisch, klar, unverschmutzt, mit einem Hauch von Kaminfeuer in der Luft. Alles war genau so, wie ich es verlassen hatte.

Als ich ankam, war es schon spät. Ich verbrachte die Nacht in einem örtlichen Hotel. Am Morgen spazierte ich durchs Dorf zu meinem Lieblingscafé. Die Berge, die das Dorf umgaben, waren schneebedeckt, doch der Himmel war blau, die Sonne schien und hatte schon genügend Kraft, um zu bräunen, dadurch war es warm genug, um ohne Mantel durchs Dorf schlendern zu können. Es war meine Lieblingsjahreszeit: weißer Schnee, gelbe Sonne. Als ich durch das Bilderbuch meines vorherigen Lebens wanderte, einem riesigen Bilderbuch, suchte ich nach ihm, und ich wusste auch genau, wo ich ihn finden würde.

Gabriel und ich, wir lieben den Morgen. Der schönste Teil des Tages ist die Zeit vor acht Uhr, wenn noch kaum jemand wach ist und man das Gefühl hat, dass die Berge einem ganz allein gehören. Genau wie ich erwartet hatte, fand ich ihn Zeitung lesend an einem Tisch vor unserem Lieblingscafé. Als ich näher kam, mit einer Selbstverständlichkeit, die mir fast Angst einjagte, lächelte er, legte die Zeitung beiseite und stand auf, um mich zu begrüßen. Sanft hielt er meine Schultern umschlossen, als er sich vorbeugte, mich auf beide Wangen küsste und bei jedem Kuss gefährlich nahe an meinen Lippen verharrte. Wir schauten einander in die Augen, und ich musste gegen das Gefühlschaos in meinem Inneren ankämpfen. Das Einzige, was ich denken konnte, als ich in sein Gesicht schaute, war: Er ist am Leben. Er ist noch immer da. Er ist echt.

„Ich wusste, dass du herkommen würdest, Kate", sagte er mit dem weichen französischen Tonfall. Er war wie immer braun gebrannt, sah entspannt und gesund aus. Sein dichtes dunkles Haar wirkte noch ein wenig zerzaust vom Schlaf. Er trug ein T-Shirt, das ich ihm gekauft hatte, und benutzte noch dasselbe Aftershave. „Es ist lange her, non? Willst du Kaffee? Ich glaube, du willst Kaffee. Setz dich, setz dich." Er eilte davon, um mir etwas zu trinken zu holen. Ich nahm Platz. Die Situation kam mir so total … normal vor. Er kam mit einem Espresso für mich zurück und setzte sich neben mich, indem er seinen Stuhl näher an meinen heranschob.

„Schau dich an", sagte er lächelnd und musterte mich. Er holte tief Luft, während er mein Gesicht betrachtete, und schüttelte den Kopf. „Du siehst noch genauso aus, Kate, genauso." Er nahm meine Hände in seine, drückte sie sanft zwischen den Handflächen seiner warmen Hände, küsste sie, hielt sie an die Lippen und küsste sie erneut. „Und deine Haut riecht noch genauso. Du fühlst dich noch genauso an. Es ist so gut, dich wiederzusehen, Kate. Ich habe dich vermisst."

Er hielt meine Hände weiterhin sanft umschlungen in seinem Schoß, drückte sie zärtlich und sah mich an, mit denselben braunen Augen, mit demselben Gesicht, alles dasselbe. Er war mir so nahe, dass ich ihn berühren konnte, doch gleichzeitig wirkte er völlig unberührbar. Einen Augenblick lang versuchte ich, alles von ihm in mir aufzunehmen, sein Bild von ihm in mir zu verankern, seine Stimme, seinen Duft, seine Berührung.

„Ich glaube, ich weiß, warum du hier bist, Kate. Ich habe dich neulich Nacht angerufen, und das tut mir leid. Es war nicht fair von mir." Er trank einen Schluck Kaffee, ehe er wieder meine Hände umschloss. „Sie kommt nach Hause und sagt mir, dass sie schwanger ist. Darauf war ich nicht gefasst. Es war ein Schock." Ich vermutete, dass *sie* die neue Freundin war. „Weißt du, ich hab mich mit ihr eingelassen, weil ich etwas wollte, das ein bisschen einfacher war, weißt du, nichts Kompliziertes, nach der Sache zwischen dir und mir, und sie hat mich verfolgt, weißt du. Sie war immer so nett zu mir, und ich, ich war so traurig, oh Himmel, du kannst dir ja gar nicht vorstellen, wie traurig ich deinetwegen war. Also war es so einfach, weißt du? Aber jetzt ist sie schwanger, und das ist nicht so einfach."

Er sprach auf solch merkwürdig distanzierte Weise, so, als würde er eine bevorzugte Busroute beschreiben. *„Ich nehm nicht mehr den 47er, wegen der Verkehrsprobleme, der 6er passt mir besser, weil er durch die Stadt fährt.*" Ich kam mir völlig entmachtet vor angesichts seiner Fähigkeit, nicht nur unsere Beziehung in solch einfachen, emotionslosen Begriffen zu schildern, eine Beziehung, die die wichtigste meines gesamten Erwachsenenlebens war, sondern auch aufgrund der Tatsache, dass er seine neue Beziehung sofort in die Unterredung einfließen ließ. Dabei konnte er doch gar nicht sicher sein, dass ich nicht hier in aller Öffentlichkeit in Tränen ausbrechen würde, wenn er seine neue Freundin erwähnte. Jeder andere Mann wäre um das Thema herumgetanzt wie Michael Flatley, bevor er im entscheidenden Moment den Abgang gemacht hätte, nämlich genau dann, wenn du endlich den Mut aufgebracht hast, zu fragen, ob er mit jemand anderem zusammen ist, und dich auf den entsetzlichen Schmerz gefasst machst. Aber Gabriel spuckte alles freiwillig aus, so als säßen wir in einer dieser Realityshows. Und es schien ihm nicht im Geringsten etwas ausgemacht zu haben, dass ich weggegangen und jetzt wiedergekehrt war. Es war so, als wäre ich nur mal kurz zum Klo verschwunden und gleich darauf wieder aufgetaucht, um dort weiterzumachen, wo wir aufgehört hatten.

„Ich kenne dich, Kate. Du grübelst doch über irgendetwas nach. Was ist es?" Er zog mich an den Händen noch ein Stückchen näher zu sich und streichelte zärtlich meine Wangen. Er war nur einen Hauch von mir entfernt, von meinem Gesicht, meinen Lippen. „Hey, Kate, guck nicht so ernst, komm schon." Zärtlich küsste er mich auf die Wange. „Ich bin hier, es ist okay, du kannst mir alles sagen." Er legte sich meine Hand auf die Brust und hielt sie dort fest. Ich spürte seinen Herzschlag. „Du kennst mich, Kate. Du kennst mich doch gut genug. Rede mit mir."

„Ich wollte nur ..." Sofort versagte mir die Stimme, und ich musste schlucken, um gegen die Tränen anzukommen. Ich versuchte, mich auf das zu konzentrieren, was ich ihn fragen wollte. Ich war nicht auf Gabriel 1.0 vorbereitet. Ich hatte Gabriel 2.0 und einen Streit erwartet.

„Warum hast du mich nicht gebeten, zu bleiben?“ Kaum waren die Worte heraus, merkte ich, wie jämmerlich sie klangen. Er wischte mir sanft die Tränen fort, die mir über das Gesicht liefen, und küsste mich noch einmal auf die Wange. Einen Moment lang verharrte er so, Wange an Wange mit mir, und atmete tief ein. „Du hast nicht versucht, die Sache wieder ins Reine zu bringen, Gabriel“, flüsterte ich. „Du hast nicht versucht, darum zu kämpfen, dass ich bleibe.“

„Kate“, sagte er und schaute mir in die Augen, umschloss mein Gesicht mit beiden Händen, mit den Händen, die ich gehalten hatte, Hände, die ich geküsst hatte, Hände, die mich nachts beim Einschlafen immer umschlungen hatten. „Kate, du warst *so* wütend auf mich, und zwar ständig.“ Er schüttelte den Kopf. „Ehrlich, du warst so unglücklich mit mir.“

„Weil ich einfach nicht verstanden habe, was du machst. Ich konnte die Entscheidungen, die du für dich getroffen hast, einfach nicht verstehen.“ Vor lauter Schluchzen konnte ich kaum reden.

„Kate, meine süße Kate …“ Wieder und wieder und wieder küsste er meine Wange, die Hände in meinen Haaren vergraben, ehe er mich an sich zog und mich sanft vor und zurück schaukelte. „Pst, Kate, pst, es ist schon okay, es ist alles gut, ich bin hier, ich bin bei dir. Ich bin hier.“ Ich löste mich von ihm und wischte die letzten Tränen fort.

„Aber du bist nicht hier, Gabriel. Du bist nicht mit mir zusammen. Du hast eine neue Freundin und wirst obendrein noch Vater.“ Ich holte tief Luft, sammelte mich und füllte das nun folgende Schweigen ausnahmsweise einmal nicht mit meinen Worten.

Er lehnte sich auf seinem Stuhl zurück und ließ mich zum ersten Mal, seit ich gekommen war, ganz los und sah mich einfach nur an. Wir sahen einander an. Dies war die Gabelung auf unserem Weg.

„Ich wollte nicht auf mich allein gestellt sein, nachdem du mich verlassen hast, okay? Ich will nicht allein sein. Es ist nicht spaßig, hier in diesem kleinen Dorf allein, ohne dich, zu sein." Er bedeutete dem Kellner, ihm noch etwas zu trinken zu bringen, und fing an, nervös auf seinem Platz hin und her zu rutschen. „Weißt du, Kate, auf mir lastete ein enormer Druck, als du hier warst. Ich meine, du bist meinetwegen in ein anderes Land gezogen, weißt du?" Jetzt wurde er richtig schnippisch.

„Gabriel, du hast mich gebeten, zu dir nach Frankreich zu ziehen, damit ich mit dir zusammen sein konnte."

„Ich weiß, weil ich dich liebe. Und ich will mit dir zusammen sein, ich liebe dich noch immer, Kate, aber das war alles zu viel für mich, mit all deinen Freunden und deiner Familie in England. Und was bin ich schon, hm? Irgend so ein dummer Skilehrer? Nicht gerade das, was deine Grandma sich für dich erhofft hat, vermute ich mal. Ich glaube, sie will, dass du mit einem netten englischen Jungen zusammen bist, der Anzüge trägt und Schach spielt. Ich will dieses Gefühl nicht, Kate, dieses Gefühl, dass ich für deine Familie eine Enttäuschung bin. Diesen Druck will ich nicht auf meinen Schultern lasten haben." Das Upgrade zur 2.0-Version hatte begonnen. „Das ist viel zu viel Druck, Kate. Solch einen Druck will ich nicht. Ich will nicht auf diese Weise für jemanden verantwortlich sein. Kannst du dir solch eine Belastung überhaupt vorstellen?" Er pfiff laut nach dem Kellner. „Hey!", brüllte er in Richtung Bar. „Muss ich erst rumkommen und meinen eigenen Drink mixen? Ernsthaft? Macht mir nichts aus, sagt mir nur Bescheid, okay? Dann muss ich nicht wie ein Idiot darauf warten." Er drehte sich wieder zu mir herum. „Ich bin ein einfacher Mann, Kate, das weißt du. Ich bin ein einfacher Mann. Und ich will das tun, wozu ich Lust habe. Und meine neue Freundin, die lässt mich machen, was ich will." Der Kellner kam mit einem großen Glas Wein, und Gabriel warf ihm ein paar Münzen zu. Gabriel 2.0 war wieder komplett installiert. Er ertappte mich dabei, wie ich auf seinen Wein blickte. „Hey, zieh nicht so ein Gesicht, Kate. In deinen Augen mache ich immer alles falsch. Siehst du. Siehst du's! Kaum sitzen wir fünf Minuten zusammen, und schon bist du wieder sauer auf mich. Ich will frei sein, Kate, weißt du, wie ein Vogel. Ich will frei sein wie die Tiere im Wald. Ich will die ganze Nacht ausgehen, wenn ich Lust dazu habe. Ich will mit meinen Freunden zusammen sein, wenn ich das will. Gar nicht nach Hause kommen, wenn ich Lust dazu habe. Du willst immer, dass ich nach Hause komme oder anrufe, um zu sagen, wo ich bin. Das ist einfach zu viel." Gabriel 2.0 gab sich preis wie eine Venusfliegenfalle, nur dass ich dieses Mal nicht bereits den Kopf halb in der zähnefletschenden Blüte stecken hatte. „Tiere können tun und lassen, was sie wollen, Kate. Niemand fragt die Tiere im Wald, wohin sie gehen. Ich glaube nicht, dass jemand einen Vogel anruft und sagt: ‚Hey, Vogel, wo bist du? Warum bist du seit zwei Tagen nicht nach Hause gekommen?' Ich glaube nicht, Kate. Ich kann es mir beim besten Willen nicht vorstellen."

Ich konnte es mir auch nicht vorstellen. Ich hatte jedenfalls noch keinen Vogel mit irgendeiner Art mobiler Kommunikationshilfe gesehen, abgesehen von seinem Schnabel. Und ich hatte keine Ahnung, warum Gabriel so besessen von Waldtieren war. Gabriel 2.0 ergab ganz offiziell keinen Sinn.

„Also, Kate, was willst du von mir? Was machst du hier? Ich kann dir sagen, meine Freundin wäre nicht so begeistert, wenn sie mitbekommen würde, dass ich hier sitze und mit dir rede. Und ich will echt nicht, dass sie sauer wird. Sie lässt mich tun, was ich will. Bei ihr bin ich frei, Kate. Ich mag es, frei zu sein."

Er kippte die Hälfte seines Weins herunter, zündete sich eine Zigarette an und nickte dem Kellner zu, ihm noch einen Wein zu bringen. Es war neun Uhr morgens. Er schien alles andere als frei zu sein.

„Du bist ziemlich kompliziert, Kate. Ich glaube, du weißt gar nicht, *wie* kompliziert du bist." Er zog heftig an seiner Zigarette und schaute hinüber auf die Berge, so als würde ich nicht länger neben ihm sitzen.

Ein allerletztes Mal schaute ich ihn an. Ich konnte die Wahrheit nicht länger meiden, konnte sie nicht länger leugnen. Sie starrte mir direkt ins Gesicht, oder zumindest saß sie neben mir und starrte in die entgegengesetzte Richtung. Gabriel zu verlassen war das Beste gewesen, das ich je für mich getan hatte. Ich konnte mir und meinen Instinkten trauen. Ich hatte mich selbst gerettet. Das Einzige, was mich verwirrte, waren die Parallelen, denn für Gabriel 2.0 bedeutete Liebe, einfach jemanden zu finden, der zu dem Menschen passte, der er bereits war und der er sein wollte. Er würde einfach weiterhin das tun, was ihm gefiel, ohne auf die Konsequenzen Rücksicht zu nehmen, und wer damit leben konnte, durfte bleiben, die, die es nicht konnten, würde er verlassen. Und er sah gut genug aus, um das für den Rest seines Lebens durchziehen zu können. Aber ging es in der Kolumne „Was die Liebe mir gestohlen hat“ nicht darum, den Frauen zu erzählen, dass sie sich selbst verwirklichen und das für niemanden jemals wieder aufgeben sollten? Bedeutete das, dass Gabriel 2.0 bereits die Art von Mensch war, die wir alle versuchten zu werden?

„Ernsthaft, Kate, was tust du hier? Willst du Ärger machen? Ich denke, ja. Ich habe dir doch gesagt, dieser Anruf neulich, der hat nichts zu bedeuten gehabt. Ich war betrunken. Es war ein Schock, die Sache mit dem Baby, das war alles. Was ist? Guck mich nicht so an, Kate, du mit deinen launischen Augen, die immer über mich urteilen. Es ist nur ein verdammtes Baby. Alle Welt bekommt Babys. Mein Gott, du bist immer so dramatisch. Du bist genau wie alle anderen, weißt du, immer nur reden, immer verurteilen, was alle anderen machen. Reden, reden, reden, so wie die bescheuerten Leute aus dem Dorf. Du bist genauso wie die idiotischen Dörfler hier. Ich dachte, du wärst etwas Besseres, aber ich habe dich völlig falsch eingeschätzt.“ Er fing an, vor sich hin zu murmeln. „Es ist doch nur ein Baby, mein Gott, was soll's, dann wohnt eben noch eine Person mehr in meinem Chalet. Das ändert doch nichts an meinem Tag. Sie kann drei Babys haben, wenn sie will. Ist mir doch egal, macht für mich keinen Unterschied.“ Er kippte das nächste Glas Wein herunter. „Ernsthaft, Kate“, er wurde schon laut, „was machst du überhaupt hier, eh? *Was* machst du hier?“

„Ich glaube, ich bin gekommen, um mich zu verabschieden, Gabriel, das ist das, was ich hier mache. Ich bin hergekommen, um dir Lebewohl zu sagen.“

Dann stand ich auf und ging.

Ich werde wohl nie verstehen, warum Gabriel 1.0 sich dazu entschlossen hat, auf Gabriel 2.0 nachzurüsten. Aber halten wir einfach mal fest: Ich habe Fehler gemacht. Ich habe ihn zum Zentrum meines Universums gemacht. Ich habe alles aufgegeben, um mit ihm zusammen sein zu können. Er hat mich nie darum gebeten. Ich habe diesen Druck auf ihn ausgeübt. Das hatte ich nicht gewollt, aber es war passiert, den Druck, meine Sonne zu sein. Ich war nicht anders als all die Freundinnen, die ihren unglücklichen Freund dazu getrieben hatten, Hilfe bei „True Love" zu suchen. Was war der Grund dafür gewesen, dass sich Gabriel verändert hatte? Hatte dieser Druck ihn dazu getrieben, mit dem Trinken und den Drogen anzufangen? Vielleicht, wer weiß? Doch ich glaube nicht, dass ich dieses Kreuz tragen muss. Aber Verantwortung für mich selbst übernehmen und für das, was ich unserer Beziehung angetan hatte, das war etwas, das ich bereit war zu tun. Ich war bereit, mir so etwas nie wieder anzutun.

So, ich glaube, jetzt ist der Zeitpunkt gekommen, an dem ich meinen „Was die Liebe mir gestohlen hat"-Ratschlag abgeben sollte, obwohl ich nicht sicher bin, dass er auch nur einen Pfifferling, einen Cent oder das Medizindiplom eines Stararztes wert ist.

Nummer 1

Bleibe dir in einer Beziehung von Anfang an treu und ermutige auch deinen Partner, das zu tun. Auf diese Weise wacht keiner von euch nach zwei Jahren neben einem total Fremden auf, mit dem man einen gemeinsamen Hauskredit abzahlen muss, mit dem man ein Konto, aber ansonsten nichts gemeinsam hat.

Nummer 2

Stelle dir immer wieder die „Was die Liebe mir gestohlen hat"-Frage:
„Wenn keine Aussicht mehr besteht, dass du deiner wahren

Liebe begegnest, keine Aussicht auf ein Happy End oder Kinder, was könnte dich tagtäglich glücklich und zufrieden machen?“

Nummer 3

Erkläre die Beziehung zu dir selbst zur wichtigsten in deinem Leben.

Du bist die einzige wirklich verlässliche Konstante in deinem Leben.

An: *kate@true-love.com*
Von: *Jane Brockley (geborene Robinson)*
Betrifft: *Was, zum Teufel, hast du mit meinem Mann angestellt????????*

Kate Winters …

Was hast du mit meinem Mann angestellt?

Ich frage, weil letzte Woche unser siebter Hochzeitstag war, und als ich nach Hause kam, hat James keinen Ton gesagt, sondern mir nur eine Tasche gegeben und mir befohlen, ins Auto zu steigen. Dann fuhr er uns nach Heathrow, von wo aus wir nach Moskau flogen … ausgerechnet …

Während des gesamten Fluges hat er kein Wort mit mir gewechselt, sondern so getan, als würde er schlafen, und nach der Landung sind wir mit einem Taxi direkt ins Hotel gefahren. Unsere Sachen wurden nach oben auf unser Zimmer gebracht – in die Stalin-Suite –, und James informierte mich ziemlich streng, dass wir mal einen harten Drink bestellen und uns ein bisschen unterhalten sollten. Also sind wir in die Hotelbar gegangen. Und dort hat er mir dann erzählt, dass DU zusammen mit ihm heimlich Tanzstunden genommen hast (was bist du doch neuerdings für eine hinterhältige Geheimniskrämerin, Kate Winters!!!). Doch das war ja noch nicht einmal das Schlimmste. Als Nächstes erzählte er mir, dass oben in unserer Hotelsuite ein ganz besonderer Mensch aus unserer Vergangenheit warten würde, von dem DU behauptet hättest, dass ich noch immer an ihn denken würde! Ich sollte noch fünfzehn Minuten in der Bar warten und dann aufs Zimmer kommen. Er sagte, er würde dort zusammen mit diesem besonderen Menschen aus meiner Vergangenheit auf mich warten. Er betonte, dass das alles sehr schwierig für ihn sei, aber dass er mich sehr lieben würde und wollte, dass ich alles bekam, wovon ich je geträumt hätte. Ich sollte Erfüllung finden, auch auf die Gefahr hin, dass es ihn verletzen würde. Dann ließ er mich in der Bar allein, und ich verbrachte dort die längsten fünfzehn Minuten meines Lebens.

Schließlich kam ein Hotelangestellter zu mir und fragte: „Sind Sie Miss Jane Brockley, geborene Robinson? Die Stalin-Suite ist jetzt bereit für Sie. Gregoire Pechenikov wartet dort auf Sie." Ja, Kate, du hast richtig gelesen, der Hotelangestellte hat mir erzählt, der verdammte Gregoire Pechenikov würde in meiner Hotelsuite auf mich warten. Wenn ich zu dem Zeitpunkt meinen Pass bei mir gehabt hätte (leider hatte James darauf bestanden, sämtliche Reisedokumente und alles an Zubehör bei sich zu haben), dann hätte ich versucht, zur Grenze zu gelangen oder auch zum Flughafen oder zum nächsten Hafen. Dummerweise hatte ich nur noch £ 3,52 in meinem Portemonnaie sowie eine Vorzugskarte von Boots, *und in der kurzen, mir zur Verfügung stehenden Zeit konnte ich so schnell keine russische Flucht vorbereiten!*

Kate, ich will hier ja nicht auf dein unmoralisches Verhalten eingehen, dass du meinem Mann ein Geheimnis verrätst, das ich dir anvertraut habe. Aber ich komme darauf zurück, da kannst du sicher sein, und zwar sehr ausführlich und sicherlich nicht nur einmal!

Als ich in der Stalin-Suite ankam, stand die Tür bereits offen. Ich trat in ein riesiges und sehr, sehr spärlich beleuchtetes Zimmer. Am hinteren Ende konnte ich gerade noch das große Doppelbett ausmachen. Daneben sah ich die Silhouette von Gregoire Pechenikov, der das gleiche verdammte Outfit anhatte, das er auch damals an der Uni getragen hat. Mit leiser Stimme und diesem echt heftigen russischen Akzent sagte er: „Ich habe nie aufgehört, an dich zu denken, Jane. Ich habe dich immer gewollt."

Dann kam er langsam durchs Zimmer auf mich zu.

„Kate, so ein Akzent törnt mich immer an, das weißt du, aber ein russischer Akzent, in einem abgedunkelten Zimmer, mit meiner Jugendliebe Gregoire Pechenikov – das konnte doch gar nicht gut enden!

Gregoire klatschte in die Hände, und auf einmal spielte Musik. Ich war so sehr damit beschäftigt, herauszufinden, wo sich James in diesem dunklen Zimmer versteckte, dass Gregoire, ehe ich mich's versah, schon bei mir war und mich in die Arme gezogen hatte.

Gekonnt hat er mich zur Musik herumgewirbelt, mich an sich gepresst und mir schwer ins Ohr geatmet. Und dieser Tanz war einfach großartig, so erotisch, genau so, wie ich es in Erinnerung hatte. Aber ich musste die ganze Zeit über die Schulter schauen, weil ich verdammt noch mal wissen wollte, wohin mein Ehemann verschwunden war und was, zum Teufel, von mir in dieser bizarren Situation erwartet wurde, für die du, Kate, verantwortlich warst! Ich hatte James immer noch nicht ausfindig machen können, als Gregoire mir etwas ins Ohr flüsterte, etwas viel zu Anzügliches, als dass ich es dir normalerweise anvertrauen würde, aber es scheint mir wichtig für die Geschichte zu sein. Er sagte: „Jane Robinson, hock dich hin und zeig mir, ob du die Frau bist, für die ich dich halte.“

Na ja, jetzt war die Sache weit genug gegangen. Also hab ich diesem rüpelhaften Gregoire eine geknallt, und zwar so heftig ich konnte. Doch das darauf folgende „Autsch“ klang ziemlich schrill und sehr, sehr englisch. Ich marschierte zur Tür und schaltete das Licht an, und als ich mich umdrehte, sah ich James, meinen James, der sich als verdammter Gregoire verkleidet hatte und irgend so ein idiotisches russisches Rollenspiel absolvierte, zu dem du ihn inspiriert hattest. James hatte also einen roten Abdruck meiner Hand auf seiner Wange und sah aus, als würde er gleich anfangen zu heulen. Also dimmte ich das Licht wieder herunter, schaltete die Musik wieder ein und ließ James das, was er angefangen hatte, beenden. Und ja, bevor du oder vermutlich eher noch Federico fragt, ich hab mich hingehockt und ihm gezeigt, was für eine Frau ich bin.

James hat seine Rolle die ganze Nacht beibehalten, und wir haben den erotischsten Tango meines Lebens getanzt. Ich bekomme jedes Mal eine Gänsehaut, wenn ich nur dran denke, und irgendwann hat er mir schließlich befohlen, mich auszuziehen und ihm Freuden zu bereiten. Er hat sogar einen ziemlich ordinären Ausdruck dafür benutzt, ehe er mich auf das riesige Bett mit dem Fellüberwurf geschmissen hat. Noch nie in meinem Leben habe ich einem Mann so oft einen geblasen – einschließlich der Zeit auf dem College.

Ich sag es noch einmal: Ich will mich hier nicht über deine frag-

würdigen Methoden auslassen, meinem Ehemann eins meiner Geheimnisse zu verraten. Diesmal hast du das Richtige getan, aber du solltest dir das lieber nicht zur Gewohnheit machen. Und du kannst nur hoffen, dass ich in nächster Zeit nicht diesem Peter Parker begegne, jetzt, da ich weiß, dass der Junge auf dem Foto in Wahrheit ein Mann ist und es sich um denselben Peter Parker handelt, von dem du neulich in ziemlich betrunkenem Zustand fantasiert hast. In deiner Fantasie kam ein Peter vor, der einer Comicbuchfigur ähnelt, die von einer radioaktiv verseuchten Spinne gebissen wurde und die Fähigkeit besitzt, Wände hochzuklettern, und die ein großes klebriges Netz gesponnen hat, in dem du von ihm gefangen werden wolltest, damit er alle möglichen bösen sexuellen Dinge mit dir treibt. Ich vergesse die Sachen, die du mir erzählst, wenn du betrunken bist, nicht. Mit großer Macht geht auch große Verantwortung einher, Kate …

Du bist eine sehr, sehr böse *Freundin.*

Viele Grüße

Jane

Da hast du mir ja schon wieder was Schönes eingebrockt

Goldman Apartments | London Bridge

Zurück in London, fuhr ich direkt zu Peter Parkers Wohnung, marschierte an dem Portier mit der steinernen Miene vorbei – der hob nur missbilligend eine Augenbraue, als er mich sah –, nahm den Fahrstuhl nach oben, ging den Flur entlang, um noch einmal vor der unüberwindbaren Tür von Apartment Nummer einundvierzig zu stehen. Ich hatte ganz vergessen, wie schwierig es war, diese Türschwelle zu überschreiten, und auch nicht mehr an das Geheimnis gedacht, das Peter dahinter verborgen hielt, das Geheimnis, das ihn völlig zerzaust und erhitzt aussehen ließ. Und wieder einmal öffnete er mit rotem Gesicht, verschwitzt und außer Atem die Tür.

„Ich bin wieder da!“, verkündete ich laut und stolz vom Hausflur aus. „Und ich habe ernsthaft über mein Leben nachgedacht. Ich denke, ich höre auf, bei ‚True Love‘ zu arbeiten.“ Nachdem ich die Bombe hatte platzen lassen, stand ich einfach nur da und wartete auf das übliche Frage-und-Antwort-Spiel.

„Was soll das heißen, du willst kündigen?“ Peter trat in den Flur und zog – wie sonst auch – die Tür hinter sich zu. „Du hast gerade angefangen, deine ersten echten Artikel zu schreiben. Du erarbeitest dir gerade einen guten Ruf. Du hast deine eigene Kolumne auf der ‚True Love‘-Website. Die Leute fangen langsam an, Notiz von dir zu nehmen, sie kennen dich inzwischen und wissen, wozu du fähig bist. Du hast sogar Jenny Sullivan an Bord bekommen! Du wirst nicht kündigen.“

„Sie ist nicht wirklich mit an Bord, Peter, sie ist jetzt einfach nur ein wenig toleranter, da es gut zu ihrem Ziel, eine Starscheidung durchzuziehen, passt.“

„Und was willst du stattdessen machen?“

„Ich habe keine Ahnung. Das ist es ja. Ich habe von allen möglichen anderen Leuten die verloren gegangenen Träume zurückerobert, aber überhaupt keine Zeit dafür übrig gehabt, zu überlegen, was ich für Träume habe. Das Einzige, was ich bisher unternommen habe, war, über Gabriel hinwegzukommen."

„Wie geht es ihm?" Peter verschränkte die Arme und machte einen kleinen Schritt auf mich zu. „Liebt er dich? Liebst du ihn? Kehrst du zu ihm zurück?" Er stopfte seine zu Fäusten geballten Hände in die Taschen und lehnte sich gegen die Wand.

„Gabriel war ganz der Alte: merkwürdig, Unsinn faselnd und kaputt. Da ist nichts mit Liebe, und da ist auch nichts mit Umziehen."

Peter Parker sah aus, als wollte er die Sache näher erörtern, doch immer wieder ließ er den Blick zur Haustür wandern.

„Kate, ich freue mich, dich zu sehen, und ich würde dich ja auch einladen, hereinzukommen, aber …"

„Ist schon okay, Peter", sagte ich und drehte mich um, um zu gehen. „Ich kann sie, ihn, wen auch immer, auch ein anderes Mal kennenlernen, wenn du dazu bereit bist. Ich wollte dir nur schnell Bescheid sagen, dass ich wieder da bin." Ich trollte mich Richtung Fahrstuhl.

„Es ist nicht das, was du denkst, ehrlich", versicherte er mir, schnappte sich meine Hand und zog mich wieder den Flur entlang. „Ich weiß nur nicht, ob wir dazu kommen, über dich zu reden, wenn wir hineingehen. Vermutlich endet es damit, dass wir über mich und mein Problem reden …"

„Was für ein Problem?"

„Okay, aber du darfst jetzt nicht ausflippen, Kate …" Er legte eine Hand auf den Türgriff. „Oder mich auslachen oder geschockt sein." Er drückte die Klinke herunter und stieß die Eingangstür auf. Sein makelloses Penthouse-Apartment sah aus, als hätten die Vandalen darin gehaust.

„Oh mein Gott, Peter. Bist du ausgeraubt worden? Warum hast du niemandem etwas davon erzählt?"

Peter Parker setzte sich langsam auf den Boden im Flur.

„Ich bin erschöpft, Kate", sagte er und vergrub den Kopf in den Händen. „Völlig fertig. Ich hatte keine Ahnung, dass man sich so kaputt fühlen und dass etwas so aus dem Ruder laufen kann."

Ich hörte ein Kratzen, ein Quieken, und im nächsten Moment kamen zwei schwarz-weiße Welpen in den Eingangsbereich gerast. In ihrem rasanten Tempo rutschten sie um die Ecke, kläfften und japsten munter vor sich hin und schossen an dem sitzenden Peter Parker vorbei in den Hausflur und in Richtung Fahrstuhl. Ein ziemlich verzweifelter Peter Parker rappelte sich auf und lief hinter ihnen her. Kurze Zeit später marschierte er an mir vorbei – jeweils einen schwanzwedelnden Welpen unter einen Arm geklemmt.

„So geht es jeden Tag", sagte er und ging in seine Wohnung. „Eine Tasse Tee, Kate?"

Es gab keinen Platz in Peter Parkers Wohnung, wo man sich hinsetzen konnte, also ließ ich mich auf der Kante des Couchtisches im Wohnzimmer nieder, während Peter anfing, das Sofa von zerkauten Teddys, Hundekuchen und Papierfetzen zu befreien.

„Ich habe niemandem von ihnen erzählt, weil ich noch immer nicht weiß, ob ich sie behalten kann. Ich meine, schau sie dir doch an!" Es war wie Orwells „Farm der Tiere", und die Menschen hatten den Krieg gänzlich verloren. Einer der Welpen pinkelte gerade mitten ins Zimmer, und ich hätte schwören können, dass er dabei grinste. „Ich wollte es dir erzählen, ehrlich, aber ich hatte mir doch zum Ziel gesetzt, sie wenigstens ein wenig stubenrein zu haben, ehe ich sie dir vorstelle, oder dass ich zumindest ein bisschen aufgeräumt habe, ehe ich dich hierher einlade. Aber ich … na ja, ich schaffe es einfach nicht, sie unter Kontrolle zu bringen, sie dazu zu bringen, auf mich zu hören oder dorthin zu pinkeln, wo sie, verdammt noch mal, hinpinkeln sollen. Sie machen einfach, was sie wollen. Ständig. Tag und Nacht. Ich habe nicht die geringste Ahnung, was ich mit ihnen anstellen soll." Er versuchte, sich auf die Sofakante zu setzen, während er weiter damit beschäftigt war, den Müll davon zu entfernen. „Ich weiß wirklich nicht, wie ich so leben soll, Kate. Ich weiß es wirklich nicht. Auf jeden Fall kann es so nicht weitergehen. Was bedeuten würde, dass ich sie wieder hergeben muss, was … na ja, so etwas gibt man nicht einfach so mal eben auf, Kate. Das tut man einfach nicht."

„Hunde zu haben ist also dein von der Liebe gestohlener Traum?“

„Meine Ex hat Hunde gehasst. Während wir zusammen waren, stand das also überhaupt nicht zur Debatte, doch da ich es früher mit Jake so toll fand, war ich immer davon ausgegangen, irgendwann wieder einen Hund zu haben. Im Grunde hast du mich dazu inspiriert, es in Angriff zu nehmen.“ Ein lautes Scheppern ertönte, als Welpe Nummer eins eine Zeitung vom Couchtisch riss und dabei drei Kaffeebecher und ein iPhone mitriss. Peter sah aus, als würde er gleich in Tränen ausbrechen. „Es ist alles versichert“, murmelte er vor sich hin, als würde er ein Mantra aufsagen, „alles ist zu hundert Prozent versichert. Ich war nur zum Hundezüchter gefahren, um mir ein paar Tipps zu holen. Du weißt ja, dass ich nichts tue, ohne mich vorher umfassend und eingehend damit zu befassen, zu recherchieren und zu planen …“

„Zu *über*planen.“

„Überplanen gibt es nicht, Kate. Also bin ich zu einer Hundezüchterin nach Notting Hill gefahren. Ich wollte mich nur mal umsehen, mich davon überzeugen, dass es wirklich das war, was ich wollte, ein paar Fragen stellen, was die Pflege, die Routine, den Auslauf und die besten Rassen betrifft, wie man die Hunde versichert, wie sie geimpft werden müssen, wie man sie an andere Hunde gewöhnt, wie man sie trainiert …“

„Ich hab schon verstanden, Peter.“

„Und dann war da dieser Wurf mit den Welpen. Ich hab bei ihnen gesessen, während mir die Züchterin ein paar Sachen erklärt hat, und während sie geredet hat, habe ich mit diesem winzigen Welpen gespielt, ein ganz schwarzer bis auf einen weißen Fleck auf der Brust und eine weiße Pfote. Und er hatte so kleine Hundesommersprossen auf seiner rosa Nase, ein bisschen so wie du. Nicht dass du eine rosa Nase hast, obwohl, wenn es draußen kalt ist, neigt sie dazu, ziemlich rot zu werden, und wenn du zu viel Koffein getrunken hast oder Alkohol …“ Ich machte eine abwehrende Geste, um ihm zu bedeuten, dass er beim Thema bleiben solle. „Und als ich gehen wollte, konnte ich mich irgendwie nicht trennen. Also saß ich noch ein paar Stunden länger da und beobachtete, wie dieser Welpe mit seinen Geschwistern spielte. Es gab da noch diesen anderen Welpen, mit dem er mehr als mit den anderen spielte, eine kleine Hündin, die waren fast so ein wenig wie du und ich. Er war der Klügere der beiden, ganz klar, und sie hat ihn immer beobachtet, ihm nachspioniert und alles nachgemacht, ist ihm hinterhergelaufen, hat versucht, seine Aufmerksamkeit zu erringen, und …“

„Peter, mach schon, erzähl weiter.“

„Na ja, ich dachte, wie traurig es wäre, wenn man die beiden trennen würde. Dann erklärte mir die Züchterin, dass es manchmal einfacher sei, zwei Welpen zu nehmen als einen, denn so könnten sie einander Gesellschaft leisten.“

„Und sie verdient mehr Geld, wenn sie gleich zwei verkauft.“

„Sei nicht so zynisch. Obwohl, du hast wohl recht, denn ehe ich mich's versah, war ich wieder in meiner Wohnung im Zentrum von London … zusammen mit nicht einem, sondern zwei Welpen, und, na ja, seitdem habe ich keine Nacht mehr durchschlafen können. Im Nachhinein kann ich sagen, dass es eine überstürzte Entscheidung war, ohne Vorausplanung, ohne Vorbereitung oder Recherche, was, wie ich hier noch einmal betonen möchte, nur zweifelsfrei zeigt, wie wichtig all diese Dinge sind.“ Er versuchte, sich hinzulegen und auf dem großen Ledersofa auszustrecken. „Du siehst also, Kate, wie ich dir schon bei diversen Gelegenheiten gesagt habe, deine ‚Was die Liebe mir gestohlen hat‘-Idee kann im Leben von anderen Menschen ein verdammtes Chaos anrichten, einem Leben, das sonst in geordneten Bahnen und völlig problemlos verlaufen würde.“ Er zog eine zerkaute Fernbedienung unter seinem Rücken hervor. „Ich glaube, ich brauche einfach nur mal ein bisschen Schlaf, Kate, dann schaffe ich es bestimmt auch, die beiden richtig zu erziehen. Mir war einfach nicht klar, wie anstrengend das alles sein würde. Mir war nicht bewusst, wie absolut unkontrollierbar die beiden sein würden.“ Die Welpen sprangen aufs Sofa und landeten direkt in Peters Schoß. Vor Schmerz zuckte er zusammen, fiel vom Sofa und landete in einem Haufen Müll.

„Ich mache uns mal einen Tee“, sagte ich und ließ ihn auf dem Boden liegen, während die Welpen auf seinem Kopf herumhüpften.

„Beurteile mich nicht nach der Sauberkeit meiner Küche, Kate!“, rief er mir, noch immer am Boden liegend, hinterher. Die Küche war ein absoluter Saustall. Die schwarze Marmorarbeitsplatte war übersät mit schmutzigen Utensilien, sämtliche Gabeln, Messer, Löffel und jeder einzelne Teller, alle Becher, Gläser und Schüsseln waren benutzt, aber nicht abgewaschen worden. Auf der Kochinsel in der Mitte der Küche lagen leere Essenskartons herum, Keksschachteln und Milchkartons sowie alte Take-away-Behälter. Hier und da lagen aufgeschlagene Bücher über Hundetraining. Außerdem entdeckte ich ein Selbsthilfebuch mit dem Titel „Krisenmanagement: Wie man ohne Schlaf funktioniert“ sowie ein schmutziges Hundeklo an der Tür zur Dachterrasse. Der schwarze Steinfußboden war übersät mit Tausend verschiedenen Dingen, angefangen von zerkauten Schachteln und Tüchern bis hin zu wichtig aussehenden Briefen und Postsendungen sowie Schuhen und Sportausrüstung. Alles war zerkaut, angepinkelt und zerfetzt worden. Dies hier war Peter Parkers Vorstellung der Hölle auf Erden.

„Ich würde mir ja eine Putzfrau holen“, sagte er plötzlich hinter mir und legte mir die Hände auf die Schultern, „aber bevor ich die hier reinlassen könnte, müsste ich aufräumen. Und dazu habe ich einfach keine Zeit!“ Er drückte meine Schultern ziemlich fest. „So lebe ich also jetzt, ich lebe wie ein, wie ein … ich weiß nicht mal, wie man jemanden nennt, der so lebt! Ich glaube, es war ein Fehler. Es war bestimmt einer. Ich schaffe das nicht alleine. Ganz offensichtlich bin ich beschränkt, fehlerhaft und unfähig. Meine Ex hatte recht: Ich sollte einfach ganz allein leben.“

„Warum musst du das alles ganz allein machen?“

„Weil ich immer alles allein mache, so funktioniere ich nun mal. Ich bin unabhängig. Ich bin fähig. Ich …“

„Du stehst in Hundekacke.“ Er blickte hinunter zu seinem Fuß. „Peter, du stehst in einem Hundehaufen.“ Wieder sah er aus, als würde er gleich in Tränen ausbrechen.

„Peter, niemand macht alles alleine. Niemand. Die Leute haben Hundesitter, Tierärzte, Hundetrainer und Putzfrauen. Oder zumindest scheint jeder, der einen Vollzeitjob in London hat, das alles zu haben. Du musst nicht alles und jederzeit alleine machen."

„Ich dachte nur … na ja, ich habe immer alles allein gemacht."

„Peter, ich habe jetzt zwar eine Verabredung, zu der ich muss, aber ich habe eine Idee. Warum bringen wir die beiden nicht für eine Nacht zu mir? Da gibt es nichts Wertvolles, das sie kaputt machen können, und du bekommst endlich mal Schlaf, während ich mit ihnen spiele. Ich liebe Hunde. Ich habe auch Jake geliebt." Einer der Hunde saß auf meinem Fuß und kaute an ihm herum. „Und außerdem kenne ich so eine tolle Industriereinigungsfirma, die sich keinerlei Urteil über ihre Kunden erlaubt. Ich könnte dafür sorgen, dass sie herkommen und deine Wohnung in Ordnung bringen, während du bei mir bist. Keine Angst, sie werben mit dem Slogan ‚Wir verurteilen dich nicht, du kleiner dreckiger Scheißer'." Ich lachte prustend über meinen eigenen Witz.

„Morgen können wir uns dann um einen langfristigeren Plan kümmern. Ich glaube, Grandma kennt ein paar Hundetrainer und Hundesitter. Auf jeden Fall kann sie dafür sorgen, dass regelmäßig eine Putzfrau herkommt. Sie kann gut organisieren. Weißt du doch, sie organisiert alles und jeden. Das ist das, was sie am besten kann. Alles managen."

„Danke", sagte er, zog mich in die Arme und drückte mich fest an sich. „Danke, danke, danke, danke, danke, danke."

„Kate", begann Bob und rührte Zucker in seinen frisch aufgebrühten Pfefferminztee, „die Grenzen und Einschränkungen, die wir uns auferlegen, sind immer selbst verordnet. Du kannst nur das Leben leben, das du dir vorstellen kannst. Zucker?"

„Nein danke", erwiderte ich und blickte auf die Uhr. Ich wollte möglichst innerhalb der nächsten Stunde wieder bei Peter sein.

„Du bist ja auch süß genug, da bin ich mir sicher." Bob strahlte, bevor er noch weitere drei Löffel Zucker in seinen eigenen Tee rührte.

Bob war der Motivationscoach aus unserem Moppel-Camp, und offenbar hatte er eine Methode entwickelt, die Menschen half, ihre verborgensten Träume aufzuspüren und wahr werden zu lassen. Ich hatte einen Termin mit ihm vereinbart, um mit ihm darüber zu sprechen, wie ich mich verändern konnte. Ich hatte ihm erzählt, ich sei bereit für etwas Neues, brauchte aber Hilfe.

Also trafen wir uns in seinem Büro in Chelsea, einem luftigen Studio mit einem großen Atrium. Er hatte mir einen Platz auf einem braunen Ledersofa angeboten, bevor er mir den oben erwähnten Pfefferminztee einschenkte. Wir tranken aus großen Gläsern mit Metallgriffen. Es erinnerte mich ein bisschen an Marokko – vor all den Bomben und den Unruhen.

„Du hast gesagt, du möchtest deinem Leben eine andere Richtung geben, doch du wüsstest noch nicht so genau, welche das sein könnte." Er zappelte auf seinem Sessel herum, so wie ein Mathematikprofessor, der kurz davor ist, eine komplizierte Rechenaufgabe zu lösen. „Wenn du im Augenblick an dein zukünftiges Leben denkst, stellst du dir, so vermute ich mal, das Leben vor, das du zurzeit führst, nur ein bisschen schwärzer oder ein bisschen rosiger, richtig?"

„Ich denke, schon, ja. Auf jeden Fall kann ich mir nicht denken, dass es mal *dramatisch* anders aussehen könnte. Ich hoffe, dass sich die Dinge bessern, aber ich kann es nicht wirklich *sehen*, wenn du verstehst, was ich meine."

„Ich für meinen Teil", sagte er und deutete auf seine Brust, „ich glaube, dass die Leute sich viel zu sehr darauf konzentrieren, was sie alles *nicht haben* oder was sie *nicht wollen*. Sie sind geradezu besessen von diesen Dingen und denken ständig daran – an ihren Mangel an Reichtum, daran, wie traurig sie sind, dass sie sich abgelehnt fühlen, oder vielleicht haben sie schreckliche Angst, weil sie nicht wissen, *wie* sie eine Veränderung herbeiführen können." Ich nickte brav. „Und auf diese Weise stecken sie in ihrem Elend fest. All ihre Gedanken sind auf das Negative gerichtet, sodass das Leben keine Chance hat, irgendeine Form von Veränderung herbeizuführen. Dein Leben ist begrenzt auf das, das du dir vorstellen kannst. Wenn du dir nur negative Dinge vorstellen kannst, bekommst du auch nur Negatives. Ich möchte dir etwas erzählen, Kate. Ich möchte dir von einem Freund von mir berichten. Er hat zu mir gesagt: ‚Bob, was immer du glaubst, tun zu können, tu es, denn dem Handeln wohnen Magie, Anmut und Kraft inne.'"

Ich verkniff es mir, Bob darauf hinzuweisen, dass sein Freund einen ganz berühmten Schriftsteller zitierte.

„Das Wichtige dabei ist, Kate, sich etwas vorzustellen, ohne sich irgendwelche Einschränkungen aufzuerlegen. Daher möchte ich eine kleine Übung mit dir machen. Es ist eine meiner Lieblingsübungen. Tust du mir den Gefallen? Sehr schön. Ich möchte, dass du von deinem Traumleben träumst, ein Tag im Leben deines Traumlebens, und jedes Mal, wenn du etwas abtun willst und dir sagst ‚Das ist doch lächerlich, Kate' oder ‚Das ist doch nicht möglich, Kate, das schaffst du nie', dann musst du ganz bewusst diese Blockade aus dem Weg räumen und zulassen, dass du dir vorstellst, und sei es auch nur eine Sekunde lang, dass es möglich ist und wie es sich wohl anfühlen würde."

„Etwas Ähnliches habe ich mit meiner Putzfrau gemacht, mit Mary. Sie wollte Mechanikerin werden."

„Na, das ist doch wunderbar, Kate. Das bedeutet, dass du bereits ein Profi bist. Also lass es uns diesmal für dich tun. Mach es dir gemütlich." Erneut fing er an zu zappeln, als wollte er es sich an meiner Stelle gemütlich machen. „Schließ die Augen, entspann dich, hol tief Luft und gib dich dem Tagtraum hin, wie dein vollkommenes Leben, dein vollkommener Tag aussehen könnte. Wo fängt er an? Wo wachst du auf? In was für einem Bett? Welche Farbe hat die Bettwäsche? Wie fühlst du dich? Wenn du dich anziehst, für welche Art von Kleidung entscheidest du dich? Wo hängen die Sachen? Wenn du das Haus verlässt, dreh dich um – was für eine Art von Haus ist es? Was für ein Haus würde dein Herz schneller schlagen lassen? Steigst du in ein Auto? Was für eine Art von Auto ist es? Wohin fährst du? Wo fährst du entlang? Wie ist das Wetter an deinem vollkommenen Tag? Wie ist dein Lieblingswetter? Wo isst du zu Mittag? Was isst du? Mit wem isst du? Ruft jemand dich an? Freust du dich wirklich, von diesem Jemand zu hören? Wer ist es? Worüber redet ihr? Was machst du am Nachmittag, was für Pläne hast du fürs Wochenende? Du kannst überallhin fahren, also, wohin willst du? Mit wem fährst du? Wenn alles möglich wäre, Kate, wenn dir alles erlaubt wäre, wenn du alles haben könntest, wenn du alles erreichen könntest, wenn du alles tun könntest, wer wärst du dann, Kate? Wer wärst du? Wer wärst du? Wer wärst du?"

Unzählige Bilder schossen mir durch den Kopf – von Dingen, Menschen, Orten, Sportarten, Essen, Farben, Städten, Erfahrungen.

„Kate, wenn es dir hilft, stell dir vor, du befindest dich in einem Paralleluniversum. Dein Ich dieser Welt beobachtet dein Ich in jener Welt. Und denk dran, Kate, du … hast … die … Macht", sagte er, und seine Stimme klang tief und rauchig, so als würde er Zauberstaub in meine Richtung pusten. Ich hoffte, dass er das tat, dieser clevere Teufelskerl. Ich hatte die Augen geschlossen, und mit all dem Zauberstaub um mich herum ließ ich meiner Fantasie freien Lauf: ein Leben ohne Grenzen, ohne Einschränkungen, ohne Zwänge. Was würde ich dann tun? Freudig erregt tauchte ich ab in eine goldene Welt voller Glückseligkeit. Nach ungefähr zehn Minuten hörte ich, wie Bob sich bewegte. Ich war mir ziemlich sicher, dass er wieder unruhig zu zappeln begann.

„Komm jetzt wieder zurück in die Realität, Kate", sagte er leise.

Ich öffnete die Augen. „Willkommen zurück, Kate“, säuselte er, so als wüsste er, wo ich gewesen war, so als wäre er ebenfalls dort gewesen und hätte wie ein Willy Wonka aus dem Traumland zugeschaut. „Diese Übung sollte dir helfen, ein Gefühl für all die Dinge zu bekommen, zu denen du dich hingezogen fühlst?“ Sämtliche Sätze von Menschen aus Kalifornien endeten irgendwie mit einem Fragezeichen. „Die Bilder sind alle wichtig, und wir machen gleich auch eine Liste all dieser Bilder. Aber wir werden auch noch eine zweite Liste machen. Denn die Übung sollte dir auch die *Gefühle* bewusst machen, nach denen du dich sehnst, und damit meine ich die Gefühle, die du in diesem Leben verspüren möchtest, seien es Glücksgefühle, das Gefühl der Stärke, das Gefühl, fit zu sein, und wer weiß, vielleicht willst du dich noch sinnlicher fühlen!“ Vor Begeisterung schlug er sich auf die Schenkel. „Das sind deine Stichworte, Kate, deine Markierungspunkte. Sie sind wichtig. Denn diese Gefühle können auf die unterschiedlichste Art und Weise erreicht werden.“ Er machte eine kleine Pause, und gerade als ich nachfragen wollte, fuhr er fort: „Lass mich dir ein Beispiel geben. Ein Alkoholiker findet vielleicht Erlösung im Trinken. Betrunken zu sein gibt ihm die Möglichkeit, seinen Problemen zu entfliehen, er spürt die Einschränkungen des Lebens nicht mehr, er fühlt sich frei. Es ist ein falsches Gefühl von Freiheit, aber für den Alkoholiker ist es die einzige Aktivität, die ihm dieses Gefühl der Freiheit vermittelt. Ein Soldat in der Armee verspürt vielleicht genau das gleiche Gefühl der Freiheit, doch er bekommt es, wenn er sich aus einem Flugzeug stürzt und mit dem Fallschirm abspringt. Eine dreifache Mutter fühlt sich vielleicht beim Salsatanzen frei. Für mich könnte Freiheit bedeuten, dass ich an einem Strand entlanglaufen kann. Wir alle suchen nach demselben Gefühl, und jeder von uns hat eine andere Methode gefunden, dieses Gefühl zu verspüren. Verstehst du, was ich meine?“

Ja und nein.

„Was ich also machen möchte, ist, zusammen mit dir eine Liste zu erstellen mit all den Zielen, die du in deinem Tagtraum identifizieren konntest. Vielleicht bist du in deinem Traum auf einer Vespa herumgedüst, vielleicht bist du unheimlich schnell gelaufen, warst körperlich topfit, vielleicht hast du einen Oscar bekommen! Anschließend stellen wir dann eine Liste deiner emotionalen Ambitionen zusammen, das heißt, wir listen all die Gefühle auf, die du an deinem perfekten Tag verspürt hast. Im Anschluss daran können wir uns zurücklehnen und uns dein Bild anschauen. Prüfen, wie dein Traumleben aussieht und sich anfühlt. Daran anschließend legen wir kleine Schritte fest, mit denen du darauf hinarbeiten sollst, dein Traumleben zu realisieren. Es sind oft die kleinen Schritte im Leben, die die größten und gewaltigsten Veränderungen hervorbringen. Und sobald wir herausgefunden haben, wer du in deinem Traumleben wirklich warst, möchte ich, dass du jeden Tag fünf Minuten Zeit damit verbringst, die Augen zu schließen und dieser Mensch zu sein. Dabei sollst du dich ganz dem Gefühl hingeben, dieser Version deiner selbst nachzuspüren. Du kannst es machen, wenn du in der U-Bahn sitzt oder während du duschst, vielleicht auch, gleich nachdem du aufgewacht bist. Wichtig ist, dass du *fühlst*, wie du dich fühlen würdest, wenn du dieser Mensch wärst. Wenn du es anfangs schwierig findest, probiere das: Wenn du morgens in der Dusche bist, schließ die Augen und stell dir vor, wie du dich fühlen würdest, wenn du fünfzig Millionen Pfund hättest. Wenn du die Augen schließt, stell dir vor, du siehst deinen Kontoauszug, siehst deinen Namen darauf stehen, und der Saldo zeigt einen Betrag von fünfzig Millionen Pfund an. Du weißt, dass es dein Geld ist. Wie würde sich das anfühlen?"

Ich begann zu strahlen. Ich war begeistert, aufgeregt und fühlte mich sogar ein wenig unartig. Es war so, als wüsste ich zum ersten Mal in meinem Leben, dass ich meinen Weg finden würde. Fünfzig Millionen!

„Ich glaube, Kate, du hast begriffen, worum es geht. Es ist diese Empfindung, dieses wunderbare Gefühl, in das du dich hineinversetzen sollst. Ich möchte, dass dein Körper sich an das Gefühl gewöhnt, dass du fünfzig Millionen Pfund auf der Bank liegen hast. Ich möchte, dass dein Körper sich an die Empfindungen gewöhnt, die du an deinem vollkommenen Tag hattest. Ich möchte, dass das Universum spürt, dass du so fühlst. Und das Universum wird darauf reagieren. Denk dran, auch wenn es klischeehaft klingt, du bekommst das zurück, was du investiert hast. Das ist keine höhere Mathematik. Lass diese positiven Gefühle deines vollkommenen Tages jeden Tag hinaus in die Welt."

„Wenn es so einfach ist, Bob, warum machen wir es dann nicht alle? Warum haben wir nicht alle das, was wir uns wünschen?"

„Das ist eine kluge Frage, Kate. Es gibt zwei große Hindernisse. Das eine ist, dass die Menschen sich meist eher darauf konzentrieren, was sie nicht haben, das andere, dass sie sich bemühen, positiv zu denken, dann aber zulassen, dass die negativen, die zweifelnden Stimmen wieder überhandnehmen, denn die sind meist lauter als die positiven. Ich habe ein gutes Beispiel für beides." Er war wieder voll in seinem Element. Ich beschloss, ihn in „Quassel-Bob" umzutaufen.

„Ich habe eine wunderbare Freundin in Rom. Seit ich sie kenne, hat sie mir erzählt: ‚Ich werde mich nie mit einem Italiener einlassen, schon gar nicht mit einem Mann aus Neapel. Männer aus Neapel sind grässlich. Die sind ungehobelt, das sind Banausen. Nie und nimmer werde ich mit einem Mann aus Neapel ausgehen.' Und was ist passiert? Sie hat einen Mann aus Neapel getroffen und hat sich in ihn verliebt. Warum? Weil sie all ihre Energie auf das verwandt hat, was sie *nicht* wollte. Also hat das Universum immer und immer wieder gehört: ‚Verabrede dich mit einem Italiener' oder ‚Mann aus Neapel'. Und genau das hat sie schließlich auch bekommen. Andere Menschen schaffen es, das Erste hinzubekommen, sie konzentrieren sich auf das, was sie wollen, stellen es sich einen Moment lang vor, doch dann verwerfen sie es wieder. Sie denken: Na ja, das wäre schon nett, aber das passiert ja doch nicht, oder: Wie hoch ist die Wahrscheinlichkeit? So viel Glück habe ich doch sowieso nicht', und das ist das, was das Universum hört. Es hört dich sagen: ‚Ich werde immer arm sein. Ich werde immer in schrecklichen Wohnungen wohnen müssen, mein Job wird immer fürchterlich sein. Ich bin sowieso nicht in der Lage, etwas zu verändern.‘ Und damit machen sie sofort all ihre harte Arbeit zunichte.“

„Quassel-Bob …“, sagte ich zu Quassel-Bob und vergaß dabei ganz, dass er seinen neuen Spitznamen ja noch gar nicht kannte. „Ich habe das *beides* schon gemacht.“

„Wenn du jemals wieder Zweifel hast …“, forderte Quassel-Bob, „nimm dir einen Moment Zeit und denk über Folgendes nach: Wenn du dich entschließt, von New York nach San Francisco zu fahren, kannst du nicht die ganze Strecke vor dir sehen. Es sind über zweitausendneunhundert Meilen. Genau genommen kannst du nicht einmal mehr als zweihundert Meter weit sehen. Aber ich wette, du zweifelst kein Stück daran, dass du dort ankommen wirst. Du würdest doch niemals denken: Ich kann nicht die ganze Strecke sehen, woher soll ich also wissen, ob ich wirklich dort ankomme? Woher soll ich denn wissen, ob ich es schaffe? Ich kann mir keine zweitausendneunhundert Meilen lange Straße vorstellen. Wie sieht die überhaupt aus? Wenn ich sie nicht sehen kann, kann ich darauf auch nicht fahren. Nein, du entscheidest dich, von New York nach San Francisco zu fahren, und du weißt einfach, dass du dort ankommst. Du konzentrierst dich auf das Ziel, nicht auf die Straße, die vor dir liegt. Und genau das musst du auch mit deinen Träumen machen. Vergiss die Straße, konzentriere dich auf das Ziel. Das Universum übernimmt den Rest.“

So ganz verstand ich die Funktionsweise von Quassel-Bobs Idee nicht, und ich verstand auch Quassel-Bob selbst nicht so ganz, aber ich war durchaus bereit, es auf einen Versuch ankommen zu lassen. Er holte Stift und Papier, und wir fingen an, eine Liste zu erstellen – von all den Dingen, die mir an meinem vollkommenen Tag passiert waren – und eine Liste mit all den Empfindungen, die ich verspürt hatte. Als wir fertig waren, hatte ich eine sehr viel klarere Vorstellung von dem, was ich tun musste, um meinen eigenen, von der Liebe gestohlenen Traum zurückzuerobern.

Zugegeben, ich sah durchaus, dass sich da ein paar dringende Probleme abzeichneten, und zwar fielen die alle unter die Überschrift „Geld“. Denn die meisten Dinge, die ich gern tun wollte, waren viel zu teuer. Das Wichtigste, das, was mich wirklich während der nächsten Jahre glücklich machen würde, wäre eine Ausbildung zur Ski- und Snowboardlehrerin. Nach meinen Erfahrungen mit Gabriel und Julien war ich mir inzwischen sicher, dass es das war, was ich wirklich wollte. Ich wollte fünf Monate im Jahr damit verbringen, anderen Menschen das Skifahren beizubringen; ich wollte draußen sein und mich den ganzen Tag sportlich betätigen; am Ende des Tages wollte ich dann in mein Chalet zurückkehren, Käse essen, Französisch reden – allein der Gedanke daran ließ mich fast schweben vor Glück. Doch die Lehrgänge für Skilehrer waren teuer, einige Zehntausend Pfund, um genau zu sein, und einige Zehntausend Pfund sind kein Pappenstiel und auch keine lahme Ausrede, hinter der man sich verstecken will, sondern ein riesiger Berg von Geld, das ich definitiv nicht hatte. Und darin war noch nicht einmal der Französisch-Intensivkurs enthalten, den ich belegen wollte, und das Chalet, das ich kaufen müsste, um darin wohnen zu können, und wenn wir schon eine Liste machen, und ganz offensichtlich tun wir das, auch kein Flugticket rund um die Erde und kein Auto. Eine neue Skiausrüstung könnte ich auch mal wieder gebrauchen, und welche Frau sagt schon Nein zu einer Schönheitskur und einem Einkaufsbummel, um den Inhalt des Kleiderschranks auszutauschen. Bob war super, aber er war kein verdammter Goldesel.

Ich brauchte also irgendeinen anderen Weg. Doch ich hatte nicht die leiseste Ahnung, was das für ein Weg sein könnte. Ohne also irgendeinen Cent oder ein Goldstück in der Tasche machte ich das, was Quassel-Bob mir gesagt hatte, und entließ meine positiven Intentionen hinaus ins Universum. Ich spürte, wie ich mich fühlen würde, wenn ich den Skilehrerkurs belegen würde, spürte, wie ich mich fühlen würde, wenn ich die Kurse bestanden hatte, wie ich mich fühlen würde, wenn ich den Leuten das Skifahren beibringen würde und dabei fließend Französisch sprach, wie ich durch mein Chalet spazierte, wunderschöne Sachen trug, einen großen schwarzen Range Rover fuhr und einen kleinen Hund namens Flecki besaß, der ironischerweise so genannt wurde, weil er völlig schwarz war. Das war jedenfalls mein Sinn für Humor.

Bobs Version des Universums kam mir so vor wie ein Shoppingsender im Fernsehen, doch sie gefiel mir, und ich war durchaus willens, es auf einen Versuch ankommen zu lassen.

Ich fand jemanden, der mit den Hunden Gassi ging, und hatte eine professionelle Reinigungsfirma beauftragt. Ich hatte eine Hundeschule gefunden, Hundehütten, einen Tierarzt, einen Verhaltenstherapeuten für den kleinen Rüden (der, so hatte ich jedenfalls das Gefühl, besonders gern sein Geschäft an teuren Möbeln verrichtete), und ich hatte einen großen Vorrat an Hundefutter und Hundekuchen bestellt. Ausnahmsweise einmal trat ich in die Fußstapfen von Grandma, ich verbrachte sogar so viel Zeit, wie mir überhaupt nur möglich war, im Park um die Ecke, in der Hoffnung, die beiden unermüdlichen Welpen irgendwie müde zu bekommen. Als ich schließlich in meine Wohnung zurückkehrte, fand ich Peter Parker genau so vor, wie ich ihn verlassen hatte, tief schlafend auf meinem Bett liegend. Die Welpen sprangen sofort auf ihn drauf und begannen, sein Gesicht abzulecken.

„Ich hätte es sehr viel lieber, wenn mich eine schöne Frau auf diese Art und Weise wecken würde, nicht zwei unartige Hunde." Einer der Hunde fing sofort an, seine Hand zu jagen, ehe er von seinem eigenen Schwanz abgelenkt wurde, sich im Kreis drehte und vom Bett fiel.

„Normalerweise kann ich woanders gar nicht pennen", meinte Peter schlaftrunken, kam hoch und stopfte sich ein paar Kissen in den Rücken. Einladend klopfte er neben sich auf das Bett. „Kate, erinnerst du dich noch daran, wie wir als Kinder ständig zusammen bei dir übernachtet haben?"

„Reden wir von den Übernachtungen vor unserer Teenagerzeit?", wollte ich wissen und legte mich zu ihm. „Oder von denen in unserer Jugend, als ich von Glück sagen konnte, dass ich die Nächte überstanden habe, ohne dass du über mich hergefallen bist?"

„Die Vor-Teenagerzeit, KitKat. Deine Grandma hat uns immer ausgeschimpft, weil wir so viel geredet haben. Was, zum Teufel, hatten wir uns eigentlich alles zu erzählen, dass wir bis morgens um vier Uhr noch wach waren?"

„Wahrscheinlich hast du einen Vortrag gehalten über das Pro und Kontra von lebhafter Gesichtsmimik, mit Fokus auf dem Lächeln und dessen Falten produzierender Wirkung. Oder über die industrielle Revolution."

„Aber wir waren doch wirklich solch eine fleißige Nation, KitKat", erwiderte er und drehte sich um, um mich anschauen zu können. „Und ich möchte immer noch wissen, was du zu tun gedenkst, wenn du deinen Job kündigst", sagte er müde und konnte kaum die Augen offen halten.

„Ich glaube, ich habe da so ein paar Ideen oder zumindest die Anfänge von ein paar Ideen. Ich habe sozusagen Ideen-Eier."

„Soll ich sie für dich befruchten, Kate? Ehrlich, ständig fragst du mich, ob ich meine Körperflüssigkeiten beisteuere, um irgendetwas für dich zu tun, das ist irgendwie beunruhigend."

„Ernsthaft, Peter, ich war so damit beschäftigt, das Leben aller anderen in Ordnung zu bringen, dass ich nicht so genau weiß, was ich eigentlich selbst will. Aber jetzt weiß ich es mehr oder weniger. Ich habe da diese Ideen-Eier. Ich befinde mich auf dem rechten Weg, auch wenn ich den Weg noch nicht im Ganzen sehen kann, es gibt keine Straßenlaternen, aber das ist anscheinend okay."

„Sehr rätselhaft, KitKat." Einer der Welpen kletterte auf meinen Schoß und schlief ein.

„Ach!", sagte Peter, als er den Hund bemerkte. „Guck dir das an." Sanft streichelte er den Kopf des Welpen. „Ich fürchte, jetzt darfst du dich nicht mehr bewegen. Sie schlafen kaum, wenn überhaupt, das heißt, wenn sie mal auf dir eingeschlafen sind, musst du genau in dieser Position bleiben. Ich fürchte, du musst heute Nacht neben mir schlafen." Er hörte auf, den Hund zu streicheln, legte stattdessen einen Arm über mich und zog mich eng an sich. „Rede mit mir, während ich einschlafe. Deine Stimme hat immer eine betäubende Wirkung auf mich." Er lachte leise vor sich hin, ehe er meine Hand küsste und sie leicht drückte. „Bleib hier bei mir", flüsterte er.

Ich musterte ein paar Minuten lang sein Gesicht, den perfekten Teint, die faltenlose Haut, die gleichmäßige Bräune. Das genetische Lotteriespiel war absolut nicht fair.

„Kate, ich weiß, dass du mich anstarrst“, sagte er, wobei seine Mundwinkel zuckten. „Das ist echt total beunruhigend. Und dabei dachte ich, du wärst dem endlich entwachsen. Das hast du doch früher, als wir Kinder waren, schon immer gemacht.“

„Das ist nicht dasselbe. Deine Mum war gerade gestorben, und du hast im Schlaf geweint. Da war es legitim, dass ich dich anstarre. Ich hab mir Sorgen um dich gemacht.“

„Und was ist das jetzt für ein Anstarren?“ Er hatte die Augen noch immer geschlossen, doch ich spürte, dass er auf eine Antwort wartete.

„Ich weiß nicht.“

Wir schwiegen beide.

„Es ist wirklich beunruhigend, Kate“, meinte er und unterdrückte ein Lachen. „Das ist es, beunruhigend. Ich glaube, wir sollten dir den Spitznamen Starr-Kate geben, damit die Leute gleich über dein Leiden Bescheid wissen.“

„Ernsthaft, Peter, ich glaube, das eben ging schon fast als Lächeln durch. Ich glaube, ich habe dich tatsächlich lächeln sehen.“

„Niemals. Kein Lächeln. Das ist nicht mein Ding.“ Er küsste meine Hand, zog mich noch näher an sich. Erneut schwiegen wir. Ich dachte, er wäre eingeschlafen, doch auf einmal streckte er die Hand aus und streichelte mein Gesicht, ließ die Finger sanft über meine Wange, meine Nase und meine Lippen wandern. Ich bewegte meinen Kopf nur wenige Millimeter, es war so, als würde ich auf seine Berührungen wie eine Blüte reagieren, die sich nach dem Sonnenschein sehnt. Auf betörende Weise strich er mit der Fingerspitze über meine Lippen. Instinktiv hielt ich die Luft an und beobachtete sein perfekt geschnittenes Gesicht. Voller Sehnsucht wartete ich darauf, dass …

„Ich weiß nicht, wie ich das machen soll“, flüsterte er.

„Was hast du gesagt?“

„Ich weiß nicht, wie ich dich in meinem Leben haben kann, so wie ich mir das wünsche.“ Seine Augen waren noch immer geschlossen, doch er runzelte die Stirn.

„Was meinst du damit, Peter? Ich bin hier. Ich bin hier bei dir.“

Ich wartete darauf, dass er noch etwas sagte, doch wenige Sekunden später war er wieder tief und fest eingeschlafen.

Am nächsten Morgen waren Peter und die Welpen viel früher wach als ich.

„Guten Morgen, KitKat“, begrüßte mich Peter und kletterte wieder zu mir ins Bett, bevor er mir einen Kuss auf die Wange gab. „Ich wollte uns was zum Frühstück besorgen, wenn du möchtest.“

Ich setzte mich auf und rieb mir die Augen. Wie konnte es angehen, dass er um diese Uhrzeit so voller Energie war, so frisch und sauber roch? Er sah aus wie einer dieser Moderatoren beim Frühstücksfernsehen. Irgendwo hier in meinem Schlafzimmer musste sich ein mit Koks vollgepumpter Make-up-Artist verstecken, der ihn schon um drei Uhr morgens fertig gestylt hatte.

„Und dann, Kate, habe ich mir überlegt, ob ich nicht auch die nächste Nacht hier schlafen sollte. Denn meine Wohnung ist wahrscheinlich noch nicht fertig, und die Welpen haben sich hier ja ganz gut eingewöhnt, und wenn eine Wohnung professionell gereinigt wird, dann hinterlässt das immer unangenehme chemische Gerüche. Kannst du googeln. Also ist es vermutlich am vernünftigsten, wenn ich noch eine Nacht bleibe. Was meinst du?“

Na toll, noch eine Nacht, in der wir – platonisch – nebeneinanderliegen würden, vollständig bekleidet, während ich wieder die Starr-Kate gab. Ich fürchtete, dass meine Hormone das nicht aushalten würden.

„Oh, heute hat Grandma Geburtstag, Peter“, sagte ich und versuchte, während des Redens einzuatmen und das Gesicht hinter meiner Hand zu verstecken. „Also muss ich heute Morgen los, um ein Geschenk für sie zu besorgen. Aber nachher bin ich mit ihr zum Essen verabredet, und wenn du möchtest, kannst du mitkommen. Anschließend kannst du dann wieder mit herkommen, wenn dir das hilft, und hier zusammen mit mir schlafen.“ Um ehrlich zu sein, war mir der letzte Satz entsetzlich peinlich, denn Peter Parker und ich verabredeten uns für gewöhnlich nicht, um die Nacht gemeinsam zu verbringen, jedenfalls nicht mehr, seit wir aus dem Teenageralter heraus waren, aus dem Alter, als ich jeden Moment hätte aufwachen können, nur um festzustellen, dass er über mich herfallen wollte.

„Kate, woran denkst du gerade?“

„Äh, nichts …“ Ich war knallrot angelaufen. Zum Teufel mit dem Teenagersex, den wir nie gehabt hatten! „Ich denke an gar nichts, absolut gar nichts.“

„Okay, dann bis heute Abend, das hört sich doch perfekt an, oder?“, stellte er fest, umschloss mein Gesicht mit beiden Händen und küsste mich auf die Wange. „Bis heute Abend.“ Mit den Welpen im Schlepptau sprintete er aus meiner Wohnung.

Ich stand auf und machte mir erst einmal eine Tasse Tee. Da bemerkte ich es, das Foto, das verdammte Foto, von dem Jane ihm berichtet hatte, Peter Parker als Teenager in Kodak-Farbqualität, das mitten auf der Kühlschranktür prangte, äußerst peinlich, wenn auch nicht so peinlich wie der Flyer, der darunter hing und Werbung für eine Klinik machte, die sich auf die weibliche Sexualität und Gesundheit spezialisiert hatte. Man kann gar nicht vorsichtig genug sein – peinlich, peinlich.

Heile Familie

Da meine Eltern weder Weihnachten noch sonst irgendein anderes religiöses Fest feiern und ich meinen Geburtstag nicht gern zelebriere, ist Grandma Josephines Geburtstag eine der wenigen Gelegenheiten, zu der wir alle versuchen, uns im selben Land aufzuhalten und zu einem wunderbaren Familienessen zusammenzukommen. Meine Eltern waren bereits vor zehn Tagen eingeflogen, ein kurzer Abstecher vor ihrem achtzehnmonatigen Aufenthalt in Kasachstan, und mir war es gelungen, ihnen bis zu diesem Abend aus dem Weg zu gehen. Ich hoffte, dass Peter eine Art Puffer zwischen mir, ihren neugierigen Fragen und ihrer unverhohlenen Enttäuschung darstellen würde.

Das schwimmende Restaurant | Pepperpots

Als ich im schwimmenden Restaurant ankam, sah ich Peter Parker schweigend am Tisch sitzen. Stirnrunzelnd schaute er mich an, als ich hereinkam, und flüsterte mir, kaum dass mein Po den Stuhl berührt hatte, ziemlich laut zu: „Du hast mir nicht gesagt, dass deine Eltern auch hier sein würden!"

„Habe ich nicht? Entschuldige, das habe ich wohl vergessen …" Ich verstummte, weil Peter aussah, als würde er gleich vor Wut explodieren, während er gleichzeitig so wirkte, als wäre er den Tränen nahe. Einen Augenblick lang sah er so aus wie der Neunjährige, der er einmal gewesen war. Mein Dad räusperte sich geräuschvoll.

„Entschuldige", sagte ich und drehte mich zu meinen Eltern herum.

„Hallo, Dad, hallo, Mom", begrüßte ich sie mit meiner Teenagerstimme, was zur Folge hatte, dass meine Mutter mich böse anschaute. „Entschuldige, hallo, Richard, hallo, Regina."

„Du darfst deine Eltern nicht ‚Mum und Dad' nennen?", flüsterte Peter mir zu.

„Ich bin ein Individuum, Peter, keine Gebärmaschine",

kreischte meine Mutter schrill, den Arm bis zum Ellenbogen in der Schüssel mit den Erdnüssen vergraben. „Ich bin ein Mensch mit einem Namen, nicht mit einer Jobbeschreibung. Du würdest Kate ja auch nicht ‚Schreiber‘ nennen, oder?“

„Nicht jeder nennt dich ‚*Mum*‘, Mum“, jammerte ich. „Nur ich, deine tatsächliche Tochter, würde dich gern ‚Mum‘ nennen, und außerdem würde man mich ‚Autorin‘ nennen“, konnte ich mir nicht verkneifen hinzuzufügen.

Meine Mum verdrehte die Augen und schnipste mit den Fingern, um den Kellner herbeizuzitieren. Grandma küsste mich auf die Stirn, bevor sie ihren Platz am Kopf des Tisches einnahm. Der vietnamesische Poolboy schlich sich herein, setzte sich neben Grandma und legte ihr zärtlich eine Hand aufs Knie. Es war ein typisches Familienessen der Winters, mit meinen Eltern, die mich nicht großgezogen hatten, Peter, der sich selbst großgezogen hatte, Grandma, meiner Hauptbezugsperson, und dem Poolboy, dessen Rolle nicht so wirklich umrissen war.

„Schätzchen, erzähl deiner Mutter, was du in der Redaktion gemacht hast“, forderte Grandma mich auf und schenkte dem Poolboy Wein ein. „Kate macht sich ganz hervorragend bei ‚True Love‘. Sie leistet wirklich bahnbrechende Arbeit. Na ja, jedenfalls ist es bahnbrechend für die Art von Zeitschrift, für die sie arbeitet.“

„Ich habe deine Arbeit verfolgt, Kate“, sagte Mum, das Gesicht voller Erdnusskrümel.

„Hast du das tatsächlich, Mum, ich meine, Regina?“

„Ja, ich war überrascht, dass du mich gar nicht angerufen hast, um zu fragen, was ich für die Liebe aufgegeben habe.“

Peter stieß sein Weinglas um.

„Na ja, das habe ich mir für heute Abend aufgespart“, log ich, während ich Peter eine Serviette reichte. Nicht ein einziges Mal, seit ich die Idee hatte, bin ich je auf den Gedanken gekommen, Regina danach zu fragen. „Also, Regina, was hättest du in meinem Alter getan, wenn du geglaubt hättest, du würdest dich nie mehr verlieben, Kinder haben und dich häuslich niederlassen können? Was hat dir die Liebe gestohlen?“ Auf ziemlich alberne Weise strahlte ich sie an.

„Ich hatte in deinem Alter *all* diese Dinge schon abgehakt. Alle." Sie schob sich eine Olive in den Mund, und ein wenig Öl tropfte ihr auf das Kinn. Ich bemerkte, dass Peter Parker seine Gabel so fest umklammert hielt, dass es aussah, als wollte er damit gleich jemanden erstechen. „Aber ich nehme mal an, wenn ich für immer allein sein müsste, dann wäre ich gern Kamelreiterin geworden." Das war wieder einmal so verdammt typisch für sie. Ich bin überzeugt davon, dass sie so was nur sagt, um die Aufmerksamkeit auf sich zu ziehen. „Die haben ein ganz intensives Rennprogramm, sogar noch mehr Rennen pro Saison als die Formel 1. Außerdem gibt es riesige Preisgelder. Die besten Reiter werden wie Helden gefeiert, okay, jedenfalls in den arabischen Staaten. Und ich war sehr talentiert. Mein erster Freund, Abdal Malik, wollte, dass ich die Kamele seiner Familie reite." Sie stopfte sich eine Spargelspitze in den Mund, und diesmal war es Butter, die ihr auf das Kinn tropfte. Inzwischen hatte meine Mutter so viele verschiedene Nahrungsmittel im Gesicht, dass es mich überraschte, dass Gillian, diese aggressive Ernährungswissenschaftlerin aus dem Fernsehen, nicht plötzlich hereinkam, um Labortests auf der Haut meiner Mutter vorzunehmen.

„Na, Peter", murmelte mein Dad – eine Art zu sprechen, die er sich in all den Jahren, in denen er von meiner kreischenden Mutter niedergeschrien worden war, angewöhnt hatte. „Wie geht es deinem Vater?"

Jetzt war Mum es, die ihr Weinglas umstieß.

„Oh, das weiß ich nicht", erwiderte Peter Parker laut. „Mein Vater und ich sprechen nicht miteinander." Er hatte die Zähne zusammengepresst.

„Seit wann? Das wusste ich ja gar nicht." Ich wusste es wirklich nicht.

„Seit meinem fünfzehnten Lebensjahr."

„Oh Kate, du kaufst mir immer meine Lieblingssachen", rief Grandma erfreut aus, als sie ihr Geschenk ausgepackt hatte. „Du verwöhnst mich. Vielen Dank."

„Schön, dass es dir gefällt", erwiderte ich, während ich meine Mum beobachtete, die wiederum Peter beobachtete, der sie zu beobachten schien. Sie schien geradezu fasziniert von ihm, oder, genauer gesagt, von der Tatsache, dass er einen Arm auf die Rückenlehne meines Stuhls gelegt hatte und die Hand auf meiner Schulter ruhen ließ. Obwohl ich es angenehm fand, dass er mich berühren wollte, fühlte es sich irgendwie so an, als würde er meine Schulter umklammern, weil er Halt suchte, nicht weil er meinen Eltern gegenüber angemessene Beweise seiner Zuneigung demonstrieren wollte. Fast während des gesamten Essens lag seine Hand dort, und meine Mutter starrte immer wieder zu uns herüber. Als der Nachtisch serviert wurde, richtete sie ihre Fragen direkt an ihn.

„Na, Peter, du hast ja nicht viel gesagt heute Abend. Wie geht es dir? Was gibt es Neues in deinem Leben?" Sie redete mit seiner Hand, ohne ihm ins Gesicht zu schauen. „Gibt es jemanden Besonderes in deinem Leben?" Mein Dad rutschte nervös auf seinem Stuhl hin und her. Am Tisch herrschte auf einmal ein unbehagliches Schweigen. Ich merkte, dass ich den Atem anhielt. Peter starrte meine Mutter auf eine Weise an, die man nur als mordsgefährlich bezeichnen konnte. Er trank einen großen Schluck Wein, ehe er sprach.

„Du warst immer ganz besonders interessiert am Liebesleben meiner Familie, nicht wahr, Regina?" Das Wort „Regina" spie er geradezu aus. Ich drehte mich zu ihm herum. Es kam mir so vor, als hätte ich gerade den Tisch gewechselt und wäre in etwas hineingeraten, das eine völlig andere Dynamik entwickelte, mit Untertönen, merkwürdigen Schwingungen und für mich alles völlig unverständlich. Es war wie bei den verdammten Sopranos.

„Stellst du Nachforschungen über mich an, Regina? In der Hoffnung, dass ich trotz meiner schrecklichen Kindheit so etwas wie ein wenig Glück gefunden habe?" Peter trank noch einen großen Schluck Wein. Meine Mutter war ziemlich blass geworden.

„Du meine Güte, wie dramatisch, Peter." Ich kicherte. „Das klang ja so, als würdest du eine Stelle aus einem Dickens-Roman zitieren!" Ich lachte nervös und blickte zu den anderen am Tisch, nur um festzustellen, dass niemand auch nur im Geringsten amüsiert schien.

„Es war eine ganz unschuldige Frage", rechtfertigte meine Mum sich. „Ich frage Kate das auch ständig."

„Das tut sie wirklich", flüsterte ich Peter zu.

„Ich glaube, du hast eher Angst davor, dass ich deiner Tochter von dir erzähle."

Peters Worte hingen in der Luft. Meine Mum, mein Dad und meine Grandma schienen auf einmal alle ganz intensiv mit dem, was auf ihrem Teller lag, beschäftigt zu sein.

„Mir *was* erzählen?", hakte ich nach.

„Bitte, Peter." Die Stimme meiner Grandma war sanft, fast flehend. „Ich glaube nicht, dass der heutige Abend für diese Unterhaltung geeignet ist."

„Für diese Unterhaltung gibt es keinen guten Moment", fuhr er Grandma an.

„Was für eine Unterhaltung?", fragte ich, die anscheinend für alle anderen unsichtbar geworden war.

„Vielleicht hast du Angst, Regina", fuhr Peter fort, während er sie böse anfunkelte, „dass ich wie meine Mum implodieren könnte – wie eine destruktive Naturgewalt – und dass ich deine Tochter mitreißen könnte. Keine Angst, ich bin mir ziemlich sicher, dass meine Emotionen ausgeschaltet wurden, und zwar schon im Alter von, hm, ich glaube im Alter von ungefähr sieben Jahren, wenn ich mich recht erinnere." Was, zum Teufel, ging hier vor? „‚Gib mir den Jungen, bevor er sieben wird, und ich zeig dir den Mann.' Heißt es nicht so, Regina?" Peter kippte den letzten Rest seines Weines herunter. „Na ja, mit sieben war ich noch kein Mann, Regina, aber mit fünfzehn war ich definitiv einer." Er schenkte sich Wein nach und zog mich samt meinem Stuhl näher an sich heran.

„Ich wollte doch nur Peters Beziehungsstatus wissen." Sie lachte nervös. „Heißt es nicht so bei Facebook? Ich wollte einfach nur höflich sein. Ich meine, es könnte ja sein, dass du mit Kate zusammen bist. Also? Seid ihr beide zusammen?"

„Warum interessiert es dich, was ich mit deiner Tochter mache?“, fragte Peter fassungslos. „Hast du Angst, du triffst meinen Dad auf der Hochzeit?“

„Hochzeit! Was für eine Hochzeit?“, fragte ich atemlos und kicherte.

„Ich glaube nämlich nicht, dass er eine Einladung zur Hochzeit bekommt.“

„Da ist ja schon wieder dieses Wort!“ Ich strahlte. „Hochzeit!“

„Oder bist du eifersüchtig, Regina? Du willst nicht, dass Kate das bekommt, was du nicht haben konntest. Denn Dad wollte dich nicht mehr, nachdem sie gestorben war. Ich weiß es. Ich habe die Briefe gesehen. Er wollte dich nicht mehr.“

Oh mein Gott …

Ich sah Peter direkt an.

„Peter, was ist hier los?“ Doch er musterte noch immer meine Mum, die wiederum meine Grandma so wütend ansah, dass ich fürchtete, ihre Blicke würden gleich töten.

„Na? Ist es klug, wenn Peter und Kate zusammen sind?“, erkundigte sich meine Mum schrill bei Grandma und deutete hektisch zu Peter und mir. „Denkt denn sonst keiner das, was ich denke?“, fauchte sie.

Peter blickte von meiner Mum zu meiner Grandma. Es sah so aus, als wollte er eine Gleichung lösen, doch anscheinend ging sie nicht auf. Dann hörte ich, wie er nach Luft schnappte.

„Wie lange hattet ihr eine Affäre, Regina, du und mein Dad?“ Seine Worte waren kaum zu hören.

Meine Mum hatte den Blick auf den Teller gesenkt und weigerte sich, aufzuschauen.

„WIE LANGE?“, schrie Peter und schlug so heftig mit der Hand auf Tisch, dass die Teller und Gläser klirrten.

„Na, es war jedenfalls keine verdammte Urlaubsromanze, Peter!“, schrie sie zurück.

„Schon vor meiner Geburt?“, fragte er, „vor *unserer* Geburt?“, verbesserte er sich und schnappte sich meinen Arm, so als wäre ich nichts weiter als eine Requisite. Inzwischen war mir schon ziemlich mulmig, und das lag nicht daran, dass Peter von einer Hochzeit gesprochen hatte.

„Zehn Jahre", sagte mein Dad ernst. „Sie hatte zehn Jahre lang eine Affäre mit ihm."

„Nein." Peter schüttelte den Kopf. „Nein, nein, nein." Dann hob er drohend den Finger in Mums Richtung. „NEIN!", brüllte er, sprang auf und stolperte rückwärts, fort vom Tisch, während er das Gesicht in den Händen vergrub, tief durchatmete und sich schließlich an mich wandte. Ich war mir nicht sicher, ob er sich auf mich stürzen oder vor mir davonlaufen wollte. Eine Sekunde lang fürchtete ich, dass er kollabieren würde, direkt hier, doch stattdessen brachen die Emotionen wie bei einer Bombe aus ihm heraus. „NEIN!"

„Peter, beruhige dich." Grandma versuchte aufzustehen, doch der vietnamesische Poolboy hielt sie zurück.

„Soll das ein verdammter Witz sein?", schrie Peter meine Mutter an, während er auf und ab lief. „SOLL DAS EIN VERDAMMTER WITZ SEIN?", brüllte er aus Leibeskräften, zeigte auf mich, sprach jetzt jedoch Grandma an.

Zum Glück hatte nur ungefähr ein Zehntel der anderen uralten Gäste des Restaurants das Gebrüll, das Drohen und das Auf-und-ab-Marschieren mitbekommen. Zwei oder drei von ihnen hatten sich umgedreht, um uns anzustarren. Ihre Parkinson-Hände wirkten fast ruhig im Vergleich zu Peter Parkers zitternden Händen. In diesem Moment war mein Verstand verwirrter als der der anderen verwirrten Geister hier im Saal – und die litten unter Demenz.

„Wusstest du das?", fuhr Peter Grandma an. „Wusstest du es?"

„Peter …", erwiderte meine Großmutter bemüht ruhig. „Von der Dauer ihrer Affäre habe ich erst letzte Woche erfahren. Es war Reginas wunderbares Geburtstagsgeschenk, nicht wahr, Darling? Du hast mir deine schmutzige Wäsche geschenkt."

„Aber es wäre möglich?", fragte er sie flehend.

„Peter, tief in meinem Herzen glaube ich nicht, dass es so ist", erklärte sie ziemlich sachlich, so als würde sie davon ausgehen, dass er ihre Meinung akzeptierte, sich wieder hinsetzte und seinen Zitronenbaiserkuchen aufaß.

„Aber es ist möglich?“, fragte er erneut. „Ist es möglich?“ Auf Peters Gesicht zeichnete sich eine Mischung aus Schmerz und Ekel ab. Direkt vor meinen Augen brach er völlig zusammen.

„Ja, es ist möglich!“, schrie meine Mutter. „Ich habe mit beiden geschlafen, als ich mit Kate schwanger wurde. Ist doch besser, jemand bringt das jetzt, verdammt noch mal, zur Sprache, bevor wir eine Horde Kinder mit sechs Fingern, Glupschaugen und ’ner Macke herumlaufen haben.“

„Regina, ich habe bisher noch nie eine Frau geschlagen“, sagte mein Vater und warf seine Serviette auf den Tisch, „aber ich schwöre bei Gott, wenn du nicht sofort aufhörst, dann passiert es heute Abend.“

Jetzt stand Peter stocksteif da, starrte mich an und hatte seinen Kiefer so fest angespannt, dass ich Angst bekam, er könne ihn sich brechen. Langsam drehte er sich zu meiner Mutter herum. Angewidert murmelte er: „Wie konntest du nur?“

Sie blinzelte gegen die Emotionen an, ehe sie trotzig das Kinn hob und antwortete: „Weil ich verliebt war, Peter. Ich habe deinen Vater geliebt.“

„Das hat meine Mutter auch getan, Regina!“, brüllte er, „das hat sie auch getan!“

Dann tat Peter Parker das, was Peter Parker am besten kann. Er ging, und zwar genau in dem Moment, als das Personal des Restaurants den Geburtstagskuchen für Grandma hereinbrachte und ihr ein Geburtstagsständchen sang. Das Merkwürdigste war, dass wir alle am Tisch sitzen blieben. Grandma pustete die Kerzen aus und wünschte sich etwas. Mein Vater füllte unsere Gläser mit frischem Wein. Wir aßen unseren Nachtisch auf, wobei wir uns einig waren, dass das Schokoladenfondant besser war als der Käse und die Kekse. Ich trank noch schnell einen Espresso. Dann legte ich meine Serviette auf den Tisch, stand auf, schob meinen Stuhl ordentlich unter den Tisch und zog meinen Mantel an, bereit, ebenfalls zu gehen.

„Dad“, sagte ich, ging auf seine Seite des Tisches und hockte mich neben ihn. „Du tust mir echt leid, wirklich“, erklärte ich und gab ihm einen Kuss auf die Wange.

„Man kann sich nicht entscheiden, in wen man sich verliebt, Kate“, sagte er, ohne mich anzusehen.

„Nein, Dad, das kann man nicht. Aber man kann so gut wie alles andere entscheiden.“

Ich stand auf und sah meine Mum an. „Ich glaube nicht, dass wir uns noch einmal wiedersehen werden, Regina.“ Es war das erste Mal, dass es mir lieber war, sie mit ihrem Vornamen anzureden. „Also, pass auf dich auf, was du bestimmt tun wirst, davon bin ich überzeugt, und, bitte, versuch nicht, mich zu kontaktieren, und du solltest definitiv, *definitiv*, keinen Kontakt zu Peter aufnehmen. Grandma, ich warte in deiner Villa auf dich.“

Grandmas Villa | Pepperpots

Da war es wieder, dieses Szenario, wo alle versuchten, bloß nicht mit jemand anderem Augenkontakt aufzunehmen, aus Angst, das könne die siebenhundert Pfund schwere Bombe zum Explodieren bringen. Keiner sah den anderen an. Ich ließ den Blick durchs Zimmer wandern und versuchte verzweifelt, nicht bei Peter Parker zu landen.

„Dir ist nicht einmal schlecht geworden“, sagte Peter und lief im Zimmer auf und ab.

„Wie bitte?“

„Schlecht, dir ist nicht schlecht geworden. Damals bei Mary ist dir schlecht geworden, als du gedacht hast, ich hätte eine Frau in meiner Wohnung. Dir war schlecht, als du meine Briefe an deine Grandma gefunden hast, aber jetzt … jetzt, wo das hier passiert, wo wir herausfinden, dass wir vielleicht Geschwister sind, ist dir nicht einmal ein bisschen übel?“

„Ich fasse es nicht, dass du dich ausgerechnet darauf konzentrierst“, erwiderte ich nur und starrte auf den Fußboden.

„Na ja, ich verstehe es einfach nicht. Warum ist dir nicht schlecht?“

„Mir ist nicht schlecht, Peter, weil ich nicht das Gefühl habe, dass es einen Grund dafür gibt. Ich glaube einfach nicht, dass wir … äh … Geschwister sind.“ Hatte er sich mal angeschaut, wie unterschiedlich wir aussahen?

„Aber du kannst mich nicht ansehen. Wenn du nicht glaubst, dass es so sein könnte, warum kannst du mir dann nicht in die Augen sehen?“ Er hatte recht. Ich hatte zu einem Zeitschriftenständer gesprochen, der etwas rechts von ihm stand.

„Ich will dich nicht ansehen, bis wir das geklärt haben. Ich will überhaupt keine Bilder von dir in meinem Kopf haben, wenn du und ich … wenn wir … Ich denke, es ist am besten, wenn ich meine Augen weiterhin auf den Boden richte.“

„Oh“, meinte er nur und ließ das auf sich wirken. „Oh!“, sagte er noch einmal, woraufhin wir uns beide umdrehten, um die sich gegenüberliegenden Wände anzustarren.

„Ich kann es immer noch nicht fassen, dass es meine Mum war, die dir deine Familie genommen hat. Ich weiß einfach nicht, was ich sagen soll.“ Peter schwieg weiter. „Ich vermisse sie auch, weißt du, Peter. Ich vermisse deine Mum auch. Ich kann mich noch gut daran erinnern, wie wir mit ihr gespielt haben, und an die Picknicks, für die sie Sandwiches in lustige Formen geschnitten hat, das Versteckspielen in eurem Garten. Ich denke immer noch an sie.“ Noch immer kam von Peter keine Reaktion. Noch immer standen wir mit dem Rücken zueinander da. „Du hättest es mir erzählen sollen, Peter.“

„Hättest du deine Mutter noch in deinem Leben haben wollen, wenn du es gewusst hättest?“

„Nein!“

„Siehst du, ich wollte, dass du eine Familie hast, Kate. Ich wollte, dass du glücklich bist. Und aus reinem Selbsterhaltungstrieb wollte ich den Ausdruck auf deinem Gesicht nicht sehen, wenn ich es dir erzähle. Das hätte ich nicht ertragen können. Also haben Josephine und ich damals beschlossen, dass es das Beste wäre, wenn du nichts davon erfährst. Ich ging weg. Problem gelöst. Ich wollte ganz neu anfangen. Es tut mir leid, Kate, aber ich brauchte das. Ich brauchte einen Neuanfang. Es war die richtige Entscheidung."

„War es so schlimm, wie du befürchtet hast? Ich meine meinen Gesichtsausdruck heute Abend, war er so schlimm, wie du es dir ausgemalt hast?"

„Nein, eigentlich nicht. Dir war ja noch ganz schwindelig von all dem Gerede über hypothetische Hochzeiten."

„Mir war nicht schwindelig! Im Restaurant war es nur schrecklich heiß. Und wenn mir jetzt schwindelig ist, dann deshalb, weil mir nicht ganz wohl ist."

„Aber dir ist nicht übel?"

„Peter!"

„Kate, ich wollte, dass du die Beziehung zu deinen Eltern aufrechterhältst. Ich wollte, dass du deine Mum behältst. Es wäre sinnlos gewesen, wenn wir beide keine mehr gehabt hätten. Und dir war doch ganz schwindelig."

„Ich habe keine Beziehung zu meinen Eltern, Peter, das hatte ich nie. Grandma hat diese Rolle ausgefüllt. Aber du, du hattest nichts. Und meine Mum, Regina, na ja, die ist einfach so, sie ist so … grässlich."

„Sie ist wirklich grässlich."

„Ich weiß nicht, wie du mich ansehen kannst, ohne an das zu denken, was sie getan hat."

Peter blieb *sehr* still.

„Oh."

„Es wird besser, mit der Zeit. Es *ist* schon besser geworden. Je mehr Zeit ich mit dir verbringe, desto weniger Verbindung scheint zwischen euch beiden zu bestehen, desto weniger Ähnlichkeiten sehe ich, außer wenn du losziehst und alle möglichen Männer küsst. Das hat mir ganz und gar nicht gefallen."

Ich verdrehte die Augen, obwohl niemand es sehen konnte. Wieso musste er immer wieder darauf herumreiten?

„Peter, wie hattest du dir das vorgestellt, wie wolltest du weiterhin Zeit mit mir verbringen, ohne mir davon zu erzählen? In

New York hatte ich dich doch ganz explizit gefragt, ob du noch irgendwelche anderen Geheimnisse hättest."

„Und ich habe dir gesagt, dass dein Wohlbefinden für mich oberste Priorität hat."

„Aber du wolltest heute Abend wieder bei mir schlafen!", stieß ich hervor, ohne zu wissen, warum ich das jetzt unbedingt thematisieren musste. Es war ja nicht so, dass wir geplant hatten, *miteinander* zu schlafen. Oh verflixt, jetzt wurde mir schon wieder ganz schwummerig.

„Also ...", sagte Grandma, die mit zwei Plastiktüten und einem Umschlag in der Hand zurück ins Zimmer kam. Sie stutzte, als sie sah, dass Peter und ich uns gegenseitig den Rücken zugekehrt hatten, bevor sie mir eine der Tüten gab. Darin, stellte ich fest, befand sich meine Haarbürste.

„Hey, ich dachte, ich hätte die verloren, Grandma!"

„Du hast sie nicht verloren, Schätzchen, aber du könntest sie ruhig mal ein bisschen öfter benutzen", erklärte sie und reichte Peter die andere Tüte.

„Du kannst hellsehen, Josephine", stelle er fest, als er eine Mütze aus der Tüte zog, die, das wusste ich, ihm gehörte.

„Na ja, zum Glück, manchmal. So, ich sage es noch einmal, tief in meinem Herzen glaube ich nicht, dass es möglich ist. Aber als Regina letzte Woche auftauchte und hörte, dass ihr zwei miteinander in Kontakt steht, entschied sie sich, mit der grässlichen Wahrheit herauszurücken. Ich wollte einfach nur sichergehen. Die Ergebnisse sind heute eingetroffen. Ich habe den Brief noch nicht geöffnet, weil ich nicht wusste, ob ich es euch erst sagen oder mir das Ergebnis einfach allein ansehen sollte." Sie hielt uns den Umschlag entgegen. Peter schnappte ihn sich, setzte sich auf die Sofakante und starrte den Brief mit zusammengebissenen Zähnen an. Grandma kam zu mir und hielt meine Hand. Dann riss Peter den Umschlag auf. Ich sah, wie er all die Worte in dem Brief überflog, verzweifelt auf der Suche nach den Ergebnissen. Er fand sie. Nahm sie in sich auf. Verarbeitete sie. Dann legte er den Brief auf den Couchtisch vor sich und lehnte sich auf dem Sofa zurück. Er legte beide Hände auf den Mund und begegnete langsam meinem panischen Blick.

An jenem Abend bekam Peter seinen Wunsch, was diese Sache mit dem Übergeben anging, doch noch erfüllt, denn schließlich wurde mir richtig schlecht, und ich übergab mich direkt vor seinen Füßen. Das erinnerte mich an einen Vorfall, da war ich siebzehn, als mir im Haus der Eltern meines damaligen Freundes schlecht geworden war. Ich hatte viel zu viel Cidre getrunken und, zugegeben, auch etwas geraucht. Aber dies hier war ein sehr viel kontrollierteres Übergeben gewesen. Ich schaffte es, mir noch rechtzeitig den Papierkorb zu schnappen. Aber Peter war dabei gewesen. Er hatte es gesehen. Er hatte es gehört. Es war eine gemeinsame Erfahrung. Man möge mir den Ausdruck verzeihen.

Es passierte, gleich nachdem er das Ergebnis des Vaterschaftstests gelesen hatte. Direkt nachdem er den Brief gelesen, aber noch bevor er tief durchgeatmet und gesagt hatte: „Gott sei Dank!" Ich begann zu würgen, als er anfing, tief durchzuatmen, weil ich dachte, das wäre ein Zeichen für schlechte Nachrichten. Er hätte einfach und direkt sagen sollen: „Wir sind nicht verwandt!" Aber er machte diese Pause. Er starrte vor sich hin. Er holte tief Luft. Dann stieß er die Luft wieder aus. Zu dem Zeitpunkt war ich schon völlig aufgelöst. Ich beugte mich vor. Ich übergab mich. Stand auf. Mir wurde schwindelig. Ich fiel in Ohnmacht. Es war wie eine dynamische Yogaübung. Als ich wieder zu mir kam, lag ich in Peters Armen, er streichelte mir sanft das Gesicht, wiegte mich besorgt hin und her und drückte mich an sich. Es war ein bisschen so wie bei „Romeo und Julia" auf ihrem Sterbebett, allerdings mit Übelkeit, Vaterschaftstest und heuchlerischen und betrügerischen Eltern. Okay, das klang doch schon ziemlich nach Shakespeare.

„Ich glaube, Kate braucht ein wenig Abstand, Peter", hatte Grandma vernünftigerweise vorgeschlagen, damit er mich losließ, „und vermutlich ein wenig Schlaf."

„Ich bringe sie nach Hause", hatte er erklärt, mich hochgehoben und von ihr weggetragen. „Wenn du ein Taxi bestellen könntest, bringe ich sie nach Hause." Von dem Moment an ließ er mich nicht mehr los. „Nach Hause" entpuppte sich als meine Wohnung. „Die gemeinsame Nacht" entpuppte sich als harmlos – zwei Freunde, die auf platonische Art und Weise nebeneinanderlagen und schliefen –, abgesehen von der Tatsache, dass Peter mich die ganze Nacht lang umschlungen hielt, so als hätte er Angst, ich könne verschwinden. Doch als ich am nächsten Morgen aufwachte, war ich allein.

Konferenzzimmer | „True Love"-Redaktion

„Na, es scheint ja so, als wäre nur die Hälfte von euch heute hergekommen", lautete Chads Eröffnungssatz für das letzte Treffen unseres Moppel-Camps. „Nur die Hälfte von euch ... die Hälfte ... weil ihr alle so viel Gewicht verloren habt ... Was, zur Pussy, muss ein Mann denn noch alles tun, um hier mal ein bisschen Gelächter zu erzeugen?"

Im Zimmer war es still. Es gab ein paar Geräusche, weil die Möbel knarrten, ansonsten herrschte Totenstille. Federico brach das Schweigen, indem er laut klatschte und alle anderen nickend dazu aufforderte, es ihm gleichzutun.

„Passt auf, Mädels, ich hatte nie ein Problem mit meinem Gewicht", fuhr Chad fort. „Ich bin weder Athlet noch Bodybuilder, ich weiß nicht einmal, ob sich in meinem Körper wirklich ein Muskel befindet. Aber der Punkt ist der: Ich war niemals eine fette Tussi. Ich habe nie daran gezweifelt, begehrenswert zu sein. Ich habe mich niemals aufgegeben. Ich war nie verzweifelt oder allein oder wurde nicht beachtet. Ich kann mir gar nicht vorstellen, wie sich das wohl anfühlt, und ich glaube auch nicht, dass ich jemandem davon erzählen würde. Aber ihr, ihr wart echt pussymäßig fett, oder? Erinnert ihr euch noch an den ersten Tag, als ihr hier ankamt und wir euch nur in kleinen Gruppen in den Fahrstuhl lassen konnten? Oh verdammt, das hat mich echt köstlich amüsiert!" Er drehte eine Runde mit seinem Stuhl und klopfte sich auf die Schenkel. „Das waren noch Zeiten." Er schnappte sich einen roten Apfel aus der Obstschale. „Aber jetzt ..." Einen Moment ließ er sich Zeit, damit die Worte sacken konnten. Federico fing erneut an zu klatschten, doch der Applaus verebbte schnell wieder. „Passt auf, ihr wisst alle, wenn ich weiterrede, versaue ich es nur. Ich sage dann etwas, das eine von euch zum Heulen bringt, oder ich beleidige jemanden oder verletze die Gefühle von einer von euch. Ich befinde mich im

Augenblick in einem verdammten Östrogentank, dich eingeschlossen, Federico, und ich habe das verdammte Gefühl, dass ich dabei bin, darin zu ertrinken. Also, lasst es mich kurz machen. Ihr seht alle verdammt schrecklich aus." Federico hustete laut. „Entschuldigung. Lasst mich noch einmal anfangen. Ihr seht schrecklich aus." Die Frauen stöhnten. „Aber!", versuchte Chad, sie zu übertönen. „Aber gut auszusehen kann teuer sein. Sobald ihr erst einmal damit angefangen habt, wird es einfacher, aber am Anfang, na ja, ich wette, keine von euch hat ein einziges Kleidungsstück im Schrank, das ihr wirklich passt." Er blickte in die Runde. Sie sahen wirklich aus wie die Besetzung des Stücks „Les Misérables". „Ich finde, ihr wart echt pussymäßig großartig während dieser ganzen Zeit. Ihr seid jeden Tag aufgetaucht. Ihr seid bis an eure Grenzen gegangen. Ihr habt euch nicht beklagt. Also wollte ich etwas für euch tun. Um Danke zu sagen." Er wippte auf seinen Absätzen vor und zurück, rieb sich die Hände und wartete auf den richtigen Moment. „Ich habe einen meiner Freunde gebeten, herzukommen. Er ist richtig gut, was Mode und all diesen Pussykram angeht. Er hat fünftausend Pfund bekommen – für jede von euch, versteht sich –, mit denen er euch einkleiden soll. Die einzige Bedingung ist, dass ihr in seiner Show auftreten müsst, für die es ebenfalls ein paar sehr eigene Bedingungen gibt, aber das kann er euch selbst erzählen ..." Die Frauen sahen sich verwirrt an. „Ich finde, ihr Moppel seid pussymäßig brillant. Danke."

Chad öffnete die Tür zum Konferenzzimmer, und genau in diesem Moment glitten die Fahrstuhltüren mit einem leisen Pling auf. Heraus trat Gok Wan[15], gefolgt von einem eigenen Kamerateam, das uns filmte, während wir sie filmten. Dann schrie Gok Wan aus vollem Hals: „Seid ihr bereit, euren fantastischen Körper nackt zu zeigen?", während die Moppel durchs Zimmer auf

15 **Gok Wan:** britischer Modestylist mit eigener Fernsehshow, eigenen Büchern und Fashionline. Frauen verliebten sich in ihn, weil er wollte, dass wir uns in uns selbst verliebten. Jede Folge seiner TV-Show ist eine emotionale Achterbahnfahrt, die mit dem bestmöglichen Finale endet – eine mollige Frau entblößt ihren nackten Körper vor Millionen von Zuschauern.

ihn zurannten, um ihn in einer Welle von Östrogen, Glück und gesunden Body-Mass-Indizes zu vereinnahmen. Das größte Geschrei stieß übrigens Federico aus.

„Winters!“, brüllte Chad, als ich versuchte, hinter Federico herzulaufen. „Ich glaube, wir beide müssen uns mal unterhalten, oder?“ Er öffnete die Tür zu seinem Büro, wo ein schuldbewusst dreinblickender Bob bereits auf uns wartete. „So, Bob hat mir erzählt, dass du erwägst, hier zu kündigen? Was, zur Pussy, soll das bedeuten?“

„Quassel-Bob! Ich dachte, deine Sitzungen würden einer gewissen Schweigepflicht unterliegen?“, fuhr ich Quassel-Bob an, der übers ganze Gesicht strahlte und den Kopf schüttelte.

„So wie es scheint“, fuhr Chad fort, „hast du vor, zu kündigen und dich in der Weltgeschichte herumzutreiben, willst diese abartige Sprache lernen – Französisch, pah! – und irgend so einen schwachsinnigen Skikurs machen.“ Bob rutschte aufgeregt auf seinem Stuhl herum. „Sechs Monate lang willst du dich angeblich zügellosem Schwachsinn hingeben.“

„Es ist noch gar nichts fest geplant. Ich habe nur mal Überlegungen angestellt, das heißt, erste Samen gesät. Besser gesagt, Bob hat Samen gesät. Irgendetwas ist gesät worden.“

„Na, dann hat es verdammt noch mal gerade angefangen zu blühen, oder? So wie Efeu und hat das ganze pussymäßige Haus umrankt. Kate, du kannst meinetwegen auf deine eigene Traumräuber-Reise gehen, du kannst dich für sechs Monate verpissen, aber ich sehe keinen Grund, warum du nicht weiter für die Traumräuber-Kolumne recherchieren kannst, während du weg bist. Das könnte der ganzen Sache einen neuen Ansatz geben. Wir könnten den nordamerikanischen Markt erobern“, schwärmte er und ließ den Blick in die Ferne schweifen. „Die Kanadier sind sowieso ziemlich empfänglich für gedruckte Anzeigen. Das könnte echt pussymäßig was werden. So kann ich wenigstens die horrende Summe rechtfertigen, die ‚True Love‘ dafür aufwenden muss, dich in eine verdammte Skischule zu schicken.“

Quassel-Bob klopfte Chad aufgeregt auf den Rücken. „Bob,

ich sag dir doch schon die ganze Zeit, dass ich, zur Pussy noch mal, kein sonderlich kontaktfreudiger Mensch bin. Hör auf, mich ständig anzufassen. Also, Kate, ich erwarte noch immer einen wöchentlichen Artikel in unserem Traumräuber-Blog. Ich will immer noch jeden Monat ein Feature für unsere gedruckte Zeitschrift, und ich will, dass du mir in jedem Artikel, den du schreibst, persönlich dankst. Ich dachte da an so etwas wie ‚Ich danke Chad, dem Eigner und Herausgeber von True Love' oder ‚mein Mentor Chad' oder sogar ‚Beziehungsexperte Chad'. Du verstehst schon. Nein, nicht, nein, komm mir nicht zu nahe. Ich will keine Umarmung. Ich will nicht, oh, was, zur Pussy …"

Ich umarmte Chad, so fest ich konnte. Quassel-Bob kam auch noch dran. „Oh, falls ich es noch nicht erwähnt habe, du fliegst nächste Woche. Du beginnst mit der kanadischen Skischule, anschließend dann der Sprachkurs in Frankreich, und während du dort auf dem europäischen Festland bist, gehst du gefälligst überallhin, wo ich dich hinschicke, wenn es darum geht, für das Thema Traumräuber zu recherchieren. Und ich erwarte, dass du dich anschließend verpflichtest, hier bei uns in der Londoner Redaktion weitere zwei Jahre zu arbeiten. Na? Worauf, zur Pussy, wartest du noch? Sieh zu, dass du deine Sachen gepackt kriegst, regele alles, und sag Loosie, sie soll dir einen Flug buchen. Weg mit dir!", brüllte er, bevor er mich aus seinem Büro schob. Über das ganze Gesicht strahlend, drehte ich mich um und entdeckte Peter Parker, der vor Chads Büro stand. Er hatte einen großen Blumenstrauß in der Hand, und die beiden Welpen saßen gehorsam zu seinen Füßen.

„Ich dachte, du würdest vielleicht gern mit uns Mittag essen gehen", sagte er leise. „Aber wie ich sehe, bist du mit deiner Arbeit gerade sehr beschäftigt, und das solltest du natürlich auch." Er senkte den Blick. „Sechs Monate willst du verreisen?", fragte er und nickte dabei. „Das ist ja, na ja, das ist wirklich … Gut gemacht, Kate. Das ist eine großartige Leistung." Noch immer schaute er auf den Boden. „Na ja, ich sollte dann wohl lieber …" Nervös deutete er Richtung Ausgang. „Wir müssen …" Er zeigte auf die

Welpen. „Gut gemacht." Damit wandte er sich zum Gehen. Die Welpen drehten sich immer wieder zu mir um, als er sie zur Tür führte. Den Blumenstrauß versenkte Peter im Mülleimer, als er an der Rezeption vorbeiging.

„Na ja, Len kommt jetzt mit mir zum Mechanikerkurs“, erzählte Mary, während sie mir eine Erdbeercremepraline aus der Tupperdose gab, die voll mit dick machenden Quality-Street-Köstlichkeiten war. Wir saßen auf der Terrasse des schwimmenden Restaurants und tranken Tee, während wir darauf warteten, dass Grandma uns hineinließ, damit meine hastig arrangierte Abschiedsparty steigen konnte. „Zu Anfang hat er noch gesagt, er wolle nur sicherstellen, dass ich auch nicht übers Ohr gehauen werde, aber inzwischen hat er sich selbst eingeschrieben und ist dreimal die Woche da.“

„Wie kommt er mit Jefferson zurecht?“

„Oh, erst waren sie wie Pfauen im Morgengrauen! Brust raus, Schraubenschlüssel in der Hand – getreu dem Motto: Wer weiß mehr über Zündkerzen und Chassis? Dann hat Jefferson Len gefragt, ob er sich mal das Formel-2-Auto ansehen will, an dem er arbeitet. Er betreut die Boxengasse, wenn Rennen sind. Na, da ist Len vor Aufregung natürlich fast in Ohnmacht gefallen. Jetzt sind sie beste Freunde. Len fährt diesen Sonntag mit Jefferson zum Rennen, um Tee für die Ingenieure zu machen und sich mal anzuschauen, wie alles funktioniert. Und wenn er über Jefferson redet, dann wird er immer ganz rot im Gesicht. Ich hab keine Ahnung, warum er errötet, das ist schon irgendwie kindisch.“ Ich lächelte in mich hinein. Marys Gesicht war nach den ersten Stunden, die wir bei Jefferson gehabt hatten, geradezu krebsrot gewesen.

„Hast du gar keine Lust, mit ihnen zu fahren, Mary, da in diese Boxengasse?“

„All der Lärm und das Chaos, dann diese dürren Mädels, die mit der Werbung für die Ölkonzerne auf dem Busen herumlaufen. Nein danke, ich bin ganz zufrieden mit meiner ganz normalen Autoreparatur, vielen Dank auch. Ich habe übrigens eine ganze Menge Arbeit hier in Pepperpots“, verkündete sie und winkte einigen Senioren zu, die am Ufer des Sees spazieren gingen. Sie winkten ebenfalls und humpelten dann weiter.

Ich persönlich fand die Vorstellung, dass all die unsicheren und gelegentlich nicht gerade nüchternen Pepperpots-Bewohner in ihren teuren und im Allgemeinen völlig überdimensionierten Wagen durch die Gegend fuhren, ziemlich beängstigend. Das ähnelte wahrscheinlich dem Autoscooterfahren, wenn ein paar von den Alten zur selben Zeit unterwegs waren. Einmal war Mr Bordel kopfüber in den See gefahren, nachdem er aus Versehen den Automatikhebel auf „Fahren" statt auf „Rückwärts" geschaltet hatte. Der See ist zwar nur sechzig Zentimeter tief, doch ich habe mal irgendwo gelesen, dass man auch in weniger als drei Millimeter Wasser ertrinken kann, und das ist gerade mal so viel, als hätte man ein bisschen Tee verschüttet. Ich gebe zu, dass ich nicht so ganz verstehe, wie das funktionieren soll, aber es sollte uns allen als Warnung dienen.

„Ach ja, Len und ich überlegen uns gerade, ob wir eine Garage mieten sollen, du weißt schon, eine von denen unten bei den Bögen unter der Bahnstrecke."

„Ich erinnere mich, Mary, du hast sie bei unserem Super-Mary-Spiel erwähnt."

„Na ja, eine ist jetzt zu vermieten, mal ehrlich, wie groß ist die Chance, dass so etwas passiert? Während der letzten zehn Jahre war keine auf dem Markt, aber ich ging gerade an dem Mann in dem Laden vorbei und hörte, wie er sagte, dass er seine loswerden will, also übernehmen wir wohl seinen Vertrag." Es fiel ihr schwer, das breite Lächeln zu unterdrücken. Ich sah zu, wie sie nach ihrem Teebecher griff, einen Schluck trank und den Becher danach wieder auf den Tisch stellte. Nicht ein einziges Mal presste sie ihn an sich. Mary wärmte sich jetzt von innen.

„Na, wenn du von deinen Reisen zurück bist, Kate-Schätzchen, musst du unbedingt sofort herkommen und mich besuchen. Wir werden dich alle vermissen, vor allem der arme Peter Parker. Immer wenn er von dir spricht, glänzen seine Augen."

„Wenn du da mal nicht zu viel hineininterpretierst …"

„Er hatte schon immer eine Schwäche für dich, Kate. Er wird ohne dich ganz verloren sein. Ich kann es kaum aushalten, wenn mein Len mal ein Wochenende wegfährt, geschweige denn, dass er mich für sechs Monate alleinlassen würde, um auf Reisen zu gehen."

„Peter ist nicht gerade mein alter Len, Mary", erwiderte ich kopfschüttelnd und stopfte mir noch eine Erdbeercremepraline in den Mund. „Er ist mein Freund, und wenn ich es nicht besser wüsste, Mary, könnte ich glatt glauben, dass du versuchst, dich einzumischen. Und wir wissen beide, dass das mit dem Einmischen nie gut endet", fügte ich noch hinzu und hob die Augenbrauen. Ich versuchte, ein Beispiel für missglücktes Einmischen zu finden, doch mir fiel nichts ein, also hoffte ich, dass das Schweigen Bände sprach.

„Lassen wir das Thema", meinte Mary, ehe sie mich in die Arme zog, mich kräftig drückte und mir einen Kuss auf die Wange gab. „Viel Glück auf deinen Reisen. Wir sind alle stolz auf dich. Und denk dran, wenn du zurück bist, kommt sofort vorbei. Ich bin sicher, dass wir uns viel zu erzählen haben!" Sie tätschelte mir das Knie und stand auf, um sich noch eine Tasse Tee zu holen. Ich sah ihr hinterher, eine Hälfte eines Paares, wobei Len die andere Hälfte des Puzzles darstellte. Würde ich mich wie ein komplett zusammengesetztes Puzzle fühlen, nachdem ich sechs Monate lang darauf verwendet hatte, mein Glück zu suchen, oder würde immer noch ein Puzzlestein fehlen? Und wieso fühlte es sich immer mehr so an, als wäre Peter Parker dieses fehlende Puzzleteil?

Seit dem Tag in der Redaktion und der Enthüllung meines spontanen Plans, für sechs Monate zu verschwinden, war Peter unglaublich beschäftigt gewesen, er musste sich um die Welpen kümmern, seine Wohnung wieder in einen makellosen Zustand versetzen, eine neue Wasseraufbereitungsanlage in Westafrika bauen, was mir alles irgendwie ziemlich egoistisch vorkam angesichts der Tatsache, dass ich für sechs Monate weggehen wollte. Und dadurch, dass er so vertieft in sein eigenes Leben war, blieb mir nichts anderes übrig, als mich mit meinem zu beschäftigen, was sich hauptsächlich auf die Sorge konzentrierte, Peter nicht sehen zu können.

Mochte ich Peter Parker inzwischen zu sehr, um wegzufahren, obwohl wir nicht einmal ein Paar waren? Sollte ich ihm das erzählen? Sollte ich den Rat meiner Freundinnen einholen und Gefahr laufen, dass sie mich öffentlich an den Pranger stellen würden, so wie einen Politiker, der sich unrechtmäßig bereichert hatte? Ich konnte Chads hämisches Grinsen bereits vor mir sehen. „Der Fall des bereits gefallenen Engels", würde er brüllen. „Wie man denselben pussymäßigen Fehler wieder und wieder machen kann und damit seinem großartigen, pussymäßigen Chef zu noch mehr Reichtum verhilft!"

Ganz persönliche Entscheidungsfreiheit, das Respektieren der eigenen Träume und Ambitionen, die Möglichkeit, Dinge zu tun, die einem Freude bereiten, unabhängig von allem anderen; wahre, andauernde, reine und unabhängige Freude. Ich wollte die Zufriedenheit spüren, die man spürt, wenn man sein Potenzial voll ausschöpft. Das waren einige der grundlegendsten Lektionen, die ich während meiner Traumräuber-Reise gelernt hatte, und doch waren es die, die am schwierigsten umzusetzen waren. Ich hatte mich entschieden, weit weg zu gehen, um mir meine persönlichen Träume zu erfüllen. Eigentlich sollte es ganz einfach sein. Ich wusste, dass es die richtige Entscheidung war. Die Gleichung ging auf. Aber die Stimme in meinem Kopf sagte immer wieder: „Wenn du weggehst, findet Peter Parker eine andere." Und inzwischen wollte ich nicht, dass Peter Parker jemand anderes traf. Ich war mir sicher, dass ich wollte, dass er ein Teil meines Puzzles war.

„Also?", wollte Grandma wissen, nachdem sie die Glastür des schwimmenden Restaurants aufgestoßen hatte und in ihrem erlesenen *Chanel*-Kostüm herausgekommen war. „Was machst du hier draußen? Drinnen warten schon alle auf dich!", schimpfte sie und verschwand wieder nach drinnen. Ich hatte keine Ahnung, wie *alle* es geschafft hatten, hineinzukommen, ohne dass ich auch nur einen von ihnen hatte vorbeigehen sehen. Außerdem verstand ich nun wirklich nicht, wieso Grandma sauer auf mich war, wo ich doch ihre Anweisungen genauestens befolgt und genau dort gewartet hatte, wo sie mir befohlen hatte zu warten. Das zeigte einmal mehr, dass ich nicht in der Lage war, Menschen oder Situationen richtig einzuschätzen. Wenn Peter Parker auftauchen sollte, würde ich ihm definitiv nichts davon erzählen, dass ich ständig an ihn denken musste. Und ich würde auch nicht erwähnen, dass ich offenbar nicht in der Lage war, auf die Erdbeercreme-Quality-Street-Pralinen zu verzichten, denn es war durchaus möglich, dass ich beides falsch interpretiert hatte.

Im schwimmenden Restaurant

„Gibt es hier noch eine zweite Brücke?“, fragte ich Federico, nachdem ich ins schwimmende Restaurant gegangen war und festgestellt hatte, dass sich mehr als zweihundert Leute dort versammelt hatten; zweihundert Leute, die es auf mysteriöse Weise geschafft hatten, an mir vorbeizugehen, ohne dass ich auch nur einen von ihnen bemerkt hatte. War ich so tief in Gedanken an Peter Parker versunken gewesen, dass es schon einem Koma glich? Verwirrt sah Federico mich an. „Federico“, flüsterte ich noch einmal, „gibt es noch eine Brücke hier, gibt es noch einen anderen Weg hierher?“

„Soll das ein Test sein?“, flüsterte er aufgeregt. „*Gibt* es eine andere Brücke?“ Er öffnete die Augen so weit, dass ich schon Angst bekam, sie könnten herausfallen.

„Was?“, fragte ich.

„Was?“, fragte auch er. „Weißt du, Kat-kins, ich fand schon immer, dass es viele verschiedene *Wege* und viele *Brücken* gibt“, erläuterte er und nickte dazu vehement. „Du bist eine Dichterin, Kat-kins“, stellte er fest, ehe er mich auf die Wange küsste und davonschlenderte. Ich hörte ihn noch murmeln: „Es gibt immer eine andere Brücke, Federico Cagassi, vergiss das nie.“

„Von nun an agieren wir weltweit, Schätzchen“, sagte Grandma, während sie an mir vorbeimarschierte und die Tür zum Restaurant schloss, sodass niemand hinausgehen und niemand hereinkommen konnte, und dabei wusste ich noch nicht einmal, ob Peter schon da war oder ob die Tupperdose mit den Erdbeercremepralinen den Weg zum Büfett gefunden hatte.

Grandma drückte einen Knopf auf einer Fernbedienung, und sämtliche elektronisch gesteuerten Rollläden vor den Fenstern schlossen sich. Auf einmal standen wir alle im Dunkeln. Plötzlich leuchtete jedoch helles Licht auf, und meine Grandma, die jetzt anscheinend ein Headset trug und eine Fernbedienung in der Hand hielt, drückte einen Knopf, und eine riesige Weltkarte (wieder einmal mit einem Foto von mir – diesmal aufgenommen Mitte der Achtziger, nach einer furchtbaren Dauerwelle) schwebte langsam durch die Luft, bis sie sich hinter ihr befand und von Scheinwerfern angestrahlt wurde. Es war das erste Mal, dass ich an die Decke des schwimmenden Restaurants geschaut hatte. Dort befanden sich mehr Kabel, Drähte und Scheinwerferinstallationen als in der O_2-Arena. Was, zum Teufel, trieben die Alten hier, wenn hier nicht gegessen wurde?

„Hallo, darf ich um eure Aufmerksamkeit bitten?" Sämtliche Lichter wurden gedimmt, mit Ausnahme eines Scheinwerfers, der direkt auf Grandma gerichtet war. Aus dem Hintergrund erklang dramatische Musik. Wer koordinierte das alles? „Bitte, setzt euch alle." Die Gäste gehorchten. All die vielen Leute, die einen völlig unbekannten Weg benutzt hatten, um zu mir zu gelangen, setzten sich auf meiner seltsamen Abschiedsparty hin. Ich entdeckte Teilnehmerinnen aus dem Moppel-Camp, die sich zu den Pepperpots-Rentnern gesellten, Julio und Edmundo sowie die Traumräuber-Tanzcrew, Beatrice, die sich mit Jane und James unterhielt. Mary hatte neben einem Teller mit Würstchen Stellung bezogen, und Leah trug einen schlafenden Henry im Arm. Chad stand in der Nähe von Delaware und starrte sie an, während Loosie sich hektisch Notizen machte. Sogar Jenny Sullivan war hier – mit einem eigenen Kamerateam, das wer weiß was filmte. Ich entdeckte die Gesichter von Freunden, Familie, Kollegen, Frauen, deren Leben sich hoffentlich zum Besseren gewandelt hatte. Das einzige Gesicht, das ich nicht entdecken konnte, war das von Peter.

„Wir alle haben das Projekt ‚Was die Liebe mir gestohlen hat' begleitet, und einige von uns haben auch daran teilgenommen", begann Grandma. „Wir haben einen genaueren Blick auf uns selbst und auf unser Leben geworfen, wir haben unsere Entscheidungen infrage gestellt, haben uns Dinge zurückerobert, die wir vielleicht verloren hatten, als wir uns verliebt haben. Einige von uns haben sich dadurch verändert", fuhr sie fort und schaute zu Mary. „Einige von uns haben anderen geholfen", diesmal blickte sie zu Federico. „Und uns alle hat es bewegt oder sich in irgendeiner Form auf uns ausgewirkt. Sei es durch die Erkenntnis, dass es einen Teil von uns gab, den wir vergessen hatten, oder durch die Feststellung, dass die Liebe uns nicht nur Freude bereitet hat, oder vielleicht, indem wir aufstehen und sagen mussten, dass wir unter den gegebenen Umständen unser Bestes gegeben haben, mit dem Wissen und der Erfahrung, die wir zu der Zeit hatten. Ich persönlich empfinde es als Privileg, dass ich die Frauen kennenlernen durfte, die ich kennengelernt habe." Sie schaute sich im Saal um. „Und dass ich an den Erfahrungen, die sie gemacht haben, teilhaben durfte." Alle nickten, sogar die Pensionäre, und das nicht, weil sie kurz davor waren, einzuschlafen. „Und dass ich miterleben durfte, wie sie sich den Herausforderungen stellten, die Hindernisse überwanden. Ich habe meine eigenen Herausforderungen bewältigen müssen. Meine eigenen Vorstellungen über die Liebe neu bewerten müssen, wie mächtig sie sein kann, wie negativ und andererseits auch wie wunderbar positiv."

Mehrere Leute schauten zu mir und lächelten. Was würden sie wohl denken, wenn sie mein wahres Ich kennen würden, das wahre Ich der Initiatorin von „Was die Liebe mir gestohlen hat", der Schöpferin, die leider absolut nichts gelernt hatte? Die sich verzweifelt danach sehnte, dass ihr Jugendfreund, ein Mann, mit dem sie noch nicht einmal in eine romantische Beziehung verwickelt war, in den Raum gestürzt kam, vorzugsweise in einem rot-blauen Spiderman-Kostüm (wenn wir schon beim Wünschen sind), und sie bittet, bei ihm zu bleiben, damit sie noch öfter zusammen etwas unternehmen können, vielleicht hin und wieder platonisch nebeneinander im Bett liegen, um sich dann irgendwann, hoffentlich, die Kleider vom Leib zu reißen und sich mit nicht konventionellen Aerobic-Übungen die Zeit zu vertreiben, bis die Gesichter heiß glühten. Ich war wie Judas beim letzten Abendmahl, ich nippte aus dem Becher des Lebens, während ich heimlich schon einen Big Mac und eine Cola light mit König Herodes im örtlichen Drive-in verputzt hatte.

„Also markiert der heutige Tag das Ende einer Ära", fuhr Grandma fort. „Das Ende des ersten Kapitels." Chad nickte bei ihren Worten. „In England haben wir bereits Eindruck gemacht, also nehmen wir jetzt die ganze Welt in Angriff!" Es wurde heftig applaudiert. Die Rentner klatschten am lautesten von allen. Ich hätte wetten können, dass sie schon den ganzen Nachmittag lang Margaritas getrunken hatten. „Und wir starten damit, dass wir Kate nach Kanada schicken." Es folgte noch mehr Jubel. In der Ecke entdeckte ich noch eine Kameracrew, die filmte die Moppel. Mir wurde ganz elend, weil ich so ein schlechtes Gewissen hatte und ich mich so sehr nach etwas sehnte. „Kate, hier ist dein Telefon, ein Laptop und ein GPS, damit wir dich immer und überall orten können. Unser Job ist es, Frauen auf der ganzen Welt zu finden, um ihnen zu helfen, sich selbst zu finden, mögen sie nun verliebt sein oder darauf warten, dass die Liebe zu ihnen zurückkommt. Mit Chads Hilfe und dem engagierten Team von Kundschaftern hier werden wir diese Frauen aufspüren und mit ihnen in Kontakt treten. Die Autoren von ‚True Love' werden ihre Geschichten niederschreiben. Mit unseren Taten werden wir Veränderungen herbeiführen. Wenn jede Frau, der wir helfen, einer anderen Frau hilft, dann gibt das einen unglaublich weitreichenden Dominoeffekt. Dann wird die Sache zu einer Bewegung. Willkommen zu ‚Was die Liebe mir gestohlen hat erobert die Welt'!"

Wieder wurden ihre Worte mit donnerndem Applaus quittiert. Ich schaute mir den Wahnsinn an, der um mich herum tobte. Das war größer als alles, was ich mir je hätte vorstellen können, und doch hatte ich das Gefühl, nicht länger ein Teil davon zu sein. Das Einzige, woran ich denken konnte, war Peter. Warum war diese Mission, diese Sache, für die ich so hart gekämpft hatte, um sie anzuschieben, aufrechtzuerhalten, weiterzuentwickeln, für mich auf einmal nicht mehr genug? War ich ein Mensch, in dem absolute Leere herrschte, ein schwarzes Loch, das ständig Dinge in seinem endlosen Schlund verschluckte? Konnte ich deshalb nicht aufhören, Quality Streets zu essen? Wegen des schwarzen Lochs in meiner Seele, das sich jetzt Peter Parker wünschte, so wie die von der Liebe gestohlenen Träume aller anderen? Litt ich unter einer emotionalen, akuten und metaphorischen, Universen verschlingenden Essstörung?

Ich entfloh all diesem Wahnsinn, schlich mich durch eine Tür nach draußen auf die Terrasse und in die frische Luft. Chad folgte mir einen Moment später, zündete sich eine Zigarette an und baute sich neben mir auf. Gemeinsam starrten wir hinaus auf den dunklen und ruhigen See.

„Erst schwingt das Pendel in die eine Richtung. Dann schwingt es in die andere. Irgendwann hoffst du, dass es sich in der Mitte einpendeln wird."

Auf den Hacken wippte er vor und zurück und zog an seiner Zigarette. Ich hatte keine Ahnung, wovon er redete.

„Chad, redest du von der zweiten, geheimen Brücke und all den anderen Zugängen? Ich glaube nämlich, Federico hat mich missverstanden." Eigentlich glaubte ich es nicht nur, ich wusste es. Er hatte mich total missverstanden, wie immer.

„Es gibt immer auch eine andere Seite der Geschichte, okay. Es gibt immer auch die andere Seite der Münze. Jeder findet sich mal auf der dunklen Seite wieder, bevor er zurück ins Licht kommt. Drei Schritte vorwärts, einen Schritt zurück." Oh Mist, das wurde jetzt ja richtig peinlich. Er redete absoluten Unsinn. „Nichts im Leben ist ohne ein gewisses Maß an Durcheinander und ohne Kampf zu haben, Kate. Niemand ist … Oh, was, zur Pussy, Kate …" Er schnipste seine halb gerauchte Zigarette ins Wasser und steckte sich sofort eine neue an, bevor er einmal tief seufzte und sich zu mir herumdrehte.

„Hast du wirklich geglaubt, dass dir das für immer genügen würde?" Er nickte in Richtung Tür zum schwimmenden Restaurant, aus dem munteres Lachen und Satzfetzen angeregter Unterhaltung zu hören waren.

„Chad, ich habe keine Ahnung, wovon du redest."

„Du bist keine Betrügerin, nur weil du dir Sorgen darum machst, Peter Parker zu vermissen. Ich nehme mal an, dass er der Grund ist für dein langes Gesicht heute Abend? Ich persönlich hatte ja erwartet, dass du freudestrahlend und mit Stolz geschwellter Brust herumlaufen würdest, aber er ist nicht hier, und du ziehst ein Gesicht wie sieben Tage Regenwetter." Aufgeregt wedelte er vor meinem Gesicht herum.

„Mache ich gar nicht, ich bin nur konzentriert, ich bin … ich … ach, ich weiß nicht, was ich bin."

„Kate, im Leben gibt es nur wenige Gewissheiten, und die meisten davon lernst du schon als Kind. Sportlichkeit, gutes Aussehen und sogar Humor können dir Ansehen einbringen. Aber sie sind bis zu einem gewissen Grad alle gottgegeben, wurden dir bei der Geburt in die Wiege gelegt, und das selten verdientermaßen. Und wenn du all das als Junge nicht hast und wenn du dann auch noch ein Junge bist, der schon weiß, dass er schwul ist, dann gibt es nur eine Sache, die dir hilft, dazuzugehören, und das ist Geld. Mit Geld kannst du dir Akzeptanz, Respekt, Bewunderung kaufen. Geld kann dich in vielerlei Hinsicht beschützen. Und ‚True Love' hat mir nicht nur Geld, sondern auch Ansehen und Macht gegeben. Und das schien mir immer genug zu sein. Bis mir aufgefallen ist, dass du anfingst, genauso zu handeln."

„Ich bin der am wenigsten auf Geld fixierte Mensch, den ich kenne."

„Ich sage ja nicht, dass du dem Geld hinterherrennst. Aber so viel, wie du arbeitest, um all die Dinge zurückzuerobern, die die anderen aufgegeben haben, da scheint es mir so, als wolltest du das Kontrollierbare kontrollieren. Und es ist das Beste, das meiner Zeitschrift je passiert ist, und es ist vielleicht auch das Beste, das mir je passiert ist, zuzusehen, wie mutig Menschen sich verhalten können, wie sie ihre Komfortzone verlassen, wie jeder den anderen akzeptiert, selbst wenn diese Leute keine der Eigenschaften besitzen, von denen ich immer geglaubt habe, dass sie so wichtig sind. Na ja, sagen wir einfach mal, es war erfüllender als unser Leitartikel über die Perkalbettwäsche in den Hochzeitssuiten. Warte nur nicht zu lange, Kate, bevor du das Unkontrollierbare auch wieder in dein Leben lässt. Schalte deine Gefühle und Emotionen nicht zu lange aus, versuch nicht, sie zu kontrollieren, denn ich verspreche dir, das ist nicht wie beim Fahrradfahren. Es wird immer schwieriger, sich wieder für jemanden zu öffnen, sich Gefühle zu gestatten. Und für einige Menschen wird es irgendwann unmöglich." Er zog heftig an seiner Zigarette. „Jeder hat Angst davor, Gefühle zu zeigen, Kate. Jeder hat Angst, verletzt zu werden, verlassen zu werden, abgewiesen zu werden, aber Menschen brauchen nun mal andere Menschen. Das muss dir doch klar geworden sein, während dieser ganzen Mission, diese eine Konstante, dass Menschen andere Menschen brauchen. Das Pendel schwingt in eine Richtung, bevor es in die andere Richtung ausschlägt. Aber irgendwann hoffen wir, dass es sich möglichst in der Mitte einpendelt." Er schnipste seine Zigarette in den See und schlenderte zurück zur Party.

Ich stand noch einige Minuten lang auf der Terrasse, atmete die kühle Nachtluft ein und lauschte dem Lachen, das aus dem schwimmenden Restaurant herausschallte. Das hier war meilenweit entfernt von der kalten Nacht in Frankreich, als ich meine Koffer gepackt und Gabriel verlassen hatte. Meilenweit entfernt und unendlich viele Geschichten später. War ich endlich bereit, meine eigene Geschichte zu beginnen? Und würde es die Geschichte sein, die ich mir ausgemalt hatte?

Entschuldige dich niemals dafür, dass du Gefühle zeigst. Denn wenn du das tust, entschuldigst du dich für die Wahrheit.
(Benjamin Disraeli)

Brillante zweiteilige Pläne. Darüber hatte ich alles gelernt, indem ich das *A-Team* geschaut hatte. Teil eins des Plans beinhaltet normalerweise, dass komplizierte Dinge passieren, und zwar genau im richtigen Moment, entgegen allen Erwartungen, und diese Dinge machen es dann möglich, dass sich Teil zwei des Plans verwirklichen lässt. Der Teil beinhaltet eine Explosion und das Durchbrechen von irgendwelchen Hindernissen. Und dann, wenn sich die Teile wie geplant entwickelt haben, sagt der Anführer des *A-Teams*, der schon Hannibal hieß, lange bevor der Kannibale Hannibal so genannt wurde: ‚Ich liebe es, wenn ein Plan funktioniert', und was er damit meint, ist: ‚Gott sei Dank hat mein brillanter zweiteiliger Plan funktioniert!'"

Ich hatte also einen brillanten zweiteiligen Plan ausgeheckt, dessen beide Teile Peter Parker beinhalteten, obwohl mein Ziel weniger klar formuliert war als beim *A-Team*, denn da wird normalerweise irgendetwas in die Luft gesprengt, sie müssen irgendwie flüchten oder irgendwelche beeindruckenden Maschinen aus kleinen Pappkartons herstellen. Vielleicht gab es einen Augenblick, wo auch ich schrie: „Ich steig doch in kein Flugzeug, du Idiot!", aber das klang sehr nach B. A.

Teil eins meines Plans beinhaltete, dass ich Peter Parker erzählen wollte, dass, wenn ich an ihn dachte, diese Gedanken keineswegs zu hundert Prozent platonisch waren. Genau genommen war es genau das Gegenteil von platonisch. Wenn das Platonische eine Nemesis war, dann lebte sie in meinem Kopf, in dem Teil des Gehirns, wo die Gedanken an Peter ihr Zuhause hatten. Also würde ich es laut aussprechen, würde mutig sein, mich verletzlich machen, in der Hoffnung, dass das Pendel irgendwo in der Mitte anhalten würde. Teil zwei des Plans war der Kuss, den, so hoffte ich, Peter Parker mir geben würde, nachdem ich ihm gesagt hatte, dass ich fand, er sei etwas Besonderes und überaus gut aussehend.

Das war mein brillanter zweiteiliger Plan. Anschließend wollte ich nach Kanada fliegen, um mich zur Skilehrerin ausbilden zu lassen. Oder ich würde in Peter Parkers Wohnung bleiben und ihn küssen, bis meine Lippen blutig waren und ich keine Spucke mehr im Mund hatte. Wie auch immer, Teil eins meines Plans würde ich auf jeden Fall durchführen. Kate Winters würde sich der Herausforderung der Liebe stellen, der Ehrlichkeit oder vielleicht auch dem Küssen. Auf jeden Fall würde ich mich einer Herausforderung stellen. Und all das eben Erwähnte hatte auch wie eine richtig gute Idee geklungen, bis zu dem Augenblick, als Peter Parker tatsächlich seine Haustür öffnete, ein kühler frostiger Magnet in einem hautengen T-Shirt und mit absolut null Verständnis für zweiteilige oder sonst welche Pläne.

„Müsstest du nicht auf deiner Abschiedsparty sein?", begrüßte er mich tonlos und ohne zu lächeln, als er mich, wieder einmal, im Flur vor seiner Wohnung stehen sah. Er sah umwerfend aus, zum Anbeißen, und das T-Shirt schmiegte sich aufsehenerregend an den, wie ich ja bereits wusste, muskulösen Oberkörper.

„Und müsstest *du* nicht auch auf meiner Abschiedsparty sein?" Ich lachte nervös, als ich ihm in das makellos aufgeräumte und saubere Apartment folgte. Er ging ins Wohnzimmer und stellte sich mit verschränkten Armen neben eines der großen Sofas. Ich stand neben dem anderen. Er bat mich nicht, mich zu setzen, also standen wir einfach nur da. Ich schaute mich um, so, wie man es tut, wenn eine Situation ein wenig unangenehm und angespannt ist.

„Tut mir leid, ich wollte eigentlich nach Pepperpots kommen, aber ich hatte Ärger mit den Hunden, also ..."

Wir sahen beide zum Hundekörbchen, wo die beiden Welpen lagen und schliefen, als hätte man sie betäubt. „Na ja, vorhin waren sie nicht so friedlich", rechtfertigte er sich, fuhr sich durch die Haare und runzelte die Stirn. „Vor zehn waren sie sehr viel energiegeladener."

„Peter, ich fliege in zwei Tagen, und ich habe dich überhaupt nicht mehr gesehen."

„Es ist eben eine ziemlich geschäftige Jahreszeit für mich", meinte er und deutete auf seinen Laptop, der ausgeschaltet auf dem Couchtisch stand. Er bemerkte den schwarzen Bildschirm, senkte den Blick und seufzte. „Ich habe erst mal einige Sachen überlegt, ehe ich richtig anfangen kann“, murmelte er. Die Wohnung war auf unheimliche Weise still. Lediglich die Verkehrsgeräusche von draußen waren gedämpft zu hören.

„Also, wie geht es dir?“, fragte ich und bemühte mich, superlässig zu klingen, allerdings hörten sich meine Stimmbänder eher so an, als würde jemand sie zusammenpressen.

„Mir geht es gut, Kate, so wie immer.“

„Na, das ist ja schön, sehr schön. Hm, ich habe mich gefragt … ich dachte, vielleicht könnten wir noch ein bisschen Zeit miteinander verbringen, bevor ich wegfahre? Irgendetwas zusammen unternehmen?“ Das Letzte, was ich zusammen mit Peter Parker getan hatte, war, mit ihm zusammen in meinem Bett, umschlungen von seinen Armen, einzuschlafen. Es war so ziemlich das Einzige, woran ich seitdem hatte denken können.

Von der anderen Seite des Zimmers aus starrte Peter mich an. Ich merkte, dass ich nervös mit dem Saum meines Kleides spielte. Peter beobachtete meine Hände.

„Du fährst für ziemlich lange Zeit weg, Kate. Findest du es nicht unsinnig, jeden Tag zusammen zu verbringen, wenn wir uns dann sechs Monate lang überhaupt nicht sehen? Da kann man dann nicht wirklich von Beständigkeit reden. Und es ist bewiesen, dass sowohl Menschen als auch Tiere von Beständigkeit profitie…“

„Es ist mir ziemlich egal, was bewiesen worden ist, Peter. Ich wollte einfach nur wissen, ob du dich noch einmal mit mir treffen willst, bevor ich abreise, ob du einen Kaffee mit mir trinken willst. Wir könnten einfach über *irgendetwas* reden.“ Ich zuckte mit den Schultern, als wäre „irgendetwas“ lediglich etwas total Unwichtiges, nicht etwa etwas so Gewaltiges wie die Freundschaft zwischen zwei Menschen, die sich küssen und am Hals des anderen schnuppern.

„Okay, dann trinken wir halt einen Kaffee und reden über *irgendetwas*“ – *total Unwichtiges* – „dann ist es erledigt, und du kannst dich wieder an die Vorbereitungen für deine Reise machen.“ Er stand auf und marschierte in die Küche. Die Geräusche weckten die Welpen, die sofort hinter ihm herpreschen wollten, bis sie mich entdeckten und prompt umkehrten. Schlitternd kamen sie direkt vor mir zum Stehen, fingen aber gleich darauf an, hintereinander herzulaufen. Ich beobachtete, wie das kleine Weibchen dem Rüden hinterherlief, und zwar mit nicht enden wollendem Enthusiasmus; sie jagte und jagte und jagte ihn, unnachgiebig in ihren Bemühungen um seine Aufmerksamkeit. Ich setzte mich auf eines der Sofas und sah den beiden zu. Durch die großen Fenster funkelten die Lichter der Londoner Skyline; der Finanzdistrikt; die Kathedrale von St. Paul, die sich zwischen den Wolkenkratzern versteckte; das Alte vermischte sich mit dem Neuen; visuelle Erinnerungen an unterschiedliche Ären. War ich dabei, in eine neue Ära einzutreten? Versuchte ich, Peter Parker als eine Art Sicherungsnetz zu benutzen, wollte ich mich deshalb an ihm festhalten? War das der Grund, warum ich mich danach sehnte, dass er mich küsste, bis ich außer Atem war?

„So, hier, bitte schön“, sagte Peter, als er endlich wieder ins Wohnzimmer kam, und reichte mir einen Becher mit heißem Kaffee. „Auf dein neues Leben“, ergänzte er und stieß mit seinem Becher gegen meinen, bevor er sich auf das Sofa mir gegenüber setzte. Er wählte den Platz, der am weitesten von mir entfernt war. Die Welpen rannten zu ihm hinüber und sprangen auf das teure Sofa.

„Noch immer genauso gut erzogen wie immer“, meinte er und streichelte sie. „Auf jeden Fall wissen sie, dass ich der Chef hier bin“, fuhr er fort, als der eine Welpe hochsprang und versuchte, Peter in die Nase zu beißen. Die kleine Hündin versuchte verzweifelt, an Peters Oberkörper hochzuklettern und ihm den Hals zu lecken. Ich beobachtete Peter, wie er an seinem Kaffee nippte. Er beobachtete mich. Es wurde Zeit, dass ich zum ersten Teil meines Plans schritt.

„Ich werde dich vermissen, Peter“, sagte ich ziemlich heftig. Ich war jetzt offiziell zur kleinen Hündin geworden.

„Ich denke, wenn du nach Kanada kommst, wirst du merken, dass dir dein Leben hier kaum fehlen wird." Er trank noch einen Schluck Kaffee und sah aus dem Fenster. „Aber es ist nett, dass du das sagst. Sehr süß", meinte er und blickte weiter aus dem Fenster.

„Ich dachte nur, dass, na ja, das war alles ziemlich dramatisch, diese Sache mit dem ‚Sind wir verwandt?', und jetzt fahre ich für sechs Monate weg, da haben wir gar keine Chance, um alles wieder ins Lot zu bringen, wieder zum Normalzustand zu finden, also dachte ich, wenn du möchtest, dass ich meine Abreise verlege, ich meine, wenn du es lieber hättest, dass ich hier bin, als dass ich weg bin, um das aufzuarbeiten, was passiert ist, oder wegen gewisser Gefühle, die einer oder auch wir beide vielleicht verspüren oder auch nicht verspüren …"

„Sätze sind nicht leicht zu verstehen, wenn sie eine zweifache Verneinung beinhalten, Kate."

„Was ich sagen wollte, ist, dass du mir wichtig bist und dass ich mir das, was ich vorhabe, immer noch einmal überlegen könnte, wenn es das Beste wäre für … uns … für dich und mich, du weißt schon, wenn du mich gern weiterhin in deiner Nähe hättest, damit wir Dinge gemeinsam machen können" – *wie zum Beispiel Küssen.* „Ich meine … du könntest mir zum Beispiel deine Gedanken und Gefühle verraten, und dann könnte ich dir meine Gedanken und Gefühle verraten, und dann könnten wir die Dinge entsprechend anpassen, es ist ja nichts in Stein gemeißelt, wenn du weißt, was ich meine …" Ich wusste es nicht, und dabei hatte ich diese kleine Rede selbst gehalten. Wahrscheinlich wäre es besser, ich würde mich auf alle viere herunterlassen und anfangen zu winseln.

„Kate, ich verstehe nicht so ganz, was du sagen willst", meinte Peter und setzte die Welpen auf den Fußboden. „Aber ich würde es jetzt mal so interpretieren: Du willst andeuten, dass ich auf deine Pläne Einfluss nehmen könnte? Meinst du das? Du würdest deine Reise aufschieben oder …"

„Oder sie absagen …"

„Oder sie meinetwegen absagen?"

„Peter, ich habe das alles noch gar nicht richtig durchdacht. Ich wollte dich nur wissen lassen, dass du mir sehr wichtig bist. Ich finde es schön, dass du wieder Teil meines Lebens bist." *Winsel… Winsel… Winsel…* „Dein Wohlergehen hätte für mich oberste Priorität, wenn es um die Umsetzung meiner Pläne geht, und … ich fände es schön, wenn du einen größeren Platz in meinem Leben einnehmen würdest. Ich brauche dich, brauche dich so, wie du bist, deine Sicht auf das Leben. Das gefällt mir. Alles an dir gefällt mir … Du bist … nett."

Oh, was für eine begnadete Rednerin ich war! Natürlich würde Chad mich engagieren, um die Sätze anderer Menschen umzuformulieren, ich selbst brachte ja keinen einzigen Satz zustande, verfügte über keinerlei Wortschatz, ich lebte unterhalb der Wort-Armutsgrenze. Aber immerhin, ich hatte es ausgesprochen, na ja, mehr oder weniger. Ich hatte mich der Herausforderung gestellt. Ich war mutig gewesen und hatte meine Gefühle offen und ehrlich geäußert, wenn auch nur auf eine verwirrende, vage und mich selbst schützende Weise.

Langsam stellte Peter seinen Kaffeebecher auf den Tisch und seufzte. Er beugte sich vor und schaute mich an.

„Willst du damit sagen, dass du meinetwegen hierbleiben würdest?", hakte er nach und wirkte plötzlich wütend. Er schüttelte den Kopf und rieb sich das Gesicht. Jetzt sah er sehr müde aus. „Und was soll das bedeuten, du *brauchst* mich? Du *brauchst* mich nicht, Kate. Und es tut mir sehr leid, das sagen zu müssen, aber ich *brauche* dich ganz definitiv auch nicht." Aufgebracht lehnte er sich zurück und verschränkte die Arme vor der Brust. „Ich brauche niemanden, Kate. Und das solltest du auch nicht. Du solltest es eigentlich besser wissen."

„Komm mir nicht so, Peter, von wegen, niemand braucht jemanden, das ist Quatsch. Ich glaube schon, dass es dir gefällt, dass ich wieder Teil deines Lebens bin. Was ich wissen möchte, ist, ob du Gefühle für mich hegst, abgesehen von freundschaftlichen." Er rutschte nervös auf seinem Platz hin und her. „Nun? Tust du das? Empfindest du überhaupt irgendetwas für mich? Als du bei mir übernachtet hast? Als wir zusammen Zeit verbracht haben? Irgendetwas?"

„Es war schön, dich wieder ein bisschen besser kennenzulernen nach all der langen Zeit."

„Das ist alles? Das ist das, was du mir mitteilen willst? Es war schön, dich ein bisschen besser kennenzulernen?"

„Was willst du von mir?", fuhr er mich an und sprang auf. „Willst du, dass ich dir sage: ‚Bleib hier!'? Damit wir dann irgendwann doch Abschied voneinander nehmen müssen, wenn du dich dazu entschließt, doch noch wegzugehen? Oder vielleicht", er nahm unsere beiden Kaffeebecher vom Tisch, „willst du hierbleiben, um mir dann hinterher die Schuld geben zu können." Er marschierte in Richtung Küche, drehte sich dann aber noch einmal um und kam zu mir zurück. „Ich habe eine viel bessere Idee: Lass mich die Quelle all deines Glücks und all deiner Freude werden. Lass uns das machen. Dann kannst du wieder zusammenbrechen, wenn du feststellst, dass ich doch nicht die Fähigkeit besitze, dir das Gefühl zu vermitteln, ein erfüllter Mensch zu sein. Ernsthaft, Kate, du kommst her und willst mir erzählen, dass du all deine brillanten und aufregenden Pläne für mich ändern willst, Pläne, die für dich und mich wichtig sind? Und du erwartest, dass ich das toll finde? Für was für einen Mann hältst du mich eigentlich?"

Ich fand, er war ein echt gut aussehender und netter Mann, das war doch klar, und ich hatte mich ja noch gar nicht entschieden, meine Pläne aufzugeben. Ich hatte doch gar nicht weiter gedacht als bis zu meiner kleinen Rede und der Sache mit dem Küssen. Ich war eher der Typ Kurzzeitplaner, was dazu geführt hat, dass ich während meiner Studienzeit ziemliche Schulden auf meiner Kreditkarte angehäuft hatte.

„Kate, es ist spät, und ich bin wirklich müde, wenn es dir also nichts ausmacht, wäre es nett, wenn du jetzt gehen könntest."

„Peter, wir haben unsere Unterhaltung noch gar nicht beendet."

„Doch, das haben wir, und ich möchte, dass du gehst."

„Es ist überhaupt nicht mutig, wenn man seine Gefühle leugnet, Peter! Es ist überhaupt nicht mutig, zu leugnen, wer man ist. Es ist okay, wenn man möchte, dass jemand anderes bei einem bleibt, Peter. Menschen brauchen andere Menschen." Ich konnte es nicht glauben, da hatte ich doch tatsächlich Chad zitiert.

„Du findest den Weg nach draußen sicherlich allein", erklärte er, verschwand in der Küche und tauchte auch nicht wieder auf.

Die Welpen saßen auf dem Boden zwischen uns, keiner von beiden wusste, in welche Richtung er gehen sollte.

Das Pendel schwingt in eine Richtung, dann in die andere, und du hoffst, dass es sich irgendwann in der Mitte einpendelt. Aber das tut es nicht immer. Manchmal schwingt es einfach immer weiter.

Kleiner Einschub
Theresa – 62 Jahre alt – doppelt hält besser

Liebe „True Love"-Redaktion,

als ich das erste Mal die Kolumne „Was die Liebe mir gestohlen hat" las, bezog ich das überhaupt nicht auf mich. Damals, als ich noch jung war, war es noch nicht normal, dass man als Frau loszog und allein im Ausland lebte, doch meine Eltern haben mich immer ermuntert. Die Erinnerungen an meine Reisen durch Europa gehören zu den schönsten, die ich von meiner Zeit vor meiner Ehe habe. Und als ich den Mann kennenlernte, den ich dann auch geheiratet habe, hätte ich nie gedacht, dass ich mich von mir selbst entfernen könnte. Aber Tatsache ist, dass ich mich nach zehn Jahren Ehe schrecklich gefühlt habe und mich selbst nicht wiedererkannte. Ich war nicht länger finanziell unabhängig. Ich hatte keinen Beruf. Die alte Theresa gab es nicht mehr. Also war es tatsächlich so, dass mein Leben langsam, kaum merklich, aus dem Gleichgewicht geriet, nachdem die Liebe darin aufgetaucht war. Diese Veränderungen waren letztlich sehr schädlich für mich und meine Ehe.

Geben Frauen ihre Träume auf, wenn sie sich verlieben? Ich glaube, die Träume erscheinen langsam, aber sicher immer unerreichbarer, immer vager, bis man irgendwann fast vergessen hat, dass man überhaupt mal solche Träume gehegt hat. Andere Dinge werden auf einmal wichtiger. Der Alltag frisst uns auf.

Verschwenden Frauen Zeit, ehe sie sich verlieben? Ich weiß es nicht. Ich habe es jedenfalls nicht getan.

Mein Ratschlag an die Frauen von heute ist ziemlich langweilig und vor allem praktischer Natur. Aber ich kann allen nur ganz offen und ehrlich sagen, dass finanzielle Unabhängigkeit der wichtigste Faktor zu meinem Glück gewesen ist. Ich muss mich niemandem gegenüber rechtfertigen. Ich bin von keinem anderen Menschen finanziell abhängig. Ich entscheide, wo und wie ich lebe. Ich habe mein eigenes Zuhause. Ich lebe allein. Während der Woche arbeite ich unglaublich hart, indem ich Pferde trainiere, das ist meine große Leidenschaft. Es gibt keinen anderen Beruf, den ich lieber ausüben würde. Ich musste erst sechzig Jahre alt werden, um das zu erreichen, aber diese Unabhängigkeit ist der Eckpfeiler meines Glücks. Sie trägt außerdem zum Erfolg meiner jetzigen Beziehung bei.

Ich verbringe viel Zeit mit meinem wunderbaren Lebensgefährten. Am Wochenende verreisen wir gemeinsam, wir haben viel Spaß miteinander, wir küssen uns, wir haben tollen Sex, wir entspannen uns, essen gut, treffen Freunde, treiben zusammen Sport und genießen all die guten Seiten einer Beziehung. Nach dem Wochenende gehen wir beide wieder an die Arbeit und zurück in unsere eigenen vier Wände. Und wir sind noch nie so glücklich gewesen. Oh, ich sollte an dieser Stelle vielleicht erwähnen, dass der neue Mann in meinem Leben mein Exmann ist. Zwanzig Jahre, zwei Ehen und fünf Stiefkinder später sind wir wieder zusammen, und zwar aus all den richtigen Gründen.

Das Leben kann der Liebe manchmal wirklich im Weg stehen. Wenn man mit sich selbst nicht im Reinen ist, steht das der Liebe definitiv im Weg. Meine mangelnde Selbstachtung während unserer Ehe; die Tatsache, dass ich „keine eigene Scheiße am Laufen hatte", wie mein jüngster Sohn sagen würde, war einer der Hauptgründe für das Scheitern meiner Ehe. Aber mein Lebensgefährte/Ehemann/Exmann/Vater meiner Kinder, wie auch immer man ihn nennen will, ist die Liebe meines Lebens. Wir sind füreinander bestimmt. Zwei Ehen und vierzig Jahre später bin ich so froh, dass ich endlich die Beziehung meiner Träume mit dem Mann meiner Träume führen kann. Aber mit jemandem zusammen zu sein bedeutet ja nicht, dass man stets und ständig mit ihm zusammen sein muss. Eine monogame Beziehung bedeutet nicht unbedingt, dass man sich ewig auf der Pelle hockt oder dass man überhaupt zusammenleben muss. Wir wissen, dass wir den Rest unseres Lebens gemeinsam verbringen werden, aber getrennt zu wohnen bedeutet, dass wir in dem Zuhause und so wohnen, wie wir es wollen. Wir reden nie über die Wäsche, was für Essen im Kühlschrank ist, wer dran ist, den Müll rauszubringen oder das Bad sauber zu ma-

chen. Als wir verheiratet waren, haben wir uns sogar darüber gestritten, wer den Hundehaufen im Garten wegmacht! Ich fühlte mich ungerecht behandelt, weil ich sämtliche Hausarbeit verrichtete und fand, dass er sich dann wenigstens um den Garten kümmern könne. Er fühlte sich ungerecht behandelt, weil er die ganze Zeit hart arbeitete, um die Familie zu ernähren. Für ihn war das alles eine Last, genauso wie für mich. Keiner von uns war glücklich. Jetzt ist unsere gemeinsame Zeit äußerst kostbar, es geht nur noch darum, dass wir einander genießen, unsere Persönlichkeiten, unsere Unterhaltungen, unsere Körper. Es ist die ultimative Beziehung, denn es geht jetzt nur noch um die Beziehung selbst und nicht um all den anderen Mist, der sonst mit einer Beziehung einhergeht.

Wir sind gewissermaßen privilegiert, das ist mir schon bewusst. Unsere Kinder sind erwachsen, daher können wir so leben, wie wir es möchten, aber mein Rat an die Leserinnen der „Was die Liebe mir gestohlen hat"-Kolumne bleibt trotzdem der gleiche. Erarbeitet euch finanzielle und emotionale Unabhängigkeit. Seht zu, dass ihr finanziell und emotional unabhängig werdet und es auch bleibt! Das hat mich gerettet und die wunderbarste Beziehung meines Lebens überhaupt erst möglich gemacht. Außerdem kann ich nur wärmstens empfehlen, nicht zusammenzuwohnen.

Karma: die grundlegende Theorie, die besagt, dass das Universum nach bestimmten Gesetzen von Ursache und Wirkung verläuft. Dein Handeln verursacht dein Karma; was auch immer du tust, es kommt zu dir zurück; was geschehen soll, wird geschehen – und es gibt auf Erden keine Möglichkeit, daran etwas zu verändern.

Heathrow, Terminal fünf

Da war er, der Tag, an dem ich schließlich wieder nach Heathrow und in den Terminal fünf zurückkehrte, hoffentlich mit weniger Gepäck (bildlich gesprochen, nicht wortwörtlich) und weitaus weniger Tränen. Als ich durch die Abflughalle schlich wie eine Zeichentrickmaus, die versuchte, einem Zeichentrickkater aus dem Weg zu gehen, hatte ich das Gefühl, dass sämtliche Sicherheitsleute im Gebäude mich beobachteten. Deshalb war der Anblick des bekannten Gesichts am Check-in-Schalter noch erschreckender.

Tabitha Jones war zusammen mit mir und Peter Parker in der Vorschule gewesen. Sie hatte ein grünes und ein braunes Auge, was sie, um mal ehrlich zu sein, zur Zielscheibe von mildem Spott und Ausgrenzung gemacht hatte. Schon mit vier war sie in Peter Parker verliebt gewesen. Mich hasste sie, seit sie vier ein Viertel war. Das war ungefähr zu der Zeit, als ich ein gemaltes Bild von ihr entdeckt hatte, auf dem sie und Peter sich unter einem Regenbogen küssten. Sie hatte es „Peter & ich – für immer" genannt. Ich hatte nie daran gedacht, Peter ein Bild zu malen, und war eifersüchtig auf ihren originellen und kreativen Einfall gewesen. Also beschloss ich, das Bild oben an die Tafel zu hängen, sodass jeder es sehen, Tabitha Jones es aber nicht erreichen konnte. Sie heulte und jammerte, während sie auf und ab hüpfte und versuchte, es abzureißen, ehe Peter Parker einen Blick darauf erhaschen konnte. Die anderen Kinder lachten. Mit einem grünen Buntstift ging sie auf mich los und warf mir ihre Mr-Happy-Frühstücksdose an den Kopf. Irgendwann sah Peter Parker natürlich die Zeichnung und, gutmütiger Junge, der er war, nahm sie ab und gab sie Tabitha zurück. Dann schloss er Tabitha in die Arme und sagte ihr, dass es ein ganz tolles Bild sei, was mich nur noch wütender machte. Ich bin sicher, dass die anderen nach dieser Umarmung alle normal weitermachten, was das Emotionale anging, aber ich habe das nie wirklich geschafft. Bis zu diesem Tag schämte ich mich für den Vorfall. Es war das einzige Mal in meinem Leben, dass ich jemand anderen drangsaliert hatte, und die Erinnerung daran klebte an mir wie Rohöl an einem jungen Seevogel. Aber ich hatte gedacht, dass es Strafe genug sei, wenn man sich ein Leben lang Vorwürfe wegen eines Vorfalls machte. Ich meine, wie hoch ist die Wahrscheinlichkeit, dass die Frau, die mich sozusagen in meine nächste Lebensphase katapultierte, ausgerechnet Tabitha Jones war? Das war Karma – und es war hiermit eindeutig bewiesen, dass es so etwas gab –, es hatte auf diesen entscheidenden Moment gewartet, um mir einen Schlag ins Gesicht zu versetzen. Nicht dass ich jemals die Macht des Karmas infrage gestellt hätte. Ich war nur mehr daran interessiert gewesen, was es mit Gabriel anstellen könnte.

„Sie kommen mir *so* bekannt vor", sagte sie, als ich ihr mein Ticket und den Reisepass reichte. Freundlich lächelte sie mich an, als sie meine Reisedokumente nahm und die Daten in ihren Computer eingab. „Fliegen Sie regelmäßig mit uns?" Sie hörte mit dem Tippen auf, um mich anzuschauen, offen, interessiert. Ich schüttelte den Kopf.

„Nein, ich fliege normalerweise nicht nach Kanada."

„Oh mein Gott! Sie sind es! Sie sind es wirklich!", rief sie aufgeregt, bevor sie unter ihrem Tisch verschwand. Mit einer Ausgabe von „True Love" in der Hand tauchte sie wieder auf. „Das sind Sie! Sie sind die Frau, die Frau mit der ‚Was die Liebe mir gestohlen hat'-Kolumne!" Die Flughafenpolizei blickte zu uns herüber. „Oh, ich liebe Sie! Ich habe sämtliche Artikel der Serie gelesen, und ich liebe das Moppel-Camp-Videotagebuch auf der Website. Es gibt ja jetzt sogar schon Uploads auf *YouTube*! Es ist so großartig, was Sie da machen", meinte sie und hielt mir meinen Pass hin. Doch gerade, als sie ihn schließlich aus den Fingern geben wollte, die so gekonnt mit grünen Buntstiften werfen konnten, spürte ich, wie jemand mir seine Hände auf die Schultern legte. Die Hände drückten meine Schultern sanft, bevor sie um meine Taille geschlungen wurden. Im nächsten Moment spürte ich den warmen Atem von Peter Parker an meinem Hals, als er mir etwas ins Ohr flüsterte.

„Es tut mir leid, Kate.“ Er hielt mich ganz fest an sich gepresst. „Es tut mir *so* leid.“ Ich löste mich von ihm und drehte mich herum, um ihn anschauen zu können. Er nahm meine Hand und zog mich näher an sich. Ich starrte ihn an. Er starrte mich an. „Es ist kein schönes Gefühl, wenn Menschen, die einem etwas bedeuten, weggehen, Kate.“

„Das weiß ich, Peter. Es fühlt sich auch nicht schön an, wenn du von einem Freund angelogen wirst bezüglich der Sachen, die ihm passiert sind, und wenn du dann auch noch gebeten wirst, die Wohnung deines Freundes zu verlassen, ist das die Hölle.“

„Es tut mir wirklich leid, Kate, aber ich wollte nicht, dass du wegfliegst, ohne dass wir uns voneinander verabschiedet haben.“ Er gab mir einen kleinen Kuss auf die Wange, und statt den Kopf dann wieder zu heben, schmiegte er seine Wange an meine, bevor er mich wieder in die Arme schloss und so fest hielt, dass ich fühlen konnte, wie sein Herz an meiner Brust schlug. Ich hoffte, er bemerkte nicht, wie schnell meins schlug. Mein Körper gab immer viel zu viel über meine Gefühle preis.

„Was ich sagen wollte, ist, dass es sich nicht schön anfühlt, wenn *du* wegfährst“, sagte er und lockerte seine Umarmung nur ein ganz klein wenig. „Kate, die Nacht, die ich in deiner Wohnung verbracht habe, da habe ich dir erzählt, dass ich nicht wüsste, wie ich mit dir zusammen sein soll, und ich weiß es wirklich immer noch nicht. Ich glaube, ich bin einfach nicht besonders gut darin, mit einem anderen Menschen zusammen zu sein. Das ist mir schon während meiner Ehe nicht sonderlich gut gelungen, aber was ich gern machen würde, was ich wirklich gern versuchen würde, ist … oh mein Gott, Tabitha? Tabitha Jones?“ *Mist.* „Tabitha, bist du es wirklich?“ *Karma.*

„Deine Augen würde ich immer und überall wiedererkennen, Tabitha Jones. Ich bin's", sagte er und deutete auf seine Brust. „Ich bin's, Peter Parker." Sie sah Peter an, als würde sie gleich vor lauter Verlangen platzen. „Ich weiß, wer du bist, Peter Parker", erwiderte sie mit einem Funkeln in den Augen und lächelte. Dann richtete sie ihren Blick auf mich. „Du!", meinte sie anklagend und richtete ihren Finger, der auf so beängstigende Weise mit Buntstiften werfen konnte, drohend auf mich, schnappte sich den Pass wieder und schaute hinein. „Du bist Seeräuberin Kate? Du! Die Kinderquälerin! Der Vorschulrüpel! Die Bilderdiebin!" Wie es schien, hatte sie eine ziemlich genaue Vorstellung davon, wer ich war. „Was tust du hier? Warum fliegst du nach Kanada?"

„Kate will dort arbeiten, was ich sehr unterstütze, was übrigens noch eine Sache ist, über die ich mit dir reden wollte", sagte Peter und drehte sich wieder zu mir, „denn …"

„Sie schicken dich nach Kanada?", kreischte sie. „Um zu arbeiten! Gibt es denn gar keinen Gott? Gibt es denn gar kein Karma?" Ich hätte ihr gern erzählt, dass es das definitiv gab. „Das ist mal wieder typisch für die britische Gesellschaft, dass die Rüpel mit guten Jobs und kostenlosen Urlauben belohnt werden. Das haben sie in der ‚Daily Mail' auch schon geschrieben. Und obendrein noch Peter Parker als Freund! Gibt es denn gar keine verdammte Gerechtigkeit?"

„Oh, Kate ist nicht meine Freundin. Sie ist meine …" Peter hielt inne und sah mich an.

„Sie ist deine *was*?", wollte Tabitha wissen.

„Ich bin deine was?"

„Deine Frau! Ich wusste, dass ihr beiden heiraten würdet."

„Wir sind nicht verheiratet!", antworteten wir beide gleichzeitig.

„Oh", sagte Tabitha leise und sah zwischen uns hin und her, während ihre merkwürdig zweifarbigen Augen versuchten, das alles zu verstehen, etwas, das ich längst aufgegeben hatte.

„Karma", murmelte ich vor mich hin und wünschte, sie hätte niemals dieses idiotische Bild gemalt.

„Karma“, sagte auch Tabitha und starrte mich an. An ihrem gehässigen Blick konnte ich erkennen, dass sie schon dabei war, einen bösen Plan auszuhecken. Was auch immer es war, ich war verloren. Tabitha hatte nun die Macht über mein zukünftiges Leben, weil ich ihr die Vergangenheit versaut hatte.

„Ach Tabitha, ich frage mich gerade“, warf ich so beiläufig wie möglich ein, „ob ich schon richtig eingecheckt bin, denn ich glaube, du hast mir meine Bordkarte noch gar nicht gegeben, und du hast auch immer noch meinen Pass.“ Sie sah auf ihre Hand, deren Faust schon ganz weiß war, weil sie das Dokument so fest umklammerte. Ich wusste, ich würde heute nirgendwohin fliegen. Chad würde ausrasten, wenn er herausfand, dass ich meinen Flug verpasst hatte, weil es da mal so einen kleinen Vorfall in der Vorschule gegeben hatte. Tabitha beruhigte sich und blickte auf.

„Peter, fliegst du geschäftlich nach Kanada?“

„Nein“, antwortete er und strich mir eine Haarsträhne hinters Ohr. „Ich fliege nicht geschäftlich nach Kanada.“

„Wie lange bist du weg?“, blaffte sie mich an. „Wie lange, Kate??“ Ihr Vorgesetzter sah besorgt aus und versuchte, die lange Schlange hinter uns mit einem Lächeln zu beruhigen.

„Ich werde ungefähr sechs Monate weg sein.“

„Sie wird definitiv sechs Monate fort sein“, erklärte Peter stolz und drückte meine Schultern, wobei er die Situation offenbar völlig falsch einschätzte. „Sie hat eine Menge wichtiger Arbeit zu erledigen. Sie ist auf ihrer eigenen ‚Was die Liebe mir gestohlen hat‘-Mission und …“

„Kanada ist schrecklich, Peter. Du tust gut daran, in London zu bleiben. Ich wohne in London. Vielleicht kann ich dich mal einladen?“ Sie gab mir meinen Pass zurück und bedeutete mir mit abschätzigen Gesten, die mich sehr an meine heuchlerische Mutter erinnerten, vom Check-in-Schalter wegzutreten. „Du hast jetzt eingecheckt, Kate“, erklärte sie drohend, „also sieh zu, dass du zum Flugzeug kommst.“

Als wir vom Schalter weggingen, brüllte sie uns hinterher: „Kontaktier mich auf Facebook, Peter!“, doch er schien es gar nicht mitzubekommen, denn er hatte mir einen Arm um die Schulter geschlungen und stellte schon wieder etwas, das man als „liebevoll“ bezeichnen konnte, mit meinen Haaren an.

„Hast du noch Zeit für einen Kaffee, ehe du fliegst?“, flüsterte er mir ins Ohr. Sein warmer Atem auf meinem Hals brachte meinen gesamten Körper zum Kribbeln. Ich wusste nicht, ob ich noch Zeit hatte oder nicht. Ich wusste im Moment gar nichts, außer dass Peter Parker neben mir herging und mich mit seinem starken Arm fest an sich gezogen hatte. „Und nicht so einen Kaffee wie neulich, einen richtigen Kaffee. Wir müssen wirklich reden.“

Er brachte mich den ganzen Weg bis zu den Abfluggates, den Arm noch immer um mich geschlungen, aber ich war mir nicht sicher, wie wir diesen mythischen Kaffee trinken sollten, denn alle Cafés lagen bereits weit hinter uns. Das Einzige, was man noch als Erfrischungsstand bezeichnen könnte, war das Tablett mit den Flaschen, die man den schlecht vorbereiteten, nicht so oft fliegenden Fluggästen abgenommen hatte; denen, die offenbar die Fähigkeit besaßen, aus 101 ml Fanta und einem Töpfchen Anti-Falten-Gesichtscreme eine Bombe zu basteln. Vielleicht hatte Peter Parker einen Flachmann gekauft und wir würden ein Picknick am Gate machen? Oder vielleicht gab es gar keinen Kaffee, sondern nur eine Umarmung und ein Tätscheln des Rückens, ehe er mich durch das Gate schob, „Bis zum nächsten Jahr, Kate“ brüllte und sofort die verdammte Tabitha Jones via Facebook kontaktierte. Aber Peter Parker ging immer weiter – bis zur Passkontrolle, wo er in seine Tasche griff, einen Pass hervorzog und direkt durch die Kontrolle marschierte. Wie angewurzelt beobachtete ich ihn, bis er sich schließlich umdrehte und nach meiner Hand griff, damit ich ihm folgte.

„Kommst du nun mit mir oder nicht?“, fragte er und ging mit mir in die winzige Einkaufspassage, aus der die Abflughalle in Heathrows Terminal fünf bestand.

Eine Zeit lang – mir kam es wie eine kleine Ewigkeit vor – saßen wir nebeneinander in einer Reihe von Plastikstühlen in einem verlassenen Bereich in der Nähe des Gates. Die ersten Passagiere hatten begonnen, an Bord meines Fliegers zu gehen. Peter hatte mir einen Kaffee gekauft, aber noch immer nichts gesagt. Genauso wenig wie ich. Als die letzten Passagiere an Bord gingen, drehte er sich zu mir herum.

„Kate, es gab nicht viele Vorbilder in meinem Leben, die mir hätten zeigen können, wie das mit einer Beziehung gut funktioniert. Eigentlich gibt es gar keine. Ich hatte meine Mum und deine Mum und dich und Gabriel. Und keins dieser Vorbilder war sonderlich positiv. Wenn du ankommst und mir erzählst, du brauchst mich, na ja, dann verspüre ich einfach nur den Wunsch, davonzulaufen, und so leid es mir tut, aber ich brauche dich wirklich nicht. Ich werde nie irgendjemanden brauchen."

Ich konnte es nicht fassen, dass Peter Parker den ganzen Weg zum Flughafen nach Heathrow gekommen war, um noch einmal auf diesem Punkt herumzureiten. Es war der einzige Punkt, bei dem nun wirklich keine Gefahr bestanden hatte, dass ich ihn jemals vergessen würde.

„Ich hab's begriffen, Peter. Ich hab's neulich schon begriffen. Du hättest wirklich nicht herkommen müssen, um es mir noch einmal unter die Nase zu reiben."

„Kate, ich sag dir doch schon die ganze Zeit, dass ich nicht so richtig weiß, wie ich die Sache hier handhaben soll, und doch bist du ständig sauer auf mich, wenn ich das Falsche sage!" Er räusperte sich und fing noch einmal an. „Kate, ich brauche dich nicht."

„Peter, du klingst wie eine kaputte Schallplatte! Sie haben bestimmt an dich gedacht, als sie die erfunden haben!"

„*Aber* wenn ich die Wahl hätte, dann würde ich mich *entscheiden*, Zeit mit dir zu verbringen. Ich würde mich für dich entscheiden. Ich entscheide mich für dich." Er nahm meine Hände und drückte sie zärtlich, während er unbehaglich auf seinem Stuhl hin und her rutschte. „Was ich versuche, dir zu sagen, ist, dass ich glücklich mit dir bin. Ich bin glücklicher mit dir als ohne dich. Es fühlt sich normal und richtig an, und es fühlt sich so an, als sollte es so sein. Und mir ist klar geworden, dass es etwas anderes ist, als jemanden zu brauchen, es ist meine freie Entscheidung, es ist meine persönliche Vorliebe. Also bin ich heute hergekommen, um dir die Wahl zu lassen. Ich lasse dir die Wahl, ob du …" Er verstummte.

„Ob ich *was*?"

„Ob du das alles mit mir machen willst." Er rutschte noch ein Stückchen näher an mich heran. „Kate, ich habe alles arrangiert. Und ich meine, wirklich *alles*. Es ist alles organisiert. Es ist alles möglich. Ich bin also frei für dich, wenn du es möchtest. Es ist deine Entscheidung. Die Frage ist daher … Möchtest du, dass ich mit dir komme? Soll ich mit dir nach Kanada fliegen?"

Er schaute mir tief in die Augen, und die Zeit stand still.

Ich weiß nicht, wie lange wir uns anstarrten. Ich wollte den Zauber nicht brechen. Und als ich etwas sagte, überraschte mich der Klang meiner eigenen Stimme, so als hätte ich sie sehr, sehr lange Zeit nicht benutzt. Was mich jedoch noch mehr überraschte, war meine Antwort. Sie war kurz und knapp und beinhaltete keine Erklärung.

„Nein." Ich holte tief Luft, nachdem ich das gesagt hatte.

Peter starrte mich an, und es war unmöglich, seine Emotionen zu ergründen.

„Nein, ich möchte nicht, dass du mit mir kommst", sagte ich noch einmal, mehr um diese Aussage für mich selbst zu bekräftigen als für ihn. Warum konnte ich nicht einfach Ja sagen, so wie jede andere normale Frau? Warum war ich so kompliziert und unberechenbar? Ich merkte, dass meine Hände vor Aufregung zitterten, und versteckte sie in meinen Jackentaschen. Peter schwieg noch immer und musterte mich mit einem unergründlichen Blick aus seinen blauen Augen.

„Letzter Aufruf für Flug 7098 nach Calgary, Kanada." Ich erkannte Tabithas Stimme, die aus dem Lautsprecher ertönte. „Dies ist der letzte Aufruf für die Passagiere nach Calgary, Kanada."

„Peter, ich möchte *das Gefühl* verspüren, das, das Mary verspürt hat und Leah und Annie auch. Denn sonst denke ich, dass ich dich brauche, um dieses Gefühl zu verspüren, so, wie du kürzlich in deiner Wohnung schon gesagt hast. Du hattest recht, und auch wenn es mir einerseits gefällt, kann ich es nicht. Ich kann es nicht, nachdem ich all das weiß, was ich weiß, nachdem ich all das gelernt habe, was all die Frauen mir persönlich oder in Briefen mitgeteilt haben. Also muss ich, nein, ich *möchte* diesen nächsten Schritt allein machen. Es tut mir leid."

„Dies ist der endgültig letzte Aufruf für noch verbliebene Passagiere für den Flug nach Calgary, Kanada." Tabithas Stimme klang genauso angestrengt wie meine eigene. Aus dem Augenwinkel heraus konnte ich sehen, wie sie am Ausgang zum Gate auf und ab lief, begierig darauf wartend, mich endlich ins Flugzeug zu verfrachten, weg von Peter Parker, der jetzt seine Worte schon genauso spärlich einsetzte wie sein Lächeln.

„Peter, bitte, sag doch was."

Doch das tat er nicht. Er schaute mich nur schweigend an. Ich war kurz davor, hemmungslos loszuheulen.

„Peter, sechs Monate Trennung sind, wenn man es einmal im Großen und Ganzen betrachtet, doch gar keine so lange Zeit. Wir können doch auch zukünftig noch gemeinsame Erfahrungen sammeln, oder? Und wenn dein Interesse an mir so zerbrechlich ist, dass ein sechsmonatiges Projekt im Ausland ihm ernsthaft schaden könnte, dann war es wohl nicht so stark. Dies hier ist kein Test, ehrlich nicht. Es ist nur ... na ja, sechs Monate, sechs Monate sind doch nicht so lang."

Peter schwieg noch immer, und jetzt gab es nichts mehr, was ich noch sagen konnte. Sicher, ich könnte weitere zehn oder fünfzehn Minuten lang vor mich hin reden, alle möglichen Gedanken äußern, aber ich hatte das Gefühl, dass ich zu diesem Thema nichts weiter zu sagen hatte. Ich würde gehen und mit den Konsequenzen meiner Entscheidung leben müssen, eine Entscheidung, die so tief aus meinem Inneren kam, dass sie sehr viel stärker war und sehr viel mehr Klarheit besaß als die Frau, für die ich mich bisher gehalten hatte. Ich bückte mich, um mein Handgepäck aufzuheben, doch Peter hielt mich auf, griff nach meinem Arm und stellte die Tasche wieder auf den Boden. Dann umschloss er zärtlich mein Gesicht mit beiden Händen und streichelte mit den Daumen mein Gesicht.

„Sechs Monate sind keine lange Zeit", meinte er und gab mir einen Kuss auf die Wange.

„Sind es wirklich nicht!", rief ich. „Es ist keine lange Zeit, Peter! Es gibt Staffeln von ‚X Factor', die länger als sechs Monate laufen, und das ist eine jährliche Fernsehserie!" Leicht verwirrt sah er mich an, was darauf schließen ließ, dass er nicht wusste, worum es sich bei „X Factor" handelte.

„Es tut mir leid, Peter. Es war eine wunderbare Geste, obwohl echt ziemlich abgefahren, man könnte schon sagen, ziemlich extrem, irgendwie hast du die Sache mit dem Pendel noch nicht richtig begriffen."

„Kate Winters, ich sage dir doch die ganze Zeit schon, dass ich nicht weiß, was ich tue. Und bitte, entschuldige dich nicht. Es gibt keinen Grund, dass dir irgendetwas leidtun müsste." Er streichelte mein Gesicht. „Für mich war es eine Win-win-Situation. Wenn du mich gebeten hättest, mitzukommen, hätte ich sechs Monate mit dir auf einem Berg verbracht. Und jetzt, wo du dich dagegen entschieden hast, bin ich unglaublich stolz auf dich, darauf, dass du losfährst, obwohl ich zugeben muss, dass das Nein ein wenig schmerzhafter ist, als ich erwartet hätte, aber das ist ein Gefühl, was an sich auch eine gute Sache ist. Kate, solange wir uns kennen, wirst du niemals einen Traum für mich aufgeben müssen. Das verspreche ich dir." Er strich mit dem Finger über meinen Wangenknochen. „Und ich verspreche dir auch, dass ich immer mit dir darüber streiten und es offen aussprechen werde, solltest du es je versuchen."

„Das ist nett, ein Versprechen von dem streitlustigen Peter. Wunderbar."

„Und weißt du, was, es ist ziemlich beruhigend, festzustellen, dass wir doch nicht so sind wie unsere Eltern."

„Du meinst, es ist nett, zu wissen, dass ich nicht genauso bin wie deine Mum oder wie meine Mum."

„Ja, das meine ich vor allem damit", bekräftigte er, als er mich eng an sich zog. Es fühlte sich an, als würden wir beide tief durchatmen, als unsere Körper sich berührten, als müssten wir beide eine Sekunde lang innehalten. Peter wirkte ganz konzentriert, als er mein Gesicht musterte, sanft mit den Fingerspitzen über meine Wangenknochen, meine Lippen und meinen Hals strich. Als er den Kopf ein ganz klein wenig zur Seite neigte, tat ich instinktiv das Gleiche und atmete im gleichen Rhythmus wie er. Er war nur einen Hauch von meinen Lippen und davon entfernt, mich zu küssen, einen Hauch davon entfernt, die Linie zu überschreiten. Und dann, nachdem wir uns fünfundzwanzig Jahre kannten, beugte Peter Parker sich endlich vor, machte den letzten Schritt, überwand die letzten Millimeter und küsste mich. Er gab mir den wunderbarsten, köstlichsten, vollkommensten Kuss, den man sich nur vorstellen kann.

„Dies ist jetzt der wirklich endgültig letzte Aufruf für die Passagierin Kate Winters für den Flug nach Calgary, Kanada", verkündete eine inzwischen schon hysterisch klingende Tabitha Jones über die Lautsprecher. „Wenn die Passagierin Kate Winters zuhört, sollte sie wissen, dass es sehr egoistisch ist, alle anderen Passagiere im Flugzeug warten zu lassen. Nur weil sie für eine bekannte Zeitschrift arbeitet, hat sie nicht das Recht, andere Menschen so lausig zu behandeln. Weder jetzt noch sonst wann."

„Ich weiß, dass du es sagen möchtest, Kate", flüsterte Peter und löste sich ein wenig von mir. „Und das ist auch okay."

„Was meinst du damit, Peter?"

„Du willst es sagen, wenigstens einmal, ich kenne dich doch. Wir sind auf dem Flughafen. Du fliegst für lange Zeit weg. Du willst es unbedingt aussprechen. Du musst es sagen."

Peter hatte recht. Es musste raus. Und Madame Butterfly hatte mir geraten, immer auf meine Wünsche zu hören. Also holte ich tief Luft und wappnete mich. Ich schloss die Augen und versuchte, so authentisch wie möglich zu klingen.

„Ich steig doch nicht in ein Flugzeug, du Idiot."

„Du meine Güte, das ist ja so, als wärst du tatsächlich B. A.", gab Peter staunend zurück. „Ich komme mir vor wie in einer Folge vom *A-Team*."

„Ich weiß. Es ist eine meiner Gaben."

„Ehrlich, du klingst genauso wie er. Und dabei bist du eine zierliche weiße Frau. Sag's noch einmal."

„Du steigst doch nicht in ein Flugzeug, du Idiot", sagte ich grinsend.

„Okay, das reicht, glaube ich, Kate", befand er und umschloss mein Gesicht mit beiden Händen, bevor er mir noch einen Kuss zum Dahinschmelzen gab und mich anschließend in die Arme zog.

„Es ist nie zu spät, der zu sein, der man sein sollte, Kate Winters", flüsterte er mir ins Ohr. „Ich bin *so* unglaublich stolz auf dich." Aber als er sich vorbeugte, um mir noch einen Kuss zum Dahinschmelzen zu geben, und ich mich darauf vorbereitete, in eine Welt voller Peter-Parker-Küsse zu taumeln, machte mir das Karma in Person von Tabitha Jones einen Strich durch die Rechnung. Sie kam anmarschiert, schnappte sich meinen Arm und zog mich hinter sich her zum Abfluggate und zum Flugzeug.

„Ich komme dich besuchen, B. A.", rief Peter mir hinterher, als sich die Türen zum Gate hinter mir schlossen. Und ich war mir zwar nicht sicher, aber ich meinte, ich hätte ihn eine Sekunde lang lächeln sehen, als er mir zuwinkte.

Flug 7098 nach Calgary, Kanada

Während ich im Flugzeug auf dem kleinsten und ungemütlichsten Sitz saß, den Tabitha Jones für mich hatte finden können – der, den man nicht einmal nach hinten kippen kann, obwohl der Passagier vor einem es kann –, nahm ich die Broschüre für meine neue Skischule aus der Tasche. Diese Skischule hatte ich mir ausgesucht. Es war meine Entscheidung gewesen. Mein Grund, Peter Parker eine Abfuhr zu erteilen. Ich schaute sie mir jetzt bestimmt schon zum hundertsten Mal an. Und jedes Mal verspürte ich *das Gefühl*. Ich presste die Broschüre an meine Brust und schloss die Augen. Ich war dabei, mir einen lang gehegten Traum zu erfüllen. Endlich war mein Augenblick gekommen. Dann bemerkte ich auf einmal, dass ganz unten in meiner Tasche etwas glitzerte, etwas Unbekanntes, etwas, das ich definitiv nicht eingepackt hatte. Ich nahm all meine Klamotten heraus, meine Zeitschriften, meine Bücher, meine Kultursachen, um an dieses rätselhafte Päckchen zu gelangen, ein Geschenk, eingewickelt in goldenes Papier. Ich nahm das mysteriöse Päckchen heraus und riss das Papier – ungeduldig wie ein Kind – ab. Was ich fand, war eine Familienpackung KitKats sowie ein kleiner weißer Briefumschlag. Ich öffnete den Umschlag und entdeckte ein Polaroidfoto und eine kleine Karte. Auf der Karte stand: *Es ist nie zu spät, der zu sein, der du sein solltest.*

Und als ich mir das Foto ansah, entdeckte ich darauf das, worauf ich mein Leben lang gewartet hatte. Es war ein Foto von einem lächelnden, nein, einem geradezu strahlenden Peter Parker.

EPILOG

Chad entschloss sich, bei „True Love“ in den Hintergrund zu treten und sich stattdessen auf seine neue Karriere als Beziehungsexperte zu konzentrieren. Er hat jetzt einen eigenen Sendeplatz bei einem Londoner Radiosender. Nach dem Erfolg des Moppel-Camps rief Chad noch das Fitness-Camp, das Dating-Camp, das Mode-Camp und das Camp-Camp ins Leben. Außerdem hat er die Eröffnung des ersten „Was die Liebe mir gestohlen hat“-Drop-in Zentrums gesponsert. Unter den Ehemaligen befinden sich bereits mehrere berühmte Sängerinnen, eine Olympiaathletin und zahlreiche Mechanikerinnen.

Federico verließ Chad nach einem dramatischen und sehr öffentlichen Streit in der „True Love“-Redaktion. Er begann, mit einem Flugbegleiter namens Brian auszugehen. Darauf bekam Chad das, was man nur als heftigen Nervenzusammenbruch bezeichnen kann, gab Federico den Job als Chefredakteur bei „True Love“ und fragte Federico, ob er sich, zur Pussy noch mal, mit ihm verloben wolle. Ihre standesamtliche Trauung findet in der nächsten Woche statt. Federico betreut gerade die fünfte Staffel des Moppel-Camps; sie haben eine Serie auf Channel sieben, und eine der ehemaligen Moppel-Camp-Teilnehmerinnen ist jetzt Motivationsrednerin, nachdem sie durch das Programm über sechzig Kilo verloren hat.

Mary & Len haben die Garage unter dem Gewölbebogen der Bahn gemietet und betreiben außerdem noch eine zweite Autowerkstatt in Pepperpots. Beide haben ihre anderen Jobs aufgegeben, um sich ganz auf ihre Karriere als Automechaniker konzentrieren zu können. Beide holen sich noch immer Unterstützung durch *Mechanics R U*. Mary gibt zudem noch Mechanikerkurse im Drop-in-Zentrum.

Jenny hat ein Buch mit dem Titel „Komm schon, gib zu, du hast einen Idioten geheiratet“ geschrieben und tourt im Moment durch Amerika, um es dort zu vermarkten. HBO denkt darüber nach, einen Fernsehfilm daraus zu machen. Sie ist kürzlich für den Titel „Frau des Jahres“ nominiert worden und wird regelmäßig zu Oprah Winfrey eingeladen.

Jane & James haben sich ein zweites Haus in Moskau gekauft und befinden sich gerade auf einer zweiwöchigen Urlaubsreise, um den ehemaligen kommunistischen Staat zu erkunden. Jane hat das Pro-Am-Tanzturnier mit Julio gewonnen, und sie sind gebeten worden, in der Royal Albert Hall zu tanzen. James tanzt weiterhin mit Mustafa in der Tanzakademie für Härtefälle (mir wurde der Eintritt verweigert). Beide haben unglaublich viel abgenommen.

Delaware entschied, wenn man nicht auf der Bühne stehen kann und auch keine Kinder hat, sollte man Kinder unterstützen. Die kinderlose Hollywoodschauspielerin gibt jetzt Schauspielkurse im Drop-in-Zentrum. Ihre Kurse sind für die nächsten vierundzwanzig Monate ausgebucht.

Beatrice hat angefangen, Klavierkonzerte in Pepperpots zu geben. Manchmal singt Delaware mit ihr ein Duett. Ein *YouTube*-Video von ihnen wurde so oft angeklickt, dass Simon Cowell die beiden gebeten hat, auf Elton Johns nächster Wohltätigkeitsveranstaltung zu spielen. Beatrice hat kürzlich die Zusage bekommen, an der *Juilliard School of Music* Klavier zu studieren. Sie fängt in ein paar Wochen an.

Leah hat sich eine Praxis für alternative Therapien aufgebaut und ist auf dem besten Weg, Ärztin zu werden (im nicht traditionellen Sinne). Ich habe schließlich doch zugestimmt, mit ihr eine Rückführung in frühere Leben zu machen, und wir werden wohl im nächsten Jahr nach Sizilien fahren. Anscheinend suchen wir nach einem Beweis für unsere früheren Ichs. Aber das ist eine völlig andere Geschichte für ein völlig anderes Buch.

Peter Parker hat noch immer zwei Hunde und außerdem eine zugelaufene Katze namens Katze. Er hat sein Apartment gegen ein Haus mit Garten eingetauscht, und statt weiter seinem stressigen Job nachzugehen, arbeitet er jetzt freiberuflich als Berater. In der Regel arbeitet er von seinem Haus in London aus, manchmal von einem Chalet in den Bergen, und er sieht fast immer chic aus. Er wird wohl nie den Preis für den Mann mit dem strahlendsten Lächeln erhalten, aber es kommt immer häufiger vor, dass er lacht, vor allem wenn er mit den Hunden herumtobt. Ich weiß das, weil ich immer dabei bin und ihn beobachte.

Und ich, na ja, ich habe meinen Französischkurs abgeschlossen und auch meine Ski- und Snowboardausbildung. Im nächsten Winter werde ich für fünf Monate in der Schweiz Skiunterricht geben. Ich war in allen Belangen die Schlechteste in meiner Klasse, außerdem war ich gut zwölf Jahre älter als die meisten anderen Kursteilnehmer, aber ich habe alle Prüfungen bestanden. Und es war die beste Erfahrung meines ganzen Lebens. Ich schreibe immer noch freiberuflich für „True Love", und meine Artikel erscheinen jetzt unter meinem Namen. Nächste Woche schickt man mich nach China, um den von der Liebe gestohlenen Traum einer Leserin zurückzuerobern und mit ihr auf der Chinesischen Mauer entlangzulaufen. Peter Parker weiß ziemlich viel übers Laufen und über China, wo er nicht ganz unerheblich dazu beigetragen hat, dass eine Solarenergieanlage an der nördlichen Grenze gebaut wird, also kommt er mit mir. Und dann werden wir wohl nach Hause fahren, natürlich zusammen, uns ein KitKat teilen und eine köstliche Tasse Tee trinken.

Die Beziehung, die mich zerbrochen hat, hat mich
nicht zerbrochen.
Die Liebe meines Lebens war nicht die Liebe
meines Lebens.
Mein jetziges Leben ist wundervoll.

Die Liebe ist ein Dieb
für vor der Liebe
für während der Liebe
für nach der Liebe.

Dies ist das Ende,
und dies ist dein Anfang.

Es ist nie zu spät, der Mensch zu werden, der man
eigentlich sein sollte.

– ENDE –

Lesen Sie auch:

Shannon Stacey

Ein bisschen Kowalski gibt es nicht

Ab Juni 2013 im Buchhandel

Band-Nr. 25670
8,99 € (D)
ISBN: 978-3-86278-726-5

Jedes Mal wenn die New England Patriots in der Tabelle aufrückten, gönnte Kevin Kowalski sich einen One-Night-Stand.

Ein Sieg für sein Team war ein Sieg für ihn. Es war zwar nicht so, dass er sonntags immer unbedingt Gesellschaft brauchte, aber es gab eben eine Menge Angebote. Kevin schob ein Glas Bier über den Holztresen der besten Sportsbar der Hauptstadt von New Hampshire – seiner Bar. Dann hob er den Kopf und bemerkte, dass eine Blondine ihn beobachtete. Die Patriots gingen gerade in Stellung, aber statt gebannt auf den Bildschirm zu schauen, sah sie ihn an. Ein sicheres Zeichen, dass heute nicht nur der Quarterback seiner Mannschaft zum Schuss kommen würde.

Seltsamerweise ließ die Blonde mit den aufgespritzten Lippen, Silikonbrüsten und anzüglichen Blicken ihn aber völlig kalt.

Das lag an der Dunkelhaarigen am Ende der Bar. Nicht unbedingt weil sie hübsch war oder sich unter ihrem Pullover und den Jeans eine tolle Figur abzeichnete. Gut, zugegeben, beides schadete auch nicht gerade.

Trotzdem gab es einen anderen Grund, aus dem Kevin sie im Auge behielt. Der Typ, mit dem sie da war, hatte mehr als genug, trank aber lustig weiter. Er mochte spießig aussehen in seinem gebügelten Hemd und den Stoffhosen, benahm sich im Moment aber einfach wie jeder betrunkene Mistkerl. Entweder hatte er schon ein paar Cocktails gekippt, bevor er in die Bar gekommen war, oder er vertrug nichts. Die paar Scotch, die er hier getrunken hatte, durften einen Mann eigentlich nicht gleich umhauen.

Jedenfalls wurde er aufdringlich, und der Dunkelhaarigen war deutlich anzumerken, dass sie am liebsten abgehauen wäre. Das war ihrem Begleiter aber offensichtlich egal, denn er versuchte schon wieder, sie zu betatschen. Sie wehrte ihn ab, und sofort ging das Spiel wieder von vorn los.

In Jasper's Bar & Grill gab es nur drei Regeln: keine Kippen, keine Handgreiflichkeiten, keine sexuelle Belästigung. Wenn eine Frau Nein sagte, meinte sie Nein. Basta.

Die Patriots machten den nächsten Punkt, und alles johlte vor Begeisterung, sodass die Gläser hinter der Bar klirrten. Die Blondine hüpfte auf ihrem Barhocker auf und ab, und ihre Brüste hüpften mit. Der betrunkene Spießer hob sein Glas und schwenkte es in Kevins Richtung, weil er mehr wollte.

Kevin ging zu ihm rüber, allerdings ohne Nachschub zu liefern. „Hör mal, Alkohol gibt es für dich nicht mehr, aber ich mache dir gern einen Kaffee oder bringe dir eine Cola."

Der Spießer wurde knallrot, und Kevin seufzte. Einer von *der* Sorte. Als der Typ den Hintern vom Barhocker schwang, nickte Kevin Paulie zu. Sie verdrehte die Augen und griff zum Telefon.

„Ich bin nicht blau, gib mir noch einen Scotch!", rief der Spießer.

Die Dunkelhaarige legte ihm eine Hand auf den Arm, damit er sich wieder hinsetzte. „Komm, Derek, lass uns einfach ..."

„Für wen hältst du dich eigentlich, dass du mir Vorschriften machen willst?", pöbelte er Kevin an.

„Mir gehört der Laden, und deshalb bestimme ich hier die Regeln."

„Beth, sag diesem Arsch, dass ich jetzt sofort einen Whisky kriege!"

Kevin schüttelte den Kopf. „Kein Stück."

Und dann ging alles sehr schnell. Der Spießer wollte ihm wohl eine verpassen, schwankte aber und stieß seine Begleitung mit dem Ellbogen fast vom Barhocker. Sie landete in den Armen des Gastes neben ihr, der offensichtlich erfreut über seinen Fang war. Kevin war dadurch kurz abgelenkt, der Spießer holte aus und traf ihn mit einem schwachen Schlag am Kinn.

Dann starrte er Kevin erschrocken an. Offenbar fiel ihm jetzt erst auf, was er da gerade getan hatte. Bevor er Reißaus nehmen konnte, hatte Kevin ihn am Kragen gepackt. Als ehemaliger Polizist hatte er mit solchen Situationen Erfahrung.

Derek zappelte wie ein Fisch am Haken. Tatsächlich hätte er es fast geschafft, sich zu befreien. Kevin reichte es nun langsam, und er riss einmal kräftig den Arm nach unten, woraufhin Dereks Nase unsanft Bekanntschaft mit dem Tresen schloss.

Er heulte auf wie ein Kleinkind ... und die anderen Gäste flippten aus. Das Stammpublikum war zwar eher zahm, aber die Männer hatten natürlich absolut nichts gegen eine gepflegte Prügelei.

Okay, okay, Prügelei war in diesem Fall stark übertrieben. Derek hielt sich die Hand unter die Nase, versuchte, die Blutung zu stoppen, und schrie wie am Spieß. Die Gäste zuckten zusammen, als wäre eine Sirene losgegangen.

„Ruhe jetzt, Mann, oder ich geb dir eins auf die Zwölf“, schrie Kevin ihn an, was seine Gäste natürlich weiter anstachelte.

„Ja, los, zeig's ihm!“

„Oh Gott, seine Nase!“ Beth befreite sich aus der Umarmung des Gastes neben ihr und schnappte sich ein paar Servietten von der Bar. Die wollte sie unter Dereks Nase halten, aber der stieß sie weg.

Als in dem Moment zwei Polizisten hereinkamen, wurde es endlich still in der Bar, und das Gejohle erstarb. Derek hörte auf zu kreischen und begann stattdessen, verzweifelt zu stöhnen.

„Hey, Kowalski!“, rief der ältere der beiden Gesetzeshüter.

„Hey, Jonesy. Hat dein Vater sich über die Karten für das Spiel gefreut?“

„Machst du Witze? Zehnte Reihe, genau an der Fünfzig-Yard-Linie? Er war begeistert! Ich soll dich herzlich von ihm grüßen.“

„Hab ich gern gemacht“, sagte Kevin, ohne Dereks Kragen loszulassen. Er ließ keine Gelegenheit aus, um seine guten Beziehungen zum örtlichen Polizeirevier zu pflegen. Nicht nur weil er früher in Boston selbst für die Truppe gearbeitet hatte, sondern weil jeder kluge Barbesitzer das tat. „Ich hab hier einen Kandidaten für dich.“

„Was ist dem denn passiert?“

„Ist mit dem Gesicht auf den Tresen geknallt. Passiert immer wieder mal, du weißt ja, wie das ist.“

Kevin ließ Derek los, und bevor Jonesy seine Handgelenke packen konnte, versuchte der Idiot, aus der Bar zu fliehen.

Jonesys junger Kollege wollte ihn stoppen, stolperte aber über Beths ausgestrecktes Bein. Ob das Zufall gewesen war, durfte bezweifelt werden, aber zumindest sah es nicht zu offensichtlich nach Absicht aus. Der Polizist landete auf dem Boden. Jonesy sprang über seinen Partner hinweg und sprintete, so schnell es in seinem Alter noch ging, hinter Derek her.

Beth hyperventilierte fast.

Entschlossen warf Jonesy sich schließlich mit der vollen Wucht seiner einhundert Kilo auf Derek und brachte ihn zur Strecke, während sein Partner sich gerade wieder aufrappelte. Der zückte die Handschellen, und Applaus brandete in der Bar auf. Allerdings waren die Handschellen wohl überflüssig – es sah nicht so aus, als würde Derek noch weiter Widerstand leisten wollen.

„Warum tun Sie ihm das an?"

Kevin musterte die Dunkelhaarige, die genauso wütend zu sein schien wie ihr am Boden liegender Begleiter. „Ich tu ihm doch gar nichts! Und ansonsten scheinen Sie vergessen zu haben, dass er Sie geschlagen hat!"

„Hat er doch überhaupt nicht! Er ist nur aus dem Gleichgewicht gekommen, als er *Sie* schlagen wollte!"

Klar, das machte die Sache natürlich besser! „Aber betatscht hat er Sie, oder habe ich mir das etwa auch eingebildet?"

Jetzt verdrehte diese Frau doch tatsächlich die Augen! „Das hatte ich voll unter Kontrolle."

„Nein, unter Kontrolle ist der Kerl jetzt."

„Hören Sie mal, es ist nicht so, wie Sie ... Ach, vergessen Sie's! Jedenfalls müssen Sie ihm jetzt helfen."

Kevin schaute zu Derek hinüber. Der schwergewichtige Jonesy saß auf ihm drauf, und der junge Polizist ließ gerade die Handschellen zuschnappen. Im Moment hätte Kevin nichts für den Kerl tun können, selbst wenn er gewollt hätte – was nicht der Fall war.

„Sie verklag ich! Ich nehm Ihnen den letzten Cent ab!", brüllte Derek über die Schulter hinweg. „Und du bist entlassen, du blöde Kuh!"

Ups. Kevin schaute Beth an. „Ich dachte, Sie hätten einfach nur ein mieses Date."

Sie kletterte wieder auf ihren Barhocker und ließ die Stirn geräuschvoll auf den Tresen knallen. „Sie haben mich gerade meinen Job gekostet!"

Dank jahrelanger Tresenerfahrung schaffte er es gerade noch, ihr nicht zu sagen, dass sie damit Riesenglück hatte. „Wie wäre es mit einem Bier?", fragte er stattdessen.

Deutsche Erstveröffentlichung

Danielle Stevens

Das Geheimnis der Maori-Frau

Auf der Flucht vor der Vergangenheit zieht die Tierärztin Shelly Makepeace mit ihren beiden Kindern nach Neuseeland, wo sie hofft ein neues Leben anfangen zu können. Doch weder ihre Tochter noch ihr Sohn sind glücklich über den Wegzug aus den USA. Außerdem ist ihr auch in der neuen Heimat nicht jeder wohl gesonnen: Zwischen ihrer Familie und der Nachbarfamilie scheint seit Jahrzehnten ein mysteriöser Streit zu bestehen; die Ursache kennt sie nicht. Einzig der Farmer Josh Wood bleibt ihr zugetan... Wird sie es, allen Widerständen zum Trotz, doch noch schaffen, in der neuen Heimat Fuß zu fassen?

Band-Nr. 25644
8,99 € (D)
ISBN: 978-3-86278-499-8
eBook: 978-3-86278-571-1
432 Seiten

Sheila Roberts

Schokolade für dich

Samantha`s „Sweet Dreams Chocolates“ steht vor der Pleite. Weder mit geballtem Charme noch mit ihren süßen Kreationen kann sie den Bankdirektor Blake Preston verführen. Jedenfalls nicht zu einem Kredit. Trotzdem gibt sie nicht auf. Ein großes Schokoladen-Festival soll Geld in die leeren Kassen bringen. Erstaunlicherweise wird sie bei der Planung von Blake tatkräftig unterstützt. Logisch, dass man sich dadurch näherkommt. Aber niemals würde Sam sich in einen Banker verlieben – auch wenn er noch so sexy ist …

Band-Nr. 25653
8,99 € (D)
ISBN: 978-3-86278-509-4
eBook: 978-3-86278-594-0
400 Seiten